Theresa Révay

Theresa Révay est née à Paris en 1965. Après des études de lettres, elle s'est orientée vers la traduction de littératures anglo-saxonne et allemande. Elle a publié plusieurs romans dont *Valentine ou le temps des adieux* (Belfond, 2002), et *Livia Grandi ou le souffle du destin* (Belfond, 2005) qui a été finaliste du prix des Deux Magots en 2006.

LIVIA GRANDI
OU
LE SOUFFLE DU DESTIN

THERESA RÉVAY

LIVIA GRANDI
OU
LE SOUFFLE
DU DESTIN

BELFOND

Le Code de la propriété intellectuelle n'autorisant, aux termes de l'article L. 122-5, 2° et 3° a), d'une part, que les « copies ou reproductions strictement réservées à l'usage privé du copiste et non destinées à une utilisation collective » et, d'autre part, que les analyses et les courtes citations dans un but d'exemple et d'illustration, « toute représentation ou reproduction intégrale ou partielle faite sans le consentement de l'auteur ou de ses ayants droit ou ayants cause est illicite » (art. L. 122-4).

Cette représentation ou reproduction, par quelque procédé que ce soit, constituerait donc une contrefaçon, sanctionnée par les articles L. 335-2 et suivants du Code de la propriété intellectuelle.

© 2005, éditions Belfond

ISBN 978-2-266-16310-1

À toi, Arnould.
In memoriam.

On ne mesure sa propre force qu'aux faiblesses de son ennemi.

Encore fallait-il les connaître, songea Livia, irritée par la suffisance des phrases toutes faites. Quelles étaient les faiblesses d'un jeune homme de vingt-six ans arrogant, taciturne, pétri de certitudes, mauvais joueur, envieux, irascible... et héros militaire adulé par ces dames ?

Prenant un malin plaisir à égrener les défauts de son frère tout en marchant, Livia arriva à son lieu de rendez-vous. Elle s'arrêta face à la devanture du magasin et fit un effort pour chasser Flavio de son esprit. Elle devait se ressaisir ; le vieux Gorzi avait toujours été roublard et les mauvaises affaires de ces derniers temps le rendaient encore plus ombrageux. Le paquet qu'elle tenait à la main, avec sa ficelle soigneusement nouée, lui sembla soudain bien lourd.

Derrière les vitres poussiéreuses, elle devinait à peine les carafes, les vases et les verres alignés sur les étagères. Au plafond, les lustres n'accrochaient plus la lumière. La guerre était finie, mais un voile de pauvreté, presque de chagrin, continuait à peser sur la ville.

Elle tira sur sa veste cintrée, vérifia que l'accroc raccommodé à la manche ne se voyait pas trop, puis elle poussa la porte. Une clochette retentit au-dessus de sa tête. Aussitôt, un vieil homme au teint pâle et au nez busqué s'incarna devant elle, tel un génie sorti de sa bouteille. La jeune fille sursauta ; Gorzi ne manquait pas de la surprendre à chacune de ses visites.

— Ah, c'est toi ! grommela-t-il, tandis que son regard sombre, brièvement éclairé par l'espoir d'une cliente, retrouvait son opacité coutumière.

— *Buongiorno*, *signore* Gorzi, comment vous portez-vous par cette belle journée ? répliqua-t-elle d'un air faussement enjoué.

Il se renfrogna davantage, avant de lui indiquer le comptoir vide d'un geste de la main.

— Épargne-moi ta bonne humeur. La matinée a déjà été assez pénible comme ça. Voyons plutôt ce que tu m'apportes aujourd'hui.

Livia posa avec précaution le paquet sur la table, puis ses doigts fébriles bataillèrent avec la ficelle. Dans son dos, elle devinait que le négociant flairait sa nervosité, alors qu'elle voulait justement lui éviter ce plaisir. Reprends-toi, espèce d'idiote ! se gronda-t-elle en dépliant le papier grossier.

Elle souleva le couvercle de la boîte et retira les quelques feuilles jaunies de la *Voce di Murano* qui en protégeaient le contenu. Alors, comme par enchantement, ses gestes se firent plus mesurés. Peu à peu, tel un poing qui se relâche, elle sentit monter en elle une sérénité limpide, semblable à une onde d'été, à une espérance comblée, rassurante, absolue. Son visage se détendit et ses yeux clairs perdirent leur éclat tranchant. L'homme bougon, avec son aigreur de vieillesse naufragée, n'existait plus, ni le magasin aux verreries hétéroclites qui s'empilaient dans les coins, à la

10

merci d'une rafale de cette *bora* qui aimait fouetter l'Adriatique. À cet instant précis, plus rien n'existait aux yeux de Livia Grandi, à l'exception des trois verres soufflés par son grand-père, reconnaissables à leur transparence irisée et à leurs jambes délicatement ornées d'un phénix, d'un serpent de mer ou d'une sirène, que couronnaient des coupes diaphanes.

Quand elle saisit le premier qui s'offrait à elle, ses doigts ne tremblèrent pas. Elle n'était plus la jeune fille effarouchée par un marchand retors qui tenterait de l'intimider pour lui extorquer les créations de son grand-père à un prix ridiculement bas, mais la descendante des Grandi, dont l'arbre généalogique remontait à la fin du XVe siècle, très précisément à 1482, quand Giovanni Grandi avait allumé les fours à trois ouvreaux de sa verrerie sur l'île de Murano et s'était mis à jouer avec le feu, la lumière et le *cristallo* – en un mot, à rivaliser avec Dieu.

Elle aligna les verres sur le comptoir, les espaçant de quelques centimètres, et les contempla avec une profonde quiétude, certaine de leur beauté, de leur essence intemporelle. Son grand-père comptait parmi les maîtres verriers dont les noms évoquaient l'aristocratie d'un art et d'un métier. Bien que, à vingt ans, elle eût l'âge de toutes les certitudes, Livia n'en possédait qu'une, mais celle-ci, inébranlable, définissait son existence : à la lueur des fours, à la sueur de leurs fronts, les yeux brûlés par l'éclat des flammes, les Grandi ne trahiraient jamais le miracle du verre cristallin.

Une ombre passa sur son visage. Et pourtant… Ces derniers temps, son grand-père s'était alité, la *fornace* tournait au ralenti, pour ainsi dire presque pas. Certains de leurs confrères avaient même dû fermer leurs portes pendant les hostilités. Et ce goujat de Flavio tenait des propos incohérents où il parlait de vendre… de *vendre*… Comment osait-il ?

La colère l'aveugla et elle serra les poings. Il faudrait lui passer sur le corps avant de se séparer des Verreries Grandi. Elle pensa à l'enseigne familiale gravée dans la pierre au-dessus de la porte d'entrée, l'emblème du Phénix, cet oiseau mythique qui renaît de ses cendres pour ne pas mourir, de même que les créations des Grandi naissaient d'un humble mélange de sable, de soude et de calcaire.

— Que veux-tu que je fasse de ça ? marmonna Gorzi.

Livia leva les yeux sur le marchand qui l'observait d'un air narquois, une petite moue aux lèvres. Il ajusta son pince-nez pour examiner l'un des verres de plus près.

— Je ne peux rien dire de désobligeant quant au travail toujours aussi remarquable de ce cher Alvise, bien sûr, mais, franchement, est-ce que ton grand-père est conscient que personne ne s'intéresse plus à ce genre de… de… (Il regarda le plafond en quête du qualificatif adéquat.)… falbalas ?

— Falbalas ? reprit Livia, se demandant si Gorzi avait lui aussi perdu la tête.

— Volutes inutiles, ornementation surchargée, légers défauts de l'ailette mal formée… Manque de rigueur dans la composition… Trop maniéré, asséna-t-il avec de petits claquements de langue. Jamais je ne trouverai un client pour des verres pareils, conclut-il en poussant l'objet vers elle du bout des doigts.

C'était une piètre excuse puisque, de toute manière, l'on ne comptait guère de clients en ville, mais tout Vénitien digne de ce nom savait que le retour des visiteurs n'était qu'une question de mois, probablement de semaines. Venise était irrésistible, c'était une évidence, un lieu commun. Les citoyens de la Sérénissime n'en tiraient même plus de fierté, mais une complaisance indulgente, parfois dédaigneuse. Comment douter de ce pouvoir de séduction, alors que déjà, au XIIIᵉ siècle, des agents nommés par la ville vérifiaient la propreté et le confort des auberges ?

Gorzi avait glissé les pouces dans les poches de son gilet, dévoilant la chaîne dorée de sa montre de gousset. Il attendait la riposte de la jeune fille, les yeux plissés, ce qui lui donnait un léger air oriental. Le Vénitien est un commerçant avant tout, qui connaît le prix des choses, surtout celui de l'éphémère. Car toute illusion a un prix. Et personne ne le sait mieux que ces hommes nés d'une ville d'ombres et de reflets, mirage qui se dérobe derrière des opalescences griffées par les arêtes blanches des pierres d'Istrie, aussi effilées que la lame d'un poignard.

Livia côtoyait ces négociants depuis toujours. Parfois, elle avait l'impression de les connaître dès avant sa naissance. N'étaient-ils pas l'un de ses premiers souvenirs ? Elle se revoyait dans le salon aux poutres apparentes de leur maison de Murano, assise sur le canapé en velours de soie rouge, un bonbon gonflant sa joue, attendant que son père en termine avec les trois hommes qui discutaient en gesticulant. Elle avait chaud. Quand elle soulevait une jambe, le velours collait à sa peau nue. Son père avait promis de l'emmener en barque sur la lagune ; elle avait envie de sentir la brise soulever ses cheveux et lui caresser la nuque. Mais les acheteurs continuaient à bavarder, tandis que les facettes des petits verres de *grappa* étincelaient au soleil. Elle n'osait pas les interrompre, parce que ces personnes étaient importantes et que son père ne plaisantait pas avec la politesse. Alors, elle chassait le bonbon d'une joue à l'autre et le caramel fondait sur sa langue.

Certains venaient de loin, comme ce Français au ventre bombé, sanglé dans un complet trois-pièces, un canotier sur l'œil, qui ne manquait jamais de lui apporter un cadeau : un ruban pour ses cheveux, une bille d'agate, et même un charmant miroir à main orné de ses initiales pour son cinquième anniversaire. Sa mère l'avait aussitôt confisqué, sous prétexte que Livia n'était pas assez soigneuse et qu'elle risquait de le briser. Or, comme chacun sait, un miroir brisé, c'est sept ans de malheur qui s'abattent sur une famille. La petite fille n'avait le droit de s'y admirer qu'en présence de sa mère. Elle l'aimait bien, M. Nagel, avec sa moustache blonde qui lui chatouillait la joue lorsqu'il l'embrassait. Quand la chaleur devenait trop étouffante, il sortait de sa poche un mouchoir parfumé à l'eau de Cologne et s'en tamponnait le front. De tous les hommes importants qui défilaient aux Verreries Grandi, il était certainement son préféré.

Elle avait l'habitude d'entendre son père prendre les commandes, écouter les souhaits de ses clients et les exaucer dans la mesure du possible – mais un verrier n'aime rien de mieux que l'impossible –, avec une affabilité empreinte de fermeté. Elle l'admirait de ne jamais se mettre en colère, alors que, parfois, elle voyait bien qu'il se retenait de dire le fond de sa pensée. Sa mère, elle, n'aurait pas eu cette patience.

Avec ses yeux aux paupières paresseuses et sa chevelure blonde rebelle aux chignons, Bianca Maria Grandi était la fille d'un patricien de Venise qui avait épousé par passion un maître verrier de Murano. L'estime que l'on vouait depuis toujours à la caste des verriers permettait ces unions qui, pour tout autre métier, auraient soulevé l'indignation. Elle passait de colères orageuses à des élans d'affection qui vous laissaient à bout de souffle. Elle avait une démarche de danseuse et un rire de gorge à vous ébranler des pieds à la tête. Livia ne se l'avouait pas, mais, à vrai dire, sa mère lui faisait un peu peur.

Et pourtant, c'était une tout autre peur, d'une magnitude encore inconnue, qui l'avait empoignée quelques années plus tard, à la veille de ses douze ans, alors que le soleil déclinant réchauffait les pierres tendres du rio dei Vetrai et qu'elle était assise au bord du canal, les jambes pendant dans le vide. Son grand-père était venu la chercher. Quand il s'était assis à ses côtés, elle avait trouvé son geste incongru. Son cœur s'était mis à battre plus vite. D'où viennent ces pressentiments, la terreur qui vous saisit à la gorge, alors que tout est calme autour de soi, qu'une barque glisse au fil de l'eau, que les écailles des sardines scintillent dans les cageots empilés à sa proue, qu'une mère admoneste son enfant en lui tirant l'oreille et que le carillon de San Pietro résonne dans l'air serein d'une fin de journée ?

Quand il lui avait pris la main, elle avait senti les durillons au bout de ses doigts, les crevasses infligées par la morsure du feu. Son visage était blême, ses traits figés comme un masque de carnaval. Elle avait été partagée entre l'envie de lui dire de se taire, parce qu'elle devinait que le monde était sur le point de basculer, et la volonté de mettre fin à cette angoisse insoutenable. Puis, d'une voix étranglée, il s'était mis à parler, d'un accident, d'une barque éventrée… À l'époque, elle n'avait pas bien compris. D'ailleurs, alors que les années avaient passé, elle ne comprenait toujours pas comment elle s'était retrouvée devant le caveau de famille, à l'ombre des cyprès de l'île San

Michele, la main encore prisonnière de celle de son grand-père, à contempler les cercueils de ses parents.

Livia posa ses paumes de mains à plat sur le comptoir.

— *Signore* Gorzi, commença-t-elle à mi-voix, ce qui força le vieil homme à se pencher vers elle pour l'entendre. Avec tout le respect que je vous dois, je suis désolée de vous dire que vous vous trompez. Ce que vous voyez là ne ressemble en rien à des « falbalas », martela-t-elle en alignant à nouveau les verres. Vous savez comme moi que la vocation du verre de Venise est d'être aérien, fantaisiste, lyrique… Le travail d'orfèvre de mon grand-père n'est pas « inutile », mais audacieux. Il n'est pas fonctionnel, mais intemporel. Posséder un verre de chez Grandi, c'est s'offrir une part de rêve, et le rêve, après toutes les horreurs de ces dernières années, n'est plus un luxe, *signore*, mais une nécessité.

Elle reprit son souffle.

— Ainsi, les premiers clients qui entreront dans votre illustre magasin viendront à la recherche de ce rêve. Et vous voudriez le leur refuser ?

Elle secoua lentement la tête sans le quitter des yeux.

— Bien sûr que non, vous allez leur montrer les phénix, les licornes, les sirènes ou les dragons qui ont fait la renommée de la Maison Grandi et vos clients américains n'y résisteront pas. Personne n'y a jamais résisté. Ma famille ne figure pas impunément depuis 1605 sur le registre en parchemin du livre d'or des citoyens de Murano. N'ai-je pas raison, signore Gorzi ?

Elle était si tendue qu'elle sentait ses cheveux se dresser sur sa nuque. Elle bluffait : Gorzi pouvait parfaitement se passer des créations des Grandi. Flavio ne reprochait-il pas lui aussi à leur grand-père d'être trop conservateur ? Il y avait d'autres noms que les connaisseurs égrenaient avec gourmandise : Barovier, Venini, Seguso… Leur imagination n'égalait que leur talent. Ils décrochaient les médailles d'or et les mentions d'honneur aux expositions internationales, ces rencontres indispensables aux verriers pour promouvoir leurs créations. Comme eux, il aurait fallu feuilleter les livres précieux aux secrets jalousement gardés qui recelaient les compositions du passé, les transformer, rivaliser avec des directeurs artistiques aussi passionnés les uns que les autres, se réinventer sans cesse. Mais, depuis quelques années, la Maison du Phénix semblait dormir d'un sommeil dangereux, d'un sommeil de pierre. Livia le savait. Et elle avait peur.

Après un long silence, le marchand esquissa un sourire qui s'évanouit aussi vite qu'il était apparu.

— Envoyez-moi votre facture, *signorina* Grandi. Je veillerai à ce qu'elle soit honorée selon nos termes habituels.

Un frisson la parcourut : elle avait gagné.

— Je vous remercie, dit-elle, la gorge sèche comme si elle avait couru. Mon grand-père m'a chargée de vous transmettre son meilleur souvenir.

— Et ce cher Flavio ? Comment se porte-t-il, notre héros ? J'ai cru le voir passer devant chez moi l'autre jour. Sa jambe blessée semble aller mieux.

— Il est égal à lui-même, soupira la jeune fille, pressée de s'en aller avant que Gorzi revienne sur sa décision. Mon frère n'en finit pas d'être égal à lui-même.

Puis, pour donner le change, elle lui décocha un sourire avant de faire retentir la clochette et de refermer la porte du magasin derrière elle.

Ses talons martelant la pierre, Livia, les yeux fixés sur le sol, dévala les marches lustrées du pont. Elle heurta violemment un passant. Aussitôt, une main jaillit et lui saisit l'épaule afin de s'y rattraper.

— *Mi scusi !* lança-t-elle, gênée d'avoir manqué à l'une des règles tacites de savoir-vivre qui gouvernaient sa ville.

Les Vénitiens ne se bousculaient pas. Ils se frôlaient, s'effleuraient, s'esquivaient avec des grâces de fleurettistes, dans les *calli* étroites ou sur les ponts qui enjambaient les canaux, en un ballet insolite, sensuel et musical, qui tranchait avec leur pas alerte. Mais Livia repensait à son frère et une légère angoisse lui étreignait le cœur.

On ne mesure sa propre force qu'aux faiblesses de son ennemi. Flavio était-il vraiment devenu son ennemi ? Comment était-ce possible ? Jusqu'à ces derniers jours, elle n'aurait jamais rêvé de se retrouver à nouveau en guerre. Deux mois auparavant, la grande, la vraie, celle aux millions de morts, aux atrocités qui donnaient le vertige, avait été enterrée par toute l'Europe avec des larmes et des cris de joie. C'était fini... Les sirènes d'alerte, le crépitement d'une mitrailleuse au détour d'un *campo* déserté, les soldats allemands patrouillant chez un allié devenu aussi peu fiable qu'une épouse infidèle, vision incongrue qui aurait été risible s'il n'y avait pas eu le sang des otages fusillés riva degli Schiavoni, les partisans traqués, les visages hagards ou furibonds des réfugiés, le grondement étouffé des bombardements de Padoue, Trévise ou Mestre qui résonnait parmi les pierres de la piazza San Marco.

En pleine nuit, soumise au couvre-feu, Venise était devenue sombre et murée telle une vieille fille. Et pourtant, elle avait été épargnée, protégée par une main divine, alors que les forts décrépits des îles de la lagune montaient leur garde improbable, parce qu'elle était du monde sans en être et que tous les belligérants la voulaient intacte pour mieux se l'approprier.

« La dernière fois, on était du côté des vainqueurs, c'était clair et net, mais à l'époque, on nous a volé notre victoire, et regarde où ça nous a menés, bougonnait son grand-père. Cette fois, on n'est plus sûr de rien et on va s'empresser de faire comme si tout cela n'avait été qu'une parenthèse. Une parenthèse de vingt ans, mais une parenthèse tout de même. Pourtant, ils ont été courageux, nos soldats, mais ils sont morts en vain puisqu'on les a envoyés au casse-pipe pour une mauvaise cause... »

À surprendre des bribes de conversations, à croiser des regards troubles, Livia s'apercevait que la paix n'était pas aussi simple qu'il y paraissait. Et voilà qu'une nouvelle bataille éclatait au sein de sa propre famille.

Elle aurait voulu dater le moment précis où elle avait commencé à douter de Flavio. Elle se rappela le jour où il avait reçu sa feuille de route. Il se tenait près de la fenêtre de sa chambre. Sur le lit, à côté de la carte rose qui le sommait de se présenter au district le plus proche, reposait sa petite valise en cuir encore vide, le couvercle levé. Dehors, on entendait les cris de gamins qui couraient derrière un ballon. Une cigarette éteinte entre les doigts, il les regardait avec une avidité qui faisait saillir ses pommettes et l'aile de son nez.

— Personne n'en veut, tu sais.

— De quoi ? avait-elle murmuré, adossée au chambranle de la porte avec sa gaucherie d'adolescente.

— Cette guerre. Personne n'en veut, en Italie. Même certains des fascistes n'en veulent pas. Regarde Ciano, il a bien essayé de l'empêcher. Mais non, l'autre s'en fiche... Il l'aime trop, son fameux balcon. Il faut qu'il déclame devant une foule en extase. C'est fou ce qu'il adore le son de sa voix. Et allons-y... On déclare la guerre à la Grande-Bretagne et à la France, parce qu'il ne faut surtout pas laisser échapper une part du gâteau. Mais ce n'est pas lui qui va se faire trouer la peau. Pas question d'abîmer sa belle chemise noire ni de salir ses bottes cirées, n'est-ce pas ? Non, ce cadeau-là, c'est pour nous.

Un hurlement de joie retentit au-dehors. L'un des enfants devait lever les bras au ciel en signe de victoire. Flavio alluma sa cigarette, inspira une bouffée et la savoura quelques secondes, la tête en arrière.

— Pourvu seulement que ces inanités soient finies avant qu'ils aient atteint l'âge de partir à leur tour, conclut-il d'un ton presque agressif.

— Tu plaisantes ! s'exclama Livia. La guerre ne va pas durer. Regarde avec quelle facilité les Allemands sont entrés en Pologne ou en France. Ce n'est qu'une question de semaines. Je suis sûre que tu n'auras même pas le temps d'aller au front.

Elle avait seulement cherché à le rassurer, mais, à son air, Livia avait compris qu'il la prenait pour une idiote.

Elle s'était pelotonnée dans le fauteuil, les jambes repliées. Lorsqu'il s'était penché pour ouvrir le tiroir de la commode, elle avait été frappée par la vulnérabilité de son cou qui émergeait de la chemise blanche. Puis elle avait regardé ses poignets. Quand un enfant se présentait à la *fornace* pour commencer son apprentissage, on vérifiait à la taille de ses poignets s'il aurait la capacité physique de devenir verrier. Flavio avait des poignets fins, et s'ils étaient considérés comme trop fragiles pour un souffleur de verre, comment envisager qu'ils maîtrisent une mitrailleuse ? D'un seul coup, tout cela lui avait paru absurde. Elle avait essayé de s'en expliquer, mais Flavio avait refusé de lui parler et s'était mis à siffloter un petit air irritant.

Un peu plus tard, elle l'avait laissé, marmonnant une excuse, parce qu'elle ne supportait plus de le sentir si distant alors qu'elle savait bien qu'on ne partait pas impunément à la guerre. Il y avait eu quelque chose de grave, d'irréversible, dans les gestes nonchalants de Flavio préparant ses affaires de toilette comme pour l'un de ses séjours à Rome où elle devinait qu'il avait une petite amie. C'était ce qui rendait son frère aussi exaspérant : on ne lisait jamais rien dans ses yeux, ni la joie, ni la peine, ni l'inquiétude. Et pourtant, ils avaient hérité de la même clarté dans le regard, de ces prunelles bleues ou vertes, parfois même étrangement grises, « capricieuses comme la lagune », se plaisait à dire leur grand-père. Mais chez Livia, on devinait tout, on devinait trop.

Le lendemain, Flavio avait refusé qu'elle l'accompagne à la gare. Elle en avait été soulagée, mais un peu honteuse. N'était-ce pas son devoir ? Il était son frère unique, son aîné, qui allait montrer à toute l'Italie « sa ténacité, son courage, sa valeur », comme l'avait claironné le Duce au balcon du Palazzo Venezia. Mais Flavio n'y croyait pas. Il portait sur la vie un regard ironique qui fascinait les jeunes filles, mais empêchait sa sœur de se sentir en confiance. Comment faire autrement avec quelqu'un qui n'aime rien de mieux que la dérision ?

Dans le salon, Flavio avait rempli une flasque de *grappa* comme n'importe quel jour d'automne lorsqu'il allait rejoindre ses camarades pour tirer des canards sauvages. Il l'avait glissée dans sa poche, puis il avait saisi sa valise. Sans un mot, il avait jeté un dernier coup d'œil autour de lui. La décoration de la pièce n'avait pas changé depuis la mort de leur mère, mais Livia avait eu l'impression de la voir pour la première fois.

Enfant, elle avait souvent rendu visite à son grand-père maternel. Elle gardait le souvenir d'un homme mince et élégant, qui portait une fleur à la boutonnière été comme hiver, parlait le vénitien d'une voix douce et cultivait une passion insolite pour les mandolines.

Lors de son mariage, on avait pu penser que la jeune Bianca Maria concevrait quelque regret à l'idée de quitter le palais de son enfance, niché dans un recoin derrière le théâtre de la Fenice, avec ses fresques galantes, ses plafonds à stucs et ses glaces à double face où se reflétaient les eaux dansantes du canal. Mais la belle demeure des Grandi, avec ses arcades et son jardin fruitier épargné par le temps, pouvait s'enorgueillir d'une dignité de vieille dame provinciale qui ne s'en laisse pas conter. Après tout, quelques siècles plus tôt, les ancêtres de la jeune femme n'étaient-ils pas venus se promener à Murano et s'y faire construire des palais entourés de jardins où poussaient des plantes exotiques d'Afrique ou d'Orient ? Avec ses malles, Bianca Maria avait apporté des étoffes chatoyantes, des commodes laquées, des fauteuils de bois sculpté, sa collection d'éventails, des draps de lin brodés de dentelle délicate et le *terrazzo* de sa jeunesse, cette pâte de chaux parsemée d'éclats de marbre multicolores qui recouvrait désormais le sol.

Le jour de son départ, Flavio avait levé la tête comme pour s'imprégner de cette légèreté aux harmonies de rouges et de jaunes qui avait été l'écrin de leur enfance. Livia avait compris qu'il bridait son émotion. Nerveuse, elle lui avait tendu son chapeau avant de lui emboîter le pas, telle une ombre. En silence, ils avaient rejoint la verrerie.

Quand ils avaient pénétré dans le grand atelier, les ouvriers s'étaient tournés vers eux, l'un après l'autre. Leur grand-père avait donné sa canne de soufflage à son *servente*, puis il s'était approché de Flavio. Dans le silence attentif, on n'entendait que le ronflement des fours. Il avait posé ses mains tavelées sur les épaules de son petit-fils, l'avait scruté comme pour graver chaque ligne de son visage dans son esprit, puis il avait esquissé un signe de croix sur le front du jeune homme.

— Pour ta mère, avait-il murmuré d'une voix rauque.

Au grand étonnement de Livia, Flavio n'avait pas protesté, alors qu'il méprisait tout ce qui pouvait ressembler à de la sensiblerie. Les ouvriers étaient venus le saluer, serrant contre leur cœur, comme pour se protéger, leurs pinces, leurs ciseaux ou leur soufflet, ces instruments séculaires de leur métier qui étaient une extension de leur propre personne.

Plus tard, elle était restée longtemps sur le quai, à regarder le sillage d'écume dessiné par le bateau à vapeur qui se dirigeait vers Venise et la gare de Santa Lucia. Elle avait porté la main à sa joue et il lui avait semblé que les lèvres de son frère y laissaient une empreinte curieusement douce.

La jeune fille emprunta une *calle* bordée de maisons aux crépis mouchetés d'humidité qui semblaient chuchoter entre elles. Le linge séchait aux fenêtres. Au loin, étroite déchirure, les eaux de la lagune scintillaient telle une promesse. Soudain, des volets à la peinture écaillée claquèrent au-dessus de sa tête, laissant s'échapper des bribes de voix de femmes.

Flavio avait toujours été une énigme. Ils n'avaient pas connu la complicité d'autres frères et sœurs, une connivence forgée par des années de chamailleries et de bêtises, de rires partagés devant l'incompréhension que suscite le monde des adultes, de disputes qui donnent parfois naissance à des accusations lancées avec colère ou dépit, les yeux pleins de larmes, lorsque l'un ou l'autre des enfants se sent trahi. On aurait dit que leurs six années d'écart avaient creusé entre eux un fossé infranchissable. Flavio n'avait pas eu de sentiment protecteur pour sa petite sœur, et elle n'avait pas conçu pour lui d'admiration. À l'adolescence, il avait même habité quelque temps chez son grand-père maternel, soi-disant pour ne pas laisser le vieux monsieur seul dans son palais après la mort de sa femme. Lorsque Livia lui rendait visite avec leurs parents pour un déjeuner dominical, il lui avait semblé que son frère était devenu une sorte de cousin éloigné. Certes il présentait certains attributs physiques de la famille, mais il appartenait à un autre monde, avec des coutumes différentes et des codes singuliers difficiles à déchiffrer.

Dès lors, elle ne pouvait pas dire que Flavio lui était devenu étranger, parce qu'elle ne l'avait jamais vraiment connu, mais depuis son retour elle le trouvait encore plus insaisissable. Le regard moqueur, autrefois teinté de bonne humeur, de celui qui est persuadé que le destin vous joue parfois de drôles de tours mais qu'il est plus élégant d'en rire, était devenu acide. Sa bouche avait pris un pli amer. Parfois, ignorant que sa sœur l'observait, son regard se perdait dans le vide et une dureté implacable figeait ses traits. La seule fois où elle l'avait interrogé sur la Russie, il avait rétorqué, le visage hargneux : « C'était l'enfer, et l'enfer ne se raconte pas. » Il s'était levé si brusquement qu'il avait chancelé et seule sa canne l'avait empêché de tomber. De sa guerre, elle savait seulement qu'il avait été fait prisonnier sur le front russe, avant d'être libéré par une contre-offensive. Rapatrié pour blessure, il avait ensuite rejoint les partisans dans les montagnes au nord de la Vénétie. Elle avait eu l'impression qu'il la rendait coupable de ne pas pouvoir comprendre et elle n'avait plus osé lui en reparler.

Elle émergea de la pénombre de la ruelle sous le soleil qui éclaboussait les Fondamente Nuove. Leurs paniers en osier sous le bras, quelques femmes faisaient la queue devant une boulangerie avec leurs cartes d'alimentation. Quand elle aperçut le *vaporetto* sur le point d'appareiller, Livia se mit à courir et une volée de mouettes s'égailla vers le ciel bleu en des battements d'ailes outragés.

Le marin la laissa se faufiler sur le pont avant d'enrouler sa corde et de crier l'ordre de poursuivre. À bout de souffle, elle le remercia d'un hochement de tête et se dirigea vers la proue. Son pas s'accorda d'emblée au roulis, comme chez toute Vénitienne, habituée à passer sans cesse de la terre ferme au mouvement d'une embarcation, sans jamais hésiter, parce que l'ondulation sensuelle de la mer est une seconde nature. Elle s'assit au premier rang, comme si ces quelques mètres pouvaient la rapprocher de Murano.

Murano où l'armature de sa vie, le grand-père qui l'avait élevée, ne parvenait plus à se lever de son lit. Murano où il lui faudrait se servir des faiblesses de son frère, illusoires ou avérées, pour y puiser sa propre force si elle voulait sauver son héritage.

Lorsqu'elle arriva devant les pontons des Verreries, Livia vérifia d'un coup d'œil qu'aucune embarcation inconnue n'y était amarrée. Hélas, seul le *s'ciopòn* de Flavio se balançait sur l'eau. Elle remarqua, non sans humeur, qu'au-dessus de la ligne de flottaison la peinture verte de la barque semblait neuve. Depuis son retour, son frère s'en occupait comme d'un enfant et disparaissait des journées entières parmi le dédale des eaux paresseuses de la lagune.

Si au moins il ne s'était préoccupé que de cela ! Mais non, les rares fois où il daignait faire une apparition à l'atelier, il ne se privait pas de lancer des critiques acerbes. Bien sûr, les affaires n'étaient pas brillantes... Pour qui l'étaient-elles, voyons ? Mais il fallait un peu de patience et de persévérance. Comme lors de la crise des années trente. À l'époque, plusieurs maisons avaient fait faillite. Ercole Barovier, lui, avait inventé un verre nouveau, un matériau translucide recouvert de craquelures, sibyllin et ensorceleur, qu'il avait souligné de bordures noires ; sa collection « Primavera » avait remporté un immense succès. Or, Livia admirait les audacieux, non les défaitistes comme son frère.

Elle poussa la grille en fer forgé qui protesta avec un grincement désagréable. Dans la vaste cour de l'atelier, des herbes folles poussaient entre les pavés. Des pièces de bois destinées à l'alimentation des fourneaux séchaient au soleil, non loin d'une modeste pile de charbon. Grimpant le long du mur de l'entrepôt, les fleurs violettes de la bougainvillée dissimulaient les fissures et des chaises entouraient une table bancale sur laquelle reposaient des verres vides.

Elle remarqua que le nombre des cartons entassés près du puits n'avait pas augmenté. Trônant sur la pile, le chat gris de la famille paressait au soleil. Elle fronça les sourcils. On attendait des Verreries Grandi la livraison, en fin de journée, de cinq cents ampoules électriques destinées à une entreprise de Marghera. Personne n'aimait fabriquer des ampoules, mais il fallait bien nourrir les ouvriers et l'on ne pouvait pas faire la fine bouche lorsqu'on avait la chance de recevoir une commande.

Quand son grand-père Alvise avait eu son attaque quelques semaines auparavant, Livia avait aussitôt senti un flottement dangereux chez les employés. Comme aucun navire ne survivait longtemps sans capitaine et que Flavio était imprévisible, elle avait saisi le gouvernail.

La mainmise ne se faisait pas sans mal, bien que les femmes eussent toujours été reconnues pour leur talent dans les ateliers de Murano. Déjà au XVe siècle, un privilège d'État avait encouragé la production de la fille d'un maître verrier qui s'était passionnée pour des baguettes de verre aux couleurs vives et aux motifs en étoile. Un siècle plus tard, le Sénat avait accordé à Armenia Vivarini le droit exclusif de créer des modèles de bateaux. Or, si les verriers avaient l'habitude de côtoyer des femmes dans leur métier, ils n'aimaient pas qu'elles donnent des ordres. D'ailleurs, un interdit demeurait immuable : aucune femme n'avait le droit de souffler le verre. Elles pouvaient surveiller la « chambre aux poisons » où étaient entreposées les matières premières, veiller à la composition de la masse vitreuse, travailler les peintures ou l'émail, appliquer des feuilles d'or, inventer des formes inédites, concevoir des créations, mais souffler, jamais ! On prétendait que c'était une question de force physique. Livia, elle, demeurait persuadée qu'il était plutôt question d'orgueil. Elle n'en parlait pas, mais elle vivait cette sentence telle une blessure.

Contrariée, elle pénétra dans l'atelier d'un pas décidé, prête à en découdre et à réprimander les paresseux. Elle évita de regarder les fourneaux éteints qu'elle ressentait comme une insulte, mais elle s'arrêta net en voyant Tino Tomasini, le maître verrier qui travaillait aux côtés d'Alvise depuis plus de vingt ans, assis à son banc de travail, les cuisses écartées.

Elle se percha sur un escabeau et enlaça ses genoux. La matinée avait été éprouvante et elle s'abandonna au sentiment réconfortant que lui inspirait toujours l'atelier, avec le ronronnement rassurant des fours, les ciseaux et les pinces de différentes tailles accrochés à leurs patères, les moules en bois entassés dans un coin, les cannes et les pontis alignés telles des lances de chevalier. Ici, elle était chez elle et ce sentiment viscéral l'emplissait d'une rare plénitude. C'était le seul endroit où le chagrin rouge qui ne la quittait pas s'estompait jusqu'à lui donner l'illusion de disparaître.

À l'époque, l'annonce de la mort soudaine de ses parents avait eu un effet si dévastateur sur la petite fille qu'elle en avait perdu l'usage de la parole. Pendant trois jours, elle n'avait même pas pleuré. Elle savait qu'elle leur avait fait peur avec son visage blafard où la peau s'étirait sur les pommettes, avec ses yeux transparents, liquides, aux cils noirs qui ombraient ses joues quand elle acceptait de s'allonger pour dormir. Ou, du moins, de faire semblant. Mais pas seule dans sa chambre, non, là où il y avait du monde, sur le canapé du salon ou le lit de son grand-père, sur des coussins hâtivement jetés dans un coin de l'atelier.

Docile, elle avait obéi quand on l'avait encouragée à manger. Dans la cuisine, les casseroles ne cessaient de bouillir. Des femmes se relayaient pour hacher les oignons, les aubergines, les tomates, les lames aiguisées des couteaux tranchant les chairs pulpeuses des légumes tandis qu'une gousse d'ail rissolait dans une poêle. Elles n'avaient eu de cesse de l'asseoir à une table, l'incitant à ouvrir la bouche : « Mange, trésor, mange, ma petite caille... » Comme si ces douceurs pouvaient atténuer l'impensable... Mais la polenta avait eu un goût de cendres et les desserts à la crème lui avaient donné la nausée.

Les larmes étaient venues dans un silence qui avait tétanisé ses proches, alors que la flottille de gondoles suivait la barque funéraire avec ses anges baroques aux ailes déployées qui avançait, solennelle, inexorable, vers les murailles roses de l'île San Michele.

Le médecin de famille avait haussé les épaules et ouvert les mains avec un geste d'impuissance. « C'est le choc. Il en faudra probablement un autre pour qu'elle se remette à parler. Sinon, elle restera muette. » Son grand-père indigné avait bondi sur ses pieds dans l'étroit cabinet encombré de livres. « Un autre choc... Tu veux la tuer ou quoi ? » s'était-il exclamé, les joues empourprées, les cheveux gris dressés sur sa tête. « Voyons, Alvise, calme-toi », avait marmonné le médecin. « Si ma petite-fille a choisi de ne pas parler, c'est qu'elle n'a rien de particulier à nous dire. Et cela vaut mieux que tous les bavards de ton espèce ! » avait-il claironné, avant d'empoigner la main de Livia et de l'entraîner loin de ces gens gonflés de sollicitude qui se penchaient vers elle, de ces visages dilatés qu'elle retrouverait dans ses cauchemars.

À partir de ce jour-là, on l'avait laissée tranquille, la muette. Les autres enfants ne voulaient pas jouer avec elle et les professeurs n'osaient plus l'interroger en classe, comme si le malheur était une maladie contagieuse. Elle avait passé ses journées à l'atelier à regarder son grand-père travailler. Pour meubler son silence, il s'était mis à parler pour deux, réfléchissant à voix haute, détaillant le moindre de ses gestes et l'usage de chaque outil. Le visage impassible, le corps raide, la petite orpheline l'avait écouté avec son âme. Elle avait laissé les paroles de son grand-père tresser autour de sa solitude une résille de tendresse, semblable à ce réseau de lignes entrelacées qui décore les objets *a reticello*, où une bulle d'air demeure prisonnière des losanges créés par le croisement des fils. Prisonnière, elle aussi, de sa détresse, elle s'était laissé bercer par ce vénitien mélodieux aux consonnes à peine articulées, par cette voix qui lui parlait de fantaisie, de courbes et de déliés, d'ardeur et de volonté, du mariage de couleurs insolites, de dragons et de merveilles.

Puis, un jour, après de longs mois passés sans prononcer un mot, elle avait pris une *paletta* et s'était approchée de son grand-père. « À moi, maintenant », avait-elle lancé d'une voix éraillée, et, d'un geste assuré, sans l'ombre d'une hésitation, elle avait commencé à lisser la surface du vase qu'il travaillait.

À chaque fois, et bien que rien ne lui fût étranger, Livia ressentait ce même respect devant l'alliance mythique du feu, de la matière et de la lumière.

Tino était le chef d'orchestre. Autour de lui, ses assistants ne le quittaient pas des yeux. Il suffisait d'un froncement de sourcils, d'un grognement, d'un ordre pour que le *serventin* ou le *garzone* se précipitent pour lui obéir. Mais la plupart des gestes étaient accomplis sans qu'il ait besoin de les expliquer. Entre les musiciens de la *piazza*, l'osmose était parfaite, née de longues années de complicité. Chez les serviteurs du feu, on ne tolérait aucun mouvement superflu ni aucune incertitude.

Le fils aîné de Tino lui tenait lieu de *servente*. Il possédait la même carrure imposante que son père, un cou de taureau, et les muscles de ses bras jouaient sous sa peau. Aldo n'avait pas son pareil pour travailler les pièces lourdes. Il saisit une canne de soufflage et s'avança vers le creuset. Il marqua une pause, comme pour se recueillir, puis d'un signe du menton indiqua qu'il était prêt.

Le cueilleur qui montait au four saisir le verre fondu au bout de sa canne, en plein cœur de la fournaise, lançait un défi aux dieux, et le feu le punissait par une morsure au visage et au torse, le drapant un bref instant d'une lueur rouge sang. Mais il tenait sa récompense lorsqu'il présentait la boule incandescente et lumineuse à son maître. À partir de cet instant précis, la masse liquéfiée ne connaissait plus le repos.

Un mouvement incessant, dépourvu de hâte et de précipitation, mais d'une implacable précision, tout en courbes et en douceur, la retenait prisonnière. Passant de main en main, elle était livrée à une métamorphose née de l'imagination des hommes qui la soufflaient, l'étiraient, la modelaient avec dextérité, sans jamais cesser la rotation de leurs poignets ou de leurs épaules, sans jamais la quitter des yeux, devinant à sa texture, à sa couleur, à son poids, par pure intuition, s'il fallait accélérer ou ralentir, la laisser respirer le temps d'un soupir pour mieux l'apprivoiser, afin que se révèle le fruit de leur fantaisie et de leur désir. Car ces voleurs de lumière avaient-ils jamais été autre chose que des séducteurs éperdus de désir ? La sensualité de leurs gestes, leur regard vigilant mais tendre, la fascination et le respect qui se lisaient sur leurs visages sculptés par la lueur des flammes étaient ceux d'amants en quête d'absolu.

Tino posa la canne de soufflage sur les bardelles montées de part et d'autre du banc. Sans jamais cesser de faire rouler la canne sur elle-même, il fit tourner la paraison dans un moule en bois afin d'obtenir une boule compacte. Il souffla une première fois pour la percer, se leva et souffla de nouveau pour former l'ébauche de la pièce. Puis il étira la masse vitreuse avec ses ciseaux arrondis, avant de la modeler à l'aide des pinces. D'un geste précis, il vérifia au compas la taille de la coupe. Satisfait, il la fixa sur un pontis, libérant ainsi l'extrémité qui avait été attachée à sa canne. Le *garzone* aux cheveux roux auréolant son visage parsemé de taches de rousseur lui tendit le soufflet. Les joues de Tino se gonflèrent légèrement tandis qu'il soufflait le verre pour en égaliser l'épaisseur.

Autour de lui, ses aides patientaient, lui tendant les instruments au moment où il ouvrait la main, ramenant à grandes enjambées le verre façonné à l'ouvreau du four de fusion lorsqu'il fallait le réchauffer. La sueur coulait de leurs fronts, mais leurs mouvements étaient harmonieux, empreints de sérénité. La coupe terminée, le maître préleva une autre quantité de *cristallo* afin de travailler la tige qu'il façonna en torsade.

Au claquement des petites portes des ouvreaux répondait celui des ciseaux. Debout parmi les étincelles, sa chemise grise tachée de sueur, Tino semblait prendre une dimension plus imposante au fur et à mesure que naissait l'objet sous ses yeux. Le crescendo de la symphonie lui donnait des allures d'empereur flamboyant, entouré d'une garde de lieutenants fidèles.

Le pied naquit d'une *goccia* de verre fixée à la canne, amoureusement soufflée avant d'être travaillée jusqu'à ce qu'elle prenne la forme d'un disque. Enfin, des larmes de verre pâteux scellèrent le mariage du pied et de la tige, avant que le maître décore la jambe d'applications que ses aides versaient aussi délicatement que des gouttes d'ambroisie.

La création eut droit à un nouveau baptême du feu, puis le maître ordonna d'une voix de stentor qu'on lui apporte la coupe. Il la fixa sur la tige torsadée et lui conféra sa dignité par un dernier adoubement de pinces.

D'un mouvement solennel des épaules, Tino « Lupo » Tomasini se redressa et tendit ses outils à l'un de ses compagnons. Le verre fut emporté vers le four à recuire, passage indispensable pour éviter que le *cristallo* n'éclate en refroidissant. Le miracle s'était accompli une nouvelle fois.

Les poings sur les hanches, bombant le torse, il se tourna vers Livia. Comme tous les maîtres verriers muranais, il avait droit à un surnom et le sien lui collait à la peau. Sous les sourcils hérissés qui lui barraient le front d'un trait noir, ses yeux effilés vous fixaient d'un air pénétrant. Du loup, Tomasini avait aussi hérité les prunelles pâles aux reflets jaunes. Il prétendait qu'elles avaient été d'un bleu profond dans sa jeunesse, « comme celui du manteau de la Vierge de Titien », mais qu'il avait sacrifié la beauté de ses yeux à contempler les flammes. À Murano, personne n'osait le contredire.

La jeune fille déplia ses jambes et se leva.

— Et les ampoules ? lança-t-elle d'un air furibond.

— Je crée une merveille et tu oses me parler d'ampoules ! rugit Tino.

— Il manque dix boîtes, là dehors. Je sais, je les ai comptées. La livraison doit être prête pour cinq heures et j'en ai besoin pour être payée et te donner ton salaire à la fin de la semaine. Allez ! ordonna-t-elle en agitant les doigts. Dépêchez-vous de vous mettre au travail !

— *Davai*, *davai*…, lança une voix ironique derrière elle. On croirait entendre les Soviétiques. Ils n'avaient que ce mot à la bouche.

Livia se retourna. Flavio, les bras croisés, un sourire moqueur aux lèvres, s'adossait à la porte.

— Et que nous vaut le plaisir de ta visite ? rétorqua-t-elle.

— J'ai à te parler. Viens donc prendre une *ombra* avec moi. C'est l'heure de l'apéritif.

Sans attendre sa réponse, il tourna les talons. Elle hésita un court instant. Elle était pressée d'aller voir son grand-père pour lui annoncer la bonne nouvelle concernant Gorzi et de retirer le vieux tailleur trop étroit dans lequel elle se sentait engoncée, mais autant se débarrasser de la corvée.

Elle poussa un soupir avant de suivre la silhouette dégingandée appuyée à sa canne à pommeau d'argent.

Lorsqu'elle entra dans le bar à vins, Livia fut saluée par les habitués accoudés au comptoir. Elle hocha la tête avec un sourire contraint, cherchant Flavio des yeux.

— Il est à sa table, lui indiqua le patron d'un coup de menton, en frottant un verre avec un torchon à carreaux.

Livia se dirigea vers le fond de la petite pièce en enfilade et s'assit en face de son frère. Les bouteilles aux étiquettes fanées s'alignaient sagement dans leurs casiers et, sur les photos du tournant du siècle placardées aux murs, les femmes portaient des jupes longues et des châles noirs à franges.

Le patron leur apporta deux verres de vin blanc et quelques *cicchetti*. Le visage grave, Flavio étudia les minces tartines à la crème de morue et les boulettes de viande avant de se mettre à manger avec résolution, les yeux rivés sur l'assiette. Il mastiquait consciencieusement, un poing posé sur la table, l'autre main se dépliant de façon mécanique jusqu'à ce que l'assiette fût vide. Alors seulement, comme s'il revenait d'un autre monde, ses traits se relâchèrent.

— Bon, combien veux-tu ? demanda Livia.

Flavio haussa les sourcils.

— Pourquoi es-tu toujours si agressive, Livia ? Et si je me réjouissais seulement de prendre un verre avec ma petite sœur, qui est particulièrement belle aujourd'hui dans son délicieux tailleur ? Avais-tu un rendez-vous galant à Venise ?

Elle leva les yeux au ciel.

— Je n'ai pas le temps pour ces enfantillages. Je suis allée voir Gorzi et j'ai eu un mal fou à le persuader d'acheter quelques verres, mais j'ai bien peur qu'il ne se montre encore moins coopératif la prochaine fois. Décidément, les choses ne s'arrangent pas. On n'a pas de commandes, pas de touristes. Avec

Tino qui rechigne à fabriquer les ampoules et le *nonno* qui est toujours si faible…

Au moment où elle saisit son verre, elle s'aperçut que sa main tremblait. Aussitôt, elle serra le poing. Elle avait caché sa nervosité au vieux Gorzi, mais il était encore plus impérieux de la dissimuler à Flavio.

— Alors, qu'est-ce que tu veux ? reprit-elle d'un ton mordant.

— J'ai croisé Marco, hier soir. Je l'ai trouvé en pleine forme. Débordant d'enthousiasme, très avant-guerre, pourrais-je dire… Te rappelles-tu la vigueur incroyable des jeunes gens comme lui qui se retrouvaient au Lido ? On aurait dit qu'ils préparaient sans cesse les jeux Olympiques. Je me souviens qu'ils m'épuisaient… Bref, ce cher Marco avait une grande nouvelle à m'annoncer : il reprend les rênes de l'affaire familiale. J'ai eu droit à tous les détails, mais je n'écoutais que d'une oreille. Tu me connais, n'est-ce pas ? J'ai la faculté d'attention d'un moineau. Du moins, c'est ce que tu me reproches, non ?

Livia avait l'impression qu'une corde s'enroulait autour de ses poumons. Marco Zanier… Comment son retour avait-il pu lui échapper ? Est-ce qu'elle n'aurait pas dû percevoir quelque chose, une compression de l'air, semblable à ces tensions d'avant l'orage lorsque les oiseaux se taisent d'un seul coup dans une atmosphère au goût de soufre ? Elle aurait dû deviner son retour, le flairer, mais elle était si préoccupée par la santé précaire de son grand-père qu'elle était devenue sourde et aveugle à tout le reste.

D'autres ne reviendraient pas, mais Marco, bien entendu, était sain et sauf. Flavio continuait à lui parler ; cependant, elle le voyait articuler sans rien saisir de ses paroles. Une miette de pain croustillant resta accrochée à sa lèvre luisante d'huile d'olive. Il l'essuya du revers de la main.

— Pardon ? fit-elle soudain.

— Marco m'a demandé de tes nouvelles. Il se réjouit de te revoir.

Revoir Marco… Aurait-il changé en deux ans ? Probablement. La guerre vous changeait un homme. Ne le vivait-elle pas au quotidien avec Flavio ? Elle façonnait une âme de même que le maître travaille le verre pour lui imposer des formes, mais la guerre n'accordait pas de contours harmonieux aux hommes. Elle les durcissait, leur infligeait des facettes coupantes, des rires agressifs, des regards acérés.

Parfois aussi, elle vous les rendait brisés, dans le corps ou dans l'esprit. Elle en avait vu à l'hôpital quand elle avait été rendre visite à son grand-père. L'un d'eux passait son temps à errer dans les couloirs. Les infirmières le houspillaient gentiment quand il les dérangeait dans leur travail, mais on le laissait faire, parce que sa vieille mère était impotente et qu'il refusait de rester chez lui. Une nuit, on l'avait trouvé déambulant à moitié nu campo San Marina. Une bonne âme l'avait pris par le coude et guidé jusqu'à l'hôpital. Grand, efflanqué, il bougeait avec une grâce étrangement féline, tel un de ces chats de la ville qui n'ont peur de rien parce qu'ils se savent chez eux.

Mais Marco, lui, que connaissait-il à la guerre ? En digne fils à papa, il avait été exempté de l'armée pour des raisons obscures, puis il avait occupé un vague poste à Rome dans un ministère. Elle se rappelait l'avoir repéré dans la foule, par une froide journée de mars, parmi les drapeaux et les uniformes qu'on exhibait sur la *piazza* lors d'une fête des faisceaux de combat, bombant le torse dans sa chemise noire, cherchant à imposer à sa mâchoire une détermination que ne lui avait pas concédée la nature.

— Marco veut te voir parce qu'il a une proposition intéressante à nous faire.

La corde lui comprimait si fortement les poumons qu'elle avait du mal à respirer.

— Une proposition intéressante ? ironisa-t-elle. Ce serait une première venant d'un Zanier.

« J'ai envie de toi, Livia. »

Ce jour-là, la lagune immobile, écrasée de chaleur, retenait son souffle. Allongée dans la barque, un bras sous la nuque, elle gardait les yeux fermés. Le soleil pesait sur ses paupières, le sel desséchait ses lèvres.

Elle connaissait Marco depuis toujours. Ils avaient fréquenté la même école, s'étaient évités sur les *campi* avec le soin que mettent les enfants à ne pas se compromettre. Puis les années avaient passé, l'un comme l'autre avaient grandi. Parfois, lorsqu'elle se retournait, elle croisait son regard fixe et scrutait les traits en devenir du jeune homme aux cheveux noirs bouclés et au nez saillant. Héritier de l'une des plus prestigieuses verreries de l'île, il possédait l'assurance de celui qui n'a pas l'habitude d'être contredit. Il se tenait toujours très droit, comme pour compenser une taille qu'il jugeait insuffisante et, dans l'agitation d'une conversation, il lui arrivait de se dresser sur la pointe des pieds.

Sur le moment, en entendant les paroles de Marco, elle avait pensé que c'était une illusion de la chaleur, un mirage qui déformait les sons. Le corps rassasié de soleil, elle avait trouvé la demande incongrue. Comment pouvait-il avoir besoin de quoi que ce soit alors qu'elle-même se sentait si pleinement comblée ?

« Tu m'écoutes, Livia ? » Sa voix s'était faite plus appuyée, aussi irritante que le susurrement du

moustique qui tourne dans une chambre obscure. Elle avait perçu son impatience, à la limite de l'exaspération. Il l'avait tirée d'une agréable torpeur où les inconvénients de la guerre, les soucis financiers et ce sentiment d'être à la merci de décisions lointaines s'étaient estompés. L'impolitesse l'avait agacée. Elle avait ouvert les yeux et l'éclat du soleil l'avait forcée à cligner des paupières. Elle s'était redressée d'un mouvement de reins. La barque avait oscillé sur l'eau aussi plate qu'un miroir. « Je vais faire comme si je n'avais rien entendu, ce qui nous évitera le désagrément d'une dispute. Rentrons maintenant », avait-elle décrété en enfonçant son chapeau de paille sur la tête.

L'air renfrogné, Marco avait regardé droit devant lui en direction de Murano, imprimant d'un geste vif un mouvement circulaire à la rame. Elle avait deviné que son indifférence l'avait irrité. Les autres jeunes filles rougissaient et se dandinaient devant lui. Elle s'en était voulue de lui avoir accordé deux ou trois baisers anodins, cédant à une émotion trouble née de la solitude et de la curiosité.

Le soir même, ils avaient fêté l'anniversaire de Marco avec un peu d'avance, car il retournait à Rome le lendemain. La soirée avait été arrosée. Comme toujours à l'époque, on comptait davantage de jeunes filles que de jeunes gens, mais Marco ne l'avait pas quittée des yeux. Lorsqu'ils avaient dansé, il l'avait serrée contre lui avec une vigueur qu'elle ne lui connaissait pas. Cette insistance avait fini par lui peser. Elle avait lâché une réflexion acerbe pour qu'il se tienne tranquille, puis elle avait préféré s'éclipser.

Marco l'avait rattrapée quelques ruelles plus loin. Elle avait essayé de le repousser, détournant la tête pour éviter ses lèvres, agacée mais flattée à la fois, retenant un rire. Puis une lueur étrange avait brillé dans son regard et elle ne l'avait plus reconnu. Brusquement, elle avait pris peur. Elle s'était débattue de manière plus violente, prête à lui faire mal. Il avait plaqué sa bouche sur la sienne, étouffant ses protestations. Des mains énergiques et des lèvres avides avaient emprisonné son visage, son cou, sa gorge : elle avait eu l'impression de suffoquer.

Puis, d'un seul coup, elle avait pu respirer à nouveau. Les mains appuyées contre le mur, plié en deux, Marco haletait, avant de rendre tripes et boyaux. Une odeur âcre avait empuanti la ruelle.

Les larmes aux yeux, Livia avait ramené sa blouse sur sa poitrine. Tremblante de rage, furieuse d'avoir eu peur, de s'être laissé malmener par un garçon saoul qui régurgitait son alcool sur les pavés dans une scène aussi détestable que ridicule, elle lui avait décoché un coup de pied. « Comment oses-tu ? Tu n'es qu'un voyou, pauvre imbécile ! Va-t'en, je ne veux plus jamais te revoir… »

Et voilà que Marco Zanier, lui, voulait la revoir, bien sûr.

— Qu'est-ce qu'il veut, celui-là ? reprit-elle. On sait bien ce que valent les paroles d'un Zanier.

— Toujours cette vieille histoire, se moqua Flavio, levant les yeux au ciel. Tu ne crois pas qu'il serait temps d'oublier tout cela ? Les rivalités ancestrales entre les Zanier et les Grandi… À t'écouter, on se croirait à Vérone chez les Capulet et les Montaigu.

Livia détourna la tête. Depuis sa mésaventure avec Marco, elle aimait se rappeler que leurs familles avaient toujours entretenu des rapports conflictuels, dont on embellissait la teneur au fil des décennies. Selon les saisons et l'humeur capricieuse des uns ou des autres, on parlait d'une histoire de cœur qui aurait mal tourné et l'on ne savait plus très bien si c'était une jeune Zanier qui avait refusé les avances d'un Grandi ou l'inverse, mais les visages se fermaient lorsqu'on évoquait une sombre histoire de reliquaire du XVIe siècle, décoré de gravures à la pointe de diamant, dont la paternité demeurait incertaine, mais que se disputaient jusqu'à ce jour les Zanier et les Grandi.

— Il a su que nous avions, comment dire, quelques difficultés en ce moment, poursuivit Flavio d'un ton désinvolte. Il serait prêt à nous racheter les Verreries pour une somme appréciable si nous voulions...

— Jamais ! cria Livia en frappant du plat de la main sur la table, au point que, en se renversant, son verre heurta le bord de l'assiette et se brisa. Jamais je ne te permettrai de faire une chose pareille ! Les Verreries, c'est le sang et le talent de notre famille. Ce serait une honte, une lâcheté sans pareille...

— Calme-toi, fit-il en essayant d'éponger le vin renversé. Mince ! voilà que je me suis coupé ! Vraiment, il ne manquait plus que ça.

Exaspéré, il sortit un mouchoir de sa poche qu'il entortilla autour de son doigt. Une ride se creusa entre ses sourcils et son regard se durcit.

— Tu t'enflammes toujours pour un oui ou pour un non, Livia. Quand deviendras-tu enfin adulte, bon sang ? Je n'ai pas dit que je voulais lui vendre quoi que ce soit.

— De toute façon, tu ne peux pas. Elles appartiennent à notre grand-père à qui tu ne daignes même pas rendre visite alors qu'il est malade. On dirait que tu n'attends qu'une seule chose : qu'il crève pour que tu puisses brader l'affaire familiale !

Aussitôt, comme si l'on avait tiré un rideau, le visage de Flavio se ferma. Ses lèvres s'étirèrent et son regard clair se perdit dans le vague, au-delà de l'épaule de sa sœur. Elle retint son souffle ; elle détestait quand Flavio lui échappait ainsi. Dans le visage en lame de couteau, seul un nerf tressaillait près de la paupière.

Lorsque les yeux voilés de gris vinrent à nouveau se poser sur elle, la jeune fille eut l'impression d'être transpercée.

— Parfois, je crois que je te préférais muette.

— C'est ce que les hommes disent toujours des femmes, répliqua-t-elle d'un air insolent.

— Je déteste ton intransigeance, Livia. Certains mettent cela sur le compte de la jeunesse, mais tu m'excuseras si je ne cède pas à cette facilité. Moi, ma jeunesse, on me l'a volée, alors j'ai du mal à tolérer celle des autres. Ce n'est pas parce que je ne fais pas preuve d'une exubérance aussi enflammée que la tienne que les Verreries ne me tiennent pas à cœur. Mais je m'aperçois que tu n'es encore qu'une enfant et que tu juges toujours les autres à l'aune de tes peurs. Je dois donc attendre que tu grandisses un peu pour avoir une conversation sensée avec toi.

Livia serra les poings et ses ongles lui griffèrent les paumes.

— Pour qui te prends-tu, Flavio ? Moi, je ne supporte pas tes airs condescendants. Ce n'est pas parce que tu as souffert dans les steppes russes que tu dois infliger tes humeurs aux autres. Je vais te dire un secret…, souffla-t-elle d'un air hautain. Tu n'es pas le seul à avoir dû endurer cette guerre. À force de t'en glorifier, tu vas vieillir avant l'âge.

Il se pencha brusquement en avant, saisit l'une des mains de sa sœur et la pressa jusqu'à lui faire mal.

— Tu ne comprends donc pas que je ne peux pas vieillir puisque je suis déjà mort ?

Elle lui arracha sa main et se releva d'un bond, repoussant la chaise qui racla le sol.

— Mais moi, je vis, que tu le veuilles ou non ! Et tu peux prévenir Marco Zanier que je n'ai rien à lui dire et qu'il ne s'avise pas de m'approcher.

Elle tourna les talons et se dirigea vers la porte vitrée. Les regards des autres clients étaient rivés sur elle. Ils n'avaient pas perdu une miette de la dispute avec son frère. Dans moins d'une heure, tout Murano serait au courant que les héritiers Grandi se déchireraient comme des chiffonniers.

La courtepointe posée sur le lit du *nonno* était d'un bleu tendre et translucide, un bleu de l'enfance, celui d'un ciel de printemps vénitien qui serait venu recouvrir un vieillard dont le corps frêle soulevait à peine les draps. Un crucifix dans un cadre de velours ornait le mur au-dessus de la tête de lit.

Livia s'approcha sur la pointe des pieds et s'assit au chevet de son grand-père, sur la chaise en paille tressée. Tendrement, elle prit la main nue entre les siennes, émue par la peau lâche dont le corps ne savait plus que faire. Par la fenêtre entrouverte, montait l'agitation des oiseaux du soir et une brise venait gonfler les rideaux de dentelle blanche. Une légère odeur d'alcool et de cire d'abeille flottait dans la chambre du malade.

Elle observa le visage assoupi aux joues creuses, les cheveux blancs qu'aucun peigne n'avait jamais réussi à domestiquer, les lèvres blêmes d'où s'échappait un filet d'air. Elle vérifia que la poitrine se soulevait en un mouvement régulier. Les premières nuits qu'elle avait passées à le veiller après son attaque, elle n'avait pas pu détacher les yeux de son torse, comme si elle lui insufflait la vie par la seule force de sa volonté. Lorsqu'elle s'assoupissait par moments, elle se réveillait en sursaut, effrayée à l'idée d'avoir failli à sa tâche. Mais la fragilité apparente de son grand-père masquait une force vitale qui le maintenait auprès d'elle.

Un frémissement parcourut les paupières parcheminées.

— C'est moi, *nonno*, murmura-t-elle sans cesser de lui caresser la main. Je suis là. La journée a été bonne. Le vieux Gorzi a adoré tes verres. Il m'en a acheté trois ce matin et il attend avec impatience que je lui en apporte d'autres. Les affaires reprennent, tu sais... Il faudra encore un peu de temps, mais nous sommes tous optimistes. Quand tu iras mieux, tu viendras en ville et tu verras par toi-même.

Elle avait baissé la tête pendant qu'elle mentait. Lorsqu'elle releva les yeux, elle croisa le regard intense de son grand-père. Elle ne l'avait pas vu aussi lucide depuis longtemps. Un élan de bonheur la souleva telle une vague. D'un seul coup, tout redevenait possible. L'espérance n'est pas exigeante ; elle se contente de presque rien.

— Comment te sens-tu ? Aimerais-tu un peu d'eau ? lui proposa-t-elle avec un grand sourire.

— Je vais mourir, Livia.

Un frisson lui glaça l'échine et son sourire vacilla.

— Comment peux-tu dire une chose pareille, *nonno* ?

— Ce n'est peut-être pas pour tout de suite, mais pour bientôt. J'ai toujours été franc avec toi et ce n'est pas aujourd'hui que je vais commencer à te mentir.

Sa voix était devenue rocailleuse, mais il articulait sans difficulté. Elle retrouvait ce caractère volontaire qui avait balayé autrefois les hésitations des médecins et des amis de la famille, intimidés par une enfant en plein désarroi. À l'époque, il avait eu le courage de la laisser affronter sa douleur sans chercher à la masquer ni à la tempérer. Contrairement à d'autres, il avait dédaigné ces paroles qu'on croit habiles alors qu'elles sont le plus souvent maladroites, et dont on se sert pour maquiller la réalité. « La douleur ne tolère pas d'artifices. Elle existe, voilà tout », avait-il dit un jour, des gouttes de sueur lui perlant sur le front, alors qu'il terminait de sculpter une feuille de verre à filets d'améthyste. Elle s'était accrochée à cette vérité, qu'elle avait prise comme la seule chose tangible dans un monde devenu fou.

Le drap soigneusement ramené vers le haut de son torse cachait le bras gauche paralysé. Épinglée par son regard sans concession, elle se tortilla sur la chaise.

— J'ai beaucoup réfléchi. J'ignore si je commets une erreur et je m'en veux de t'infliger ce qui pourrait devenir un fardeau, mais je sais que tu en seras digne.

Il avait pris un air grave. Le cœur serré, Livia se demanda s'il ne commençait pas à divaguer.

— Je n'ai pas confiance en Flavio.

Aussitôt, elle se sentit rassérénée : le *nonno* n'avait rien perdu de sa perspicacité.

— C'est terrible pour un grand-père de dire cela en pensant à son unique petit-fils, mais je me dois d'être sincère. Lorsqu'on regarde la mort en face, les choses deviennent tellement plus simples. Flavio n'a pas l'âme d'un maître verrier. Ce n'est pas un reproche, mais une constatation. Il préfère la rigueur des lois et se méfie de la fantaisie. Je ne sais pas de qui il a hérité cette lubie. Personne dans ma famille n'a jamais songé à étudier le droit, mais peut-être du côté de votre mère…

Il poussa un soupir et ferma les yeux pour reprendre son souffle.

— Non, laisse-moi continuer, petite, dit-il alors qu'elle s'apprêtait à parler. Tout cela me fatigue, mais j'ai repris des forces, ces derniers jours, et j'ai décidé que le moment était venu de choisir celui de vous deux à qui j'allais transmettre le carnet rouge.

— Le carnet rouge ? reprit-elle, sans comprendre.

— Tu vas te lever, vider les tiroirs de ma commode et la pousser sur le côté.

— Maintenant ?

— Non, dans six mois ! répliqua-t-il d'un air agacé.

Elle ne se le fit pas dire deux fois, mais éprouva un léger malaise en ouvrant les tiroirs de la petite commode en bois laqué à fond clair. Son grand-père l'observa en silence, tandis qu'elle déposait les vêtements sur les deux fauteuils. Les plis des chemises recelaient un délicat parfum de linge frais et de vétiver. Discrètement, elle caressa les broderies du A et du G entrelacés qui ornaient le coin des mouchoirs blancs. Enfin, elle poussa le meuble sur le côté.

— Bien, fit-il. Dans la plinthe, tu vas trouver une légère encoche de la taille d'un pouce.

Elle passa la main sur la plinthe.

— Il n'y a rien.

— Bien sûr que si ! Il suffit de se concentrer.

Livia continua à effleurer le bois du bout des doigts jusqu'à ce que son index y trouve en effet une entaille.

— J'y suis.

— Tu dois à la fois appuyer et pousser vers le haut.

Elle lui obéit et une latte du plancher se souleva sur sa gauche.

— Dans la cachette, tu vas trouver un carnet. Apporte-le-moi.

L'image saugrenue d'une souris venant lui mordiller les doigts la fit frémir et elle hésita avant d'enfouir la main entre les lattes de bois. Or, ce n'était pas seulement une araignée ou un rongeur égaré qu'elle redoutait, mais l'idée d'être à jamais privée d'une certaine insouciance par la révélation que lui promettait ce mystère.

Ses doigts se refermèrent autour d'un objet entouré d'un linge qu'elle retira avec précaution. Elle déplia le tissu poussiéreux. Il s'agissait bien d'un livre de la taille d'un carnet, relié d'un cuir rouge vieilli et parsemé de taches foncées provoquées par l'usure ou l'humidité. Un instant, elle resta assise sur ses talons, la tête baissée, le carnet entre les mains. Les boucles folles de ses cheveux retombaient autour de son visage. Je ne veux pas, se dit-elle.

— Apporte-le-moi, Livia.

À contrecœur, elle se releva, revint s'asseoir auprès de son grand-père et lui glissa le carnet dans sa main valide. Il posa le petit livre sur sa poitrine avec un geste protecteur et ses joues retrouvèrent un peu de couleur.

— Bien sûr, tu connais les archives de la famille.

Livia songea aux grands classeurs et aux chemises en carton qui renfermaient les cahiers de la famille Grandi depuis le XVIᵉ siècle. Combien d'heures avait-elle passées à les feuilleter, admirant les dessins des coupes sur pied, des flûtes ou des verres à tige, étudiant les conseils techniques, les compositions chimiques, le traitement des colorants, les subtilités pour imiter les pierres précieuses ?

— Il leur manque pourtant un chapitre essentiel de notre histoire, poursuivit-il, et Livia sentit son pouls s'accélérer. Dans ce carnet se trouve le secret de fabrication du verre *chiaroscuro*.

Elle crut avoir mal compris. Comment était-ce possible ? Le *chiaroscuro* avait été paré de tous les mystères d'une légende et pourtant il avait bel et bien existé. Au cours de ses recherches, l'un de leurs ancêtres avait inventé un matériau aux propriétés de réfraction étonnantes qui captait une couleur dominante et continuait à la réfléchir même dans la pénombre. L'envoûtante subtilité de ce verre avait suscité de nombreux commentaires chez ses admirateurs. Comme l'on prêtait depuis toujours des dons d'alchimistes aux verriers, on avait parlé de sang de dragon, d'une larme de Phénix... La création avait aussi conquis les émissaires des cours de France et d'Autriche qui avaient surenchéri pour acheter les douze calices sur pied. Il n'existait, en effet, pas d'autres objets, car le créateur n'avait pas su reconstituer la formule miracle, née d'un pur hasard. C'est du moins ce qu'il avait prétendu, songea Livia. La vente des douze calices à la cour du Roi-Soleil avait assuré la richesse de la famille Grandi pendant un demi-siècle.

— Mon Dieu, mais je croyais que la composition avait été accidentelle et que personne n'avait jamais pu la reproduire ! souffla-t-elle, abasourdie.

— Le secret a été transmis de père en fils depuis sept générations. Il ne doit être dévoilé qu'en dernier recours, si jamais l'imagination et la créativité des Grandi venaient à faillir gravement à leur tâche. Depuis plus de deux cents ans, la famille a toujours su triompher des épreuves sans s'en servir, préservant ainsi l'avenir des descendants.

La tristesse creusa son visage.

— La tradition aurait voulu que je transmette ce carnet à ton frère, mais je ne reconnais plus mon petit-fils depuis qu'il est revenu de la guerre. On dirait qu'il a ramené le goût de la destruction avec lui, ajouta-t-il à mi-voix. C'est affreux, une sorte de gangrène. Pour une raison que j'ignore, Flavio veut se perdre et il risque d'entraîner les Verreries Grandi avec lui.

— Je ne le lui permettrai pas !

— Si seulement les choses étaient aussi simples, ma chérie, murmura-t-il avec un sourire indulgent. Mais il ne pourra rien faire pendant les deux années qui suivront ma mort. Une clause dans mon testament l'en empêchera. C'est mon vieil ami Giorgio Crespo qui m'a déniché cette merveille. Ensuite…

Il marqua une pause et sa respiration se fit plus sifflante.

— J'ai bien réfléchi, Livia. Il y a des moments dans l'existence d'une famille comme la nôtre où il faut savoir rompre avec la tradition. Dans notre métier, les secrets ont toujours été l'apanage des hommes. Jamais personne n'a osé remettre en cause cette transmission du savoir, mais, aujourd'hui, l'heure est peut-être venue de relever ce défi.

Elle comprit qu'il avait soif et lui versa un verre d'eau qu'elle porta à ses lèvres. Il la remercia d'un hochement de tête.

— Tu es la première Grandi à recevoir en héritage le carnet rouge. Ton devoir est de le transmettre le moment venu à celui que tu jugeras digne de le recevoir. C'est une responsabilité que j'aurais aimé t'épargner, mais, en mon âme et conscience, je ne pouvais pas agir autrement. Et maintenant, donne-moi ta main.

49

Je ne veux pas ! songea-t-elle à nouveau avec une force qui l'étonna. Elle le dévisagea en silence, le corps lourd, les mains inertes. Elle était redevenue la petite fille muette, figée de douleur et d'incertitudes, aux nuits peuplées de cauchemars dans lesquels les cadavres de ses parents gisaient au fond de la lagune, leurs yeux transformés en orbites vides, leurs visages dévorés par les crabes et les crustacés.

Comme s'il devinait ses craintes, son grand-père reprit la teinte cireuse qu'elle redoutait. Visiblement, il pensait qu'il s'était trompé et que son choix avait été une erreur. Elle s'en voulut de sa faiblesse. D'un mouvement décidé, elle posa les deux mains sur le carnet.

— N'aie pas peur, *nonno*, je t'en prie… Tu sais que tu peux avoir confiance en moi.

La pression des doigts du vieillard se relâcha, mais au lieu d'être soulagé, il sembla encore plus inquiet.

— Au nom de notre famille, je te remercie, mais je prie surtout le Ciel que tu n'aies jamais à t'en servir.

Il marqua une pause, humecta ses lèvres. Une abeille prisonnière de la fenêtre butait contre la vitre.

— Peut-être ai-je tort de t'imposer cette responsabilité, mais comment faire autrement ? *Dio*, je ne sais plus…

Ses yeux se mirent à briller d'un éclat fiévreux. Il saisit brusquement le poignet de sa petite-fille, qui s'étonna qu'il fût encore si vigoureux.

— Promets-moi d'être prudente, Livia. Tout cela est plus grave que tu ne le penses… Les rivalités entre les familles de verriers ont parfois été dangereuses par le passé, tu le sais comme moi. La Sérénissime n'envoie plus ses assassins tuer un verrier qui trahirait nos secrets, mais la jalousie est encore de ce monde, surtout en des époques troublées comme la nôtre.

Sa respiration se fit haletante ; il peinait à reprendre son souffle.

— N'oublie jamais que l'un de nos ancêtres a donné sa vie pour préserver ce secret... Les taches que tu vois sur la reliure ne sont pas des marques d'usure, mais des taches de sang.

Wahrstein, août 1945

L'odeur la poursuivait. Impossible de s'en débarrasser. Un relent animal de sueur, de crasse, d'haleine
fétide, qui la surprenait à des moments inattendus et
lui donnait la nausée. Était-ce à cause de la chaleur ?
Elle ne supportait plus le soleil implacable, l'insolence du ciel bleu, la poussière incrustée sous les
ongles, la transpiration de son corps qui imprégnait
sa robe informe. Des auréoles humiliantes marquaient
ses aisselles et le creux de ses reins.

Pour la première fois de sa vie, elle s'était mise à
détester les pommiers et les poiriers, dont les branches ployaient sous les fruits gorgés de sève, les foins
qui attendaient d'être coupés, le vert profond des
forêts, toute cette nature bruissante d'insectes.

Pourtant, l'été avait été autrefois sa saison préférée. Elle avait aimé marcher pieds nus dans la rivière
pendant qu'Andreas la grondait parce qu'elle faisait
fuir les poissons, les gorgées de bière fraîche à
l'heure du déjeuner, la vigne vierge qui grimpait le
long de la maison de leurs parents. Au retour d'une
randonnée dans la montagne, à la tombée du jour, le

clocher à bulbe de l'église se drapait d'une lumière mordorée et lui assurait que rien de mal ne pourrait jamais lui arriver. On entendait bourdonner les abeilles et roucouler les pigeons dans les frondaisons. Les journées avaient été riches de toutes les espérances. Désormais, ces promesses avaient le goût acide du mensonge. Dans les champs, les mauvaises herbes étouffaient les épis, les manufactures de textiles et de joaillerie de verre demeuraient silencieuses et personne ne remplaçait les carreaux cassés aux fenêtres.

Elle se sentait sale, se frottait sans répit, et puisqu'ils n'avaient plus de savon, elle se contentait d'eau et d'une brosse rêche, et se frictionnait les seins, les cuisses, le ventre, l'entrejambe, cette partie secrète de son corps que son éducation et sa religion lui interdisaient de nommer comme si elle n'existait pas. Elle ne trouvait pas les mots pour exprimer son désespoir, y compris lorsqu'elle se retrouvait seule face à elle-même, et sa peau rougissait sous ses assauts sans merci tandis qu'elle serrait les dents pour ne pas crier. Parfois, elle n'arrêtait que lorsque les gouttes de sang se diluaient dans l'eau du bassinet.

Encore... Récurer, racler, décaper... Et chaque fois qu'elle allait se soulager, elle avait mal, son urine empestait, brûlait ses chairs, et elle pleurait de douleur et de honte, en silence. Elle se nettoyait alors de plus belle pour éliminer enfin l'odeur répugnante qui la hantait, emplissait ses narines, s'insinuait dans son cerveau jusqu'à la rendre folle, et c'était à se demander si elle s'en libérerait un jour, si elle ne continuerait pas à exhaler cette puanteur âcre par tous les pores de sa peau, à moins qu'elle n'en fût pénétrée à jamais, de même qu'on marquait autrefois au fer rouge les femmes adultères.

Les jours passaient et rien ne parvenait à chasser cette pestilence qui était devenue la sienne, celle de son corps, et qui la ramenait sans cesse, au creux de la nuit comme en plein jour, à celle des hommes qui l'avaient violée.

Hanna Wolf écarta d'un doigt le rideau et risqua un coup d'œil vers l'extérieur. Sur la maison d'en face, le drapeau rouge-blanc-bleu des Tchèques pendait à l'enseigne du boulanger. Comme pour toutes les maisons allemandes, un avis placardé sur la porte précisait qu'elle était devenue un « bien national ». Et puisqu'en Bohême du Nord, dans cette région de l'Isergebirge autour des villes de Reichenberg, Gablonz et Friedland, neuf maisons sur dix étaient allemandes, les pancartes fleurissaient.

Quelques femmes patientaient. Elles faisaient la queue depuis des heures dans l'espoir d'obtenir un morceau de pain noirâtre, presque impossible à rompre avec les dents, mais c'était le premier pain depuis des semaines. Elles chuchotaient entre elles, telles des écolières prises en faute, et Hanna savait qu'elle adoptait le même regard furtif dès qu'elle mettait le pied dehors parce que l'ennemi rôdait : les maraudeurs, les partisans tchèques, les gardes révolutionnaires avec leurs uniformes créés de toutes pièces, un bandeau rouge autour du bras, des cocardes tricolores sur leurs casquettes.

La peur lui glaçait l'échine.

— À boire…, appela une voix faible.

— Oui, *Mutti*, tout de suite.

Elle versa un verre d'eau qu'elle apporta à sa mère. Allongée sur le lit, la vieille dame la remercia d'un sourire. À son cou, un camée fermait le col de sa chemise. Quelques mèches de cheveux blancs s'égaraient autour de ses tempes sillonnées par de fines veines bleues. Sa mère avait toujours eu un teint diaphane et, désormais, l'on pouvait presque voir le sang circuler sous la peau. Hanna lui trouva néanmoins un peu meilleure mine. Heureusement… Maintenant que les hôpitaux étaient interdits aux Allemands, comment ferait-elle si son état de santé s'aggravait ? Si seulement elle avait pu mettre la main sur les médicaments pour son cœur, mais voilà des semaines qu'elle lui avait donné ses dernières gouttes. L'armoire à pharmacie était vide et, de toute façon, il n'y avait plus de médecin dans le village. Le vieux Dr Görlitz s'était tiré une balle dans la tête sous le portrait du Führer orné d'un ruban de crêpe noir.

Elle l'aida à s'asseoir, gonfla l'oreiller.

— Je vais sortir.

— Non, ma chérie, je t'en prie, reste avec moi ! supplia sa mère en lui agrippant le poignet.

— Je ne peux pas, *Mutti*, s'irrita la jeune femme. Je dois aller chercher un peu de nourriture. Nous n'avons plus rien à manger.

— Mais il y a les Russes, là dehors. Ici, tu es en sécurité. Demande donc à Lina d'y aller. Cette fille est paresseuse comme une couleuvre !

Un court instant, Hanna fut saisie d'un élan de colère qui la surprit. Elle ferma brièvement les yeux. Les Russes… Le pire cauchemar des Allemands, la terreur sans nom des Allemandes. Pourtant, lorsque les divisions de la Wehrmacht s'étaient lancées à l'assaut des steppes, personne n'aurait donné cher de la peau de ce peuple inférieur, de ces misérables Slaves gangrenés par des révolutionnaires sanguinaires. Les panzers écraseraient sous leurs chenilles le drapeau rouge frappé de la faucille et du marteau. C'était une certitude dont personne autour de Hanna n'avait

55

douté. Lors des réunions qui rythmaient leurs vies, les bras s'étaient levés sans hésitation et les « *Sieg Heil !* » avaient résonné avec la même ferveur qu'aux jours ensoleillés d'octobre 1938, quand les Allemands des Sudètes avaient rejoint le Reich.

Mais les mois s'étaient écoulés. Les lettres des soldats parvenaient au compte-gouttes à l'arrière et, en dépit des communiqués triomphalistes à la radio, les femmes avaient appris à lire entre les lignes. L'hiver russe était impitoyable. Hanna et ses amies avaient compris que leurs frères, leurs fiancés ou leurs maris avaient non seulement froid mais aussi faim. Au fil des permissions sans cesse repoussées, la victoire annoncée s'était estompée jusqu'à devenir un mirage et l'on avait fini par ne plus y croire.

Et puis, l'impensable... Né parmi les lacs et les plaines fertiles de Prusse-Orientale et de Poméranie, un gémissement sans fin s'était propagé avec l'arrivée des premiers réfugiés qui campaient sur les places ou sous les auvents des gares. La plainte avait atteint la ville de Gablonz et le village voisin de Wahrstein, où Hanna écoutait les nouvelles, l'oreille collée à la radio pour épargner à sa mère souffrante les mauvaises nouvelles.

« Les Russes arrivent... » On avait mobilisé les enfants et les vieillards pour creuser des tranchées défensives ; des mères de famille avaient revêtu des uniformes vert-de-gris, pris des mitraillettes ou des armes antichars ; des garçons de treize ans avaient enfilé des capotes militaires qui leur battaient les mollets et bourré de paille les casques ronds qui leur glissaient sur les yeux.

Comme tout le monde, Hanna avait été terrorisée à la pensée des hordes qui allaient se ruer sur l'Allemagne, avides de vengeance, ces monstres venus des

plaines mongoles, enflammés par la propagande hai-
neuse d'un Ilya Ehrenburg qui martelait sur les ondes
que « les Allemands ne sont pas des êtres humains ».
Mais elle, ce n'était pas un soldat soviétique qui
l'avait empoignée, ce n'était pas un Russe qui l'avait
insultée, la traitant de « sale pute nazie », d'« ordure
d'Allemande », et la douleur avait été si effroyable, si
foudroyante, qu'elle n'avait pas compris comment
elle n'était pas morte sur le coup, comment l'on pouvait être ainsi écartelée, sentir son ventre éclater, ses
entrailles se déchirer, mais rester consciente en rece-
vant des coups de botte alors qu'on gisait à terre, le
visage tuméfié, le corps en sang, de ces coups de pied
méprisants que l'on donne à un chien errant.

À vrai dire, elle en venait même à regretter que des
officiers russes ne viennent pas plus souvent mettre
de l'ordre dans le village.

Quant à Lina, Dieu seul savait ce qu'elle était devenue. Lorsqu'on avait annoncé la capitulation à la
radio, la Polonaise avait lentement reposé l'assiette
qu'elle lavait dans l'évier. Elle avait dénoué son
tablier et l'avait laissé tomber par terre avant de se
tourner vers Hanna. Sous ses sourcils épais, son
regard avait eu une fixité étrange. Elles se connaissaient depuis six ans, depuis que Lina avait été amenée pour travailler chez eux, et pourtant, ce jour-là,
Hanna avait compris qu'elles ne se connaissaient pas.

La pendule de la cuisine avait égrené des minutes
qui n'en finissaient plus. Adossée au poêle, Hanna
était restée paralysée, le cœur battant. Lina avait
contourné la longue table en bois, son corps menu
bougeant avec la rigidité d'un automate. La femme
sans âge, aux mains rouges et aux os saillants, avait
eu un drôle de mouvement des lèvres, avant de lui
cracher au visage.

D'une main tremblante, Hanna avait essuyé le crachat qui lui collait à la joue. Puis Lina avait enroulé les quelques pommes de terre qui restaient dans un torchon et elle était partie. Hanna n'avait rien dit. Au bout de quelques minutes, elle avait trouvé la force de traverser la cuisine et de fermer la porte à double tour.

Elle avait inventé une excuse pour expliquer à sa mère la disparition de la servante polonaise, mais la vieille dame devenait de plus en plus confuse. Parfois, elle se réveillait d'une sieste comateuse et réclamait Andreas, se plaignant de l'absence de son fils et le maudissant de l'avoir abandonnée. Comment la verrerie pouvait-elle ainsi le retenir jour et nuit ? Un graveur de son talent n'était tout de même pas taillable et corvéable à merci. N'avait-il même plus la décence de venir lui rendre visite le jour du Seigneur ? Elle jetait un regard sombre sur l'étagère où reposaient la coupe gravée à la roue qui avait couronné les années d'études d'Andreas à l'École technique de Steinschönau, ainsi que le vase qui lui avait valu un prix d'excellence à l'Exposition universelle de Paris en 1937. Hanna ne pouvait pas contempler le travail délicat et plein d'émotion de la *Jeune fille à la lune* sans un serrement de cœur.

Hanna essayait d'apaiser sa mère, lui rappelant qu'Andreas ne travaillait plus à la verrerie depuis qu'il avait été mobilisé, qu'il était un soldat comme un autre, ne disposant plus de son temps ni de sa liberté depuis des années. Le plus souvent, la vieille femme détournait la tête, comme si sa fille faisait exprès de la contrarier. Commençait alors un chapelet de récriminations, la soupe manquait de sel, la nourriture était abominable, le lit inconfortable, la chambre étouffante ou glacée… Depuis la fin de la guerre,

Hanna passait son temps à la réconforter, mais la situation devenait de plus en plus dramatique et elle se demandait si elle aurait encore longtemps la force de mentir.

— Allons, *Mutti*, ne t'inquiète pas. Je vais voir ce que je peux trouver avec nos cartes. Je vais me dépêcher.

— Sois prudente, petite, ne traîne pas en chemin, murmura sa mère en lui tapotant la main.

Hanna esquissa un sourire désabusé. Ces recommandations appartenaient à un autre âge, celui où des cadres rigides codifiaient la vie, imposaient l'obéissance, aux parents, aux professeurs d'école, aux organisations de la jeunesse, au Reich, au Führer.

Désormais, il était trop tard. Inutile de se cacher dans le grenier pour essayer d'échapper au pire. La pharmacienne avait été violée à plusieurs reprises. On savait que les bolcheviks s'en prenaient aussi bien à des petites filles de dix ans qu'à des grands-mères, et que beaucoup mouraient des suites de leurs blessures. À son retour d'un hôpital militaire, l'un de leurs voisins avait abattu sa femme et ses deux enfants, avant de se suicider. Elle se rappelait encore les enfants rieuses qui sautillaient dans la rue, mais elle ne traînerait pas en chemin, bien sûr que non, et elle n'adresserait pas la parole à des inconnus, puisqu'elle était une jeune fille bien élevée, n'est-ce pas ?

Au pied de l'escalier, quatre valises de cuir élimé, fermées par des sangles, s'alignaient au garde-à-vous. Elle avait suivi les consignes en majuscules rouges placardées dans les rues : ordre était donné à la population allemande de se tenir prête pour une évacuation à cinq heures le lendemain matin. Les autorités ne toléraient que ving-cinq kilos de bagages par personne. Les clés de la maison devaient être retirées de la serrure, attachées avec de la ficelle, et la porte d'entrée scellée. Lorsqu'elle avait pris connaissance de ces ordres méticuleux, alors que des millions de personnes chassées de chez elles erraient sur les routes, la jeune femme s'était dit que l'homme possédait décidément une âme de bureaucrate et qu'il était un être aussi borné qu'insensé.

Soudain, elle eut un haut-le-cœur et se précipita vers l'évier de la cuisine. Son estomac se tordait sans rien régurgiter. La bile lui brûlait la gorge. Elle ne s'en étonnait pas, puisqu'elle ne mangeait presque rien depuis des jours. Appuyée sur ses mains, tête basse, elle patienta quelques minutes, attendant la fin de la crise. Puis elle s'essuya le visage avec une serviette.

Dans le miroir de l'entrée, une étrangère blafarde, les lèvres pincées, une angoisse nue dans ses yeux bleus, la contemplait d'un air méfiant. Elle leva la main, effleura le bleu qui virait au jaune au coin de son œil. Les traits marqués trahissaient la peur, la soumission. Pis, une sorte de résignation. Elle se demanda si elle s'habituerait un jour au visage qui était devenu le sien.

Elle vérifia que ses nattes sévèrement tressées dans sa nuque ne laissaient échapper aucune mèche. Elle savait qu'elle aurait dû couper ses cheveux. Ils étaient trop épais et lumineux avec leur blondeur presque blanche, et elle n'arrivait même pas à les maintenir propres, mais elle manquait de courage. C'eût été encore une concession, un renoncement de trop. Des années auparavant, à moins que ce ne fût des siècles, à moins que tout cela n'eût été qu'un rêve, un jeune homme grave et amoureux y avait glissé les doigts en lui disant qu'il n'avait jamais rien vu d'aussi beau.

Mon Dieu, Friedl… Mort au combat lors des premiers affrontements en Russie. Il avait eu vingt ans, comme elle. De son fiancé, il ne lui restait que quelques lettres aux confidences pudiques et une photo en uniforme de la Wehrmacht, le calot sur l'œil, une image écornée qu'elle avait pris soin de cacher, n'ayant pas eu le cœur de la brûler comme ils avaient brûlé tout ce qui pouvait rappeler le Troisième Reich, le portrait d'Adolf Hitler, les calicots, les petits drapeaux à croix gammée. C'est avec un sentiment confus de peur et de délivrance qu'elle avait nourri les flammes avec ses insignes, son livret de chant et son uniforme de la Ligue des jeunes filles allemandes.

Elle prit le panier posé près de la porte, enfila le brassard blanc à son bras gauche et l'ajusta pour qu'il montre bien ses quinze centimètres réglementaires. Quelques jours auparavant, deux membres de l'armée de libération tchèque avaient frappé un homme à coups de gourdin jusqu'à ce qu'il s'effondre, le visage en sang, une oreille arrachée, parce que son brassard n'était pas aux dimensions requises.

Dans la rue, elle prit soin de marcher sur la chaussée. Désormais, les trottoirs étaient interdits aux Allemands. La veille, elle avait dû apporter à la mairie sa bicyclette et son poste de radio. Confisqués ! Les épaules nouées, elle avança rapidement, évitant de regarder les lambeaux d'étoffe blanche qui pendaient aux fenêtres. Lors des premiers jours de la défaite, les nouveaux dirigeants les avaient conseillés aux habitants, ce qui n'avait servi qu'à indiquer plus précisément encore aux pilleurs les maisons allemandes.

Elle tourna le coin de la rue, pressée de rejoindre la maison de Lilli, la seule personne à qui elle se confiât encore, bien que sa cousine fût encore plus désemparée qu'elle. La jeune fille lui avait promis de trouver une charrette à bras dans laquelle elles pourraient tirer la mère de Hanna.

Quatre valises, s'inquiéta-t-elle, c'est de la folie... Jamais je n'arriverai à les porter. Quelle idiote, deux auraient suffi ! Mais comment savoir ce qu'il faut prendre ? J'ai mis des vêtements chauds et une couverture pour l'hiver. Dieu sait où on sera... Et puis la nourriture pour quelques jours. Et l'album de photos, parce que parfois j'ai peur d'oublier à quoi ressemblait papa... À moins que je n'arrive à les mettre dans la charrette. *Mutti* n'est pas bien lourde. On ne peut tout de même pas partir avec moins. Déjà qu'on laisse tout, les meubles, les tableaux, les bibelots... On nous a interdit d'emporter tout objet de valeur, tout souvenir, les actes de propriété... Et *Mutti* qui ne sait toujours rien. Mais comment lui dire ? Le choc risque de la tuer. Pourtant, il faudra bien que je lui parle tout à l'heure... Peut-être Lilli viendra-t-elle avec moi pour m'aider ?

Perdue dans ses pensées, elle déboucha sur la place de la mairie. Un attroupement l'empêcha d'avancer. Cinq hommes, dont trois en uniforme, et une femme en robe claire étaient assis derrière une table en bois sur laquelle reposaient une casquette et une sacoche de cuir. Devant eux, à leurs pieds, le portrait officiel de Hitler. À quelques mètres, un homme se tenait à genoux, sa chemise déchirée dévoilant un torse maigrichon. Son brassard portait le « N » réglementaire qui indiquait qu'il était un *N+mec*, un Allemand. De petites lunettes cerclées de fer, posées de travers sur son nez, lui donnaient un air d'étudiant bien qu'il eût les cheveux grisonnants. Deux partisans, une cigarette aux lèvres, tenaient avec nonchalance leurs fusils-mitrailleurs.

62

— Que se passe-t-il ? demanda Hanna, impression-née, à sa voisine.

— C'est un tribunal populaire, répondit l'inconnue à voix basse. Ils viennent de commencer.

— Commencer quoi ? Je ne comprends pas.

— À juger les Allemands, voyons ! ironisa la femme d'une voix sifflante. Vous savez bien que nous sommes tous coupables, tous jusqu'au dernier. Benes l'a dit, non ? Il prétend que c'est à cause de nous qu'il y a eu les accords de Munich, puis la guerre. Ils vont nous le faire payer, vous allez voir. Jusqu'à la dernière goutte de sang. Ils vont tous nous chasser, nous prendre nos maisons, nos fermes, nos fabriques... Les enfants, ils sont déjà morts, vous m'entendez ? Mes deux fils, morts... Mon mari, mort... Et ma fille, il aurait mieux valu qu'elle le soit !

Elle saisit le bras de Hanna, approcha son visage si près du sien que la jeune femme la sentit postillonner.

— Ils vont nous massacrer jusqu'au dernier. Nous sommes tous coupables. Personne ne va nous aider... Même pas les Américains. Staline a dit qu'on était des hors-la-loi. La vie d'un Allemand, aujourd'hui, ne vaut pas celle d'un chien. Lorsqu'on les aime bien, les chiens, ils ont droit à un enterrement. On va crever, c'est moi qui vous le dis...

Effrayée par la voix aiguë, Hanna comprit que la femme devenait hystérique. Elle voulut dégager son bras, mais elle était prisonnière de la poigne de fer.

— Avance, sale porc, pourriture de nazi ! Va donc embrasser ton Führer !

L'homme à genoux reçut un coup de crosse der-rière la tête qui le fit basculer vers l'avant. Il chercha ses lunettes à tâtons, puis se redressa et commença à avancer à genoux. Un gémissement de douleur lui échappa.

— Ta gueule ! Avance ! hurla l'un des gardes.

Hanna se demanda pourquoi il prenait tellement de temps. Si elle avait été à sa place, elle se serait précipitée pour en finir au plus vite. C'est alors qu'elle remarqua des éclats scintillants : des morceaux de verre jonchaient le sol. L'accusé devait expier ses fautes en rampant sur du verre brisé. Ses mains et ses genoux de pantalon furent bientôt couverts de sang. Le souffle coupé, elle crut qu'elle allait s'évanouir. Seuls les doigts crispés de la vieille folle lui évitèrent de tourner de l'œil.

L'homme parvint jusqu'au portrait de Hitler, que les gardes maculèrent de crachats, avant de lui ordonner de le lécher. Il s'exécuta sous les rires.

— Cinquante coups de fouet ! décréta l'homme en uniforme militaire qui présidait le tribunal.

On inscrivit la sentence à la craie sur le dos du condamné, puis les gardes le traînèrent vers deux poteaux dressés sur la place.

N'y tenant plus, Hanna s'arracha aux griffes de la vieille femme. Les yeux pleins de larmes, elle bouscula les badauds qui se pressaient autour d'elle et partit en courant.

Elle trébucha sur des pavés disjoints, évita un amoncellement de pierres. Quelques bombes égarées avaient éclaté dans le village, car les villes sudètes avaient été bombardées alors que les Alliés avaient épargné l'intérieur de la Bohême, et, bien que Gablonz et ses environs eussent subi peu de dommages, une tenace odeur de brûlé s'accrochait à certaines ruines. Elle ne reconnaissait plus le village où elle avait grandi, ses rues tranquilles aux maisons sages transformées en labyrinthe maléfique où le danger la menaçait à chaque pas.

Comment allait-elle survivre ? Comment allait-elle s'en sortir avec sa mère qui tenait à peine debout ? Les Sudètes devaient partir, mais pour aller où ?

Tous les jours, des colonnes de femmes, d'enfants et de vieillards quittaient leurs villages à pied, traînant leurs misérables biens ficelés dans des couvertures ou entassés dans des valises pleines à craquer, sous l'œil goguenard des gardes armés. Des cadavres de vieillards ou de malades, trop fragiles pour supporter l'épreuve, jonchaient les bas-côtés des routes avant d'être enterrés dans une fosse commune au détour d'un bois. On parlait d'évacuation vers l'Allemagne, vers les régions de Bavière ou de Hesse, mais aussi de la Russie et de la Sibérie.

Puisque les journaux étaient interdits et les postes de radio confisqués, la population demeurait dans une inquiétude d'autant plus pénible que les ordres du gouvernement étaient rédigés en tchèque, une langue que peu d'Allemands maîtrisaient parfaitement. On se fiait à ce que l'on voyait : les arrestations intempestives, les familles arrachées de chez elles à l'aube, qui disparaissaient avec leurs seuls vêtements sur le dos. Tous étaient condamnés aux travaux forcés, mais certains étaient déportés vers l'intérieur du pays. Et puis il y avait cette menace d'internement dans des camps comme Theresienstadt, dans l'attente d'un avenir incertain.

Après tant de certitudes, le château de cartes s'était écroulé. Les hommes vaincus vacillaient, les bras ballants, décomposés. Leurs convictions anéanties, leur rêve fracassé, dépouillés de leurs uniformes, de leurs titres et de leurs droits, ils étaient nus. Ils ressemblaient aux façades fantomatiques de ces maisons qui tenaient debout comme par miracle, alors que les bombes avaient dévasté les étages.

Hanna avait l'impression d'émerger d'un sommeil pâteux, d'une longue hypnose qui aurait été traversée de fulgurances et de cauchemars. Désormais, la Tchécoslovaquie existait à nouveau et son président était le même qu'avant la guerre, comme si le rattachement des Sudètes au Reich n'avait été qu'une illusion.

Pourtant, elle se rappelait encore les acclamations de la foule massée le long des routes pour saluer l'arrivée des troupes allemandes qui défilaient sous les banderoles en lettres gothiques « Merci à notre Führer ! » Aux balcons, les drapeaux rouges à croix gammée avaient claqué dans le vent frais d'automne. Comme elle avait été fière dans son costume rouge brodé avec sa belle chemise blanche à manches ballon, ses bas assortis et ses chaussures bien cirées ! Elle n'était alors qu'une toute jeune fille, mais elle avait agité son drapeau avec les autres, heureuse de voir les sourires sur le visage de son père ou de leurs proches. Les hommes avaient pleuré d'émotion. « Enfin, nous aurons du travail… Enfin, nous pourrons vivre en paix sans être persécutés par un gouvernement de Prague qui nous hait… Enfin, les injustices des traités de Saint-Germain et de Versailles sont réparées… »

Dans les auberges, sous le vitrail de la salle des fêtes de la mairie, on avait trinqué pour fêter les accords de Munich, chanté les louanges de Konrad Henlein, qui avait su les ramener dans le giron de la Grande Allemagne. Grâce à lui, ce fameux « droit des peuples à disposer d'eux-mêmes », le credo du président Wilson à la fin de la Première Guerre mondiale, leur était enfin appliqué, à ces quelque trois millions cinq cent mille Allemands répartis depuis le XIIe siècle dans les massifs montagneux qui ceinturaient la Bohême, la Moravie et le Sud de la Silésie. D'ailleurs, cet excellent Henlein n'avait-il pas fait ses études de commerce à Gablonz, puis travaillé dans une banque de la ville ?

Mais la mainmise nazie avait été immédiate et intraitable. À Berlin, on s'était méfié de ce parti de Henlein avec ses membres démocrates-sociaux ou libéraux. Les rues avaient été débaptisées, les salles de classe dépouillées de leur crucifix, les Tchèques, les Juifs et les opposants au régime contraints de fuir.

Puis Hitler avait envahi la Tchécoslovaquie, la guerre avait éclaté et tout avait basculé dans le cauchemar. Il y avait eu le protectorat de Bohême-Moravie, la dictature implacable de Reinhard Heydrich, les déportations, les représailles, les lettres du haut commandement annonçant la mort héroïque des soldats au front, mais les drapeaux claquaient toujours au vent, les garçons de la Hitlerjugend brandissaient leurs flambeaux et rêvaient de devenir des héros dévoués à la gloire de leur Führer, les petites filles chantaient en rangs serrés.

En juin 1941, Hitler avait rompu le pacte germano-soviétique. Friedl et Andreas avaient été appelés sur le front de l'Est. Obéissant aux ordres qui exigeaient de montrer son soutien aux soldats, Hanna les avait accompagnés à la gare et leur avait donné des bouquets de fleurs. Elle sentait encore les doigts de Friedl serrer les siens, alors qu'il se penchait à la fenêtre du compartiment. Comment croire qu'il ne lui reviendrait pas ? Andreas ne lui avait-il pas promis qu'il veillerait sur lui, puisqu'il était de dix ans son aîné ? Le regard de son frère avait été si serein, ses bras si réconfortants quand il l'avait serrée contre lui, qu'elle lui avait fait confiance, comme toujours, et cette pensée l'avait soutenue lors de ses nuits d'insomnie. Comment imaginer qu'Andreas disparaîtrait sans donner de nouvelles ?

Les premiers décrets du président de la République Edvard Benes étaient tombés tels des couperets. Les Allemands perdaient leurs droits civiques et leurs biens étaient confisqués sans aucune contrepartie. On ne les avait autorisés à conserver que l'essentiel : des vêtements, de la nourriture, quelques ustensiles de cuisine. Les femmes devaient travailler pour les Tchèques dans les fermes ou comme servantes dans les maisons qu'elles avaient autrefois habitées. Tous étaient coupables parce qu'ils étaient allemands, qu'ils eussent commis des crimes ou non.

Coupables les hommes à qui l'on ordonnait de se dévêtir dans la rue et de lever les bras afin de voir s'ils portaient leur groupe sanguin tatoué sous l'aisselle, ce qui aurait trahi leur appartenance à la SS ; coupables les fonctionnaires, les professeurs, les membres des SA, les religieuses, les photographes, les flûtistes, les cordonniers, les infirmières, les maires des villages, les tortionnaires de la Gestapo, les boulangers, les ingénieurs, les verriers, les ouvriers du textile, les mécaniciens, les institutrices ; coupables aussi les mères de famille, les enfants ou les vieillards.

Le président Benes détenait tous les pouvoirs et personne ne se faisait d'illusions sur cet homme qui vouait aux Allemands une haine viscérale et incarnait à lui seul le cri de vengeance des Tchèques : « *Smrt N+mcum !* »… « Mort aux Allemands ! »

Jamais Hanna ne s'était sentie aussi désespérée. Et si Andreas revenait ? Comment les retrouverait-il ? Certains accrochaient des morceaux de papier aux portes des maisons, aux troncs des arbres, sur des panneaux d'affichage. Des mères y cherchaient leurs enfants, des prisonniers rescapés leur famille, dont la maison n'était plus que gravats. Mais, de toute façon, Hanna devait être folle de croire un instant que son frère avait pu survivre à la Russie.

Un point de côté la força à s'arrêter. Pliée en deux, elle essaya de reprendre son souffle. Un cri s'étranglait dans sa gorge. Je suis née ici ! Mon père, mes grands-parents, toute ma famille sont enterrés dans ce cimetière. Les Wolf habitent cette terre depuis plus de trois cents ans. C'est mon pays, ma patrie… Je suis ici chez moi ! Vous ne pouvez pas me chasser. Je n'ai nulle part où aller. Je ne connais rien d'autre que ces montagnes et ces forêts, ces torrents et ces rivières, la verrerie où les Wolf gravent le cristal de père en fils depuis des générations…

Elle leva les yeux, s'aperçut qu'elle se trouvait au pied de l'église où elle avait si souvent prié. Le soleil bascula dans le ciel. Un sentiment féroce de solitude la poignarda, celui que subissent tous ceux qui ont connu l'espérance et qui découvrent, par un jour de colère et de désespoir, que leurs rêves d'enfant n'étaient que des mensonges et qu'ils ne croient plus en rien, ni au bonheur, ni en l'avenir, ni en Dieu.

Une voix étouffée mais fébrile lui parvenait de très loin, du fin fond d'un tunnel noir. Il lui semblait la reconnaître.

— Hanna… Je t'en prie… Réveille-toi…

On lui secouait l'épaule sans ménagements. Elle ouvrit les yeux. Une jeune fille était penchée au-dessus d'elle, les cheveux tondus. Elle se demanda pourquoi elle les avait coupés si court. Cela ne lui allait pas. On aurait dit un adolescent avec d'immenses

yeux apeurés, des pommettes saillantes qui semblaient près de lui taillader les joues.

— Mon Dieu, heureusement que tu n'es pas morte…
Tu m'as fait une de ces peurs !

— Lilli, murmura Hanna d'une voix rauque. Mais
qu'est-ce qui t'est arrivé ?

Aussitôt, la jeune fille fondit en larmes.

— C'est affreux, n'est-ce pas ? sanglota-t-elle en
passant une main tremblante sur son crâne. Je rentrais
à la maison après le travail. Ils sont arrivés à plusieurs. Ils m'ont traînée au milieu de la rue avec deux
autres filles que je ne connaissais pas. J'ai cru que
j'allais mourir de honte. Ils m'ont arraché ma chemise, puis ils ont commencé à couper… couper…

— Doucement, calme-toi, fit Hanna en se redressant.

Elle ferma les yeux, car la tête lui tournait ; elle
avait dû s'évanouir.

— J'avais pourtant tout fait comme tu m'avais dit,
je te jure. J'avais mis la jupe longue et le foulard
pour passer pour une vieille. Mais ça n'a rien empêché. Ils m'ont traitée de putain… C'était horrible ! Et
les gens qui regardaient sans bouger. J'avais tellement peur d'être violée comme toi…

— Mais ils ne l'ont pas fait, au moins ?

Lilli secoua la tête de manière frénétique.

— Non… Heureusement pas. C'est Mme Dvora-
cek qui m'a sauvée. Elle a hurlé qu'il n'y avait rien à
me reprocher. Je crois qu'elle leur a fait peur. Ils ont
dû la prendre pour une sorcière. Elle m'a ramenée à
la maison. Elle pleurait autant que moi.

Lilli essuya son nez qui coulait avec l'arrière de sa
main.

Hanna songea que leur professeur de piano leur
avait toujours porté chance. Avec son chignon de

cheveux noirs, ses pendentifs de grenat qui lui étiraient les oreilles et ses jupes en dentelle, la vieille
dame tchèque avait été la magicienne de leur enfance.
À la place d'honneur de son salon encombré de fauteuils capitonnés et de figurines de porcelaine, trônait
une gravure de l'empereur François-Joseph. « Ce rattachement au Reich, c'est une aberration ! Nous, en
Bohême, on n'a été vraiment allemands qu'au Moyen
Âge. Seuls les Habsbourg pouvaient tous nous sauver », martelait-elle. « Ces hommes politiques aveu-
gles qui ont anéanti la monarchie en 1918 ne valent
pas mieux que le dernier des criminels ! » Quand
elle s'emportait, ses yeux noirs étincelaient et les
ridules où se fourvoyait son rouge à lèvres se pin-
çaient de colère. Parmi les Tchèques, les Slovaques et
les Allemands des Sudètes, elle n'était pas la seule à
penser ainsi.

— Ce n'est pas grave, ma chérie, reprit Hanna
d'un ton faussement enjoué. Les cheveux, ça repousse.
Et puis comme ça, tu éviteras les poux !

Elle se força à sourire, car Lilli la dévorait des
yeux. Elle avait toujours été la grande cousine qui
savait tout. La première à porter des talons, à danser
au bal, la première à se fiancer... Lilli n'avait que
deux ans de moins qu'elle, mais elle avait sans cesse
besoin d'être choyée et rassurée.

Hanna prit la main qu'elle lui tendait et se releva.
Elle s'était éraflé la jambe, qui saignait. Bras dessus,
bras dessous, elles se dirigèrent vers la maison des
parents de Lilli.

— Je venais justement te voir. As-tu trouvé une
charrette ?

— Oui, mais elle n'est pas très grande. Est-ce que
tu sais où ils nous emmènent ?

— Aucune idée. Je suppose qu'ils vont nous interner quelque temps avant de nous envoyer vers l'Allemagne.

— Mais pourquoi est-ce qu'ils ne nous laissent pas dans nos maisons ?

— Parce qu'ils les ont déjà données à d'autres, répliqua Hanna d'un air impatient. Tu as bien vu ces gens qui arrivent de l'intérieur de la Bohême avec leurs portraits de Masaryk et de Benes sous le bras. Chez les Riedner, c'est Staline qui trône au milieu du salon. Quand ils voient une maison ou une ferme qui leur conviennent, ils s'y installent. C'est aussi simple que ça !

— Mais c'est chez nous, ici, plaida Lilli d'une voix tremblante. On y habite depuis des siècles. Ces montagnes, ce sont les Allemands qui les ont défrichées. On a fondé des verreries à la demande des seigneurs slaves. On a construit les villes, créé les industries... C'est nous qui avons tout fait ! s'écria-t-elle avec un vaste mouvement du bras qui englobait non seulement le village de Wahrstein, mais toute la région de Gablonz.

— Je sais, soupira Hanna, mais je suis trop fatiguée pour en discuter maintenant. Nous devons penser à notre départ. Nous avons de la chance. Ailleurs, les gens n'ont eu que deux heures pour rassembler leurs affaires. On en a chassé d'autres à pied vers la frontière polonaise sans qu'ils puissent rien emporter. Les Polonais les ont refoulés et ils sont restés plusieurs jours dans les bois sans rien pour se nourrir ni s'abriter.

Elle essaya en vain de maîtriser son angoisse.

— J'ai peur, murmura Lilli, et elle sembla si profondément désespérée que Hanna s'arrêta pour la serrer dans ses bras.

Un châtaignier calciné pointait un doigt dérisoire vers le ciel et quelques hirondelles nerveuses tremblaient sur ses branches. Sous l'étoffe de la robe d'été, elle sentait poindre les omoplates de sa cousine. Avec sa tête rasée, Lilli ressemblait à un oiseau tombé du nid.

Et moi donc, si seulement tu savais…, songea-t-elle en serrant les lèvres. Si seulement tu savais comme j'ai peur de porter l'enfant d'un monstre qui m'a violée.

Venise, janvier 1946

François Nagel soufflait en vain sur ses doigts pour les réchauffer. Exaspéré, il se maudit une nouvelle fois d'avoir oublié ses gants à l'hôtel. Il releva le col de sa canadienne puis enfouit ses mains dans ses poches. Ce damné *vaporetto* n'apparaîtrait-il donc jamais ?

Un brouillard dense enveloppait Venise depuis l'aube. Un gris immobile, paresseux, étouffait les sons, délavait les ors et les porphyres des palais, voilait les campaniles, se confondait avec l'eau des canaux, glissait entre les vieilles pierres et les murs lépreux, se faufilait le long des quais. Le froid humide s'insinuait sous les vêtements et vous glaçait jusqu'à la moelle. Mais il y avait autre chose, comme une désespérance, un renoncement, dans cette grisaille qui touchait au cœur.

François réalisa qu'il était parfaitement seul. Autour de lui, pas âme qui vive. La petite cabine où aurait dû se trouver le contrôleur, tassé sur sa chaise, était vide. Les feuilles froissées *d'Il Gazzettino*, le quotidien de la ville, reposaient, ouvertes, sur la console. L'homme avait dû s'absenter quelques minutes. Au-dessus de sa tête, la lumière rouge du fanal brillait comme un œil vaguement menaçant. Non loin de ce *pontile* où il attendait le bateau qui devait l'emmener à Murano, une gondole se balançait sur les flots et heurtait avec une régularité de métronome les poteaux aux couleurs éteintes. Le choc sourd des deux bois lui donnait l'impression de sonner le glas.

Il fit un effort pour chasser ses pensées moroses. Il aurait mieux fait de suivre le conseil d'Élise et de remettre son séjour au printemps, mais il avait voulu profiter des derniers moments de répit avant que l'entreprise familiale de peinture sur verre reprenne une activité qui réclamerait toute son attention.

Cette escapade, il l'avait décidée seul. Il avait eu besoin de s'éloigner de chez lui parce qu'il commençait à s'y sentir à l'étroit. D'abord, il avait perdu le sommeil. Des impatiences dans les jambes l'obligeaient à se lever au milieu de la nuit pour arpenter la maison. Alors que, à la fin de la guerre, il n'avait aspiré qu'à rentrer chez lui pour ne plus en bouger, il s'était bientôt aperçu que la tension des combats de l'ombre avait laissé des traces. La routine d'une vie tranquille, parée de toutes les qualités lorsqu'il ignorait s'il survivrait jusqu'au lendemain, s'était révélée traîtresse. Il n'avait pas aimé la guerre, mais la paix lui semblait épineuse.

Son grand-père, puis son père, étaient venus chaque année en pèlerinage à Venise. Il se revoyait encore petit garçon, perché sur la valise, dans l'entrée, les mains croisées sur le pommeau de la canne. « Et où partez-vous en voyage, monsieur ? » s'amusait son père. « Très loin, monsieur », répondait-il sans bouger pour que le canotier ne lui glisse pas sur le nez. Le rituel entre le père et le fils exigeait qu'il invente une destination exotique et son livre de géographie lui livrait des noms aussi exaltants que Tananarive, Valparaiso ou Oulan-Bator. Son père riait de bon cœur avant de sauver son canotier, sa canne et sa valise.

Il n'avait pas été aussi loin. Il était venu à Venise comme l'on se rend à l'évidence, poussé par une sourde envie de renouer avec la tradition en souvenir des regards joyeux de son grand-père et de son père quand ils évoquaient les souffleurs de verre de Murano, car les Nagel, en hommes du vitrail, étaient eux aussi des hommes de lumière.

Il perçut enfin un ronflement assourdi qui semblait présager l'arrivée d'un monstre marin. Pourtant, ce fut bien le *vaporetto* qui émergea de la brume avec une solidité rassurante. Des gouttelettes d'eau striaient les vitres embuées. Debout, la corde à la main, le marin au teint rougi par le froid sembla presque surpris de le voir. Il arrima le bateau et François grimpa à bord.

La seule passagère était une vieille femme au visage longiligne, les cheveux ramenés sous un chapeau noir, qui tenait un bouquet de chrysanthèmes sur ses genoux. Les fleurs jaunes éclairaient d'une couleur vive l'intérieur du navire. Lorsqu'elle descendit à l'île des Morts, il continua seul son voyage dans l'aquarium flottant aux effluves de laine mouillée.

Son premier voyage à Venise avait été annulé parce qu'un certain caporal autrichien avait choisi d'envoyer ses troupes envahir la France un matin de printemps. Il avait fallu cinq longues années avant de pouvoir à nouveau songer à autre chose qu'à la guerre, aux privations, à la misère et à la mort. Pourtant, les souvenirs ne vous laissaient pas vous échapper aussi facilement. Une journée humide comme celle-ci réveillait parfois la douleur lancinante d'une blessure, mais, le plus pénible, c'était sans aucun doute les cauchemars. Les visages disparus à jamais imprimés sous les paupières. Les réveils en sursaut, le corps en nage, le cœur affolé, les tympans déchirés par les hurlements des torturés.

Il descendit à Murano[1]. Des bateaux attendaient leurs chargements, amarrés devant les entrepôts où s'écaillait la peinture des noms des entreprises. Des silhouettes fugitives perçaient les nappes de brouillard pour mieux y disparaître. Il hésita un instant. En lui dessinant un plan, le concierge de l'hôtel lui avait expliqué comment se rendre aux bureaux des Verreries Grandi, mais il se savait en avance et décida de s'accorder un verre pour se réchauffer.

Il partit donc en quête d'un bar à vins. Il passa devant des grilles cadenassées et quelques boutiques fermées, contourna une pile de planches qui encombrait le passage. Un chat couleur de muraille vint à sa rencontre, trottinant le long du mur, la queue dressée vers le ciel, et l'ignora avec superbe. Il accéléra le pas. Quelque chose d'oppressant lui serrait le cœur. Il se sentait déçu, presque trompé. Ce voyage ne lui apportait pas le réconfort qu'il avait confusément cherché.

Mais quel réconfort ? songea-t-il, irrité contre lui-même. Avait-il donc succombé à l'image idéalisée d'une Venise aux humeurs vagabondes et espiègles, si éloignées de celles qu'on prêtait à sa ville natale,

---

1. La plus grande des îles de la lagune, située à moins de deux kilomètres de Venise. À la fin du XIIIᵉ siècle, les verriers avaient été sommés de s'y installer, afin de protéger la ville des incendies.

cette place forte de Metz réputée austère comme le sont souvent les villes de garnison, avec leur rigueur militaire imprimée aux frontons de leurs immeubles, mesurée dans l'alignement des squares et le dessin de leurs avenues, ville dressée aux marches d'un pays dont elle avait été l'otage et qui n'était plus aujourd'hui qu'un amas de ruines ?

Avait-il eu la naïveté de croire qu'il trouverait auprès de la Sérénissime une consolation ? Était-ce la véritable raison de ce voyage précipité qui ressemblait surtout à une fuite en avant ? Il repensa au regard de sa sœur lorsqu'elle lui avait préparé sa valise. Élise, elle, n'avait pas été dupe. Elle était restée silencieuse, les lèvres pincées, lui recommandant seulement la prudence parce que les Italiens, tout de même, on ne pouvait pas leur faire confiance.

Il se demanda s'il ne devait pas retourner sur ses pas. Depuis quelques minutes, il avait l'impression de s'égarer. Rien ne semblait indiquer la présence d'un bar à vins ou d'une auberge. Des barques vides se balançaient sur les flots. L'eau suintait le long des murs, gouttait de partout. Un réverbère solitaire se dressa devant lui, telle une sentinelle.

Il s'arrêta devant une grille imposante en fer forgé où s'entrelaçaient des initiales qu'il ne parvint pas à déchiffrer. Sur les piliers qui marquaient l'entrée d'une vaste cour se trouvait l'emblème d'un oiseau qui ressemblait à un aigle aux ailes déployées. Curieusement, cette grille-là était entrouverte. Il décida de demander son chemin. Quand il la poussa, elle racla le sol avec un crissement qui le fit grincer des dents.

Un arbre laissait pendre ses branches nues. Sur la margelle d'un puits reposait un seau rouillé. Il avança prudemment, se demandant s'il devait annoncer sa présence, si ce n'était pas impoli d'entrer ainsi chez les gens sans y avoir été invité. Derrière une vitre, des lueurs rougeoyantes attirèrent son regard. Intrigué, il s'approcha.

Elle portait une chemise d'homme bleu foncé aux manches retroussées, un pantalon noir et de lourdes chaussures. Assise à un banc de travail, elle faisait rouler une canne de sa main gauche et lissait une boule de feu avec une palette de bois. Elle bougeait avec une grâce retenue, imprimant un mouvement de balancier à son corps tendu. Puis elle se leva, continuant à manier la canne comme si la rotation empêchait le verre de basculer vers le sol, et s'approcha d'un four. Un jeune homme corpulent, aux épaules noueuses soulignées par un tricot de corps, ouvrit une porte avec un crochet dans une paroi latérale. Le buste de la jeune femme bascula vers l'avant tandis qu'elle enfournait l'objet. Aussitôt, elle fut drapée de lumière, enveloppée d'une lueur pourpre, et sa chevelure d'un blond roux ramenée en une natte indocile s'illumina.

Elle revint à sa place et continua à modeler l'appât incandescent, utilisant des pinces puis des ciseaux que lui tendait son acolyte. Des étincelles jaillissaient autour d'elle, mais elle ne quittait pas des yeux la pâte lumineuse qu'elle pliait à sa volonté.

Ses mains ne cessaient de s'activer, ses avant-bras se tendaient sous l'effort. L'homme s'éloigna quelques instants avant de revenir avec une masse en fusion rouge vif. Usant d'une délicatesse inattendue, il en versa une goutte sur l'œuvre de la jeune femme.

La chemise de l'inconnue était auréolée de sueur, son visage empourpré trahissait la concentration et la tension physique. Cette détermination forçait l'admiration. Ses gestes étaient fluides, précis. Jamais elle ne marquait un temps d'hésitation. À l'observer aussi tenace, aussi ardente, elle en devenait presque terrible, habitée par une force qui la dépassait, mais poignante dans la dévotion qu'elle portait à sa création.

Puis, lorsqu'elle se pencha pour mesurer au compas un détail de sa sculpture, il vit sa gorge pâle, si délicate et fragile dans l'échancrure de la chemise, et François Nagel, le cœur chaviré, le front appuyé contre la vitre de la verrerie, les mains serrées sur une rambarde de fer jusqu'à faire blanchir ses articulations, se demanda si cette femme s'abandonnait avec la même ferveur lorsqu'elle faisait l'amour et si l'on pouvait y survivre.

Il avait perdu la notion du temps. L'homme qui avait aidé la jeune femme avait disparu. Désormais, elle se trouvait seule. D'un geste las, elle retira les épingles de ses cheveux, y passa plusieurs fois les doigts, tirant sans ménagements sur les mèches rebelles. Brusquement, il eut honte de la contempler à son insu. Il recula d'un pas et se dirigea vers une porte qui donnait dans l'atelier.

Il frappa et une voix claire lui ordonna d'entrer. Une bouffée de chaleur l'assaillit lorsqu'il pénétra dans l'atelier. Elle buvait à lampées généreuses au goulot d'une bouteille. Des gouttes d'eau glissèrent de ses lèvres.

— *Si, signore ?* demanda-t-elle d'un air gêné en s'essuyant la bouche avec la paume de sa main.

Il songea qu'il n'avait jamais rien vu d'aussi sensuel que cette créature insolite qui avait conquis le feu et lui arrivait à peine à l'épaule.

Il retira sa casquette.

— *Scusi, signorina. Parla francese ?* Pardonnez-moi, mais je ne parle pas l'italien.

— Bien sûr, monsieur. En quoi puis-je vous être utile ? répondit-elle avec une intonation malicieuse.

Elle avait un front haut, un nez marqué qui lui donnait du caractère, une bouche aux lèvres gourmandes. Sous les sourcils arqués, les yeux clairs le fixaient d'un air perçant. Brusquement, comme troublée par sa tenue, elle se détourna pour reboutonner sa chemise. Il eut l'impression absurde de l'avoir surprise au saut du lit.

— Je… Je suis désolé d'être entré sans prévenir, mais je me suis égaré, et puis je vous ai vue, et c'était tellement… Je cherchais un endroit où prendre quelque chose pour me réchauffer avant mon rendez-vous. Ce temps est si pénible…

Il parlait à tort et à travers et se sentit stupide.

La tête en arrière, les poings sur les hanches, elle partit d'un éclat de rire sonore. Le cœur de François fit un bond dans sa poitrine.

— En tout cas, vous êtes venu au bon endroit pour vous réchauffer. Vous fumez comme un cheval qui rentre à l'écurie !

L'humidité de ses vêtements, en effet, s'évaporait en des volutes de vapeur. François sourit d'un air embarrassé.

— Je peux vous offrir un café, si vous le désirez, proposa-t-elle, peut-être pour s'excuser de l'avoir taquiné. Posez donc vos affaires. Chez nous, vous ne risquez pas d'attraper une pneumonie en attendant votre rendez-vous.

Elle s'approcha d'une table où était posée une cafetière en étain. Elle rinça deux tasses, les essuya, puis versa le café.

— Il est encore chaud, dit-elle. Tenez, asseyez-vous sur la chaise.

Il lui obéit, tandis qu'elle se perchait sur un escabeau. Le café avait un goût puissant, d'une rare amertume. À son grand étonnement, elle ne poursuivit pas la conversation et sembla même l'oublier. Les genoux ramenés vers la poitrine, les mains enchâssant la porcelaine délicate qui détonnait dans l'atelier rustique, elle regardait dans le vide, le visage verrouillé. Décontenancé, il n'osa pas interrompre ses pensées. En vingt-cinq ans d'existence et bien qu'il eût connu plusieurs fortunes heureuses, il ne pensait pas avoir croisé une jeune femme aussi énigmatique.

Dehors, les gouttes glissaient sur les vitres. Il régnait une paix étrange dans la halle, le temps semblait suspendu. On n'entendait que le ronronnement du feu et le gargouillis de la pluie qui noyait la cour sous un nuage d'eau et de brume. Il sirota le breuvage corsé à petites gorgées, essayant de retenir une grimace.

Lorsqu'il se leva et reposa la tasse, elle sursauta, l'air de sortir d'un long sommeil.

— Vous en désirez encore ?

— Non, merci.

— Il est trop fort, n'est-ce pas ? Mais c'est comme ça que je l'aime. Lorsqu'il fait s'angoisser le cœur. Peut-on dire ainsi ?

Il hésita.

— Je ne sais pas. Peut-être pas. Mais « s'angoisser le cœur », je comprends ce que vous voulez dire, mademoiselle.

Et quand elle lui sourit, François éprouva un tel élan de bonheur qu'il se demanda si le café ne lui avait pas fait l'effet d'un alcool inconnu qui vous monte à la tête par surprise. Comment était-ce possible ?

Comment une femme pouvait-elle vous devenir indispensable alors qu'on ignorait tout d'elle ?

— Je m'appelle Livia, dit-elle avec un sourire évanescent.

— François Nagel. J'ai rendez-vous tout à l'heure avec M. Alvise Grandi. Peut-être pourriez-vous m'indiquer où le trouver à Murano ?

Le visage de la jeune femme blêmit. Elle descendit de l'escabeau, trébucha. Il tendit la main pour la rattraper, mais elle l'esquiva.

— À San Michele, lança-t-elle d'une voix rauque.

— San Michele ? reprit-il, étonné. Mais n'est-ce pas le cimetière ?

— Vous semblez bien connaître Venise, monsieur. Je vous félicite.

Son ton moqueur le mit mal à l'aise. Le sentiment oppressant qui le taraudait depuis son arrivée revint en force.

— Je suis désolé si je vous ai contrariée…

Elle leva une main pour le faire taire.

— Pardonnez-moi, je suis injuste. Comment pouviez-vous savoir ? Mon grand-père est mort il y a trois jours. Nous l'avons enterré ce matin.

Elle haussa les épaules. Elle essayait de garder un visage impassible, mais son regard était devenu translucide et elle mordillait sa lèvre. Il devina qu'elle luttait pour retenir ses larmes. Qu'avait-elle fait de toute cette force qu'elle avait déployée pour créer une sculpture dont il n'avait même pas regardé les contours, tant elle l'avait obsédé ? La créature insolente de beauté et d'énergie avait disparu. Il ne restait qu'une jeune femme vulnérable et solitaire, affublée de vêtements d'homme trop grands pour elle, dont la détresse se lisait dans les épaules légèrement courbées, la nuque raide, et le tremblement presque imperceptible du corps.

Or, cette femme-là, il la comprenait, car elle participait du même monde que lui. Ne connaissait-il pas, lui aussi, ces instants de vertige où l'on perd l'équilibre ?

Sans réfléchir, il s'avança et ouvrit les bras. Il l'enlaça en silence, avec précaution, craignant de les briser en mille morceaux, elle et son chagrin. Il ne cherchait pas à expliquer ce qui lui arrivait. Cela faisait des années qu'il n'avait pas éprouvé pareille certitude, depuis ce jour d'été où, sous une chaleur étouffante et un ciel lumineux de Moselle, il avait choisi la France contre l'Allemagne, au péril de sa vie et de celle de sa famille, qui risquait à cause de lui la déportation dans un camp.

Dans l'existence, ces sortes de certitudes vous prennent souvent au dépourvu et sont rarement désirées. Certains les évitent, d'autres les affrontent, par curiosité ou par défi. François savait, voilà tout. C'est pourquoi il ne s'étonna pas qu'elle se laissât faire sans protester. Il sentit néanmoins son corps se figer entre ses bras, lui opposer une infime résistance, le temps d'un soupir ou, peut-être, d'un regret. Puis, lorsqu'elle posa enfin la joue contre son épaule, il comprit qu'il était perdu.

Livia ferma les yeux. L'homme était assez grand pour que son épaule fût réconfortante. Elle respira une odeur fraîche de pluie et d'eau de Cologne. Il avait passé ses bras autour de sa taille. À travers l'étoffe de la chemise, elle sentait la chaleur de sa paume sur son dos, mais elle n'en prenait pas ombrage. Il la tenait avec assurance, mais elle devinait qu'il l'aurait laissée partir si elle l'avait désiré.

Voilà trois jours qu'elle bataillait. Elle avait érigé des digues, creusé des silences, détourné le cœur. Aucune nuance de l'absence ne lui était étrangère et pourtant la douleur n'était pas moins cruelle. Ne tirait-on pas une leçon des morts d'autrefois pour mieux affronter celles d'aujourd'hui ? La souffrance était piètre conseillère, puisqu'elle ne vous apprenait rien. À chaque fois, on se retrouvait tel un enfant démuni, échoué sur une grève, les mains vides. Il avait fallu le geste de cet étranger, inattendu mais d'une simplicité irrésistible, pour qu'elle s'abandonne.

Mais c'était justement parce qu'il lui était inconnu qu'elle se posait un instant. Ni les bras de Flavio ni ceux de ses proches n'étaient tolérables. Le réconfort était quelque chose de douloureux à accepter, de même qu'il lui était difficile de consentir à un compliment sans chercher à l'amoindrir ou à l'esquiver. Il fallait avoir confiance, en soi et en l'autre, pour recevoir sans rien offrir en retour.

Elle laissait approcher cet inconnu parce qu'elle ne lui devait rien. Il ne la connaissait pas. Il ignorait ses secrets, ses compromissions, ses doutes. Il l'admettait telle qu'elle était, à cet instant précis de sa vie, et, ce faisant, lui donnait un goût d'infini.

Lourde de son angoisse et de son chagrin, Livia se réfugia dans ce silence et la petite fille muette qui sommeillait en elle s'en trouva réconfortée. Elle n'avait pas besoin de paroles dérisoires, elle avait besoin des bras de cet homme, de l'épaisseur de son corps, de la chaleur de sa peau parce qu'elle avait froid, tout simplement, et elle lui était reconnaissante de l'avoir si bien compris.

— Livia, que se passe-t-il ?

Elle s'arracha à l'étreinte de l'inconnu, le repoussant presque brutalement. Sur le pas de la porte, Marco Zanier, les cheveux trempés, le col de son imperméable beige relevé, la dévisageait, l'air furibond.

— Qu'est-ce que tu veux ? lança-t-elle, agacée de se sentir fautive alors qu'elle pouvait se comporter chez elle comme elle le souhaitait, mais surtout parce qu'elle n'avait rien fait de mal.

— Je suis venu te présenter une nouvelle fois mes condoléances et m'assurer que tu n'avais besoin de rien. Mais je vois que tu es occupée, ajouta-t-il d'un ton ironique.

Il détailla l'étranger des pieds à la tête en donnant ostensiblement l'impression que celui-ci laissait à désirer.

— C'est un visiteur venu de France, expliqua-t-elle en français, les joues rouges de confusion. M. Nagel avait rendez-vous avec mon grand-père.

— Comme c'est étrange, ce cher Alvise était pourtant alité, les derniers mois de sa vie.

— De quoi te mêles-tu, Marco ? répliqua-t-elle, exaspérée, et elle se mit à ranger les pinces qui traînaient pour se donner une contenance. M. Nagel nous avait écrit pour demander une entrevue et nous avons accepté, voilà tout. Pardonnez-moi, monsieur, mais, avec tout ce qui s'est passé, j'avoue que je vous avais complètement oublié.

Elle esquissa un sourire qui s'effaça devant la moue sceptique de Marco.

— J'étais aussi venu te dire que Flavio dînait chez moi ce soir, ajouta-t-il. Nous comptons bien sûr sur ta présence.

Livia se raidit. L'assurance de Marco lui était insupportable et cette volonté de mainmise sur son existence la hérissait. Le menton en avant, les mains dans le dos, il symbolisa d'un seul coup tout ce qui n'allait pas dans sa vie, notamment ce sentiment d'impuissance qui l'avait saisie lorsque son grand-père avait poussé son dernier soupir, qu'elle avait regardé le sang refluer de son visage telle une vague qui se retire, abandonnant derrière elle une enveloppe charnelle, la laissant si infiniment seule qu'elle ne percevait plus les contours de son propre corps.

— Ce soir, je ne peux pas. Je dîne avec Monsieur.

— Vraiment ? fit Marco, basculant de la pointe des pieds sur ses talons.

Elle jeta un coup d'œil à l'étranger. Comprendrait-il ? Était-il assez subtil pour deviner qu'elle avait besoin d'une échappatoire ?

— Absolument, monsieur, déclara le Français. *Signorina* Grandi m'a fait l'honneur d'accepter mon invitation à dîner. J'avais plusieurs affaires urgentes à traiter avec son grand-père, mais elle s'est proposée pour le remplacer.

— Je ne sais pas si Flavio sera d'accord…

Livia passa devant Marco, une canne à la main, le frôlant de si près qu'il dut reculer d'un pas.

— Je n'ai pas besoin de l'autorisation de mon frère. Je te remercie de ta sollicitude, Marco. Je ne te raccompagne pas, tu connais la maison, n'est-ce pas ? Venez, monsieur, nous allons discuter dans le bureau.

Elle tourna les talons et quitta l'atelier, priant pour que le Français la suive sans discuter.

Elle s'aperçut qu'elle tremblait, comme si la confrontation avec Marco l'avait privée de ses dernières forces. Il avait été le premier à se manifester pour lui présenter ses condoléances. Debout dans le salon, il avait semblé sincèrement désolé. Il n'avait pas osé s'asseoir, impressionné par la mort comme peuvent l'être ceux qui ne l'ont jamais croisée – ses parents étaient toujours en vie et il avait évité la guerre avec l'habileté d'un équilibriste. Il avait bafouillé et deux taches rouges étaient apparues sur ses pommettes. Pendant quelques instants, il lui avait même inspiré une forme de compassion. Il était si transparent. Affublé de son nouveau titre de directeur des Verreries Zanier, il n'espérait qu'une chose : épouser l'héritière Grandi et unir les deux maisons. Zanier et Grandi, n'était-ce pas irrésistible ? Qui pourrait rivaliser avec le savoir-faire des Grandi uni à la notoriété des Zanier ? Mais dans son regard sombre brillait aussi une autre convoitise, et celle-là lui faisait peur.

La réaction de François Nagel lui avait plu. Il ne s'était pas laissé démonter. Elle se rappelait, en effet, la lettre polie adressée à son grand-père, quelque temps auparavant. Avec l'accord d'Alvise et en son nom, elle avait aussitôt répondu, en lui assurant que la porte des Verreries Grandi lui était ouverte à sa convenance. Elle n'avait pas tout de suite réagi à son arrivée, mais elle s'apercevait que ce dîner inopiné la réjouissait, et pas seulement parce qu'il allait irriter Flavio et Marco Zanier.

L'auberge donnait sur une place où se dressaient des arbres aux branches nues, et des maisons à peine éclairées veillaient derrière des grilles patientes. L'eau sombre d'un canal clapotait contre un petit pont en pierre. Des rideaux de velours élimé isolaient la salle de la nuit froide et humide. Dès que Livia eut franchi le seuil, le patron rondouillard, un large tablier blanc autour de sa taille imposante, la serra contre son torse en écrasant une larme. Ce fut elle qui le réconforta.

Avec force gesticulations, il les installa à une table près du poêle en majolique, dont les portes de cuivre accrochaient la lumière. François se sentait un peu mal à l'aise. Il était conscient de la curiosité de l'aubergiste et des quelques clients. Livia, elle, connaissait tout le monde.

— La vie de village, fit-elle avec un sourire d'excuse, après qu'un homme mince aux cheveux argentés l'eut embrassée sur les deux joues.

Ils n'eurent pas à choisir leur repas. L'aubergiste les traita comme des rois, émergeant de sa cuisine avec des assiettes triomphales : sardines macérées dans un mélange d'oignons, de pignons et de raisins secs, pâtes fumantes aux coquillages, ragoût de viande, fromage sec de montagne qui piquait l'arrière-nez, dessert crémeux au goût de noisette. François était d'autant plus surpris que l'Italie de l'après-guerre vivait avec des produits américains essentiellement constitués de viande et de lait en poudre.

Il fallut lever son verre de vin rouge plusieurs fois à la mémoire d'Alvise, ce seigneur de Murano, et, dans la petite salle avec sa sciure sur le sol, ses nappes rouges et son menu griffonné à la craie sur un tableau noir, François se laissa peu à peu gagner par une douceur bienveillante.

— J'ai connu votre père, dit Livia. Je n'étais qu'une petite fille, mais je me souviens bien de lui. Il m'a donné un miroir pour mon cinquième anniversaire.

— Il nous a quittés il y a quelques années. Il aimait beaucoup Venise. Il trouvait la ville inspirante pour son travail. Mais, comme vous le savez, les Lorrains et les Vénitiens sont de vieilles connaissances. Ne dit-on pas qu'autrefois un Lorrain a échangé le secret du miroir contre celui du *cristallo* ?

Elle haussa les épaules.

— C'est un débat périlleux, monsieur. Chez nous, ce sont les frères d'Angelo qui ont trouvé la technique de réalisation des glaces au début du XVIe siècle. Chez vous… ?

Il s'amusait de ce côté espiègle inattendu. Il avait pensé que les Italiennes étaient volubiles, mais Livia Grandi ne parlait pas pour ne rien dire. Par moments, au cours du repas, ils avaient découvert la complicité la plus intime, celle du silence, et ni l'un ni l'autre n'en avaient été effarouchés alors qu'ils ne se connaissaient pas.

Elle le fascinait. Il ne se lassait pas d'entendre l'intonation mélodieuse de cette voix voilée, presque rauque sur certaines syllabes. Il l'écouta parler des Verreries et de leurs difficultés en cette période délicate. Ils évoquèrent la guerre du bout des lèvres, comme s'ils étaient tous deux lassés de ces années sombres. Quand il lui raconta que son frère aîné n'était toujours pas rentré de Russie, une lueur froide glissa dans le regard de la jeune femme.

— Le mien est rentré et il ne nous permet pas de l'oublier.

Il comprit que le sujet était épineux et préféra se taire plutôt que de la contrarier.

Livia avait baissé les yeux et jouait avec les miettes de pain laissées sur la nappe. Elle s'étonnait que le repas fût déjà terminé et elle n'avait pas envie de s'en aller. La douceur bienveillante de François Nagel était différente de la vivacité de ses amis. Elle puisait dans sa sérénité une forme de réconfort.

Quand les derniers clients eurent claqué la porte derrière eux, le patron sortit une bouteille de *grappa*, la meilleure de la région, sa cuvée particulière.

Adossé à sa chaise, François laissa l'eau-de-vie glisser dans sa gorge et regarda la jeune femme parler avec l'aubergiste. Il ne comprenait pas un mot, mais cela lui était indifférent. Il songea qu'il avait rarement rencontré quelqu'un d'aussi entier. Elle avait des gestes vifs mais empreints de grâce, des expressions qui variaient d'un moment à l'autre comme si un coup de vent les balayait sans prévenir. Elle était captivante parce qu'elle ne cessait de le surprendre, par un éclat de rire, une moue, une soudaine gravité qui la figeait dans un désarroi presque palpable. Il aurait pu la contempler toute la nuit.

— En hiver, lorsqu'il fait beau, on voit les Alpes. Les montagnes sont couvertes de neige.

Livia se tenait debout sur la passerelle du dernier *vaporetto* de la journée. Les nuages s'étaient éloignés et quelques étoiles brillaient dans le ciel. La lagune était toute de velours, d'un noir d'encre. Parfois, une lueur incertaine apparaissait au loin, tel un farfadet qui aurait joué avec une lanterne.

— Elles sont si paisibles qu'elles me donnent un sentiment d'éternité, ajouta-t-elle après une pause.

Son visage sérieux était encadré par la capuche bordée de fourrure de son manteau. En regardant les yeux pâles et la peau délicate, François songea à ces anges qui ornaient certaines églises vénitiennes.

Malgré ses protestations, Livia avait insisté pour le raccompagner à Venise. « J'ai besoin de sortir d'ici », fut sa seule explication. Il n'avait pas osé insister ; chaque seconde à ses côtés lui était devenue précieuse.

Le bateau s'arrêta aux Fondamente Nuove. Le quai était désert. Les lueurs jaunes des réverbères se reflétaient dans les flaques d'eau.

Livia s'engagea dans une *calle* étroite. Leurs pas résonnaient entre les murs aux volets fermés. Elle obliqua soudain vers la gauche. Ils gravirent les marches d'un pont, glissèrent vers un *campo* déserté où se dressait une statue tranquille. L'atmosphère saturée d'humidité sentait l'algue et le sel. Parfois, l'on entendait retentir l'appel d'un gondolier qui annonçait son passage à l'un de ces croisements vénitiens où une demeure aux pierres patinées, un balcon en fer forgé et un pont jeté au-dessus d'une eau liquoreuse tiennent d'improbables promesses.

François se demanda quelles pensées couraient derrière le front lisse de la jeune femme. Il se laissait guider parmi le dédale des ruelles, effleurant parfois son épaule lorsqu'elle ralentissait pour qu'il revienne à sa hauteur. Il ne quittait pas du regard cette femme au manteau noir, la taille étranglée par une ceinture, dont les bottines sombres claquaient sur les pavés. Il se sentait perdu dans cette ville où rien n'avait de sens. Une rue aux maisons cossues débouchait sur un canal à l'eau saumâtre, tandis qu'un humble passage couvert d'affiches déchirées ouvrait sur une place aérienne plantée d'arbres. Derrière le masque d'une façade baroque, maquillée de corniches, d'anges et de saints, les murs dépouillés d'une église rappelaient l'humilité d'un enfant prodigue.

Avec son désordre de palais délabrés, veillés par des campaniles hiératiques, ses pierres de dentelle et ses eaux croupissantes, Venise était une ville d'illusionnistes, un enchevêtrement d'espérances et de secrets. Livia Grandi était comme son fil d'Ariane. Il la suivait, le corps engourdi, entraîné malgré lui vers quelque chose qu'il n'avait pas choisi, mais qu'il acceptait.

Elle s'arrêta. Il s'aperçut qu'ils se trouvaient devant la porte d'entrée de son hôtel.

Je ne peux pas la laisser partir, pas maintenant, pas comme ça... La gorge sèche, les tempes bourdonnantes, il sentait son cœur cogner dans sa poitrine. Elle se dressait tout près de lui, le visage levé, et le contemplait d'un air si intense qu'il eut envie de crier.

Une ombre passa sur le visage de madone. Avec une lenteur impitoyable, elle leva une main, hésita.

François craignait tellement qu'elle ne s'échappe à nouveau qu'il resta pétrifié, retenant son souffle. Lorsqu'elle posa sa main sur sa joue, il s'en empara et y déposa un baiser. Elle voulut la retirer, mais il l'en empêcha, appuya ses lèvres plus fortement, savourant la sensation de sa peau fraîche.

— Mademoiselle, je dois vous revoir... Vous me manquez déjà...

Elle inclina la tête. Elle doit me prendre pour un imbécile, songea-t-il, dépité. Il aurait voulu être l'un de ces séducteurs qui trouvent toujours le mot juste. Parmi ses amis, il en comptait un ou deux. Comment faisaient-ils, ces hommes-là ? Pour convaincre, il leur suffisait d'une expression du visage, d'une lueur dans le regard, d'un mouvement imperceptible du buste. François avait peur du ridicule, et, pourtant, il lui était impossible de dissimuler ce qu'il ressentait.

— Je vous en prie, *signorina*. Sans vous, je suis perdu dans Venise, ajouta-t-il avec un léger sourire, laissant entrevoir qu'il n'était pas dupe de lui-même.

— Vous avez pourtant trouvé le chemin pour venir à Murano, plaisanta-t-elle.

— Ah, mais je ne vous connaissais pas. Désormais, tout a changé.

Il réalisa que cette vérité allait bien au-delà de ce qu'elle pouvait imaginer. Elle l'observait, songeuse, à nouveau si lointaine qu'il eut envie de la ramener vers lui de peur qu'elle ne s'évapore. Quand leurs lèvres se frôlèrent, elle resta immobile, sans ciller ni chercher à le repousser, mais sans faire un geste pour l'encourager. Ce fut lui qui ferma les yeux.

— J'ai une commande à livrer en ville demain matin, dit-elle soudain, comme s'il ne s'était rien passé. Je vous retrouverai sur la *piazza*. Bonne nuit, conclut-elle avant de se détourner.

— Mais où et à quelle heure ? lança-t-il, affolé par ce rendez-vous si vague.

Il avait besoin de rigueur et d'exactitude. C'était l'une des matrices de son éducation. La place Saint-Marc était grande. On pouvait s'y perdre, non ? S'y chercher indéfiniment sous les arcades, patienter des années parmi les dorures, les velours rouges et les peintures délicates du café Florian sans même se sentir vieillir ?

— N'ayez crainte, je vous trouverai.

— Mais comment allez-vous rentrer ? Nous avons pris le dernier bateau.

— Je suis de Murano, dit-elle en riant, tandis que l'écho de sa voix rebondissait entre les murs. Mais ma mère est née par là…

Elle eut un geste de la main, vague et magistral, un geste de théâtre, et il la suivit des yeux jusqu'à ce que sa silhouette se confondît avec les ombres.

Quand Livia entra tôt, le lendemain matin, dans le bureau d'Alvise aux Verreries, elle trouva son frère installé dans le fauteuil en cuir patiné de leur grand-père, les pieds sur la table, les mains croisées derrière la nuque. Il dormait à poings fermés.

Sans un mot, elle s'approcha et balaya d'un geste sec les pieds de la table. Flavio se réveilla en sursaut.

— *Madonna*, mais qu'est-ce qui te prend ?

— Comment oses-tu te prélasser dans ce fauteuil comme un vulgaire bon à rien ?

— Oh, ça va, il n'y a pas mort d'homme, grommela-t-il, avant de hocher la tête d'un air embarrassé. Pardon, ce n'est pas ce que je voulais dire.

Elle fit planer un silence réprobateur.

— Pousse-toi, j'ai des affaires à régler, ordonnat-elle.

Mais Flavio, au contraire, se redressa dans le fauteuil et commença à mettre de l'ordre parmi les lettres décachetées qui reposaient sur le bureau.

— Justement, je t'attendais. Désormais, il faudra régler les affaires courantes avec moi. Jusqu'à maintenant, je t'ai laissée diriger la maison toute seule, mais, à partir d'aujourd'hui, je vais moi aussi m'intéresser à son fonctionnement.

Livia se figea. Elle scruta le visage de son frère pour voir si ce n'était pas là une autre de ses odieuses plaisanteries, mais, comme d'habitude, ses traits impassibles ne trahissaient aucune émotion. Elle devina que Flavio était sérieux.

Comment ai-je pu être assez idiote pour croire qu'il me laisserait diriger les Verreries toute seule ? se dit-elle avec l'impression de vivre un cauchemar éveillé.

La clause salvatrice du testament interdisait aux deux héritiers de vendre pendant un délai de deux ans, sous peine de voir les Verreries tomber dans l'escarcelle d'un cousin éloigné qui habitait la Toscane. Lorsque le notaire la leur avait lue, Livia avait adressé une prière de remerciement à son grand-père. Deux ans, cela lui donnait le temps de redresser la barre, de trouver de nouveaux clients, de relancer la maison. Désormais, elle songea que le vieux monsieur lui avait peut-être tendu un piège à son insu.

Elle avait naïvement pensé que son frère continuerait à vivre au jour le jour, à promener au fil des eaux vert et gris de la lagune son vague à l'âme, son regard verrouillé et son silence énigmatique. Mais il se tenait devant elle dans le fauteuil du *nonno* et son corps semblait s'être épaissi. Ses cheveux peignés en arrière dégageaient un front intelligent, soulignaient ses pommettes. Il y avait une acuité nouvelle dans ses prunelles, qu'elle ressentit comme une intrusion.

— Je ne comprends pas ce revirement, protesta-t-elle, serrant contre sa poitrine le dossier qu'elle avait apporté. Tu n'as jamais manifesté le moindre intérêt pour notre travail. Tu n'as jamais rien voulu apprendre. Je croyais que rien ici ne t'intéressait.

— Peut-être parce que personne n'a jamais jugé utile de me demander mon avis.

Elle resta interdite. Il n'y avait eu aucune ironie dans la réplique de Flavio, mais une amertume, presque une douleur. Le buste droit, il essayait ce fauteuil comme un enfant enfile le costume du dimanche de son père, avec une appréhension mêlée de fierté. Autour de sa silhouette, l'espace restait à délimiter.

Et pourtant, aussi loin que remontaient ses souvenirs, même avant la mort de leurs parents, Flavio n'avait jamais semblé attaché aux Verreries. Ne s'était-il pas réfugié à Venise dans le *palazzo* de leur grand-père maternel ? N'avait-il pas suivi des cours de droit à l'université avant la guerre afin de devenir avocat ? Elle trouvait ce changement de cap injuste. Contre un Grandi déterminé à travailler, elle ne pouvait pas lutter. Le combat était perdu d'avance.

Même s'il ne s'agissait que d'une fantaisie, d'un caprice, il avait la légitimité pour lui. Les ouvriers, les fournisseurs, les clients s'adresseraient à lui, attendraient ses paroles comme celles du Messie. Flavio n'avait rien à prouver, il lui suffisait d'être.

Une boule lui serra la gorge. Elle était jalouse. Parce que Flavio avait le pouvoir, sur un coup de tête, de prendre la direction des Verreries et que tous se plieraient à ses décisions. Parce qu'il était son frère aîné. Et qu'il était un homme.

— J'ai passé la nuit à éplucher les comptes, continua-t-il. La situation est beaucoup plus critique que je ne le pensais. Tu ne m'as pas dit la vérité, Livia.

Elle rougit. Elle avait éludé les questions de Flavio depuis plusieurs semaines. Puisqu'il ne s'intéressait pas aux Verreries et qu'il avait même envisagé de les vendre, elle n'avait pas jugé utile de lui en parler, évitant ainsi d'apporter de l'eau à son moulin.

— *Buongiorno*, lança la voix grave de Tino, qui s'encadra dans la porte, une écharpe rouge autour du cou, une cigarette éteinte au coin des lèvres. Je venais aux nouvelles.

Il marqua un temps d'hésitation, visiblement surpris de découvrir Flavio dans le fauteuil d'Alvise. Ses yeux effilés glissèrent du frère à la sœur, une lueur curieuse dans le regard.

— Demande donc à ton patron, déclara sèchement Livia. C'est à lui que tu t'adresseras désormais. La Maison Grandi s'est découvert un nouveau directeur depuis ce matin.

Elle posa le dossier sur le bureau.

— Voici la proposition d'une série de vases que nous a commandée un grand magasin de New York. Ils veulent des vases fonctionnels, pas des objets purement décoratifs comme on fait d'habitude, mais

Tino se fera une joie de te fournir toutes les explications.

— Où vas-tu, Livia ? lança Flavio en fronçant les sourcils. Il n'y a aucune raison pour que tu le prennes sur ce ton.

— De quoi veux-tu parler ? répliqua-t-elle en jouant l'innocente. J'ai des choses à faire en ville et je ne voudrais pas être en retard. Je vous souhaite une bonne journée à tous les deux.

La tête haute, elle se dépêcha de quitter la pièce afin de cacher les larmes qui lui brouillaient la vue.

Les deux hommes se regardèrent d'un air sombre. Flavio leva les yeux au ciel.

— Les femmes…

Tino resta silencieux quelques secondes, avant de hocher la tête d'un air entendu.

— *Certo*…, mais quel talent ! murmura-t-il.

Sous le dôme gris perle du ciel d'hiver, les maisons qui bordaient le rio dei Vetrai se serraient les unes contre les autres dans la lumière dépouillée, les paupières à demi closes. Le canal immobile renvoyait les reflets métalliques d'un canon de fusil. Les Muranais marchaient d'un pas vif, leur haleine lâchant des halos de fumée.

Livia ne sentait pas le froid. Tête nue, son vieux manteau noir jeté sur les épaules comme par mégarde, elle se retrouvait dehors, les bras ballants, avec l'impression d'être un papillon qui se cogne à la vitre d'une fenêtre, cherchant en vain à s'échapper. Elle ne comprenait pas ce qui lui arrivait et la colère chez elle le disputait à l'angoisse. Elle s'était rarement sentie aussi incertaine. Sans savoir ce qui avait soudain poussé Flavio à prendre cette initiative, elle savait qu'il venait de s'emparer du gouvernail. Il ne partageait peut-être pas l'amour des Grandi pour le *cristallo*, mais il avait hérité de leur ténacité. Il ne lâcherait rien avant d'avoir accompli ce qu'il avait décidé de faire. Et c'était là que le bât blessait, car Livia n'avait aucune idée des intentions de son frère.

Un frémissement la parcourut. Aux Verreries, il ne pouvait y avoir qu'un seul commandant à bord. Quoi qu'en dît Flavio, il n'y avait pas de place pour elle. Du moins, pas celle qu'elle désirait. Les paroles de son grand-père, prononcées un jour où elle s'était disputée avec sa meilleure amie, résonnèrent à ses oreilles : « Méfie-toi, petite, l'orgueil des Grandi a parfois causé leur perte… Et tu en as à revendre. » Elle découvrait à ses dépens que les blessures d'amour-propre pouvaient être féroces.

— Alors, tu as appris la nouvelle ?

Elle n'avait pas entendu Marco s'approcher. Il avait une voix rauque comme s'il avait pris froid. Une épaisse écharpe de laine s'enroulait trois fois autour de son cou.

— Je ne vois pas ce dont tu veux parler, répliqua-t-elle en feignant l'indifférence.

Elle se mit à longer le quai en direction du phare où se trouvait l'un des embarcadères du *vaporetto*. Il lui emboîta le pas sans hésiter.

— Flavio a enfin pris ses responsabilités. Tu ne peux pas lui en vouloir. Maintenant qu'Alvise n'est plus de ce monde, il doit assumer son devoir. À toi aussi d'assumer le tien.

Elle ne répondit pas, emprunta le pont. Une barque gris et bleu glissait sur les eaux sereines.

— *Ciao*, Marco… *Ciao*, Livia…, appela le batelier.

— *Ciao*, Stefano, répondirent-ils d'une même voix sans le regarder.

Elle pressa le pas, mais Marco restait sur ses talons.

— Tu vas prendre froid si tu ne mets pas ton manteau.

Elle s'arrêta net et se tourna vers lui, les poings sur les hanches.

— Écoute-moi bien, Marco Zanier, tu n'as aucun ordre ni aucune leçon de morale à me donner. Tu n'es ni mon père ni mon frère. Tu as toujours voulu t'immiscer dans ma vie, mais je ne veux rien de toi, tu m'entends ? Quand est-ce que tu me laisseras enfin tranquille ?

Il la contempla quelques instants sans rien dire. Des mouettes criaillaient au-dessus de leurs têtes.

— Tu es encore plus belle quand tu es en colère, fit-il avec l'un de ses sourires suffisants qui l'irritaient d'autant plus qu'ils lui faisaient peur.

Marco était un homme de pouvoir. Les Zanier avaient leurs entrées dans les cercles raréfiés de la finance et de la politique. Héritier d'une famille passée maître dans l'art de l'ellipse, sachant à merveille semer le trouble pour mieux tromper ses adversaires et dont les ramifications s'étendaient jusqu'à Rome, où l'un des oncles de Marco hantait depuis longtemps les couloirs des différents gouvernements, il aimait en jouer depuis qu'il était enfant. Lorsqu'on parlait des Zanier, les voix se faisaient plus compassées, comme dans une église.

En Italie, on se méfiait de ces correspondances mystérieuses, de ces dieux plus ou moins anonymes qui prenaient un malin plaisir à tirer les ficelles, et on préférait les laisser dormir. C'était seulement lors des réunions houleuses de la cellule communiste que le nom Zanier se trouvait accolé à des termes peu flatteurs.

— Tu sais bien qu'il n'y a qu'une solution, poursuivit-il à voix basse. Tu refuses de l'admettre mais tu ne peux pas l'ignorer, et c'est ce qui te rend hargneuse. Alvise vous a joué un mauvais tour en vous empêchant de vendre. Vous avez besoin d'argent frais, mais aucune banque ne vous fera crédit parce que la situation est trop instable et que les créations des Grandi ne convainquent plus personne depuis bien avant la guerre. À quand remonte votre dernier prix lors d'une exposition internationale ? À quand votre dernière grande commande ? Ce ne sont pas les quelques pièces que tu arrives à placer chez le vieux Gorzi qui peuvent vous sauver. Tu te bats contre des moulins à vent, Livia. Et désormais Flavio le sait, lui aussi.

Il marqua une pause avec un regard de commisération. Elle se demanda si elle avait jamais détesté quelqu'un à ce point.

— La seule personne qui puisse vous sauver, c'est moi. Si tu veux que les Verreries Grandi continuent à exister, tu dois m'épouser. Je financerai Flavio qui pourra poursuivre la production. Sinon, vos fours s'éteindront les uns après les autres et la Maison du Phénix ne sera bientôt plus qu'un beau souvenir.

Elle enfila son manteau, le boutonna jusqu'au cou, puis, d'un geste décidé, serra la ceinture autour de sa taille.

— Tu sais quoi, Marco ? reprit-elle en relevant le capuchon. Je n'arrive même pas à me mettre en colère. Je crois que tu me fais surtout de la peine. En être réduit au chantage pour te trouver une épouse… C'est pitoyable, mon pauvre ami.

Il lui saisit brusquement le bras.

— Flavio est d'accord avec moi, mais il n'ose pas te le dire en face. Il faut croire que tu lui fais peur, à ton héros de frangin ! Mais moi, tu ne me fais pas peur. Un jour, tu seras ma femme.

— Lâche-moi, Marco. Lâche-moi immédiatement, répliqua-t-elle d'un ton mesuré en détachant les syllabes.

Il hésita une seconde, avant de lui obéir. Sans ajouter un mot, elle s'éloigna vers l'embarcadère où le *vaporetto* lâchait des grappes de visiteurs aux visages rougis par le froid.

Les couloirs de l'hôtel étaient déserts. Pour des raisons d'économie, seule une applique sur deux était allumée. Dans la cage d'escalier, le lustre à bras avec ses fleurs en pâte de verre roses et bleues, ses arabesques, flammèches et torsades, était éteint. S'il avait été allumé, peut-être aurait-elle renoncé à monter les marches ? La lumière crue, éblouissante, de celles qui ne tolèrent que les certitudes l'aurait peut-être chassée, mais la pénombre où l'on devinait tout sans être certain de rien, ni du sommeil du portier, ni des numéros en bronze doré sur les portes, ni des patriciens engoncés dans leurs cadres baroques, avait été son complice.

Venise n'était pas une ville pour les cœurs aimables ni les âmes sensibles. La Sérénissime guerrière n'aimait rien de mieux que les secrets. Séductrice insolente, masquée et mystérieuse, fardée, poudrée, elle veillait autrefois d'un air indulgent sur les gondoles qui glissaient sur ses canaux, leurs rideaux tirés pour dissimuler aux regards indiscrets des amours sibyllines.

Frôlant le mur, Livia avança sur la pointe des pieds. Le tapis moelleux étouffait ses pas. Le matin même, lorsqu'elle avait pris un chocolat chaud avec François, elle lui avait demandé en toute innocence le numéro de sa chambre, prétendant que le fantôme d'un voyageur égorgé hantait le deuxième étage. Il avait refusé de la croire et avait même réussi à la faire rire, alors qu'elle n'avait de goût à rien ce jour-là.

C'est pis que tout puisqu'il y a préméditation, songea-t-elle. Ils s'étaient promenés l'après-midi, puis elle l'avait abandonné sans lui donner d'explications au beau milieu du campo San Polo, au pied des palais décorés de festons avec leurs portails surmontés de sculptures et leurs fenêtres à arcades. Prise d'une subite angoisse, elle avait prétexté un rendez-vous oublié avant de s'enfuir, un peu honteuse de sa lâcheté. Il était resté abasourdi. Elle gardait en mémoire son visage désolé, presque blessé, et la main qu'il avait tendue vers elle comme pour la retenir. Il avait même couru quelques mètres derrière elle, mais aucun étranger ne pouvait espérer suivre une Vénitienne décidée à s'échapper dans sa ville.

Et voilà qu'elle se tenait devant la porte de la chambre 210, les nerfs à vif, la tête basse. Par la fenêtre qui donnait sur le canal, elle percevait le murmure de l'eau qui caressait les marches drapées d'algues sombres et les murs de brique décrépis. La lune découpait un triangle de lumière à ses pieds.

Elle frappa. Une fois, deux fois. Pas trop fort, pour ne pas déranger, peut-être pour qu'il n'entende pas. S'il ne répondait pas à la troisième tentative, elle prendrait son silence pour un présage et elle s'en irait. Il dormait probablement à poings fermés. Que pouvait-il espérer d'elle ?

D'un seul coup, la fatigue pesa sur sa nuque. Elle se sentait lourde de toutes ses incertitudes, de cette solitude qui brassait lentement le sang dans ses veines et l'arrimait au sol. Elle ne se reconnaissait plus.

Superstitieuse, elle effleura une dernière fois la porte, cherchant à conjurer le sort d'un avenir fragile. Il y avait quelques striures dans le bois peint, d'infimes défauts que révélaient ses doigts. Voilà, c'était fait. Elle était venue, mais il n'avait pas ouvert. Le destin en avait décidé ainsi.

Elle s'en félicita. Après tout, elle n'avait besoin ni de lui ni de personne. Et elle éprouva une pointe de satisfaction à se plaindre. Mais que penser de cette gravité qu'elle avait lue sur son visage alors qu'il croyait la contempler à son insu ? Il lui avait offert spontanément un refuge, comme si le geste d'ouvrir les bras à une étrangère avait été une évidence, et elle n'avait pas su y résister. Et comment expliquer cette sensation quand elle avait posé sa joue sur son épaule, celle d'avoir trouvé sa place, l'espace de quelques secondes, à peine une minute ? Mais, dans ces moments-là, le temps n'existe plus. Tout semble ordonné dans l'univers, tout est juste. Quelque chose d'envoûtant réveille en soi l'écho lancinant d'un paradis perdu.

Elle se détourna à l'instant même où la porte s'ouvrit.

Il portait une chemise blanche ouverte au col et un pantalon sombre. Ses cheveux étaient ébouriffés, une cigarette se consumait entre ses doigts. Ainsi, il ne dormait pas, songea-t-elle, et elle en conçut une certaine fierté, persuadée que c'était à cause d'elle.

Il n'avait pas l'air surpris de la voir. Il la contempla en silence, sans bouger. Elle fut fascinée par le grain de la peau que dévoilait la chemise déboutonnée et, pour la première fois, elle se sentit intimidée.

Que venait-elle chercher auprès de cet homme dont elle ne savait presque rien ? Orpheline de son grand-père, dépossédée des Verreries désormais sous la coupe d'un Flavio qui affichait le zèle des convertis, que restait-il de Livia Grandi ? Depuis quelques jours, elle partait à la dérive, sans rien de tangible à quoi se raccrocher. Elle se sentait devenir immatérielle. Elle avait été flattée par les attentions de cet homme, par l'admiration qu'il n'arrivait pas à dissimuler. Elle avait aimé sa manière de l'écouter, cette vigilance de chaque instant. Peut-être avait-elle tout simplement besoin de se rassurer, de voir son reflet dans ce regard fervent pour s'assurer qu'elle existait encore.

Et puis il y avait Marco. Sa menace qu'elle ne prenait pas à la légère car il était un homme habitué à obtenir ce qu'il voulait. Tout l'après-midi, elle avait imaginé ses mains sur son corps, sa bouche aux lèvres trop pulpeuses, son goût du pouvoir. Elle avait eu un haut-le-cœur. Heureusement, Marco n'avait pas d'arme véritable pour nuire aux Verreries. En revanche, tant qu'il s'intéressait à elle, il continuerait à la considérer comme une proie et à tenter de lui arracher un mariage par tous les moyens. Pour mettre un terme au chantage, il lui fallait s'affranchir en s'attaquant à l'objet de sa convoitise – elle-même. Alors, sur son trône de seigneur, Marco Zanier ne serait plus qu'un roi nu.

Or, maintenant que cet homme s'incarnait devant elle, Livia lui trouvait les épaules trop larges, le corps trop solide. Une réalité de la chair qu'elle n'avait pas imaginée. C'est absurde, se dit-elle. Je ne suis pas faite pour cela.

Il inclina la tête, l'observant d'un air attentif.

— Je ne pensais pas que vous alliez revenir. Vous n'aviez pas l'air bien, tout à l'heure.

Elle haussa les épaules.

— Une contrariété.

— Rien de grave, j'espère ?

— Je ne sais pas encore, murmura-t-elle en détournant les yeux.

Elle ne voulait pas mentir. Elle refusait de s'abaisser à chercher une excuse dérisoire. Il lui fallait au moins assumer son geste. Une jeune fille ne se présentait pas à la porte d'un homme, à une heure du matin, sans raison. Elle leva légèrement le menton comme pour le défier, alors qu'elle n'avait rien à lui prouver, qu'elle était venue pour elle et pour elle seule.

À cet instant, d'une façon parfaitement inattendue, François Nagel lui sourit sans l'ombre d'une moquerie ni d'un reproche, d'un sourire généreux, d'un sourire grandiose qui lui coupa le souffle.

— Moi, je sais, dit-il, et il recula d'un pas.

Elle hésita un instant, mais il y a des moments dans une vie où l'on n'en peut plus d'être soi, où le fardeau devient trop lourd et où l'on n'aspire plus qu'à devenir une autre, même si ce n'est qu'une illusion. Et c'est ainsi que l'insolente voleuse de lumière ne résista pas à la sérénité du regard bleu pâle aux soupçons de turquoise, qui lui rappelait les reflets d'un cristal d'opale.

Une clarté froide, métallique, réveilla François. Il resta quelques secondes engourdi, ne sachant plus où il se trouvait. Sensation familière… Pendant les années de guerre, il avait rarement dormi deux nuits de suite dans un même endroit. Un lit avec des draps propres était alors un luxe dont il avait appris à apprécier la valeur. Le plus souvent, il se contentait d'un matelas à même le sol, d'une banquette de train élimée, d'une grange et de quelques bottes de foin.

Un carillon se mit à sonner. Là aussi, c'était une habitude. À Metz non plus, les églises ne manquaient pas de rappeler aux chrétiens leurs devoirs, mais la rumeur insistante qui pénétrait par la fenêtre entrouverte n'était pas celle de sa ville natale. Des rames battaient l'eau d'un canal, un canot à moteur lâchait un ronronnement poussif, tandis que des pas alertes martelaient les pavés.

Livia...

Il ouvrit les yeux : le lit était vide. Il se redressa, regarda autour de lui. Dans la lumière blanche de ce matin d'hiver, les meubles semblaient nus. Nulle trace de la jeune femme. Avait-il rêvé ? Impossible, aucun songe ne pouvait vous marquer de manière aussi indélébile. Une vague inquiétude lui écorcha les nerfs.

Il se souvenait de chaque parcelle de sa peau, de la plénitude des seins épanouis dans ses mains, des mamelons qui se dressaient au frôlement de ses doigts. Il se souvenait des côtes légèrement saillantes qui menaient à la courbe apaisante de ses hanches, du ventre presque concave, de l'émotion qui l'avait envahi lorsqu'il avait enfin osé caresser les lèvres intimes, découvrir les replis de son corps, et qu'il l'avait sentie tressaillir sous ses baisers.

Il se rappelait surtout cet instant où il l'avait possédée, la chaleur qui l'avait enserré. Il s'était retenu pour ne pas crier, car la sensation avait été d'une intensité à nulle autre pareille, si forte qu'elle en avait été douloureuse.

Pris de vertige, il avait perdu la notion de l'espace. Le monde entier se résumait à ces frôlements de velours, à ce ventre qui l'accueillait, le libérant de toutes ses incertitudes, chassant les craintes et les cauchemars, comme s'il pénétrait enfin dans une lumière dont il n'avait même pas rêvé l'existence.

Il avait senti les ongles lui griffer les épaules, la morsure de ses dents. Il avait eu mal tout en étant soulagé de revenir à une forme de réalité. La sueur coulait de leurs corps, le long de leurs flancs, un parfum de rage et de ferveur les enveloppait. Il avait joui en elle avec une force qui l'avait anéanti.

Il lui avait fallu quelques instants pour recouvrer la mémoire. Dressé au-dessus d'elle, le cœur en bataille, il l'avait regardée, émerveillé par sa chevelure déployée sur l'oreiller, sa peau lumineuse se jouant des ombres dans l'obscurité qu'une veilleuse ne faisait qu'effleurer, et il avait été happé par le regard grave, sans concession, qui le fixait. Il avait eu envie de lui dire quelque chose, mais n'avait pas trouvé les mots. Il n'arrivait pas à comprendre ce qui venait de lui arriver. Il s'était laissé glisser sur le côté, la tenant toujours contre lui. Le visage enfoui dans ses boucles folles, il avait éprouvé un moment de peur panique et il l'avait serrée si fort qu'elle avait protesté en le frappant du poing.

Il avait relâché son étreinte, mais l'avait gardée dans ses bras, lourde et légère à la fois, une cuisse prisonnière des siennes, les seins pressés contre son torse, les lèvres lui effleurant le cou. Il avait fermé les yeux pour savourer la sensation du souffle sur sa peau. Combien de temps étaient-ils restés ainsi, à l'écoute du sang qui battait dans leurs veines, à la fois si proches et si solitaires ? Quelques minutes, quelques heures, toute la nuit ? Il avait dû s'endormir et elle avait réussi à s'échapper une nouvelle fois, sans le réveiller, insaisissable, ensorcelante, exaspérante.

Il éprouva un mouvement de colère. Il avait l'impression désagréable que la Vénitienne s'était servie de lui. Sans lui donner d'explications, elle était venue le trouver en pleine nuit et elle s'était donnée à lui avec une liberté, une fièvre qui l'avaient rendu fou. Puis elle était repartie, telle une voleuse. En quoi avait-il mérité ce dédain ?

Agacé, il se leva d'un bond et s'emmêla les jambes dans le drap. Le temps de s'en dépêtrer, il demeura debout, le regard rivé sur le lit dévoilé.

Mon Dieu…, songea-t-il. Comment est-ce possible ? Comment est-ce que je ne m'en suis pas aperçu ?

Quelque chose avait changé, ce matin-là, aux Verreries Grandi. Quand François voulut pousser la grille, elle lui résista. Il chercha une sonnette, découvrit une corde qui pendait le long du mur. Lorsqu'il l'agita, une cloche retentit dans la cour.

La léthargie paralysante des derniers jours, née de cette brume semblable à une toile d'araignée qui avait emprisonné la ville, brouillant les pistes et les angles, avait disparu. Sous le ciel gris dépourvu d'ombres qui dispensait une lumière plate, tout lui paraissait plus aiguisé : les arêtes des maisons, les facettes des campaniles. De temps à autre, le vent froid cinglait ses joues, transperçait ses vêtements et fouettait la lagune insoumise.

Il tira une nouvelle fois sur la corde d'un mouvement sec. Enfin, une silhouette se détacha de la verrerie. Il reconnut le jeune homme corpulent qui avait secondé Livia alors qu'elle travaillait dans la halle. D'une démarche lourde, comme si le sol ne lâchait ses pieds qu'à regret, l'ouvrier s'approcha de lui.

— *Si ?* demanda-t-il.

— *Signorina Livia Grandi, per favore.*

L'homme ne broncha pas. Il mâchouillait ce qui devait être un chewing-gum, peut-être le cadeau d'un soldat américain. Son visage aux yeux étirés, aux joues plates, restait inerte. François eut envie de le secouer.

— *Un attimo*. Je reviens tout de suite.

Il tourna les talons et repartit de son pas tranquille, le laissant devant la grille fermée.

Exaspéré, François fouilla ses poches à la recherche d'un paquet de cigarettes. Sur la lagune aux eaux d'acier, des barques de pêcheurs glissaient au loin. Il se mit à marcher de long en large, moins pour se réchauffer que pour tromper son angoisse. L'air était chargé de sel et d'odeurs d'herbes lagunaires.

— Monsieur ? appela une voix.

Un jeune homme longiligne aux cheveux châtains peignés en arrière, un imperméable jeté sur les épaules, ouvrit la grille avec une clé. Il s'avança de quelques pas, s'appuyant sur une canne à pommeau d'argent. François remarqua à quel point il était mince, presque maigre. Il traînait la jambe avec une grâce ennuyée.

— Vous êtes bien M. Nagel ? reprit-il. Vous êtes déjà venu l'autre jour, n'est-ce pas ?

Il avait le même accent chantant que Livia. Dans un coin de son esprit, François ne put s'empêcher d'admirer la maîtrise du français de ces Vénitiens.

— Oui, dit-il en écrasant sa cigarette sous son talon. Je me demandais s'il était possible de voir Mlle Grandi ce matin. Je… Je dois reprendre le train pour Paris en fin de journée et je tenais à la saluer avant mon départ.

— Je crains que cela ne soit impossible. Ma sœur a laissé un mot expliquant qu'elle serait absente pour la journée, mais vous pouvez traiter avec moi… Si vous le désirez, bien sûr.

Le regard translucide l'observait sans trahir une émotion.

— Vous êtes certain que je ne peux pas la voir ?
C'est important.

— Je suis désolé, mais à moins de parcourir la
lagune de long en large, j'ai bien peur que vous ne la
trouviez pas.

François n'avait pas manqué de relever l'ironie
voilée. Le visage aimable de Grandi s'était figé, alors
qu'une ride se creusait entre ses sourcils. Il se heurtait à quelque chose d'à peine perceptible, mais qui
constituait une frontière infranchissable. Le jeune
homme n'avait pas besoin d'en rajouter. On lui opposait une fin de non-recevoir. Mais qui en avait décidé
ainsi ? Livia ? Avait-elle avoué à son frère ce qui
s'était passé ? Comment imaginer qu'elle ait pu lui
confier une chose pareille ?

— Puisque c'est ainsi, je le regrette. Veuillez lui
présenter mes hommages quand vous la verrez.

— Je n'y manquerai pas, murmura Grandi sans
ciller, avant de se détourner et de tirer la grille
rouillée derrière lui.

Un bruit de moteur attira l'attention de François. Un
transporteur contourna la pointe de l'île. Sur la coque,
le nom de Zanier s'étalait en lettres fraîchement
repeintes.

Un homme se tenait sur le pont, tête nue, les mains
dans les poches de son manteau d'hiver. Sa silhouette
se découpait dans le ciel avec la netteté d'une ombre
chinoise. François reconnut celui qui l'avait toisé avec
froideur, presque avec mépris, lorsqu'il avait surpris
Livia dans ses bras. L'autre le reconnut également.
Bien qu'il ne fît aucun geste, son corps se tassa, tra-
hissant son hostilité.

François se sentit à la fois troublé et irrité, comme
si ces Vénitiens prenaient un malin plaisir à s'esquiver sans cesse derrière des apparences trompeuses.

Leurs mines affables dissimulaient une âpreté qu'ils laissaient parfois entrevoir, telle une subtile menace, et la sensualité de leurs femmes recelait un désir si ardent qu'il en devenait cruel.

Alors que le transporteur longeait le quai, l'inconnu gardait les yeux rivés sur lui, mais François ne détourna pas la tête. La guerre lui avait appris à ne pas craindre les hommes. Comme avec les loups ou les chiens sauvages, il ne fallait jamais éluder un regard. Le bateau s'éloigna lentement, traçant sur les eaux un sillage d'écume.

Lorsqu'il émergea de sa torpeur minérale, une pensée se précisa peu à peu dans son esprit et il s'y raccrocha avec le soin méticuleux que ses camarades et lui mettaient désormais à suivre la moindre de leurs réflexions, devenues fugitives et désordonnées, mais infiniment précieuses depuis que leurs corps partaient à la dérive.

Je m'appelle Andreas Wolf et je vais rentrer chez moi en vie.

C'est étrange, songea-t-il, les paupières douloureuses, la joue écrasée contre le sol accidenté. Comment est-il possible que je respire encore, alors que mon corps est mort ?

Peu à peu, l'image de ce corps prit naissance à son tour. Il se rappela avoir possédé un torse, des hanches, des jambes. Chaque fois qu'une parcelle de son être se dessinait dans son esprit, il tentait de la mouvoir, mais l'épuisement le maintenait englué dans une nasse. Ses pieds lui semblaient un territoire lointain, presque un exil. Il avait vaguement conscience de deux appendices noirâtres, dépourvus de sensations et ficelés de chiffons, qui avaient pourtant réussi à le porter depuis le front russe, à travers des plaines, des marécages et des forêts, et qui devaient exister encore, émergeant de son pantalon déchiré. D'ailleurs, il se dit que ce serait une bonne idée d'ouvrir les yeux pour vérifier s'ils étaient encore bien présents.

Ses paupières lui opposèrent une résistance tenace et restèrent closes, comme cimentées. Il était absurde que des mouvements si anodins soient devenus d'une pareille complexité, mais cela faisait longtemps qu'il ne s'en étonnait plus.

De sa vie d'autrefois, il ne restait qu'un mirage. Il en était même arrivé à craindre des souvenirs évanescents : le clocher de son village dressé dans un ciel lumineux, les rues animées de Gablonz, le cliquetis des tramways et le bruissement de la foule élégante se rendant au théâtre, les boiseries sombres d'une taverne enfumée, son atelier de graveur où des coupes au cristal encore opaque s'alignaient sur les tables. L'émotion était une arme dangereuse, aussi redoutable que les lance-roquettes, les mortiers ou les chars T-34 des Soviétiques.

Il se fit violence afin de ne pas laisser ses pensées vagabonder et revint à ses paupières. Il avait l'impression qu'elles étaient collées. Mon Dieu… Et s'il était devenu aveugle comme son commandant ? Après s'en être assuré en passant plusieurs fois la main devant son visage, l'officier s'était écarté de quelques pas avant de porter son pistolet à la tempe et de se tirer une balle dans la tête.

Sous l'effet de la peur, son cœur se mit à battre plus vite, réveillant des douleurs et ramenant les parties éparses de son organisme à ce qui ressemblait à une forme de vie.

Il sentit un liquide chaud se répandre sur sa cuisse et il en fut heureux. À force de grignoter des graines et de boire la rosée qui se déposait sur les plantes, le corps se grippait. Au fur et à mesure de leur retraite, les soldats avaient appris à accepter l'absence de selles, mais redoutaient de ne plus pouvoir uriner.

Mes yeux…, songea-t-il à nouveau, saisi de panique, mais cette fois-ci – Dieu merci ! – il réussit à les ouvrir et découvrit de la mousse verdâtre, des brins d'herbe parsemés de cailloux, ce qui expliquait l'inconfort sous sa joue, ainsi qu'un objet inerte, recouvert d'une croûte ensanglantée et d'une saleté assez repoussante. Il lui fallut quelques secondes pour réaliser qu'il s'agissait de sa main.

Il remarqua au même moment que quelque chose de mouillé glissait obstinément dans son cou. Il roula sur le dos et reçut une goutte d'eau en plein front, qui le força à refermer les yeux. Il avait dû pleuvoir lorsqu'il s'était effondré de fatigue et un arbuste lui faisait don de ce qui lui restait d'humidité sur le visage.

Quelle merveille… Ce matin-là, il n'aurait pas à chercher de l'eau puisqu'elle lui était offerte. Avec un sentiment de bonheur presque enfantin, il leva le menton et entrouvrit ses lèvres craquelées pour se désaltérer.

De longues minutes s'écoulèrent jusqu'à ce qu'il trouve enfin le courage de regarder autour de lui. Mais sans doute fallait-il être un soldat allemand, devenu vagabond sur les terres d'Europe dans ces mois d'après-guerre, pour saisir pleinement ce que cela voulait dire.

Entre les feuilles des arbres, il décela un ciel délavé de papier buvard, celui d'un printemps incertain. La lumière du soleil était timide. Ainsi, c'était bien un début de journée. Il se redressa en s'appuyant sur une épaule, puis un coude, tel un vieillard. Il se trouvait à l'orée d'un bois qui donnait sur un champ. Il ne discernait aucune habitation à l'horizon, aucune fumée menaçante, ce qui le rassura.

Il chercha des yeux ses camarades, avant de se rappeler qu'il ne lui restait désormais qu'un seul compagnon de route, qui cheminait avec lui vers les monts des Géants. Les autres…

Des visages défilèrent dans sa mémoire, à l'image de ces passagers qui attendent sur un quai de gare, leurs traits éphémères s'encadrant un instant dans la fenêtre d'un compartiment. Tous affichent la même expression, celle de l'expectative.

Chez ses camarades soldats, dont les noms se délitaient parmi ses souvenirs, une même concentration se lisait sur leurs traits émaciés, mais eux, ils attendaient quelque chose à manger, n'importe quoi de comestible qui ne fût pas des racines ou des baies, des herbes ou des grains de seigle. Ils attendaient de l'eau fraîche aussi, peut-être même, les plus téméraires, un verre de lait obtenu au hasard d'une ferme. Ils attendaient surtout de se tirer de ce maudit guêpier où ils crevaient comme des rats, les intestins ravagés par la dysenterie, les pieds nus, le corps en guenilles, le visage hâve et noirci sous une chevelure hirsute.

Ah, comme elle était belle, la merveilleuse Wehrmacht ! Un roulement curieux résonna dans sa poitrine. Il sentit son torse se contracter par spasmes et s'aperçut, non sans étonnement, que son corps avait ri.

Il fouilla avec attention une poche de son pantalon. Il était certain d'avoir conservé un morceau de pain quelque part. Il avait appris à ne jamais manger la totalité de ce qu'il pouvait trouver, si infime fût sa ration, mais d'en garder toujours une partie pour plus tard. Au début de leur longue marche vers la mère patrie, ses camarades s'étaient moqués de lui, mais il avait tenu bon, rejetant leurs plaisanteries avec un haussement d'épaules. Il calibrait ses rations comme il mesurait son espérance. Pour ne pas avaler d'un seul coup ce qui pouvait lui tomber sous la main, alors que son estomac se tordait sur lui-même, pour conserver un petit quelque chose, il se persuadait qu'il allait vivre encore un peu, trois minutes, trois heures, trois jours, quelle importance… Croire en un lendemain était devenu un défi.

Il mit enfin la main sur le quignon de pain, obtenu dans une ferme quelques jours auparavant, et le porta à sa bouche. Grâce à l'eau qu'il avait bue, il pouvait saliver. Il laissa la croûte se ramollir lentement, prenant soin d'éviter le côté gauche de sa bouche, où une dent l'élançait depuis des jours. Il frissonna, car le vent était encore coupant, mais lorsqu'on avait connu les moins cinquante degrés d'un hiver russe, le printemps occidental ne pouvait qu'être plaisant.

Savourant la sensation du pain qui se décomposait sur sa langue, il étudia les alentours d'un air tranquille. Un tas informe gisait non loin de lui. Allongé sur le ventre, son compagnon de route était aussi immobile qu'un tronc d'arbre. C'était à se demander s'il vivait encore. Il ne se sentit pas l'obligation de se lever pour s'en assurer. Il le saurait bien assez tôt, lorsque viendrait le moment de se remettre en marche. De toute façon, s'il était mort, il ne pouvait plus rien pour lui, et s'il respirait encore, autant le laisser dormir. Ils avaient parcouru une trentaine de kilomètres pendant la nuit ; un homme avait bien le droit de se reposer un peu.

Il tira un morceau de papier de sa poche, ainsi qu'un bout de bois noirci que ses doigts eurent du mal à saisir. D'une main tremblante, il traça un nouveau trait. Quatre-vingt-trois jours de marche, interrompus par un séjour dans un camp de prisonniers... Il se demandait pourquoi il tenait ce compte minutieux, mais il s'était aperçu que les uns et les autres se raccrochaient à des manies étranges, qui devaient les aider à survivre. Un capitaine avait pris le soin de se curer au quotidien les ongles des mains et des pieds. Qu'était-il devenu ? Un jour, alors qu'ils venaient de traverser un marais et qu'ils étaient affalés sur la terre ferme, les jambes couvertes de vase, on avait fait l'appel, mais le capitaine avait tout simplement disparu. Des soixante-huit hommes qui avaient entrepris ensemble le périple vers l'Allemagne, réussissant un soir sans lune à rompre un encerclement russe, il n'en restait que deux.

Il rangea soigneusement le papier dans sa poche. Ses doigts frôlèrent la lettre, protégée par un morceau de toile cirée. Comme à son habitude, il prit soin de vérifier que sa poche n'avait pas de trou. Il ne fallait surtout pas que le pli tombe par terre sans qu'il s'en rende compte. C'était une autre de ses obsessions.

Il avait fait chaud cette nuit-là. En bras de chemise, le col ouvert, ils étaient adossés à une cabane de village. L'offensive était décidée pour l'aube, cinq heures trente. Cinquante divisions, dont quatorze divisions blindées, deux flottes aériennes, près de neuf cent mille hommes pour s'élancer une nouvelle fois contre ces diables de Soviétiques. L'opération Citadelle, sur un front de cinq cent cinquante kilomètres. La bataille de Koursk pour venger l'impensable défaite, l'humiliation suprême. Pour venger Stalingrad.

Et, comme toujours avant les batailles décisives, quand la vie se rétrécissait jusqu'à tenir dans le creux de la main, venaient ces minutes tranquilles, presque douloureuses tant elles étaient sereines. Ils avaient rédigé une lettre pour leurs familles. En les échangeant, chacun avait parié qu'il serait le premier à l'apporter à son destinataire. C'était un pari de garnements, un pied de nez au destin, fondé sur du vent et plus hasardeux qu'une bouteille à la mer : il n'y avait aucune chance pour que l'une ou l'autre de ces lettres parvienne un jour à destination. Mais, pendant cette demi-heure de répit, les deux soldats qui affrontaient la mort depuis des mois, épaule contre épaule, s'étaient permis de rêver à des jours meilleurs. Ce soir-là, grillant une cigarette et chassant les poux logés dans les plis de leurs uniformes, à défaut de l'anesthésie de l'ivresse, ils s'étaient offert celle de l'espoir.

L'assaut avait duré cinq jours, pendant lesquels plus rien ne séparait le jour de la nuit. Des centaines de chars flambaient, étranges scarabées égarés dans des champs de blé si vastes qu'ils donnaient le vertige, sous un ciel trop bleu pour être humain. Il avait perdu de vue son compagnon. Était-il encore en vie ? Avait-il été fait prisonnier ?

Au fur et à mesure de la retraite, cette lettre tapie au fond de sa poche était devenue un talisman. Alors qu'il ignorait s'il trouverait encore la force de s'arracher au sol pour marcher vers une frontière de l'Allemagne aussi insaisissable que la ligne de l'horizon, le message de son camarade avait été une raison pour persister. Après tout, elle en valait une autre. Ce pari, il avait décidé de le gagner. Quoi qu'il arrive, il serait le premier des deux à remettre la lettre à son destinataire.

Il poussa un soupir, tapota trois fois la toile cirée avec son index, geste qu'il répétait tous les jours depuis plus de deux ans et demi.

— Mon lieutenant ? appela une voix rauque.

— Je suis là, grogna-t-il, un peu agacé parce qu'il n'avait pas pu faire autrement que d'avaler ce qui restait de son repas.

— J'ai eu peur. J'ai cru que vous étiez parti.

Andreas regarda son compagnon s'asseoir lentement et frotter ses yeux avec ses poings en un geste enfantin. Décidément, ce garçon ne cesserait jamais de le surprendre. Il avait des peurs inattendues. Où diable aurait-il pu aller et pourquoi l'aurait-il abandonné ? Cela n'avait aucun sens. Pourtant, ce même gamin qui, du haut de ses vingt ans, avouait qu'il n'aimait pas dormir seul dans le noir et qu'il gardait toujours une lumière allumée, avait affronté l'artillerie russe sans broncher.

Le jeune homme se releva, s'étira, et regarda autour de lui avec l'air dubitatif d'un myope à la recherche de ses lunettes.

— Vous croyez qu'on en a encore pour longtemps ?

Andreas leva les yeux au ciel.

— Écoute, mon vieux Wilfried, tu me poses cette question tous les matins depuis des semaines. Ça commence à devenir lassant. Nous avançons, d'accord ? Dans la bonne direction. Du moins, je l'espère. Alors, tais-toi et marche !

Le soldat se gratta la nuque en souriant.

— On dirait que vous êtes encore de bonne humeur ce matin, mon lieutenant.

Andreas choisit de ne pas répondre. Il y avait eu une période où l'épuisement avait été si absolu que même la parole devenait douloureuse. Il lui arrivait de regretter ces silences.

Wilfried vint s'asseoir à côté de lui. Andreas s'en voulait parfois de l'indifférence qu'il témoignait à son compagnon d'infortune. N'aurait-il pas dû éprouver

de la compassion, de l'amitié, une forme d'attachement forgée parmi les épreuves ? Il n'avait qu'une
envie : se séparer de ce gamin qui l'épuisait, aussi
bien par son optimisme inaltérable que par le simple
fait qu'il lui rappelait d'où il venait et ce qu'il avait
traversé, alors qu'il aurait préféré l'oublier. Mais
c'était peut-être aussi parce que ce fantassin, pris au
collet de cette guerre, avait quinze ans de moins
que lui, et que sa jeunesse lui paraissait parfaitement
incongrue.

— As-tu gardé un peu de pain pour manger, comme
je te l'ai dit ? grommela-t-il.

— Affirmatif, mon lieutenant, lança l'enfant en sortant un quignon de sa poche.

— Alors mange et…

— Tais-toi, oui, je sais, conclut Wilfried en enfournant le pain dans sa bouche.

Andreas esquissa un sourire et lui donna une bour-
rade. Peut-être lui manquerait-il tout de même un
peu, ce malheureux, quand ils seraient enfin revenus
chacun chez soi.

Aussitôt, une pointe d'anxiété le rappela à l'ordre
et il redevint grave. La matinée était paisible, l'envi-
ronnement tranquille, mais il n'était pas dupe : le danger continuait à les menacer. Il savait parfaitement que
s'ils étaient pris par les troupes soviétiques, ils ris-
quaient la déportation dans un camp de prisonniers
en Sibérie. C'était d'ailleurs un miracle d'y avoir
échappé jusqu'à maintenant. Et si ce malheur devait
advenir, leur périple insensé et les effroyables souffrances auraient été vaines. Or, cela, Andreas Wolf se
refusait même à l'envisager.

— Vous croyez que vous allez pouvoir recommen-
cer à travailler tout de suite ? demanda Wilfried d'un
ton enjoué.

Depuis qu'Andreas avait eu la mauvaise idée de lui raconter qu'il était maître verrier, il ne cessait de le bombarder de questions. Évidemment, ce pur produit de l'éducation nazie ignorait tout d'un métier. Il ne connaissait que le maniement des armes, le pas de l'oie et les « *Heil Hitler !* » que tout le monde avait gueulés à tue-tête. À quoi tout cela lui servirait-il désormais ?

Il détestait cette manière qu'avait Wilfried de toucher du doigt ce qui était le plus sensible. Le jeune homme manquait cruellement de subtilité. Il disait ce qui lui passait par la tête, avec une franchise bornée qui l'avait plusieurs fois conduit dans une mauvaise passe. Des soldats à fleur de peau et de nerfs, marqués dans leur chair et leur esprit par des années de guerre, devenaient aussi ombrageux que des vieilles filles outrées. La camaraderie du front n'était pas toujours celle qu'on dépeignait à l'arrière. Les sentiments y étaient exacerbés. Une mésentente se transformait en haine, une convoitise en jalousie féroce. Un mot maladroit, une plaisanterie mal comprise, et un bataillon pouvait se scinder en deux camps opposés, aussi redoutables que les forces armées en présence. Andreas avait dû plusieurs fois intervenir auprès de ses hommes pour calmer le jeu après une blague malheureuse du deuxième classe Horst.

— Je l'ignore, bougonna-t-il.

La question lui faisait secrètement peur, mais pour rien au monde il ne l'aurait avoué à ce blanc-bec. Il posa ses poignets sur ses genoux et contempla ses mains, son bien le plus précieux. Le moins qu'on puisse dire, c'était qu'il ne les avait pas ménagées.

Il se rappela son départ pour le front de l'Est, en 1941. Une ultime permission l'avait ramené à la maison, auprès de sa mère et de Hanna. Il avait passé ses dernières heures dans l'atelier silencieux où ses meules prenaient la poussière. Les outils sur les tables, le tablier plié, ses carnets à dessin aux couvertures de cuir classés suivant les années. Il avait pris son stylet, glissé le pouce sur les petites roues en cuivre aux diverses épaisseurs qui creusaient le cristal pour y déposer une empreinte mate.

Cette nuit-là, il avait gravé une coupelle à l'aveugle, sans avoir pris le soin de dessiner le projet auparavant. Une silhouette de jeune femme, gracile, nerveuse, le corps en mouvement drapé d'un voile qui soulignait ses jambes et ses seins, était née de ce désarroi de soldat appelé en première ligne, de son inquiétude à l'idée de laisser seules les deux femmes de sa famille, sa vieille mère au cœur fragile et sa jeune sœur trop sage, de sa rage de devoir se battre pour une cause à laquelle il ne croyait pas. Elle était née de cette terreur blanc et noir au plus profond de ses tripes, celle d'un homme de trente et un ans qui connaît suffisamment la vie pour redouter de la perdre.

Lorsque Hanna était venue le trouver à l'aube, les joues encore enrobées de sommeil, elle avait écarquillé les yeux. « Mon Dieu, Andreas, mais ce que tu as gravé là, c'est… C'est la vie… » Il avait haussé les épaules. La vie, quelle plaisanterie ! Pourtant, sur le quai de la gare, il avait serré sa petite sœur dans ses bras, lui faisant une promesse qu'il savait impossible à tenir, celle de protéger son fiancé, ce cher Friedl qui partait à la guerre comme d'autres en excursion, la tête farcie de ces sornettes de supériorité qu'on leur avait enseignées à l'école. Il avait été fauché par un obus de mortier lors du premier affrontement, les deux jambes arrachées, et s'était vidé de son sang dans la terre grasse d'Ukraine.

Andreas avait écrit à sa sœur pour la rassurer, lui affirmant que Friedl n'avait pas souffert, alors qu'il n'en savait fichtrement rien. Souffrait-on lorsque votre corps explosait en deux ?

Exaspéré, Andreas cracha par terre de dépit. Il retourna ses mains crasseuses, les examina sous toutes les coutures. Leurs ongles étaient noirs, à croire qu'il n'arriverait jamais plus à les nettoyer. Des crevasses entaillaient la base de ses paumes, une brûlure de grenade avait laissé une cicatrice qui partait de la jointure de son pouce et remontait jusqu'au poignet. Il avait du mal à plier les articulations de la main gauche et son petit doigt était insensible. S'il tendait le bras devant lui, sa main se mettait à trembler, mais c'était peut-être dû à la fatigue. Pourtant, il estimait avoir eu une chance de pendu. Il repensa à ce pianiste qui avait eu trois doigts gelés. Au bord du Don, en plein hiver, il avait tenu son quart entre le pouce et le petit doigt, et parlé de Beethoven qu'il ne jouerait plus jamais.

— Mon lieutenant, je crois que quelqu'un vient, souffla soudain Wilfried.

Aussitôt, Andreas se jeta à plat ventre, imité par son compagnon avec quelques secondes de retard. Ils rampèrent jusqu'au bois et se faufilèrent à l'abri des fourrés.

La tête sur les feuilles humides, respirant l'odeur de terre et d'humus, Andreas ferma les yeux. Il n'en pouvait plus… Voilà des mois qu'il vivait comme une bête traquée, réagissant au moindre son, au moindre mouvement suspect. À croire qu'il était devenu un pleutre qui avait peur de son ombre. Mais ce qu'ils avaient accompli, le gamin et lui, était tellement improbable qu'il se devait de tenir jusqu'à ce qu'il aperçoive enfin, du haut de la colline, le clocher de

Wahrstein. Alors seulement, il pourrait se redresser et marcher en homme libre.

Le clocher ressemblait à celui qu'il portait en lui depuis son départ, cinq ans auparavant, mais s'agissait-il bien de son village ? Plusieurs maisons s'étaient volatilisées, ne laissant en souvenir que des gravats, des amoncellements de poutrelles, de briques et de ciment. Des clôtures abattues, des volets écaillés, dans un fossé une carriole à laquelle il manquait une roue, quelques chèvres qui broutaient au bord du chemin… Il découvrait Wahrstein à l'abandon et c'était comme une injure.

Le cœur battant, Andreas était allongé à plat ventre parmi les hautes herbes de la colline. Sa vision se brouilla. Pendant quelques secondes, il ne distingua plus rien, excepté un brouillard vert intense, moucheté par les taches claires des fleurs de pommiers.

Soudain, il n'eut même plus la force de rester accoudé et laissa son front reposer sur le sol. Une fatigue intense le paralysait. Il pesait une tonne. Son corps ressemblait à une épave dérivant sur un fleuve russe, majestueux de lenteur en été ou bâillonné par les glaces lors d'hivers meurtriers, pour venir échouer sur cette modeste colline de Bohême qui surplombait son village natal où il allait retrouver les siens.

Je m'appelle Andreas Wolf et je suis rentré chez moi en vie.

Mais à quoi bon ? se demanda-t-il, épuisé, ne ressentant aucune fierté, aucune joie, mais un vide qui lui donnait le vertige. Sa mère et sa sœur étaient-elles encore de ce monde ? Les soldats russes étaient arrivés jusqu'ici. Seigneur, faites qu'elles soient encore vivantes… Qu'elles n'aient pas été…

Il n'osait pas préciser sa pensée. La propagande du Dr Goebbels avait fait son œuvre : chaque combattant avait su que si les hordes des Soviétiques posaient un pied sur le sol allemand, aucune femme ne serait épargnée. Et plus les Allemands avaient reculé sur le front de l'Est, plus ils s'étaient sentis affolés et coupables. On avait incorporé des garçons de quatorze ans à qui l'on demandait d'effectuer leur confirmation avant de les envoyer au front. Dans l'imaginaire suicidaire du haut commandement, pensait-on que les barrières de leurs corps opposeraient un obstacle crédible aux chenilles des chars T-34 ?

Lors de la retraite, il avait vu des femmes et encore des femmes sur les routes, un bagage ficelé sur le dos, tenant la main de leurs enfants, et marchant, marchant sans relâche, en silence, les dents serrées et le visage inexpressif, le souffle des Soviétiques pesant sur leurs nuques.

Comment un homme sain pouvait-il envisager une seconde qu'on s'en prenne à sa mère ou à sa sœur ? Il y avait là un tabou de l'âme qu'Andreas effleurait dans ses cauchemars les plus sombres. Pourtant, il savait que les Russes ne voulaient pas seulement annihiler l'armée ennemie, mais humilier leur adversaire en s'en prenant à ce qu'il avait de plus précieux, car celui qui ne protège pas les femmes de sa famille perd sa dignité d'homme. Alors, la vengeance serait accomplie.

Il releva la tête pour vérifier ce qu'il n'avait pas osé regarder la première fois. En bordure du village, entourée d'un verger, sa maison était bel et bien debout, la vigne vierge se faufilant le long du mur, mais la petite cabane en bois s'était effondrée. Il faudrait la rebâtir ; elle servait à abriter les outils pour le jardin.

Dans la rue principale bleutée au crépuscule, il vit marcher quelques personnes au milieu de la chaussée. Elles avançaient d'un pas saccadé alors que, autour d'elles, tout semblait figé. On aurait dit des figurants dans un film muet du début du siècle.

— Alors, on y va, mon lieutenant ? lança la voix gaillarde de Wilfried, qui se tenait respectueusement à quelques mètres de lui.

Et, pour la première fois depuis que le jeune garçon avait croisé son chemin, chair fraîche débarquée d'Allemagne avec les autres renforts pour garnir les rangs d'une division d'infanterie décimée, Andreas Wolf ne sut pas que répondre. Il était tétanisé par un effroi si intense qu'il lui glaçait le sang. S'il avait été difficile de partir, il était quasiment surhumain de revenir.

Deux chaussures dépourvues de semelles et emmaillotées de chiffons se dressèrent devant ses yeux.

— Allons, mon lieutenant, la guerre, elle est finie maintenant, reprit Wilfried d'une voix douce. Faut aller voir. Elles seront heureuses de vous retrouver, votre mère et votre sœur. Faut pas les faire attendre, vous savez. Ce serait pas juste. À mon avis, ça fait déjà trop longtemps qu'elles patientent.

Il leva la tête. Le visage raviné du garçon de vingt ans, une mèche blonde dans les yeux, la mâchoire encore fragile, rayonnait avec la sérénité d'un vieux sage. Wilfried lui tendit la main pour l'aider. Andreas hésita, les tempes bourdonnantes. Le tonnerre des lance-roquettes Katioucha résonna dans ses oreilles et il respira l'odeur familière, écœurante, de soufre et de chair brûlée.

Serrant les dents, il agrippa la main de son compagnon et se releva. Enfin.

Ils avaient patienté encore une heure, jusqu'à la nuit tombée, afin de ne pas prendre de risques inutiles. Des écharpes de fumée blanche s'échappaient des cheminées, quelques lumières fragiles s'étaient allumées dans les maisons. Wilfried avait l'intention d'attendre que son lieutenant eût retrouvé les siens avant de poursuivre sa route jusqu'à Gablonz. Lorsque Andreas s'était étonné de le voir manifester aussi peu d'empressement à rentrer chez lui, le garçon avait haussé les épaules. Sa mère était morte à sa naissance et il ne s'était jamais entendu avec son père, un cordonnier brutal et indifférent, qui s'était remarié avec une femme peu avare de taloches. Personne ne l'attendait chez lui. Pour la première fois de sa vie, il se sentait libre. « Et puis, ce serait dommage de vous laisser tout seul, mon lieutenant. Sur qui feriez-vous passer votre mauvaise humeur ? » avait-il plaisanté.

Sous une pluie fine et pernicieuse, la terre exhalait ses odeurs de printemps et l'on croyait presque entendre la sève craquer dans les branches des pins et des chênes. Les deux hommes étaient fatigués, affamés.

Andreas avait choisi d'approcher la maison par l'arrière. Il enjamba la clôture du jardin, avança prudemment, les yeux rivés sur la porte. Sa gorge était sèche. Il sentait la présence de Wilfried dans son dos et il s'avoua, de manière assez piteuse, qu'il était content de ne pas être seul.

Alors qu'il levait la main pour frapper, le jeune soldat lui saisit l'avant-bras.

— Mon lieutenant, vous m'avez pas dit qu'elles habitaient seules ? murmura-t-il.

Andreas s'énerva. Maintenant qu'il était si près du but, il se sentait emporté vers les siens par un élan viscéral. Il avait soudain une envie irrépressible de se réfugier dans les bras de sa mère, comme lorsqu'il était enfant et qu'il se précipitait en courant par cette même porte, les larmes aux yeux, les genoux ensanglantés parce qu'il était tombé d'un arbre. Il croyait déjà respirer son parfum poudré, sentir sa joue douce pressée contre la sienne.

— C'est quoi, ces conneries ? siffla-t-il.

— Y a un homme dans la cuisine.

Le sang d'Andreas se figea dans ses veines. Mais non, voyons, inutile de s'affoler, c'était sûrement un ami, un voisin venu rendre service. Probablement ce vieux Kudlacek qui vouait une admiration sans bornes à sa mère. Alors que les opposants au régime nazi, les Juifs et de nombreux fonctionnaires tchèques avaient fui vers l'intérieur de la Tchécoslovaquie lors de l'arrivée des troupes allemandes, quelques vieux Tchèques qui travaillaient dans les fabriques de textile étaient restés dans le village.

— Que veux-tu que ça me fasse ? grogna-t-il, lui arrachant son bras, exaspéré de se sentir soudain incertain.

— Je crois qu'il vaudrait mieux être prudent, mon lieutenant, insista Wilfried. C'est peut-être un ennemi.

— Pourquoi veux-tu qu'il y ait un ennemi chez moi ?

Andreas savait que sa protestation était absurde, mais il n'avait guère envie d'écouter la voix de la raison. Il avait avancé de deux mille kilomètres en territoire soviétique, bouffé de la poussière sous une canicule infernale, avant de se les geler au bord du Don quelques mois plus tard. Il avait réussi à rompre l'encerclement des Russes et à parcourir deux mille kilomètres en sens inverse, par une espèce de miracle, alors que ses camarades étaient morts les uns après les autres, et voilà que ce crétin de Wilfried

Horst l'empêchait de pousser la porte de chez lui parce qu'il y avait, selon lui, un homme dans sa cuisine !

Soudain, la porte s'entrebâilla. Wilfried empoigna Andreas par l'épaule et le tira sans ménagements vers un coin de la maison. Ils se plaquèrent contre le mur. Un homme sortit et s'avança. Dans la pénombre, ils apercevaient son dos, ses épaules puissantes, et pouvaient respirer son odeur piquante de tabac brun. Quelques secondes plus tard, ils l'entendirent uriner bruyamment.

La main de Wilfried toujours posée sur son épaule, en prévision d'un geste irréfléchi, Andreas serra les poings. Il y avait quelque chose d'humiliant à entendre un inconnu se soulager chez soi, sur sa terre. Il ne connaissait pas cet homme, il ne savait rien de lui, mais il l'aurait étranglé de ses mains nues. D'où lui venait cette virulence ? Jamais il n'avait éprouvé une telle hargne envers les soldats ennemis.

Une voix de femme cria quelque chose en tchèque et l'homme lui répondit en riant. Il se gratta le ventre et reboutonna son pantalon avant de retourner à l'intérieur. La porte claqua.

— Je vais aller voir ce qui se passe, murmura Wilfried.

Puis il s'éloigna, plié en deux.

Andreas s'aperçut qu'il tremblait de la tête aux pieds. Il se laissa lentement glisser vers le sol et se retrouva assis sur les talons. Son compagnon ne tarda pas à revenir et à s'affaler à côté de lui.

— J'ai regardé par la fenêtre. Ils sont deux, une femme et un homme. Ils ont l'air plutôt vieux. Environ votre âge, mon lieutenant.

Andreas sentit la sueur lui perler sur le front.

— Je vais aller leur parler. Ils ne peuvent tout de même pas s'installer chez moi comme ça. Ma mère et ma sœur ont probablement été obligées de les héberger. Elles sont peut-être déjà couchées.

— Je ne pense pas que ce soit une bonne idée, mon lieutenant, ajouta Wilfried en secouant la tête. Il y a un portrait de Benes accroché à côté du poêle.

Andreas appuya l'arrière de sa tête contre le mur et ferma les yeux. Sa dent l'élançait, vrillait sa tempe droite. Il avait du mal à rassembler ses pensées. Un frisson glacé d'angoisse le parcourut.

— Y a peut-être un ami à vous qu'on pourrait aller voir ? suggéra Wilfried.

Andreas se retenait d'entrer chez lui, de jeter cet homme et cette femme à la porte, mais un geste impulsif ne servirait à rien. D'ailleurs, depuis que Wilfried avait vu l'inconnu dans la cuisine, il avait compris dans son for intérieur que tout était perdu.

Comment avait-il pu être assez naïf pour croire que les Wolf seraient épargnés alors que des milliers de familles sudètes étaient chassées de chez elles ? Les Allemands refluaient de partout, de Poméranie, de Prusse-Orientale, de Silésie, vers les ruines d'un Troisième Reich qui se réduisait comme une peau de chagrin.

— Mon lieutenant ? appela le garçon d'une voix inquiète.

Andreas l'entendit claquer des dents. La température chutait. Ils devaient trouver un abri pour la nuit, encore une fois, comme s'ils étaient condamnés à errer à jamais sur une terre qui les vomissait.

Il fallait qu'il puise en lui, Dieu sait où, la volonté de continuer. C'était une question de devoir, une question d'honneur. Or, avec tout ce qu'il avait vécu ces dernières années, Andreas Wolf se demandait si un Allemand pouvait encore parler d'honneur.

— Tu as raison. On va aller chez Jaroslav. Lui, au moins, on ne l'aura pas jeté hors de chez lui, ajouta-t-il d'un ton ironique.

Les cailloux rebondissaient contre le carreau du premier étage avec un bruit léger qui, néanmoins, effrayait le jeune soldat.

— Fait rudement silencieux chez vous, mon lieutenant, chuchota-t-il d'un air soucieux en regardant autour de lui, le cou rentré dans les épaules.

Depuis qu'ils ne subissaient plus le staccato des mitrailleuses, le grondement des batteries ni les explosions des obus de mortiers, les soldats devaient réapprendre à apprivoiser le silence. Il leur arrivait de se réveiller en sursaut, les oreilles bourdonnantes, pour s'apercevoir que c'était justement le silence qui les perturbait.

Andreas continua à lancer ses cailloux contre la vitre de son meilleur ami. Ils s'étaient connus à Steinschönau, alors qu'ils étudiaient tous deux à l'École technique du verre. Jaroslav avait été le seul élève tchèque de son année dans un domaine que les Allemands avait développé en Bohême avec un succès grandissant depuis le milieu du XVIe siècle.

Au Moyen Âge, les premiers verriers avaient été des pionniers intrépides qui avaient quitté la protection des couvents pour s'enfoncer dans les forêts encore sauvages regorgeant de sable, de silice et de pierres à chaux. Ils avaient nourri leurs fours avec le bois dont les cendres procuraient l'indispensable potasse, tandis que les torrents et les rivières leur fournissaient l'énergie pour alimenter meuleuses et moulins à broyer. Au printemps, ces hommes libres dégagés de toute obligation féodale retrouvaient la civilisation pour vendre des gobelets à bord évasé, des verres ronds ornés de filets en applique, des bouteilles à quatre faces et autres *Kuttrolf* aux corps sphériques et goulots torsadés destinés à l'eau-de-vie. Leur verre de fougère présentait une couleur verdâtre qu'ils n'avaient pas encore réussi à épurer.

Puis, avec le temps, les verreries avaient cessé d'être itinérantes. La Bohême du Saint Empire romain germanique avait été rattachée à la couronne des Habsbourg au début du XVIe siècle. Dispensés de service militaire par l'impératrice Marie-Thérèse, certains maîtres verriers avaient été anoblis et ils avaient reçu le droit de porter l'épée. Les formules à base de silice, de potasse et de chaux ayant été améliorées, ils s'étaient mis à travailler un verre d'une limpidité qui rappelait le cristal de roche, mais dont la matière dure et brillante se révélait idéale pour la taille profonde, la gravure et l'émaillage.

Jaroslav s'était spécialisé dans la peinture à l'émail, tandis qu'Andreas se perfectionnait en gravure, fidèle à la tradition de ses ancêtres. En Bohême du Nord, les innombrables entreprises familiales transmettaient leur savoir de père en fils depuis des générations et les différents corps de métier, polisseurs, tailleurs ou doreurs, travaillaient souvent à leur compte. Maîtres de leur destin, ces hommes déterminés se targuaient de n'avoir que deux amours : leur liberté et leur savoir-faire.

Les jeunes gens avaient passé des nuits entières à rêver d'une notoriété qui les rendrait célèbres aussi bien en Europe qu'en Amérique. Depuis plus d'un siècle, des graveurs renommés travaillaient en Allemagne, en France ou aux États-Unis, perpétuant le souvenir de leurs aïeux qui avaient conquis le monde en suppliant le verre de Venise. Mais, la plupart du temps, les deux amis vidaient leurs chopes de bière en discutant de leur sujet de prédilection : cet insondable mystère des femmes qu'ils poursuivaient avec la même ardeur.

Andreas s'aperçut qu'il avait manqué le carreau. Il se baissa pour prendre une nouvelle poignée de gravier. Jaroslav était-il encore en vie ? Chassé par les nazis dès l'annexion des Sudètes, il était parti s'installer avec sa famille à Podebrady, non loin de Prague. Le visage blême sous son chapeau noir, sa jeune épouse d'origine allemande avait serré à les broyer les mains de leurs deux fils, comme si elle craignait de les égarer en chemin. Après les avoir accompagnés à la gare, Andreas avait pris une cuite mémorable. Depuis ce jour-là, sa vie n'avait été qu'une succession de départs.

Soudain, une lumière s'alluma dans la pièce. Andreas et Wilfried se réfugièrent sous les branches d'un arbre. La fenêtre s'ouvrit et une silhouette au torse nu se pencha vers l'extérieur.

Andreas porta les deux mains à sa bouche et imita le hululement d'une chouette. L'homme aux cheveux sombres se figea quelques secondes. Andreas recommença, modifiant la mélodie.

— Grands dieux, c'est toi, Andreas ? Attends-moi, je descends.

Plus soulagé qu'il n'aurait voulu l'admettre, Andreas se frotta les bras pour se réchauffer. Ce soir, au moins, ils auraient un toit pour dormir et quelque chose de chaud à manger. Dans l'obscurité, il ne discernait que le blanc des yeux de son camarade.

— Ça ira, mon gars, ne t'inquiète pas.

La porte fut déverrouillée, libérant un rai de lumière. Un homme sortit en boutonnant sa chemise.

— Où es-tu ? souffla-t-il.

— Ici, dit Andreas en avançant de quelques pas. Nous sommes deux.

— Entrez… Dépêchez-vous ! ordonna-t-il avec un signe impatient du bras.

Andreas se faufila par la porte, son compagnon sur les talons. Jaroslav referma la porte derrière eux et la verrouilla à double tour.

Les deux hommes se dévisagèrent, embarrassés. Andreas remarqua que son ami avait beaucoup maigri. Des cheveux gris striaient sa chevelure noire, deux plis sévères marquaient ses joues, soulignant l'arête de son nez. Des larmes embuèrent les yeux sombres.

— Mon Dieu, Andreas… Qu'est-ce qu'ils ont fait de nous ?

Et, soudain, Andreas se trouva pressé contre sa poitrine. Il resta gauche, le corps raide, menacé par cet élan d'affection qui le mettait mal à l'aise. Si l'apparence de Jaroslav le frappait à ce point, que devait-il penser de lui ? Un pitoyable soldat de la Wehrmacht, promu au rang d'officier sur le champ de bataille parce que, autour de lui, les militaires de carrière tombaient comme des mouches, vêtu d'un uniforme qui n'en avait plus guère que le nom, le corps émacié, les joues dévorées par une barbe sale, qui empestait la sueur et la crasse.

Il se sentait humilié de se présenter ainsi, en guenilles, lui qui avait toujours été soucieux de son apparence. Il avait honte de venir chercher de l'aide auprès d'un ami tchèque dont le père, membre influent du parti social-démocrate qui n'avait jamais caché son opposition aux nazis, avait été fusillé par les Allemands lors de l'invasion de la Tchécoslovaquie, en mars 1939. Il avait honte parce qu'il venait vers un homme de son âge les mains vides et le ventre creux, parce qu'il n'avait plus rien.

— Asseyez-vous tous les deux, lança Jaroslav en leur indiquant les chaises. Vous devez avoir faim.

Il alluma le feu sous une casserole avant de fouiller dans le garde-manger et d'en tirer triomphalement un saucisson, du fromage et un pain de campagne enveloppé dans un torchon blanc. Il posa des assiettes et des couverts sur la grande table en bois.

Andreas regarda autour de lui. La cuisine était aussi chaleureuse que la sienne, à la maison. Les casseroles luisaient à la lumière des lampes à pétrole. Posé devant la fenêtre, un vase irisé au motif de lierre gravé attendait les premières fleurs des champs et un portrait de l'ancien président tchèque Tomás Masaryk, la barbe blanche taillée en pointe, était accroché au mur. Andreas lui trouva le regard triste. Fallait-il posséder une certaine conscience du chagrin pour réussir l'impossible et transformer en réalité une idée qui avait semblé parfaitement utopique jusqu'en 1918, à savoir celle d'un État tchécoslovaque ? Il remarqua le drapeau rouge-blanc-bleu roulé avec soin, appuyé contre le mur dans un coin. Il poussa un soupir douloureux, comme s'il avait retenu son souffle depuis qu'il avait aperçu le clocher de Wahrstein.

Wilfried semblait au garde-à-vous. D'un geste du menton, Andreas lui donna la permission de s'asseoir. Le garçon se glissa sur une chaise, essuyant d'un geste nerveux ses paumes sur ses cuisses.

Jaroslav remplit deux bols de soupe qu'il déposa devant eux. Aussitôt, Wilfried saisit une cuillère et se mit à manger, les épaules courbées au-dessus de la table.

—Est-ce qu'on te dérange ? demanda Andreas à Jaroslav. Je ne voudrais pas... Je suis allé chez moi, mais...

Il butait sur les mots, ne parvenant pas à mener une idée jusqu'à son terme. Le visage grave, Jaroslav posa les mains sur ses épaules, le forçant à s'asseoir.

— Mange, mon vieux. On aura tout le temps de discuter ensuite.

Wilfried lapait bruyamment sa soupe, protégeant le bol de son bras gauche comme s'il avait peur qu'on le lui vole. Le liquide coulait sur son menton, y laissant une traînée luisante.

Andreas leva les yeux sur son ami qui s'était assis en face de lui.

— Je suis désolé.

C'était une manière de demander pardon, non pas pour les manières de table déplorables du deuxième classe Horst, mais pour la mort du père de Jaroslav fusillé tel un criminel, et surtout pour tout le reste, les martyrs de Lezáky et de Lidice massacrés par les SS un matin de juin 1942 en représailles à l'assassinat de Reinhard Heydrich, pour les femmes de leur village déportées à Ravensbrück, pour leurs enfants qu'un médecin avait examinés selon les critères raciaux du Reich, étudiant la couleur de leurs yeux, de leurs cheveux et la forme de leur crâne afin de choisir ceux qui étaient dignes d'être germanisés, pour les ruines fumantes de leurs maisons qui avaient été brûlées au lance-flammes.

Sous ses cheveux ébouriffés, le visage de Jaroslav se creusa. Il avait compris sans qu'Andreas eût besoin d'en dire davantage.

— Ce n'est pas à moi d'accorder un pardon, mais je te remercie tout de même, dit-il d'une voix rauque.

Alors seulement, Andreas prit la cuillère, la trempa dans la soupe et la porta d'une main tremblante à ses lèvres.

Wilfried s'était endormi d'un seul coup. Plié en chien de fusil sur un matelas que Jaroslav lui avait installé dans la pièce voisine, il était parfaitement immobile. Abandonné au sommeil, il semblait perdu dans cette veste d'uniforme trop grande pour lui. Andreas le contempla un long moment, puis il tira la porte, la laissant entrouverte afin de lui accorder un peu de lumière au cas où il se réveillerait. C'était peut-être ridicule, mais le petit avait peur du noir, non ?

Il revint s'asseoir auprès de Jaroslav, qui le regardait d'un air surpris. On n'entendait que le mouvement de la pendule. La chaleur du poêle et le repas qui tapissait son ventre engourdissaient son corps épuisé, et pourtant l'anxiété courait le long de ses nerfs.

— Raconte.

— Je ne sais pas grand-chose parce que je ne suis revenu que depuis deux mois. C'est un miracle que tu m'aies trouvé, tu sais…

— Jaroslav, je t'en prie, l'interrompit Andreas d'un air las, comprenant que son ami cherchait à éluder la conversation. J'ai besoin de savoir.

Son ami se frotta la nuque d'un geste nerveux.

— Je suis allé chez toi le lendemain de mon retour. Je voulais prendre de tes nouvelles. Ta maison a été donnée à un type qui travaille pour les chemins de fer. Il ne savait rien des propriétaires allemands. Moi, je n'ai pas confiance en ces gens que le gouvernement installe ici et je peux te dire qu'ils nous le rendent bien. Beaucoup d'entre eux sont des aventuriers. On dirait qu'on leur a donné le paradis sur un plateau. Alors, je suis allé à la mairie et j'ai demandé à voir les listes. On m'a regardé d'un drôle d'air et je n'ai pas osé insister. Il ne faut pas trop attirer l'attention, tu sais.

— J'imagine, dit sèchement Andreas.

Sa dent s'était remise à lui faire mal. Une pointe d'acier remontait de sa mâchoire à sa tempe.

— J'ai croisé le vieux Kudlacek dans la rue. Il m'a dit qu'il les avait vues partir il y a quelques mois, un matin, avant l'aube, avec deux grosses valises. On les a emmenées au camp de Reichenau. Hanna tirait ta mère dans une charrette à bras.

Andreas ferma les yeux et son corps tout entier se tassa sur la chaise. Les battements de son cœur résonnaient si fort qu'il avait l'impression d'être devenu sourd.

Comment pourrait-il jamais survivre à cette image ? Sa vieille mère malade traînée dans une misérable charrette, chassée de sa maison telle une damnée. Et Hanna ? Elle avait dû se croire abandonnée par son frère, qui à l'enterrement de leur père avait juré de la protéger envers et contre tout.

Ce jour-là, la jeune fille avait vacillé, au pied de la stèle ornée de l'une de ces couronnes funèbres façonnées avec des perles de verre que les familles de Gablonz préféraient aux fleurs. La glaise des mottes de terre luisait de part et d'autre du trou béant. Quand le cercueil avait cogné contre les parois avec un bruit sourd, Hanna avait tressailli. Il lui avait entouré les épaules d'un bras, elle s'était appuyée contre lui et son poids, pourtant si léger, l'avait marqué telle une brûlure.

— Les familles avaient reçu l'ordre de se regrouper sur la place de la mairie, poursuivit Jaroslav d'un ton hésitant. Je sais que certaines colonnes sont parties à pied, sous bonne escorte, tandis que d'autres ont été emmenées en camion à la gare de Gablonz.

Elles ont dû rester dans ce camp quelques semaines avant d'être expulsées vers la frontière. Désormais, elles doivent être en sécurité en Allemagne. Je suis sûr qu'elles vont bien, s'empressa-t-il d'ajouter avec un optimisme forcé. Hanna est une fille solide qui a la tête sur les épaules. Souviens-toi de son entêtement quand elle était petite.

Andreas fut touché de son air soucieux. Il se demanda où Jaroslav puisait ce sentiment de compassion alors qu'il aurait dû les haïr.

Il tourna et retourna le verre clair taillé, filigrané d'or et de rouge rubis. Des éclats de lumière jaillissaient entre ses doigts noircis. Jaroslav avait insisté pour utiliser son meilleur service, prétendant que le vin était de piètre qualité mais que, au moins, ils pouvaient le boire dans des verres dignes de ce nom. Wilfried avait refusé d'y toucher, craignant de briser le sien. On lui avait donné un gobelet en étain.

— Le pire, murmura-t-il d'une voix éraillée, en effleurant les arêtes des facettes, c'est que tu me parles d'un camp où auraient été enfermées ma mère et ma sœur, et je ne peux même pas m'indigner, je n'ai même pas le droit d'éprouver un sentiment de révolte.

Jaroslav hocha la tête.

— Je comprends, dit-il après un moment de silence.

— Que sais-tu sur ces camps ?

— Pas grand-chose… Des rumeurs.

— Tu n'as jamais su mentir, Jaroslav.

Son ami fronça les sourcils, agacé d'être poussé dans ses retranchements.

— À Proschwitz, ils rassemblent ceux qui sont trop vieux ou malades pour être transportés, lâcha-t-il à contrecœur. Il n'y a pas de médecins, pas de soins. Les morts sont empilés les uns sur les autres. Des camions les transportent vers des fosses communes.

On a enfermé beaucoup d'Allemands dans le camp de concentration de Theresienstadt, mais ce n'est pas comparable, évidemment, précisa-t-il d'une voix tranchante. Vous, on ne vous enverra pas à la mort comme les Juifs. C'est ça la différence. Et elle est tellement… tellement…

Il écarta les mains dans un geste qui semblait vouloir mesurer l'immensurable. Andreas songea qu'on leur avait aussi dérobé les mots.

— Pourtant, ils n'ont pas la vie facile, c'est sûr. On massacre des innocents, mais que veux-tu ? ajouta-t-il en haussant les épaules d'un air fataliste. Après tout ce qui s'est passé, c'était inévitable. On ne peut pas traiter impunément tout un peuple comme des êtres humains inférieurs. Les nazis ont voulu nous détruire, nous, les Tchèques, nous rayer de la carte. Avec ce même fanatisme qui a mené aux camps d'extermination, martela-t-il en tapant de l'index sur la table. J'ai vu les photos, Andreas, tu ne peux même pas concevoir, c'est indescriptible… Et les Allemands ont soutenu ce régime. Ils ont voté pour ces assassins, ils les ont conduits et maintenus au pouvoir. Qui s'est révolté ? Qui, dis-moi ? Comment veux-tu que les gens ne se retournent pas contre vous ? La vengeance est un sentiment humain depuis la nuit des temps.

— Et toi, tu n'as pas envie de te venger ? De moi, par exemple ?

Dans leurs regards explosèrent une flambée de rancœur, une hostilité sourde, deux mondes pleins de rage.

Jaroslav repoussa brusquement sa chaise et se leva. Il prit un paquet de cigarettes russes posé près du poêle, se servit avant de le lancer à son compagnon, qui l'attrapa au vol.

— Tu veux connaître la vérité ? lâcha-t-il avec amertume. Tu veux savoir ce dont est capable ton vieux copain avec qui tu faisais les quatre cents coups il y a un siècle ?

Il marqua une pause, gratta une allumette. Une veine se gonfla dans son cou.

— C'était le mois dernier. Des Allemands avaient été rassemblés dans une caserne. Ceux-là étaient trois. Des gamins de quatorze ans à peine qui flottaient dans leurs pantalons. Évidemment, ils avaient appartenu à la Hitlerjugend. C'était obligatoire, n'est-ce pas ? Ils ont essayé de s'échapper, mais ils ont été vite rattrapés. Le commandant de la caserne a ordonné qu'on les fusille.

Il détourna les yeux, tira une bouffée interminable qu'il garda longtemps dans ses poumons.

— Je l'ai fait… J'ai abattu des gamins à peine plus âgés que mes fils… Et j'ai appuyé sur la gâchette sans aucune hésitation.

Andreas l'observait sans ciller. Un poing pesait dans sa poitrine, quelque part dans la région du cœur.

— Mais le pire, ce n'est pas encore ça. Le pire, c'est que j'ai regardé les trois cadavres et que je n'ai rien ressenti. En moi, il n'y avait que du vide.

Jaroslav rejeta la tête en arrière avec une parodie de sourire qui n'était qu'une grimace.

— Nous n'étions plus en guerre. Je n'avais pas à me défendre ni à défendre ma famille ou ma patrie. Ces enfants ne pouvaient rien faire. Ils avaient la trouille au ventre. Si tu avais vu leurs visages… Bah ! ajouta-t-il d'un air à la fois dégoûté et désespéré, je me console en me disant que ce n'est pas de notre faute. Ce n'est pas nous qui avons voulu cette guerre. On est tous les victimes de ces bourreaux qui nous ont transformés en monstres.

Andreas vida son vin d'une lampée, avant de reposer le verre avec une délicatesse inappropriée à ses mains ravagées par les combats.

— Je refuse de croire à une culpabilité collective, dit-il. Je crois qu'on naît tous libres et égaux en droits, du moins devant notre conscience. On a toujours le choix, jusqu'à la dernière seconde.

Jaroslav le dévorait des yeux et Andreas comprit que son ami espérait des paroles pour soulager ce qui le rongeait. Il regretta de ne pas pouvoir les lui offrir.

— Un adulte doit agir en son âme et conscience, mais je crois aussi que nous sommes des hommes, avec des égarements aussi dangereux que terribles.

Son regard se perdit dans le vide. En pleine bataille, sous les bombardements incessants, la terre avait parfois été prise de convulsions comme si elle enfantait.

— J'ai appris qu'il y a des abîmes en chacun de nous. Une folie blanche. La plupart du temps, on traverse une vie sans jamais la soupçonner ni avoir à la connaître... Mais il peut arriver qu'elle se dévoile et qu'on s'y enfonce – jusqu'à se perdre.

Jaroslav revint s'asseoir en face de lui et se laissa tomber lourdement sur sa chaise. Les épaules affaissées, il avait l'air épuisé, vaincu. On aurait dit un homme qui ne savait plus très bien où aller et Andreas éprouva une bouffée de colère envers celui qui lui avait pourtant ouvert sa porte. Comment pouvait-il sembler aussi égaré alors qu'il avait tout, une famille, une maison, une patrie ? La faim, le froid, et tous ces lendemains à venir qui lui paraissaient si effrayants, Jaroslav n'avait pas à les redouter. Alors, de quel droit était-il aussi désemparé ?

— Tu vas devoir repartir, tu sais, dit Jaroslav à voix basse, les décrets Benes ont scellé votre expulsion du pays. Vous, les Allemands, et les Hongrois aussi.

Andreas se versa une nouvelle rasade du vin âpre au goût de noisette et de tanin qui décapait l'arrière-gorge. Avant la guerre, il y avait eu quelque trois millions cinq cent mille Allemands en Tchécoslovaquie, un pays qui comptait près de sept millions de Tchèques, deux millions et demi de Slovaques et environ sept cent mille Hongrois. Pouvait-on ainsi chasser des millions de personnes ? Des femmes et des enfants, des hommes et des vieillards… C'était à donner le vertige.

— Les Tchèques de l'intérieur ne se font pas prier pour se glisser dans nos pantoufles, ironisa Andreas. L'industrie de Gablonz, quelle magnifique aubaine, n'est-ce pas ? Une réputation mondiale depuis plus d'un siècle pour ses bijoux en perles de verre, ses imitations de pierres précieuses, grenats taillés, émaux, boutons de verre, épingles à chapeaux, bracelets, pampilles et pendeloques pour lustres… Sans oublier la renommée de son cristal taillé et gravé à laquelle ton serviteur a modestement contribué.

Il hocha la tête d'un air amer.

— Il paraît que les fouilles sont méticuleuses. Interdiction d'emporter tout ce qui peut se rapporter de près ou de loin à nos métiers. Il paraît qu'ils vous fouillent jusque dans le trou du cul.

— Vous êtes fautifs, après tout ! s'emporta Jaroslav. Même toi, tu étais pour Henlein. Souviens-toi, on passait des nuits entières à discuter !

— Ah, Henlein…, soupira Andreas. Beaucoup nous sera reproché, à nous autres Sudètes, pour avoir soutenu Konrad Henlein en 1933. Mais on oublie que les Allemands de la république de Tchécoslovaquie étaient traités comme des citoyens de seconde classe, quand on ne les prenait pas pour des ennemis de l'État. Tu as raison, j'ai pensé que les revendications de Konrad Henlein étaient justifiées à l'époque. Pour notre minorité, c'était une question de survie.

— Tu as pensé qu'il n'était pas nazi parce qu'il prétendait croire à la liberté de l'individu, alors que le nazisme c'est la négation de l'homme. Je te connais depuis longtemps, Andreas, et je te connais bien. Toi, je veux bien croire que tu te sois laissé berner, mais pas la majorité des Allemands, lâcha-t-il avec mépris. Pourtant, vous auriez dû savoir qu'il faut une cuillère sacrément longue pour souper avec le diable.

D'un geste rageur, Jaroslav écrasa sa cigarette dans son assiette. Andreas dut se retenir pour ne pas saisir le mégot et l'enfouir dans sa poche. Son regard se perdit quelques instants dans le vague.

— Je dois trouver ma mère et Hanna, dit-il d'une voix sourde.

— Où irez-vous ?

— Comment veux-tu que je le sache ? répliqua-t-il, agacé. Nous n'avons plus droit à rien. Nous sommes des pions à déplacer d'un pays à l'autre. Ces messieurs assis sur leur cul autour d'une table en décideront.

— L'essentiel, c'est d'éviter la Sibérie.

— Évidemment, à côté de l'enfer des camps russes, tout paraîtra divin, répliqua Andreas d'un ton railleur. Je vais aller demander conseil à Prestel. Après tout, il m'a toujours encouragé.

Il pensa avec affection à l'éditeur-verrier avec ses cols empesés et ses favoris à la François-Joseph. D'un seul coup, il eut l'impression d'être redevenu ce jeune élève verrier rempli de doutes que seule la voix mélodieuse du vieil homme parvenait à réconforter. Il eut soudain besoin de lui avec la ferveur du désespoir.

— Il a été déporté, dit Jaroslav.

— Quoi ? Mais il devait avoir plus de quatre-vingts ans ! Il n'a jamais fait de mal à une mouche !

— Je sais, mais ils ne sont pas du genre à s'embarrasser de ce genre de détails. Ils déportent même des femmes et des enfants pour fournir de la main-d'œuvre en Union soviétique.

— Je vois mal comment le vieux Prestel pourrait être utile à la reconstruction des ruines de Stalingrad, ironisa Andreas, un goût amer dans la bouche.

L'aristocrate courtois au regard vif l'avait accueilli plus d'une fois dans sa maison de maître. L'un des murs de son salon, livré à un désordre chaleureux, avec ses meubles en bois clair et ses chaises capitonnées, était orné d'une magnifique tapisserie à la licorne, mais c'étaient les vitrines qui avaient attiré le jeune Andreas de manière irrésistible. Elles renfermaient la plus belle collection de Gablonz : d'anciens verres à balustre en verre rubis, des *Humpens* en verre clair peints avec des émaux colorés, des gobelets taillés à double paroi, des hanaps à couvercle représentant des scènes de chasse, des musiciens ou des joueurs de cartes. Il y avait aussi ces gobelets gravés aux armoiries des Prestel, qui avaient été anoblis par l'empereur germanique Rodolphe II de Habsbourg, roi de Hongrie et de Bohème, au tout début du XVIIe siècle.

Andreas restait de longues minutes devant ce qu'il considérait comme les pièces maîtresses de la collection, les deux portraits des ancêtres du comte Prestel, réalisés en 1840 par Dominik Bimann, le plus talentueux graveur de son époque, un portraitiste à la technicité remarquable et à l'œuvre d'une richesse exceptionnelle. « On ne lui reconnaît qu'un seul défaut, lui avait dit un jour Prestel. Il n'accorde pas assez de soin aux proportions. Veille à cela, Andreas, et un jour tu dépasseras le maître. »

Il n'avait jamais oublié ces paroles. Quand on lui avait remis son prix d'excellence à l'Exposition de Paris, avant la guerre, il avait pensé à son mentor et, dans le secret de son âme, il le lui avait dédié.

Le comte Prestel déporté en Sibérie... Avec lui, c'était toute l'élite de la Bohême du Nord qu'on cherchait à décapiter. Accablé, il secoua la tête. Il ne pouvait rien faire pour l'aider. Lorsqu'on était confronté à des malheurs aussi grands, on se devait avant tout à ses proches.

Puis, comme s'il n'avait plus la maîtrise de sa main droite, il s'aperçut qu'il tâtonnait dans la poche de sa veste à la recherche d'un morceau de toile cirée.

Le lendemain, à la première heure, il quitterait Wahrstein en direction de l'ouest. Sans se retourner. De son passé, il ne restait que des cendres. Désormais, il avait un devoir à remplir. Il retrouverait sa mère et sa sœur, veillerait à ce qu'elles fussent en sécurité, puis il tiendrait sa promesse et irait remettre à une famille lorraine la lettre de son camarade de régiment Vincent Nagel, propriétaire de l'Atelier Nagel, à Metz, soldat français sous uniforme de la Wehrmacht, porté disparu un matin de juillet 1943 dans une plaine aux allures d'infini, sous la clarté implacable d'un ciel russe blanc et aveugle.

Lorsque le train s'arrêta en gare, Livia ressentit la légère secousse dans tout son corps. Le fait d'arriver lui faisait l'effet d'un couperet qui s'abattait sur elle.

Les autres passagers s'affairaient, les mères grondaient leurs enfants agités, impatients d'être libérés d'un voyage interminable, les hommes comptaient valises, bagages et autres cartons à chapeaux, mais la jeune Vénitienne restait figée à sa place, les mains sagement croisées sur les genoux, comme si le moindre mouvement risquait de la briser en mille morceaux.

Par la vitre du compartiment, elle regardait l'agitation commune à toutes les gares. Un jeune couple s'enlaçait, des voyageurs s'éloignaient d'un pas décidé qui les porterait jusque chez eux. Des étrangers, aussi, un peu perdus, mais rassérénés par un porteur à casquette bleue qui empoignait leurs valises.

— C'est le terminus, mademoiselle.

Elle sursauta. Le contrôleur l'observait, la tête un peu penchée, une lueur de sollicitude dans son regard bleu. Elle eut l'impression de retrouver les yeux de François. Ce bleu si clair, presque transparent.

— Mademoiselle ?

Un peu honteuse, car il devait la prendre pour une folle de le dévisager ainsi, elle se dépêcha de se lever et d'enfiler ses gants. L'homme avait descendu son bagage du filet. Il la précéda jusqu'à la porte.

— Avez-vous besoin d'un porteur, mademoiselle ?

— Non, merci.

— À votre service, mademoiselle.

Elle prit la valise qu'il lui tendait. Puis elle avança sur le quai qui était pratiquement désert. Elle avait la gorge sèche et la peau moite. Elle étouffait dans son tailleur trop serré, mais heureusement la basque de la veste cachait l'épingle à nourrice qui retenait sa jupe à la taille.

Désorientée par les quais qui se trouvaient à différents niveaux, après avoir gravi plusieurs escaliers, elle sortit enfin à l'air libre où elle fut assaillie par des bruits de voitures, fracas des marteaux et le grincement d'une poulie. D'un chantier voisin s'élevaient des volutes de poussière qui lui piquèrent les yeux et la firent tousser. Elle s'éloigna de quelques pas.

N'ayant rien pu avaler depuis la veille, elle avait la tête cotonneuse. Avec ses sculptures de chevaliers peu engageants, la gare lui paraissait aussi solide et austère qu'un château fort. L'horloge du clocher trapu marquait quatre heures passées. Bien trop tard pour déjeuner. D'ailleurs, de l'autre côté de la rue, un garçon en long tablier blanc fermait les portes d'un établissement après avoir salué ses derniers clients.

Elle demeura debout, incertaine, se mordillant la lèvre. Pouvait-elle envisager de se rendre à pied à l'adresse qu'elle connaissait par cœur ? Et si elle cherchait un hôtel modeste pour passer une nuit ou deux ? Le temps de reprendre ses esprits. Il lui restait juste assez d'argent et les prix devaient être moins élevés qu'à Paris, mais l'idée de se retrouver seule, incapable de trouver le sommeil, dans une chambre minuscule aux draps rêches et aux odeurs de renfermé lui parut insoutenable.

Elle abandonna l'ombre de la gare à regret, car les trains en partance lui offraient d'un seul coup l'illusion d'un refuge. Mais à quoi bon repousser l'échéance ? Elle avait quitté la gare de Santa Lucia et le parvis aux larges marches qui menaient jusqu'à l'embarcadère des *vaporetti*, accompli un long voyage jusqu'à ce trottoir bruyant et poussiéreux d'une ville française, avec l'espoir insensé, presque orgueilleux, qu'un inconnu accepterait de donner son nom à l'enfant qu'elle portait, et qui était aussi le sien. Si elle devait être rejetée, elle préférait en avoir le cœur net.

Mais elle aurait dû le prévenir, lui écrire une lettre. En arrivant à l'improviste, elle le mettait au pied du mur. Elle s'en voulait un peu. Mais elle n'avait pas eu le choix. L'atmosphère à Murano était devenue irrespirable. Flavio prenait des initiatives sans lui demander son avis, tandis que Marco la guettait avec la fixité d'un prédateur. Peu à peu, son île natale s'était rétrécie jusqu'à se transformer en carcan. Même à l'atelier, les regards avaient changé. Elle était transparente, inutile. Et c'était peut-être ce qui l'avait le plus meurtrie : se sentir dépossédée de ce qui avait donné un sens à sa vie.

Puis elle avait réalisé avec effroi qu'elle avait du retard. Trois mois de retard... Elle se souvenait encore du frisson d'angoisse qui l'avait parcourue de la tête aux pieds. Le sang avait reflué de son visage. Le cœur battant, elle s'était lentement assise sur son lit. En une poignée de secondes, elle avait compris que sa vie basculait à nouveau.

Un enfant… C'était trop injuste. Une seule fois, une seule, parce qu'elle s'était sentie si perdue et solitaire, parce qu'elle avait cherché à se protéger d'une menace qui l'effrayait, et voilà qu'on la punissait pour ces quelques instants de vertige.

Elle avait cru entendre retentir dans sa chambre la voix caverneuse du prêtre de San Pietro qui fulminait en parlant de péché, de honte, de punition divine. Elle avait imaginé les chuchotements, les regards en coin, les commérages. Elle avait songé au visage aiguisé de son frère. Comment réagirait-il ? Avec un élan de colère ou, pis, avec pitié… Le poing enfoncé dans le ventre, pliée en deux, une sueur froide lui avait inondé le front.

Elle serra la poignée de sa valise un peu plus fort. Quelqu'un aurait sûrement pu la renseigner, mais, autour d'elle, les passants avançaient d'un pas rapide, le regard fermé. Elle n'osait pas les apostropher. Le bruit assourdissant du chantier derrière la gare finissait par lui donner mal à la tête. Nerveuse, exaspérée, elle songea qu'elle devait trouver un endroit tranquille où réfléchir.

Alors qu'elle s'engageait sur la chaussée, elle entendit un crissement de roues. Une voiture freina pour l'éviter, fit une embardée, mais l'aile accrocha sa valise, qui s'ouvrit, éparpillant ses vêtements sur les pavés.

— Qu'est-ce qui vous prend ? hurla le conducteur en bondissant de la voiture. Vous êtes folle de traverser sans regarder ? J'aurais pu vous tuer…

Les mains tremblantes, Livia s'accroupit pour tenter de rassembler ses affaires. Le jeune homme continuait à la vitupérer, mais elle n'entendait que le sang bourdonner à ses oreilles. Humiliée, elle ramassa dans la poussière sa chemise en coton gris, sa robe en lin aux poignets mousquetaire.

— Attendez, je vais vous aider. Vous êtes sûre que vous n'êtes pas blessée ? bougonna-t-il, en lui tendant d'un air gêné une combinaison ivoire ornée de dentelle qu'elle lui arracha des mains.

Elle voulut se relever et il lui saisit le bras pour l'aider. À peine debout, elle le regarda, mais le visage du jeune homme se dilua de manière étrange.

Lorsqu'elle revint à elle, une inconnue lui tapotait les joues.

— Allons, ma petite dame, ce n'est rien… Un méchant étourdissement. Ne vous inquiétez pas. Voilà, vous ouvrez les yeux, c'est bien… N'ayez pas peur, je suis infirmière. Vous m'entendez ? Pouvez-vous me dire comment vous vous appelez ?

Le visage poupin, couronné de fines boucles châtaines sur lesquelles était perché un béret rouge, l'observait avec un sourire.

— *Va bene*…, murmura Livia, la bouche pâteuse, comprenant qu'elle venait de s'évanouir pour la première fois de sa vie.

— Vous êtes étrangère. Parlez-vous un peu le français ? Avez-vous de la famille à Metz ? Où allez-vous ?

Livia s'aperçut qu'elle était allongée sur un banc. Le conducteur de la voiture qui avait failli la renverser se dressait à quelques pas, le visage renfrogné, ne sachant que faire du chapeau de paille de Livia que l'infirmière avait dû lui retirer. Visiblement, la femme bavarde l'avait poussé de côté.

— Ça va mieux, mademoiselle ? s'inquiéta-t-il en voyant qu'elle le reconnaissait. Vous m'avez fait une de ces peurs.

— Je vais… bien, dit-elle en se redressant.

— Tenez, je vous ai trouvé un verre d'eau.

Elle but à petites gorgées.

— Bon, je vois que vous reprenez des couleurs, déclara l'infirmière. Et il n'y a rien de cassé. Je dois vous laisser pour retourner à mon service. Si jamais vous avez un problème, n'hésitez pas à venir à l'hôpital. Tout le monde saura vous l'indiquer. Mais faites attention à votre petit... Quant à vous, jeune homme, vous êtes un danger public ! lança-t-elle d'un air indigné. Pour vous faire pardonner, vous n'avez qu'à raccompagner votre pauvre victime chez elle. Bon, je me sauve, je suis en retard.

Livia la regarda s'éloigner, les semelles épaisses de ses chaussures martelant le sol d'un pas militaire.

— Je suis désolé, mademoiselle, s'excusa l'inconnu qui semblait sincèrement ennuyé. Où puis-je vous emmener ?

Le visage avenant, il portait une chemise ouverte au col et un pantalon fatigué. Une barbe de quelques jours bleuissait ses joues.

Elle dépoussiéra son tailleur, s'aperçut avec consternation que l'un de ses bas était filé, alors qu'elle n'en avait qu'une seule paire, mais, heureusement, cela ne se voyait pas trop. Le garçon frotta maladroitement la calotte du chapeau, ornée d'un ruban en gros-grain bleu assorti à son tailleur, et le lui rendit.

— Je dois aller rue Martelle, au 21, s'il vous plaît.

— Parfait, prenez mon bras, fit-il, soulagé de pouvoir se rendre utile. Je m'occupe de votre valise.

Il s'excusa pour l'inconfort de la Jeep de l'armée américaine qu'il avait récupérée à bas prix, expliqua-t-il, coinça sa valise entre un tourne-disques et des livres d'étudiant liés par une ficelle.

— Ils bradent tout, s'amusa-t-il. Des voitures aux chandails, sans oublier les chaussettes. Le kaki restera encore longtemps à la mode, vous verrez.

Ils traversèrent la ville en cahotant sur les pavés mal scellés. D'une main, Livia retenait son chapeau, de l'autre, elle effleurait son genou gauche qui commençait à enfler. Elle aurait un joli bleu le lendemain.

Des maisons aux belles façades de pierre claire côtoyaient des tas de gravats. Elle regardait défiler comme dans un brouillard les vitrines des magasins, les immeubles sombres, les avenues plantées d'arbres, les ruelles étroites où la voiture avait du mal à se faufiler.

Perchée sur une colline, une cathédrale imposante dominait la ville avec la même superbe que les paquebots qui accostaient à Venise et transformaient les palais en maisons de poupées.

Depuis qu'ils étaient montés en voiture, le jeune homme n'avait pas cessé de lui parler, mais elle ne lui répondait pas. Il devait la trouver impolie, à moins qu'il ne pensât qu'elle ignorait le français.

— Vous avez probablement de la famille ici, mademoiselle. J'ai cru vous entendre parler italien tout à l'heure. Nous avons pas mal d'Italiens en Lorraine. Nous avons des Polonais aussi, mais vous n'êtes pas polonaise, n'est-ce pas ?

Il lui jeta un coup d'œil, une lueur espiègle dans le regard.

— Non, sûrement pas. Vous êtes trop jolie pour ne pas venir d'un pays du soleil.

Ayant retrouvé son entrain, il essayait de tirer parti de la mésaventure. Livia s'amusa de ce culot, qui lui rappelait celui des garçons de Murano. Elle esquissa un sourire, puis songea que l'infirmière avait remarqué qu'elle attendait un enfant. Heureusement qu'elle portait des gants. Quelle idiote ! Elle aurait dû songer à trouver une alliance pour donner le change.

— Quand je pense que je ne connais même pas votre nom, se plaignit-il alors qu'ils empruntaient un pont. On dirait que vous me faites la tête.

Les eaux de la rivière scintillaient au soleil. Quelques promeneurs longeaient les berges.

— Il y a de quoi, non ? rétorqua-t-elle. Il faut apprendre à mieux maîtriser votre véhicule, monsieur.

Il la regarda d'un air faussement ahuri.

— Mais vous n'avez pas donné votre langue au chat !

Quelques rues plus loin, il freina brusquement devant une maison élégante en pierre ocre. Dès que le regard de Livia se posa sur la porte sculptée, elle perdit toute envie de plaisanter.

— Hélas, vous voilà redevenue muette…, dit-il avec un soupir de comédien, avant de sortir un carnet de sa poche dont il arracha une page. Tenez, voici mon nom et mon adresse. Appelez-moi si cela vous chante. Je serai heureux de vous inviter à prendre un café pour me faire pardonner. Vous voulez bien ?

Elle accepta le papier griffonné qu'il lui tendait et le glissa dans son sac à main. Elle ne voulait pas lui parler, mais qu'il s'en aille au plus vite. Elle se dépêcha de descendre.

Il posa la valise sur le trottoir.

— Vous êtes sûre que ça va aller ? demanda-t-il, l'air anxieux.

— Merci, oui.

— Alors peut-être à un de ces jours ?

Elle hocha la tête, distante. Le jeune homme haussa les épaules, sauta dans sa Jeep et démarra en trombe, la laissant seule devant la porte ornée d'un médaillon, sa valise cabossée à ses pieds.

Un carillon sonna cinq heures. Trois religieuses aux cornettes blanches aériennes se hâtaient en bavardant. Que pouvait-elle faire, maintenant qu'elle se trouvait face à la maison des Nagel ? Elle n'était pas venue d'aussi loin pour rebrousser chemin. De toute façon, elle ne pouvait pas rentrer chez elle.

Après s'être procuré les papiers nécessaires, elle était partie en cachette, laissant juste un mot à Flavio. Elle lui expliquait qu'elle voulait réfléchir à son avenir et qu'elle se rendait chez Marella Moretti, dont les parents possédaient une propriété à la campagne. Avec ses yeux en amande et ses joues potelées, on aurait donné le bon Dieu sans confession à son amie, qui savait mentir avec un aplomb admirable. Elle avait étouffé une envie sourde de se réfugier dans leur belle maison délabrée au milieu des vignes où elle avait passé des vacances heureuses dans son enfance. Elle se souvenait encore des draps de lin frais, du parfum de la terre, du vent qui bruissait parmi les feuilles des peupliers. Le soir de son départ, le train de nuit pour Paris crachait des jets de vapeur, et une odeur de vinasse flottait dans le compartiment à moitié vide.

Flavio avait sûrement trouvé la lettre en arrivant aux Verreries le lendemain matin. Il avait dû lever les yeux au ciel avec l'une de ses mimiques favorites, avant de s'en désintéresser.

Un coup de vent la fit frissonner. La maison à trois étages était étroite, mais le ton lumineux de la pierre lui donnait un air chaleureux. Livia se sentit un peu apaisée. Elle ajusta son chapeau, inspira profondément et s'approcha de la porte. Le heurtoir en bronze lui échappa des mains et retomba avec un claquement sec qui la fit tressaillir.

Les secondes lui parurent interminables. Quelqu'un l'avait-il entendue ? Elle chercha en vain une sonnette. Alors qu'elle tendait la main à nouveau, la porte s'ouvrit.

Elle leva les yeux. Une femme maigre, vêtue d'une robe noire boutonnée jusqu'au cou qu'égayait à peine un col blanc, la dévisageait d'un air sévère. Elle avait un visage anguleux, des cheveux châtains tirés vers l'arrière, une bouche fine et des yeux pâles. Une broche ornée d'améthystes, en forme de croix de Lorraine, était épinglée à son épaule. Livia reconnut l'emblème que le général de Gaulle avait rendu célèbre dans le monde entier.

— Vous désirez ?

— Je... Je suis bien chez M. François Nagel ? bafouilla-t-elle.

Scrutée ostensiblement des pieds à la tête, Livia eut une conscience aiguë de ses chaussures à bride poussiéreuses et de son costume froissé. Pourvu que la femme ne remarque pas le bas filé... Mais le regard s'immobilisa sur la valise et le corps sembla se raidir encore davantage.

— C'est à quel sujet ? demanda-t-elle, les lèvres pincées.

Livia resta confondue. Elle n'avait pas préparé de réponse, ayant naïvement pensé qu'une domestique lui ouvrirait la porte, la ferait patienter dans un salon sans lui poser de questions et que François apparaîtrait aussitôt comme par miracle. Or, cette femme n'avait rien d'une domestique et Livia comprit qu'elle n'aurait pas accès à la maison sans une explication acceptable.

— Je m'appelle Livia Grandi, des Verreries Grandi de Murano, dit-elle d'une voix ferme. Quand M. Nagel est venu nous rendre visite, nous avons étudié ensemble certaines propositions. J'ai profité d'un voyage en France destiné à reprendre contact avec nos anciens clients pour venir le voir à mon tour.

Elle indiqua son tailleur d'un air désolé.

— Pardonnez mon apparence, mais j'ai été renversée par une voiture en sortant de la gare. Croyez-vous que je pourrais l'attendre à l'intérieur ?

La femme parut décontenancée par son ton catégorique.

— Si vous voulez, concéda-t-elle de mauvaise grâce. Mais mon frère ne rentre que dans une heure.

— Ce n'est pas grave, madame, dit Livia en se forçant à sourire. J'ai tout mon temps.

Une légère brûlure la pinçait entre les omoplates. Elle aurait aimé se pelotonner dans le canapé, mais la présence intimidante d'Élise Nagel lui interdisait cette liberté. Alors elle se tenait droite, comme à l'école, les pieds sagement posés l'un à côté de l'autre.

Elle avait essayé de deviner l'âge de la sœur aînée de François, mais, en dépit des quelques cheveux blancs qui éclairaient ses cheveux, le visage était à peine ridé. Elle se demanda si elle oserait prendre le dernier biscuit qui restait sur l'assiette. Elle avait bu un café et un verre d'eau, grignoté quelques gâteaux secs dans un silence étourdissant, mais elle avait toujours aussi faim.

Le salon n'était pas très grand. Le plafond à caissons, les meubles en chêne et le tapis oriental aux couleurs passées lui donnaient un air accueillant. Lorsque s'effacèrent les derniers rayons de soleil qui réchauffaient le parquet, Élise Nagel se leva pour allumer une lampe. Une partie de la pièce glissa dans une semi-pénombre. La lumière se reflétait sur les boutons de jais qui ornaient la robe sévère et sur les boucles d'oreilles en perles.

Livia s'était déjà excusée deux fois pour aller se laver les mains et, à chacun de ses retours au salon, le regard d'Élise lui avait paru plus aiguisé. Par ailleurs, toutes ses tentatives pour converser s'étant soldées par des échecs, elle préférait désormais se taire.

Ses épaules se courbèrent et elle baissa les yeux. Son voyage avait été une erreur. Que pouvait-elle espérer de ces étrangers ? Elle finissait par se demander à quoi ressemblait François aujourd'hui, et si elle aurait été capable de le reconnaître en le croisant dans la rue.

Elle était épuisée par toutes ses nuits d'insomnie, depuis ce jour funeste où elle avait compris qu'elle attendait un enfant. Quelques instants auparavant, en s'observant dans le miroir au-dessus du lavabo, elle avait pris peur. Avec ses joues ternes et ses cernes charbonneux, elle s'était trouvée laide.

Soudain, avec le mouvement vif d'un oiseau, Élise inclina la tête sur le côté.

— Le voilà qui arrive, dit-elle en se levant, alors que Livia n'avait rien entendu. Je vais le prévenir de votre visite, mademoiselle.

Elle regarda Élise Nagel quitter la pièce, se pinça les joues, vérifia d'une main nerveuse si son chignon hasardeux tenait encore. Son cœur battait si fort qu'elle redoutait de s'évanouir à nouveau, comme à la gare. Elle ne se reconnaissait plus. Jamais elle n'avait été aussi indécise et angoissée, même lorsque son grand-père était mort dans ses bras.

— *Nonno*, je t'en supplie, aide-moi, souffla-t-elle, effrayée.

Elle entendit des pas précipités et se leva telle un automate. Quand François apparut, elle fut frappée par l'éclat de ses cheveux blonds. Il portait une cravate sombre, un costume foncé aux épaules carrées d'une coupe impeccable.

Il referma la porte derrière lui sans la quitter des yeux. Elle humecta ses lèvres sèches.

— Livia… Que faites-vous ici ? demanda-t-il en s'approchant.

Anxieux, le visage tendu en avant, il s'empara de ses mains.

— Vous êtes toute pâle, vous ne voulez pas vous asseoir ? Élise m'a dit que vous étiez venue reprendre contact avec d'anciens clients. Pourquoi ne m'avez-vous pas prévenu ? Je vous ai écrit une lettre. L'avez-vous reçue ? Vous ne m'avez pas répondu, alors j'ai pensé…

Elle secoua la tête. De quelle lettre parlait-il ? Elle n'avait pas reçu de ses nouvelles. Elle lui aurait sûrement répondu, ou peut-être pas. Comment savoir ? Qu'aurait-elle pu lui dire par écrit qu'elle n'arrivait pas à lui dire en face ?

Ses doigts froids se réchauffaient entre les mains de François et elle ferma les yeux pour savourer ce réconfort inespéré. Elle reconnut le parfum boisé aux essences de cèdre, légèrement épicé, qui avait imprégné sa peau alors qu'elle filait dans Venise par une aube naissante, se faufilant parmi les *calli*, survolant les marches glissantes des ponts, dans sa ville hiératique soulignée en pointillé d'une fine couche de givre, fuyant le lit aux draps froissés où reposait son amant.

Elle leva le menton, planta son regard dans le sien.

— Je suis venue vous dire que j'attendais votre enfant.

C'était la première fois qu'elle l'énonçait à voix haute. Le secret qu'elle portait en elle depuis des mois devenait une réalité. Elle ne pouvait plus reculer.

L'étau qui comprimait son cœur se desserra quelque peu. Quoi qu'il advînt désormais, elle pourrait dire à son enfant qu'elle avait été trouver son père pour lui avouer la vérité. Elle lui devait au moins cela, à cet innocent, lui donner une chance d'être reconnu par son père et de porter son nom.

Toutefois, elle éprouva aussi un sentiment d'impatience. Elle s'en voulait de manquer de courage pour mettre seule cet enfant au monde. Elle y avait songé, mais l'idée l'avait tellement effrayée qu'elle s'était recroquevillée sur son lit, les genoux ramenés vers la poitrine. À Murano, le scandale aurait rejailli sur la famille Grandi pendant des décennies. Un bâtard, un enfant de l'amour... Alors que ce n'était qu'un enfant du désir, un enfant de la solitude.

Elle était donc venue vers François Nagel avec pour seul encouragement le vague souvenir d'un vieux monsieur chaleureux qui lui caressait les cheveux et lui avait offert pour son anniversaire un petit miroir à main gravé à ses initiales. Son orgueil oublié, elle prenait le risque d'être chassée comme une malpropre.

Les mains de François se crispèrent sur les siennes. Il lui écrasait les doigts à lui faire mal, mais elle ne protesta pas. Il avait le droit d'être fâché. Ne venait-elle pas bouleverser sa vie ? Il était sans doute fiancé à une jeune fille sage et tranquille qui ne se donnerait jamais à un étranger de passage. Il avait sûrement déjà planifié son avenir, comme tous ces gens pour qui la vie se résume à une carte d'état-major avec ses batailles à gagner, ses citadelles à prendre et ses lignes de conquête à établir.

Elle se tenait debout devant lui, la tête haute, mais son corps était parcouru de tressaillements.

Plus tard, il lui arriverait de repenser à cet instant suspendu où son avenir avait dépendu d'un homme dont elle ne savait presque rien, si ce n'est la musique du corps, le grain de la peau et l'âpreté presque désespérée du visage, au moment où il jouissait en elle et donnait naissance à leur enfant.

Ce n'était peut-être pas grand-chose, mais c'était probablement l'essentiel, parce que les corps ne mentent pas, du moins pas ceux qui acceptent de relever le défi du désir, semblable à un gant jeté au visage pour provoquer un duel, ce désir sans fioritures, dépouillé, celui qu'ils avaient célébré tous les deux une nuit d'hiver, la fenêtre entrouverte sur les eaux silencieuses et complices d'un canal vénitien.

Le visage sérieux, il ne réagissait toujours pas, ne disait rien. Peu à peu, le cœur serré, Livia décida que le moment était venu de le laisser ; elle avait déjà été par trop indiscrète. Son devoir vis-à-vis de l'enfant qui allait naître était accompli.

Elle se sentait curieusement sereine, déjà ailleurs, préoccupée par le souci de récupérer sa valise et de trouver une chambre d'hôtel pour la nuit. Quant au lendemain… Demain était toujours un autre jour. Elle aviserait le moment venu.

Alors qu'elle lui retirait ses doigts, il porta sa main droite à ses lèvres.

— Je vous remercie d'être venue, dit-il d'une voix grave.

Elle mit quelques secondes à comprendre, comme s'il lui parlait de très loin. Puis, en observant la joie toute simple qui irradiait son visage et qu'il ne cherchait pas à dissimuler, elle comprit ce qui l'avait captivée dès leur première rencontre. Le sourire lumineux de François Nagel était à ses yeux irrésistible parce qu'il n'était pas seulement une impression de bonheur, une joie fugitive qu'on découvre sur les visages heureux des uns ou des autres, mais avant tout celui d'un homme libre.

Et, au même instant, elle prit peur. Au lieu de se sentir soulagée et de lui être reconnaissante, elle eut l'impression absurde qu'un gouffre s'ouvrait sous ses pieds.

— Je ne sais pas... Peut-être qu'il ne faut pas, bafouilla-t-elle.

Il la retint alors qu'elle essayait de s'échapper.

— Vous êtes venue jusqu'ici, Livia. Vous ne pouvez pas vous en aller maintenant.

Il parlait d'une voix posée, raisonnable, rassurante, alors qu'elle avait l'impression d'étouffer.

— C'était une erreur. Je suis désolée, je vais repartir chez moi.

— Livia ! lâcha-t-il d'un ton de reproche. Vous avez pris la décision qu'il fallait. Maintenant, vous devez vous y tenir.

Elle tremblait si fort qu'elle s'étonnait de tenir encore debout. Il continuait à lui broyer les doigts. Elle essaya de se ressaisir, inspira profondément. Ne supportant plus son regard, elle baissa les yeux.

— Je ne peux rien vous promettre, murmura-t-elle.

— Mais je ne vous demande rien.

Or, c'était justement ce qui affolait la jeune femme, car ceux qui donnent sans rien demander en retour sont des êtres redoutables, et la bonté peut parfois devenir une geôlière exigeante.

Allongée sur le lit à colonnes placé dans un angle de la pièce, elle avait retiré ses chaussures et la veste de son tailleur, mais elle n'avait pas eu le courage de se déshabiller. Sa valise restait fermée, bien qu'elle eût ouvert les battants de l'armoire en loupe d'orme et respiré le délicat parfum des sachets d'herbes séchées qui en garnissaient les étagères.

Les bras le long du corps, les poings serrés, elle était prisonnière de sa fatigue et de sa solitude. L'enfant venait de s'assagir. Depuis peu de temps, elle le sentait parfois bouger. S'était-il endormi, lui ? Un enfant dormait-il dans le ventre de sa mère ? Elle n'en savait rien. Sa propre mère n'était plus là pour lui expliquer les métamorphoses parfois inquiétantes de sa chair et elle n'en avait parlé à personne, mais c'était peut-être mieux ainsi. Ce tête-à-tête devait être nécessaire pour accepter l'idée de partager son corps.

Elle avait à peine touché au dîner, servi dans la salle à manger. Elle avait bu deux verres de vin, ce qui lui avait un peu tourné la tête, mais elle avait trouvé une consolation inattendue dans le splendide vitrail qui occupait tout un pan de mur, dissimulant aux regards les édifices disgracieux de l'autre côté de la rue. L'immense magnolia à feuilles luisantes et à grandes fleurs blanches se détachait sur un décor japonisant, où des collines veillaient sur un lac tranquille.

François n'avait pas cessé de parler. Il avait raconté sa journée de travail, puis leur rencontre à Venise et ce qu'il appelait leur « coup de foudre ». Elle avait été touchée qu'il invente une histoire pour lui éviter de perdre la face, prétendant qu'il l'avait demandée en mariage par lettre quelques semaines auparavant et qu'il était le plus heureux des hommes. Elle s'était étonnée de sa sérénité, alors qu'il héritait à la fois d'une invitée inattendue et d'une fiancée enceinte de son enfant. Cette précision-là, en revanche, il ne l'avait pas annoncée à sa sœur.

Le dos si droit qu'il n'effleurait même pas l'arrière de la chaise, Élise n'avait pas prononcé un mot.

Même ses couverts ne cliquetaient pas sur son assiette. D'un geste précis, elle tapotait les coins de ses lèvres fines avec la serviette. Avec habileté, François avait évité de l'interpeller directement, déroulant autour de sa sœur des phrases toutes faites, aussi lisses et rondes que des billes d'agate.

Quand il l'avait appelée au salon pour lui annoncer leurs fiançailles, serrant la main de Livia dans la sienne, sa sœur s'était contentée de hocher la tête. Son regard clair s'était attardé quelques secondes sur le ventre de Livia, mais de manière si discrète que la jeune femme s'était même demandé si elle avait rêvé. « Je vois », avait-elle déclaré, tandis qu'un frisson parcourait l'échine de Livia. Élise Nagel n'était pas dupe et elle n'en pensait pas moins.

On frappa à la porte. Le cœur battant, Livia se dépêcha de se lever.

— Je voulais vérifier que vous ne manquiez de rien.

— Merci, madame.

— Vous pouvez m'appeler par mon prénom, puisque nous sommes destinées à devenir belles-sœurs.

Livia ne répondit pas. Les cheveux en désordre, pieds nus, sa jupe retenue à la taille par une épingle à nourrice qu'elle essayait en vain de dissimuler avec son bras, elle se sentait mal à l'aise.

— C'est pour quand ? ajouta Élise.

Livia pouvait-elle feindre de ne pas comprendre et jouer l'innocente ? Elle sut d'instinct que ce serait une erreur. Élise Nagel n'apprécierait sûrement pas d'être prise pour une sotte. Sans en connaître encore l'étendue, elle devinait que cette femme jouait un rôle considérable dans la maisonnée où elle serait désormais obligée de vivre. Lors du repas, François avait fait preuve de diplomatie, or Livia n'était pas

165

pour rien une Vénitienne habituée aux jeux de pouvoir.

— Pour cet automne, dit-elle.

— C'est bien ce que je pensais, constata Élise d'un air satisfait. Je suppose que vous êtes catholique.

— Oui, madame.

— C'est déjà cela. Demain, nous irons rendre visite à M. le curé. Il publiera les bans, puis vous vous marierez. La cérémonie sera discrète.

— Je comprends, murmura Livia.

— Non, vous ne comprenez pas. Si François a jugé nécessaire de vous épouser, c'est qu'il a ses raisons. Après les sacrifices que nous avons tous consentis pendant cette guerre, il a droit à un peu de bonheur. Personne ne songerait à l'en priver et j'espère que vous saurez le lui apporter. Votre mariage aura lieu dans la plus stricte intimité à cause de notre frère Vincent. Il a été porté disparu sur le front de l'Est et, tant que nous ne saurons pas s'il est vivant ou mort, nous attendrons son retour dans la dignité.

Elle inclina légèrement le buste et la lumière accrocha les pierreries fines de la broche en forme de croix de Lorraine.

— J'ai élevé mes deux frères à la mort de notre mère. Je les connais mieux que quiconque. Désormais, François a besoin de sérénité pour travailler. La situation économique est difficile, vous vous en doutez. Nous avons été annexés pendant quatre ans à l'Allemagne. Grâce au général, nous sommes redevenus français, mais nous devons trouver notre place dans la République. La tâche n'est pas aisée alors que nous avons de nombreux ouvriers qui dépendent de nous. J'espère que vous ne vous attendez pas à une vie facile. Mon frère n'est pas aussi insouciant qu'il en a l'air.

166

— Insouciant ? reprit Livia en fronçant les sourcils.

— Heureux, content, léger… Étourdi.

Cette femme rappelait à Livia une maîtresse d'école qui avait été particulièrement odieuse lorsqu'elle avait cessé de parler à la mort de ses parents. Au fil des mois, exaspérée par le mutisme de son élève, elle avait cherché à provoquer la fillette par des piques et parfois des moqueries. Depuis, Livia était devenue très sensible aux petites phrases assassines.

— Je suis consciente des difficultés que rencontrent les entreprises. J'ai dirigé les verreries de ma famille pendant que mon grand-père était alité. En Italie non plus, l'après-guerre n'est pas facile, madame. Nous aussi, nous avons des familles qui dépendent de nous et la plupart d'entre elles ont faim.

— Vous me semblez pourtant bien jeune pour avoir assumé une tâche pareille, fit Élise d'un air dubitatif. J'ai cru comprendre que vous aviez un frère qui s'en occupait.

Livia pensa à Flavio, qui s'était arrogé le fauteuil de leur grand-père et qui avait repris les rênes comme si ce rôle lui était dévolu.

— La vie ne regarde pas l'âge de ceux à qui elle inflige des épreuves. Mon frère a mis du temps pour se remettre après son retour de Russie.

Élise pinça les lèvres.

— Il a combattu avec les Allemands, bien entendu.

— Oui, madame. La plupart des Italiens de son régiment sont morts pour une cause qui n'était pas la leur. On ne leur a pas donné le choix. Mais il me semble que c'était la même chose pour votre frère Vincent, non ?

Aussitôt, le visage d'Élise Nagel se ferma et son corps déjà intraitable trouva le moyen de se raidir encore davantage. Livia comprit qu'elle l'avait piquée au vif. Lors de son séjour à Venise, François lui avait expliqué que l'Alsace et la partie septentrionale de la Lorraine avaient été annexées par le Reich. Quelque temps plus tard, les Mosellans et les Alsaciens avaient été incorporés dans la Wehrmacht. De jeunes Français sous uniforme allemand. Elle avait songé que les camarades de son frère, eux, au moins, étaient morts sous celui de leur pays. Dans la petite auberge de Murano au sol recouvert de sciure, avec son menu écrit à la craie, François avait secoué la tête d'un air grave : « Mon frère Vincent n'a pas pu y échapper. Les Allemands menaçaient de s'en prendre aux familles des réfractaires. Le cauchemar recommençait comme en 1914. D'ailleurs, depuis la fin de la Grande Guerre, on appelle ces soldats les malgré-nous. » Livia n'avait pas osé demander à François comment il avait pu glisser entre les mailles du filet. Flavio n'aimait pas parler de la guerre et elle avait supposé qu'il en allait de même pour ce Français.

Elle était lasse de toutes ces histoires de conflits, de soldats aux âmes perdues, de morts et de carnage. Elle chancela et se retint d'une main au montant du lit.

— Il faut dormir, maintenant, ordonna Élise. Puisque vous avez tout ce qu'il vous faut, je vous laisse. Nous aurons beaucoup de choses à faire demain.

Et, avec un dernier regard pour la valise encore fermée, elle tira la porte derrière elle.

Au bord de la rivière, la brise agitait le feuillage argenté des saules et des peupliers. Adossée à un arbre, Livia contemplait les eaux rieuses, l'herbe haute, les verres de bière et de sirop, les assiettes avec leurs miettes de pain et de gâteau posés sur la nappe à carreaux. Un peu plus haut, à flanc de coteau, les toits rouges du village en pierre grise. Les frondaisons bruissaient. Dans la lumière vive de ce début d'été, tout était si parfait qu'elle sentit un picotement dans la nuque, une angoisse diffuse, comme si quelque chose d'affreux allait surgir sans prévenir et faire basculer ce paisible après-midi de dimanche.

François avait insisté pour l'emmener déjeuner à la campagne et Élise avait préparé le panier et rajouté des coussins dans la voiture pour que sa belle-sœur puisse s'y asseoir confortablement. Ils avaient emprunté des petites routes désertes qui serpentaient entre les prairies et les champs. Sous le ciel bleu, parmi les collines douces, les villages sages se blottissaient autour de leur clocher. Le soleil avait réchauffé son bras nu posé sur la portière. Elle avait laissé parler François, se contentant de lui répondre par un sourire de politesse. « Tu es bien ? » lui demandait-il parfois, un peu soucieux, et elle répondait invariablement : « Très bien, je te remercie. »

Livia observa son mari, son pantalon de toile beige retroussé au-dessus des genoux. Il marchait pieds nus dans la rivière, un filet de pêche à la main, l'air attentif. Comme s'il avait deviné qu'elle l'observait, il se redressa et se tourna vers elle pour s'assurer que tout allait bien. Avec sa chemise ouverte, ses cheveux qui lui retombaient en désordre sur le front, son visage franc, il ressemblait à un adolescent heureux. Il agita la main et elle lui répondit pour avoir la paix.

C'était peut-être cela qui finissait par la mettre mal à l'aise, cette sincérité de François, cette rieuse certitude. Pourtant, à Venise, elle avait été attirée par sa

169

simplicité. Désormais, allongée la nuit à côté de lui, elle écoutait son souffle tranquille et elle avait froid.

Elle ne se comprenait pas. Alors qu'elle hantait les pièces de la maison, le salon, la salle à manger, la bibliothèque, s'aventurant jusqu'à la cuisine où la cuisinière lui jetait des regards sourcilleux tandis que sous sa coiffe blanche la petite Colette prenait des airs effarouchés, elle se faisait l'impression d'être un fantôme.

Que pouvait-elle espérer de mieux ? Le père de son enfant l'avait épousée sans hésiter et il en semblait même fier et satisfait. Il était tendre, attentif. Elle lui était reconnaissante, mais elle n'arrivait pas à apprivoiser cette nouvelle vie qui s'imposait à elle depuis trois mois.

Les après-midi, elle se retirait dans sa chambre, s'asseyait près de la fenêtre et rêvassait, un livre sur les genoux. Il lui arrivait d'écouter le tic-tac monotone de la pendule et de s'en effrayer parce qu'il lui rappelait sa vie. Les journées s'écoulaient, rythmées par les repas, la messe le dimanche, les bonnes œuvres où l'emmenait Élise et où des dames rigoureuses, qui se ressemblaient toutes, l'accueillaient avec gentillesse mais lui donnaient des ordres, comme à une incapable. Lorsqu'il faisait beau, Élise l'accompagnait faire une promenade, toujours la même, le long des quais.

Sa belle-sœur était incontournable, absolue. Il n'y avait aucun moyen d'échapper à Élise Nagel, dont la mainmise était aussi habile qu'implacable. À ses côtés, on redevenait un enfant. Sans avoir à préciser sa pensée, Élise vous donnait l'impression qu'il fallait lui obéir parce que c'était ainsi. Pour certains, cela pouvait être rassurant, pour Livia, c'était un fil de soie qui s'enroulait lentement autour de son cou.

Elle ferma les yeux, agacée de sentir des larmes lui piquer les paupières. Même ses émotions partaient en vrille. François lui avait cueilli un bouquet de fleurs des champs qu'elle était en train de déchiqueter. Inquiète, elle jeta deux malheureuses tiges au loin pour qu'il ne s'en aperçoive pas.

Il quitta le lit de la rivière, avançant avec une démarche amusante d'échassier parce que les cailloux lui griffaient les pieds. Il revint vers elle, déposa par terre la canne à pêche et le filet vide, et s'assit sur l'herbe.

— Pas de chance aujourd'hui, fit-il avec un sourire amusé.

Elle chercha quelque chose à lui dire. Elle voulait désespérément lui montrer qu'elle était heureuse. Elle voulait être une épouse modèle avant de devenir une mère aimante. N'y avait-il pas des récompenses pour ceux qui savaient obéir ?

— C'est très joli par ici. Tu viens souvent ?

— Depuis que je suis enfant. Il existe des endroits où l'on se sent chez soi, tu ne trouves pas ? On dirait que ces lieux sont faits pour nous et ce ne sont pas forcément ceux de notre enfance. Je me souviens d'une petite vallée dans les Vosges où j'aurais pu habiter tellement je m'y sentais bien.

Il s'allongea sur le côté, la tête posée sur une main, et la dévisagea avec son regard confiant. Elle devinait qu'il attendait une réponse, espérant qu'elle allait à son tour lui parler d'un lieu qu'elle aimait particulièrement. Mais, pour Livia, les confidences recelaient toujours un goût de représailles.

Elle se troubla et baissa les yeux.

— Je comprends, bredouilla-t-elle. Quand j'étais petite, j'adorais passer du temps sur la lagune. On restait des heures à regarder les oiseaux. Je les reconnaissais à leurs cris.

Elle se sentit bête. Tout cela était si fade. Bien sûr qu'elle aimait la lagune, mais il y avait des choses tellement plus intenses, qui lui tenaient tellement plus à cœur ; or, de celles-là, elle n'arrivait pas à lui parler et elle s'en voulait parce que François était un être assez sensible pour comprendre à demi-mot certaines émotions délicates et dangereuses.

— Venise te manque ? souffla-t-il à mi-voix.

La douleur fut si vive, si précise, qu'elle tressaillit.

— Un peu.

— J'aimerais que tu sois heureuse, Livia. C'est important pour moi. Tu le sais, n'est-ce pas ?

Elle hocha la tête, la gorge nouée.

— Il te faudra un peu de temps pour t'habituer, mais je suis sûr que tout ira bien. Et puis, bientôt, il y aura notre enfant. Quand tu seras mère, les choses te paraîtront sous un jour différent, c'est évident.

Il se laissa tomber sur le dos, croisa les mains derrière la nuque et ferma les yeux. Le soleil jouait sur son visage. Il semblait si serein, si parfaitement incarné dans son corps et son esprit, si réel, que Livia ne parvenait même pas à lui en vouloir.

Hanna essuya d'une main la sueur sur son front, leva les yeux vers le ciel plombé, annonciateur d'orages, et le soleil d'août pesa sur ses paupières. Un vent chaud frôlait ses joues, ses bras nus, et lui donnait mal à la tête. Une douleur persistante lui irradiait les reins et elle y planta un poing pour essayer de la faire taire. Toute la journée, elle avait défriché ce champ, jetant des pierres dans une charrette qu'elle tirait à tour de rôle avec les deux autres femmes qui avaient été assignées à cette tâche.

Ses seins étaient gonflés et douloureux. Elle n'avait pas pu s'occuper de la petite depuis l'aube. C'était une source d'étonnement que son corps amaigri trouve néanmoins la force de nourrir son enfant, alors que la plupart des jeunes mères épuisées se désespéraient de ne pouvoir y arriver. Les pleurs des nouveau-nés empêchaient parfois les habitants des baraquements de dormir. La veille, une langue de vipère avait insinué que Hanna se procurait des rations en cachette. Lilli avait protesté, furieuse, mais sa cousine n'avait pas daigné répondre : la mesquinerie ne méritait que l'indifférence.

Un cri retentit au loin. À la lisière de la forêt, un homme de la corvée de bois agitait le bras. Les trois femmes poussèrent un soupir de soulagement. La journée était finie. Désormais, elles pouvaient rentrer au camp de réfugiés, avaler leur ration du soir, un bol de soupe aux orties qu'on surnommait en plaisantant le « potage du roi », avant de s'affaler sur leurs paillasses où les punaises viendraient encore les harceler.

Sans un mot, elles glissèrent les harnais autour de leur taille et avancèrent péniblement vers la limite du champ en tirant la charrette qui tressautait sur les ornières.

Elle versa quelques gouttes de digitaline dans un verre d'eau, puis aida sa mère à s'asseoir en la prenant par les épaules. Elle ne s'habituait pas à la maigreur de son corps. Sur les mains tremblantes qui enserraient le verre, les veines gonflaient la peau telles des cicatrices bleuâtres. Son regard s'attarda sur l'annulaire à la nudité indécente. L'alliance avait été confisquée lors d'une ultime fouille avant le passage de la frontière, de même que leur argent, les couteaux de cuisine et la médaille de la Vierge que Hanna avait reçue pour sa première communion.

Un médecin lui avait donné le précieux flacon lors de leur internement dans le camp tchèque avant leur expulsion vers la Bavière. Les médicaments étant inexistants, il avait insisté auprès des gardes pour obtenir le droit de se rendre dans la forêt, sous bonne escorte, à la recherche de feuilles de digitales. À cause de la pénurie, les médecins allemands étaient obligés de se remémorer les bienfaits des plantes pour concocter des remèdes moyenâgeux. Il avait proposé à Hanna de l'accompagner. La perspective de pouvoir sortir quelques heures de ce camp où ils étaient parqués les uns sur les autres avait sonné comme une délivrance, mais, en voyant les gardes, le fusil en bandoulière, avec leurs ceinturons et leurs casquettes vissées sur le crâne, elle s'était mise à trembler. Une nausée au bord des lèvres, elle avait inventé une excuse avant de se réfugier auprès de sa mère alitée. Le médecin était revenu en fin de journée, avec un sac rempli de feuilles. À l'aide d'alcool fourni par des paysans locaux, il avait réussi à créer une décoction pour ceux qui souffraient de défaillances cardiaques.

La vieille dame se rendormit aussitôt, s'évadant dans un sommeil comateux. La plupart du temps, elle divaguait. On aurait dit que son esprit était protégé par un voile qui l'empêchait de percevoir le dénuement auquel elles étaient réduites dans ces baraquements de fortune. Ainsi, à son grand soulagement, Hanna n'avait pas eu à expliquer sa grossesse, que sa mère n'avait même pas remarquée, ni à commenter l'apparition inexpliquée d'un nourrisson. Et, puisqu'on ne lui posait pas de questions, elle n'avait pas à inventer de mensonges. La consolation était mince, mais ce silence imposé était un cadeau des dieux. Pour rien au monde elle n'aurait voulu voir sa déchéance se refléter dans le regard apitoyé que sa mère n'aurait pas manqué de poser sur elle.

Qu'aurait-elle pu lui répondre ? « J'ai été violée, *Mutti*. Je suis enceinte. » Deux phrases laconiques, cinglantes, éloquentes. Quand Lilli avait enfin remarqué son ventre, si peu proéminent qu'elle avait réussi à le cacher presque jusqu'à la fin, Hanna avait lancé d'un ton mordant : « Je ne veux pas en parler, tu m'entends ? Jamais ! » Et sa cousine n'avait pas osé insister.

Elle faisait de son mieux pour soigner sa mère dans la dignité. Elle la lavait, l'aidait à se soulager, vérifiait que ses cheveux étaient peignés, ses vêtements le plus propres possible, bien qu'elle n'eût qu'une robe de rechange. La vieille dame était devenue si frêle qu'elle parvenait aisément à la retourner sur les sacs de jute remplis de paille qu'ils utilisaient comme matelas, mais elle n'avait pas de quoi soigner les plaies purulentes qui étaient apparues sur ses coudes et ses talons.

Un hurlement strident la fit tressaillir et elle porta les mains à sa tête comme pour se protéger. Le son aigu se ficha dans ses tempes. Chaque fois que son enfant pleurait, elle avait l'impression de subir une agression physique. Elle resta quelques instants paralysée. La spirale destructrice des cris s'enroula autour de ses poumons, l'empêchant de respirer.

— Alors, tu t'en occupes de ton mioche ! cria une voix exaspérée. Il nous casse les oreilles !

Les baraquements étaient divisés en des espaces restreints, séparés par de minces cloisons aux planches remplies de trous qui ressemblaient à des grottes étranges où pendaient des lambeaux de vies. Une casserole cabossée trônait sur une étagère à côté d'un réveil ; un crucifix côtoyait un vieux sac en cuir pendu à une patère ; du linge séchait sur une corde. On entendait tout : la moindre toux, les ronflements, les murmures des conversations… Lorsqu'on se dévêtait, mieux valait éteindre la lumière.

Hanna haïssait cette promiscuité. Elle avait été élevée dans une famille qui ne manquait de rien, aux mœurs policées et à l'éducation rigoureuse, héritière de traditions qui remontaient à la Renaissance, époque où ses ancêtres maîtres verriers avaient eu le droit de construire leurs verreries, leurs demeures, et de bâtir des églises. Elle avait l'impression d'être sans cesse épiée par des regards avides, et le pire était sans doute de devoir soigner sa mère alors que tous subissaient les gémissements, les pleurs, parfois même les insultes de la malade. Elle se retenait de crier : « Non, ma mère n'était pas comme cela autrefois ! C'était une femme digne et droite. Une femme que vous auriez admirée… »

Les articulations douloureuses, Hanna se déplia avec peine et s'approcha du panier rempli de chiffons qui tenait lieu de berceau.

Elle souleva sa fille qui hurla de plus belle, s'assit sur la banquette et déboutonna son chemisier. Le bébé trouva aussitôt le sein et le mordilla pour en tirer le lait. La douleur infligée par ses mamelons craquelés lui arracha une grimace. Impossible d'obtenir une crème ou une lotion pour éviter qu'ils se dessèchent. Elle détourna la tête. Qu'elle mange donc, la malheureuse, et qu'elle se taise, surtout qu'elle se taise !

— La petite me semble fiévreuse, s'inquiéta Lilli. C'est peut-être la chaleur. Ta mère n'a pas été bien, non plus, aujourd'hui.

Sa cousine était recroquevillée dans un bac et se lavait avec un gant de toilette. Elle était si maigre qu'elle n'avait même plus de seins. Ses cheveux avaient repoussé de quelques centimètres. Elle avait juré de ne plus jamais les couper, comme pour mieux oublier le cauchemar de sa tête rasée.

Les premiers temps, les deux cousines s'étaient montrées plutôt prudes, se détournant lorsque l'une ou l'autre devait se dénuder. Hanna, surtout, avait eu du mal à accepter l'excroissance odieuse de son ventre. Mais depuis qu'une voisine et Lilli l'avaient aidée à accoucher, depuis que son corps avait été livré aux mains et aux regards des autres, elle avait abandonné toute pudeur. Elle détailla la jeune fille sans aucune honte, lui enviant sa silhouette d'adolescente, avec ses côtes saillantes, son absence de poitrine et de hanches.

Lilli se sécha, avant d'enfiler sa chemise de nuit rapiécée. Elle s'assit à côté de sa cousine et se frotta les cheveux avec la serviette.

— Il va falloir que tu lui trouves un prénom, dit-elle en regardant le bébé qui s'assoupissait par moments, le mamelon de sa mère entre ses lèvres roses. Tu ne peux pas continuer à l'ignorer. D'ailleurs, Frau Huber te cherchait ce matin pour te demander de passer remplir les papiers. Elle prétend qu'elle a fait une exception pour toi jusqu'à maintenant, mais qu'elle n'attendra pas un jour de plus.

— Encore des paperasseries ! On passe notre temps à remplir des formulaires.

— C'est normal, voyons. Il faut bien essayer de tenir des registres. Il paraît qu'il y a des milliers de réfugiés qui arrivent chaque jour. Je suis passée ce matin à la gare. Les trains étaient bondés. Certains passagers étaient même entassés sur les toits.

— Drôles de passagers ! Des gens qu'on chasse de chez eux sans leur demander leur avis. Tu appelles ça des réfugiés, toi ? Nous sommes des exilés, Lilli, ne l'oublie pas. On nous a expulsés comme des chiens de nos villages et de nos villes. On nous a pris nos maisons, notre terre, nos fabriques… On nous a volé notre patrie et les tombes de nos parents. Et pour nous proposer quoi en échange ? Rien du tout. Un pays en ruine.

On avait transporté les habitants de la région de Gablonz jusqu'à Kaufbeuren, à une soixantaine de kilomètres de Munich, dans des wagons à bestiaux. Trois jours et trois nuits enfermés sans pouvoir descendre. Dès qu'ils avaient franchi la frontière, Hanna avait arraché le bandeau blanc de son bras et elle l'avait jeté sur les rails. Des milliers de ces bandeaux garnissaient les remblais comme autant de mouchoirs abandonnés.

À leur arrivée, des infirmières en blouse blanche, un fichu sur les cheveux, les avaient aspergés de poudre désinfectante. Pendant les deux semaines de quarantaine, l'odeur chimique lui avait piqué la gorge et les yeux. Leurs vêtements avaient empesté pendant des jours, mais elles avaient obtenu le bon de santé indispensable pour recevoir l'autorisation de résidence sans laquelle on ne délivrait pas les précieuses cartes d'alimentation.

Les premières semaines, les Bavarois les avaient hébergés dans des écoles, des gymnases, des usines désaffectées, souvent à même le sol. On leur distribuait une ration journalière de nourriture. Lorsque Frau Espermüller, la directrice de la cantine, lui avait souri avec douceur le premier jour, Lilli avait éclaté en sanglots, émue par la bienveillance de cette parfaite inconnue. Puis, au mois de mai, le bureau des réfugiés de Kaufbeuren avait loué ce camp de Riederloh, aux portes d'une ancienne usine d'armements. La première nuit, allongée dans le noir, Hanna avait eu de la peine à trouver le sommeil. Jusqu'à quand serait-elle transbahutée d'un endroit à un autre ?

— Le plus triste, c'étaient les orphelins, poursuivit Lilli à voix basse. Ils portaient une pancarte accrochée autour du cou. Ils étaient si jeunes, certains devaient avoir quatre ou cinq ans, mais ils ne pleuraient pas. Ils restaient sagement alignés, deux par deux, se tenant par la main. Avec des regards sans âge... Frau Huber a raison, tu sais, ajouta-t-elle, repliant ses genoux sous son menton. La petite n'y est pour rien. Tu ne dois pas la punir alors qu'elle est innocente.

Hanna pinça les lèvres, accablée une nouvelle fois par l'exiguïté cruelle de ce bocal de quatre mètres sur trois où elle était prisonnière avec sa mère agonisante, son bébé fiévreux et sa cousine qui énonçait des vérités insupportables à entendre.

— Fräulein Wolf ? appela une voix.

Un petit bout de femme aux cheveux tressés dans la nuque, vêtue de gris et de chaussures à lacets, se planta devant les deux cousines. Avec son regard de hibou, grossi par des lunettes perchées sur le bout du nez, Frau Huber était redoutable d'efficacité.

— Ah, vous voilà, ma chère, dit-elle en agitant une liasse de papiers. C'est parfait. Vous m'avez filé entre les doigts ces derniers temps, alors j'ai pensé que le mieux était de venir à vous. J'ai besoin d'un prénom pour la petite. Là, maintenant, tout de suite… Je vous ai accordé un délai de grâce, mais je dois mettre mes listes à jour, vous comprenez.

— Oui, madame, dit Hanna poliment, alors que la seule liste de noms qui l'intéressait était celle répertoriant les soldats tombés au front ou portés disparus, or celle-là comportait de graves lacunes depuis des années.

Une nouvelle fois, l'absence d'Andreas la transperça.

Elle regarda le bébé endormi dans ses bras, les cils qui ombraient les joues, le duvet de cheveux noirs. Elle se sentait décontenancée. Comment pouvait-elle appeler cette étrangère ?

— Allons, Fräulein Wolf, je vous écoute, s'impatienta la secrétaire.

— Quel est votre prénom, Frau Huber ?

— Inge. Pourquoi ?

— Inscrivez donc sur votre liste : Wolf Inge, née le 10 février 1946, dans un camp de transit. Mère, Wolf Hanna, née en 1921 à Wahrstein, en Bohême austro-hongroise, ou en Allemagne, pardon, je devrais dire en Tchécoslovaquie, n'est-ce pas ? se moqua-t-elle. On finit par ne plus savoir. Père...

Elle marqua une pause et sa bouche prit un pli amer.

— Père inconnu, comme vous vous en doutez, Frau Huber. Voilà, est-ce que vous avez tous les renseignements qu'il vous faut ? C'est inutile de me demander des précisions sur le père, ajouta-t-elle d'un ton ironique. Hélas, j'en ignore tout. Ils étaient trois, vous comprenez, alors il s'agit de l'un d'entre eux, évidemment, mais lequel ? Je serais bien en peine de vous le dire et vous m'en voyez désolée pour la bonne tenue de vos registres. Vraiment désolée...

Sa voix s'était mise à criailler d'une manière désagréable et se brisa sur le dernier mot. Elle s'aperçut qu'elle tremblait de colère. Lilli lui posa une main sur le bras.

— Chut, calme-toi, chuchota-t-elle, inquiète. Les voisins vont entendre.

— Évidemment ! répliqua Hanna, les dents serrées. On entend tout, ici.

— Je comprends votre agacement, ma chère petite, dit Frau Huber en notant avec soin le nom de l'enfant. Mais il faut mettre tout cela derrière vous maintenant et vous montrer courageuse. Vous êtes en vie. C'est l'essentiel, n'est-ce pas ? Et vous avez de la chance d'être réfugiée chez nous, dans la zone d'occupation des Américains, et pas chez les Soviétiques. (Un frémissement la parcourut de la tête aux pieds comme si elle venait d'envisager quelque chose d'odieux.) Depuis le mois de mai, les convois de Gablonz sont tous dirigés chez eux. De toute façon, dans quelque temps, quand tout sera rentré dans l'ordre, vous repartirez chez vous.

Elle semblait si sûre d'elle. Elle décocha un sourire entendu à Lilli, jeta un coup d'œil soucieux à la vieille dame souffrante, dont on n'apercevait que le visage crayeux, avant de s'éclipser sans rien ajouter.

Qu'y avait-il à ajouter, d'ailleurs ? se dit Hanna, dépitée. Elle n'était pas la seule à avoir des problèmes. Ils étaient des centaines de milliers à être rassemblés dans le Sud de l'Allemagne. On racontait qu'on compterait bientôt un réfugié pour cinq Bavarois. Alors qu'on manquait déjà de tout – de logements, de nourriture –, les autochtones, telle Frau Huber, ne les voyaient pas affluer d'un très bon œil, avec leur drôle de dialecte, leurs baluchons et leurs caisses en bois aux adresses soigneusement peintes en noir et rouge « *Gablonz/N, Kaufbeuren, Riederloh, Bavière* ». Ainsi, parmi ces hordes humaines, le destin de l'une ou de l'autre n'émouvait pas plus que cela.

Lilli grimpa avec l'agilité d'un singe sur la couchette supérieure du lit superposé.

— Tu crois qu'on repartira bientôt à la maison ? demanda-t-elle d'une petite voix, la tête basculée vers sa cousine.

Hanna ferma les yeux, brusquement accablée.

— Comment veux-tu que je le sache, Lilli ? soupira-t-elle. Dors maintenant. On t'attend à l'atelier des boutons demain matin. Tu sais bien qu'il faut travailler pour avoir le droit de rester ici. Je n'ai pas envie d'être chassée. Pas encore une fois.

— C'était pire d'être la bonniche d'une sale Tchèque qui me haïssait ! On n'est pas chez nous, ici, mais au moins c'est une terre allemande.

Elle se retourna plusieurs fois, avant de pousser un soupir.

— J'ai chaud. Je n'arrive pas à respirer.

— Je sais, Lilli, mais il faut dormir maintenant.

Le bébé couina et Hanna lui présenta l'autre sein. Un court instant, le regard noir de l'enfant la fixa. Elle fut impressionnée par ces yeux immenses qui recelaient une confiance absolue, alors qu'elle-même était si désemparée. Mais comment cette petite aurait-elle pu survivre si elle n'avait pas accordé une foi entière aux bras qui la tenaient, si elle avait été taraudée par les incertitudes de sa mère ?

Inge, songea-t-elle, et ce fut comme si sa fille se mettait soudain à exister. Elle ressentit un moment de panique, mais aussi une pointe de curiosité. D'un doigt hésitant, elle effleura la joue de son enfant, intimidée par ce premier geste de tendresse qu'elle lui accordait.

Elle repensa à ce jour d'hiver où, agenouillée sur l'étang gelé non loin du village, elle avait regardé les poissons évoluer sous la carapace de glace avec une lenteur majestueuse. Elle s'était demandé comment ils supportaient d'être prisonniers de cette chape. Désormais, elle se disait qu'ils se sentaient peut-être divinement protégés.

— Inge…, murmura-t-elle, étonnée.

C'était toujours la même peur qui la réveillait vers quatre heures du matin, qu'elle fût épuisée ou non, l'arrachant à une somnolence inquiète et ravivant une douleur persistante à l'estomac.

Elle n'en parlait pas, car elle ne voulait pas qu'on mette ça sur le compte de la faim. Elle avait faim, bien sûr, mais pas comme les autres, pour qui la nourriture était devenue obsessionnelle ; elle avait faim de toute la vie dont on l'avait privée, de son village, de sa maison avec ses odeurs familières, des lattes de parquet qui grinçaient en haut de l'escalier, des malles de souvenirs entassées au grenier, du tic-tac rassurant de l'horloge dans la cuisine. Elle avait faim d'un avenir qu'on lui avait promis, petite fille, et qui était désormais réduit en poussière.

Dans la pénombre, Hanna observa les silhouettes du tabouret et de la table qu'un menuisier avait bricolés à partir de lattes récupérées auprès des militaires américains. Le moindre clou, la moindre planche constituaient un trésor. Pendus à des patères, les vêtements ressemblaient à des fantômes. L'obscurité chaude et poisseuse l'enserrait dans une gangue. La nuit, elle avait l'impression de se trouver dans le ventre d'un monstre avec ses gargouillis et ses relents indéfinissables. Elle imaginait tous ces corps endormis autour d'elle, les enfants emboîtés les uns dans les autres, les vieillards allongés sur les lits de camp pliables de l'armée américaine, les femmes stoïques, qui essayaient de puiser dans leur sommeil la force pour affronter une nouvelle journée. Des hommes valides, il y en avait peu. Ils étaient morts ou disparus, beaucoup avaient été déportés en Union soviétique au cours des semaines qui avaient suivi la fin de la guerre et les familles n'en recevaient aucune nouvelle. D'autres revenaient au compte-gouttes des camps de prisonniers alliés.

Elle avait découvert que le désespoir avait un goût tenace qui desséchait la gorge. Pourtant, elle devait tenir. Sa vie n'était qu'une succession de devoirs à accomplir, un parcours d'obstacles quotidiens. Il fallait soigner sa mère, rassurer Lilli qui se raccrochait à elle comme une enfant, empêcher le bébé de mourir, veiller à ce qu'elles aient de quoi manger et se vêtir. Elle redoutait de tomber malade et de ne plus pouvoir assumer ses responsabilités, tandis que la mort rôdait, compagne fidèle et attentive. Pas un jour ne passait sans qu'on emporte un cadavre sur un brancard. On mourait d'épuisement, de vieillesse, de lassitude, de maladie. Quelle importance ? Les morts étaient enterrés dans un cimetière improvisé, confiés à une terre qui n'était pas la leur, et leurs proches pleuraient avec force, les visages blêmes et convulsés, mais l'effusion durait le temps d'un orage, car la vie continuait et personne n'avait le temps de s'épuiser en larmes inutiles.

Brusquement, elle se leva et sortit une valise coincée au pied des lits superposés en prenant soin de faire le moins de bruit possible. À leur arrivée, on leur avait demandé de déposer leurs bagages dans un dépôt. Outrée, Hanna avait fait une scène : c'était tout ce qu'il leur restait, voyons ! Alors qu'elle avait réussi à extirper ses maigres biens des griffes des policiers tchèques, on voulait maintenant qu'elle s'en sépare… Autour d'elle, des réfugiés à bout de forces avaient éclaté en sanglots. Les responsables avaient essayé de les rassurer. Les valises, les colis et les caisses en bois seraient rendus aux personnes assignées aux baraquements les plus petits. En attendant, des volontaires surveillaient le dépôt vingt-quatre heures sur vingt-quatre. Les Wolf avaient eu de la chance : la famille avait été regroupée dans un même espace et avait obtenu ses affaires. Hanna savait que d'autres attendaient encore.

Elle utilisa la petite clé qu'elle portait autour du cou au bout d'une ficelle. Soigneusement enroulée dans un chandail, elle trouva la coupelle qu'Andreas avait gravée la veille de son départ pour le front. Elle s'assit sur le lit et la posa sur ses genoux.

Elle avait pris un risque pour la sortir du pays. Les autorités tchèques avaient interdit d'emporter tout ce qui se rapportait de près ou de loin à l'industrie de Gablonz. Les formules chimiques pour les minces cylindres de verre, les croquis des machines qui servaient à fabriquer les boutons ou les perles de verre pressé, les échantillons de bijoux en verre taillé tels les chatons ou les « dents-de-loup », les listes des clients internationaux, les comptes des fabriques... Il avait fallu tout laisser. Lors des différentes fouilles, elle avait réussi par miracle à dissimuler la coupelle et elle considérait cet exploit comme une victoire.

À cause de l'obscurité, les détails demeuraient invisibles, mais elle effleura du bout des doigts, en aveugle, la gravure délicate qu'elle connaissait par cœur.

Elle avait hésité avant de choisir l'œuvre d'Andreas qu'elle voulait sortir du pays. Les plus précieuses, la coupe gravée à la roue de son examen de fin d'études ainsi que le vase de la *Jeune fille à la lune*, qui avait reçu un prix d'excellence à l'Exposition de Paris, étaient cachées dans le double plancher du salon. Il aurait probablement voulu qu'elle sauve le vase, plus emblématique de son travail, mais elle avait choisi égoïstement. Pour affronter ce voyage terrifiant, elle avait eu besoin d'emporter avec elle la force vitale de cette silhouette de jeune femme, si farouche et si libre, née de l'imagination de son frère un soir d'angoisse, comme pour mieux conjurer la sienne.

Andreas était assis à la porte du wagon à bestiaux, les jambes pendant dans le vide. Il fumait une cigarette en regardant défiler le paysage bavarois noyé sous des vapeurs d'eau. La chaleur étouffante était à peine atténuée par une pluie orageuse qui cinglait la terre et crépitait sur le toit du wagon. Un parfum de terre grasse et d'herbe humide montait de la campagne.

— Ils ne leur ont pas fait de cadeaux, les Alliés, commenta Wilfried en prenant la cigarette que lui offrait son supérieur.

Ils avaient établi ce rituel depuis plusieurs semaines, car les provisions de tabac demeuraient incertaines. Andreas fumait la première moitié de la cigarette avant de la passer à son jeune compagnon, qui aspirait jusqu'à se brûler les lèvres.

C'est un paysage de désolation, songea Andreas. Des maisons incendiées, des routes défoncées, des champs en friche. Une carcasse désossée de Jeep avec son étoile blanche sur le capot gisait dans un fossé. Et les villes qu'ils avaient traversées. Mon Dieu, les villes…

Dévastées par les tonnes de bombes incendiaires que les aviations américaine et anglaise avaient larguées par millions, brûlées au phosphore, avec leurs dizaines de milliers de cadavres carbonisés, elles étaient devenues des cimetières à ciel ouvert avec pour stèles funèbres les moignons de leurs immeubles où erraient des femmes, des enfants, des vieillards et des prisonniers de guerre libérés. Des cicatrices à fleur de terre, à fleur d'âme.

Il pensa aux villages d'Ukraine et de Russie dont il ne restait que des ruines fumantes, car les troupes SS avaient reçu l'ordre d'ouvrir la voie à la Wehrmacht. Il pensa aux soldats chargés comme des fourmis incendiaires de ces lance-flammes qui crachaient leur haleine avec un souffle terrifiant. Il pensa aux innocents condamnés à creuser leurs propres tombes avant d'être fusillés. D'autres populations, d'autres victimes, aux visages crispés de peur et d'impuissance.

La voix sereine de Vincent Nagel lui revint en mémoire. Ils avaient été allongés dans la grange d'un kolkhoze : « Depuis le massacre des Innocents, quand Hérode avait fait tuer les premiers-nés sous le toit de leurs parents, de la guerre de Trente Ans aux campagnes de Napoléon, des tranchées de Verdun aux chacals de Hitler... C'est donc une fatalité, Andreas ? » Il n'avait pas voulu répondre, trop épuisé pour chercher une explication philosophique ou intellectuelle à ce qui se résumait tout simplement à la fascination humaine pour le pouvoir. « Qui sème la colère... », avait ajouté son ami en laissant sa phrase en suspens.

Le train ralentit. Debout sur un talus, trois jeunes garçons les observaient. Leurs chemises sans col boutonnées de travers étaient trempées par la pluie et leurs pantalons courts, remontés sous les aisselles comme ceux de vieillards, dévoilaient des genoux maigres. Ils étaient pieds nus, les bras figés le long du corps, les poings serrés. Sous leur boule à zéro, ils avaient des oreilles décollées.

— Repos ! appela Wilfried d'un air amusé. Faut croire qu'on n'arrivera jamais à retirer le militaire de l'Allemand. Regardez-les, mon lieutenant, ils se tiennent au garde-à-vous alors qu'on leur a rien demandé.

Soudain, le plus grand des trois arma un lance-pierres.

— Putain ! mais c'est qu'ils nous jettent des pierres à la gueule ! s'écria Wilfried, furieux, en portant la main à sa joue.

Une traînée de sang marqua ses doigts.

— Je vais leur flanquer une dérouillée, à ces petits morveux...

Andreas avait baissé la tête pour éviter les projectiles. Il regarda les enfants s'éparpiller dans la campagne telle une volée de moineaux.

— Tu sais comment certains nous appellent, en Bavière ? Des « canailles de Sudètes ». Alors tu ferais bien de t'y faire et de la boucler. Parce qu'on ne veut pas de nous ici. Ils ont déjà assez de problèmes. Suffit de regarder autour de soi, non ? Il faudra qu'on travaille deux fois plus que les autres, deux fois mieux, pour réussir. On ne nous fera pas de cadeau.

— Saleté…, grommela Wilfried en essuyant sa joue avec un mouchoir crasseux. C'est pas une raison. Moi, on m'a appris à être poli avec mes aînés.

Andreas songea que son père aurait souscrit d'emblée à la remarque du gamin, mais que restait-il des usages de ce monde d'hier ? Des souvenirs lointains d'une vie policée où les jeunes estimaient leurs aînés. Désormais, dans l'Allemagne vaincue, il n'y avait plus rien à respecter dans la génération de leurs parents : il fallait tout réinventer.

Il contempla les décombres d'une ferme qui avait dû être prospère. L'immensité de la tâche l'accablait. Et pourtant, il allait devoir se construire une nouvelle vie puisqu'il avait survécu, par miracle. Il regarda ses mains posées sur ses genoux. C'était tout ce qu'il possédait, avec les vêtements qu'il portait sur le dos : un pantalon d'uniforme militaire, une chemise blanche déchirée, un court manteau auquel il manquait des boutons, et un sac à dos qui contenait une gamelle et une chemise de rechange.

Je suis nu comme un ver, songea-t-il et, soudain, il éclata de rire. Je suis devenu un lieu commun : celui qui ne possède plus rien n'a plus rien à perdre. Pendant des années, il avait été taraudé par l'inquiétude sournoise de voir disparaître sa maison, ses biens, sa patrie. Ses repères, son armature. Il avait compris que cette guerre devait être gagnée, ou du moins perdue avec les honneurs, pour que les Allemands de Bohême puissent obtenir la protection d'un traité international et le droit de rester chez eux. Or, maintenant que le pire était arrivé, il éprouvait un étrange sentiment de libération. Pendant cinq années de guerre, il avait redouté de mourir. Désormais, même cette peur-là s'évanouissait sous le ciel orageux d'une Bavière soucieuse.

— Vous croyez qu'on sera bien, là-bas ? demanda soudain Wilfried en relisant pour la énième fois le papier qui ne le quittait plus.

À force d'être plié et replié, il finissait par ressembler à un torchon. On le leur avait donné dans l'une des innombrables gares ouvertes à tous les vents où ils étaient passés ces dernières semaines. Ce papier appelait tous les hommes de métier de l'industrie à Gablonz à rejoindre la région bavaroise de l'Allgäu, et plus précisément les communes de Kaufbeuren, Markt Oberdorf et Füssen. « *Votre industrie, celle qui vous a fourni votre pain jusqu'à aujourd'hui, revit en Bavière... Sa structure ressemblera à celle que vous avez connue dans l'ancienne patrie et qui a été transmise de génération en génération... Celui qui a été indépendant le sera de nouveau... Rassemblez-vous derrière l'effort de la région qui sera votre nouvelle patrie...* »

À Munich, au 18, Wagmüllerstrasse, on leur avait confirmé que Gablonz renaissait de ses cendres à quelques kilomètres de la petite ville de Kaufbeuren. Andreas n'en avait pas cru ses oreilles. Son cœur s'était emballé. Il avait aussitôt entraîné Wilfried, certain que sa mère, Hanna et Lilli ne devaient plus être très loin.

— Est-ce qu'on voudra de moi ? se lamenta le jeune homme. Après tout, je n'ai pas de qualifications et ils ont dit qu'ils n'acceptaient que des gens de métier.

— Je t'ai déjà dit que tu étais mon élève apprenti, grommela Andreas. Tu restes avec moi. C'est un ordre.

Se retenant d'une main à la porte du wagon, il se pencha brusquement en avant comme s'il avait voulu se jeter sur les rails, tourna son visage vers le ciel et laissa la pluie ruisseler sur son front et ses joues. Il but l'eau fraîche et repensa à toutes ces journées où il avait cru mourir de soif dans la steppe russe. Il avait envie de retenir l'essence même de cette eau miraculeuse avec ses prismes et ses promesses, de saisir cette fluidité et ces transparences pour lui rendre hommage. Dans son esprit, il se mit à esquisser une gravure et ce désir de création qui renaissait de manière inattendue, alors qu'il redoutait de l'avoir perdu à jamais, fit tressaillir son corps, l'emplissant d'un émerveillement quasi enfantin.

C'est ainsi, avec timidité et révérence, le corps secoué par les cahots d'un train de marchandises, qu'Andreas Wolf, maître verrier de Bohême, écouta monter en lui cette prière juste et sereine, le chant limpide et immémorial du cristal.

En cette fin d'après-midi, les ombres s'allongeaient. Hanna revenait au camp, les yeux baissés vers le sol poussiéreux. Toute la journée, elle avait aidé à déblayer les décombres d'un immeuble. Alignées les unes à côté des autres, des fichus sur la tête, les femmes s'étaient passé les briques, les poutrelles et les morceaux de ciment avec une régularité de métronome, concentrées sur leur tâche. Désormais, ses paumes éraflées la brûlaient.

Sur le chemin du retour, elle était passée devant le petit commerçant aux cheveux soigneusement peignés qui avait installé un étalage sous le fronton d'un immeuble réduit à un pan de façade. Il avait aligné ses quelques marchandises disparates sur une planche de bois : une casserole, des brosses à cheveux, des gamelles, des paires de bretelles et des balais. Le bras gauche de son veston était épinglé à la hauteur du coude. Elle ne savait pas si elle devait rire ou pleurer quand elle l'entendait saluer un client potentiel avec une politesse surannée. Comment parviendraient-ils à nettoyer tous ces débris ? Combien de temps mettraient-ils à rebâtir ? La tâche était immense. Inconcevable.

Elle longea le grillage surmonté de fil de fer barbelé qui entourait le campement. À l'entrée, elle présenta son laissez-passer d'un geste las. Le cœur lourd, elle songeait à ce qui l'attendait. Retrouverait-elle un jour le sentiment de légèreté d'autrefois à l'idée de revenir à la maison ? Elle réalisait seulement maintenant, depuis qu'elle en avait été chassée, quelle impression de sérénité et de paix elle avait éprouvée en rentrant le soir vers leur maison de Wahrstein. Tout ce qu'elle avait pris pour un dû avait disparu et elle avait l'impression qu'on le lui avait volé deux fois parce qu'elle n'avait pas eu, à l'époque, la sagesse de goûter le bonheur simple des certitudes.

— Hanna ! appela sa cousine.

Effrayée, elle leva la tête. Lilli se précipitait vers elle.

— Qu'y a-t-il ?

— Dépêche-toi !

— Mon Dieu, *Mutti*...

Sa cousine lui empoigna le bras. Elle avait une expression étrange, la bouche déformée, les yeux fiévreux. Hanna se mit à courir. Le sang bourdonnait à ses oreilles. Lilli lui parlait d'une voix entrecoupée, mais elle ne l'écoutait pas. Elle devait rejoindre sa mère sans perdre une seconde.

À bout de souffle, elle bouscula une femme qui sortait du baraquement. Un bassinet d'eau se renversa sur elles.

— Pardonnez-moi ! dit-elle sans s'arrêter.

Elle arriva enfin dans leur réduit. Un homme était accroupi à côté du lit de sa mère. Comme toujours, la vision d'un inconnu lui glaça les sangs.

— Qui êtes-vous ? s'écria-t-elle. Qu'est-ce que vous voulez ? Laissez ma mère tranquille !

L'homme se releva lentement et se tourna vers elle. Hâve, le visage raviné, il la contemplait d'un air intense, presque avide.

Hanna essuya ses mains sur sa robe d'un geste nerveux. Elle le scruta comme pour s'assurer qu'elle ne rêvait pas.

— Andreas ? souffla-t-elle.

Il fut incapable de lui répondre. Pétrifié, il la mangeait des yeux, si droite et rigide dans sa robe éclaboussée d'eau, deux taches rouges sur les pommettes, des mèches indisciplinées s'échappant de sa natte. Autrefois, sa petite sœur lui aurait sauté au cou. Il essayait de retrouver la jeune fille timide aux rondeurs enfantines qu'il avait quittée sur un quai de gare plusieurs années auparavant, mais il butait sur le visage sévère d'une femme méfiante.

Elle avança d'un pas, puis d'un autre, tendit la main et lui effleura le bras. Sous la chemise, elle vérifia la fermeté de son corps en y enfonçant ses ongles.

Une vague de soulagement intense lui donna le vertige. D'un seul coup, elle eut peur que son frère n'éclate en morceaux, tel un miroir brisé. Avec précaution, elle posa la tête sur son épaule et il l'entoura d'un bras. Elle ferma les yeux, respira son odeur, sentit la chaleur de sa peau sous la chemise.

— Hanna, je suis désolé, murmura-t-il. *Mutti* vient de nous quitter. J'étais avec elle. Elle n'a pas souffert.

Elle tressaillit et se tourna vers leur mère. Le visage de la vieille dame était devenu gris. Quelqu'un avait croisé les mains sur sa poitrine. Seigneur, comme elle a l'air petite ! songea-t-elle. On dirait une poupée.

Perplexe, elle s'agenouilla à côté du lit, ajusta la couverture rêche pour en effacer les plis. Lorsqu'elle était partie en début d'après-midi, tout allait bien. Elle avait même réussi à lui faire avaler un peu de bouillon. En l'espace de quelques heures, comment avait-elle pu perdre sa mère et retrouver son frère qu'elle avait cru mort ?

Elle se frotta machinalement le front, puis de plus en plus fort. Elle avait envie de protester, de hurler, mais elle n'arrivait pas à articuler un son. Des voix en colère se disputaient dans son cerveau.

Alors qu'elle l'avait soignée avec dévouement pendant des années, qu'elle l'avait amenée jusqu'ici, se démenant pour s'assurer au mieux de son confort et de sa dignité, sa mère ne l'avait même pas attendue pour s'en aller. On aurait dit que la vieille dame s'était accrochée à la vie dans l'unique espoir de revoir une dernière fois Andreas, comme s'il n'y en avait eu que pour lui. Mais cela n'avait-il pas toujours été ainsi ? Elle était née dix ans après son frère, alors que ses parents avaient pensé ne plus pouvoir avoir d'enfants. Elle avait été choyée, mais, en grandissant, elle avait parfois eu le sentiment qu'elle était de trop et qu'elle fatiguait sa mère. Avec la prescience propre aux enfants, elle avait compris que son frère compterait toujours davantage.

Derrière elle, Andreas parlait avec Lilli, qui pleurait et riait à la fois. L'excitabilité de leur cousine ressemblait souvent à un début de crise de nerfs. Il lui expliqua d'un ton calme qu'il allait se rendre à la direction du camp pour s'occuper des formalités de l'enterrement. Il parlait à voix basse, avec autorité, et le timbre sonore de sa voix, que Hanna avait si souvent entendu dans ses rêves, se répandit dans ses veines.

Maintenant, c'est enfin fini, songea-t-elle, épuisée mais étrangement soulagée, en posant le front sur les mains froides de sa mère. Désormais, moi aussi, je vais pouvoir mourir.

Livia se tenait debout près de la fenêtre. Les gouttes d'eau dessinaient des rigoles sur les vitres et les dernières feuilles ocre et jaune tapissaient l'herbe du jardin à l'arrière de la maison. De temps à autre, ses paupières se fermaient. Elle posa les deux mains sur son ventre, les doigts écartés. Elle avait l'impression que sa peau était aussi tendue qu'un tambour. Pleine d'appréhension, elle attendait la nouvelle vague de douleur.

— Essayez de marcher un peu, dit Élise.

Elle émergea de sa torpeur, hocha la tête. Marcher… Elle ne demandait pas mieux. Si elle avait pu, elle aurait mis un pied devant l'autre et elle serait partie au bout du monde, loin de cette ville trop grise et de cet automne trop pluvieux. Elle se frictionna les bras d'un geste nerveux ; elle avait froid. En dépit des jours d'été où la chaleur pesait parfois comme un couvercle sur la ville, depuis qu'elle avait posé le pied sur le sol lorrain, il lui semblait qu'elle avait tout le temps froid.

Elle poussa un cri. À chaque fois, la violence de la douleur la prenait par surprise. Cette fois-ci, elle eut l'impression qu'un poignard remontait de ses entrailles jusqu'à sa gorge.

— Respirez ! ordonna Élise en se penchant vers elle.

Humiliée, mais incapable de s'en empêcher parce qu'elle n'avait pas trouvé d'autre moyen pour atténuer quelque peu la souffrance, Livia se mit à haleter. Lors des premières contractions, elle avait mordu ses lèvres pour ne pas hurler, voulant à tout prix rester digne devant sa belle-sœur, mais depuis que les crampes se rapprochaient, elle lâchait prise. Concentrée sur sa douleur, elle était obsédée par l'idée absurde mais terrifiante que cet enfant ne parviendrait pas à venir au monde et qu'elle serait condamnée à le porter ainsi, ni mort ni vivant, jusqu'à la fin de ses jours.

— Je fais... ce que... je peux, gémit-elle, les dents serrées.

Ses mâchoires étaient soudées l'une à l'autre et la sueur lui perlait sur le front. Elle n'avait jamais eu aussi peur de sa vie.

Un liquide visqueux glissa le long de ses jambes et imbiba la longue chemise de nuit en coton blanc. Elle songea avec consternation qu'Élise ne serait pas contente si le tapis était taché.

— *Dio...*, murmura-t-elle.

— Il est temps de venir vous allonger, déclara sa belle-sœur. La sage-femme ne va pas tarder à arriver. Ne vous inquiétez pas. Tout se passera bien.

— François..., souffla Livia en se déplaçant à petits pas.

— Bien sûr, je vais le faire prévenir, la rassura Élise.

— C'est lui qui a demandé à être là...

— Bien sûr.

Élise la fit asseoir sur le bord du lit.

— Je vais vous aider à vous changer, dit-elle en lui tendant une chemise de nuit propre. Vous vous sentirez mieux.

— Merci, mais je peux y arriver toute seule.

Elle ne voulait pas se dénuder devant sa belle-sœur. Après la mort de ses parents, elle avait grandi seule dans la maison familiale avec son grand-père et son frère. Son intimité avait toujours été scrupuleusement respectée. Même si ses tantes l'avaient entourée d'affection, elles n'avaient jamais cohabité avec eux et Livia n'avait pas l'habitude du regard des femmes.

Élise se détourna le temps qu'elle se change et vérifia que les linges propres étaient bien alignés sur la commode. La chambre avait été astiquée avec un soin particulier par la jeune servante le matin même. On respirait encore le parfum de cire d'abeille.

Livia s'allongea sur le lit avec une grimace et s'adossa aux oreillers. L'attente donnait à la chambre une intensité presque palpable. Entre ces quatre murs blancs, ornés de gravures représentant les saints légendaires de la ville, saint Clément et saint Arnoult, l'un tenant en laisse le dragon qu'il avait vaincu, l'autre son anneau épiscopal, elle allait donner vie à un enfant, alors que personne de sa famille n'était au courant, ni ses tantes, ni ses cousins, ni Flavio.

La pensée fugitive de Marco traversa son esprit. Il ne lui avait pas caché qu'il voulait l'épouser. Si elle s'était laissé faire, elle serait devenue une Zanier, elle aurait vécu à l'ombre des palmiers dans la grande maison ocre derrière San Donato avec sa haute grille et ses fenêtres à arcades blanches, et elle aurait porté l'enfant de Marco. Le jour venu, elle aurait été entourée de ses proches, de femmes bavardes aux mains agiles, piaillant d'excitation. Tous se seraient pliés aux ordres de tante Francesca, qui ne quittait jamais son lorgnon doré accroché par une chaînette autour du cou, et dont le visage poupin dissimulait la détermination d'un général d'armée. Les portes auraient claqué, des éclats de voix auraient résonné entre les murs. Par la fenêtre ouverte, elle aurait respiré l'air frais de la lagune, celui d'un mois d'octobre saturé d'humidité avec ses ciels gris dévorés de nuages aux liserés de jaune, quand le vent fouette les joues et cingle le corps en annonçant l'hiver.

La maison des Nagel, elle, enroulée autour de sa rampe d'escalier en fer forgé, était aussi silencieuse et attentive qu'une enfant sage. Elle tourna la tête vers la fenêtre. À Venise aussi, la pluie d'automne était triste, mais elle était différente de celle de Metz et elle lui manquait, tout simplement parce qu'elle était celle de son enfance.

Elle regarda sa belle-sœur vérifier que tout était prêt avec une précision méticuleuse. Élise était sanglée dans l'une de ces robes noires qu'elle portait comme un uniforme, mais qui étaient toujours coupées dans un tissu de qualité. Seul leur col variait quotidiennement, de la collerette en dentelle au plissé géométrique. Au fil des semaines, Livia s'était prise au jeu, essayant de deviner chaque matin le choix de ce détail qui, lui semblait-il, influençait ou reflétait l'humeur du jour d'Élise. Sa belle-sœur était maigre, sèche, inflexible, et portait invariablement ses perles fines aux oreilles et sa montre d'homme au bracelet en cuir craquelé trop lourde pour son poignet. Le regard pâle, sans concession, qui vous épinglait parfois avec une fixité inquiétante, rappelait qu'elle appartenait à cette race de Lorraines qui avait opposé une résistance intraitable aux Allemands au cours de trois guerres. Elle était de ces femmes qui écoutent tomber les bombes sans ciller, qui ne trahissent ni leur colère ni leur joie, de ces femmes âpres et tenaces dont la rigueur en temps de crise devient presque rassurante. En l'observant, Livia se sentait gorgée de sève, presque indécente avec ses seins lourds aux mamelons distendus et son corps dilaté où son alliance lui entaillait le doigt.

— Je vous laisse un moment, dit Élise. Je vais voir où se trouve la sage-femme et je reviens. Reposez-vous, en attendant.

Sa belle-sœur n'avait pas voulu qu'elle accouche à la maternité sur les hauteurs de Sainte-Croix. « Vous serez plus tranquille à la maison », avait-elle décrété, mais Livia était certaine qu'elle privilégiait ainsi la discrétion. En évitant la présence de religieuses trop curieuses, les Nagel n'auraient pas à fournir des explications embarrassées concernant une naissance censée être prématurée.

Dès que sa belle-sœur eut refermé la porte, la jeune femme se releva avec difficulté. Elle s'approcha de l'armoire, l'ouvrit et glissa la main entre ses camisoles et ses bas. La veille, elle avait pris le risque de monter sur une chaise et de retirer le carnet rouge de la cachette qu'elle lui avait trouvée en haut du meuble, parce qu'elle le voulait à portée de main. C'était son seul lien avec Murano, le seul qui la rattachait à elle-même.

Elle défit le papier brun qui le protégeait, avant de caresser le cuir patiné et de respirer l'odeur évanescente entre les pages. Aussitôt, l'atelier des Grandi ressuscita dans son esprit avec la chaleur des fours, le crépitement du *cristallo* en fusion, le claquement des pinces, le bruissement des soufflets, les pluies d'étincelles, et la lumière qui se laissait apprivoiser quand le maître verrier s'en montrait digne. Elle ressentit une brûlure au cœur qui n'avait rien à voir avec les douleurs qui lui saisissaient parfois le corps. Que devenaient-ils sans elle ? L'avaient-ils oubliée ? Tino devait toujours régner en maître sur l'atelier, mais parvenait-il à s'entendre avec Flavio ? Pour affronter les colères homériques du Loup, il fallait faire preuve de sang-froid, qualité qu'il lui était difficile de reconnaître chez son frère.

Quelques semaines après son arrivée à Metz, au cas où Flavio serait venu aux nouvelles, elle avait écrit à son amie Marella pour lui annoncer qu'elle était partie vivre en France. Elle en voulait à son frère, mais pas suffisamment pour qu'il se fît un sang d'encre en apprenant qu'elle avait disparu dans la nature. Quant à la lettre d'explications qu'elle se devait de lui envoyer, elle n'avait pas encore trouvé le courage de la rédiger.

Elle était devenue une exilée, privée de sa ville bienveillante aux façades lézardées et aux ruelles capricieuses qui l'enserraient dans un cocon avant que l'appel du large la délivre d'un seul coup et l'entraîne sur les quais des Zattere ou ceux des Fondamente. Elle se sentait dépouillée, mise à nu, fragilisée. Quand elle regardait le ciel, elle y cherchait en vain le même éclat que chez elle, mais celui de Lorraine était orphelin d'une lagune et ne pourrait jamais rivaliser avec l'alchimie miraculeuse de l'eau et de la lumière.

L'enfant se rappela à elle, impatient et colérique. Crispée de douleur, elle porta la main à son ventre et laissa échapper le petit livre, serrant les lèvres pour ne pas hurler.

Lorsqu'elle put à nouveau respirer, elle songea qu'elle devait ranger le carnet avant qu'Élise revienne. Chez les verriers, on ne plaisantait pas avec le secret. Toute révélation intempestive ou trahison d'une méthode de fabrication entraînait la malédiction ou la mort. À l'époque de sa splendeur, la Sérénissime n'avait pas hésité à dépêcher ses assassins pour faire taire à tout jamais des verriers félons et, dans les contes racontés aux enfants, ce n'étaient pas les sorcières ni les fantômes qui les effrayaient, mais ces âmes damnées qui hantaient les cercles de l'enfer.

Quand elle avait accepté l'héritage du carnet rouge des Grandi au chevet de son grand-père mourant, Livia avait endossé une responsabilité dont elle se montrerait digne. Jamais personne ne devait feuilleter ces pages où s'alignaient des dessins, des formules chimiques, des compositions uniques, et pour lesquelles un de ses ancêtres avait donné sa vie.

Elle se pencha maladroitement et ses doigts engourdis eurent du mal à le saisir, tandis que la voix précise d'Élise résonnait dans le couloir. Le cœur battant, elle le ramassa enfin et le fourra dans l'armoire.

— Que faites-vous, Livia ? s'étonna sa belle-sœur en ouvrant la porte.

La sage-femme l'accompagnait, un tablier blanc noué autour de la taille, les manches de sa chemise retroussées.

— Rien. Je voulais seulement marcher un peu.

— Je vais vous examiner, madame Nagel, dit la sage-femme. Venez vous allonger, je vous prie.

Livia obéit.

— Et François ? demanda-t-elle à Élise.

— Rassurez-vous, je l'ai fait prévenir. Il ne va sûrement pas tarder. Je vais attendre au salon. Faites-moi savoir quand vous aurez fini de l'examiner, madame Betting.

Elle quitta la chambre et referma la porte derrière elle. Dans l'escalier, elle croisa la jeune Colette qui montait avec des draps.

— Désirez-vous que je prévienne Monsieur François, mademoiselle ? s'enquit la domestique, un peu anxieuse.

— Non, ce n'est pas nécessaire pour le moment. C'est un premier bébé. Il prendra son temps pour arriver et je ne veux pas que Monsieur François soit perturbé par les quelques désagréments qui auront lieu dans les prochaines heures.

— Très bien, mademoiselle.

Élise entra dans le salon. Le feu de cheminée chassait l'humidité et éclairait la grisaille qui pénétrait par les fenêtres. Elle lissa ses cheveux d'une main, puis s'approcha d'un guéridon où se trouvaient quelques carafes. Elle se servit une mirabelle. C'était un peu tôt pour boire de la liqueur, mais elle s'attendait à un long après-midi.

Elle observa le liquide translucide à la lumière des flammes, puis se tourna vers les deux photos posées sur une table. Les poings sur les hanches, le col ouvert, François riait aux éclats, les yeux plissés, la tête légèrement penchée en arrière. C'était une photo prise dans les Vosges, où ils avaient passé une semaine de vacances l'été avant la déclaration de la guerre. Il semblait invincible, rayonnant de la vigueur triomphante d'un adolescent sûr de lui à qui la vie n'offre que des promesses glorieuses.

D'un geste tendre, elle caressa l'autre cadre en argent. Vincent, lui, ne souriait pas à l'objectif. Il l'observait de trois quarts d'un air soupçonneux, le menton relevé et le corps figé. On sentait qu'il en voulait au photographe de l'avoir pris au piège. Il n'avait jamais aimé se donner en spectacle. Petit garçon, à l'école, il avait toujours refusé de participer aux pièces de théâtre ou aux récitations de poésie devant les familles en fin d'année. Moins élancé que son frère cadet, d'une stature plus souple et délicate, avec de fins cheveux blonds dégageant un front haut, des lèvres fines et un nez aiguisé, Vincent était un solitaire. Il se méfiait d'une vie qui lui paraissait semée d'embûches et sa sœur n'avait eu de cesse d'essayer de l'en préserver. Elle y était parvenue, d'ailleurs, jusqu'à ce que le Reich d'Adolf Hitler l'incorpore dans la Wehrmacht et l'envoie sur le front russe.

Élise vida son verre d'un trait. Vincent était vivant, elle en était persuadée. Elle avait tant lutté pour le garder en vie lorsqu'il était enfant qu'il ne pouvait pas être mort sur une terre étrangère pour assouvir les appétits de conquête d'un peuple fanatisé par le diable incarné.

À huit ans, son petit frère avait attrapé la scarlatine, puis il avait fait une réaction allergique aux médicaments. Sa gorge en feu lui avait rendu la déglutition impossible, son corps ravagé par la fièvre avait été couvert de plaques rouges. Au troisième jour, le médecin, à bout de ressources, avait secoué la tête d'un air désolé. Hors d'elle, le visage hagard, Élise lui avait empoigné le bras : « Mon frère survivra, vous m'entendez, docteur ? Je ne le laisserai pas mourir. » Elle avait fait livrer des pains de glace pour apaiser les convulsions et elle avait soigné Vincent jour et nuit, avec rage, s'accordant à peine quelques instants de repos et n'avalant que le strict nécessaire pour ne pas succomber à la fatigue.

Leur père s'était précipité à l'église avec une chemise de Vincent, afin que le vêtement du malade touche les reliques de saint Blaise censées guérir les maux de gorge. En vain. Lorsque, la mort dans l'âme, il avait demandé au prêtre de la paroisse de venir administrer l'extrême-onction, Élise lui avait interdit l'accès à la chambre. Après avoir vu mourir sa mère quelques années auparavant, il était hors de question de perdre aussi son frère. Élise en avait fait un enjeu personnel, un bras de fer entre le Seigneur et elle. À une famille déjà éprouvée, il fallait accorder miséricorde. Et elle avait remporté cette victoire. Vincent avait survécu, mais il n'était pas sorti indemne de l'épreuve. La mort frôlée de trop près avait brûlé son âme, y laissant une invisible mais profonde cicatrice.

Il reviendrait de ce pays barbare, elle en avait la certitude. Si Vincent avait été tué, elle l'aurait senti dans ses entrailles. Ses deux frères, elle ne les avait pas portés ni mis au monde, mais elle les avait menés jusqu'à l'âge adulte, leur servant de bouclier contre les monstres de leurs cauchemars d'enfant. Elle avait surveillé leurs études au collège Saint-Clément avec la même vigilance que leurs enseignants jésuites. Elle avait été un soutien et un refuge, façonnant ces deux hommes qui étaient sa plus belle réussite et sa seule fierté. Autrefois, alors que Vincent se remettait lentement de sa maladie, son visage anguleux à la dérive parmi les oreillers blancs, et que le petit François se blottissait dans ses bras, elle le leur avait juré : rien ni personne ne les séparerait jamais.

D'un geste anodin, elle ajusta la montre de Vincent qui s'était retournée à son poignet. Il la lui avait confiée lorsqu'il était parti à la guerre, ne voulant pas prendre le risque de la perdre. Le cuir du bracelet conservait l'empreinte de sa peau, de sa transpiration, de son odeur.

Elle s'approcha de son secrétaire et appuya sur le mécanisme qui libérait un tiroir secret. Elle en retira une lettre. L'enveloppe était adressée à « Signorina Livia Grandi, Verreries Grandi, Murano ». D'un air pensif, elle la retourna entre ses doigts, puis elle s'approcha du feu de cheminée et la jeta dans les flammes.

— Mademoiselle ?

— Oui, Colette, fit-elle sans se retourner.

— Mme Betting vous fait dire qu'elle a fini d'examiner Madame. Selon elle, le bébé devrait naître en début de soirée.

— C'est ce que je pensais. Je te remercie, Colette.

Élise regarda la lettre se consumer lentement. Lorsqu'il n'en resta que des cendres, elle pivota sur ses talons et remonta au premier, vers la chambre où l'épouse de son frère allait accoucher.

Quelques heures plus tard, François entra en trombe dans le vestibule. Un coup de vent lui arracha la porte des mains, qui claqua derrière lui. Il jeta son chapeau trempé dans un coin, batailla avec son imperméable pour s'en libérer. Il savait qu'il avait l'air d'un fou, mais cela lui était indifférent : il devait voir Livia, s'assurer qu'elle allait bien, qu'elle ne souffrait pas trop. Mais comment avait-elle pu ne pas souffrir, alors que cet enfant n'était toujours pas né et qu'elle luttait depuis si longtemps ? Seigneur Dieu, et si elle ne survivait pas ?

Il leva la tête vers le haut de l'escalier et aperçut sa sœur.

— Comment va-t-elle ? s'écria-t-il en grimpant les marches deux par deux.

Lorsqu'il arriva à la hauteur d'Élise, elle tendit la main et lui saisit l'avant-bras. Presque aussi grande que lui, elle le regarda dans les yeux.

— Calme-toi, François. Le médecin et la sage-femme sont à ses côtés. Tout se déroule normalement.

Il jeta un coup d'œil vers la porte fermée.

— Tu es sûre ? Elle a peut-être besoin de moi.

— Que peux-tu bien faire ? Tu risques seulement de l'affoler si tu te montres dans cet état. Tu ne veux tout de même pas la perturber, n'est-ce pas ?

— Il faut que je la voie. Elle va croire que je l'ai abandonnée. Pourquoi ne m'as-tu pas appelé plus tôt ? Je t'avais pourtant demandé de me prévenir dès que le moment approcherait.

— C'est ce que j'ai fait. Le bébé ne va plus tarder maintenant. Viens, nous allons attendre au salon. Crois-tu vraiment qu'une jeune femme ait envie que son mari la voie alors qu'elle n'est pas à son avantage ? Un peu de pudeur, voyons. La place des hommes n'est pas dans la chambre des femmes qui accouchent. Il ne faut pas tout mélanger.

François hésita, mais sa sœur ne relâcha pas son emprise. Il se sentait étrangement tétanisé et baissa les yeux sur la main d'Élise qui retenait son bras. Comment y résister ? À contrecœur, il descendit l'escalier et la suivit jusqu'au salon.

Comme toujours, elle s'assit dans le fauteuil à droite de la cheminée. Il remarqua que le *Républicain lorrain* n'avait pas été lu. Une preuve manifeste que la journée sortait de l'ordinaire.

Élise était une personne aux habitudes rigoureuses. Été comme hiver, elle se levait à six heures moins le quart, récitait son chapelet, puis descendait à la salle à manger prendre son café au lait et deux tranches de pain blanc avec du miel, avant de s'occuper de la maisonnée. Tous les jours, excepté le dimanche lorsqu'elle se rendait à la grand-messe, à onze heures trente précises, qu'il vente ou qu'il neige, elle quittait la maison, empruntait le pont qui enjambait la Moselle et grimpait jusqu'à la place d'Armes. Les joues roses d'avoir marché d'un pas alerte, elle achetait son journal, qu'elle lisait de la première à la dernière ligne après le déjeuner.

À son grand amusement, François avait découvert un jour par hasard que sa sœur affectionnait les faits divers. Elle le lui avait avoué lorsqu'il s'était étonné de la croiser sortant du palais de justice, où elle avait assisté au procès d'un boulanger qui avait poignardé sa femme. Élise avait semblé un peu honteuse qu'il découvre son péché mignon, et dès lors les deux frères ne s'étaient pas privés de la taquiner à la moindre occasion. Elle se défendait en prétendant qu'elle ne s'intéressait qu'aux complexités de l'âme humaine, avec une prédilection pour les crimes passionnels.

Or, pendant la guerre, plusieurs prisonniers évadés et des réfractaires à l'incorporation de force avaient profité de la routine implacable de Mlle Élise, que sa filière de résistants avait su mettre à profit pour tromper la vigilance des Allemands. Ainsi, ces lubies de vieille fille, sciemment exagérées lors de l'annexion au Reich, étaient devenues emblématiques dans le quartier.

François se mit à arpenter la pièce. Ne devait-il pas contredire Élise et se rendre auprès de Livia ? Et si elle avait besoin de lui ? Mais sa sœur pouvait avoir raison. Après tout, elle était une femme et elle devait comprendre mieux que lui cette situation délicate. Il ne voulait surtout pas mettre Livia mal à l'aise en pénétrant dans une chambre où il ne serait pas le bienvenu. Il s'aperçut, déconcerté, qu'il ne savait pas ce que son épouse pouvait désirer ou non.

Mais Livia lui parlait si peu. Au cours de ces mois passés sous leur toit, elle était restée discrète, suivant sans sourciller les conseils d'Élise, demeurant d'une humeur parfaitement égale, acquiesçant toujours avec une forme de lassitude sans jamais élever la voix. Il s'en était inquiété par moments, car il lui avait semblé que sa femme était devenue l'ombre de la jeune Vénitienne qu'il avait vue si passionnée dans l'atelier de Murano et qu'il avait tenue entre ses bras, fiévreuse et envoûtante, une nuit de pleine lune.

Intimidé par cette réserve, il était devenu silencieux à son tour, mais elle avait semblé apprécier les promenades dans les environs ou les pique-niques le dimanche dans les bois du mont Saint-Quentin. Il voulait tellement la voir heureuse qu'il avait parfois le sentiment de frôler le ridicule. Il ne pouvait pas lui adresser le moindre reproche. Elle se montrait aimable, d'une politesse à toute épreuve, soucieuse de répondre à ce que l'on attendait d'elle. Mais il y avait dans cette obéissance comme un parfum de renoncement qui l'irritait. Ses sourires lui semblaient fugitifs, distants, et son regard glissait sur lui sans le voir. La nuit, lorsqu'il voulait la prendre dans ses bras, il sentait qu'elle lui résistait en silence et il n'osait pas s'aventurer au-delà de quelques caresses. Il avait l'impression de déraper sur une paroi rocheuse où aucune aspérité ne lui permettait de prendre appui. La bienveillance de Livia devenait une indifférence presque blessante.

— Je l'ai confiée à la Sainte Vierge, déclara Élise.

François détourna la tête pour cacher son agacement. Il n'avait rien contre la Sainte Vierge, mais un bon médecin lui semblait plus approprié en ce moment précis. Pourtant, le calme d'Élise déteignait sur lui. Il avait confiance en elle. Si sa sœur lui assurait que tout se déroulait bien, elle devait avoir raison.

Avec un soupir résigné, il desserra sa cravate.

— Tu crois qu'elle en a encore pour longtemps ?

— Non. Je pense que tu seras bientôt père de famille.

— Je n'arrive pas à le croire, murmura-t-il en s'affalant dans un fauteuil.

— Moi non plus, répliqua sèchement Élise.

Il l'observa d'un air soucieux.

— Je croyais que tu t'entendais bien avec Livia. Tu l'as prise sous ton aile dès son arrivée, ce dont je te remercie d'ailleurs. Je ne crois pas t'avoir encore exprimé ma gratitude.

— C'est vrai, mais comment aurais-je pu faire autrement, puisque tu m'as mise devant le fait accompli ? Au moins, ta femme est une personne intelligente qui n'a jamais essayé de me faire prendre des carpes pour des lapins. Ce qui est fait est fait, François. Livia Grandi est devenue ton épouse. C'est une Nagel, désormais. Bientôt, elle sera la mère de ton enfant.

Le buste droit, les doigts entrelacés, Élise était impassible. Que pensait-elle ? Il ne l'avait jamais entendue prononcer un seul mot contre Livia, mais il avait l'habitude de déchiffrer les humeurs de sa sœur et il savait qu'elle demeurait sur la réserve. Il sentit une légère douleur poindre entre ses tempes et il ferma les yeux, reposant la nuque sur l'arrière du fauteuil. Il ne voulait pas y réfléchir. Les énigmes d'Élise attendraient jusqu'à ce qu'il trouve l'énergie pour les élucider. Pour l'instant, son seul souci était de savoir si Livia était saine et sauve.

Le crépuscule tombait et les rumeurs du jour s'apaisaient, laissant dans leur sillage une langueur qui, souvent, l'angoissait. Il repensa au jour où Livia était apparue chez lui, fébrile et anxieuse, pour lui annoncer qu'elle était enceinte. Elle serrait les mains l'une dans l'autre, son menton frémissait, mais elle le regardait droit dans les yeux. Il avait été touché par ce courage, mais déconcerté à l'idée de devenir père. Il avait aussi compris que la Providence lui souriait. À peine arrivée, elle regrettait déjà cette faiblesse passagère et essayait de s'enfuir. Seul un lien de chair et de sang pourrait peut-être la retenir auprès de lui. Cet enfant à naître lui avait semblé une chance inespérée. Il avait accepté de l'épouser, mais, aujourd'hui, il aurait préféré renoncer à une vie avec elle plutôt que de la savoir en danger. Il se demanda s'il serait puni pour avoir voulu utiliser un enfant innocent comme appât.

On frappa à la porte. Il bondit aussitôt.

— Entrez, ordonna Élise.

— Mademoiselle, Monsieur François, bafouilla Colette, les joues empourprées. C'est un garçon. M. le docteur a dit que la mère et l'enfant se portaient bien.

François se tourna vers sa sœur. Sa joie transparaissait dans le sourire qui lui dévorait les joues. Depuis qu'il était enfant, elle lui enviait cet abandon au bonheur, sa façon désarmante de laisser l'allégresse l'envahir sans aucune honte, alors que chez beaucoup le bonheur suscite une forme de pudeur, comme s'il était indélicat de laisser entrevoir une plénitude. Contrairement à sa sœur et à son frère aîné, François relevait ce pari du bonheur sans en redouter les conséquences, sans craindre de le perdre.

— J'y vais ! s'écria-t-il en se précipitant hors de la pièce.

Élise fit un signe de croix, aussitôt imitée par Colette.

— J'ai demandé à Mme Betting de rester auprès d'elle jusqu'à ce que vous veniez, murmura la jeune fille. Faudrait pas que Madame s'endorme toute seule avec le petit. Le *sotré* pourrait venir jouer un mauvais tour.

Élise esquissa un sourire.

— Tu as bien fait, ma petite Colette. Il faut toujours se méfier des génies, qu'ils soient bons ou mauvais.

Quelques semaines plus tard, son fils dans les bras, Livia se berçait dans le fauteuil à bascule et regardait tomber la neige. Une fine couche immaculée recouvrait la pelouse, les haies rectilignes et les branches des arbres. Les pattes des oiseaux avaient dessiné des étoiles éphémères sur l'assise de la balançoire. Depuis la veille, les flocons tombaient sans interruption des nuages denses qui avaient enveloppé la ville d'un voile cotonneux. La lumière était froide et blanche.

Livia entendait crachoter le poêle dans un angle de la pièce. Elle avait l'impression d'être prisonnière et elle se savait injuste. Bien que léger comme une plume, Carlo pesait sur son épaule. Depuis sa naissance, elle était parfois saisie d'un épuisement qui lui coupait le souffle. Il lui arrivait de s'allonger sur le lit, de déboutonner sa chemise et de poser son fils sur son ventre, chair contre chair, afin de percevoir la chaleur de son corps, un poids tangible plutôt que cette chape imaginaire qu'elle peinait à porter.

Avec son duvet de cheveux châtains et ses yeux clairs, ceux de son père, de certains de ces Lorrains qu'elle croisait lorsqu'elle poussait le landau le long des quais de la Moselle, Carlo était un bébé paisible. Pourtant, les premiers temps, il lui avait fait peur car il avait refusé de prendre le sein. Après quelques tentatives infructueuses, il avait détourné la tête et hurlé sa colère. Elle s'était sentie rejetée, indigne ; elle s'était sentie sale.

Elle déposa un baiser sur les cheveux fins, percevant le crâne encore fragile sous ses lèvres, et respira le parfum innocent d'amande, de lait et d'abandon au sommeil. Lorsque la sage-femme avait déposé Carlo dans ses bras, emmailloté dans une couverture blanche, elle avait contemplé son visage, intimidée, cherchant un indice familier dans l'aile du nez, le dessin des lèvres ou des oreilles. Son enfant lui avait semblé parfaitement étranger et pourtant elle avait eu le sentiment de le connaître depuis toujours. À cet instant-là, les inquiétudes qui la taraudaient depuis qu'elle habitait cette ville étrangère s'étaient évanouies. Désormais, son geste prenait enfin un sens.

Or, depuis quelques jours, elle s'apercevait que, en offrant un père à Carlo, elle s'était privée de quelque chose qu'elle n'arrivait pas à définir et qui la réveillait la nuit. Elle ouvrait les yeux dans le noir et cherchait l'ombre du berceau dans l'angle de la pièce. Sa vie se résumait à cette chambre, aux souffles de François et de Carlo, aux battements presque perceptibles de leur cœur qui lui rappelaient le roulement impitoyable d'un tambour.

Saisie par une angoisse irréfléchie, elle se retenait de se lever, de grimper sur une chaise pour prendre le carnet rouge des Grandi au-dessus de l'armoire, et de s'enfuir, mais elle éprouvait en même temps le besoin presque physique de s'imprégner de la sérénité de cette chambre, de l'absorber par tous les pores de sa peau, comme si elle pouvait combler ce vide étrange qui la hantait en se rassasiant de l'amour d'un homme et des espoirs ineffables que porte en lui un nouveau-né.

Déchirée par ces sentiments contradictoires, elle tournait le dos à son mari et se recroquevillait, les deux mains sous la joue, les genoux repliés. Son cœur se mettait à battre plus vite. Elle fermait les yeux de manière insistante et elle adressait une prière douloureuse à la Vierge de son enfance, celle qui ornait l'abside de la basilique dei Santi Maria e Donato, cette mère aux paumes ouvertes, étincelante d'or et de bleu, auprès de qui elle se réfugiait autrefois quand elle avait besoin de l'éclat miraculeux des mosaïques pour apaiser un chagrin trop violent. Effrayée et honteuse, la jeune femme lui demandait pardon parce qu'elle se savait indigne, devinant confusément qu'elle n'aimerait jamais son mari et redoutant que l'élan viscéral que lui inspirait son fils ne lui suffise pas pour survivre.

On frappa à la porte. Elle sursauta et ses bras se resserrèrent autour de son enfant, qui se réveilla. Elle sentit le rouge lui monter aux joues. Parviendrait-elle à dissimuler les pensées traîtresses qui l'obsédaient ?

— Livia, la nourrice vient d'arriver. Je pense qu'il est l'heure pour le petit.

Élise entra dans la chambre et se pencha vers elle d'un air soucieux.

— Vous n'avez pas bonne mine. Laissez-moi emmener Carlo. C'est inutile de vous fatiguer.

Quand sa belle-sœur lui prit l'enfant des bras, elle ne protesta pas. Ce fut le bébé qui ouvrit la bouche et lâcha un cri.

— Mais oui, mon petit, tu as faim, dit Élise d'une voix chantante. Il est l'heure…

Lorsque Élise se détourna, Livia respira l'odeur familière de savon et de violette. Sa belle-sœur était toujours si nette et fraîche. Elle quitta la pièce en murmurant une comptine apaisante.

Ses bras semblèrent soudain à Livia sans substance et dangereusement aériens. Ses seins, en revanche, la tiraillaient de manière désagréable. « Ne vous en faites pas, ma chère, avait dit Élise. Toutes les femmes ne parviennent pas à allaiter. » Mais sa belle-sœur mentait mal. C'était contre-nature qu'une mère ne puisse pas donner le sein à son enfant parce que son lait l'empoisonnait, et elle se sentait humiliée quand elle devait vider sa poitrine d'une nourriture inutile.

Les larmes aux yeux, elle s'arracha d'un mouvement brusque au fauteuil, qui continua à se balancer en crissant sur les lattes du parquet. Dehors, le monde était blanc, lisse et feutré. Elle posa ses paumes brûlantes contre la vitre. Elle n'arrivait plus à respirer. Il lui fallait quitter cette maison sans attendre.

Dans l'armoire, elle prit son manteau et son écharpe, chercha ses gants. Où étaient-ils passés ? Elle fouilla un tiroir, mit ses affaires sens dessus dessous.

Quand elle sortit dans le couloir, elle aperçut une porte entrouverte d'où émanait une lumière chaude. Elle entendit les murmures des voix d'Élise et de la nourrice. Avec ses joues rondes et son sourire avenant, la jeune femme était attachante. Elle venait d'avoir son cinquième enfant. Livia ne voulait pas la voir. Elle préférait se dire qu'elle n'existait pas, tout simplement. Elle reconnut son rire de gorge, voluptueux et serein. Le rire d'une femme qui a toujours nourri ses enfants. Le rire d'une mère digne de ce nom.

Elle dévala l'escalier. Dans le vestibule, elle batailla avec la porte qui refusait de s'ouvrir, puis elle se retrouva enfin dehors, à l'air libre. Le froid la saisit, lui mordit le visage et les mains. Elle ferma les yeux et leva la tête vers le ciel. Les flocons se déposèrent telle une caresse sur ses cils, ses joues, ses lèvres.

Elle marcha au hasard d'un pas rapide, droit devant elle, l'esprit vide, et le sang battait fort dans son corps. Elle parcourut les rues, bousculant parfois les passants sans s'excuser. Sur la toiture incendiée de l'ancien temple protestant de garnison, la neige effaçait la charpente et les poutrelles noircies de la nef.

Au détour d'une rue, elle s'arrêta, bloquée dans son élan par des enfants qui criaient et agitaient les mains. Sur un chariot décoré de festons rouge et or, une silhouette à barbe blanche vêtue d'un long manteau, armée d'une crosse et d'une mitre triangulaire, saluait la foule amassée sur les trottoirs. Des jeunes filles souriantes distribuaient des friandises, noisettes, mirabelles et quetsches séchées. Livia se retrouva avec une poignée de noix.

Derrière le Saint-Nicolas, qu'escortaient deux jeunes gens à cheval, déguisés en laquais avec des chemises à jabot et des redingotes brodées, surgit un personnage vêtu d'une robe brune, un chapeau pointu perché sur ses cheveux hirsutes. Il faisait des grimaces et hurlait en brandissant un fouet de brindilles dont il frappait les mollets des enfants qui s'éparpillaient avec des cris de joie, n'hésitant pas à venir le provoquer et à tirer sur sa robe de bure.

L'homme passa devant Livia et ses yeux noirs se fixèrent un instant sur elle. Elle y décela une lueur amusée, mais elle recula d'un pas, bêtement, alors qu'elle était pourtant une habituée des carnavals et des déguisements. Combien de fois avait-elle parcouru les ruelles de Venise avec Marella, main dans la main, toutes deux vêtues de longues robes de taffetas et de perruques poudrées, savourant ces nouvelles identités ?

Elle passa une main nerveuse sur son visage, comme si elle avait pu retirer le masque invisible qui lui collait à la peau depuis son arrivée en Lorraine.

Soudain, on lui saisit l'épaule.

— Livia, que fais-tu ici ?

Elle se dégagea aussitôt d'un geste brusque et se tourna, le cœur battant. Son mari l'observait d'un air étonné. Il portait un manteau d'hiver et un chapeau mou qui le protégeait de la neige. Il avait l'air sérieux et compétent. Elle s'aperçut qu'elle n'avait pas changé de chaussures pour sortir et que le cuir en était trempé.

— Je rentrais à la maison et j'ai cru te reconnaître dans la foule. Qu'est-ce qui ne va pas ? Tu es toute blanche.

— J'avais besoin de prendre l'air, c'est tout. Ce n'est pas un crime, non ?

Elle tremblait de colère, non seulement parce qu'il l'avait prise au dépourvu et lui avait fait peur, mais parce qu'elle avait le sentiment d'être épiée.

— Pas du tout. Il n'y a aucun mal à regarder les processions de la Saint-Nicolas. C'est une tradition chez nous.

Livia leva une main pour qu'il cesse de parler. Elle devinait qu'il allait encore une fois lui expliquer les coutumes lorraines, afin d'essayer de les lui faire comprendre et de lui faciliter la vie, mais elle ne voulait rien savoir. Elle en avait assez de lui et de sa famille, des traditions de son pays. Et moi ? avait-elle envie de crier. Elle avait l'impression que si on lui avait demandé qui elle était et d'où elle venait, elle aurait été incapable de répondre.

— Je dois rester un peu seule, tu comprends ?

Tout à coup, elle n'en pouvait plus de cette sollicitude qu'elle découvrait sur son visage. Il se penchait vers elle comme pour la protéger, mais elle ne ressentait qu'une menace diffuse.

— Tu ne veux pas rentrer avec moi ?

— Non, je ne veux rien… Rien du tout. Laisse-moi tranquille, c'est tout ce que je te demande.

Elle continua à reculer, ouvrit les mains et les noix s'éparpillèrent sur le sol. Puis elle tourna les talons et reprit sa course éperdue dans la ville. Pourvu qu'il ne me suive pas, songea-t-elle. Or, le pire était sans doute que François n'en ressentait même pas le besoin. Tous deux savaient que c'était inutile, puisqu'elle était reliée à la maison des Nagel par un filin aussi puissant qu'invisible.

Metz, avril 1947

Adossé au mur d'un immeuble, le col de son veston relevé, Andreas Wolf tirait sur une cigarette. Il n'avait pas bougé depuis une demi-heure. Des nuages gris perle, poussés par un vent où perçaient encore les froidures de l'hiver, avaient grignoté le ciel bleu. Désormais, une bruine fine mouillait son chapeau et luisait sur les pavés. Des ouvriers réparaient la chaussée et une odeur entêtante de goudron flottait dans l'air.

Quand deux militaires s'approchèrent, il se détourna instinctivement, comme s'il avait été pris en faute, et s'en voulut. Il avait la même réaction épidermique aux uniformes lorsqu'il croisait les soldats américains des troupes d'occupation en Bavière.

À sa descente de train, il s'était assis dans un café en face de la gare. Il avait commandé une bière et demandé son chemin, griffonnant les indications du patron sur un papier. Puis il était aussitôt reparti, pressé d'en finir. Il n'avait pas l'intention de s'attarder dans cette ville qu'il avait visitée avant la guerre, lorsqu'il travaillait comme graveur dans une cristallerie non loin de Nancy. Il se souvenait de ses forts, de ses casernes et abris. Metz, porte-étendard d'une ligne Maginot qui devait protéger la France d'une invasion germanique. Une citadelle de prises d'armes et de parades, florissante de képis brodés au fil d'or et de drapeaux claquant au vent, traversée par des nuées de religieuses aux cornettes effilées. Une ville de discipline, droite et sereine, aux lignes épurées, à la rigueur toute militaire tempérée par une douceur inattendue que reflétaient les eaux de la Moselle et les façades claires en pierre de Jaumont – ce calcaire coquillé qui résistait bien au gel et lui donnait des allures de jeune fille.

Il se rappelait les discussions enflammées avec ses amis mosellans de l'époque, entre ceux qui redoutaient des combats acharnés dans la région en cas de conflit et ceux qui étaient persuadés que leur pays était devenu inviolable et que l'Adolf n'oserait jamais s'en prendre à eux. Pour seule réponse, la Wehrmacht avait contourné l'Est de la France avec une sorte de mépris, mais la troisième armée américaine, elle, s'était cassé les dents sur la place forte de Metz pendant deux mois et demi en piétinant dans la boue.

Il avait avancé les yeux baissés, les épaules courbées, comme pour s'ancrer dans le sol, remontant la rue Serpenoise avec cette démarche pesante mais régulière qu'il avait perfectionnée lors de son périple depuis les plaines russes.

Lorsqu'il avait enfin retrouvé Hanna en Bavière et que Wilfried avait raconté leurs mésaventures aux deux jeunes femmes, attentives et abasourdies, il avait même ressenti une certaine fierté. Or, quand la porte des Nagel s'était enfin dressée devant lui, visiblement repeinte à neuf, avec son médaillon et ses poignées

en cuivre rutilant, il avait levé les yeux vers les fenêtres de la maison et s'était senti désemparé.

Andreas glissa la main dans sa poche, effleura du
bout des doigts la lettre qui ne l'avait pas quitté
depuis un soir de juillet, plus de trois ans auparavant.
Ciselé dans son souvenir, il revoyait le visage grave
de Vincent Nagel et son regard orageux. Tous deux
avaient eu les cheveux poisseux, les ongles noirs, une
poussière granuleuse incrustée dans la peau, cette
poussière jaune qui leur collait aux gencives et cra-
quait sous les dents avec son goût de terre, de cendres
et de colère.

Lors de leur rencontre dans le camp de formation,
le jeune Français lui avait semblé distant et taciturne,
mais Andreas n'en attendait pas moins de ces recrues
d'Alsace et de Lorraine que l'état-major distillait
dans les unités de la Wehrmacht en prenant garde à
ce que les soldats ne dépassent jamais quinze pour
cent de l'effectif.

On ne les aimait pas, ces *Halbsoldaten*, ces demi-
portions dont on se méfiait. On n'hésitait pas à les
insulter ni à se moquer d'eux. Le Gauleiter Bürckel
n'avait-il pas lancé, un jour de 1941, en parlant de
l'incorporation des Lorrains : « Le jour où l'on aura
besoin de vous, on aura perdu la guerre » ?

« De bon augure, tu ne trouves pas ? » avait ironisé
Vincent en recrachant les pépins d'une pastèque trouvée dans un verger. « C'est à se demander ce qu'on
fout là », avait-il ajouté, prenant un malin plaisir à
rappeler les inconséquences des pantins de Hitler.

Lorsqu'on affronte la mort, même les plus solitaires recherchent des affinités avec leurs compagnons
d'infortune. Ainsi, le Sudète et le Lorrain s'étaient
rapprochés. Dès qu'ils avaient appris qu'ils participaient du même univers, les deux hommes s'étaient

mis à se tutoyer au grand dam des autres officiers, et les rares fois où ils se retrouvaient seuls, ils enfreignaient le règlement en prenant le risque d'échanger des phrases en français, une langue qu'Andreas avait apprise à l'école.

« Nous, c'est l'architecture qui nous détermine, expliquait Vincent en évoquant l'atelier fondé en 1840 par son arrière-grand-père. Tu trouveras nos vitraux dans des milliers d'églises de Nancy à Bourges, de Lille à Périgueux, et nous exportons aussi au Canada ou en Amérique du Sud. Savais-tu que la France est le pays qui possède le plus grand nombre de vitraux au monde ? » Au cours de leurs conversations, il avait compris que Vincent cherchait un soutien auprès de lui, son aîné vétéran de la campagne de Russie, et que les réminiscences de son séjour en Lorraine et à Paris lui redonnaient confiance. Pour sa part, il s'était étonné de trouver chez ce jeune homme de vingt-quatre ans une forme d'apaisement. Le tempérament discret mais tenace de Nagel dissimulait un esprit aiguisé et le regard désabusé qu'il portait sur le monde n'était pas sans rappeler le sien.

Et voilà, j'y suis, mon vieux, songea-t-il en tirant une dernière bouffée de la cigarette avant de l'écraser sous son talon.

Quand il avait annoncé à Hanna qu'il allait porter cette lettre en Moselle, sa sœur avait protesté, émergeant pour une fois de l'apathie dans laquelle l'avait plongée la mort de leur mère. Pourquoi se donner tout ce mal, alors qu'ils avaient des choses tellement plus importantes à faire ? « Qu'y a-t-il de plus essentiel que de tenir une promesse ? », avait-il répliqué avec un sourire narquois. Elle avait levé les mains au ciel en un geste d'exaspération qu'il ne lui connaissait pas. « Nous luttons tous les jours pour essayer de survivre, et toi, tu veux partir en pèlerinage. Ce n'est pas le moment, Andreas. C'est parfaitement inutile. » Or, pour lui, justement, l'inutile était devenu vital.

Depuis son retour, il était frappé par cette incompréhension qui séparait les hommes revenus de la guerre des femmes qui avaient supporté les privations, puis les exactions. Les Allemands étaient confrontés à une défaite si pleine et entière qu'elle leur donnait le vertige. Ils assistaient au découpage de leur pays et à la perte de territoires entiers donnés à d'autres nations. Chassés de leurs terres natales, quinze millions d'entre eux se retrouvaient sans rien. Ils étaient les vaincus des vaincus, car la révélation des atrocités commises dans les camps d'extermination leur retirait toute dignité humaine. Il avait fallu dix mois au tribunal de Nuremberg pour juger et condamner. Une tâche presque impossible où des coupables qu'on n'avait pas le temps ni les moyens d'identifier formellement étaient noyés au sein de condamnations collectives, répondant en un sinistre écho à l'effarant anonymat des millions de victimes.

En rapportant cette lettre à la famille de Vincent, il voulait peut-être rendre un ultime hommage à cette amitié née entre deux hommes sous uniforme vert-de-gris, dont l'un ne se séparait jamais de sa pièce d'identité française, d'un morceau d'étoffe tricolore, d'une croix de Lorraine et d'un billet froissé de la Banque de France, tandis que l'autre conservait dans son portefeuille une image écornée de l'empereur François-Joseph, parce qu'il aurait préféré de loin être allemand sous les Habsbourg plutôt que sous la botte du caporal autrichien Adolf Hitler.

Une bourrasque s'engouffra dans la rue, balayant des papiers qui traînaient sur la chaussée. Les nuages déchiquetés couraient dans le ciel, dévoilant à nouveau

des pans de ciel bleu. Par moments, le soleil déco-
chait des flèches de lumière qui griffaient les vitres
des maisons et les arêtes des gouttières.

Andreas se sentait engourdi, en proie à une profonde lassitude. D'un geste devenu machinal, il serra
et desserra les poings pour faire circuler le sang dans
ses articulations. Il n'avait pas envie d'affronter ces
inconnus qui exigeraient des explications en se rac-
crochant avec avidité au moindre espoir. De toute
façon, ceux qui n'ont pas connu cet enfer ne pourront
jamais comprendre, songea-t-il avec mauvaise humeur.
Il y avait un abîme entre l'exigence qu'avaient les
familles de savoir ce qui était arrivé à leurs proches et
l'incapacité des survivants à trouver les mots justes.

Il décida de glisser le courrier de Vincent dans
une boîte aux lettres. Son camarade ne lui en aurait
pas voulu. Au moins, il aurait fait la démarche, alors
que ce voyage jusqu'en France lui avait posé des difficultés pour rassembler les papiers nécessaires. Il
avait même dû écrire aux Cristalleries de Montfaucon
afin d'obtenir une lettre du directeur qui lui fixait un
rendez-vous. Il avait été étonné par la rapidité de la
réponse et l'enthousiasme avec lequel Henri Simonet
le conviait à venir le voir, mais Simonet avait été l'un
de ses plus fervents admirateurs.

Avant la guerre, pour fêter la remise de son prix à
l'exposition internationale, l'homme à la moustache
grisonnante l'avait emmené dîner avec d'autres maîtres verriers dans l'un des meilleurs restaurants de la
capitale. Ils y avaient célébré la réussite de l'exposition qui se voulait dédiée au mariage du beau et de
l'utile, cette quête de la pureté du cristal que reflétait
la simplicité des formes, une tendance perceptible
depuis 1925. Assis sur la banquette en velours sous
les miroirs biseautés et les lustres à facettes, enivré

par le chablis frais qui claquait sur la langue, Andreas avait ressenti une vague de reconnaissance chaleureuse pour ses nouveaux amis et cette ville de Paris qui le couronnait alors qu'il était encore si jeune.

Ce soir-là, il n'avait pas dormi. La tête légère, il avait eu le sentiment que le monde lui appartenait, qu'il tenait son avenir entre ses mains et que cet avenir était magnifique. Une plénitude aussi intense, il ne l'avait éprouvée qu'en faisant l'amour, non pas les premières fois, lorsqu'il n'avait été qu'un adolescent emporté par un corps trop fiévreux, mais quand il avait découvert, dans la chambre feutrée d'une auberge de Gablonz, la grâce infinie d'amener à la jouissance le corps d'une femme aimée.

Simonet se réjouissait de le revoir. L'après-guerre n'était pas une période facile pour une entreprise gourmande en main-d'œuvre qui souffrait du blocage des prix. Il fallait recomposer les équipes, rénover l'outil de travail, partir à la reconquête d'une clientèle. Le directeur lui proposait de venir travailler quelques mois avec eux. « Votre passage dans notre maison demeure dans l'esprit de tous un moment de créativité exemplaire. Une période sombre et tragique nous sépare de cette année que vous avez vécue parmi nous. L'heure est venue de tourner la page. »

Mais Andreas ne se sentait pas aussi serein. Le directeur était une exception. Comment les autres accueilleraient-ils un ancien soldat d'une armée honnie qui avait occupé la région de Nancy, ainsi que le reste de la France ? Combien d'ouvriers, d'apprentis, de gamins, de tailleurs, de graveurs avaient été victimes du conflit ? Aucune famille n'avait été épargnée. Pourraient-ils comprendre qu'Andreas Wolf ne ressemblait pas à l'Allemand casqué et botté, qu'il avait souffert lui aussi de ne plus maîtriser sa destinée pendant les années de guerre ? Les cicatrices étaient encore à fleur de peau. Il redoutait un ressentiment, une haine tenace, qu'il serait obligé d'endurer en silence. Pourtant, un séjour à Montfaucon pouvait lui être utile.

En Bavière, il n'avait pas encore pu ouvrir son atelier de gravure. Comme il lui fallait attendre encore un peu avant de pouvoir disposer de cristal de bonne qualité, il avait travaillé avec les autres à la fabrication des premiers boutons pour vêtements. Désormais ils étaient plusieurs milliers, originaires de Gablonz et de ses environs, à s'être regroupés dans la région de l'Allgäu. Beaucoup étaient venus en dehors des transports organisés, certains même à pied des camps de prisonniers, décidés à ne pas laisser échapper cette chance.

Leur espoir portait un nom, celui d'Erich Huschka, un ingénieur originaire de Neudorf, en Bohême du Nord, qui était l'initiateur du projet de renaissance de Gablonz, et il s'incarnait en un lieu, les trois cents hectares d'une ancienne fabrique de poudre et de dynamite, située en pleine forêt à quatre kilomètres de Kaufbeuren.

Au début de novembre 1945, respectant les consignes de la conférence de Potsdam qui exigeaient la destruction des usines d'armement et le démontage de certaines industries allemandes et leur transport à l'étranger, les Américains avaient fait sauter environ quatre-vingts bâtiments. Seules les routes et les canalisations étaient encore utilisables. L'idée ambitieuse de Huschka était de ressusciter sur ces ruines l'industrie de verre et de bijoux de Gablonz et de renouer avec sa réputation mondiale d'avant-guerre.

Ni les Bavarois ni les Américains ne voyaient cette initiative d'un très bon œil. Les Bavarois se méfiaient des nouveaux venus et les Alliés, installés à Berlin, voulaient éviter une trop grande concentration d'exilés dans un même endroit, redoutant l'émergence d'autres minorités. La Bavière avait même fini par refouler des réfugiés, mais Huschka et ses proches faisaient preuve d'une ténacité à toute épreuve et, en dépit des interdictions, les anciens habitants de Gablonz continuaient à affluer. De toute façon, qu'avaient-ils à perdre ?

Un jour, l'ingénieur l'avait emmené dans sa voiture aux âcres effluves de mauvaise essence avec laquelle il avait sillonné la Bavière dès l'automne 1945 afin de trouver des verreries où se procurer la matière première indispensable pour leur industrie. Il leur fallait du « verre perche », de longs cylindres étroits d'un mètre vingt de long et de vingt centimères d'épaisseur, qui n'étaient pas soufflés mais étirés par deux verriers, un procédé inconnu ailleurs qu'à Gablonz. Ramollis dans un four, ces tubes de verre étaient ensuite débités avant d'être pressés par des machines inventées au siècle dernier, les morceaux de verre étant taillés, polis, peints, émaillés, selon la demande. Cette technique propre à l'Isergebirge avait permis à ses verriers d'exceller dans les faux bijoux et de se forger une renommée internationale.

D'emblée, Huschka avait dû se rendre à l'évidence : la plupart des verreries bavaroises se trouvaient dans un état déplorable et leurs propriétaires se montraient suspicieux. Seule Frau von Streber-Steigerwald leur accorda la permission d'adapter l'un de ses deux fours détruits à leur étrange fabrication. Comme les autorités tchécoslovaques leur avaient interdit d'exporter les plans de leurs fabriques, les hommes ne pouvaient se fier qu'à leur mémoire pour les reconstruire. Ils mirent quelques mois avant d'obtenir des cylindres de bonne qualité.

Si Andreas possédait la ténacité, le pragmatisme et l'ardeur au travail de ses compatriotes, une inquiétude plus secrète le taraudait. Simonet pensait retrouver le maître verrier talentueux qu'il avait connu avant guerre, mais lui se demandait s'il savait encore exercer son art. Ses mains retrouveraient-elles l'osmose indispensable avec le cristal, les caresses délicates mais confiantes, le mouvement du poignet, la précision du doigté qu'exige le maniement des stylets et des meules ?

Il lui arrivait de se réveiller en sursaut d'un cauchemar où il faisait éclater une pièce par maladresse parce qu'il ne sentait plus rien, qu'il était devenu sourd à la musique du cristal. En une seconde, aussi inepte qu'un apprenti sans talent, il réduisait à néant la création née dans l'atelier à chaud, et dans son rêve tourmenté les éclats de verre entaillaient ses doigts jusqu'au sang.

Il avait le front en sueur et des douleurs diffuses dans les mains. Je vais finir par prendre racine, pensa-t-il, irrité, et il se détourna à l'instant même où la porte des Nagel s'ouvrait pour laisser passer un landau bleu marine et une jeune femme qui leva vers le ciel un visage interrogateur. Visiblement, le temps limpide sembla la rassurer et elle réussit tant bien que mal à manœuvrer le landau et à refermer la porte.

Elle portait une longue veste verte en velours côtelé au col de fourrure grise, une jupe étroite qui cachait ses genoux et une calotte en forme de turban perchée sur ses cheveux bouclés. Elle ajusta ses gants, puis s'éloigna en poussant le landau.

Sans réfléchir, Andreas lui emboîta le pas, d'autant qu'elle se dirigeait dans la direction qu'il avait eu l'intention de prendre. Il se surprit à détailler sa silhouette, ses épaules étroites, sa taille cintrée. Le vent soulevait ses boucles blondes aux reflets roux. Il y avait quelque chose de délicat dans sa démarche, presque d'aérien. Quelque chose d'infiniment doux dans le galbe de ses mollets. Il eut l'étrange impression que la ville autour de lui s'évanouissait dans une lumière blanche. Sa vision se rétrécissait autour de cette silhouette de femme d'une grâce intemporelle, et il fut saisi par l'envie irraisonnée mais impérieuse de la dessiner.

D'une main nerveuse, il chercha son carnet à croquis, mais ses doigts ne rencontrèrent que la lettre de Vincent, glissée dans une enveloppe blanche. Il s'en empara, trouva un crayon et esquissa quelques traits, afin de ne pas oublier. Cependant, il s'aperçut très vite de la futilité de sa démarche. Il ne pouvait pas avancer et dessiner en même temps. D'où lui venait cette fébrilité ? C'est tout simplement parce que tu as perdu l'habitude de regarder les femmes, se dit-il en se moquant de lui-même.

Elle hésita avant de traverser une rue et il s'arrêta à son tour, se déplaçant d'instinct vers une porte cochère, comme lorsqu'il était soldat et qu'il avançait dans les rues d'un village, le dos plaqué contre les maisons.

Andreas s'aperçut qu'il avait suivi la jeune femme jusqu'à l'esplanade. Elle quitta l'abri des platanes et s'arrêta près du kiosque à musique. Il se demanda si elle allait s'asseoir sur l'une des petites chaises métalliques, mais elle resta debout.

Quand les musiciens terminèrent leur morceau, quelques dames applaudirent, le son étouffé de leurs mains gantées glissant sur la promenade aux parterres soigneusement entretenus qui donnait sur la Moselle et les collines boisées.

Que lui prenait-il donc de suivre ainsi une jeune inconnue ? Cette fascination imprévue le déconcertait. Il aurait pu passer pour un fou, pis, pour un pervers.

Une rafale de vent secoua les branches des marronniers en un bruissement furieux. Aussitôt, elle porta la main à sa tête d'un gracieux mouvement du poignet pour retenir sa toque.

Des partitions s'envolèrent et des enfants s'élancèrent à leur poursuite en criant. La jeune femme frissonna et fit demi-tour, poussant le landau vers lui. Son visage s'imprima dans sa mémoire : le front haut, les pommettes et le nez marqué, les lèvres ourlées. Elle avait une peau pâle, presque diaphane, mais il ne put pas voir la couleur de ses yeux et se sentit étrangement lésé, comme si on lui avait dérobé quelque chose.

Plus tard, il se demanderait à quoi il l'avait reconnue. D'où vient cette certitude que le destin a placé sur votre chemin quelqu'un qui marquera votre vie d'une manière ou d'une autre ? D'où naît soudain cette crispation des sens ? Le corps réagit-il avec une sincérité qu'ignore le cerveau, aussitôt enclin à disséquer, à analyser, à composer ? À ceux qui se fient à leur instinct, trop souvent émoussé par l'éducation et les convenances, les choses paraissent parfois plus limpides. Or, Andreas avait l'habitude de laisser parler son instinct. C'était ce qui l'avait ramené vivant de Russie, l'une des armes de son métier et la clé de son succès. Cette femme, il la trouvait belle, tout simplement. Et il avait envie d'elle.

Andreas la laissa le dépasser mais elle, occupée à vérifier que le vent ne dérangeait pas l'enfant allongé dans le landau, elle ne lui accorda même pas un regard. Elle s'éloigna, de sa démarche toujours aussi aérienne. Il la suivit des yeux, puis se détourna et gagna d'un pas pressé les marches qui descendaient vers la Moselle. S'il se dépêchait, il arriverait avant elle chez les Nagel.

Dans la lingerie aux odeurs fraîches de linge amidonné, Élise se tourna vers Colette en fronçant les sourcils.

— Qu'est-ce que tu viens de dire ? demanda-t-elle en lâchant la pile de serviettes blanches qu'elle était en train de compter.

Elle prit soin de poser ses mains à plat sur la table pour que la jeune fille ne les vît pas trembler.

— Il y a un monsieur à la porte avec un pli à remettre à quelqu'un de la famille de Monsieur Vincent. Il vous a demandé vous, mademoiselle, ou Monsieur François. On dirait qu'il vous connaît.

— Mon Dieu…, murmura Élise.

Elle ferma les yeux, essaya de reprendre son souffle. Était-ce possible ? Des nouvelles, enfin… Alors que, les premières semaines après la fin de la guerre, elle s'était rendue tous les jours au collège Saint-Vincent, devenu le centre d'accueil des rapatriés, et qu'elle prenait désormais une fois par mois le train jusqu'à Chalon-sur-Saône, où s'était établi le Centre national de réception des Alsaciens et des Lorrains. Et tout cela en vain. Elle savait seulement que Vincent avait été fait prisonnier par les Soviétiques, qu'il avait été emprisonné au camp de Tambov n° 188, à quatre cent quatre-vingts kilomètres au sud-ouest de Moscou, et que les prisonniers y étaient moins bien traités que des bêtes.

— Fais-le entrer au salon, dit-elle d'une voix atone. Je vais aller le voir.

— Oui, mademoiselle, mais…

— Qu'as-tu à te tortiller comme ça, ma fille ? lança-t-elle, agacée.

— C'est un Boche, mademoiselle, et vous avez dit que jamais un Boche ne mettrait les pieds dans la maison.

— Un Allemand ?

Aussitôt, comme sous l'effet d'un coup de fouet, son corps se raidit. Elle retrouvait ce carcan de défiance et de rigueur qui l'avait soutenue à travers les années d'annexion. En un sens, elle préférait presque cela. S'il s'était agi d'un camarade de régiment de Vincent, un jeune homme enrôlé malgré lui dans la machine infernale qu'avait été cette guerre sans merci, elle aurait eu du mal à maîtriser son émotion. Mais un Boche… L'un de ces Allemands qui avaient porté Hitler au pouvoir, paradé dans toutes les villes de France, des appareils photos en bandoulière, trônant aux terrasses des cafés sous le soleil insolent de ce printemps-là, fiers d'appartenir à une race supérieure et victorieuse, et qui avaient seulement commencé à s'interroger aux premiers revers de leurs troupes, ceux-là ne lui inspiraient que de la haine et du mépris. Devant l'un d'entre eux, elle resterait stoïque.

Contrairement à des hommes comme Robert Schuman, qui prônaient la réconciliation alors que les cadavres n'étaient même pas froids dans leurs tombes et que l'on dénombrait encore tant de soldats disparus, Élise Nagel ne voulait aucun rapprochement avec ses ennemis. Elle les voulait à genoux, la nuque ployée. Elle les voulait condamnés à mort et exécutés.

François lui faisait remarquer, sur un ton taquin, que ce désir de vengeance n'était pas très chrétien. « Chacun sait que M. Schuman est un excellent catholique, répliquait-elle. Sans aucun doute bien meilleur que moi, mais les chemins de l'enfer sont pavés de bonnes intentions. »

— Fais-le attendre au salon, dit-elle à la jeune fille, et Colette s'enfuit.

Élise se mit à compter les serviettes, se trompa et recommença. Ses oreilles bourdonnaient et des éclats de lumière fusaient devant ses yeux. Qu'il patiente donc ! Elle irait le voir lorsqu'elle l'aurait décidé.

Quand elle fut satisfaite, elle rangea sa pile dans l'armoire. Elle effleura la broche en forme de croix de Lorraine qu'elle portait à l'épaule, un cadeau de son chef de réseau à la Libération, vérifia qu'aucune mèche ne s'était échappée de son chignon. Alors qu'elle se dirigeait vers la porte, la montre de Vincent pesa de tout son poids à son poignet.

Lorsque Élise entra dans le salon, elle trouva l'homme debout à côté de la cheminée, les yeux fixés sur la photo de Vincent qu'il tenait à la main. Ces maudits Fridolins avaient perdu la guerre, mais ils ne pouvaient pas s'empêcher de se sentir partout en terrain conquis.

— Reposez-la tout de suite, ordonna-t-elle. Pour qui vous prenez-vous ?

Elle s'approcha, lui arracha la photo des mains avant d'essuyer le cadre avec sa manche pour effacer les traces de ses doigts.

— Pardonnez-moi, madame. Mon geste a dû vous sembler déplacé, mais j'étais ému de revoir mon camarade.

La tonalité de l'accent qui scandait les syllabes la fit frémir. Elle ne s'étonna pas qu'il parlât le français. Les Boches se targuaient d'aimer la France et la culture française. Ils l'apprécient même tellement qu'ils n'ont pas pu s'empêcher de venir l'étudier de près, songea-t-elle, agacée.

Un bref instant, ses souvenirs la ramenèrent en arrière, à cette période sombre où les Allemands avaient germanisé la Moselle. Elle voyait encore les agents des services municipaux, perchés sur des échelles, qui déposaient les plaques émaillées indiquant les rues et les remplaçaient par des noms plus conformes. Elle entendait résonner les tambours de lansquenets des *Pimpfe*, ces jeunes garçons qui marchaient au pas, leur calotte inclinée sur le front, les manches de leurs chemises kaki retroussées au centimètre près. Les autorités avaient avancé les pendules pour les mettre à l'heure allemande, débaptisé les villages, germanisé les prénoms, démonté le monument aux morts, expulsé les prêtres, fermé les collèges religieux, incité les enfants à la délation afin de mieux surveiller les parents, interdit les sonneries de cloches, imposé l'allemand comme langue officielle. Sur les murs de la ville, les inscriptions en lettres gothiques avaient fleuri telles des mauvaises herbes.

— Votre Führer avait donné dix ans à son Gauleiter Bürckel pour faire des Mosellans de bons Allemands, dit-elle en reposant le cadre à sa place. Il n'y est pas arrivé.

— Il faut croire qu'il n'était pas doué pour les chiffres. Il avait aussi donné mille ans à son Reich pour exister, et il n'y est pas arrivé non plus.

Elle se tourna pour le regarder en face. L'homme était élancé, avec des épaules larges, un corps solide mais âpre qu'il tenait très droit. Il était trop maigre pour sa stature. Un rayon de soleil se faufila entre les nuages et éclaira la pièce de biais. Aux manches lustrées de son veston, au tissu du pantalon qui pochait aux genoux, on voyait que ses vêtements n'étaient pas de première qualité, mais sa chemise blanche était impeccable. Une touche de fantaisie dans le nœud de cravate, plus ample qu'à l'ordinaire, inspira d'emblée de la méfiance à Élise. La moue ironique qui jouait sur ses lèvres soulignait la rigueur d'un visage ramené à l'essentiel. Des cheveux châtain foncé, coupés court dans la nuque mais retombant en mèches irrégulières sur le front, des yeux sombres au regard perçant, une mâchoire insolente : l'homme dégageait une impression de puissance qu'elle ressentit comme une agression. Un picotement lui hérissa la peau. Elle ne voulait pas qu'il reste sous son toit. Elle avait le sentiment déplaisant qu'il contaminait sa maison, qu'il le savait et qu'il en retirait un certain plaisir.

— Il paraît que vous m'apportez des nouvelles de mon frère Vincent. Je vous écoute.

Andreas n'avait pas bronché tandis qu'Élise Nagel le détaillait avec le regard scrutateur d'un officier de recrutement. Il avait repensé à ce que Vincent lui avait dit de cette sœur aînée qui les avait élevés, son jeune frère et lui, à la mort de leur mère. À l'image de ces filles de famille qui se dévouent à leurs parents vieillissants, elle s'était consacrée à eux, sacrifiant mariage et famille. Vincent lui avait été reconnaissant de cette présence attentive, or Andreas considérait que ces vies d'abnégation, dont il avait eu lui aussi l'exemple parmi ses proches, n'étaient qu'une facette cachée de l'orgueil.

Maintenant qu'il la découvrait, fil de fer dans sa soutane noire, il essayait en vain de déceler chez cette femme gravée à la pointe sèche le portrait dessiné par son camarade. Où avaient disparu la tendresse, l'affection, la chaleur dont lui avait parlé Vincent ? Il avait raconté les soirées où Élise lui lisait des contes ou jouait aux cartes, les parties de colin-maillard dans les jardins au bord de la Moselle, les soirées d'hiver à faire cuire les gâteaux à la crème pour la Saint-Nicolas, or aucun de ces souvenirs insouciants ne collait à cet aigle noir.

De quoi a-t-elle souffert à ce point ? se demanda-t-il, intrigué.

— Je vous écoute, répéta-t-elle, visiblement agacée d'être soumise à son tour à une étude en règle.

Elle ne lui accordait même pas la politesse du « monsieur ». Il comprit que cette femme le haïssait et que rien de ce qu'il pourrait dire ou faire ne changerait jamais son opinion.

Il sortit la lettre de Vincent de sa poche.

— C'est pour vous. Votre frère l'a écrite la dernière nuit que nous avons passée ensemble avant l'offensive.

Aussitôt, les yeux bleu pâle se fixèrent sur le courrier, qu'elle regarda comme on contemple une proie, d'un air avide et angoissé. Elle humecta ses lèvres.

— Il a été porté disparu devant Koursk, en juillet 1943, précisa-t-elle d'un ton mécanique.

— Oui. Nous avons été séparés pendant les combats et je n'ai plus réussi à avoir de ses nouvelles. La situation était assez… embrouillée.

Andreas était agacé. La réprobation silencieuse d'Élise Nagel lui donnait le sentiment d'être coupable, alors qu'il n'aurait rien pu faire pour Vincent, de même qu'il n'avait pas pu protéger le fiancé de sa sœur et empêcher qu'il n'ait les deux jambes arrachées.

— Mais je lui avais fait la promesse d'apporter cette lettre en personne à sa famille si je sortais vivant de la guerre.

Elle s'approcha lentement puis tendit la main. Il lui donna l'enveloppe blanche, s'aperçut au même moment qu'il avait griffonné au dos la silhouette de la jeune femme qu'il avait suivie dans la rue. Il voulut lui demander de lui rendre l'enveloppe qui n'avait rien à voir avec Vincent, mais elle l'avait déjà glissée dans sa poche. Il fut décontenancé par sa volonté de conserver à tout prix l'esquisse de l'inconnue.

— C'est tout ? reprit-elle.

— Comment cela ?

— Je ne peux pas croire qu'un homme se donne autant de peine pour tenir une promesse aussi vague. Épargnez-moi les histoires sentimentales de camarades de régiment, ajouta-t-elle avec un geste négligent de la main. Il y a autre chose, c'est évident. Est-ce pour Vincent que vous êtes venu ou plutôt pour vous-même ? Pour vous donner bonne conscience ?

Il eut une envie furieuse d'une cigarette. Cette femme était trop entière, trop sûre d'elle, et son intransigeance lui donnait la désagréable sensation d'une écharde sous la peau. Il lui en voulait d'autant plus qu'elle n'avait pas tort. Il était venu pour lui aussi, bien sûr, mais il n'aurait pas pu lui expliquer la raison précise, puisqu'il ne la comprenait pas lui-même. Elle pensait le dominer, or Andreas ne supportait pas qu'on cherche à le soumettre. Il songea qu'Élise Nagel, sous ses airs rigides, était une passionnée.

— Votre frère Vincent m'a sauvé la vie.

— Mais encore ?

Il cracha la réponse d'un ton sec.

— J'avais été grièvement blessé à l'épaule. Je ne pouvais plus utiliser mon arme et notre compagnie battait en retraite. Je lui avais donné l'ordre de reculer avec les autres, mais il m'a désobéi. Il m'a traîné sur une centaine de mètres jusqu'à un abri où il a extrait la balle à mains nues.

Il sentait encore les doigts de Vincent fourrager dans la plaie et la douleur le transpercer comme si on lui enfonçait une fourche dans le corps. Il avait serré les dents, regrettant de ne pas s'évanouir, ce qui aurait été la seule manière d'obtenir un semblant d'anesthésie. Il n'y avait plus de morphine et Dieu seul savait où étaient passés les infirmiers. Quand Vincent lui avait décrit la gravité de la blessure, il lui avait ordonné de retirer la balle, quoi qu'il en coûte, sinon il y aurait laissé sa peau. Or, il devinait bien au visage pincé d'Élise Nagel qu'elle se disait que son frère aurait mieux fait de le laisser crever : cela aurait fait un Allemand de moins.

— Êtes-vous certain d'ignorer ce qui lui est arrivé ?

— Oui, et je le regrette. Je suppose qu'il est mort au combat, comme tant d'autres.

Deux taches rouges enflammèrent ses pommettes.

— Vous n'en savez rien. De quel droit affirmez-vous une chose pareille ? Je sais, moi, qu'il a été fait prisonnier par les Soviétiques.

— Dans ce cas, madame, il aurait mieux valu qu'il fût mort, répliqua-t-il, cherchant à la punir de son mépris injuste puisqu'elle ne savait rien de lui.

Cette femme était intouchable dans son salon douillet, avec ses charmants tableaux, sa belle bibliothèque et l'échiquier posé sur un guéridon, près de la fenêtre… La partie était entamée et le cavalier noir semait la déroute chez son adversaire. Un intérieur sans fausses notes, d'où l'on pouvait contempler

238

l'inconvenant fracas du monde à l'abri des persiennes qui donnaient sur un jardin clos de murs. Alors qu'il attendait que Mlle Nagel daigne le recevoir, il avait regardé la balançoire, ce symbole d'une vie insouciante, mais, pour Andreas et les siens, il n'y avait plus aucune protection. À l'image de leurs baraquements, leur avenir était ouvert à tous les vents et les enfants jouaient pieds nus dans la poussière.

Quand les paysans bavarois choisissaient ceux qui viendraient travailler sur leurs terres, certains affichaient des moues de propriétaires terriens et les réfugiés obtempéraient, anciens ingénieurs, médecins ou professeurs, dépossédés aussi sûrement de leur passé qu'ils l'étaient de leurs lendemains, trop contents de gagner de quoi se nourrir. Parce qu'ils avaient faim. Constamment. À une tombola, Lilli avait remporté un pain rassis. Ils s'étaient assis autour de la table et l'avaient mangé en silence.

Andreas s'aperçut qu'il avait les poings serrés.

Élise s'approcha de la porte restée ouverte et lui décocha un regard glacial.

— Si vous en avez terminé, vous pouvez partir.

Il ne s'était pas attendu à des remerciements, mais s'étonna néanmoins de se sentir heurté par leur omission. Il songea qu'il avait agi avec maladresse, sûrement pour se donner bonne conscience comme elle avait eu l'obligeance de le souligner, mais aussi pour clore l'un des chapitres douloureux de sa vie et, peut-être, essayer d'expier les fautes d'une nation. Il aurait pourtant dû se méfier : on était toujours puni pour ses faiblesses.

En observant l'aversion qui figeait les traits d'Élise Nagel, creusant deux rides autour de sa bouche aux fines lèvres pâles, il pensa aux morts qui jonchaient les terres d'Europe, aux millions d'êtres humains qui avaient été exterminés dans les camps. Les nazis avaient transformé les Allemands en bourreaux et personne n'admettrait jamais que certains d'entre eux en avaient été aussi les victimes.

Sans un mot, il contourna le fauteuil. Lorsqu'il passa auprès d'elle, il l'effleura d'une épaule et s'offrit la satisfaction enfantine de la sentir reculer d'un pas.

Pressé de s'en aller, il traversa le vestibule, vaguement conscient de la petite servante en tablier blanc qui traînait dans l'escalier. D'un geste brusque, il ouvrit la porte d'entrée et heurta violemment la jeune femme au landau.

La toque plantée sur les cheveux glissa par terre tandis qu'il rattrapait l'inconnue aux épaules pour l'empêcher de tomber en arrière. Elle renversa la tête pour le regarder. Ainsi, ils sont verts, vert d'eau avec des éclats mordorés, songea-t-il, satisfait de découvrir la couleur de ces yeux dont il avait été privé quelque temps auparavant. Sous les sourcils arqués, des cils épais et noirs détonnaient avec la chevelure blonde. Les lèvres entrouvertes étaient charnues et son regard s'y attarda quelques instants. Il respira un léger parfum fleuri aux notes acidulées qui lui monta à la tête.

— Pardonnez-moi, madame, murmura-t-il. J'espère que je ne vous ai pas fait mal.

Sans cesser de le dévisager, elle secoua lentement la tête.

Troublé, il s'aperçut qu'il continuait à la retenir par les épaules, comme s'il redoutait de perdre l'équilibre en la lâchant. Qui était-elle ? Que lui voulait-elle ?

Il fronça les sourcils, la relâcha, et la jeune femme chancela. Il se baissa pour ramasser la toque. Le vent fouetta sa chevelure dans laquelle elle essaya de ramener un peu d'ordre, en vain.

— Je crois que ceci vous appartient, dit-il en lui tendant son chapeau.

— Vous êtes pis que le vent, monsieur…

Les yeux rieurs, elle laissa la phrase en suspens.

— Andreas Wolf.

— Livia, je vois que vous êtes rentrée plus tôt que prévu, l'interpella Élise Nagel.

Aussitôt, la lumière espiègle qui animait les yeux de la jeune femme s'évanouit et ses traits se durcirent.

— J'avais froid, dit-elle. Je ne voulais pas que Carlo prenne mal.

Andreas se pencha pour regarder dans le landau. Un bébé couché sur le dos agitait les poings avec un sourire qui creusait deux minuscules fossettes dans ses joues rondes. Charmé, il tendit un doigt vers l'enfant, qui s'y agrippa avec la même force que sa petite nièce. Cette vigueur inattendue chez des êtres aussi fragiles ne cessait de l'étonner.

— *Grüss Gott, Kleiner…*

— Vous êtes allemand ? s'étonna la jeune femme en retirant ses gants.

— Oui, madame. J'arrive de Bavière.

— Puisque vous avez froid, Livia, il vaudrait mieux rentrer vous réchauffer, lança Élise qui sortit à son tour et empoigna le landau.

Elle eut du mal à le manœuvrer et Andreas tendit une main pour l'aider.

— Laissez… Nous pouvons nous débrouiller. Dépêchez-vous, Livia, c'est inutile de traîner sur le pas de la porte.

Livia regarda sa belle-sœur d'un air étonné. C'était la première fois qu'elle la voyait manquer de politesse.

Élise semblait nerveuse et son visage, d'ordinaire très pâle, était marbré de taches rouges. L'inconnu s'était écarté, un sourire énigmatique aux lèvres. Qu'est-ce qu'un Allemand pouvait bien venir chercher chez les Nagel ? Élise avait dû le recevoir comme un chien dans un jeu de quilles.

— Je suis venu apporter une lettre de Vincent Nagel à sa famille, expliqua-t-il. Il a été mon camarade de régiment et je m'y étais engagé. Quand je le peux, je tiens toujours mes promesses, avoua-t-il avec un haussement d'épaules qui le fit ressembler à un adolescent.

— Vous avez combattu ensemble en Russie ?

Il tira un paquet de Gauloises de sa poche et le tapota pour en extraire une cigarette. Elle remarqua que les poignées de sa chemise étaient élimées. Il avait des mains longues, des doigts de pianiste, fins et aux ongles carrés. Des boursouflures et des cicatrices rosâtres marquaient sa peau. Il avait fait la guerre, lui aussi. Évidemment.

— Vous fumez ? chuchota-t-il avec un air de conspirateur.

En voyant le regard intense, trop perçant pour quelqu'un qui se serait seulement contenté d'offrir une cigarette à une jeune femme, Livia comprit qu'il flirtait. Elle eut l'impression d'être revenue à Murano, sur la petite place devant San Pietro où les garçons, à califourchon sur les bancs, venaient charmer les filles avec des regards de velours. Mais l'inconnu n'avait pas l'insolence des timides. Campé devant elle, détendu, il était sûr de sa séduction, ce qui le rendait irrésistible. Curieusement, au lieu de le desservir, les vêtements mal ajustés, les chaussures éculées et la chemise fatiguée, qu'il portait avec désinvolture, lui donnaient un certain panache.

Pour la première fois depuis la naissance de son fils, ou plutôt, si elle se montrait sincère envers elle-même, pour la première fois depuis son arrivée à Metz, la jeune femme éprouva une bouffée d'insouciance, comme si l'une des rafales de vent qui balayaient la ville venait de soulever des mois de torpeur et de poussière.

Dans le regard moqueur de cet inconnu, Livia se découvrait désirable et elle eut l'impression qu'il la rendait à elle-même. La révélation lui fit le même effet qu'une rasade de *grappa*. Ainsi, tout serait encore possible, songea-t-elle, émerveillée.

— Je vous attends, Livia, appela sa belle-sœur du vestibule.

— Je dois m'en aller, murmura-t-elle, troublée. Veuillez m'excuser, monsieur.

— Vincent était sous mes ordres, mais il m'appelait Andreas, ajouta-t-il à mi-voix. Faites-moi l'honneur de m'appeler par mon prénom alors que votre sœur refuse même de m'accorder un « monsieur ».

— Ma belle-sœur, le corrigea-t-elle en levant les yeux au ciel pour lui prouver qu'ils étaient complices. Au revoir… Peut-être à une autre fois.

Elle se faufila dans la maison et referma la porte.

Andreas contempla le portrait et le monogramme finement sculptés dans le médaillon, puis il traversa la rue. Sur le trottoir où il avait patienté plus d'une heure avant d'avoir le courage d'affronter la famille de Vincent, il alluma sa cigarette.

La tête en arrière, il aspira une longue bouffée. Au premier étage, un voilage blanc bougea légèrement. Il espéra voir le visage de Livia Nagel, mais ce fut bien entendu le visage anguleux et ombrageux de sa belle-sœur qui s'encadra derrière la vitre.

Quitte à se faire une ennemie, autant s'y employer jusqu'au bout. Il lui sourit de toutes ses dents et agita sa main en un geste amical. Il fut enchanté de voir le voilage retomber aussitôt à sa place.

Il releva le col de son veston, car le soleil était maintenant éclipsé par les nuages menaçants qui s'amoncelaient dans le ciel. Il commettait peut-être une erreur et Hanna serait furieuse lorsqu'elle l'apprendrait, mais sa décision était prise : il se rendrait le lendemain aux Cristalleries de Montfaucon où, sous le lustre imposant du bureau directorial de Henri Simonet, il accepterait sa proposition de collaborer avec eux pour une durée de six mois.

Et, tandis que la pluie recommençait à tomber, crépitant sur les toits et noircissant les trottoirs, Andreas repartit en direction de la gare, et traversa le pont qui enjambait les eaux agitées de la Moselle, tout entier habité par le souvenir d'une jeune femme dont il ne savait rien mais dont il voulait tout.

Flavio reposa la lettre. Il avait dû mal comprendre. Son français laissait à désirer et, depuis qu'il avait perdu le sommeil, des éclairs lumineux devant les yeux lui brouillaient parfois la vue. Il frotta ses joues râpeuses d'un geste las.

Autrefois, il avait cru aux miracles. Il avait été un petit garçon superstitieux, adepte de rituels complexes et farfelus pour conjurer le sort, qui préférait contourner les échelles et se méfiait du sel à table. Le 13 lui portait chance, contrairement au 17. Si un chat traversait devant lui de gauche à droite, il se persuadait que la journée tiendrait de belles promesses, mais malheur à lui s'il croisait une femme vêtue de vert sur le chemin de l'école.

C'était sa mère qui lui avait inculqué le goût des légendes qui parlaient de malédictions ou de fantômes. D'une voix chantante et grave, elle se plaisait à les lui chuchoter au creux de l'oreille. Il avait cru dur comme fer au squelette du sonneur qui montait au campanile de Saint-Marc pour sonner les douze coups de minuit à la Marangona, la plus grosse des cloches, de même qu'à la sorcière qui avait tenté de faire dérober des hosties consacrées à la fille du

Tintoret. Dans son univers fantastique, les âmes du purgatoire éclairaient les justes les soirs sans lune, mais il fallait se méfier de la dame en blanc qui hantait les alentours du puits de la corte Lucatello.

Que lui restait-il de cette innocence de l'enfance ? Pas grand-chose. À vrai dire, rien du tout. Désormais, un champ entier de trèfles à quatre feuilles n'aurait pas suffi à la Maison Grandi pour renouer avec le succès.

À contrecœur, il se donna la peine de relire la maudite lettre. Les caractères de la machine à écrire demeurèrent inchangés : la commande était annulée « pour des raisons indépendantes de notre volonté », précisait aimablement le directeur du magasin rue de la Paix.

— Salaud !

Il la froissa d'un geste rageur et la lança en direction de la corbeille à papier, qu'il manqua. Le moment était venu de changer de représentant à Paris.

Il se laissa retomber dans le fauteuil et croisa les mains derrière la nuque. Une acidité lui rongeait l'estomac. Depuis six mois, chacune de ses tentatives pour sortir les Verreries Grandi du rouge se soldait par un échec. Il finissait par croire qu'il était un imbécile. Il contempla le désordre sur son bureau, les lettres non décachetées, le cendrier qui empestait le tabac froid, les livres de comptes, les carnets à dessin, le verre de vin rouge posé en équilibre sur des feuillets de commande désespérément blancs.

Basculant sur le côté, il repoussa d'un doigt un dossier sous un tas de paperasseries. Au fil des courriers, les injonctions de ses banquiers se dépouillaient de leurs fioritures polies pour en venir à l'essentiel :

commencez à rembourser vos dettes, *signore* Grandi, sinon...

Sinon quoi ? se demanda-t-il en regardant le plafond. Que pouvaient-ils bien faire, ces chacals en costume croisé ? Le jeter en prison, lui prendre les Verreries et les vendre aux enchères ? Les murs avaient une certaine valeur. Ils rapporteraient sûrement quelques liasses de lires, aussitôt grignotées par l'inflation galopante. Mais les banquiers voulaient éviter de se brûler les doigts avec une mauvaise affaire comme la Maison Grandi. Ils n'espéraient rien de moins qu'un miracle : ils attendaient que les *fornaci* se mettent à produire à nouveau des merveilles et que celles-ci se vendent.

Il se leva avec précaution, étira son genou. Ses lèvres blanchirent sous l'effort. Certains soirs, on aurait dit que du plomb enflammé courait entre les ligaments. Il saisit sa canne, puis grimpa lentement l'escalier jusqu'au premier étage. La maison était silencieuse, on n'entendait que le bruit de ses talons et le martèlement de la canne sur les marches en bois. Il pénétra dans une pièce plongée dans le noir où flottait une légère odeur de poussière. Quand il ouvrit une fenêtre et repoussa les volets, l'air tiède de la nuit lui caressa le visage.

Tapissant les murs de la grande pièce, les armoires en chêne renfermaient les secrets de fabrication de la Maison du Phénix depuis des siècles. Les archives les plus précieuses étaient préservées dans des malles aussi solides que des coffres-forts suisses. Une longue table semblable à celles que l'on trouve dans les bibliothèques invitait à l'étude des croquis, des mélanges particuliers et des différentes techniques. Il se rappelait cette pièce bourdonnante d'activité. Son grand-père et son père, flanqués de leurs collaborateurs, y avaient passé des heures, absorbés par le fourmillement d'idées qui jaillissaient autour d'eux, coupés du monde.

Trois vitrines exposaient les pièces de la collection particulière de la famille. La lumière opaline de la lune éclairait les silhouettes des nus féminins, les contours des lions, panthères et autres toucans, les bouteilles en verre filigrané, les calices décorés de fleurs d'un blanc opaque, les verres aux pieds sophistiqués ornés de dragons et de phénix qui avaient fait la renommée de son grand-père.

Il s'adossa pour soulager sa jambe. Il ne l'avait jamais aimée, cette pièce. Le poids des traditions l'y enserrait aussi étroitement qu'une camisole de force et un sentiment de gêne et de culpabilité l'empêchait de respirer. Le legs des Grandi n'avait jamais été à ses yeux une source de fierté, mais un fardeau. Adolescent naïf, il avait osé rêver d'un autre avenir, puis la mort soudaine de ses parents lui avait coupé les ailes. Il n'avait jamais réussi à admettre la brutalité de leur disparition. On aurait dit une conversation entre gens policés interrompue par un malappris, l'irruption du chaos au cœur d'une démonstration intelligente. Un acte d'une rare impolitesse. Il s'était senti trompé, dépossédé de quelque chose qui se révélait irremplaçable maintenant qu'il en était privé. Son grand-père lui avait permis de poursuivre ses études de droit, mais il avait perçu chez le vieil homme une réticence, presque une réprobation. Personne n'avait compris qu'il se sentait doublement orphelin : de ses parents, mais aussi d'une vocation qu'il n'avait pas reçue en héritage.

Pourtant, la réponse doit se trouver là, songea Flavio en regardant autour de lui. Quelle famille de verriers de Murano n'avait pas traversé des épreuves ?

L'une des périodes les plus sombres avait été sans doute la chute de la république de Venise, à la fin du XVIIIe siècle. À l'époque, la rude concurrence des cristalleries de Bohême et d'Angleterre avait miné les artistes de Murano. Au début du XIXe siècle, la plupart des verreries avaient été agonisantes et seule la fabrication des perles de verre les avait maintenues à flot, mais les Muranais ne s'étaient pas déclarés vaincus. Les propriétaires des ateliers, qui souvent étaient aussi les maîtres verriers les plus doués, avaient recommencé à étudier les techniques traditionnelles de leurs ancêtres afin de les adapter au goût du jour, privilégiant leur penchant pour les couleurs audacieuses et leur souci de l'élégance.

Cet après-guerre n'était pas facile. Pourtant, autour de lui, il voyait d'autres entreprises renouer avec le succès. Évidemment, les Zanier avaient le vent en poupe. Marco avait engagé un nouveau directeur artistique qui n'avait que deux mots à la bouche : rationalisme et fonctionnalité. En cela, il traduisait à merveille l'esprit de l'époque. Il aurait fallu imiter Marco : devenir un entrepreneur ambitieux, un homme d'avenir, quelqu'un d'efficace. Flavio frémit ; il ne partageait pas l'inépuisable énergie de son ami d'enfance. Lorsqu'il le regardait parler en gesticulant ou arpenter la salle de l'auberge où ils avaient l'habitude de dîner, comme si la pertinence de ses idées exigeait un espace toujours plus vaste, Flavio avait l'impression d'avoir cent ans. « Alors, qu'est-ce que tu en penses ? » lui lançait Marco, le regard inquisiteur. Flavio hochait la tête en silence. Il n'en pensait rien, car tout lui était indifférent. Avait-il jamais éprouvé ce même enthousiasme pour quoi que ce fût, une femme ou un projet ? Il ne se le rappelait plus.

Je suis devenu un mort vivant, pensa-t-il en regardant la silhouette d'un chat solitaire qui marchait sur une gouttière. J'aurais mieux fait de crever là-bas, avec les autres.

Au-delà des maisons et des ruelles, il entendait l'appel sourd mais pressant de la lagune. Lorsqu'il était revenu de la guerre, il s'était réfugié dans ce labyrinthe de marécages qui livraient leurs secrets aux seuls initiés. Pour éviter de partir au front, plusieurs de ses amis s'étaient cachés dans les humbles cabanes perdues au fond des *valli*, où les lampes au méthane éclairaient d'une lumière trouble les murs en planches de chêne. Quelques années plus tard, les partisans étaient venus les y rejoindre.

De jour comme de nuit, il avait glissé au fil de l'eau étale, insondable miroir du ciel, parmi les roseaux et les hautes herbes desséchées. Il était venu panser ses plaies, cherchant à se libérer peu à peu de la fureur et du sang, des souffrances et de la bestialité endurées en Russie, à se purifier sous la lumière teintée de pourpre aux mille nuances de gris, clarté vaporeuse ou énigmatique, tantôt douce comme la caresse d'une mère, tantôt coupante comme un silex, avec l'espoir diffus que la subtile musique de l'âme distillée par sa lagune parviendrait peut-être à l'apaiser.

J'ai essayé, *nonno*, parce que je voulais te faire honneur et me montrer digne de la famille, mais je ne suis pas fait pour ça. Je suis aussi raide qu'un morceau de bois mort. Il me manque l'étincelle… Il me manque la foi…

Pour la première fois, il osait s'avouer être un descendant indigne des Grandi, oublié par le talent, l'imagination et le feu ardent qu'on pouvait ressentir pour ce métier. À croire que ces fées-là ne s'étaient pas penchées sur son berceau.

— Te voilà, je t'ai cherché partout ! lança une voix rocailleuse qui le fit sursauter.

— Ah, c'est toi, Tino. Qu'est-ce que tu fiches encore là ? Il est tard. Tu devrais être à la maison depuis longtemps. Avec tes camarades communistes, tu vas encore dire que je t'exploite.

Tomasini lâcha un rire de gorge.

— Toi, t'es bien le patron le plus docile qu'on puisse avoir. Pas comme ce Marco Zanier. À lui seul, il serait capable de déclencher une révolution

— Voilà peut-être pourquoi les Verreries Grandi sont au bord de la faillite.

Tino s'approcha de son pas pesant. La lune fit briller le blanc de ses yeux. Il affichait une moue ironique, mais Flavio décelait une vague tristesse dans le visage buriné du maître verrier. Le Loup donnait le change en plaisantant, mais on voyait bien qu'il avait le cœur chaviré de voir à quoi ils étaient réduits. Un sentiment de honte piqua Flavio au creux de la poitrine.

— Je t'ai apporté tes cigarettes, déclara Tino d'un ton bourru en lui fourrant dans la main une cartouche enveloppée de papier brun. Y a eu un arrivage ce matin.

— Je devrais peut-être me lancer dans la contrebande, ironisa Flavio. Là, au moins, on peut se faire un peu de monnaie. Les banquiers ne diraient pas non.

Il arracha le papier pour prendre un paquet, fouilla ses poches à la recherche de ses allumettes.

— On ne peut pas fumer ici, dit Tino. Tu sais bien que c'est interdit.

— Et qui va m'en empêcher ? Au moins, si tout partait en fumée, le problème serait réglé, non ? On n'aurait plus de soucis à se faire.

Tino le regarda d'un air sombre. Il n'aimait pas quand Flavio se donnait des airs. Si on ne le connaissait pas, on pouvait penser que Flavio Grandi se fichait comme de sa première chemise de l'avenir des Verreries, mais Tino, lui, savait que le jeune homme en avait perdu le sommeil. Il suffisait de le regarder. Déjà, à son retour de la guerre, il n'était pas bien gros. Rien que la peau sur les os, s'étaient lamentées les vieilles femmes en se démenant pour le remplumer, malgré les restrictions alimentaires. Désormais, avec ses cernes bleutés, ses joues creuses et ce regard impassible d'un homme sans âge, Flavio faisait peine à voir. Tout Murano murmurait derrière son dos que, pour avoir un regard comme celui-là, il avait dû voir les cercles de l'enfer.

— Il paraît que chez Venini, ils ont décidé de relancer le *zanfirico*, lança-t-il d'un air laconique.

Flavio glissa une cigarette entre ses lèvres sans l'allumer. Il pensa au goût infaillible de Paolo Venini, à ces filets de différentes couleurs qui saisissaient le verre en des spirales aériennes. Comment lui, inepte Flavio Grandi, pouvait-il espérer rivaliser avec des hommes aussi inventifs, talentueux et inspirés qu'Ercole Barovier, Paolo Venini ou Archimede Seguso, surnommé le « Maître des Animaux », et dont la virtuosité repoussait sans cesse les limites de la réalité ?

— Moi, je suis maître verrier, poursuivit Tino à voix basse. On me demande d'interpréter le plus fidèlement possible l'esprit de l'artiste qui a dessiné une œuvre. Lui possède l'inspiration, moi la technique du travail à main levée. En général, il existe deux ou trois manières d'obtenir ce qui est demandé. À moi de les lui expliquer. Je maîtrise les métamorphoses du *cristallo*, je sais en tirer toutes les formes possibles.

Je connais par cœur le coefficient de dilatation des différentes pâtes de verre de couleur pour éviter que mon travail n'éclate lors du refroidissement… Je suis adroit, précis et rapide. J'ai ça dans le sang, Flavio, depuis la nuit des temps. Mais l'artiste et moi, nous sommes comme le centaure. Nous avons besoin l'un de l'autre pour exister.

Il marqua une pause, attristé de voir les épaules maigres du jeune homme se voûter, sachant que, sciemment, il faisait mal au petit-fils de son vieux complice Alvise, parce que la Maison Grandi périclitait aussi sûrement que les palais de la Sérénissime s'enfonçaient dans la lagune.

— Où sont passés les artistes des Verreries Grandi, Flavio ? conclut-il en un murmure rauque.

Le jeune homme chassa d'une main nerveuse la mèche de cheveux qui lui barrait le front.

— Je n'ai pas les moyens de les payer, Tino. Tu le sais aussi bien que moi. Personne ne veut venir dans notre bateau ivre. Je suis aux abois. Je suis même monté ici à la recherche d'un miracle… C'est grotesque, non ?

Tino enfonça les mains dans ses poches en marmonnant.

— Qu'est-ce que tu dis ? lui demanda Flavio.

— Il faut la faire revenir.

— Qui ça ?

— Livia.

Flavio éprouva une pointe d'irritation.

— Qu'est-ce que tu veux qu'elle fasse ?

Embarrassé, le maître baissa la tête et son corps trapu se tassa sur lui-même.

— On a besoin d'elle. Comment te dire ? Ta sœur, elle a le verre dans les doigts.

Dehors, le vent secoua les arbres. Flavio lâcha un rire nerveux.

— Ah, le plus grand compliment des verriers ! Elle serait donc aussi douée que cela, alors que c'est une femme et qu'elle ne souffle même pas le verre ? Pardonne-moi, j'ai de la peine à y croire.

— Quelle importance, puisque je suis là ? Un jour, un visiteur est entré dans l'atelier de Seguso et lui a demandé combien de temps il avait mis à réaliser l'objet qu'il tenait dans la main. « Pour ce vase, il a fallu plus de six cents ans », a-t-il répondu. C'est comme ça chez nous, Flavio, tu comprends ? Livia, c'est l'âme de cette maison.

Le visage de Flavio se durcit et son profil ciselé se découpa contre le ciel nocturne.

— Ma sœur a choisi de partir. Personne ne l'y a poussée. Elle a toujours eu un orgueil infernal. Madame a daigné m'écrire pour m'annoncer qu'elle était mariée et mère de famille. Tant mieux pour elle. Qu'elle reste donc en France. De toute façon, qu'est-ce que tu veux qu'elle fasse de mieux que nous ? Elle n'est pas une faiseuse de miracles.

Comprenant qu'il n'avait pas réussi à convaincre le jeune homme, Tino secoua la tête.

— Dans ce cas, le seul miracle possible serait le carnet rouge, mais encore faudrait-il savoir où il se trouve.

Intrigué, Flavio se tourna pour le regarder en face.

— De quoi parles-tu ?

— Voyons, ne me dis pas qu'Alvise est mort sans t'en parler ?

L'étonnement du maître agaça Flavio, qui flairait un autre tour de son grand-père, semblable à ce codicille chez le notaire concocté pour l'empêcher de vendre les Verreries pendant deux ans. Comme s'il

254

en avait jamais eu l'intention ! Si le manque de confiance du vieil homme le contrariait, il lui faisait surtout de la peine. Quelle faute avait-il donc commise pour mériter ce qui finissait par ressembler à du mépris ?

— Ce n'est peut-être qu'une légende parmi d'autres, mais ce que tu vois rassemblé ici ce ne sont pas les seules archives de la famille, poursuivit Tino en indiquant du menton les armoires cadenassées. On parle d'un livre qui contiendrait les secrets les plus précieux. Si jamais on veut espérer sauver la *fornace*, c'est le carnet rouge qu'il nous faut.

— Mais tu doutes même de son existence, s'étonna Flavio.

Tino haussa les épaules.

— Ton grand-père n'a jamais nié son existence.

La cloche de San Pietro se mit à sonner. Les deux hommes s'observèrent en silence. Tino avait l'air gêné. Visiblement, il ne comprenait pas pourquoi Alvise n'avait pas transmis le carnet à son petit-fils. Il était inconcevable d'égarer des renseignements aussi précieux. Flavio éprouva un aiguillon de curiosité et une lueur éclaira son regard.

— Où l'aurait-il caché, à ton avis ? reprit-il à mi-voix. Pas dans cette pièce, c'est trop évident. Ni dans son bureau où il y avait trop de passage. Encore moins dans les ateliers, à cause de la proximité des fours. Il avait sûrement songé à un endroit où il pourrait s'assurer régulièrement de sa présence.

Brusquement, il empoigna sa canne.

— Sa chambre, évidemment. C'est là que moi, j'aurais trouvé une cachette. Aide-toi et le Ciel t'aidera, n'est-ce pas ?

Ils avaient cherché partout, en vain. La chambre d'Alvise Grandi était aussi tranquille, fraîche et propre que de son vivant. La vieille tante Francesca au visage poupin couronné de boucles blanches venait y faire le ménage une fois par semaine. Elle en profitait pour apporter son *brodo di pesce* dans une soupière fumante, et malheur à Flavio s'il ne terminait pas la soupe de poissons sous son regard inquisiteur. Les lunettes perchées sur le bout du nez, elle n'hésitait pas à le houspiller ni à lui donner des claques sur le bras, la tête renversée en arrière car elle ne lui arrivait pas à l'épaule. Ce que tante Francesca perdait en centimètres, elle le gagnait en vivacité.

Ils avaient passé deux heures à fouiller la maison de fond en comble. Tino avait fini par baisser les bras. Il était reparti chez lui sans dire un mot, la démarche pesante, la tête enfoncée dans les épaules. Il détestait l'échec. On racontait qu'il avait autrefois travaillé vingt heures d'affilée jusqu'à obtenir la perfection qu'il recherchait. On racontait aussi que la défaite le rendait méchant.

Aussi déçu que lui, mais sans le montrer, Flavio s'était versé un verre de vin à la cuisine, où il avait grignoté un morceau de parmesan avant de remonter dans la chambre de son grand-père. Quelque chose lui disait que ce maudit carnet rouge se trouvait là, mais où ?

Il hésita à s'asseoir sur le lit, puis, cédant à la lassitude, il s'allongea en chien de fusil, la joue posée sur ses mains, comme lorsqu'il était enfant. Le sommeil le fuyait depuis si longtemps qu'il avait l'impression que le sang ne circulait plus dans ses veines. Il ferma les yeux, tressaillit lorsque sa canne tomba par terre. Il la ramasserait plus tard. Il avait envie de se reposer un instant, de s'accorder quelques minutes de grâce, avant de reprendre ses recherches. S'il le fallait, il démonterait la maison pierre par pierre...

Lorsqu'il ouvrit les yeux, le soleil inondait la pièce. Il n'en revenait pas. Il avait passé une nuit entière à dormir, sans cauchemars ni réveils en sursaut. Il s'étira, prenant garde à ne pas ranimer l'une de ces crampes qui le cisaillaient de douleur, lui emprisonnant la hanche dans un étau. Il bascula ses jambes sur le côté, chercha sa canne et s'aperçut qu'elle avait glissé sous une commode. Péniblement, il se pencha pour la saisir, mais n'arriva pas à l'atteindre. Agacé, il poussa la commode de côté.

Il y avait quelque chose d'étrange dans la plinthe, une sorte de décoloration. Il s'agenouilla en grommelant, mais son cœur s'était mis à battre plus vite. D'une main nerveuse, il étudia le parquet, puis la plinthe irrégulière, poussa, tira, frappa avec le poing. Enfin, ses doigts trouvèrent le mécanisme. Il plongea la main dans la cavité et en ressortit un morceau de tissu poussiéreux qu'il contempla d'un air hébété.

— Livia, murmura-t-il, partagé entre l'incrédulité et la colère. La petite garce...

Assise sur un banc au pied d'un arbre famélique, Hanna s'accordait un instant de répit après sa corvée de lessive. Le ciel était d'un bleu cristallin, poli comme un miroir. Elle se frotta les mains pour faire circuler le sang. Le froid lui piquait les joues et elle devinait qu'elle avait le nez rougi, mais pour rien au monde, elle n'aurait renoncé à ces précieux moments de solitude.

L'hiver était rigoureux. On parlait de l'un des plus glacials du siècle. Dans leurs baraquements à peine chauffés par de modestes poêles en fonte, les réfugiés faisaient preuve d'ingéniosité pour ne pas mourir de froid. À cause du risque d'incendie, il leur était strictement interdit d'utiliser l'électrité pour se chauffer, mais, de toute manière, le courant était si faible qu'ils arrivaient à peine à s'éclairer.

La robe de Lilli, la tenue d'Inge, ainsi que la chemise de Wilfried étaient pliées dans le seau qui lui servait de panier à linge. Exaspérée par la mauvaise qualité du savon rationné, elle avait frotté en vain sans parvenir à retrouver le blanc éclatant de son enfance, mais elle ne devait pas faire la difficile : c'était déjà bien d'avoir pu obtenir un peu de poudre pour les vêtements.

En contrebas, des garçons d'une dizaine d'années, écharpe autour du cou et mitaines trouées aux mains, déblayaient un bas-côté avec des pioches. Concentrés sur leur tâche, ils travaillaient avec sérieux, mais laissaient de temps à autre échapper un éclat de rire qui montait vers le ciel. En fin de journée, ils iraient voler du charbon à la gare et les policiers militaires américains détourneraient les yeux, comme d'habitude.

Elle appuya la nuque contre le tronc de l'arbre et ferma les yeux. L'engourdissement s'empara de ses jambes, de ses bras, de ses mains aux articulations rougies. Tandis que les voix enfantines s'étiolaient en murmures, elle s'abandonna à cette léthargie familière qui la gagnait à la moindre occasion et contre laquelle elle avait de plus en plus de mal à lutter.

À quoi bon ? se disait-elle quand elle entendait les autres parler d'un avenir qui lui semblait si truffé d'incertitudes qu'il en devenait insultant. « Allons, Hanna, nous avons un toit, de quoi manger pour survivre et, au camp, on ne nous mène pas une vie aussi dure qu'à ceux qui ont été assignés chez des particuliers. » Les bonnes âmes n'avaient pas tort et elle aurait dû se sentir reconnaissante d'être en vie, mais elle détournait la tête, emplie d'une colère silencieuse qui grondait au creux de son ventre et enflammait ses nerfs.

Elle pensait parfois à ces Allemandes qui s'étaient suicidées après avoir été violées par les soldats devant leurs pères ou leurs enfants. Aurait-elle dû faire comme elles ? Elle revoyait Hildegard, la jeune veuve de l'instituteur, qu'elle avait trouvée baignant dans son sang après un avortement qui avait mal tourné, l'une de ces malheureuses qui ne supportaient pas l'idée de mettre au monde un « bébé russe » et qui préféraient risquer leur vie. Ces femmes-là avaient échappé à un quotidien qu'elles vivaient comme une condamnation à perpétuité.

Pour une fois, la douleur dans son ventre s'était assagie, elle aussi. Hanna ne ressentait qu'une lourdeur ronde et pleine qui la tiraillait par intermittence, semblable à celle qu'elle éprouvait tous les mois. Voilà plusieurs semaines qu'elle souffrait ainsi. Alors que, depuis le viol, elle avait tout fait pour l'oublier, elle vivait désormais à l'écoute de son corps comme s'il était devenu une personne étrangère dont elle dût se méfier.

Elle le touchait à contrecœur, non sans dégoût, et seulement parce qu'elle était bien obligée de se laver, de se vêtir et de se nourrir. Elle accomplissait les gestes rituels pour se maintenir en vie, mais ses mouvements étaient devenus saccadés, automatiques.

Lilli lui faisait le reproche de ne plus s'intéresser à son apparence. Les joies de sa jeune cousine étaient simples : une barrette pour ses cheveux qui, à son grand plaisir, avaient repoussé bouclés, un coupon de tissu inespéré pour rapiécer sa robe. Ignorant quand ils auraient la chance de se procurer des vêtements neufs, ils prenaient grand soin de ceux qu'ils avaient pu emporter et la corvée de linge exigeait un doigté particulier. Ceux qui avaient été expulsés en quelques heures de chez eux ne possédaient que les vêtements qu'ils portaient sur le dos. Certains enfants d'une même famille se partageaient parfois une paire de chaussures, sortant en hiver à tour de rôle.

Hanna écoutait sa cousine s'extasier, mais elle ne parvenait pas à s'enthousiasmer à son tour. Il lui semblait pourtant que, autrefois, elle aussi avait été une jeune fille coquette. Désormais, les vêtements lui servaient seulement à se couvrir et le maquillage de certaines jeunes filles impudiques ressemblait pour elle à un masque grossier qu'elles plaquaient sur leur visage.

Quand elle observait ses traits tirés, elle s'en voulait de son indifférence. Les réfugiés qui fuyaient la zone d'occupation des Soviétiques leur racontaient les difficultés d'une vie où la peur était devenue une compagne constante. Là-bas, les viols continuaient. Un cauchemar incessant. Quand donc tout cela prendra-t-il fin ? se lamentaient les femmes.

Même si les Bavarois se montraient réticents à l'afflux massif des réfugiés et si les autorités américaines les surveillaient de près, les hommes et les femmes venus de Gablonz qui se regroupaient sur les terrains de Kaufbeuren-Hart croyaient dur comme fer en un avenir meilleur.

« Que les Allemands le fassent », martelaient les Américains, en adeptes de l'initiative individuelle. C'était inutile de le leur dire deux fois : ils travaillaient de cinq heures du matin à huit heures du soir. À partir du fer-blanc des conserves américaines, de glaise et de bois, ils façonnaient des bijoux fantaisie qu'ils vendaient pour quelques pièces ou échangeaient contre des denrées rares. La première verrerie avait été ouverte un an auparavant. D'autres étaient en construction. Confrontée à cette ténacité et à cette volonté de réussite, Hanna avait parfois l'impression d'être le mouton noir.

L'un des plus grands baraquements était régulièrement transformé en salle des fêtes. Décoration fantaisiste, musiciens, bière et schnaps fait maison, rien n'y manquait. Avant de sortir, Lilli se pinçait les joues pour leur donner de la couleur, se pomponnait devant l'éclat du miroir posé sur une étagère. « Tu crois que ça va ? » demandait-elle à sa cousine en tirant sur la nouvelle collerette de sa robe. Hanna n'avait pas le cœur de lui dire que la couleur jaunasse lui donnait un teint délavé. « Tu es ravissante », répondait-elle, et le regard de Lilli perdait cette lueur d'inquiétude qui était devenue chez elle une seconde nature.

Par miracle, sa cousine avait échappé aux viols, mais, lors du passage de la frontière, quand Lilli avait été soumise à l'humiliante fouille corporelle, les six policiers lui avaient demandé de se déshabiller entièrement. Hanna n'oublierait jamais les visages hilares des brutes qui s'étaient moquées de la jeune fille, lui ordonnant d'écarter les cuisses, de se pencher en avant, l'évaluant comme si elle n'était qu'un vulgaire morceau de viande. Ensuite, elles avaient dû attendre des heures avant de pouvoir monter dans le wagon à bestiaux. Lilli avait regardé fixement devant elle, les bras croisés sur la poitrine, sans desserrer les dents. Longtemps, son corps avait été parcouru de frémissements incontrôlables.

« Les autres filles vont encore demander comment faire pour sortir avec un GI, ajoutait Lilli. Tu devrais les voir. Elles rêvent toutes de se marier et de vivre en Amérique. Elles sont tellement sottes... — Toi, évidemment, tu te fiches des soldats américains puisque tu as Wilfried », rétorquait sèchement Hanna et, cette fois, un rouge parfaitement naturel enflammait les joues de la jeune fille.

Hanna ne pouvait s'empêcher d'éprouver une pointe de jalousie à voir Lilli et Wilfried s'épier du coin de l'œil, se frôler et échanger des sourires complices quand ils pensaient qu'on ne les regardait pas. Ils étaient gauches, indécis, nerveux. Ils étaient amoureux et probablement les seuls à l'ignorer.

Son corps à elle avait été souillé avant d'être accaparé pendant neuf mois par une intruse. Désormais, il

262

n'était plus qu'une coquille dans laquelle elle était condamnée à vivre, puisqu'elle ne pouvait pas s'en débarrasser. Il lui arrivait d'envier les serpents qui changeaient de peau au fil des mues. On devait éprouver une formidable sensation de liberté à se dépouiller ainsi de ses oripeaux pour renaître neuf et sans taches. Elle aurait aimé faire comme eux, changer de chair, de texture de cheveux, de grain de peau. Devenir une autre, parfaitement lisse, dépourvue d'odeur et de sécrétions.

Je me fais horreur, songea-t-elle, le cœur serré.

Quand sa petite fille s'approchait d'elle avec sa démarche de canard vacillant, tout étonnée de se tenir debout, il lui arrivait d'éprouver un intense élan protecteur, violent et ravageur, mais elle la serrait trop fort et l'enfant éclatait en larmes. La plupart du temps, elle l'observait avec une indifférence absolue, et aucun sourire, aucune mimique ne la touchait. Elles étaient deux entités distinctes. Entre elles, il n'y avait pas cette fluidité propre à la relation de toute mère avec son enfant.

Elle n'arrivait pas à se confier aux jeunes femmes de son âge, même à celles qui avaient connu des épreuves semblables. Son secret était trop douloureux et intime, trop obscur, pour être partagé. Aux inconnus, elle montrait un visage uniforme sur lequel glissaient les regards, et ses sourires effilés ressemblaient à des coups de griffe. Sa pudeur la rendait transparente. Derrière son dos, elle savait qu'on la disait charmante, mais un peu simplette.

Elle avait l'impression de s'éloigner des autres, telle une barque qui s'écarte inéluctablement du rivage, entraînée par un courant imperceptible. Les voix de Lilli et de Wilfried lui parvenaient en un babillement indistinct et leurs visages devenaient flous, si bien qu'elle avait l'impression de ne pas les connaître. Elle se demandait parfois si elle n'était pas en train de devenir folle.

Elle ne parlait pas des douleurs diffuses qui la tenaillaient, n'ayant pas envie d'attirer l'attention et trouvant logique que son corps proteste. Au moins, lui savait s'exprimer, et c'était peut-être là sa seule qualité. Ainsi, elle demeurait discrète, sage et consciencieuse, la gentille Hanna, la confidente vers qui l'on se tournait pour apaiser un souci, une angoisse, une crainte irraisonnée, quoique pour les réfugiés toutes les appréhensions soient justifiées.

« N'aie pas peur, petite sœur, je suis revenu. Je vais veiller sur toi et sur la famille. » Quel menteur ! Andreas n'avait pas son pareil pour lancer des promesses qu'il ne tenait jamais. Elle n'était pas assez sotte pour lui en vouloir de ne pas avoir protégé Friedl comme il s'y était engagé lors de leur départ pour le front. À l'époque, elle avait voulu y croire pour se rassurer, mais, dans son for intérieur, elle avait su que c'était impossible. En bonne chrétienne, elle les avait confiés à leurs anges gardiens. Ce jour-là, celui de son fiancé avait dû détourner la tête.

Mais pourquoi Andreas avait-il récidivé à son retour ? Lorsqu'il lui avait annoncé qu'il partait pour la France, elle s'était mise en colère. Les mains moites, le cœur battant la chamade, elle avait eu le sentiment d'être abandonnée une nouvelle fois. Comment osait-il les laisser pour une raison aussi aberrante ? Son devoir était de rester auprès d'elle, de Lilli et de la petite. De quel droit fuyait-il ses responsabilités ? En entendant ses reproches, son frère avait affiché sa mine des mauvais jours. La mâchoire tendue, il lui avait répondu sur un ton sévère qu'elle ne pouvait pas comprendre, mettant un terme à la conversation avec l'air péremptoire des hommes qui n'ont pas le courage de dire le fond de leur pensée. Or, elle avait parfaitement compris : par ce geste symbolique qui n'avait de sens que pour lui, Andreas voulait se racheter, parce qu'il se sentait coupable. À sa manière, et peut-être sans même s'en rendre compte, il voulait expier les fautes d'une nation tout entière. C'était insensé, orgueilleux, et parfaitement égoïste. Moi, je ne suis pas coupable ! s'était-elle abstenue de crier. Je suis victime...

— Tu dors ?

Elle ouvrit un œil.

— Plus maintenant, répliqua-t-elle, et Wilfried en profita pour replier son corps dégingandé et s'asseoir à côté d'elle.

Elle respira son odeur légèrement aigre de sueur et de poussière. Il sortit un mouchoir de sa poche et s'essuya la nuque, ses mains noires de crasse.

— J'ai pas arrêté depuis six heures ce matin, mais ça commence à prendre forme.

Il semblait fier. Elle savait qu'il avait consacré la matinée à la construction d'une nouvelle verrerie. Sous l'impulsion de quelques visionnaires aussi tenaces qu'autoritaires, les Sudètes s'étaient mis à bâtir leur nouveau monde. Dans leur pays, la plupart d'entre eux avaient été des employés et des ouvriers qualifiés. Beaucoup avaient eu des commerces indépendants. La Bavière était une région agricole, mais tout le monde ne pouvait pas devenir paysan, d'autant que les réfugiés ne possédaient pas les terres. Ainsi, ils voulaient renouer avec leurs métiers.

Quand on les regardait construire les machines pour presser les boutons et les morceaux de verre, chaque coup de marteau, chaque crépitement d'outil semblaient relancer le sang dans leurs veines. À leur

265

arrivée au camp de transit à la frontière, les familles avaient reçu un plat creux, une louche et un seau en zinc pour entamer une nouvelle vie. Les Sudètes avaient accepté, reconnaissants mais humiliés par la pitié qu'ils lisaient dans les regards. Désormais, ils n'avaient qu'une idée en tête : renaître d'une manière ou d'une autre – et renaître libres.

— On va reconstruire Gablonz, tu verras, ajouta-t-il en hochant la tête, peut-être pour se persuader lui-même que ce n'était pas une utopie. Il faut arrêter de penser qu'on va repartir à la maison. Les Tchèques ne nous laisseront jamais revenir. Ceux qui le croient sont des imbéciles. La patrie, on la porte en nous pour toujours, mais maintenant il faut cesser de regarder en arrière. On est capables. On a le savoir-faire et l'envie.

— Tu as un savoir-faire, toi ? le nargua-t-elle, parce que l'optimisme de Wilfried lui tapait sur les nerfs.

— Dès que possible, je deviendrai apprenti et, dans six ou sept ans, je serai maître verrier comme le lieutenant.

— Je t'admire de voir aussi loin, ironisa-t-elle. Moi, j'ai du mal à envisager la journée de demain. Mais ce cher Andreas t'inspire, c'est encourageant. Avec un peu de chance, il reviendra un jour nous rendre visite et il daignera peut-être t'apprendre quelques ficelles du métier. À moins qu'il ne reste en France. Autrefois, mon frère s'était bien plu en Lorraine. Il va peut-être rencontrer une charmante Française et se marier là-bas. Ne dit-on pas qu'on y est heureux comme seul peut l'être le bon Dieu ? Là-bas, au moins, il sera enfin débarrassé de nous.

Wilfried déboutonna son veston pour se gratter la poitrine. Il portait son chandail rêche à même la peau, Hanna ayant emporté sa seule chemise à laver.

— T'es de mauvaise humeur.

Brusquement, elle sentit des larmes lui brouiller la vue.

— Je suis fatiguée, c'est tout, fatiguée de cette vie sans intérêt, fatiguée de devoir sans cesse lutter pour la moindre chose, fatiguée d'entendre les gens se plaindre qu'ils ont faim. Je ne supporte plus de survivre dans une misérable cahute à l'intérieur d'un campement où il y a des gens partout, partout, partout…

Je ne vous supporte plus, ni toi, ni Lilli, ni Inge, mais ça, je ne peux pas te le dire !

Elle s'aperçut que ses mains tremblaient et elle serra les lèvres.

— Il paraît que les Américains ont fait livrer des matelas aujourd'hui, déclara Wilfried d'un air enjoué en essayant de lui remonter le moral. Je vais aller nous en chercher. Au moins, on dormira mieux. Il ne faut pas désespérer, Hanna. On a perdu la guerre, mais on va réussir la paix.

Elle eut un rire nerveux.

— On dirait un homme politique. Avec de belles phrases comme celles-là, tu vas séduire les foules.

Il haussa les épaules.

— Je ne veux séduire qu'une seule personne, mais elle ne veut pas de moi.

Hanna se redressa pour lui prêter attention. Il regardait ses pieds d'un air embarrassé.

— Qu'est-ce que tu veux dire ?

— Ne fais pas celle qui ne comprend pas ! s'agaça-t-il. Je voudrais me marier avec Lilli, mais elle veut pas.

— Tu lui as demandé ?

Elle était étonnée, car elle ignorait que les jeunes gens fussent allés aussi loin dans leurs intentions.

— Plusieurs fois, insista-t-il d'un air bougon. Elle dit qu'il faut attendre, qu'on est trop jeunes, qu'on n'a pas d'argent... Bref, elle a toujours une bonne excuse. Mais moi, je lui dis que ça sert à rien d'attendre. On a déjà perdu assez de temps comme ça, non ? Tous les matins, je me dis que c'est un miracle que je sois encore en vie. Je l'aime et elle m'aime, qu'est-ce qu'elle veut de plus ?

Hanna avait de la peine à imaginer sa cousine tête de linotte tenant des propos raisonnés. Autrefois, Lilli avait été plutôt impulsive, préférant agir d'abord et réfléchir ensuite. C'était étonnant qu'elle ne saisisse pas l'occasion. D'autres n'auraient pas hésité.

Bien entendu, il y avait ces filles qui se donnaient trop librement. Les Fräulein minaudaient avec leurs joues rondes, leurs bras potelés et leurs cheveux roulés au-dessus du front, mais leurs lèvres marquaient les Lucky Strike d'auréoles rouges et il suffisait d'être attentif pour remarquer que leurs bouches étaient agressives et leurs regards sans concession.

Si Lilli repoussait Wilfried, était-ce parce qu'elle doutait de son amour ? Il faudra que je lui pose la question, songea-t-elle. Il est pourtant bien sous tous rapports, même s'il n'est pas très éduqué ni très brillant. Mais qui sommes-nous pour jouer les difficiles ?

Bien sûr, Wilfried Horst aurait été considéré comme un mauvais parti si les Wolf avaient toujours été installés dans leur village de Wahrstein, avec leur statut de famille reconnue et respectée. Un milieu modeste, un père cordonnier porté sur la bouteille, une mère dont on ignorait tout. Chez les Wolf, on aspirait à des mariages plus ambitieux, mais le vieux socle d'une société stratifiée avec ses prétentions et ses conventions avait basculé dans le néant. L'armature gisait parmi les gravats d'une nation à genoux. Désormais, ces exilés qui ne possédaient plus rien, hormis leur volonté, leur talent et leurs espoirs, devaient aussi apprendre l'humilité. Wilfried était quelqu'un de bien, tout simplement, et Hanna avait appris à ses dépens que c'était la seule qualité qui comptait chez un être humain.

— Tu pourrais peut-être lui en parler ? ajouta-t-il d'un air timide.

— Bien sûr, dit-elle en se levant. L'avenir lui fait peur, comme à beaucoup d'entre nous.

— Mais puisque je serai là pour la protéger ! protesta-t-il en se dressant d'un bond sur ses pieds.

Une ombre passa sur le visage de la jeune femme, soulignant d'une ligne sévère ses pommettes, l'arête de son nez et ses lèvres fines. Son corps tout entier se figea et elle leva la tête pour le regarder dans les yeux.

— Aucune Allemande ne croira plus jamais qu'un homme est capable de la protéger, déclara-t-elle d'un ton tranchant. C'est une leçon qui est gravée dans notre chair. Nous avons appris à ne compter que sur nous-mêmes. À vous de le comprendre et d'en tirer les conclusions.

La bouche ouverte, Wilfried la contemplait, interloqué. À le voir si désemparé, elle s'en voulut d'avoir été agressive, mais quand est-ce que les hommes commenceraient enfin à réaliser que la vie ne serait jamais plus comme avant ?

Lorsqu'elle se baissa pour ramasser le linge, il s'empressa de le lui prendre des mains.

Lilli berçait Inge sur ses genoux, caressant d'une main distraite les cheveux foncés de la petite fille endormie, le corps désarticulé de sommeil, abandonnée dans ses bras comme seuls savent le faire les enfants qui ignorent la peur. La jeune fille dodelinait de la tête. Elle avait été de corvée de cuisine toute la journée, passant des heures à éplucher les pommes de terre destinées aux repas frugaux des sept cents réfugiés du campement.

Assise sur le tabouret, Hanna peignait ses cheveux, les yeux mi-clos. Les gestes lents et réguliers lui apportaient du réconfort. Comme d'habitude, elle examinait avec soin le peigne édenté à la recherche de poux.

— Pourquoi refuses-tu de l'épouser ? demanda-t-elle à voix basse, afin de ne pas réveiller Margit qui ronflait sur la banquette voisine.

Lorsqu'elle était revenue avec Lilli de l'enterrement de sa mère, elle avait trouvé une veuve et son fils de cinq ans assis sur le lit de camp de la décédée, les genoux serrés, le dos droit, un baluchon à leurs pieds. L'organisation du camp, toujours aussi débordée, ne perdait pas une seconde pour attribuer les places. Margit et le petit Rudolf étaient maigres, pâles et gris. D'une politesse à toute épreuve, ils étaient tellement avides de bien faire qu'ils en devenaient irritants.

Aucune égalité ne se justifiait devant la peur. Marquées par les épreuves, certaines âmes comme celles de Margit ou de son fils garderaient à jamais une fragilité, n'osant affirmer ni leurs opinions ni leurs désirs, se pliant à la volonté d'autrui avec le sentiment confus qu'il devait y avoir une raison au malheur qui s'acharnait sur eux. Chez d'autres, de manière plus pernicieuse, la peur forgeait une cuirasse et leur intransigeance donnait l'illusion de la force, alors qu'elle les rendait surtout insensibles.

Les deux familles s'entraidaient car elles affrontaient les mêmes difficultés, mais, dans d'autres circonstances, ni les uns ni les autres ne se seraient même adressé la parole car ils n'avaient rien en commun.

Lilli releva le menton d'un mouvement vif. Elle semblait à la fois flattée et inquiète.

— Il t'en a parlé ?

— Tu l'aimes, fit Hanna en haussant les épaules. C'est une évidence.

— Je ne sais pas… J'ai envie et, en même temps, j'ai peur. Quelquefois, ça me donne le vertige. Toutes les nuits, je rêve de la maison. À l'époque, je savais ce que je voulais. Tu te souviens quand on allait à l'école et qu'on faisait ces défilés stupides ? Notre route était toute tracée. Je savais que j'allais grandir, me marier et avoir des enfants en parfaite santé, puisque c'est ce qu'on attendait de nous, lança-t-elle d'un air moqueur. J'imaginais déjà leurs prénoms. Quand tu t'es fiancée avec Friedl, je me suis dit : c'est moi la prochaine dans la famille. Mais, maintenant, je ne sais plus…

— Parce que tout cela est encore trop récent. Quand je vois les vieilles personnes qui errent dans le camp, je sais qu'elles ne s'en remettront jamais et qu'elles mourront à petit feu. Les enfants de l'âge d'Inge n'auront pas les mêmes souvenirs pénibles et ils s'en sortiront. C'est pour notre génération que c'est le plus difficile. On est devenus adultes avant d'avoir pu être insouciants.

Lilli contempla le visage de l'enfant qu'elle considérait comme sa petite sœur. Le nez retroussé lui donnait l'air espiègle et une bulle de salive s'échappait de ses lèvres entrouvertes. Elle ne comprenait pas comment Hanna pouvait se montrer aussi détachée avec sa propre fille. À dix-huit mois, Inge était une boule de tendresse, courageuse et volontaire, la réplique de sa mère. Elle ne réagissait pas tout de suite quand on lui parlait, mais dès qu'on avait capté son attention, elle ne vous lâchait plus. Tendrement, Lilli lui caressa la joue.

— Je ne suis pas aussi sûre pour les petits. Un enfant vit d'une manière plus pure que les adultes. Il ne triche pas. Il perçoit les choses sans avoir eu le temps de se construire une carapace pour se protéger, et ce qu'il ressent dans sa petite enfance le hante ensuite toute sa vie.

Elle marqua une pause, nerveuse.

— Je n'ai pas confiance, murmura-t-elle. Je crois que je n'aurai plus jamais confiance.

Hanna cessa de peigner ses cheveux et posa les deux mains sur ses genoux. Son corps était engourdi, le sang s'écoulait visqueux dans ses artères. À force d'être entourée de gens qui dépendaient d'elle, la jeune femme se sentait aussi desséchée qu'un arbre privé de sève. Le départ d'Andreas l'avait blessée au plus profond parce qu'il l'avait trahie en refusant de comprendre combien elle avait un besoin vital de lui. Confrontée au désarroi de Lilli, elle avait l'impression d'être un insecte prisonnier d'un pot de miel. Elle agitait les ailes, mais elle étouffait peu à peu, de manière lente et inexorable.

— Il faudra pourtant que tu apprennes à t'en passer. Personne ne va nous apporter le bonheur sur un plateau d'argent. Il va falloir aller le chercher et le saisir à pleines mains. Même s'il est bien modeste, même si c'est le genre de bonheur qu'on n'aurait pas remarqué autrefois ou qu'on aurait dédaigné. Wilfried t'aime. Aujourd'hui. Maintenant. Qu'en sera-t-il demain ? Est-ce qu'une autre guerre ou une loi ou un décret viendront nous chasser d'ici ? On n'en sait rien. Au moins, comme nous ne possédons plus rien, ils ne pourront rien nous prendre, précisa-t-elle d'un air ironique. Je comprends que tu n'aies plus confiance en personne, mais tu as été assez forte pour arriver jusqu'ici. Tu as survécu aux gardes révolutionnaires et à ces monstres à la frontière. Tu es tombée si malade l'hiver dernier que j'ai cru que tu allais mourir, toi aussi, mais tu es toujours là. S'il existe une personne en qui tu peux avoir confiance, Lilli, c'est toi.

Elle s'arrêta, à bout de souffle, des gouttes de sueur sur le front. Cela faisait longtemps qu'elle n'avait pas tenu un aussi long discours.

Lilli hocha la tête, les yeux remplis de larmes.

— Alors tu crois que... ?

— Écoute ton instinct, coupa Hanna. Si tu penses que tu peux être un tant soit peu heureuse avec Wilfried, n'hésite pas. Il ne faut pas leur laisser nous voler ça aussi. Ah ! s'écria-t-elle soudain en portant les deux mains à son ventre.

— Mon Dieu, qu'est-ce que tu as ? s'affola Lilli.

Une lumière blanche lui cisaillait le corps. Hanna bascula vers l'avant, sa tête heurta le rebord de la table. Inondée par une sueur froide, elle vomit et le reflux lui brûla la gorge.

— Parle-moi ! Tu as mal quelque part ? s'écria Lilli qui s'était agenouillée à côté d'elle.

— Qu'est-ce qui ne va pas ? demanda la voix ensommeillée de Margit. Je peux vous aider ?

— C'est Hanna. Elle me parlait et puis, d'un seul coup, elle s'est sentie mal.

Recroquevillée par terre, les genoux ramenés vers la poitrine, Hanna gémissait de douleur, vaguement consciente que Lilli lui soulevait la tête et lui essuyait le visage. Quand Margit voulut lui allonger les jambes, elle vomit à nouveau, éclaboussant sa cousine. La puanteur âcre emplit ses narines.

— Je vais chercher Fräulein Christa, dit Margit, qui dormait tout habillée car la chaleur approximative du poêle ne suffisait pas à la réchauffer. Ne bouge pas, Rudi, je reviens tout de suite.

Le petit garçon s'était redressé dans le lit et suçait son pouce sans quitter sa mère des yeux. Margit saisit ses chaussures sous la table, enfonça un bonnet sur sa tête, et repoussa le drap de l'armée américaine qui les séparait du couloir et des autres habitants.

— Dépêche-toi ! cria Lilli. Ne t'inquiète pas, Hanna, Fräulein Christa va venir s'occuper de toi, ajouta-t-elle en soutenant sa cousine qui gémissait comme un animal en peine, les joues striées de vomi et de sang.

Seigneur, faites que ce ne soit pas grave, supplia-t-elle, les lèvres tremblantes. Je vous promets que je serai gentille si vous épargnez Hanna. Je vous promets d'enfiler les perles plus vite, de ne plus chaparder la nourriture aux cuisines… J'épouserai Wilfried, si c'est ce que vous voulez, mais, je vous en supplie, faites que ce ne soit pas grave…

Dehors, Margit courait dans le froid. Son haleine créait des bouffées de vapeur. Les étoiles piquetaient le ciel de velours noir. Il ne neigerait pas ce soir-là. Les baraquements dressaient des barrières sombres dans la nuit. En arrivant près de l'infirmerie, son cœur battait si fort que ses oreilles bourdonnaient. Elle dérapa sur une plaque de verglas, tomba à genoux, mais se releva aussitôt.

Elle avait peur parce qu'elle pressentait que la malheureuse Hanna avait quelque chose de grave. La jeune femme les avait accueillis avec gentillesse, Rudi et elle, quand ils avaient été placés dans leur foyer. Elle leur avait trouvé un peu de place sur une étagère et sous l'un des lits superposés. C'était une personne énigmatique qui parlait peu et ne souriait jamais. Sa froideur en devenait parfois intimidante.

Margit avait aussitôt deviné qu'Inge était une enfant du viol. Puisqu'elle était mère, elle comprenait mieux ce que la jeune femme croyait dissimuler. Il y avait un tel vertige dans le regard de Hanna quand elle regardait sa fille, une telle somme d'horreur, de honte et d'amour, qu'il ne pouvait en être autrement.

Elle s'arrêta devant la porte de l'infirmerie et se mit à tambouriner. Quelques minutes plus tard, Fräulein Christa lui ouvrit, ses cheveux noirs en désordre, enveloppée dans un châle de laine.

— Qu'y a-t-il ? demanda-t-elle en clignant des yeux.

— C'est Hanna Wolf, dit Margit à bout de souffle. On habite ensemble. Baraquement 321. Elle a eu une crise. Elle vomit et elle souffre atrocement. Venez vite, je vous en prie !

— J'arrive. Attendez-moi quelques secondes à l'intérieur.

Margit se faufila par la porte. L'infirmerie possédait le chauffage central, l'eau chaude et des toilettes. On pouvait y loger une dizaine de malades et des vieillards venaient y mourir.

Par la porte ouverte, elle regarda Fräulein Christa s'habiller dans le minuscule réduit où elle avait à sa disposition un lit de camp et quelques planches en guise d'étagères. En été, des fleurs des champs garnissaient la boîte de conserve vide qui lui tenait lieu de vase. Les résidents du camp mettaient un point d'honneur à ce que le bouquet soit toujours frais.

L'infirmière de la Croix-Rouge travaillait jour et nuit. Quand elle ne soignait pas les malades alités à l'infirmerie, on la voyait se hâter de baraquement en baraquement avec ses médicaments et ses pansements. Elle assistait le médecin qui venait tous les matins pour les consultations et l'aidait lors des opérations. On l'avait surnommée « l'Ange Blanc ». Elle possédait un excellent diagnostic et une bonne humeur à toute épreuve.

Margit s'adossa à un mur et ferma les yeux, profitant de la douce chaleur. Elle s'en voulut de penser qu'il y avait certains avantages à être malade et à se laisser dorloter.

— Je suis prête, dit Fräulein Christa, une vieille sacoche à la main, le châle épinglé en croix sur la poitrine.

Les deux femmes retinrent leur souffle avant de se jeter dans le froid.

Lilli dévorait des yeux le visage grave de Fräulein Christa, obsédée par l'idée absurde que la coiffe de l'infirmière était légèrement de travers et que cela ne pouvait que porter malheur, comme si tout dépendait de la précision avec laquelle le morceau d'étoffe blanche était perché sur ses cheveux. Elle se retenait pour ne pas la redresser.

Elle avait donné un bout de chiffon à sucer à Inge, qui pleurnichait sur le lit. Derrière l'épaule de sa mère, le visage blême du petit Rudolf les observait sans ciller. Elle aurait aimé le rassurer, mais elle n'arrivait pas à esquisser un sourire.

Les lèvres retroussées de Hanna lui découvraient les gencives. Son visage avait la couleur de la cendre et sa peau moite était glacée. L'infirmière termina de lui palper le ventre et rabattit la chemise.

— Il faut l'emmener immédiatement à l'infirmerie, ordonna Fräulein Christa en se relevant. Réveillez quelques hommes. Qu'ils improvisent un brancard. Il faut opérer sans attendre.

— Mon Dieu ! Mais qu'est-ce qu'elle a ? s'écria Lilli, affolée.

— Une crise d'appendicite. Probablement une péritonite. Allons ! Il n'y a pas une seconde à perdre.

Livia avait enroulé l'écharpe autour de son visage et enfoncé le bonnet jusqu'à ses sourcils, ne laissant transparaître que l'éclat de ses yeux. Des filaments de glace s'incrustaient dans la laine humidifiée par son haleine, mais elle préférait ce désagrément au froid qui mordait sa peau si elle en découvrait le moindre millimètre.

De part et d'autre de la rue, des pans de maisons à façade gothique ouvraient des yeux béants vers le ciel. De nombreuses demeures de la vieille ville devaient être démolies et certaines portes étaient condamnées par des planches. Elle avançait d'un pas si rapide qu'elle faillit manquer un détail qui attira son regard sur la porte de l'échoppe de l'encadreur.

Une affiche montrait un vase de cristal qui retenait prisonnier un tigre prêt à bondir. Toutes griffes dehors, les muscles gravés avec une maîtrise magistrale, la gueule du félin s'ouvrait en une rage saisissante. En arrière-plan, une jungle fantaisiste explosait en détails minutieusement exécutés. La délicatesse du feuillage touffu contrastait avec la pureté brute de l'animal sauvage. « *Exposition, Cristalleries de Montfaucon, du 25 novembre au 15 décembre 1947.* »

Une sonnette tinta et elle s'écarta pour laisser passer un client qui tenait un tableau empaqueté sous le bras.

— Voulez-vous entrer, mademoiselle ? demanda l'artisan en la voyant plantée devant lui.

— Non, merci, monsieur. Je regardais l'affiche.

— Superbe, n'est-ce pas ? D'habitude, je n'accepte pas d'en placer sur ma porte, mais l'animal m'a séduit. Toute cette énergie… Une merveille. L'exposition mérite le détour. Les Cristalleries se trouvent non loin de Nancy, vous voyez où c'est ?

— Je trouverai, merci, monsieur. Bonne journée.

— À vous aussi, mademoiselle.

Elle eut un dernier regard admiratif pour l'affiche, avant de poursuivre son chemin.

Elle n'était pas étonnée qu'il l'eût prise pour une jeune fille. Avec son duffle-coat acheté dans une friperie, son pantalon en laine à revers et ses chaussures à lacets doublées de fourrure, elle avait l'allure d'une adolescente. Sa belle-sœur n'aurait pas apprécié. Elle avait d'ailleurs pris soin de quitter la maison sans la croiser, afin d'éviter le regard désapprobateur que n'aurait pas manqué de susciter sa tenue. Elle se sentait aussi légère qu'une écolière capricieuse.

Élise tenait à ce que l'épouse de son frère représente avec élégance et discrétion la famille. Lorsque Livia l'accompagnait à une vente de charité, celle-ci la surveillait d'un air soucieux, comme si elle redoutait un emportement, et Livia s'en amusait. Il lui plaisait de penser qu'Élise se méfiait d'elle. Sa belle-sœur l'intimidait et elle ne lui trouvait qu'une qualité vraiment appréciable : celle de ne jamais rechigner à garder Carlo. Et puisque François prétendait qu'elle avait été une mère de substitution remarquable pour son frère Vincent et lui, la jeune femme n'hésitait pas à lui laisser son fils quand elle avait besoin de s'échapper quelques heures, ce qui était assez fréquent.

Livia ne s'en voulait pas. À Murano, les enfants ne grandissaient-ils pas les uns chez les autres ? Il n'y avait pas de différence entre les cousins, les tantes, les mères, les marraines, les grands-parents... Un charivari constant animait les maisons, les portes d'entrée battaient gaiement, les baisers sonores claquaient sur les joues, les cuisines étaient toujours pleines à craquer et, l'été, les enfants se déplaçaient en bandes et arpentaient une ville qui était leur royaume.

Elle déboucha sur l'esplanade, déserte en cette matinée glaciale. Seuls deux hommes en manteaux noirs, une serviette de cuir à la main, se hâtaient vers le palais de justice. Sous les tilleuls et les marronniers aux guipures de givre, le kiosque à musique fermé pour l'hiver ressemblait à un jouet abandonné et une légère couche de neige saupoudrait la statue tranquille du cheval représenté au pas de l'amble.

Elle n'arrivait pas à se défaire de l'image du tigre. Rares étaient les œuvres aussi évocatrices, semblables à ces musiques qui ne vous quittent plus, leur mélodie rythmant au creux de l'oreille un tempo lancinant.

Elle aurait aimé voir le vase pour en étudier en détail le travail technique. Le graveur en avait sûrement créé d'autres. Comment s'appelait-il ? D'où venait-il ? Elle s'étonnait de cette curiosité fulgurante, car elle ne ressentait plus guère d'appétit pour quoi que ce soit.

Depuis son arrivée, elle se laissait porter, sans réagir, sans réfléchir non plus. Dans cette ville grave et discrète, étrangement douce, les jours déteignaient dans les nuits et les nuits se fondaient dans les jours. Au fil interminable des heures qui s'égrenaient, elle avait parfois l'impression de perdre la mémoire et seuls certains moments restaient suspendus dans son souvenir : les éclats de rire de son fils quand elle le chatouillait, le parfum sucré de sa nuque, la douceur de sa peau à la saignée des coudes, le visage lisse de François et la joie tranquille qui avivait son regard quand il posait ses yeux sur elle, ses mains fraîches sur ses seins, la caresse de ses lèvres sur ses cuisses, la sensation de plénitude pendant l'amour. Elle se demandait parfois comment l'on pouvait aimer avec un tel abandon, sans craindre de se perdre.

Elle se souvenait aussi, avec une pointe de tristesse, de la mélodie des nuages gris et bleu qui courtisaient une lagune indocile, des poudres d'or et de rose sur la façade du palais de son grand-père derrière la Fenice, de la vivacité du vénitien qui éclatait parmi les *calli* et dont l'écho résonnait sous les passages couverts. Elle se souvenait surtout de la rage qui brûlait dans les fours de ses verreries et qui avait couru autrefois dans ses veines.

Ces sensations étaient autant de couleurs imprégnées dans sa peau. Que restait-il de la jeune femme enceinte qui avait un jour posé le pied sur le quai de la gare de Metz, impressionnée et soucieuse ? Elle était devenue une épouse, une mère de famille, une pâle copie de la Livia Grandi qui avait dirigé une entreprise du temps de la maladie de son grand-père. Chez les Nagel, elle n'occupait aucun rôle, n'assumait aucune responsabilité. Elle obéissait à la maîtresse de maison, sachant que personne ne viendrait troubler l'ordre établi par sa belle-sœur. Élise ne lui demandait jamais rien et elle n'osait pas prendre d'initiative de peur de lui déplaire. Avec le temps, elle avait réalisé que sa belle-sœur avait le don de tout maîtriser sans prononcer une parole. Le maintien de son corps, l'expression de son visage, l'acuité de son regard suffisaient pour plier l'autre à sa volonté. Livia n'avait rien à faire, hormis veiller à l'éducation de son fils.

Pouvait-on ainsi devenir une étrangère dans sa propre existence ? Y avait-il, dans la vie, des croisées de chemins qui vous forçaient, en choisissant une route, à abandonner d'autres devenirs ? Agacée, elle secoua la tête pour chasser ses pensées moroses. Elle était trop jeune pour admettre que la vie puisse n'être qu'une succession de renoncements.

Je m'ennuie, songea-t-elle en levant le visage vers le ciel. Quelques flocons de neige qui erraient dans l'air cristallin vinrent se déposer sur ses cils. Je m'ennuie à périr…

Et la laine de son écharpe incrustée de glace irrita ses lèvres gercées.

Une heure plus tard, elle se retrouva devant la grande porte de l'Atelier Nagel à Montigny-lès-Metz. Les mains enfouies dans ses poches, elle se mordilla la lèvre. Ce n'était pas sa première visite, puisqu'elle avait accepté la proposition de François de visiter l'atelier après leur mariage, mais c'était une gageure de s'y présenter seule, sans avoir été annoncée, vêtue comme l'as de pique.

La rage du tigre de cristal l'avait poussée à réagir. Elle ne voulait pas réfléchir aux conséquences de son acte. Elle voulait agir, là, tout de suite… D'une main décidée, elle poussa la porte.

La froide lumière du nord pénétrait par une immense baie vitrée et inondait le vaste atelier qui ressemblait à une ruche bourdonnante. Des maquettistes

282

et des cartonniers s'activaient, les uns penchés au-dessus de tables hautes, les autres postés en demi-cercle autour d'un carton gigantesque qui représentait le baptême du Christ par saint Jean.

Elle savait que le travail ne manquait pas. La veille, François avait raconté qu'il venait d'embaucher un peintre et deux coupeurs. Avant la guerre, l'atelier avait compté plus d'une centaine d'ouvriers ; désormais, ils n'étaient plus que la moitié, mais les commandes affluaient.

« Heureusement, il y a eu moins de destructions qu'après la Grande Guerre, mais, une nouvelle fois, nous allons aider à la reconstruction de notre patrimoine », se rengorgeait Élise. Dans beaucoup d'églises, la dépose des anciens vitraux avait aussi révélé la nécessité d'une importante restauration. L'un des premiers grands chantiers n'était autre que la cathédrale de Metz. Lors du conflit, la plupart de ses vitraux avaient été mis à l'abri, mais un orage de grêle après la guerre avait causé d'importants dégâts, à la consternation des habitants qui y avaient vu une injustice divine.

Lentement, Livia déroula l'écharpe qui lui cachait le visage. Des picotements d'excitation remontèrent le long de sa colonne vertébrale et son cœur se mit à battre plus vite.

Le métier d'art du vitrail différait du travail des *fornaci* Grandi à Murano, aussi bien dans la technique que dans l'esprit. Elle avait été surprise quand elle avait entendu François parler d'une commande ferme de cinq mille médaillons et de vingt-cinq mises au tombeau pour le Canada, et, lors de sa visite des stocks dans les entrepôts, elle avait éclaté de rire devant le nombre important de sainte Bernadette qui rivalisaient avec les saint Antoine.

283

Au siècle dernier, les Nagel avaient fourni plus de dix mille verrières pour des brasseries, des paquebots ou des halls d'immeubles, et leurs rouleaux avaient débité de grandes séries à des prix compétitifs. Or, si cette approche industrielle retirait une partie de l'âme au travail, la jeune Vénitienne ressentait néanmoins une certaine affinité avec les coupeurs quand elle les regardait tenir leur diamant à la verticale et tracer sur le verre des lignes au sillon ferme, écoutant le sifflement devenir plus aigu au fur et à mesure que le verre se fissurait.

Et puis, il y avait les couleurs. Toute l'ingéniosité et le talent de ces verriers se révélaient dans leur quête d'une complicité avec la lumière. Un même vitrail offrait des atmosphères différentes selon l'heure du jour ou la couleur du ciel et il suffisait d'un nuage pour dévoiler un autre univers. François lui avait appris que la lumière du nord, froide et retenue, sublimait les bleus, tandis qu'une fenêtre ouverte sur le sud rehaussait les rouges et les jaunes chatoyants. Architectes de la lumière, ils appréhendaient l'espace, et lorsqu'il lui avait montré avec quel soin ils juxtaposaient les teintes pour créer une harmonie, elle n'avait pu s'empêcher de penser au verre *chiaroscuro* qui, lui aussi, transformait le monde par des clartés sans cesse renouvelées.

« Chez nous aussi il y a des artistes », aimait affirmer François. Certains dessinaient eux-mêmes leur maquette au dixième de la réalisation, puis tenaient à créer le carton, sa traduction grandeur nature. D'autres savaient que le plus beau morceau d'une feuille de verre se trouve en son milieu et ne voulaient travailler qu'avec celui-là, d'autres enfin méprisaient l'utilisation abusive de la grisaille, cette préparation composée d'un oxyde métallique et d'un fondant dont on se servait pour peindre le verre.

« Ce sont des preux, s'amusait François. Ils me compliquent parfois la vie, mais quand je vois leur œuvre terminée, elle m'impose le respect et le silence. »

En l'entendant parler avec une telle ferveur, Livia s'était souvenue, comme dans un songe, de leur première rencontre dans la halle des Grandi, alors que la pluie crépitait sur les toits et ruisselait sur les vitres. Ce jour-là, en la regardant, François avait laissé transparaître dans son regard turquoise ce même respect et ce même silence.

— Madame Nagel ?

Elle sursauta. Vêtu d'une blouse blanche aux poches remplies de crayons, le chef d'atelier semblait surpris de la voir. Il avait le teint jaunâtre d'un homme qui souffre du foie et ses épais sourcils lui donnaient l'air bougon d'un proviseur d'école.

— Bonjour, monsieur, murmura-t-elle, décontenancée. Je suis désolée de vous déranger, mais je voulais…

— Voir Monsieur François, bien sûr, trancha-t-il. Il est dans son bureau. Si vous voulez bien me suivre, madame.

Elle lui emboîta le pas, un peu penaude. Comment lui dire qu'il se trompait, qu'elle n'était pas venue voir son mari sur un coup de tête, comme il semblait le croire, mais passer quelques instants dans un atelier parce qu'elle avait besoin de retrouver une atmosphère d'ardeur et de travail ?

Autour d'elle, les visages l'observaient d'un air timide ou curieux. Avec l'impression d'être une intruse, elle réalisa soudain qu'il n'y avait aucune femme, ni chez les maquettistes, ni chez les cartonniers, ni chez les peintres ou les coupeurs. Elle savait qu'elle n'en trouverait pas non plus parmi les ouvriers qui surveillaient la fonte des lingots de plomb dans une halle voisine.

Le souffle court, elle se mit à respirer par saccades. Qu'avait-elle donc espéré en venant jusqu'ici ? Qu'on lui proposerait d'apprendre à découper les cartons avec les ciseaux à trois lames ou à manier le verre pour créer un vitrail ? Elle avait eu la naïveté de penser que son malaise allait se dissiper par un coup de baguette magique. Elle avait confusément rêvé à un accueil chaleureux, à une reconnaissance de son savoir-faire, car elle avait appris avec les meilleurs à Murano, mais, à leurs yeux, elle n'était que la femme du patron, une personne sans consistance qui n'avait pas de passé et dont l'avenir se résumait à être la mère de l'héritier. Elle les dérangeait dans leur travail parce qu'elle n'avait pas sa place à l'Atelier Nagel, et personne ne pouvait comprendre qu'elle ne savait plus que faire de toute cette énergie désordonnée mais exigeante qu'elle portait en elle aussi sûrement qu'elle avait porté son fils.

Nerveuse, elle essuya ses paumes sur son manteau. Quelle chaleur ! Elle était vaguement consciente de se trouver dans le bureau de son mari, et que celui-ci l'observait d'un air surpris. Il lui parlait, mais elle ne le comprenait pas. Elle fit un effort pour se concentrer sur ses lèvres qui articulaient des paroles incompréhensibles. Avec des doigts fébriles, elle voulut retirer son écharpe et tira sur le col roulé qui l'étouffait. Quand il s'approcha, elle recula d'un pas. La blouse de François était soudain devenue d'une blancheur luminescente, une tache de lumière agressive, aveuglante, alors qu'en elle, un soleil noir tournait et tournait encore…

— On n'a jamais entendu une chose pareille chez les Nagel. En plus d'un siècle d'existence, personne de la famille ne s'est comporté de manière aussi éhontée à l'atelier. Qu'est-ce qui lui a pris ? Comment a-t-elle osé se rendre à Montigny pour faire un esclandre pareil ? Et dans une tenue de collégienne… C'est intolérable !

Raidie de colère, Élise frémissait d'indignation.

François haussa les épaules. La réaction de sa sœur en apprenant que Livia s'était évanouie dans son bureau, semant la panique à l'atelier et l'obligeant à la ramener d'urgence à la maison, ne le surprenait pas. Désormais, sa femme dormait, épuisée par un désarroi qu'elle n'arrivait pas à exprimer. Sur le chemin du retour, elle n'avait pas dit un mot. Le médecin était venu l'examiner, mais il n'avait rien trouvé d'alarmant, hormis une tension un peu basse. Or, s'il y avait une chose qu'Élise ne tolérait pas et qu'elle considérait comme un crime de lèse-majesté, c'était un manquement à l'ordre. Elle abhorrait le scandale, l'irréflexion, la fantaisie. Il y avait chez cette femme un côté janséniste qui ne faisait que s'accentuer avec les épreuves, comme si sa rigueur puritaine constituait sa seule armure contre les chagrins de la vie. Un bref instant, François éprouva pour elle un élan de compassion.

— Elle est un peu nerveuse en ce moment, dit-il. Ce n'est pas grave. J'ai beaucoup réfléchi et je crois qu'on a besoin de lui trouver quelque chose à faire. Livia n'est pas quelqu'un qui aime se tourner les pouces.

— Elle élève son fils. C'est suffisant, non ?

— Bien sûr, s'empressa-t-il d'ajouter, ne voulant pas vexer sa sœur, qui avait consacré sa vie à l'éducation de ses deux frères. Mais je pense que Livia attend autre chose.

— Je te trouve très tolérant, mais cela ne m'étonne pas de toi. Si ta femme avait envie de s'occuper, elle aurait suffisamment à faire, mais notre vie semble ne pas la contenter. Chaque fois que je lui propose quelque chose, elle refuse. J'ai pourtant essayé, crois-moi…

Elle poussa un soupir résigné.

— Je l'aiderais volontiers, mais je t'avoue que je ne la comprends pas.

François songea qu'il ne la comprenait pas beaucoup mieux, mais, à la différence d'Élise, il aimait Livia et la voulait heureuse. Il avait pensé qu'elle s'habituerait à sa nouvelle vie, il avait fait de son mieux pour la lui faciliter, mais il était trop intelligent et intuitif pour ne pas se rendre compte que sa femme dépérissait.

Élise regarda son frère rajouter une bûche dans la cheminée. Les flammes donnèrent un peu de rose à ses joues. Elle lui trouvait la mine défaite ; depuis une semaine, il avait les yeux cernés et une mauvaise toux dont il n'arrivait pas à se débarrasser. Elle n'aimait pas le voir soucieux à cause de sa femme, d'autant qu'il avait besoin de toute sa concentration pour son travail. À sept heures du matin, quand elle descendait prendre son petit déjeuner avec lui, elle veillait à ce qu'il se nourrisse correctement et qu'il n'oublie pas de prendre ses médicaments. Au début de leur mariage, Livia avait été matinale, elle aussi, mais, vers la fin de sa grossesse, Élise l'avait convaincue de se reposer. Désormais, elle se levait une heure après son mari pour s'occuper de Carlo.

Ces débuts de matinées tranquilles étaient la période de la journée que préférait Élise. Elle profitait

288

de son frère comme autrefois. Quand il quittait la maison, elle montait au premier étage, se postait derrière une fenêtre et le suivait des yeux jusqu'au bout de la rue.

Lorsqu'il avait épousé Livia, elle avait vacillé un moment, se méfiant de l'intrusion de cette étrangère dans sa maison. Elle l'avait observée avec attention, à la recherche de failles et de faiblesses. L'Italienne, elle la voulait silencieuse, maniable, obéissante. Transparente. Elle souhaitait à François des enfants dont il pourrait être fier.

Docile et charmeur, le petit Carlo était digne de toutes les espérances. Elle avait redouté un enfant capricieux qui aurait possédé ce trait de violence retenue que sa mère croyait dissimuler sous des airs affables mais qu'Élise devinait. Livia se soumettait parce qu'elle n'avait pas trouvé d'armes pour se battre. Le terrain lui semblait miné, trop éloigné de celui où elle avait grandi. Coupée de son monde et de ses proches, elle n'avait personne vers qui se tourner. Bien qu'elle parlât désormais couramment le français avec une intonation chantante qui seule trahissait ses origines, elle n'avait pas d'amies en ville, ce qui arrangeait Élise. Elle est paresseuse, aussi, songea-t-elle. Moi, à sa place, j'aurais déjà placé mes pions.

La petite crise de la journée n'était pas le premier signe que la façade de Livia se fissurait. Depuis plusieurs semaines, Élise avait perçu la fragilité grandissante de la jeune femme au travers des impatiences qui la poussaient à quitter la maison. Elle la voyait s'enfuir, les talons de ses bottines claquant sur les pavés, puis revenir le front fiévreux après une heure ou deux passées en ville. Fébrile, elle tournait comme un lion en cage, mais François avait semblé ne s'apercevoir de rien jusqu'à l'incident de cet après-midi.

— J'ai décidé d'aménager l'atelier de grand-père au fond du jardin pour qu'elle puisse y travailler à son aise.

Interloquée, Élise le regarda un instant sans rien dire.

— Quelle étrange idée... Personne n'y a travaillé depuis sa mort. Même notre père préférait les ateliers à Montigny.

François attisa le feu d'un geste nerveux. Le bois libéra des étincelles.

— Papa a toujours été complexé par le talent de grand-père. Il pensait ne pas être à sa hauteur. Il évitait d'y aller parce qu'il en avait peur. C'était de la superstition ridicule.

Le ton de voix quelque peu dédaigneux de son frère irrita Élise, qui n'aimait pas qu'on critique son père. Il avait été un homme doux et patient, un peu perdu devant les obstacles de la vie, et décontenancé par la disparition prématurée d'une épouse aimée. Il avait fallu beaucoup de patience et de détermination à sa fille adolescente pour l'empêcher de se murer dans son chagrin.

— J'ignorais que ta femme savait travailler le vitrail.

— Livia est une artiste. La première fois que je l'ai vue à Murano, elle sculptait un vase dans la halle des verreries de sa famille. J'ai rarement assisté à quelque chose d'aussi passionnant. Si tu l'avais vue, tellement fervente, tellement pleine de vie...

Il se redressa, cherchant en vain les mots pour convaincre sa sœur qui l'écoutait, la tête inclinée sur le côté.

— Elle a un talent fou, mais elle n'a jamais pu s'exprimer pleinement parce que les femmes n'ont pas le droit de souffler le verre.

— Pourquoi ?

— C'est une question de force physique. Au fur et à mesure que la paraison prend de l'importance, elle devient lourde et difficile à manier. Et puis, c'est la tradition, tout simplement. Je crois que ce renoncement est douloureux à accepter.

Le dos tourné à la cheminée, François laissait la chaleur lui réchauffer le corps.

— Carlo ne lui suffit pas, c'est évident. Il faut lui trouver une activité. J'ai même pensé à la faire venir à l'atelier.

— Tu plaisantes, j'espère ? lança-t-elle d'un ton froid. Que diraient les ouvriers ?

Décidément, sa sœur ne comprenait pas qu'empêcher un artiste de créer, c'était comme le tuer à petit feu. Lui-même n'avait pas hérité du talent de ses ancêtres. Il avait appris le métier, mais il se contentait de diriger l'entreprise. Vincent, lui, possédait l'inspiration et le sens de la créativité. Or François savait à quel point il était essentiel pour les artistes de s'exprimer, et pour rien au monde il ne laisserait sa femme s'éteindre sous ses yeux.

— C'est trop compliqué pour le moment, je le sais. Voilà pourquoi je veux qu'elle puisse travailler dans l'atelier de grand-père. Personne ne viendra l'y embêter ni la regarder de haut. J'ai demandé au vieux Münster de lui donner un coup de main pour débuter. Elle maîtrisera rapidement la technique, j'en suis sûr. Elle est tellement douée.

On frappa à la porte et Élise ordonna à Colette d'entrer. La jeune domestique posa sur la table un plateau portant la tisane que sa maîtresse prenait toujours avant de se coucher.

François se versa un verre de liqueur et l'avala d'un trait.

— Livia étouffe ici, avec nous. Elle a besoin d'être libre, tu comprends.

— Je n'ai pas besoin d'une explication de texte, François. Je sais ce que signifie le mot « liberté » et il est beaucoup trop précieux pour être galvaudé. Ton épouse est parfaitement libre, mon cher. Personne ne l'a forcée à venir ici. C'est elle qui est venue frapper à notre porte et nous la lui avons ouverte. Je ne vais pas pleurer sur son sort.

François détourna les yeux. Élise pouvait se montrer si intraitable par moments. Lorsqu'ils étaient enfants, son frère et lui s'étaient adossés à cette force comme à un rempart. Depuis, la guerre et la disparition de Vincent semblaient l'avoir encore endurcie, alors qu'elles l'avaient rendu, lui, plus magnanime. Confronté à cette intransigeance, il se sentit brusquement très seul.

— Je ne veux pas la perdre…, murmura-t-il.

— Tu ne crois pas que tu exagères ? On dirait que ta femme est en prison. Je ne trouve pas qu'elle soit à plaindre. Elle a un toit au-dessus de sa tête – l'une des plus belles demeures de Metz par ailleurs –, elle mange tous les jours à sa faim et elle a même épousé le père de son enfant. D'autres hommes auraient peut-être fait les difficiles. Qu'est-ce qu'elle veut de plus ?

François nota la pointe d'ironie dans la voix de sa sœur. Il releva le menton d'un air agacé.

— Je ne vois pas en quoi mon idée te dérange. Personne ne va jamais dans cet atelier. Il pourra enfin servir à nouveau. À t'entendre, on dirait que tu en veux à Livia. Qu'est-ce qu'elle t'a fait ?

— Mais rien, voyons ! J'essaie seulement de t'aider et de comprendre ce qu'il y a de mieux pour elle. Et pour toi, François. Pour toi, surtout. Je ne crois pas t'avoir jamais fait défaut, n'est-ce pas ?

Élise porta la tasse de porcelaine à ses lèvres en se sermonnant intérieurement. Prudence... Elle risquait de commettre un faux pas. François était plus soumis à son épouse qu'elle ne l'avait pensé. Pour arriver à ses fins, elle allait devoir se montrer plus habile.

Pourquoi l'idée d'ouvrir l'atelier de leur grand-père à sa belle-sœur l'irritait-elle à ce point ? On ne lui imposait pas de partager ce lieu de travail avec elle. Mais cette petite maison au fond du jardin lui tenait à cœur. Elle aimait s'y attarder de temps à autre. Le silence y avait une qualité presque lumineuse. Elle veillait à ce que l'endroit fût parfaitement entretenu, qu'il n'y eût ni infiltrations d'eau ni traces de souris. Régulièrement, elle faisait laver la blouse de son grand-père accrochée à une patère.

Elle essaya d'imaginer Livia Grandi penchée au-dessus de la table de travail, maniant les outils de leur aïeul, sertissant les pièces de verre avec du plomb profilé avant de les fixer avec les clous... Un frisson la parcourut. Il y avait quelque chose de choquant à imaginer l'étrangère pénétrant dans l'intimité créatrice des Nagel. C'était comme si l'on eût dit à Livia Grandi qu'elle était chez elle.

— Elle ne trouvera plus le temps de s'occuper de Carlo. Elle délaissera son fils – elle le fait déjà d'ailleurs.

— Es-tu en train d'insinuer que Livia est une mauvaise mère ? s'emporta François en se mettant à arpenter la pièce. Tu vas trop loin. Je ne peux pas te laisser dire une chose pareille.

Élise lissa d'une main sa jupe.

— Tu n'es pas beaucoup là, François. Tu ignores peut-être qu'elle passe beaucoup de temps en dehors de la maison. Je me demande bien ce qu'elle peut faire.

— Elle a le droit de prendre l'air, non ? La pauvre n'a pas quitté Metz depuis son arrivée. C'est ma faute. J'aurais dû l'emmener à Paris pour lui changer les idées. Je veux que l'atelier soit mis à sa disposition. Je veux que Livia soit heureuse chez nous.

— Pourquoi ?

Décochée telle une flèche, la question le prit par surprise. Il s'arrêta devant la fenêtre. Dans l'obscurité, il décelait à peine au fond du jardin le toit de la petite maison en pierre. Il hésita un instant. La réponse lui parut soudain incontournable.

— Je veux retrouver la femme que j'ai connue à Venise et je pense que le travail du verre pourra lui redonner le goût de vivre. Il faut absolument qu'elle soit heureuse, sinon elle risque de…

La gorge nouée, il laissa sa phrase en suspens. Il avait l'impression de se tenir au bord d'un précipice. Il n'osait pas avouer à Élise qu'il avait un besoin viscéral de Livia et que, si elle le quittait, il n'y survivrait pas. Sa sœur le regardait avec un air si inflexible qu'il eut l'impression d'être lâche, mais, avec l'amour, il découvrait l'humilité.

— Je l'aime, avoua-t-il en ouvrant les mains en un geste d'impuissance. C'est aussi simple que cela.

Élise l'observa un long moment et il se demanda quelles pensées obscures couraient derrière son front haut. Il s'aperçut qu'il tenait tête à sa sœur, probablement pour la première fois de sa vie. Maintenant qu'il avait énoncé sa vérité, il se sentait délivré d'un poids. Il redressa les épaules. En quelques mots et d'une manière imperceptible, il avait l'impression que le pouvoir chez les Nagel s'était déplacé sur son axe.

Élise se leva d'un mouvement décidé.

— Bien sûr, François. Je veillerai à ce que tout soit prêt pour accueillir ton épouse le plus vite possible. Je te souhaite une bonne nuit.

Elle s'approcha et lui tendit la joue. Il l'effleura comme chaque soir, en respirant le délicat parfum de violette qui avait été celui de son enfance.

— Bonne nuit, Élise, murmura-t-il.

Quand elle referma la porte derrière elle, il se sentait aussi épuisé que s'il avait livré un combat.

Livia ne parlait plus depuis plusieurs jours. Elle se réveillait chaque matin le corps endolori, les paupières lourdes. Elle avait du mal à se lever de son lit, mais elle se forçait à s'occuper de Carlo, à lui donner son bain, ses repas et à sortir le promener.

Elle voyait bien que son attitude inquiétait François, mais elle était incapable de le rassurer. Elle avait honte de l'incident survenu à l'atelier et ne trouvait pas les mots pour s'excuser. D'ailleurs, pour quelle raison devrais-je m'excuser ? se disait-elle, irritée. Je n'ai rien fait de mal, je n'ai tué personne... À part moi, peut-être...

Elle s'étonnait de trouver un réconfort inattendu auprès d'Élise. Sa belle-sœur l'accompagnait lors de ses promenades en respectant son mutisme, qu'elle ne prenait pas comme une insulte et qu'elle semblait comprendre. Elle bavardait de tout et de rien, racontant des anecdotes sur François et Vincent lorsqu'ils étaient enfants ou commentant les événements dans les journaux. Sa conversation était rieuse, lisse comme un fil de soie. Elle faisait des plaisanteries dont elle s'amusait elle-même et une certaine tendresse venait adoucir les traits de son visage. Elle maintenait un flot de paroles sans forcer Livia à lui répondre, ce qui n'était pas un exercice facile, mais apaisait la jeune femme. Découvrant Élise sous ce jour nouveau, Livia se surprenait même à rechercher sa compagnie.

Une fin d'après-midi, Livia jouait avec Carlo dans le salon. Le petit garçon marchait depuis peu. Elle ne se lassait pas de le voir se mettre debout, de cette manière réfléchie qu'il avait de placer ses jambes, ses bras et son buste en cherchant l'équilibre. Lorsqu'il parvenait à enchaîner trois ou quatre pas, son visage s'éclairait, mais dès qu'il relâchait sa concentration, il retombait sur son derrière. Alors qu'elle s'attendait à des pleurs, son fils recommençait les mêmes gestes, se redressait et reprenait sa marche. Elle s'étonnait de découvrir une pareille ténacité chez un être aussi petit et lui enviait cette détermination.

Pour ne pas gêner les efforts de son neveu, Élise avait déplacé un guéridon et quelques bibelots fragiles. Elle lisait son journal en le surveillant par-dessus ses lunettes.

— J'ai quelque chose pour toi, dit François.

Livia sursauta, car elle ne l'avait pas entendu entrer. Il avait l'air content de lui, mais quelque peu inquiet. Peut-être craignait-il sa réaction ? Elle songea qu'un homme trop prévenant pouvait devenir pesant. François la traitait comme si elle avait été une porcelaine, alors qu'elle avait envie que quelqu'un lui dise ses quatre vérités. Elle eut une pensée fugitive pour Flavio. Son frère l'avait souvent exaspérée, mais il n'avait jamais eu peur d'elle, ce qui, dans un sens, l'avait rassurée. Leurs affrontements lui manquaient.

— Enfile ton manteau et suis-moi.

Livia eut un regard étonné pour Élise, qui hocha la tête.

— Je garde un œil sur Carlo.

Livia obéit, sortit dans le vestibule pour chercher son manteau et son bonnet de laine. François ouvrit la porte qui donnait sur le jardin. Alors qu'ils descendaient les quelques marches, il lui prit la main.

— J'ai réfléchi à ce qui pourrait te faire plaisir, dit-il d'une voix douce. J'avais pensé à un bijou, mais tu ne portes même pas les boucles d'oreilles que je t'ai offertes pour la naissance de Carlo. Je sais, tu les gardes pour les grandes occasions, ajouta-t-il avec un sourire. Mais nous n'en avons pas beaucoup, hélas. Le travail m'accapare tellement. Puis je me suis dit que tu étais venue à l'atelier l'autre jour parce que tu cherchais quelque chose, et j'ai repensé à notre rencontre à Murano.

Il marqua une pause et se tourna vers elle.

— Tu es une fille du feu, Livia, et ton univers te manque. Comment pourrait-il en être autrement ? Malheureusement, tu ne peux pas travailler avec nous. Ce n'est pas dans notre tradition d'avoir des femmes à l'atelier.

Ils traversaient la pelouse et leurs pas crissaient sur la neige fraîche. Livia gardait la tête baissée. François lui serrait les doigts et elle n'osait pas se dégager. Pourtant, ses paroles avaient définitivement étouffé le mince espoir qui lui restait. Elle s'en voulut d'avoir des larmes aux yeux alors qu'elle ne lui avait rien demandé.

— Alors j'ai pensé à ceci…

Ils étaient arrivés devant une maisonnette en pierre que Livia croyait à l'abandon.

— Mon grand-père l'a fait aménager lorsque les Prussiens ont occupé Metz en 1870. Quand le traité de Francfort a donné à Bismarck les départements du Bas-Rhin, du Haut-Rhin et de la Moselle, la plupart des entreprises et des artistes messins ont préféré rejoindre Nancy et la France. Comme tu le sais, ils ont contribué à l'essor d'un mouvement artistique qui s'est fait connaître dans le monde entier. Mon grand-père a été l'un des seuls à vouloir rester ici. Dans la famille, on s'est toujours demandé pourquoi. Les droits de douane entre l'Allemagne et la France étaient exorbitants. Il aurait été plus judicieux pour l'entreprise de se déplacer et de demeurer française, mais c'était un homme buté qui avait décidé de mourir dans sa maison natale. Il a préféré se tourner vers les marchés allemands et les États-Unis. Il y a eu des moments très difficiles où l'atelier tournait au ralenti. Je crois qu'ils ont même dû fermer pendant un an ou deux. Alors, pour continuer à travailler sereinement, il a fait aménager cet endroit.

Il sortit de sa poche une lourde clé et la retourna entre ses doigts.

— Je pense que vous vous ressemblez un peu, lui et toi. Si l'on vous prive du feu et de la lumière, vous dépérissez.

Le froid avait rougi ses joues et ses yeux étaient très clairs, d'un bleu pâle presque translucide qui ressemblait à celui du ciel en cette fin de journée d'hiver.

— C'est pour toi. Tu ne pourras pas travailler comme à Murano, mais j'ai pensé que peut-être… Le vitrail… Si cela te dit, bien sûr, bafouilla-t-il en lui tendant la clé.

Livia ne bougea pas. Elle regardait tour à tour la clé, puis le visage de François.

— Tu ne veux pas entrer ?

Elle dut se racler la gorge. Lorsqu'elle parla, elle eut honte de sa voix éraillée.

— Je veux bien…

La clé tourna facilement dans la serrure. Elle entra dans une pièce étroite, mais haute de plafond. Un pan de mur avait été abattu pour créer une verrière par où pénétrait la lumière du soir.

— Ce n'est pas l'idéal, car elle n'est pas orientée au nord, s'excusa-t-il, mais, au moins, la vue est dégagée.

Trois tables hautes étaient disposées dans la pièce, ainsi qu'un présentoir à échantillons, un meuble de rangement avec ses casiers et ses tiroirs, et un four situé dans un coin. Devant la baie vitrée se trouvait un chevalet de verre, qui servait pour la peinture des vitraux. Sur la droite, une blouse blanche pendait à une patère.

— Elle appartenait à mon grand-père. Les outils aussi, précisa François en effleurant les ciseaux et les pinces. Il a conçu ici le vitrail que nous avons dans la salle à manger. Voilà, ce n'est pas grand-chose, conclut-il en enfouissant ses mains dans ses poches. Rien à voir avec les Verreries Grandi, bien sûr, mais…

— C'est merveilleux, dit Livia en tournant lentement sur elle-même. Je n'avais jamais imaginé que cette petite maison puisse être en réalité un atelier. Je n'avais jamais eu la curiosité de venir voir.

Elle fit le tour de la pièce, la tête un peu légère. Elle n'en revenait pas que François ait su déchiffrer son malaise indicible. N'aurait-elle pas dû se sentir bouleversée et heureuse ? Alors, pourquoi ce flottement ? Un frisson d'excitation la poussait à se mettre au travail sans attendre pour découvrir une autre manière de sculpter le verre, mais ce cadeau était lourd de symboles et elle ne pouvait nier ce sentiment désagréable que François essayait d'une certaine façon de l'acheter.

Mais aussitôt, elle s'en voulut d'être aussi méfiante. Son mari avait toujours été d'une rare gentillesse, il lui aurait décroché la lune s'il l'avait pu. Elle vint vers lui et posa une main sur sa joue. Comme souvent lorsqu'elle le touchait, il ferma brièvement les yeux afin de mieux savourer la sensation de sa peau sur la sienne.

— Je te remercie pour ce cadeau. Ce sera un honneur pour moi d'apprendre à travailler le vitrail et j'espère être digne de ton grand-père.

François hocha la tête, trop soulagé pour lui répondre. Il avait redouté de la blesser en lui interdisant l'accès à l'atelier, mais Élise avait eu raison de souligner que personne n'aurait compris sa présence. Non seulement Livia était une femme, mais elle était l'épouse du patron. Les ouvriers n'auraient pas accepté cet étrange favoritisme.

Elle l'observait d'un air impénétrable mais serein, et il décela dans son regard un nouvel éclat qui lui fit plaisir. Il était attentif à la moindre nuance d'émotion chez sa femme. Elle était difficile à cerner, parfois joyeuse ou lointaine, toujours insaisissable. Jamais il n'aurait imaginé qu'on puisse être empli d'une personne au point de voir ses pensées et ses rêves, ses désirs et ses envies dépendre d'elle et d'elle seule.

Elle est devenue mon univers, songea-t-il en scrutant le visage qu'il connaissait par cœur, et d'un seul coup, l'angoisse lui glaça le sang dans les veines.

L'autobus déposa Livia devant les Cristalleries de Montfaucon, avant de repartir en crachotant une fumée noirâtre, les colis attachés sur le toit. À l'arrière, un enfant dessinait des visages sur la vitre embuée.

En ce début d'après-midi, le ciel était gris et bas. Derrière les maisons du village, de part et d'autre de la rivière, les arbres de la forêt ressemblaient à des sentinelles sévères. Dans les sous-bois, les fougères se dentelaient de givre, tandis que des écharpes de brouillard s'accrochaient au clocher bombardé de l'église et aux cheminées de la verrerie. L'harmonie de l'endroit l'emplit d'une grande sérénité et elle inspira profondément, les poumons piquetés par l'air froid, comme si ces éléments de la nature indispensables à toute verrerie lui apportaient une force dont elle aurait été privée depuis trop longtemps.

C'était le dernier jour de l'exposition. Elle avait fait plusieurs tentatives pour venir, mais à chaque fois un contretemps l'en avait empêchée. Désormais, elle était impatiente de la découvrir.

Elle franchit une grille et se dirigea vers une large cour bordée de maisons étroites. Deux enfants engoncés dans des vêtements d'hiver se lançaient des boules

301

de neige entre les platanes. Une grande et belle demeure se dressait en face des halles et des ateliers. L'affiche de l'exposition avait été placée à l'entrée. Elle dut patienter quelques minutes avant de pouvoir accéder au guichet. Visiblement, l'exposition avait du succès.

Le billet à la main, elle pénétra dans une pièce aux dimensions d'une salle de bal. Les deux dames en béret de feutre noir qui l'avaient précédée s'étaient immobilisées sur le seuil et s'extasiaient sur les lustres triples aux dimensions majestueuses, mais Livia ne s'attarda pas sur les pampilles taillées, rosaces et autres guirlandes. Il lui avait suffi d'un coup d'œil pour apprécier la justesse des proportions et l'incontestable maîtrise des verriers.

Son regard glissa sur les deux grands vases en cristal incolore doublés de rouge rubis et les services de table exposés dans les vitrines. Commande du tsar Alexandre II, service à café pour le shah de Perse… Les noms exotiques des clients rappelaient la notoriété de la maison. Un peu nerveuse, elle avança dans la pièce. Où était-il ? Elle n'était venue que pour le tigre et elle serait très déçue si elle ne le trouvait pas.

— Vous cherchez quelque chose ?

Derrière elle, la voix profonde la fit sursauter. Elle se retourna et le reconnut aussitôt. Andreas Wolf… Ses cheveux étaient plus courts, ses joues moins creuses, mais son regard sombre aussi insolent que le jour où elle l'avait croisé devant la maison de François. Que faisait-il là ? Il la toisait avec assurance comme si les Cristalleries et le village tout entier lui appartenaient. À sa blouse blanche, elle devina qu'il venait des ateliers ou s'apprêtait à y retourner. Il la regardait avec une telle intensité, une moue légère aux lèvres, qu'elle dut se retenir pour ne pas reculer d'un pas. Il était de ces hommes qui emplissent l'espace par leur seule présence physique et vous mettent d'emblée au défi, de ceux qui suscitent chez les autres mâles une envie irraisonnée de leur décocher un coup de poing et chez les femmes une attirance trouble.

Elle se sentit empruntée. Devait-elle lui rappeler qu'ils se connaissaient, alors qu'il ne se souvenait sûrement pas d'elle ? Puis elle avisa ce qu'il tenait sous le bras.

— C'est lui que je cherchais, dit-elle en montrant le tigre du doigt.

Il eut l'air surpris.

— Ah, ce cher *Diablo*... C'est le surnom que je lui ai donné. Vous ne trouvez pas qu'il fait peur ?

— Non. Je le trouve plutôt captivant.

Il esquissa un sourire moqueur.

— Il faut l'empaqueter et l'envoyer à Paris.

— Quelqu'un l'a acheté ?

— Oui, et comme d'habitude, le client ne veut pas attendre.

Livia en fut désolée. À force d'être obsédée par l'animal depuis trois semaines, elle avait fini par éprouver un léger sentiment de possession.

— J'aimerais bien le voir de plus près. Je suis venue jusqu'ici uniquement pour lui. Vous croyez que c'est possible ? S'il vous plaît.

Elle fut ennuyée de sentir une pointe d'imploration dans sa voix. Il hésita une seconde.

— Venez, ordonna-t-il en tournant les talons.

Au vestiaire, elle se dépêcha de reprendre son manteau et bouscula quelques visiteurs. Dehors, elle dut courir pour le rattraper. Il longeait les maisons d'un pas rapide. Il n'avait pas pris la peine d'enfiler une veste pour se protéger du froid.

— Est-ce que vous vous souvenez de moi ? dit-elle, un peu essoufflée.

— Bien évidemment, madame Nagel, comment aurais-je pu vous oublier ?

Elle en fut à la fois surprise et flattée.

— Mais qu'est-ce que vous faites ici ?

— Je travaille.

— Vous êtes verrier ? Je n'aurais pas pensé…

— Allons, depuis que nous nous sommes croisés chez vous, je doute que vous m'ayez accordé la moindre de vos pensées.

Il se trompait. Elle avait même parlé de lui avec François. La visite inopinée du camarade de guerre de son frère l'avait rendu taciturne pendant plusieurs jours. De son côté, Élise avait tenté en vain de cacher sa colère. Livia avait trouvé le geste de l'inconnu incongru, mais non dénué de panache.

Depuis, elle avait parfois pensé à lui de manière fugitive. Sa silhouette imprécise mais tenace avait hanté les recoins de son esprit. Un jour, elle avait cru le reconnaître sous les arcades de la place Saint-Louis et son cœur s'était mis à battre un peu plus vite, mais elle s'était trompée et elle en avait été curieusement attristée.

Il s'arrêta si brusquement devant la porte de l'une des maisons qui bordaient la cour qu'elle buta contre son épaule.

— Ouvrez-la, j'ai les mains occupées, dit-il en portant au vase qu'il tenait dans ses bras autant d'attention qu'à un enfant. Elle n'est pas fermée à clé. Allez-y, n'ayez pas peur…

Il y avait deux petites pièces au rez-de-chaussée. Dans la cuisine qui donnait sur un jardinet à l'arrière de la maison, la lumière froide soulignait les solides meubles en chêne. Alignées sur les étagères à vaisselle au-dessus du buffet, des assiettes en faïence enluminées de couleurs vives apportaient une touche de gaieté.

Il y régnait une odeur de potage aux légumes et de tabac froid. La table était recouverte de miettes de pain. Une pile d'assiettes et des verres encore à moitié pleins témoignaient d'un repas qui s'était terminé dans la hâte. Le désordre ne l'étonna pas. Bien que la fonte du verre fût maintenant continue, Livia savait que la vie des verriers avait longtemps été rythmée par la température de fusion des fours. Autrefois, une cloche appelait les ouvriers au travail à toute heure du jour ou de la nuit. Le cristal était un maître exigeant qui n'attendait pas.

— Si vous voulez bien me libérer un peu de place.

Il semblait insinuer qu'elle était indolente. Elle s'empressa de lui obéir, déplaça une pile d'assiettes dans l'évier, tandis qu'il posait avec précaution le vase au milieu de la table puis allumait une lampe. Aussitôt, le tigre bondit. L'éclat du cristal absorbait toute l'énergie de la pièce. La fluidité de la gravure et la rigueur du travail conféraient à l'animal une puissance magnétique.

Fascinée, Livia déboutonna son manteau et chercha un endroit où le poser, mais les chaises étaient encombrées de livres et de vêtements. Elle l'abandonna avec son sac sur un tabouret, avant de s'approcher avec révérence de l'œuvre d'art. Cette matière l'avait toujours fascinée, mais elle n'avait jamais travaillé que le *cristallo* de Venise, qui n'était pas du véritable cristal.

Murano produisait un verre à base de soude qui se solidifiait lentement et pouvait être sculpté et étiré à l'infini. Le mélange vitrifiable composé de différentes matières premières, de groisil et du sable blanc de la lagune qui lui conférait une clarté sans pareille, avait été concurrencé avec succès à partir de la seconde moitié du XVIIᵉ siècle par le verre de Bohême. La teneur de celui-ci, à base de potasse et de quartz, créait une matière limpide et dure, idéale pour l'émaillage et les tailles profondes. Pourtant, il manquait à ces deux verres un composant miracle pour obtenir cette clarté, cette parfaite brillance et ce son limpide : le plomb.

Lorsque le roi Jacques Iᵉʳ d'Angleterre avait décidé de réserver l'exploitation de ses forêts à ses chantiers navals, les verriers anglais avaient dû trouver un combustible de substitution pour alimenter leurs fours et ils s'étaient tournés vers le charbon ; or, celui-ci donnait une coloration particulière au verre. Condamnés à travailler désormais avec des pots couverts, ils avaient cherché une manière d'accélérer la fonte du verre. En 1676, en ayant l'idée de rajouter de l'oxyde de plomb comme fondant minéral à son alliage, l'industriel George Ravenscroft avait inventé le cristal.

Le secret fut précieusement gardé. Les Français mirent plus d'un siècle avant de découvrir à leur tour la composition miracle, et l'honneur en revint au comté de Bitche et à la Verrerie de Saint-Louis.

— Pas de ruptures visibles, des lignes continues, une grande finesse d'exécution… C'est magnifique, murmura Livia en tournant lentement autour du vase.

— Vous avez l'air de vous y connaître.

Son ton supérieur finissait par lui porter sur les nerfs. Elle se redressa et planta son regard dans le sien.

— Je m'appelle Livia Grandi, monsieur. À Murano, ma famille travaille le *cristallo* depuis des siècles, et même si chez nous il n'y a pas le minimum requis de vingt-quatre pour cent de plomb qui transforme le verre en cristal, je m'y connais, comme vous dites, je m'y connais même très bien. Tenez, il y a d'ailleurs une faiblesse que je n'avais pas remarquée sur l'affiche. Le mouvement de la cuisse arrière n'est pas parfait. Il lui manque une contracture. Ici même, précisa-t-elle en effleurant le vase du doigt.

Alors qu'ils continuaient à se défier du regard, elle sentit le rouge lui monter aux joues. Andreas Wolf la dominait d'une tête et il utilisait son corps pour essayer de l'intimider. Elle se demanda pourquoi il était aussi tendu. Quelque chose chez cet homme l'exaspérait et lui donnait envie de mordre.

— C'est vous le graveur ! dit-elle soudain en ouvrant de grands yeux. Comme je suis bête, je viens seulement de le comprendre.

— Oui, c'est moi. Ce vase m'a coûté plusieurs nuits sans sommeil et des heures et des heures de travail, mais vous avez raison, *signorina* Grandi, il y a bien une faiblesse et vous êtes l'une des seules à l'avoir remarquée.

Il semblait presque menaçant et Livia se sentit perdre pied. D'où tirait-il cet étrange pouvoir de la déconcerter à ce point ? Était-ce son assurance, sa maîtrise de l'espace ? Sa présence était impérieuse. Irrévocable.

Dehors, les cris des enfants ne résonnaient plus dans l'air froid. Ils avaient dû rentrer chez eux. Le silence était dense comme de la soie, riche de sous-entendus qui l'effrayaient et la fascinaient à la fois.

— J'ai envie de vous, murmura-t-il.

Pensant qu'elle avait mal entendu, elle resta parfaitement immobile.

— Vous le savez, n'est-ce pas ?

Elle serra les poings. Comment osait-il ? Un frémissement impalpable parcourait son corps. Elle était nerveuse. Elle avait l'impression que tout s'emballait et qu'elle ne maîtrisait plus rien, et en même temps elle ne put s'empêcher de se sentir curieusement soulagée. Dans un sens, elle lui était reconnaissante de ne pas perdre de temps. Il lui semblait qu'elle en avait déjà tellement perdu depuis son arrivée en Lorraine.

Il aurait pu chercher à la courtiser, à dissimuler son désir et à masquer ses sentiments, par pudeur, par discrétion ou tout simplement par crainte d'être éconduit. Elle admira son cran, se rappela qu'elle aussi avait fait preuve d'audace, par une nuit lointaine dans un hôtel de Venise, quand elle avait gravi un escalier pour aller à la rencontre d'un homme qu'elle ne connaissait pas et qui était devenu, parce que la nature l'avait décidé ainsi, son époux.

Andreas Wolf lui rappelait une facette oubliée d'elle-même. D'une certaine façon, ils étaient façonnés de la même matière, intransigeants, farouches, irrévérencieux. Or, depuis la naissance de Carlo, elle était devenue prisonnière.

Penché vers elle, il la regardait avec colère, les sourcils en bataille. Chez lui, elle ne décelait aucune douceur, aucune concession. Elle savait par intuition que leur corps à corps serait féroce. Elle savait aussi que cet homme allait la faire souffrir et, dans son for intérieur, elle le remercia de la rendre à elle-même.

— Je crois que je l'ai su d'emblée quand je vous ai rencontré, dit-elle d'une voix sourde. Et pourtant, nous avons encore la liberté de dire non.

— De quelle liberté parlez-vous puisque entre nous, c'est inéluctable ?

Livia baissa les yeux vers les mains d'Andreas. Elles étaient abîmées, couturées de fines cicatrices blanchâtres. Elle les imagina sur son ventre, sur ses hanches, dessinant les replis de son corps. Elle avait envie de les saisir et de les porter à sa bouche pour les embrasser, elle avait envie d'entrelacer ses doigts avec les siens. Elle se dit que la douleur de ses blessures devait se raviver de temps à autre et qu'il devait certainement mépriser cette faiblesse.

— On peut avoir peur, fit-elle, soudain indécise.

— La peur ne sert à rien, *signorina*.

Il n'eut qu'à incliner la tête et elle eut l'impression de boire son souffle.

La bouche d'Andreas avait un goût enivrant, légèrement fumé. De plus en plus exigeantes, ses lèvres avides se mirent à la dévorer, l'empêchant de respirer. Elle fut soulevée par une vague de fond contre laquelle elle ne pouvait rien. Aussi loin que remontaient ses souvenirs, seule une mer en colère déferlait avec cette puissance.

Elle posa les mains sur ses épaules pour le repousser, mais il l'en empêcha, la retenant d'un bras par la taille. Elle resta figée quelques instants, agacée par le fait qu'il cherche ainsi à la dominer, mais flattée de susciter chez lui une telle ardeur, puis elle choisit de s'abandonner et pressa son corps contre le sien.

Sur la pointe des pieds, elle lui enlaça le cou, glissa des doigts impatients dans ses cheveux. D'un seul coup, elle avait envie de le griffer, de sentir la texture de sa peau, de tout savoir de son corps. Vibrante, enfiévrée, elle ne se reconnaissait plus et se demanda si elle perdait la tête. Par excès de désir, elle lui mordit la lèvre.

Leurs visages l'un contre l'autre, presque hargneux, ils demeurèrent un instant suspendus, à bout de souffle.

Dans les yeux tumultueux d'Andreas, elle crut déceler une lueur d'inquiétude, ce qui lui donna un sentiment grisant de pouvoir. Alors que leurs lèvres se frôlaient, elle lui sourit, saisie du bonheur intense de se découvrir vivante. Cette victoire, elle l'avait attendue trop longtemps pour ne pas la vouloir éclatante.

Lorsque la porte d'entrée grinça, ils s'écartèrent d'un bond. Effrayée, Livia recula de quelques pas. Son cœur battait à tout rompre.

Un jeune homme au visage effilé et aux cheveux blonds dressés en épi, occupé à retirer un gant avec les dents, entra en trombe dans la cuisine. Il s'arrêta, interdit, sur le seuil. Son regard s'attarda sur le vase posé sur la table.

— Veuillez m'excuser, dit-il en repoussant ses lunettes qui lui avaient glissé sur le nez. J'avais oublié quelque chose…

— Entre, Matthieu, dit Andreas d'un air détendu. Je te présente Livia Grandi. Elle est venue à l'exposition voir *Diablo*, alors je l'ai amenée ici pour qu'elle puisse l'examiner de plus près.

— Bonjour, monsieur, murmura-t-elle.

Le jeune homme la scrutait d'un air si insistant, en se mordillant l'intérieur de la joue, que Livia se sentit mal à l'aise.

— Ma question va peut-être vous paraître saugrenue, mademoiselle, mais êtes-vous par hasard apparentée aux Grandi de Murano ?

— Oui. Je suis la petite-fille d'Alvise Grandi, répondit-elle, étonnée.

Avec un large sourire, il ouvrit les bras.

— Je me disais bien… Pardonnez-moi, je ne vous avais pas reconnue tout de suite, mais votre visage me semblait familier. Nos stands étaient voisins lors de la biennale de 1940, juste avant la guerre. Vous vous en souvenez ? Vous veniez tous les après-midi. On s'est parlé une ou deux fois.

— Bien sûr ! s'exclama-t-elle. Matthieu Girard. Mais vous n'étiez pas avec les Cristalleries de Montfaucon, à l'époque.

— En effet. Je venais de commencer un stage à Murano à la SALIR avec d'autres jeunes artistes, mais j'ai dû revenir en France quand j'ai été mobilisé. Je suis graveur, comme l'autre, là, ajouta-t-il d'un air taquin en indiquant Andreas d'un mouvement du menton. Comment se porte votre grand-père ? Il avait été si gentil avec moi.

Une onde de tristesse parcourut Livia de la tête aux pieds. Elle agrippa le dossier d'une chaise.

— Il nous a quittés voilà deux ans maintenant.

— Oh, vous m'en voyez désolé.

Il s'approcha, lui prit la main et la serra entre les siennes.

— C'était quelqu'un de merveilleux. Nous avions longuement bavardé le soir de l'inauguration et le lendemain, il m'avait fait visiter vos ateliers. C'était l'un des plus grands. Un maître remarquable. Et quel homme courtois et généreux !

Livia esquissa un sourire et baissa les yeux pour qu'il ne vît pas ses larmes affleurer. Elle se sentait idiote. Pourquoi son ton de voix chaleureux la bouleversait-il à ce point ? D'un seul coup, Murano lui manqua avec une telle férocité qu'elle eut l'impression d'avoir reçu un coup de poignard.

— Vous êtes tout émue. Pardonnez-moi, c'est ma faute, insista-t-il, désolé. Que puis-je faire pour me racheter ?

— Ne vous inquiétez pas, dit-elle en frottant sa joue d'un geste agacé pour en chasser les larmes

311

traîtresses. C'est moi qui vous demande pardon. Je suis ridicule. Je ne sais pas ce qui m'a pris. Peut-être suis-je troublée de me retrouver dans un univers qui me rappelle la maison, ajouta-t-elle en regardant autour d'elle. C'est idiot, mais depuis que je suis arrivée en Lorraine, je n'avais pas encore trouvé un endroit où me sentir un peu chez moi.

— Mais c'est tout naturel, voyons ! Vous êtes de la famille ! Venez, je vais vous faire visiter les ateliers pour vous changer les idées.

— Mais il faut demander la permission ! protesta-t-elle. Je ne peux pas entrer comme ça.

— Avec lui, vous pouvez, grommela Andreas appuyé au chambranle de la porte, les bras croisés. C'est le fils du patron.

— Vraiment ?

— Une aberration de mes parents, je n'y suis pour rien, plaisanta Matthieu. Tenez, prenez mon manteau. On n'a que quelques pas à faire.

Sans lui donner le temps de répondre, il l'emmaillota dans son caban de laine.

— Attendez, je ne peux pas, dit-elle en riant, déboussolée par le tourbillon du jeune homme.

— Mais si, ma chère Livia. Vous permettez que je vous appelle Livia, n'est-ce pas ? Ah, j'allais encore oublier mes dessins. Ne bougez surtout pas. Ils ne peuvent pas être très loin.

Il fouilla sur le buffet, souleva les vêtements et les livres qui encombraient la moindre surface.

— Il y a un de ces bazars dans cette maison. Les voilà ! s'écria-t-il d'un air triomphant en brandissant quelques feuilles. Je te la rendrai tout à l'heure, Andreas, ou peut-être pas...

Quand il lui prit le bras et l'entraîna, Livia lança un regard d'excuse à Andreas par-dessus son épaule.

Il lui fit un signe de la tête encourageant. Matthieu claqua la porte derrière eux, faisant tressauter les assiettes.

Andreas esquissa un sourire. Le jeune Matthieu avait de l'énergie à revendre. Il se dépensait sans compter lorsqu'il ne travaillait pas, épuisant ses proches, sous prétexte qu'il n'arrivait à se concentrer devant les meules qu'une fois toute sa vitalité dépensée.

Andreas alluma le feu de la cuisinière pour faire bouillir de l'eau. Il avait besoin d'un café noir. Il était heureux pour la jeune femme, car peu d'étrangers avaient accès aux ateliers. Il avait été surpris d'apprendre qu'elle appartenait à une famille de maîtres verriers aussi illustre que les Grandi de Murano. Décidément, le monde était petit.

Il effleura d'un doigt sa lèvre enflée, là où elle l'avait mordu. Il ne s'était pas attendu à une réaction aussi vive. Comment aurait-il pu savoir qu'elle éprouvait la même attirance que lui ? Il l'avait embrassée parce qu'il n'avait pas pu résister à la tentation de sa bouche charnue, parce qu'il avait envie de lui faire l'amour depuis leur première rencontre et qu'il allait toujours jusqu'au bout de ce qu'il avait décidé. Mais Livia Grandi l'avait dérouté et il ne savait pas s'il devait s'en réjouir ou s'en méfier.

Il nettoya une tasse ébréchée et y versa son café. Sur la table, il repoussa quelques verres pour se faire de la place. Il prendrait le temps de boire son café tranquillement avant de rapporter le vase là où l'on devait l'emballer. Maintenant que Livia visitait les ateliers, il était persuadé qu'elle l'aurait oublié.

En se retournant, il buta contre le tabouret et renversa le sac à main de la jeune femme.

— Flûte ! marmonna-t-il en se penchant pour ramasser ses affaires.

Il épousseta le portefeuille et le poudrier avant de les ranger dans le sac en cuir, satisfait de voir que le fermoir n'était pas cassé. Un livre à la reliure de cuir abîmée avait glissé d'une enveloppe en papier marron. La couverture usée l'intrigua. En l'ouvrant, il s'aperçut qu'il ne s'agissait pas d'un livre imprimé, mais d'un carnet de notes dont certaines feuilles jaunies avaient la fragilité du parchemin.

Il commença à le feuilleter et ne put réprimer un frisson en découvrant les formules de compositions chimiques et les dessins de coupes, de verres à pied et de lustres fantaisie. Fasciné, il s'assit lentement sur une chaise.

Les encres passées témoignaient de l'ancienneté des croquis, ainsi que les dates griffonnées en bas de page dont certaines remontaient au XVIe siècle. On donnait les indications pour respecter le juste équilibre d'un verre entre le diamètre du pied, la hauteur et la forme de la jambe, l'évasement de la coupe. Une annotation détaillait comment multiplier des nœuds complexes à plusieurs côtes soufflés dans une même paraison. Des remarques sur différentes variantes du verre filigrané, emblématique du travail vénitien, précisaient comment noyer les filets dans la masse ou jouer sur les reliefs. Certaines des petites aquarelles qui agrémentaient le texte étaient si évocatrices qu'on aurait pu les encadrer.

Abasourdi, Andreas comprit qu'il tenait l'héritage des Grandi entre ses mains et, pour lui, c'était comme s'il découvrait l'essence même de la jeune femme, comme si Livia se dressait soudain nue devant ses yeux.

Depuis le Moyen Âge, la révélation des procédés de fabrication des verriers entraînait la damnation éternelle. De tous temps, ils avaient emporté leurs secrets avec eux, sacrifiant parfois au fil de leurs voyages certaines compositions contre d'autres confidences. Il ressentait une certaine gêne à parcourir ce carnet à l'insu de Livia, certain qu'elle le lui aurait interdit, mais c'était plus fort que lui. Comment résister à ce qui représentait la quintessence d'un art auquel il avait dédié sa vie ?

Dans le silence de la cuisine, dont les fenêtres donnaient sur les arbres enneigés, on n'entendait que le frôlement des pages. Il était captivé par l'ingéniosité des Grandi. Bien que ses souvenirs de leçons d'italien fussent lointains, il en conservait encore quelques notions.

À Gablonz, on avait attaché une grande importance à l'enseignement des langues étrangères, car cette ville de commerçants avait besoin d'hommes capables de vendre leurs produits dans le monde entier. Ainsi, vers l'Inde, elle exportait en grande quantité les bracelets que portaient les femmes avant de les jeter en offrande dans le fleuve sacré du Gange lors des cérémonies religieuses. Avant la Première Guerre mondiale, le marché avait été si important qu'un navire reliant Bombay à Trieste, le port de l'Empire austro-hongrois sur l'Adriatique, avait même été baptisé « Gablonz ». Andreas se souvenait encore du professeur indien originaire de Bénarès dont les tuniques boutonnées étaient du plus bel effet.

Le livre s'ouvrait naturellement à une page en son milieu, comme ces recueils de poésie au dos fatigué qui gardent, telle une blessure, l'empreinte du poème préféré. Sans aucun doute, il s'agissait du passage le plus étudié. Andreas découvrit le croquis à la mine de plomb d'un splendide calice et la formule surnommée *chiaroscuro,* cette création mythique qu'aucun verrier digne de ce nom ne pouvait ignorer.

Il crut entendre résonner la voix douce du comte Prestel, alors qu'il admirait une nouvelle fois sa collection. « C'est la passion de toute une vie, mon cher Andreas, mais je vais t'avouer un secret ; je la donnerais tout entière pour posséder ne fût-ce qu'un seul des douze calices vénitiens en *chiaroscuro*. Avec eux, on atteint au sublime. »

Et voilà que ce mystère se dévoilait sous ses yeux. À l'époque, les calices avaient été achetés par le roi de France, au grand dam des autres cours d'Europe. Comme pour tant de trouvailles au fil des siècles, on avait cru la formule perdue à jamais. Andreas la lut à mi-voix. Mon Dieu, c'était si simple... Mais aussi astucieux qu'inattendu.

Il resta quelques instants immobile, envoûté, les yeux dans le vague, puis il porta le carnet à son visage pour respirer l'odeur qui émanait d'entre les pages. Il n'y en avait aucune, bien entendu, et pourtant, s'il n'avait pas eu peur du ridicule, il aurait juré qu'elles recelaient un parfum de sel et d'herbes sauvages, de vase et de vent.

La cloche de l'église se mit à sonner trois heures. Tiré de sa rêverie, il s'empressa de ranger le carnet dans l'enveloppe, ramassa par terre un peigne et un billet de train qu'il fourra dans le sac. D'un coup d'œil, il vérifia que rien d'autre ne traînait.

Des gouttes de sueur perlaient sur son front et il avait soudain le cœur au bord des lèvres. Jamais il n'aurait dû être aussi indiscret. C'était indigne de lui et de la jeune Italienne. Il ferma les yeux, qu'il frotta avec ses poings. Il décida qu'il n'avait rien vu, qu'il allait tout oublier et chasser les images qui dansaient encore sous ses paupières.

Il empoigna le vase, éteignit la lumière et sortit dans la cour, où le froid mordant le saisit à la gorge comme pour le punir.

C'était le corps de Livia qui avait alerté Élise, l'amplitude nouvelle dans ses gestes, la langueur qui contrastait avec la fébrilité des derniers temps et les sourires, cette moue esquissée, évanescente, condescendante, comme si elle connaissait toutes les réponses.

Au début, Élise s'était demandé si sa belle-sœur attendait un deuxième enfant, mais à étudier la silhouette toujours aussi fine de la jeune femme, la taille soulignée par les corsages cintrés, elle en avait conclu qu'elle se trompait, ce qui l'avait rassurée.

Elle avait ensuite pensé que c'était à cause de son travail. Depuis que l'atelier avait été mis à sa disposition, Livia s'y enfermait souvent toute la matinée pour n'en émerger qu'à l'heure du déjeuner, et si elle consacrait les après-midi à son fils, elle continuait cependant à s'échapper de la maison, prétendant qu'elle partait en quête d'inspiration. Elle ne voulait montrer à personne les premières ébauches de son travail. Le seul à les connaître était le vieil André Münster, un maître à la retraite, qui venait une fois par semaine lui enseigner les ficelles du métier.

François était enchanté. « Elle rayonne, tu ne trouves pas ? » disait-il à sa sœur. Élise ne pouvait

317

qu'acquiescer. Livia n'avait jamais été aussi épanouie ni aussi belle, avec son regard lumineux, sa chevelure en désordre, sa peau gourmande. Elle babillait en italien avec son fils, chantonnait quand elle pensait qu'on ne l'entendait pas, sautillait dans l'escalier. Les gens heureux fascinent, aussi sûrement que la lumière attire les insectes les soirs d'été avant l'orage. Mais l'on s'y brûle les ailes, songeait Élise, et certains seraient prêts à tuer pour s'emparer du bonheur des autres.

François se félicitait d'avoir trouvé la solution pour rendre sa femme heureuse, mais, en voyant son air béat, Élise éprouvait une pointe d'exaspération. Ne comprenait-il donc pas qu'il y avait anguille sous roche ? Lorsqu'elle se réveillait à l'aube, un pressentiment lui laissait un goût amer dans la bouche. Elle était à la fois soucieuse et agitée, impatiente aussi, car elle devinait confusément que Livia tressait la corde pour se pendre.

Ce jour-là, alors que Carlo faisait sa sieste dans sa chambre, Livia vint la trouver.

— Je serai de retour vers quatre heures. Pouvez-vous surveiller le petit, Élise ?

Du premier étage, elle regarda Livia vérifier sa tenue dans le miroir en pied du vestibule. La jeune femme ajusta sa veste de tailleur au col de fourrure, lissa la jupe de lainage rouge qui lui arrivait en dessous du genou. Depuis qu'elle avait découvert les patrons publiés dans *Le Jardin des modes* et le talent d'une petite couturière, la collégienne s'était transformée en Parisienne sophistiquée. Elle plaça une toque sur ses cheveux, enfila des gants et fit une pirouette devant la glace avant de s'enfuir, claquant la porte d'entrée derrière elle.

Aussitôt, Élise descendit l'escalier sans faire de bruit. Un châle sur les épaules, elle traversa le jardin jusqu'à l'atelier de son grand-père.

La pièce était silencieuse. Il y flottait une odeur aigre de térébenthine et de vinaigre. Dans un pâle rayon de soleil, des particules de poussière dansaient, et la lumière se réfléchissait sur les morceaux de verre que Livia était en train de découper. Élise ignora le vitrail qui prenait naissance.

L'atelier était parfaitement rangé, le plancher balayé. La règle de coupe, les ciseaux à trois lames, les pinces à égruger s'alignaient en bon ordre, mais elle continuait à considérer la présence de l'Italienne dans un lieu aussi sacré comme une intrusion. Pourtant, Élise se voulait pragmatique. Quand elle avait vu avec quelle intensité François défendait sa femme, elle avait décidé de ne pas lui interdire l'accès de l'atelier. Depuis toujours, elle préférait laisser les événements venir à elle et trouver le meilleur moyen de les détourner à son avantage.

Elle commença une fouille méticuleuse, mais le temps lui était compté. Même si elle avait demandé à la petite Colette de garder un œil sur l'enfant, elle n'aimait pas le laisser seul trop longtemps.

Dans les tiroirs de la table de sertissage, elle vérifia les clous, les pointes en diamant et les spatules. Parmi les alvéoles du meuble de rangement, elle trouva des chiffons, des rouleaux de papier, ainsi que des boîtes qu'elle ouvrit les unes après les autres. Lorsqu'elle fureta entre les feuilles de verre et les chutes qui garnissaient les casiers, elle prit soin de ne pas se blesser. Il fallait manipuler le verre avec précaution. Son grand-père utilisait toujours ses deux mains pour en soulever les feuilles. « Un atelier n'est pas un endroit pour un enfant »,

grommelait-il en agitant les bras comme un marionnet-
tiste. « Ouste, va jouer dehors, petite… » Condamnée à rester dans le jardin, elle plaquait son visage
contre la vitre pour l'observer à son aise, mais, très
vite, le spectacle la lassait.

Dans le placard, elle trouva du sulfure et du chlo-
rure d'argent, qui permettaient de teindre le verre en
profondeur, ainsi que le flacon d'acide fluorhydrique.
La tête de mort rappelait les précautions à prendre.
La gravure à l'acide exigeait une rigueur particulière,
car il fallait à tout prix éviter tout contact avec la
peau. Elle referma le placard et contempla la pièce
d'un air agacé.

Il devait sûrement y avoir un détail dont elle pourrait se servir, le moment venu, mais il était difficile de
fouiller judicieusement quand on ignorait ce que l'on
cherchait. Son exaspération grandissait.

— Réfléchis, murmura-t-elle en essayant de se
calmer. Il y a sûrement quelque chose…

Lorsqu'elle ouvrit l'armoire, elle s'étonna d'y trouver le manteau d'hiver de Livia, puis elle se rappela
que François lui en avait offert un neuf pour Noël,
aux parements de vison, alors que celui-ci était élimé
au col et aux manches. Dans les poches, elle trouva
des pièces de monnaie, un ruban rouge effiloché et
une paire de gants en laine.

Elle ne sut jamais ce qui la poussa à examiner le
tapis qui recouvrait la table de coupe. Il était suffisamment épais pour amortir les irrégularités des
feuilles de verre qu'on s'apprêtait à découper. Était-
ce l'intuition, la chance ? Elle le souleva et y glissa la
main, espérant ne pas se taillader le bout des doigts
sur des échardes de verre.

Lorsqu'elle effleura deux morceaux de papier, elle
devina d'emblée qu'elle avait trouvé ce qu'elle

cherchait. Elle les retira avec soin de leur cachette, prenant garde à mémoriser exactement comment ils avaient été placés.

Elle s'approcha de la verrière pour les examiner à la lumière et découvrit une affiche pliée en deux qui montrait un vase en cristal gravé, plutôt surchargé à son goût, et un billet d'entrée poinçonné pour une exposition aux Cristalleries de Montfaucon. Elle connaissait l'endroit pour y avoir acheté des carafes et un service de verres avant la guerre. Le billet était daté d'un mois.

Elle ne s'étonnait pas que Livia ait été voir une exposition, mais pourquoi la jeune femme leur avait-elle menti ? Elle leur avait bien dit qu'elle se rendait à Nancy, mais lorsque François lui avait demandé de leur raconter sa journée, elle avait prétendu avoir seulement visité la place Stanislas et le musée où se trouvaient réunies des œuvres de l'école de Nancy. Elle avait décrit avec précision les verreries d'Émile Gallé et des frères Daum, les meubles marquetés de Majorelle et surtout les vitraux mosaïques de Jacques Gruber, dont la douceur poétique l'avait particulièrement touchée. En l'écoutant, François avait affiché l'air satisfait d'un maître d'école devant une élève enthousiaste.

Pourquoi mentir par omission si l'on n'a rien à cacher ? songea Élise en retournant les papiers comme s'ils allaient lui livrer leur secret. Pourquoi les dissimuler avec autant de soin ?

Avec précaution, elle les rangea à leur place avant de replacer le tapis sur la table. Elle vérifia d'un coup d'œil précis qu'il n'y avait rien de suspect et qu'elle laissait l'atelier en l'état.

Il ne lui restait qu'une seule solution pour en avoir le cœur net : la prochaine fois que sa belle-sœur sortirait pour l'une de ses prétendues promenades, elle la ferait suivre et elle ne doutait pas une seconde du résultat.

Alors qu'elle aurait dû se sentir satisfaite d'avoir raison, en tirant la porte, Élise s'aperçut que sa main tremblait.

La chambre d'hôtel donnait sur une étroite cour sinistre aux murs lézardés. Un rideau d'une couleur indéfinissable, qui avait été vert ou bleu en un temps oublié, occultait tant bien que mal la lumière sévère de janvier. Dans un coin, une serviette pendait près du lavabo. Le robinet fuyait. Allongé tout habillé sur le lit, seul endroit où se tenir étant donné l'exiguïté de la pièce, les mains croisées derrière la tête, Andreas écoutait les gouttes d'eau rebondir dans la cuvette aux traces de rouille.

De temps à autre, un raclement de chaise sur le plancher, une toux grasse dans une chambre voisine lui rappelaient qu'il n'était pas seul au monde. Lorsqu'on tirait une chasse d'eau, les tuyaux protestaient.

Il avait ouvert la fenêtre pour chasser l'odeur de renfermé et de moisi qui imprégnait les murs. Il habitait là depuis près d'un mois, et, malgré tous ses efforts, rien ne parvenait à l'éliminer. Immobile, il se voyait comme un gisant. Il regardait fixement le plafond en l'attendant. Pour elle, il aurait patienté des heures, des jours, toute une vie.

Mais que savait-il d'elle ? Des détails sans importance qui composaient un personnage, dessinaient une ombre chinoise. Il savait qu'elle regardait se consumer des allumettes jusqu'à se brûler les doigts, démêlait toujours ses cheveux avec les mains, que le rouge était sa couleur fétiche et qu'elle mordillait ses ongles telle une enfant indocile. Il savait que l'un de ses sourcils était légèrement plus arqué que l'autre, que son regard intense s'égarait lorsqu'elle parlait de chez elle, sans avoir l'air d'y toucher, d'une voix rauque qui donnait aux mots une autre texture, au point qu'il lui semblait effleurer les pierres rugueuses d'une ville où les lions avaient des ailes, entendre claquer au vent les draps tendus entre les maisons, apercevoir une barque rouge amarrée près de marches envahies d'algues et de mousse... Il savait qu'elle retirait toujours son alliance avant de venir le retrouver.

Elle serait en retard. Elle n'arrivait pas à être à l'heure, comme si ni les montres ni les pendules ne devaient enfreindre ce qu'elle appelait sa liberté. Elle entrerait dans cette chambre misérable, un sourire lui déchirant le visage, et il ne verrait plus le papier peint élimé, la misère des draps rêches et de la courtepointe tachée. L'applique à fleurs en pâte de verre ne distillerait plus sa lumière aigrelette. La peau nacrée de ses joues, la promesse de sa gorge révélée par l'échancrure de sa chemise renverraient à d'autres lumières, au soleil de sa ville natale à jamais imprégné sous le grain de sa peau.

Bientôt, sans attendre, ils seraient nus. Ils ne perdaient pas de temps à se dévêtir l'un l'autre. Les jeux de la séduction n'étaient pas pour eux. Dans leurs regards, se réfléchissaient un désir dénué d'artifices, âpre, une avidité qui effaçait toutes les autres, une faim qui battait en brèche les conventions, les culpabilités, la honte.

Debout devant lui, elle prendrait son temps pour le dévisager. Toujours le même rituel. Craignait-elle qu'il n'eût changé depuis la dernière fois ? Elle lui avait dit que s'il la trompait les empreintes des mains d'autres femmes sur son corps se révéleraient à elle telle l'encre sympathique à la chaleur. Il se tiendrait droit, cherchant à paraître détendu, alors qu'il n'y a rien de plus odieux qu'un regard effronté qui observe sans s'en cacher.

À son tour, il détaillerait les seins hauts et pleins, les mamelons d'un rose délicat aux pointes ciselées par le froid, la taille et les hanches, la jointure des cuisses, ce corps trop parfait qui le renverrait sans pitié à lui-même. Il serait conscient de la peau boursouflée sur sa cuisse, de l'entrelacs hideux de cicatrices qui marquait son épaule au fer rouge.

Il repenserait à la guerre et des éclairs jailliraient derrière ses paupières. Un écran de lumières éblouissantes. Les flammes des Katioucha illuminant l'horizon. La puanteur des chairs brûlées. Les hurlements des blessés qui essayaient d'empêcher leurs entrailles de se déverser sur la neige en les retenant à deux mains. Il fermerait brièvement les yeux pour chasser les images par la seule force de sa volonté. Pourquoi y repenser, là, maintenant ? Peut-être parce que ces instants passés auprès d'elle n'étaient pas dénués de violence. Quand elle avait posé ses lèvres sur ses mains la première fois, il ne l'avait pas repoussée comme ces autres femmes qu'il avait cherché à oublier alors même qu'elles se donnaient à lui, et le chemin impitoyable de ses baisers avait été celui de toutes ses déchirures.

Il sentirait son pouls s'accélérer, elle prendrait sa verge dans sa main. Il tressaillirait, le corps électrisé, le souffle coupé. D'une seule caresse, d'un frôlement des doigts, elle déclenchait des orages.

Il serrerait les poings pour ne pas la toucher. Désormais, il voulait qu'elle sache le pouvoir qu'elle exerçait sur lui. La première fois, elle n'avait rien demandé, rien sollicité. Il avait cherché à la posséder comme tout homme veut posséder la femme qu'il pénètre. Quand elle avait joui, il avait senti les muscles de son ventre se refermer autour de lui pour l'entraîner vers les abîmes, et les frissons de leurs corps avaient mis de longues minutes à s'apaiser.

Pourtant, malgré la fièvre de leurs corps, la sueur salée sur leurs peaux, il avait compris qu'elle restait hors de portée et il avait décidé qu'elle aussi devait reconnaître la force de cette attirance. Il ne voulait pas être le seul à porter le drame de leur amour.

Ainsi, comme chaque fois, il la laisserait venir à lui. Elle poserait une main sur son torse, à l'endroit du cœur, la paume ouverte, afin qu'il sente le contour de chacun de ses doigts. Elle planterait ses ongles dans sa peau. D'un bras, il lui enlacerait la taille. Elle se dresserait sur la pointe des pieds, le marquant de l'empreinte indélébile de son corps.

Les parfums de leurs souffles mêlés, ils basculeraient sur le lit. Avec une ferveur inquiète, il baiserait son cou, les rondeurs de ses épaules, glisserait vers ses seins, riches de splendeur et d'émotion, et sa peau aurait une senteur de pêche, de jasmin et d'épices. Elle se cambrerait pour l'accueillir et il n'y aurait plus qu'elle, l'ivresse de ses cuisses ouvertes, ses lèvres cramoisies, les frôlements de velours, les moiteurs musquées, les reflets irisés de son regard.

On frappa à la porte.

Andreas se leva. Un court instant, le sang reflua à son cerveau.

Elle était venue. Elle était là.

Il l'avait attendue, des heures, des jours, toute sa vie.

Après l'amour, ils restèrent enlacés, les jambes emmêlées, la tête de Livia reposant sur son épaule.

L'ardeur s'était apaisée peu à peu. Elle devina au rythme de son souffle qu'il s'était endormi et elle sourit, étonnée qu'il s'abandonne ainsi, qu'il baisse enfin la garde, pour la première fois.

Elle déplaça la tête pour le contempler. Des frémissements agitaient ses paupières comme s'il était pourchassé par des êtres malfaisants. Dans le sommeil, les traits de son visage perdaient leur rigueur anguleuse, le dessin de ses lèvres semblait plus généreux et la ride creusée entre ses sourcils s'atténuait pour ne laisser qu'un trait esquissé.

Sous sa main, elle sentait son torse se soulever. Après la puissance et la ferveur qui les avaient transportés, cette douceur inattendue la troublait. Elle eut un serrement de cœur. L'intimité qui naissait entre eux parce qu'il s'était assoupi la mettait mal à l'aise. Elle ne voulait pas d'un Andreas vulnérable ; elle ne voulait pas de cette menace dans sa vie.

Elle s'écarta un peu trop brusquement et il se réveilla aussitôt. Un instant, il eut le regard égaré d'un homme traqué.

— Qu'est-ce qui ne va pas ? demanda-t-il alors qu'elle s'asseyait sur le bord du lit, ramenant le drap autour d'elle et lui tournant le dos.

— Je dois partir.

— Je croyais que tu avais le temps aujourd'hui.

Elle ne répondit pas, se baissa pour ramasser ses affaires. L'un de ses bas avait disparu. D'une main, elle retint ses cheveux pour qu'ils ne balaient pas le plancher et s'agenouilla pour regarder sous le lit. Mais qu'est-ce que je fais ? songea-t-elle, effarée. Qui suis-je à ramper sur le sol de cette chambre misérable ? Elle rougit. Pour la première fois, elle se sentit honteuse. Elle serra les lèvres et se redressa.

Tandis qu'Andreas allumait une cigarette, elle se débarbouilla tant bien que mal dans le lavabo. Dans le petit miroir ovale, elle vit qu'il avait détourné la tête pour ne pas la heurter. Il pouvait se montrer cinglant dans ses propos, mais savait aussi faire preuve d'une délicatesse insoupçonnée. Elle devinait chez lui une fragilité semblable aux fissures infimes mais dévastatrices qui peuvent se loger dans un verre taillé et l'amener à éclater en morceaux lors du polissage. Elle aurait aimé mieux le connaître, l'inciter à parler de lui-même, mais le temps leur manquait.

Elle savait seulement qu'il était revenu par miracle du front russe après avoir marché jusqu'à en perdre la mémoire, que la faim et la soif lui avaient donné des hallucinations, qu'il avait trouvé sa maison de famille occupée par d'autres avant d'être chassé de son pays. Elle savait qu'il avait rejoint sa mère dans un camp de réfugiés en Bavière à temps pour la voir mourir, que sa sœur s'appelait Hanna, qu'elle avait été violée et qu'elle avait mis au monde une petite fille un peu plus âgée que Carlo.

Elle avait dû lui arracher ces bribes de vie, qu'il avait lâchées à contrecœur avec cette pudeur instinctive des hommes qui prennent les confidences pour des aveux. Ses silences méfiants lui rappelaient ceux de Flavio. On n'avait pas appris aux hommes à donner autre chose que leur corps et il lui arrivait de le regretter.

Quand elle eut boutonné sa chemise, elle se tourna vers lui. Son regard perçant la prit de court.

— Pourquoi pars-tu aussi vite ? demanda-t-il.

Elle haussa les épaules, la gorge nouée. Comment lui faire comprendre ce qu'elle ne comprenait pas elle-même ? Elle avait besoin de lui avec une rage qui la réveillait au milieu de la nuit. Pas un instant de la journée ne se passait sans qu'elle le perçoive, imprimé dans sa chair, dans ses pensées, dans sa mémoire. Elle avait l'impression de respirer à travers lui. Quand elle s'occupait de son fils, il lui arrivait de frémir parce que l'image d'Andreas était trop puissante, et elle se sentait coupable de voler à son enfant ce qui lui revenait de droit : une présence entière, un attachement absolu. Confusément, elle avait le sentiment de le trahir.

La tension entre eux était d'autant plus forte qu'Andreas n'avait rien d'autre à faire que l'attendre. Il avait quitté les Cristalleries de Montfaucon une semaine après leur rencontre. On l'avait laissé partir parce qu'il avait déjà prolongé les six mois prévus dans son contrat. Il avait pris une chambre dans le premier hôtel qu'il avait trouvé en sortant de la gare. Ses journées se dessinaient en creux. Elle ignorait comment il organisait son temps jusqu'au moment où elle venait le rejoindre en début d'après-midi. Il lui avait confié qu'il prenait un demi au Café des Voyageurs en l'attendant, puis traversait la rue, montait dans la chambre et patientait.

Elle arrivait de son côté, les cheveux dissimulés sous un chapeau ou un foulard. À l'hôtel, elle détournait le visage en passant devant le propriétaire et son épouse. Ils ne lui demandaient jamais rien, mais elle sentait le poids de leurs regards hostiles. Elle savait qu'Andreas leur graissait la patte pour avoir la paix.

Lorsqu'elle parvenait à son étage, le souffle court car l'escalier était raide, son cœur s'emballait. Elle n'avait jamais ressenti une pareille ivresse. Son amant était le seul à pouvoir apaiser l'angoisse sourde qui distillait son poison dans ses veines. Lorsqu'elle faisait l'amour avec lui, elle devenait une autre femme et plus rien ne comptait, excepté l'instant. Du passé et de l'avenir, il ne restait que des éclats de peurs, de remords ou d'égarements, mais leurs arêtes coupantes ne parvenaient plus à la blesser. Sous la caresse de ses mains et de ses lèvres, elle se découvrait invincible.

Voilà plusieurs semaines qu'ils se retrouvaient, à l'exception du dimanche, qu'elle passait avec son mari et son fils. Un jour, Andreas lui avait fait la remarque ironique que même les couples illégitimes s'inventaient une routine. Elle en avait été blessée.

— Réponds-moi. Il y a quelque chose qui ne va pas.

Agacée, elle se détourna. Elle n'avait pas envie de s'expliquer. Brusquement, tout cela lui paraissait trop compliqué. Elle se sentait épuisée. Elle avait envie de rentrer chez elle, de s'allonger dans l'obscurité et de dormir d'un sommeil sans rêves. Seule... Elle avait besoin d'être seule.

— Nous sommes deux fois des exilés, Andreas, dit-elle à mi-voix. Exilés de nos pays et exilés dans notre histoire.

— Tu racontes n'importe quoi !

Elle ne put s'empêcher d'admirer son corps alors qu'il s'habillait avec des gestes impatients.

— Toi, tu peux retourner quand tu veux à Venise. C'est ta fierté qui t'a poussée à partir et ton orgueil t'empêche de rentrer. Tu n'as qu'à dire à ton mari que tu veux revoir ta famille. Crois-tu qu'il t'en empêchera ? Ça m'étonnerait. D'après ce que tu racontes, il a l'air d'être le genre d'homme à obéir au doigt et à l'œil.

— Laisse-le en dehors de ça ! Je n'ai rien à lui reprocher. François est un excellent père et un mari irréprochable.

329

Andreas lui saisit brutalement le poignet et approcha son visage si près du sien qu'elle sentit son souffle.

— Et comme amant ?

Livia ne cilla pas.

— Ça ne te regarde pas.

— Mais si, puisque tu fais l'amour avec lui quand tu n'es pas avec moi.

— Lâche-moi immédiatement, siffla-t-elle, les dents serrées.

— À ton avis, qu'est-ce qu'il dirait s'il savait qu'il partage sa femme avec un autre homme ?

Elle marqua une pause, baissa les yeux vers la main d'Andreas, puis détacha ses doigts les uns après les autres. Une empreinte rouge marbrait son poignet.

Furieuse, elle releva la tête.

— Est-ce une menace ?

Il esquissa un sourire acide et leva la main. Elle ne broncha pas. Alors, d'un geste infiniment doux, il lui caressa la joue, effleura ses lèvres avec son pouce.

— Jamais, Livia, murmura-t-il. Jamais une menace… De la colère, sûrement. Peut-être même du chagrin.

Andreas se dévoilait si rarement qu'elle fut prise au dépourvu. Il l'enlaça, l'attira à lui et elle ferma les yeux.

— Je dois y aller, murmura-t-elle.

— Je sais.

Elle pesait de tout son poids contre lui et elle avait envie de mourir. Elle resta encore quelques instants sans bouger. Où trouver la force de s'arracher à cet homme ? Elle respira son odeur. Le sang circulait dans leurs veines avec une même lenteur, une même désespérance. Les secondes s'étiraient, gorgées de l'ardeur qui les avait réunis, mais déjà gangrenées par les incertitudes qui surgiraient dès qu'elle aurait franchi la porte.

Andreas s'écarta, s'empara de la toque en velours posée sur la chaise et la lui plaça sur les cheveux. Il arrangea maladroitement les boucles folles. Elle se sentit soudain paralysée de désarroi. Il lui sourit avec une douceur inattendue.

— Va…, murmura-t-il en la poussant vers la porte.

Elle se retourna une dernière fois sur le palier pour le regarder.

— Demain ? demanda-t-elle, incertaine.

— Bien sûr, *signorina* Grandi, comment pouvez-vous en douter ?

Il referma la porte et elle resta immobile dans le couloir à contempler le bois éraflé. Seuls des éclats de voix qui s'approchaient la poussèrent à s'enfuir.

Dans la rue, en s'éloignant d'un pas rapide, elle remit son alliance en se demandant comment survivre à l'intensité d'un désir qui n'avait aucune légitimité, ni celle des hommes ni celle de Dieu, qui n'existait que par lui-même avec cette saveur vénéneuse et envoûtante de la liberté.

Livia se faufila par la porte d'entrée comme une voleuse. Elle fut soulagée de voir que le vestibule était vide et s'adossa à la porte pour reprendre son souffle. La maison était silencieuse. Dehors, le crépuscule tombait déjà et les lumières du palier au premier étage étaient allumées, éclairant l'entrée de biais. L'ombre de la rampe d'escalier en fer forgé découpait des losanges sur le sol.

Il flottait un léger parfum de cannelle, d'épices et de sucre. On avait fait cuire des gâteaux dans l'après-midi. Troublée, elle ferma les yeux. Il y avait quelque chose de douloureux dans cette odeur réconfortante, celle d'une famille sereine où les enfants attendent des douceurs, où les gestes sont harmonieux et les âmes droites, où une femme mariée ne se donne pas à son amant dans une chambre d'hôtel pitoyable.

Lorsqu'elle revenait de ces moments passés avec Andreas, elle avait toujours besoin de quelques instants pour composer son personnage. Au fil des semaines, elle devenait comédienne. Il lui fallait d'abord se dépouiller d'une peau, celle de Livia Grandi, la maîtresse d'un graveur sur cristal venu de Bohême, avant d'endosser son rôle d'épouse et de mère.

Elle avait appris l'art du mensonge et de l'esquive, à parler à son mari en pensant à son amant, à laisser son corps évoluer dans un endroit alors que son esprit était ailleurs. La première fois, le cœur battant, certaine d'être démasquée, elle s'était demandé comment François et Élise n'avaient pas remarqué qu'elle venait de quitter les bras d'un autre homme. L'adultère ne laissait-il pas des stigmates sur un visage ?

Livia avait grandi dans les églises. Elle commettait un péché mortel et ne pouvait pas s'empêcher d'éprouver parfois une peur irraisonnée, venue des profondeurs de sa conscience. Depuis qu'Andreas était entré dans sa vie, elle n'arrivait plus à prier, elle ne s'en sentait plus le droit. Des moments d'exaltation féroce alternaient avec de sombres abattements. Elle avait abandonné une torpeur mortifère au profit d'un tourbillon qu'elle ne maîtrisait pas. Mais on le lui avait trop bien enseigné dans son enfance pour qu'elle en doute : un jour ou l'autre, il fallait payer pour ses péchés, et le prix serait d'autant plus élevé qu'elle trompait un homme à qui elle n'avait rien à reprocher, qui ne lui avait témoigné que gentillesse, affection et respect.

Avant d'aller rejoindre son fils, elle étudia son visage dans le miroir. Il lui sembla que ses traits étaient plus définis, leurs lignes plus épurées. La douceur enfantine qu'on décelait encore dans la rondeur des joues s'était effacée. Désormais, deux rides légères marquaient les coins de sa bouche, mais une acuité nouvelle transparaissait dans son regard. Même sa démarche avait changé.

Quand Andreas lui faisait l'amour, elle cessait de penser à tout ce qui n'allait pas dans sa vie et se contentait d'exister. Elle avait besoin de cette image d'elle-même qu'elle voyait se refléter dans son regard intense. Elle songea qu'elle ne regrettait rien, elle songea qu'elle devenait femme.

Lorsqu'elle passa devant la porte du salon, elle entendit le murmure de quelques voix. Soudain, le rire d'Élise fusa. Elle ne lui connaissait pas ce timbre joyeux, libéré. Qui sa belle-sœur pouvait-elle recevoir ? Intriguée, elle s'approcha et poussa la porte.

Toutes les lampes étaient allumées et le feu crépitait dans la cheminée. Un plateau en argent avec la cafetière et le beau service en porcelaine était posé sur la table basse. Il y avait un air de fête dans la pièce. Assis dans un fauteuil, un homme aux cheveux noirs lui tournait le dos.

— Ah, vous voilà, Livia ! dit Élise.

Elle avait les joues roses et une lueur de gaieté dans le regard. Ses boucles d'oreilles accrochaient la lumière. Au grand étonnement de Livia, sa belle-sœur lui sembla presque jolie.

— Comme je ne savais pas à quelle heure vous alliez rentrer, j'ai invité votre ami à vous attendre au salon. Venez donc nous rejoindre.

L'homme se leva, se retourna d'un mouvement fluide et Livia se demanda ce qui était le plus incongru : découvrir sa belle-sœur pimpante et enjouée ou trouver Marco Zanier debout dans son salon ?

— *Buonasera,* Livia.

Elle resta pétrifiée. L'expression d'innocence béate qu'elle s'était composée en revenant à la maison lui collait au visage tel un masque de plâtre.

— Vous prendrez bien un café avec nous, Livia ? À moins que vous ne préfériez du chocolat chaud, comme Carlo ? Il prend son goûter à la cuisine avec Colette. Il a passé un excellent après-midi.

Si Livia n'avait pas été aussi stupéfaite de voir Marco, elle aurait souri. C'était la première fois qu'elle entendait Élise parler pour ne rien dire. Sa belle-sœur était tout émoustillée.

Marco la regardait d'un air satisfait, de celui qui a réussi à jouer un mauvais tour. Elle détailla l'élégant costume gris au pantalon étroit, la chemise en popeline et la cravate rouge décorée d'un semis de pois foncés. De la pointe de ses chaussures effilées à ses cheveux soigneusement peignés en arrière, il était d'une allure irréprochable. Livia retint un rire nerveux. Marco Zanier, en chair et en os, campé au beau milieu du salon des Nagel telle une gravure de mode et se donnant des airs de *condottiere*... C'était absurde ! Connaissant son charme redoutable, elle ne s'étonnait pas qu'il eût retourné Élise comme une crêpe, mais elle était soulagée que François se fût absenté quelques jours pour travailler à Vézelay. Lui n'aurait pas apprécié la présence de Marco sous son toit.

— Qu'est-ce que tu fais là ? lui demanda-t-elle d'un air sévère.

334

— C'est ainsi que tu accueilles un vieil ami d'enfance que tu n'as pas vu depuis longtemps ? fit-il sur un ton faussement désolé. Je pensais que tu serais heureuse de me voir.

— Je me demande bien pourquoi. Nous n'avons rien à nous dire.

— Je voulais te faire une surprise.

— Je n'apprécie pas ce genre de surprise. Comment as-tu su où me trouver ?

— Marella, voyons… Tu sais bien qu'avec moi elle n'a jamais su tenir sa langue. D'autant moins depuis qu'elle est devenue ma femme.

— Tu as épousé Marella ? fit-elle, décontenancée, s'avisant soudain qu'il portait une alliance en or.

Les souvenirs affluèrent avec une précision impitoyable. Les eaux intranquilles de la lagune, le cri des mouettes griffant le ciel, la coque noire d'une gondole remontant le rio dei Vetrai… Ils se connaissaient tous si bien pour avoir grandi ensemble, leurs destinées à jamais entrelacées, leurs fiertés, leurs gourmandises, leurs faiblesses. Était-ce si étonnant qu'il eût épousé sa meilleure amie ? Elle ne put s'empêcher d'éprouver une pointe de satisfaction mauvaise : puisqu'il n'avait pas pu l'avoir, elle, il s'était rabattu sur le second choix – mais elle s'en voulut aussitôt. Marella était ravissante, vive et pulpeuse, avec des yeux en amande qui avaient l'éclat des étoiles noires, et sa famille n'avait rien à envier à celle des Zanier. Marco avait fait un bon mariage. En ce qui concernait son amie, elle en était moins persuadée.

— Vous voulez sûrement des nouvelles de votre frère, n'est-ce pas ? interrompit Élise, la tirant de sa rêverie.

De quoi se mêle-t-elle ? songea Livia, agacée. Elle ne doutait pas une seconde que Flavio se portait comme un charme. Si elle avait osé, elle aurait demandé des nouvelles de Tino et des Verreries, mais elle ne voulait pas que Marco devine à quel point ils lui manquaient.

Elle prit une profonde inspiration et s'assit sur le bord d'un fauteuil pour se donner une contenance. Son inimitié avec Marco ne concernait pas sa belle-sœur. Maintenant qu'elle s'était ressaisie, elle devait se tenir sur ses gardes. Curieusement, même si elle se méfiait de Marco et qu'elle fût persuadée que sa venue était un mauvais présage, elle éprouvait une étrange connivence avec lui. Ils étaient peut-être ennemis, mais ils étaient vénitiens.

— Flavio se porte bien, poursuivit Marco en réponse au mutisme de Livia. Il regrette que tu ne donnes pas plus souvent de tes nouvelles. J'ai appris que tu es mariée, que tu as un fils…

D'un seul coup, comme si une rafale de *bora* avait balayé cet air plein de sollicitude, son attitude changea. Il feignait de rester détendu, mais Livia le connaissait trop bien pour ne pas déceler la colère qui raidissait son visage. Si elle était mariée et mère de famille, c'était à cause de lui, mais cela, il ne pouvait pas le savoir.

— J'ignore ce que tu es venu chercher ici, Marco, lança-t-elle, mais je dois aller retrouver mon fils. Si tu as quelque chose à me dire, c'est le moment, je t'écoute.

Marco la fixa d'un regard pénétrant avant d'échanger un coup d'œil rapide avec Élise, et Livia comprit soudain la raison de la mine rayonnante de sa belle-sœur. Comme elle avait été sotte de croire que la vieille fille avait succombé au charme irrésistible d'un séducteur ! Depuis le début, il s'agissait d'elle, et d'elle seule.

Le ventre noué, Livia regarda Marco tirer un document de la poche intérieure de son veston. Une montre en or clinquante ornait son poignet. Elle se dit qu'il avait toujours eu mauvais goût.

— Les deux ans sont écoulés depuis hier, *cara*. Flavio a accepté de me vendre les Verreries Grandi. Il ne nous manque plus que ta signature. Une petite signature, et tu n'auras plus jamais à me revoir...

Andreas déjeunait dans le bistrot non loin de la gare où il avait ses habitudes. Il avait droit au rond de serviette numéro sept, rangé avec d'autres dans un casier accroché au mur. Le menu était copieux et bon marché.

Un tablier blanc autour du ventre, la patronne faisait la cuisine et gérait la salle aux deux longues tablées avec la même diligence. Elle houspillait ses habitués d'une voix rauque de fumeuse. Le soir, il lui arrivait de boire avec ceux qu'elle avait à la bonne. Une résille de veines rouges colonisait ses joues, ses paupières devenaient lourdes, presque violettes de fatigue, et elle se mettait parfois à chanter une ballade où il était toujours question d'un amant de passage, d'un amour trahi ou d'une femme infidèle. Respectueux, les hommes interrompaient leurs conversations et se tournaient vers elle, trahis par ce timbre cassé qui les renvoyait à leurs propres vies, leurs propres fêlures.

Elle était laide, elle était vieille, mais Andreas était tombé lui aussi sous son charme étrange. Lorsqu'il l'avait entendue chanter la première fois, il avait compris qu'elle était de ces femmes qui tiendraient toujours les hommes dans le creux de leur main, tout simplement parce qu'un jour, en un temps immémorial, elle avait accepté d'en aimer un et qu'elle avait donné sans songer à recevoir en retour.

Il se versait un verre de vin quand un client poussa la porte. Il reconnut aussitôt Matthieu Girard et regretta que la salle fût trop petite pour passer inaperçu.

— Tiens, Wolf, qu'est-ce que tu fais là ? s'écria le jeune homme.

Andreas lui serra la main.

— Salut, mon vieux. Je déjeune, comme tu vois.

— Tu permets ?

— Bien sûr.

La patronne laissait les clients s'asseoir où ils voulaient. Elle avait refusé le principe des tables isolées et deux longs tréteaux recouverts de nappes à carreaux donnaient au restaurant des faux airs de repas de famille. Ses habitués, le plus souvent des célibataires ou des solitaires, venaient chercher chez elle non seulement un repas chaud pour se remplir la panse, mais aussi le réconfort d'une enfance disparue.

— Le petit Matthieu, fit-elle en émergeant de la cuisine, des assiettes fumantes dans chaque main. Ça faisait un bout de temps que t'étais pas venu.

— T'as qu'à venir habiter Nancy et tu me verras plus souvent, la belle ! plaisanta le verrier.

— Je suis née à Metz et j'ai ma place réservée au cimetière, tu le sais bien. C'est pas un p'tit gars de la campagne comme toi qui me fera changer d'avis.

— Ne meurs pas avant de m'avoir donné à manger ! Je crève la dalle et j'ai traversé toute la ville pour te voir.

Elle lui donna une tape amicale sur l'épaule.

— Tu seras pas déçu, mon petit.

Matthieu poussa un soupir satisfait avant de se retourner vers Andreas.

— Pour une surprise, c'est une surprise... Je croyais que tu étais rentré chez toi, en Allemagne.

— Tu prends du vin ?

— Avec plaisir, dit-il en approchant son verre. Ne prends pas la grosse tête, mais tu nous manques à l'atelier. Simonet n'était pas content quand tu es parti. Il pensait que tu resterais plus longtemps, au moins un an, comme avant la guerre.

Andreas haussa les épaules.

— C'était bien suffisant comme ça.

— Si tu le dis... De toute façon, c'est pas mes affaires. Au fait, Simonet était embêté l'autre jour parce que tu es parti sans laisser d'adresse. Il y a du courrier qui est arrivé pour toi. Il ne savait pas quoi faire de la lettre, alors il l'a mise de côté, précisa-t-il en dévorant un morceau de pain comme s'il n'avait rien mangé depuis des jours. Tu devrais aller la chercher. C'est peut-être important.

Un frisson parcourut l'échine d'Andreas. Il savait que la lettre n'apportait pas de bonnes nouvelles. Ni Hanna ni Lilli n'écrivaient pour ne rien dire. Dans sa dernière lettre, deux mois auparavant, sa sœur s'était même montrée plutôt sèche, lui disant que des ateliers de verrerie ouvraient les uns après les autres à Kaufbeuren-Hart et qu'il devenait temps pour lui de revenir. Il n'avait pas répondu. Comment lui expliquer qu'il restait en Lorraine à cause d'une femme et qu'il ne partirait pas avant d'avoir vécu jusqu'au bout ce qui l'avait mené jusqu'à elle ?

Hanna n'était pas une fataliste. Elle pensait qu'on ne pouvait pas toujours se défendre contre ce qui vous accablait, mais que ceux qui ne luttaient pas étaient des lâches. Or, Andreas ne voulait pas lutter contre son attirance pour Livia.

Il s'aperçut que Matthieu lui parlait toujours.

— Pardon ?

— Je disais que si tu me donnes ton adresse ici, je pourrai te la faire suivre, ça te fera l'économie d'un voyage.

— Bien sûr... C'est très gentil à toi, fit-il en fouillant ses poches à la recherche d'un crayon.

La patronne déposa le plat du jour devant le jeune homme, qui la remercia d'un baisemain théâtral.

Andreas inscrivit l'adresse de son hôtel sur un bout de journal et la donna à Matthieu, qui promit de poster la lettre à son retour, le soir même. Il avait perdu l'appétit, mais il attendit poliment que son ami eût terminé son repas, suivant d'une oreille distraite sa conversation. Heureusement, Matthieu était un bavard qui se satisfaisait de quelques hochements de tête judicieux.

Hanna avait besoin de lui ; il le sentait dans ses tripes. Il serait obligé de rentrer. De toute façon, que pouvait-il espérer en restant dans cette ville étrangère, sans travail, à attendre chaque jour qu'une femme mariée vienne le retrouver pour quelques heures volées ? Si Hanna l'apprenait, elle serait furieuse et humiliée de savoir son frère prisonnier d'une liaison adultère. Chez les Wolf, on n'admettait pas ce genre de comportement. Il l'imaginait dressée devant lui, les poings sur les hanches, le visage réprobateur.

Et pourtant... Une saveur amère envahit sa bouche et il réprima un mouvement d'impatience. Que savaient-ils, tous ces juges drapés dans leurs convictions, de ce qui vous entraînait malgré vous vers une femme qui aiguisait vos nerfs et qui seule donnait un sens à votre existence ?

341

Ces dernières années, il avait craint de ne plus jamais retrouver le désir. Pour survivre à la violence des combats, il avait appris à étouffer ses émotions. Au cours des longs hivers russes, il s'était endurci, si bien que même la compassion lui était devenue étrangère. Au front, il avait pu regarder un homme souffrir sans ciller ; quant à la mort, elle avait toujours été une délivrance.

Or, comment créer si l'on est insensible ? Il faut bien tirer de quelque part cette étincelle, cette curiosité, ce goût du risque qui incitent à travailler sans relâche, à traquer la ligne parfaite, à l'écoute de ce chant du cristal qui prévient le graveur s'il va percer le verre ou pas, afin d'atteindre ce moment de pure jouissance où l'on sait que le mouvement est juste.

Pendant les six mois qui avaient suivi leur première rencontre, il avait travaillé à Montfaucon en exécutant les commandes, mais il avait aussi eu la liberté de créer ses propres œuvres.

Debout devant les roues, le filet d'eau froide coulant sur le verre et ses doigts, les erreurs et les tâtonnements l'avaient conduit plus d'une fois au désespoir. Contrairement aux hommes qui travaillaient en équipe dans la halle, le verrier à froid était un solitaire. Il recevait la pièce aux facettes irrégulières dont il effaçait les imperfections au fil des diverses opérations de sciage et de flettage, puis venait la gravure proprement dite, l'ébauche du dessin sur la paraison, les entailles sur le verre avec des meules de plus en plus fines. À l'aide de techniques qui lui étaient souvent propres, améliorées au fil des années et dont il gardait le secret, l'artiste graveur amenait le cristal à révéler des mondes insoupçonnés. Andreas avait passé plusieurs jours sans manger ni parler, parce que l'émotion qu'il voulait saisir ne cessait de lui échapper.

Comment transcrire l'essence de la femme qu'il avait vue marcher devant lui sous les arbres, la grâce de ses gestes, les tempêtes que recelaient ses yeux clairs ? Ce qui l'avait frappé d'emblée chez Livia, c'était cette envie secrète de faire éclater le carcan. Un seul regard leur avait suffi pour se reconnaître et il avait compris qu'elle était aussi perdue que lui.

Il avait lutté pendant des jours avec lui-même pour exprimer ce qu'il ressentait, et puis, soudain, en repensant à la coupelle gravée dans son atelier de Wahrstein la veille de son départ au front, il avait compris qu'il cherchait à créer quelque chose de nouveau, alors que la réponse résidait en lui depuis longtemps, car cette femme imaginaire d'autrefois, libre et sauvage, révélée un soir d'angoisse et qui avait ému sa sœur aux larmes, n'était autre que Livia Grandi.

Ce combat avait donné naissance à trois vases, la précision des reliefs n'ayant d'égale que la virtuosité du dessin, trois hommages au désir et à la femme.

Henri Simonet les avait longuement examinés, les mains dans le dos, détaillant le travail avec sa connaissance d'homme de métier. Debout derrière lui, l'air renfrogné, Andreas avait attendu le verdict. Cette création, il l'avait arrachée du néant, mais personne ne devait le deviner. L'œil ne devait reconnaître que la légèreté et l'harmonie.

Après de longues minutes, Simonet s'était redressé et lui avait tendu la main. « Merci, maître », avait-il déclaré d'une voix assourdie par l'émotion. Désormais, les vases reposaient dans un coffre aux Cristalleries. Ils seraient dévoilés lors d'une prochaine exposition internationale digne de ce nom.

Il venait de terminer ce travail quand Livia était apparue à Montfaucon. En la voyant dans la salle de l'exposition, il n'en avait pas été autrement surpris. Puisque les vases étaient finis, il lui avait semblé évident qu'ils devaient se retrouver, d'une manière ou d'une autre.

Leur liaison n'était pas de celles qui apportent le bonheur ou la sérénité. Elle était fiévreuse, exigeante, indocile. D'aucuns n'auraient pas compris pourquoi l'un et l'autre revenaient sans cesse vers ce qui ressemblait à une forme de tourment.

La jeunesse est entière et dessine à grands coups de certitudes un avenir, une carrière, une famille, où les femmes et l'amour se plient délicieusement à sa volonté. Or, la guerre et l'exil s'étaient chargés de ramener Andreas Wolf à la réalité avec une sévérité qui ressemblait à un châtiment.

Pour comprendre ce qui l'attirait de façon irrésistible chez Livia Grandi, il fallait connaître ce paysage intérieur où des cendres insidieuses tapissent les poumons et le cœur, se collent sur le visage, s'insinuent dans le cerveau. Les familiers de ce monde-là savent que l'amour heureux leur est interdit parce qu'il est trop innocent. Les écailles leur sont tombées des yeux. Le bonheur est devenu une chimère, un mensonge, une anesthésie. Ils ne veulent pas y croire, il leur semble fade. Ne leur conviennent que les rencontres pleines de bruit et de fureur, car celui qui s'est cru mort ne renaît pas à la vie dans la douceur.

Pourtant, lorsqu'il se regardait le matin dans le miroir ébréché au-dessus du lavabo, il voyait un homme aux joues mal rasées et au regard tourmenté, un homme pris au piège.

Il était lucide. Il savait que la passion que lui inspirait l'Italienne était dangereuse ; l'exaltation est une drogue qui vous empoisonne le sang. Ils pouvaient bien le regarder de haut et le mépriser, tous les bien-pensants, que savaient-ils de la douleur enivrante d'avoir une femme dans la peau ?

J'ai peur, songea-t-il, et, parmi le cliquetis des couverts, la fumée des Gitanes, les rasades de gros rouge, celui des bistrots d'hommes que la vie a abandonnés, ce fut comme s'il déposait enfin les armes.

Dix heures sonnaient à toute volée à la cathédrale quand Élise poussa la porte du café où elle avait donné rendez-vous à Gabriel Lettler.

Il était accoudé au zinc devant un verre de vin blanc et un œuf dur qu'il mangeait avec du sel. L'ancien cheminot retira sa casquette en la voyant. Une lueur amusée éclaira son visage rougeaud à la moustache triomphante.

— Bonjour, l'ange. Toujours aussi ponctuelle.

— Je vois que tu ne perds pas tes bonnes habitudes, dit Élise en retirant ses gants fourrés.

— La même chose pour Madame, ordonna-t-il au patron.

— C'est un peu tôt, non ?

— Allons, pas de simagrées avec moi, Élise.

— Asseyons-nous, au moins, répliqua-t-elle, amusée, en se dirigeant vers une table discrète.

Élise Nagel avait fait la connaissance de Gabriel Lettler par une fin d'après-midi ensoleillée de juillet 1940, alors que les oiseaux piaillaient dans les arbres de l'hospice Saint-Nicolas et que les drapeaux nazis claquaient au vent sur la cathédrale. La première parade militaire allemande venait de se terminer place d'Armes. Ils avaient été convoqués par sœur Hélène, qui réunissait autour d'elle des Messins de bonne volonté.

« Nos prisonniers se comptent par milliers. Il faut soigner les blessés et nourrir ceux qui vont être emmenés vers les stalags du Reich, leur avait dit la religieuse, le visage aussi blanc que sa cornette. J'ai aussi deux évadés cachés dans la cave. J'ai demandé au Seigneur de m'envoyer ses anges pour nous aider.

« — Je ne crois pas être un ange, ma sœur, avait bougonné Lettler, retournant sa casquette entre ses grosses paluches, avec un regard ombrageux pour la bourgeoise endimanchée qui le toisait.

« — Aucune importance, avait répliqué Élise, le corps rigide, en le regardant droit dans les yeux. Il nous faut aussi des gens prêts à mettre les mains dans la merde. »

Lettler en était resté bouche bée.

Pendant quatre ans, ils s'étaient côtoyés sur les chemins des passeurs. Ils avaient hébergé des prisonniers évadés et des réfractaires à la Wehrmacht, passé du courrier de Moselle en France, transporté des valises à double fond. Lettler était alors un travailleur frontalier et son *Ausweis* leur avait été d'une aide précieuse. Comme l'importance de la présence allemande rendait délicate l'organisation de réseaux importants, les résistants lorrains constituaient des petits groupes d'autant plus soudés. Contrairement à la France de l'intérieur, tout acte d'opposition dans les régions annexées à l'Allemagne n'était pas considéré comme un acte de résistance, mais comme une trahison envers le Reich. Et les condamnations étaient en conséquence.

Une amitié inattendue était ainsi née entre la bourgeoise catholique et le cheminot communiste. Quand Vincent avait été porté disparu après la bataille de Koursk, Lettler l'avait serrée dans ses bras en silence et elle lui avait été reconnaissante d'ignorer ses larmes, mais pas son chagrin.

— À la tienne, l'ange ! lança-t-il après que le cafetier leur eut apporté leurs deux verres de vin blanc. Ta belle-sœur a un amant. Je suppose que ça ne te surprend pas, sinon tu m'aurais pas demandé de me transformer en détective privé.

Élise avait l'impression qu'un nœud coulant lui serrait la gorge. Elle fit un effort pour rester impassible. Gabriel la connaissait trop bien, et sous ses airs rustres se cachait un fin psychologue. Elle s'aperçut qu'elle jouait avec le col blanc amidonné de sa chemise et entrelaça ses doigts glacés.

— Mais encore ?

— Il s'appelle Andreas Wolf. Il vient de Bavière et il est graveur de métier. Il a été employé chez Montfaucon et loge depuis un mois dans un hôtel miteux près de la gare. Elle le retrouve presque tous les jours.

Il lissa sa moustache d'un air taquin.

— Ta belle-sœur est un joli brin de fille et lui est beau gosse. J'imagine qu'ils ne jouent pas à la belote dans la chambre.

— Un amant digne de ce nom se doit d'être efficace, non ?

Il éclata de rire. Il adorait provoquer Élise parce qu'elle répliquait toujours de manière encore plus outrancière que lui.

— Pourquoi as-tu voulu savoir ? Tu ne serais pas jalouse, par hasard ?

— Ne sois pas absurde, Gabriel. J'ai toujours pensé qu'il y avait une échelle de priorités dans la vie et qu'il ne fallait pas se tromper. La mienne est de protéger mes frères. Tôt ou tard, cette femme fera souffrir François et je ne le tolérerai pas.

Son regard se perdit dans le vague. Pour Vincent, elle ne pouvait rien. Elle ressemblait à toutes ces femmes effrayées mais pleines d'espoir qui scrutaient les rares hommes de retour d'Union soviétique, parmi ces soldats incorporés de force dans la Wehrmacht à partir du 19 août 1942, envoyés dans l'infanterie sur le front russe, et dont il ne restait que d'étranges fantômes. Comme elles, Élise ne savait plus si elle devait espérer ou redouter que l'un de ces cadavres ambulants au regard brûlant et au corps couvert de plaies fût le frère dont le souvenir l'obsédait, pour qui des cierges se consumaient à l'église, et qui risquait d'être devenu un parfait inconnu.

François, en revanche, elle pouvait le protéger, et d'abord contre lui-même. Aveuglé par cette femme, il ne voyait ni ne soupçonnait rien. Il essayait de lui plaire, se contentant d'un sourire que Livia lui jetait en pâture comme à un malheureux chien domestique. Lorsqu'elle voyait son frère s'humilier de la sorte, la colère enflammait Élise.

Elle avait accordé le bénéfice du doute à Livia Grandi lorsque celle-ci s'était présentée enceinte chez eux. Il lui avait semblé que François méritait son droit au bonheur. Elle avait repensé à son visage d'adolescent sérieux venu lui dire qu'il avait rejoint le mouvement clandestin des apprentis et élèves des collèges techniques. Les premiers sabotages de lignes téléphoniques par « l'Espoir français » avaient suscité un avis du général commandant de l'armée allemande, rappelant que ces actes inqualifiables étaient passibles de la peine de mort.

Au fil des semaines, les choses s'étaient corsées. Les affiches placardées dans la ville appelaient les jeunes de dix-huit à vingt-cinq ans à s'enrôler dans les SA, le Service du travail obligatoire s'imposait pendant un an et le Gauleiter Bürckel réclamait des « volontaires à l'appel de la grande nation allemande pour le salut de l'Europe ». Et qu'importe si Himmler doutait de la sincérité des Lorrains !

François était venu trouver sa sœur et lui avait demandé la permission de rejoindre la France de l'intérieur pour continuer la lutte. Le lendemain, il prendrait le train pour Amanvillers avec ses faux papiers. Bien qu'elle eût le cœur serré, Élise n'avait pas hésité. François l'avait suppliée de partir, elle aussi, et d'essayer de rejoindre la zone libre, mais elle avait refusé. Non seulement Élise risquait d'être arrêtée tous les jours, mais lorsqu'un réfractaire ou un déserteur disparaissait dans la nature, les autorités allemandes n'hésitaient pas à transplanter les membres de sa famille en Silésie ou chez les Sudètes en Bohême ; on considérait les parents comme fautifs pour avoir donné une mauvaise éducation à leurs rejetons. En janvier 1943, près de neuf mille Mosellans avaient déjà été « déplacés », mais Élise n'avait pas redouté l'exil. Elle continuait à seconder de son mieux sœur Hélène, qui avait été arrêtée, condamnée à un an de prison, puis relâchée pour mauvaise santé. Elle avait eu de la chance, on ne l'avait pas menacée, seulement convoquée plusieurs fois pour lui demander des explications qu'elle avait fournies dans un allemand sommaire, mâtiné d'une bonne dose d'accent.

Si son jeune frère avait survécu à la guerre, il n'était pas sorti indemne de ces combats de l'ombre. L'étrangère constituait une menace pour François, qui dissimulait derrière son insouciance une fragilité que seule Élise devinait. Bien que Vincent eût été le plus timide des deux frères, il aurait peut-être supporté la trahison d'une femme. Pas François. Il était l'un de ces funambules de la vie qui dansaient en équilibre au-dessus des abîmes.

— Tu ne la portes pas dans ton cœur, ironisa Gabriel qui l'observait d'un air attentif depuis un bon moment.

— Comment le sais-tu ?

— On dirait que tu as bouffé des citrons.

Élise termina son vin d'une lampée et reposa brusquement le verre devant elle. La montre de Vincent se retourna à son poignet et cogna contre la table. Les lèvres pincées, elle fusilla Lettler du regard.

— J'ai veillé sur François et l'ai protégé toute ma vie. Ce n'est pas cette petite fourbe de Livia Grandi, avec ses yeux de biche et ses mouvements de hanches, qui va détruire ce que j'ai si patiemment érigé.

Andreas regarda sa montre une nouvelle fois. Elle avait déjà une heure de retard…

Il alluma une cigarette sur laquelle il tira à petites bouffées nerveuses. Adossé au chambranle de la fenêtre, il contemplait les toitures en retrait. Il étouffait entre ces quatre murs, mais il n'osait pas descendre prendre un café de peur de la manquer. Sa vieille valise cabossée reposait, fermée, sur la chaise. Il laissait la chambre comme il l'avait trouvée, anonyme et froide. Une chambre de passage, une parenthèse. Et pourtant, il y aurait à jamais une partie de lui-même dans cette mansarde ouverte sur le ciel de Lorraine.

Le train pour Francfort partait dans une demi-heure. De là, il rejoindrait Munich, puis Kaufbeuren-Hart. La lettre de Lilli était courte et explicite. Hanna avait subi une grave opération de l'appendicite à laquelle elle avait survécu par miracle, mais le médecin avait découvert une anomalie à l'intestin. Si on ne tentait pas une seconde intervention, délicate et surtout onéreuse, sa sœur était condamnée.

« Rentre tout de suite, je t'en supplie ! On a besoin de toi… », avait griffonné Lilli, l'angoisse déformant son écriture ronde de jeune fille appliquée. Ces quelques mots l'avaient écrasé d'une chape de culpabilité, comme si les souffrances de Hanna étaient sa punition pour être resté absent trop longtemps. Au bien-être de sa sœur et de sa cousine, n'avait-il pas osé préférer une femme ?

Il n'avait pas fermé l'œil de la nuit. L'amertume distillait ses gouttes d'acide. Il avait économisé tous ses salaires gagnés aux Cristalleries, hormis ses dépenses depuis qu'il habitait Metz, mais cela ne suffirait pas pour sauver Hanna.

Quand il avait appelé Simonet en lui demandant de mettre en vente les vases et de lui donner sa part, le directeur lui avait fait remarquer d'un air désolé qu'ils ne prendraient de la valeur que s'ils étaient primés lors d'une exposition internationale, or, pour l'instant, rien n'était programmé. À contrecœur, Andreas avait dû lui donner raison : les brader ne servait à rien et, de toute façon, ni Simonet ni lui n'avaient le droit d'en disposer librement, puisqu'ils appartenaient aux Cristalleries.

Il écrasa son mégot contre le mur, puis le jeta dans la cour. Après un dernier regard circulaire sur la pièce, il remonta le col de son manteau élimé et empoigna sa valise.

Il rendit la clé au propriétaire, lui demanda une feuille de papier et un timbre. Sur un coin de table, il inscrivit quelques lignes hâtives, afin que Livia ne pense surtout pas qu'il avait disparu dans la nature sans la prévenir. Avant de traverser la rue pour se rendre à la gare, il jeta l'enveloppe dans une boîte aux lettres.

Il avait autrefois pensé ne plus jamais rien exiger de l'existence, si la destinée lui accordait la faveur de revenir chez lui vivant. Or, depuis qu'il avait tenu Livia dans ses bras, il s'apercevait qu'il s'était trompé. Sa terre natale, les murs de sa maison et de son atelier, une jeunesse heureuse parmi les forêts de l'Isergebirge ne lui avaient pas procuré ce sentiment d'absolu. Il avait fallu l'exigence du souffle de la Vénitienne sur sa peau, la texture de ses lèvres et ses mondes insoumis pour le rappeler au désir.

Entre eux, il n'y avait pas eu ces paroles douces que se disent les amants pour se rassurer, ces mots d'amour murmurés comme pour conjurer le sort et qui ressemblent à des cris étouffés. Ils avaient vécu dans l'instant parce qu'ils n'étaient pas maîtres de leurs lendemains.

Mais accepter l'émotion revient à connaître la douleur. Quand il la regardait, allongée dans ses bras, il savait que tout cela n'était qu'une chimère et qu'il volait des moments de grâce qui ne lui appartenaient pas. Il n'avait aucun droit sur cette femme et, qu'elle fût mariée ou non, elle ne lui en accorderait jamais.

Andreas avait pensé avec orgueil que c'était justement cette liberté d'esprit qui le fascinait tant chez elle et qu'il ne désirait rien de plus ; or, maintenant que l'heure était venue de la quitter, la réalité lui apparaissait soudain beaucoup plus simple, et il devait au moins avoir le courage de la regarder en face : il aimait Livia Grandi et il allait la perdre.

Kaufbeuren-Hart, juin 1948

Hanna épingla la libellule au revers de sa veste et l'ajusta devant le miroir. Elle était plutôt satisfaite du résultat. Pendant les longues semaines où elle avait été alitée, elle avait essayé de continuer à travailler en triant des perles de verre. Un jour, lassée des gestes monotones, elle avait laissé libre cours à son imagination et un drôle de papillon multicolore aux ailes démesurées était né sous ses doigts. À son retour, en fin de journée, Lilli s'était enthousiasmée pour le bijou.

Depuis, Hanna créait toutes sortes d'insectes délicats : papillons, abeilles, coccinelles, scarabées porte-bonheur... Comme elle manquait souvent de matières premières, ses trouvailles n'en devenaient que plus arachnéennes, dentelées et fantaisistes.

Sa production n'était pas très importante, en raison de sa faiblesse physique, mais ses bijoux plaisaient. Au début, elle avait demandé les conseils de leur ami Gert Handler, l'un de ces ceinturiers chargés d'assembler les différents éléments en verre et en métal pour créer les faux bijoux, et qui avaient joué un rôle essentiel dans la structure de l'ancienne Gablonz.

En Bohême, la concurrence entre les artisans avait été vive, mais chacun s'était spécialisé dans un domaine : les bijoux bon marché ou plus luxueux, les bagues, les pampilles de lustres ou autres perles émaillées destinées à l'exportation. Il n'y avait qu'un principe intangible : le sens de l'honnêteté et de la loyauté entre rivaux, et maintenant qu'ils repartaient de zéro, leur solidarité était d'autant plus forte.

D'ailleurs, leur succès en étonnait plus d'un et les journaux parlaient même d'un « petit miracle économique ». Alors que les Bavarois avaient regardé d'un œil sceptique l'arrivée de ces exilés de Bohême, désormais, le ministre-président de la région Schleswig-Holstein voulait instituer chez lui un modèle comparable.

Hanna rangea sous le lit la boîte qui contenait ses modèles préférés. Parmi ses clients fidèles, elle comptait quelques officiers américains qui venaient lui acheter des cadeaux pour leur épouse ou leur mère restée aux États-Unis, mais elle avait suivi le conseil d'Andreas et ne leur avait pas proposé ses créations récentes les plus originales.

Depuis quelques mois, ils vivaient tous sous la menace d'une épée de Damoclès : l'Allemagne allait changer de monnaie afin d'enrayer l'inflation liée à la pénurie et de mettre un terme au marché noir. Il aurait été stupide de vendre des bijoux pour obtenir des billets de l'ancien Reichsmark qui n'auraient bientôt plus aucune valeur. Inquiets, les Allemands des trois zones d'occupation alliée retenaient leur souffle.

— Tu es prête ? appela Andreas derrière la porte. Il ne faut pas qu'on soit en retard.

— Je suis décente, tu peux entrer, répondit-elle en vérifiant sa tenue une dernière fois.

Elle avait perdu tellement de poids qu'elle avait dû reprendre sa robe deux fois à la taille. Elle avait un teint diaphane et des cernes bleutés soulignaient l'éclat de ses yeux.

Son frère s'encadra dans la porte. Il la scruta d'un air sérieux de pied en cap, s'attarda sur son visage pour y déceler quelque signe de fatigue. Hanna fronça les sourcils. Elle détestait quand Andreas la regardait comme si elle allait s'évanouir d'une seconde à l'autre. Oui, elle avait été très malade. Oui, elle avait failli mourir, mais elle était encore là, non ?

Quelques mois auparavant, elle déplorait son absence, l'accusant de ne jamais prendre de nouvelles et de les avoir abandonnées, Lilli, Inge et elle ; or, maintenant, sa trop pressante sollicitude l'agaçait. Parfois, elle avait l'impression que son frère essayait de se faire pardonner.

— Alors, est-ce que je suis digne d'entrer à l'église à ton bras ? plaisanta-t-elle en tournant sur elle-même.

— Tu es splendide, dit-il d'un air grave.

— Il ne me manque qu'un chapeau, mais impossible d'en trouver un qui me plaise, alors j'ai opté pour des fleurs.

Elle lui montra ses tresses blondes piquetées de fleurs des champs assorties à sa robe bleue.

— Tu seras la plus belle, Hanna.

— Ne raconte pas de sottises ! Le jour d'un mariage, personne n'est jamais plus belle que la mariée. Même la fille la plus laide de la terre est auréolée d'une sorte de lumière. Je crois qu'on appelle ça l'amour, dit-elle d'un air moqueur en passant devant lui.

— L'amour... Bien sûr.

Dehors, il lui donna le bras et ils marchèrent lentement en direction de l'église. On avait convaincu Hanna de se reposer jusqu'à la dernière minute, afin qu'elle ne soit pas trop fatiguée pour assister ensuite au déjeuner. La petite Inge était demoiselle d'honneur et Andreas l'avait confiée à une voisine, car l'enfant ne tenait pas en place.

Devant les baraquements, le linge séchait au soleil et des pousses vertes promettaient de jolies récoltes dans les potagers tirés au cordeau. Les portes ouvertes laissaient échapper le claquement d'un marteau ou le ronronnement d'une machine. Une jeune femme assise sur l'herbe triait des boutons translucides qui glissaient entre ses doigts.

C'était une belle matinée de juin et Hanna savoura la sensation de la brise sur son visage. Depuis sa sortie de l'hôpital, elle avait l'impression que le monde se révélait à elle de manière plus définie, comme si quelqu'un en avait souligné les reliefs au pinceau. Elle gardait un souvenir diffus de ses semaines de maladie. Les douleurs avaient été fulgurantes, acérées, si bien qu'elle avait passé beaucoup de temps dans un brouillard comateux.

Elle s'était résignée à la souffrance blanche qui battait dans ses veines, à vivre avec cette amie perfide mais familière. Que connaissait-elle d'autre depuis quelques années ? La peur, l'angoisse et la douleur n'avaient cessé de malmener son corps et son esprit. Des dieux vengeurs l'avaient enchaînée dans un enfer terrestre dont elle n'avait même pas eu le courage de s'évader.

La première fois qu'elle avait vu le chirurgien, elle avait trouvé qu'il ressemblait à un vautour. Un visage spectral, un crâne dégarni, un corps d'échassier aux épaules voûtées. L'ancien médecin militaire venait d'obtenir le droit d'exercer sa profession, après avoir répondu de manière satisfaisante à la centaine de questions de l'Inspection de dénazification. Sa femme et sa fille étaient mortes dans les bombardements de Dresde.

Un soir, en ouvrant les yeux, elle l'avait trouvé perché sur une chaise à son chevet. Ses mains intelligentes étaient posées sur ses genoux, les paumes ouvertes. « Je peux vous retirer la douleur physique, Fräulein Wolf, mais l'autre, il n'y a que vous et vous seule qui êtes en mesure de la surmonter. » Il était parti sans lui laisser le temps de répondre. Sa remarque lui avait paru déplacée, presque insultante, et elle avait eu envie de se lever pour lui dire qu'elle n'avait de leçons de morale à recevoir de personne. Ce soir-là, elle avait recouvré le goût de la colère.

Elle glissa un coup d'œil vers son frère. Son costume était lustré aux épaules et aux coudes, mais il avait glissé une fleur à sa boutonnière, ce qui lui donnait un air faussement anglais. Il semblait préoccupé, mais, dans son souvenir, loin était l'époque où Andreas n'avait pas eu les traits tirés.

— Tu es bien silencieux, dit-elle.

— Bah, ce n'est rien, c'est la faute de Wilfried. Il était tellement nerveux hier soir qu'il m'a tenu éveillé jusqu'à trois heures du matin.

— J'espère que Lilli ne se trompe pas en l'épousant. Je crois qu'elle a fait un pacte avec Dieu en lui promettant toutes sortes de choses si je survivais à l'opération. La plupart de ses promesses, elle ne les tiendra pas, mais le mariage avec Wilfried, ça, elle n'en démordra pas.

Andreas repensa aux interminables journées de marche avec le jeune soldat à travers les marais et les champs de seigle, aux nuits aussi, quand ils grelottaient dans un bois et que leur estomac était si creux qu'ils avaient l'impression qu'une bête les rongeait de l'intérieur. Il revit Wilfried allongé à son côté, le visage noir de crasse, tas de loques informe à l'odeur pestilentielle. Et puis ce regard si confiant et plein d'espoir, si exaspérant aussi. Pourtant, ce qu'il avait pris pour de la naïveté chez Wilfried Horst était en fait l'une des facettes du courage.

— Ce garçon est honnête, dit-il. C'est le plus important, non ?

— Il la fait rire, ce qui n'est pas négligeable non plus. Et puis il l'aime. Il se ferait hacher menu pour elle. Lilli a besoin de se sentir aimée. Elle a trop peu confiance en elle pour s'en passer.

— Je croyais qu'on avait tous besoin d'amour ! lança Andreas d'un ton ironique.

Soudain retentit un cri perçant et une petite silhouette en robe claire s'élança vers eux. Andreas sentit sa sœur tressaillir. Elle lui retira son bras et resta pétrifiée au milieu du chemin. Sur son visage pâle et aigu se lisait une forme de résignation.

Inge se précipita vers Hanna, ses boucles brunes encadrant son visage poupin, sa robe de fête lui battant les mollets. Il eut un serrement de cœur devant la course éperdue de cette petite fille sous le soleil de Bavière, qui traduisait tout l'amour du monde pour une mère qui était incapable de le lui rendre.

Voyant que Hanna reculait de quelques pas comme si elle craignait que sa fille ne la renverse, Andreas se baissa pour saisir l'enfant au vol, la souleva et la fit tournoyer. La petite éclata de rire en s'agrippant à ses épaules.

— Que tu es belle, Inge ! s'exclama-t-il. Une vraie princesse…

Il prit soin d'articuler devant le visage de sa nièce qui le regardait avec des yeux brillants. Ils avaient découvert qu'elle souffrait de problèmes d'audition. Sans être totalement sourde, elle avait du mal à distinguer certains sons, ce qui l'empêchait de parler comme les autres enfants et donnait à ses babillements une tonalité criarde parfois désagréable.

Il la reposa sur ses pieds et lui prit la main.

Wilfried s'approcha d'un pas pressé, le nœud de cravate de travers, le visage enfiévré.

— Vous avez les alliances, mon lieutenant ? demanda-t-il, affolé.

— Si tu continues à m'appeler « mon lieutenant », ce ne sont pas les alliances que tu vas recevoir, mais mon poing dans la figure !

Wilfried s'épongea le front.

— Pardonnez-moi, c'est nerveux...

Hanna ajusta le col de la chemise blanche du jeune homme, épousseta le revers de sa veste bavaroise à boutons de corne, et lui prit le bras.

— Calme-toi, Wilfried, dit-elle avec un sourire rassurant. Tout va très bien se passer. Viens, maintenant, je crois que nous sommes attendus pour un mariage. La vie est belle, profitons-en.

— Mais oui, absolument, tu as raison, il faut...

— Tais-toi, Wilfried, dit Andreas.

— Oui, mon lieutenant.

Pour le déjeuner de mariage, Hanna avait choisi l'auberge de Rudolf Wundrak. Sa femme et lui n'avaient pas leur pareil pour concocter des repas en utilisant le minimum de coupons des cartes d'alimentation. Comme on manquait d'assiettes, elles étaient lavées au fur et à mesure et il fallait apporter son propre couvert. Lilli avait tenu à ce que l'on donne des *Räucherwurst* et les saucisses fumées avaient eu le même goût épicé qu'en Bohême. Confectionné par le pâtissier Posselt, le dessert avait été une merveille de gâteau au chocolat décoré de roses en sucre.

— À la tienne ! dit Andreas en trinquant avec Gert Handler.

— Longue vie aux jeunes mariés, renchérit le vieil homme en levant sa tasse de café dans laquelle l'aubergiste servait son schnaps distillé maison.

Andreas hocha la tête d'un air satisfait, savourant l'alcool blanc au parfum fruité. Du coin de l'œil, il surveillait Wilfried, qui ne lâchait pas la main de Lilli. Il y avait dans son regard un bonheur si transparent qu'Andreas se sentit troublé. Je deviens sentimental, songea-t-il. Aussitôt, elle surgit dans son esprit avec ses yeux clairs, sa voix éraillée et sensuelle, ses mains qui virevoltaient comme si elle voulait saisir le ciel. Ce souvenir douloureux le transperça.

— On va trinquer autrement à partir de demain, déclara Handler en inspectant le fond de sa tasse. Nous autres Sudètes, on n'a pas de capital, il va falloir qu'on se débrouille avec ce qu'on nous donnera par tête de pipe et, d'après ce qu'on m'a dit, ce ne sera pas grand-chose.

Andreas déboutonna le col de sa chemise. Lui non plus ne se réjouissait pas de vivre le dimanche 20 juin.

— On nous donnera quarante nouveaux marks en échange de soixante Reichsmarks. Les vingt restants seront soi-disant distribués dans un mois.

— Ils vont aussi bloquer la moitié des comptes d'épargne, grommela Handler. C'est une catastrophe, crois-moi. T'as bien vu qu'il n'y a plus rien à vendre dans les magasins depuis des mois. Les marchandises restent dans leurs cartons. Et tout va apparaître sur les étalages par miracle lundi matin, des choses qu'on ne trouvait qu'au marché noir, mais nous autres, on n'aura pas les moyens d'acheter quoi que ce soit.

Andreas en voulait un peu à l'artisan de lui gâcher sa fin d'après-midi, alors que, depuis quelques heures, il avait réussi à mettre ses soucis de côté ; toutefois, il partageait ses craintes. La réforme monétaire était indispensable pour que le pays puisse repartir sur de nouvelles bases, mais tout ce que les gens de Gablonz avaient pu reconstruire à Kaufbeuren risquait d'être réduit à néant. Dans ce nouveau contexte financier, leurs économies allaient fondre comme neige au soleil, alors qu'il fallait investir dans de nouvelles machines, se procurer des matières premières, développer la production. Et puis les exilés n'étant pas habilités à fabriquer des objets de première nécessité, comment allaient-ils écouler leurs bijoux si les cordons de la bourse des Allemands étaient trop serrés ?

Les épaules nouées, il avait l'impression qu'une barre de fer pesait sur sa nuque. Il surveilla Hanna. Assise à côté de Lilli, elle écoutait Wilfried leur raconter une histoire. Quelques mèches s'étaient échappées de sa coiffure et lui donnaient un air d'adolescente. La petite Inge dormait dans ses bras, épuisée par la fête, sa robe blanche parsemée de taches de chocolat.

Sa sœur reprenait des forces, certes, mais son allure éthérée lui faisait encore peur. La souffrance lui avait taillé une armure translucide qui la coupait du monde et il voulait trouver la faille qui permettrait de lui rendre le goût du bonheur.

— À mon avis, y en a une qui s'en sortira, quoi qu'il arrive, ajouta Handler en suivant le regard d'Andreas.

— Lilli a toute la vie devant elle. La gamine va mener ce malheureux Wilfried par le bout du nez.

— Je parlais de ta sœur.

Andreas le regarda d'un air étonné.

— Ça fait quarante ans que je fais ce métier et les fausses bonnes idées, ça me connaît. Alors, tu peux me croire quand je te dis que les broches de ta sœur sont extraordinaires. Oui, monsieur, et je pèse mes mots, conclut-il en prenant une lampée de schnaps.

Soudain, il se pencha en avant.

— Faut absolument que Hanna ait les matériaux pour travailler, tu m'entends. Pour l'instant, elle les fabrique à partir de rien, mais ça ne suffira pas. Tu devrais la mettre en contact avec ces gens installés au Tyrol, à Wattens. Comment s'appellent-ils déjà ?

Il se gratta la tête.

— Ils viennent de l'Isergebirge, comme nous, mais ils sont partis au siècle dernier, les veinards... Ce sont les meilleurs pour la taille des perles et des cristaux.

— Tu parles de Swarovski ?

— C'est ça !

Dubitatif, Andreas observa le visage rougeaud de Gert, couronné d'une chevelure blanche, en se demandant si le vieil homme n'avait pas un peu trop bu.

— Tu ne veux pas me croire, s'amusa Handler en se renversant dans sa chaise. On ne les a pas, ni l'un ni l'autre, mais je te parie mille de ces fichus nouveaux deutsche marks que Hanna Wolf sera un jour célèbre à Paris et à New York. Si on lui en donne les moyens...

Au même instant, la jeune femme rejeta la tête en arrière et éclata d'un rire franc qui transperça Andreas. Pour savoir sa jeune sœur riche et célèbre, mais surtout heureuse, il aurait été prêt à parier bien plus que quelques misérables marks, il aurait donné dix ans de sa vie.

Il leva sa tasse.

— Pari tenu, lança-t-il.

Lorsqu'elle émergea de la gare, Livia se sentit aussi intimidée qu'une enfant qui pénètre dans un salon rempli de grandes personnes.

Elle cligna des yeux, éblouie par la lumière qui scintillait sur les eaux mouchetées du canal. Deux gondoles dansaient dans le sillage d'un transporteur chargé de cageots, les cris et les voix crépitaient autour d'elle tels les feux d'artifice lors de la fête du *Redentore*.

Elle inspira profondément, retrouvant cette odeur si particulière de pierre croupissante, de poussière et de détritus, ces délicieux relents âcres soulignés par un parfum de chèvrefeuille échappé d'un jardin interdit.

Sous le ciel bleu Poussin de son enfance, des hirondelles chahutaient et les gens vaquaient à leurs occupations matinales : accompagner les enfants à l'école, arriver à l'heure au bureau, ouvrir les magasins, disposer les journaux dans les kiosques, arranger les brassées de fleurs, les anguilles, les daurades et les sardines sur les étalages, recevoir les clients, réparer un ponton, expédier les marchandises, faire les courses au Rialto pour le déjeuner...

Personne ne s'occupait d'elle. Il lui semblait pourtant que ce moment était si grandiose que tous auraient dû l'immortaliser, se tourner quelques instants pour admirer et applaudir Livia Grandi, debout en haut des marches avec son tailleur cerise à boutons noirs, un turban en organza épinglé à ses cheveux, sa valise à la main.

Or, le plus merveilleux, c'était justement qu'il ne se passait rien.

Il était huit heures du matin à Venise, par une journée de juin semblable à toutes les autres, et personne ne lui prêtait attention parce qu'il n'y avait rien, absolument rien d'exceptionnel à ce qu'elle eût repris sa place légitime dans l'existence en revenant chez elle.

Le cœur dilaté de bonheur, la jeune femme dévala les marches, légère comme une plume, pour rejoindre le *vaporetto* qui accostait en bourdonnant.

À Murano, elle n'avait prévenu personne de son arrivée. Aucun bateau n'était amarré à l'embarcadère en bois. Les eaux clapotaient contre le quai. Elle poussa la grille en fer forgé restée entrouverte, à la fois émue et angoissée. Quand elle avança dans la cour, les talons trop fins de ses chaussures la firent vaciller sur les pavés. Des herbes folles poussaient entre les interstices. Rien n'avait changé, et pourtant tout s'était imperceptiblement modifié. Elle déposa sa valise près du puits, retira ses gants qui collaient à ses paumes moites.

Dans l'atelier, il n'y avait personne. Les ouvreaux des fours étaient tirés, mais le feu prisonnier brillait tel l'œil d'un cyclope derrière les trous creusés dans les parois. Sur les rebords des fenêtres s'alignaient des bouteilles de bière et d'épais *goti* aux couleurs fantaisistes, ces gobelets que les verriers soufflaient, pour s'amuser, avec les restes d'une journée de travail. Elle avança sur la pointe des pieds, caressa du bout des doigts le marbre sur lequel le maître verrier paraisonnait la cueille sortie des fours, effleura les cannes de soufflage, les ciseaux et les pinces, se pencha pour déplacer un moule mal rangé.

Je suis revenue, songea-t-elle, émerveillée.

Et c'était un sentiment tellement intense, le souffle d'un amour si puissant qu'elle se planta au milieu de la *piazza*, écarta les bras et se mit à tournoyer lentement, la tête en arrière, puis de plus en plus vite, et les épingles glissèrent de son chignon, le turban vola, ses cheveux reprirent leur liberté dans le soleil qui entrait à flots par la verrière, le sang battait à ses tempes, le bonheur irradiait sa peau, et elle riait, dansait, tourbillonnait, virevoltait, reprenait possession de son univers, revenait à la vie.

Lorsqu'elle s'arrêta enfin, à bout de souffle, la poitrine palpitante, elle serra les poings avec une ferveur qu'elle n'avait pas éprouvée depuis longtemps, presque depuis des siècles. Et, curieusement, c'était à Élise qu'elle le devait. Jamais elle n'aurait pensé avoir à la remercier un jour pour quoi que ce soit. À son grand étonnement, l'acariâtre belle-sœur des contes de fées s'était transformée en alliée inattendue.

Quatre mois après la visite inopinée de Marco, Livia avait reçu une lettre du notaire de son grand-père, spécifiant qu'ils allaient se passer de sa signature pour la vente, mais que la loi l'obligeait à l'en informer. Quand Livia avait déclaré qu'elle devait rentrer à Murano mettre de l'ordre dans ses affaires, elle s'était attendue à une fin de non-recevoir. Elle avait été prête à se colleter avec Élise, qui ne manquerait pas de lui opposer des arguments irréfutables pour l'en dissuader.

Tandis que sa belle-sœur se contentait d'écouter avec attention, François s'était mis à arpenter le salon à grandes enjambées. Le front soucieux, il avait parlé d'une voix rauque, presque blessée. Combien de temps comptait-elle rester à Venise ? Il ne pouvait pas l'accompagner parce que l'Atelier Nagel avait plusieurs chantiers de vitraux en cours. Est-ce que son voyage ne pouvait pas attendre ? Qu'y avait-il de si urgent ? Et, de toute façon, pourquoi n'avait-elle pas signé le papier que Zanier lui avait apporté ?

Agacée, elle lui en avait voulu de ne pas comprendre d'emblée. Pourquoi la forçait-il à se justifier ? Avec le sentiment désagréable de se trouver devant un tribunal, Livia avait commencé à leur expliquer, mais Élise l'avait interrompue d'un geste de la main. « Je crois qu'il faut laisser Livia retourner chez elle. Pour vous, c'est une question de devoir, n'est-ce pas ? On pourrait même dire une question d'honneur. » François avait essayé en vain de protester, mais comment résister à l'alliance invraisemblable entre sa femme et sa sœur ?

S'était posé alors le problème de Carlo. Pour Livia, bien entendu, il n'était pas question de laisser son enfant, mais Élise avait insisté. Pourquoi fatiguer inutilement le petit garçon qui se remettait de la rougeole ? Il serait parfaitement bien à la maison, d'autant que c'était la belle saison. « Vous l'emmènerez avec vous une autre fois, ma chère Livia, pourquoi pas en hiver, quand il fait si froid chez nous ? » La perspective de ne pas être condamnée à vivre le restant de ses jours à Metz, de pouvoir envisager des séjours chez elle lui avait semblé irrésistible. Comment n'y avait-elle pas songé plus tôt ? Elle avait hésité quelques instants, mais, après tout, elle pouvait bien se séparer de Carlo une dizaine de jours et François semblait curieusement rassuré par la perspective de garder leur fils auprès de lui. Elle avait cédé, voulant ramener un peu de sérénité dans le regard tourmenté de son mari.

Nerveuse, elle frappa à la porte du bureau, se demandant si elle trouverait Flavio endormi à la table de travail, mais la pièce était aussi vide que l'atelier. Il y flottait un parfum de poussière, d'expectative et de résignation.

Accroché au mur, le tableau des commandes était vide. Certaines annotations remontaient à plusieurs mois. Elle s'assit dans le vieux fauteuil qui avait été celui de son grand-père, caressa les accoudoirs au cuir devenu aussi tendre que du beurre. Parmi le désordre de papiers et de livres sur la table, elle chercha le semainier qui lui donnerait peut-être une explication. Quand elle le trouva, elle en feuilleta les pages vierges. De drôles de dessins ornaient les marges. De temps à autre, Flavio avait noté un rendez-vous, d'un crayon rageur, mais elle fronça les sourcils en découvrant plusieurs fois des prénoms de femmes. À moins que toutes les affaires de Murano n'eussent été reprises en main par la gent féminine, il ne s'agissait probablement pas d'entrevues professionnelles.

À la date de ce jour, un rendez-vous était cerclé de rouge. « *Zanier, 10 heures.* » Elle resta quelques instants interloquée, relisant les mots sans vouloir les comprendre, puis elle se leva d'un bond.

Sa jupe l'empêcha de remonter le rio dei Vetrai en courant, mais elle se hâta le long du quai jusqu'au pont qu'elle devait emprunter pour atteindre la Maison Zanier, qui faisait face à la leur de l'autre côté du canal. Pour les Vénitiens, le chemin le plus court entre deux points n'était jamais la ligne droite, ce qui donnait à leur caractère une intelligence particulière, à la fois plus posée, car ils avaient le temps de réfléchir, et plus capricieuse, parce qu'on ne savait jamais d'où ils allaient surgir.

— Livia, *bellissima,* tu es revenue ! s'écria soudain une voix joyeuse.

Elle s'appuya au parapet pour saluer l'homme dressé dans sa barque qui tenait d'une main son gouvernail et levait l'autre dans un geste de triomphe.

— *Ciao*, Stefano ! As-tu vu Flavio ce matin ?

— Non, mais il ne doit pas être loin. Est-ce qu'il sait que tu es là ?

— Pas encore, mais ça ne saurait tarder.

Le canot à moteur s'engagea sous le pont et le rire du jeune pêcheur se répercuta entre les vieilles pierres.

— Tu nous as manqué, Livia, mais tu n'as pas changé. Tu es toujours aussi belle quand tu es en colère…

Elle esquiva un livreur en casquette qui tirait une charrette à bras, poussa la lourde porte de la Maison Zanier et s'engouffra dans l'escalier.

— *Signora, un attimo, prego !* appela une femme d'un air scandalisé, les bras encombrés de dossiers.

Livia ne daigna même pas lui répondre. Arrivée au premier étage, elle se dirigea d'un pas décidé vers les doubles portes qui fermaient la salle de réunion. Un long tapis rouge et les portraits des maîtres verriers de la famille dans leurs cadres dorés donnaient au couloir des faux airs de palais officiel. Son cœur battait la chamade. Elle songea qu'elle devait avoir l'air d'une folle avec ses joues empourprées. Elle tira sur la veste de son tailleur, voulut ramener un peu d'ordre dans sa chevelure, en vain.

La porte lui échappa et claqua contre le mur. Sous l'immense lustre aux branches enchevêtrées qui dominait la pièce, les hommes, assis autour de l'imposante table en acajou, se tournèrent d'un même mouvement vers elle. Il y eut un silence suffoqué, cisaillé par les cris des mouettes qui voltigeaient derrière les fenêtres ouvertes sur la lagune.

Elle reconnut le notaire et certains des collaborateurs des Zanier qui travaillaient pour eux depuis des années. Tous la dévisageaient, l'air à la fois surpris et réprobateur. Puis elle aperçut Flavio.

Ses cheveux un peu trop longs d'un blond poisseux lui retombaient sur le front ; il avait une mine de papier mâché, des joues bleuies par une barbe de trois jours. Le col de chemise ouvert, il ne portait pas de cravate, mais un vieux foulard en soie froissé. Sa veste en lin pendait sur sa silhouette amaigrie. Dans son visage fragile, le regard brillait d'un éclat fiévreux.

Seigneur, on dirait un vagabond, songea-t-elle avec un pincement au cœur.

Trônant tel un empereur byzantin sous l'arbre généalogique de sa famille, Marco présidait la réunion. Il se dressa lentement et bomba le torse. Bien qu'elle ne vît pas ses pieds, Livia devina qu'il oscillait sur ses talons pour se grandir. Dans son costume gris croisé, il formait un contraste saisissant avec Flavio.

— Livia, quelle surprise ! dit-il d'un ton faussement ingénu. Pourquoi est-ce que tu ne nous as pas prévenus de ton arrivée ? Nous serions allés te chercher à Santa Lucia.

— Tu sais bien que ma chère petite sœur est une cachottière qui n'aime pas dévoiler ses intentions, se moqua Flavio en s'adossant d'un air désinvolte au dossier de sa chaise. Elle part et elle revient... Elle est aussi insaisissable que le vent.

Livia était si tendue qu'elle sentait le battement de son pouls dans son cou. Elle releva le menton.

— Qu'est-ce que vous faites ? demanda-t-elle.

— Nous travaillons, répliqua sèchement Marco. Alors, si tu veux bien, nous pourrions remettre ces joyeuses retrouvailles à plus tard, n'est-ce pas, Gianni ?

Aussitôt, l'un des collaborateurs bondit comme s'il avait été assis sur des ressorts. Avec ses petites lunettes en écaille et son nœud de cravate serré à l'étrangler, il avait l'air empressé du meilleur élève de la classe.

— *Signorina* Grandi, est-ce que vous pourriez attendre dans une pièce attenante ? Si vous voulez bien me suivre. Puis-je vous offrir quelque chose à boire, un café peut-être ?

Livia leva une main en le fusillant du regard et le jeune homme s'immobilisa, un peu perplexe.

— Ne m'approchez pas. J'ai posé une question et j'aimerais une réponse. Flavio... ?

Son frère prit son temps pour allumer une cigarette. Ses doigts étaient jaunis par la nicotine et ses mains tremblaient légèrement. Effarée, Livia se demanda s'il ne s'était pas mis à boire. Elle n'avait jamais éprouvé une grande affection pour son frère, mais à le voir entouré de ces hommes suffisants, bien carrés sur leurs chaises avec leurs mines compassées de patriciens, il lui sembla soudain si vulnérable qu'elle en fut troublée.

— Bon, cessons de plaisanter, dit-il. Je vais signer l'acte de vente des Verreries Grandi et tu ne peux pas m'en empêcher. J'ai la loi avec moi, ajouta-t-il en indiquant le notaire.

— C'est bien la seule chose qui soit de ton côté, Flavio !

Elle serra les dents pour ne pas hurler. Il fallait absolument qu'elle maîtrise ses émotions. Elle ne s'abaisserait pas à faire une scène devant ces hommes qui la contemplaient, fascinés. Elle imaginait déjà les conversations qui ne manqueraient pas d'animer les repas du soir en famille.

— J'aimerais te parler quelques instants en tête à tête, dit-elle.

Flavio prit le stylo à plume qui reposait devant lui, en dévissa le capuchon et se tourna vers Marco.

— Où sont les papiers ?

Marco toisait Livia avec une lueur de convoitise et une petite moue amusée jouait sur ses lèvres. Elle le connaissait depuis toujours et lisait dans ses pensées comme dans un livre ouvert. Il savait qu'il la tenait et il savourait chaque seconde. Elle n'avait pas voulu devenir sa femme, il mettait donc sa menace à exécution. La jouissance de son pouvoir faisait luire ses lèvres trop pulpeuses, étalait sur son visage un contentement qui lui soulevait le cœur. Il ouvrit un dossier posé devant lui, en retira quelques feuillets agrafés et les glissa vers Flavio. Le regard apitoyé et hautain qu'il lui lança alors transperça la jeune femme. Comment son frère pouvait-il se dire l'ami d'une larve pareille ? Marco n'était l'ami de personne. C'était un homme aussi rusé et retors qu'une vieille buse.

— Attends ! ordonna-t-elle.

Tremblante de rage, elle ouvrit son sac à main et se mit à fouiller dedans avec des doigts malhabiles. Exaspérée de ne pas trouver tout de suite ce qu'elle cherchait, elle le renversa par terre. Le miroir de poche, le poudrier, le portefeuille, le passeport s'éparpillèrent. Elle prit le carnet rouge et se dirigea vers son frère.

Le jeune Gianni recula d'un pas pour la laisser passer.

Elle fit claquer le carnet rouge des Grandi sur les feuilles du contrat posées devant Flavio. Tous les yeux se fixèrent sur la vieille reliure tachée. Les hommes retenaient leur souffle. On pouvait presque entendre cliqueter les rouages de leurs cerveaux.

Il ne fallait pas mésestimer la puissance de la superstition chez les verriers muranais. Retirés derrière les façades en brique rouge de leurs verreries, veillés par leurs hautes cheminées, ils s'étaient forgé une réputation d'hommes redoutables en affaires. Au fil des siècles, ils avaient été des citoyens privilégiés de la Sérénissime, protégés et choyés, ayant même reçu le droit de battre monnaie. Mais s'ils portaient dans leurs gènes le parfum du succès et de l'argent, le goût de la misère et de l'infortune ne leur était pas étranger. Méfiants, habiles, taciturnes, ils respectaient la tradition et leurs ancêtres. Et il y avait certaines choses auxquelles on ne pouvait pas toucher sans encourir des malédictions foudroyantes.

— Notre grand-père me l'a confié sur son lit de mort, dit Livia d'une voix rauque, si profonde et sensuelle que les hommes se penchèrent en avant pour l'entendre. Il a eu confiance en moi et j'ai respecté ses dernières volontés. Je te demande aujourd'hui, en son nom comme en celui de notre ancêtre qui a versé son sang pour protéger ce livre, de ne pas vendre les Verreries Grandi.

Le regard de Flavio cilla, et il baissa les yeux sur le carnet. Livia voyait un frémissement parcourir le corps de son frère et son cou mince lui sembla soudain terriblement frêle. Le pommeau d'argent de sa canne accrocha les rayons du soleil. Lentement, avec révérence, il avança une main pour effleurer le carnet rouge.

Elle songea aux mains d'Andreas, aux blessures qui avaient marqué son corps, à son regard distant quand il avait parfois évoqué la guerre. Flavio était revenu brisé de ces mêmes combats, de cette Russie impitoyable dont elle ne savait rien, et, à l'époque, elle ne l'avait pas compris. Deux ans auparavant, elle n'avait pas eu la patience ni la sagesse d'écouter sa détresse. Elle se demanda soudain, parcourue par une onde de chagrin, si tout cela n'était pas sa faute.

Si elle s'était donné le temps de comprendre son frère, si elle avait été moins impulsive, moins orgueilleuse, elle n'aurait pas fait l'amour avec François, elle ne serait pas tombée enceinte, et peut-être ne se trouverait-elle pas maintenant dans le bureau opulent des Zanier à mettre à nu ses émotions devant des hommes qui la dévoraient des yeux.

Elle regarda par la fenêtre vers l'étendue bleutée de la lagune, ponctuée par les sombres poteaux des *bricole*, devinant au loin les campaniles et les toits de tuiles rouges, les cheminées et les terrasses en bois suspendues qui frémissaient, nacrés et aériens. Je ne suis plus la même, songea-t-elle, presque craintive.

Elle était partie s'exiler dans une ville du Nord, si différente de la sienne, une ville militaire française aux couleurs florentines qui lui avait offert un refuge alors qu'elle ne s'y attendait pas. Elle repensa à cette cité intense où elle avait accouché de son fils, à ces demeures aussi anciennes que celles de Venise, à cette ville secrète qui remontait les siècles, où Charlemagne avait enterré son épouse, et qui lui avait procuré une étrange forme d'apaisement.

Et pourtant, au creux des nuits sans sommeil, allongée auprès de son mari endormi, elle avait compris qu'elle ne pouvait pas vivre privée du feu et du *cristallo*. Elle avait découvert l'ivresse des corps, le désir, le poison vénéneux de la trahison et de l'adultère, elle avait donné naissance à un enfant. Toutes ces blessures profondes, silencieuses et graves avaient fait d'elle cette femme qui luttait une dernière fois avec la rage du désespoir pour conserver son héritage. Elle songea aussi, un rien étonnée, qu'en dépit de tout cela, elle n'avait pas découvert l'amour, et ce fut comme une flèche fichée en plein cœur.

Que restait-il des Grandi ? Mon Dieu, mais ils n'étaient plus rien... Une verrerie poussiéreuse à l'abandon, un nom inscrit depuis des siècles au livre d'or de Murano qui ne suscitait plus l'admiration mais la pitié, quelques glorieux souvenirs auxquels on rendrait hommage derrière les vitrines du musée du Verre, parmi les salles du palais Giustinian, l'un des plus grands de la lagune, un frère et une sœur échevelés, presque fous de colère et de désarroi, réduits à l'état de mendiants, qui se disputaient sous l'œil avide de leurs rivaux.

Une pierre pesait dans son cœur parce que son frère n'était plus que l'ombre de lui-même, parce qu'il s'était humilié devant Marco Zanier et qu'elle se sentait coupable de l'y avoir acculé.

Au fond d'elle-même, Livia savait que c'était trop tard. Cette fois-ci, le Phénix était mort. Même les plus belles légendes doivent avoir une fin. L'amertume et le chagrin répandaient dans son corps une douleur sourde aux allures de mercure. Elle posa une main sur l'épaule de son frère, qui tressaillit au contact de ses doigts.

— Je te demande pardon, Flavio, murmura-t-elle.

Quand elle leva les yeux sur Marco Zanier qui était resté debout, ils se défièrent en silence un long moment. Elle pria le Ciel de ne pas pleurer, de rester digne.

— Il va falloir m'excuser, Marco, dit Flavio en se raclant la gorge. Et vous aussi, messieurs, de vous avoir dérangés pour rien, mais les Verreries Grandi ne sont plus à vendre.

Il se leva avec difficulté, s'appuya un instant sur la table pour trouver son équilibre. Il prit le carnet rouge d'une main, sa canne de l'autre. Pour la première fois de sa vie, Livia déchiffra dans la sérénité du regard gris-bleu si semblable au sien une fierté qui lui donna de nouveau une raison d'espérer.

— Marco, messieurs, je vous souhaite une bonne journée.

Il inclina la tête pour les saluer, puis s'éloigna lentement avec sa démarche gracile d'homme blessé. Elle le suivit des yeux avant de lui emboîter le pas.

Quelques semaines plus tard, adossée à la porte, Livia se tenait sur le seuil de la « chambre aux poisons », où se trouvaient entreposées les matières premières nécessaires à la fabrication du mélange vitrifiable. Comme à son habitude, elle avait vérifié que le système d'aspiration fonctionnait. Il était indispensable d'éviter que les particules de soude, de silice ou de carbonate de calcium ne se dispersent dans l'atmosphère. De même les opacifiants ou les colorants pouvaient représenter un danger potentiel pour les ouvriers chargés de la tâche délicate de réaliser les mélanges avant de les verser dans les creusets qu'on plaçait ensuite dans le four de fusion.

Elle surveillait Tino qui vérifiait scrupuleusement la composition du verre *chiaroscuro*. Le maître verrier avait tenu à fabriquer le mélange lui-même, afin que le secret ne soit pas divulgué, bannissant l'ouvrier habituellement chargé de cette tâche.

Flavio avait été le seul, hormis Tino et Livia, à avoir lu la formule, mais il avait déclaré que c'était aussi indéchiffrable que du chinois. Sa désinvolture avait irrité sa sœur, qui avait serré les dents pour ne pas lâcher l'une de ses répliques acerbes. Même si elle s'entendait mieux avec lui, leurs différences entraînaient encore des flambées de colère qui les épuisaient tous les deux. Comment diable pouvait-il rester insensible à ces quelques lignes écrites par leur aïeul, qui avait inventé une composition célèbre dans le monde entier ?

« C'est pareil pour les diamants, avait déclaré Tino d'un air fasciné. L'éclat ne provient pas, comme on le croit souvent, de la réverbération de la lumière sur la pierre précieuse, mais du processus qu'accomplit la lumière à l'intérieur même du diamant. Voilà le secret des Grandi... La lumière pénètre ce *cristallo* qui la transfigure. »

Flavio avait regardé Tino avec des yeux ronds, mais Livia avait aussitôt compris. Le procédé était simple mais délicat à réaliser. Par ailleurs, le miracle du *chiaroscuro* ne pouvait s'accomplir que si le verre soufflé atteignait des proportions idéales. Le maître verrier devait ainsi deviner comment la lumière allait réagir en effleurant le verre, c'est pourquoi les calices sur leurs pieds élevés possédaient des coupes évasées en forme de pétales de roses.

Tino avait pesé avec grand soin les différents composants, avant de les malaxer et de les broyer pour obtenir une texture homogène. Il versa avec précaution le mélange dans l'*albuol*.

— Tu es satisfait ? demanda-t-elle, tandis qu'il gardait les yeux rivés sur la composition qui reposait dans la caisse devant lui.

— Je pense que c'est bien, murmura-t-il, et elle s'étonna de voir ce personnage flamboyant aussi impressionné que s'il venait de pénétrer dans la nef d'une cathédrale. Il nous reste à ajouter le groisil, grommela-t-il, comme s'il avait honte de son trouble.

Livia s'approcha des débris de verre multicolores, rangés dans des casiers, qui provenaient des ratés de la fabrication.

— Quelle couleur penses-tu lui donner ? demanda Tino.

— Rouge, bien sûr. La couleur fondamentale du premier calice en *chiaroscuro* des Verreries Grandi sera rouge rubis, comme le feu… Comme la passion, ajouta-t-elle avec un soupir.

La petite essayait de le cacher, mais Tino voyait bien qu'elle souffrait. Il eut un mouvement d'humeur. Dieu seul savait ce qui lui était arrivé dans ce pays barbare, loin de chez eux, sans personne pour la protéger. Effondré quand elle avait disparu du jour au lendemain, il avait eu l'une de ses colères mémorables, rugissant de peur pour la jeune fille, humilié qu'elle n'ait pas eu le courage de lui expliquer en face les raisons de cette désertion. Il l'avait crue perdue, arrachée à ses racines, à Murano qui l'avait vue naître et qu'elle portait dans ses veines.

Il repensa à la petite fille muette qui avait hanté l'atelier après la mort de ses parents, à sa souffrance d'une pureté si transparente qu'on n'osait pas la prendre dans ses bras par crainte de la briser, à son silence qui les avait tous intimidés et que seul son grand-père Alvise avait su apprivoiser, parce que la douleur est aussi redoutable qu'une maladie contagieuse.

Désormais, elle avait un fils, un *bambino* qu'elle avait dû laisser là-bas, ce qui n'était pas bien, et il voyait le désarroi voiler son regard alors qu'elle errait telle une âme en peine en fin de journée, quand le crépuscule drapait les campaniles d'une lueur mordorée, réchauffait les vieilles pierres et donnait envie de flâner le long des quais. Mais comment faire autrement ?

Certains des composants avaient été presque introuvables en ces temps de pénurie d'après-guerre. Ils avaient téléphoné chez différents fournisseurs, raclé les fonds de tiroir pour pouvoir les acheter. Désormais, il fallait réussir à reproduire l'exploit des Grandi d'autrefois. C'était la seule et unique chance pour que la Maison du Phénix renaisse de ses cendres.

Un frisson lui parcourut l'échine. Une lourde responsabilité reposait sur les épaules de la jeune Livia Grandi, qui mesurait avec attention le groisil. La chemise d'homme aux manches retroussées dévoilait ses bras minces, le pantalon en toile retombait sur ses épaisses chaussures. Si le visage nu et les cheveux tressés avec maladresse rappelaient une adolescente fragile, la détermination de son regard et la force qui l'habitait étaient celles d'une femme.

Flavio n'était pas à la hauteur. Il lui manquait l'expérience, la connaissance du métier ; il lui manquait surtout la flamme. Ils n'étaient que deux pour tenter l'impossible. Livia l'inspiratrice et l'artiste-née, un talent à l'état brut, un joyau qui serait certainement devenu l'un des maîtres les plus talentueux de son époque, si elle avait été un homme et si elle avait pu accomplir tous les gestes de son art. Elle et elle seule pouvait concevoir l'objet que lui, le maître Tino « Lupo » Tomasini, allait souffler. Elle seule trouverait l'équilibre parfait qui révélerait le miracle du *chiaroscuro*. À eux deux, ils formaient l'alliance mythique de l'imaginaire et du talent, du savoir-faire et de la technique qui faisait des hommes du cristal, qu'ils fussent de Murano, de Bohême, de Lorraine ou d'ailleurs, les héritiers de l'art le plus ancien et le plus noble.

Livia se tourna vers le géant au cou épais souligné par un foulard rouge noué avec panache. L'émotion dévoilée sous les sourcils touffus la prit par surprise. Elle n'avait jamais vu Tino aussi transparent.

Troublée, elle posa une main légère sur son avant-bras.

— Nous y arriverons, le Loup.

Il hocha la tête, si ému qu'une boule lui serrait la gorge et l'empêchait de respirer.

La jeune femme quitta la pièce et retourna dans l'atelier où les attendaient les ouvriers, alignés en silence, comme au garde-à-vous. Désormais, il fallait procéder aux deux fontes, avant de passer à la recuite, et seulement alors Tino pourrait commencer à sculpter le verre.

Mais Livia n'était pas pressée. Un verrier n'est pas maître du temps. À l'écoute du cristal qui crépite et siffle en naissant au fil des heures dans ses fours, il se doit d'être patient et déterminé, il se doit d'être humble, pour pouvoir peut-être prétendre à la grandeur.

Elle sortit de l'atelier, offrit son visage et ses bras nus au soleil d'été lourd et sans merci. Des insectes bruissaient dans les herbes et les lauriers-roses embaumaient. Pour le *cristallo*, elle avait toute la patience du monde ; si seulement il en était de même dans sa vie…

Son absence était une blessure à vif. Il lui arrivait de se retourner brusquement, son prénom sur les lèvres, persuadée qu'il se tenait là, sur le seuil de la pièce, qu'il lui suffisait d'ouvrir les bras pour serrer le petit corps contre sa poitrine, enfouir le visage dans son cou et éprouver le merveilleux abandon quand ils ne devenaient plus qu'un, comme autrefois, lorsqu'elle l'avait porté dans son ventre. Mais en voyant l'embrasure de la porte vide, les particules de poussière danser dans le soleil, en réalisant que tout cela n'avait été qu'une illusion de l'esprit, le chagrin revenait avec une force sauvage et elle vacillait, le souffle coupé, amputée de son enfant.

Elle se souvenait de chaque centimètre de sa peau, du grain de beauté dans son dos, des demi-lunes translucides à la base de ses ongles, de la texture soyeuse de ses cheveux, de la tache de naissance qui marquait le haut de sa cuisse et qui avait la forme d'une corne d'abondance, ce qui lui avait fait dire en riant que Carlo était né pour le bonheur. Elle se souvenait de l'odeur particulière qui n'appartenait qu'à lui, de ce sourire éclatant qu'il avait hérité de son père, de sa démarche volontaire, surprenante chez un enfant aussi jeune.

Elle priait le Ciel qu'il ne lui en veuille pas d'être au loin. Même si elle était certaine que Carlo ne manquait de rien avec Élise et François pour veiller sur lui, elle était inquiète. Elle songeait parfois qu'elle n'aurait jamais dû le laisser, mais elle n'avait pas envisagé de rester aussi longtemps à Murano. Puisque Flavio avait pris la décision de ne pas vendre, mais qu'il se révélait incapable de diriger l'entreprise, de prendre les bonnes décisions, il était de son devoir de relancer les Verreries. Ensuite, seulement, elle serait libre de retourner auprès de son enfant.

François lui téléphonait une fois par semaine, les samedis en fin d'après-midi, et il lui passait Carlo, avec qui elle menait tant bien que mal l'une de ces conversations disjointes où elle brassait des paroles sans conséquence. Le petit garçon avait du mal à communiquer ; il lui manquait le vocabulaire pour lui raconter ses journées et pour la comprendre. La gorge nouée, elle l'entendait répéter « allô, allô » pour imiter son père et elle l'imaginait, assis sur les genoux de François, tenant l'épais écouteur en Bakélite noir dans sa petite main comme un objet à la fois étrange et maléfique qui aurait remplacé la présence de sa mère.

Son mari n'avait pas été content quand elle lui avait annoncé qu'elle devait prolonger son séjour. Il avait eu l'élégance de ne pas l'accabler, mais son silence avait été éloquent. Elle s'en était voulu d'avoir laissé une note plaintive poindre dans sa voix, alors qu'elle lui expliquait qu'ils attendaient la livraison d'un opacifiant dépisté miraculeusement à Altare. À contrecœur, il avait promis de lui amener Carlo dès qu'il aurait le temps de prendre quelques jours de vacances, mais Livia avait bien compris que, en reculant toujours la date, François avait trouvé une manière subtile de la punir.

Elle parlait aussi à Élise, qui lui donnait des nouvelles de Carlo sur un ton détaché et presque militaire. Lorsqu'elle reposait le téléphone dans le bureau après ces conversations, elle se levait, ouvrait un placard d'où elle sortait un petit verre à facettes et une vieille bouteille poussiéreuse sans étiquette, et se versait une rasade de *grappa* afin de réchauffer son corps glacé.

Elle essayait de puiser un peu de réconfort dans les regards confiants de Tino et des ouvriers qui comptaient sur elle. Les verreries de l'île n'embauchaient pas en cette période difficile. Même si, depuis toujours, la corporation des verriers muranais protégeait de son mieux ses membres au chômage, rien ne remplaçait un salaire, si maigre fût-il. Elle savait que ces hommes dépendaient d'elle et ne voulait pas les décevoir.

Il lui arrivait d'éprouver du ressentiment envers Flavio, qui avait repris ses mauvaises habitudes et disparaissait des heures avec sa barque, parcourant sans fin le dédale des îlots à la végétation luxuriante que les asters et la lavande de mer coloraient de rose et de violet à la fin de l'été. Il lui avait abandonné les rênes, alors qu'elle aurait voulu partager avec lui le poids des soucis. S'ils se montraient d'une politesse sans faille l'un envers l'autre, ils demeuraient maladroits, incapables de s'inventer une forme de complicité. Elle se demandait parfois s'il était fâché, mais il semblait plutôt soulagé de pouvoir se réfugier à nouveau dans une indolence qu'elle ne comprenait pas. Autrefois, elle s'en était irritée, désormais, elle en était seulement attristée.

Elle poussa un soupir. Un nœud douloureux l'élançait sous l'omoplate. Encore un peu de temps… Il lui fallait seulement encore un peu de temps pour remettre sur pied la Maison du Phénix. Ensuite, elle se promettait de redevenir une mère digne de ce nom et une épouse exemplaire, en dépit de la petite voix perfide qui lui susurrait au creux de la conscience qu'elle n'en était peut-être pas capable.

Carlo n'était pas un enfant capricieux ni indocile. Il possédait une sorte de gravité intérieure surprenante chez un petit garçon aussi jeune. Sa mèche blonde soigneusement peignée sur le côté et ses joues rebondies donnaient de lui l'image idéalisée de l'enfant sage, mais il y avait comme une attente dans le regard clair bordé de longs cils noirs. Il lui arrivait de rester tranquille pendant de longues minutes, si bien qu'on se demandait s'il se trouvait encore dans la pièce. Lorsque Élise ou Colette se retournaient pour s'assurer de sa présence, elles le voyaient assis au même endroit, jouant avec son train électrique ou barbouillant avec des crayons des feuilles de papier dont il faisait une consommation excessive aux yeux de sa tante.

François avait un jour rapporté une grande boîte de peinture à l'eau. Élise avait levé les mains au ciel. Le petit allait en mettre partout ! François s'était contenté de rire. Il aimait voir son fils dessiner. Même si ses gribouillages n'avaient aucun sens, on ne pouvait pas nier que l'enfant eût un don pour l'association des couleurs.

Par une radieuse matinée d'automne, Élise était assise dans le jardin, à l'arrière de la maison, occupée à broder un coussin au point de croix. Le soleil était encore chaud et elle n'avait même pas besoin de manteau sur les épaules. Elle entendait le rire de Carlo, qui avait délaissé son ballon pour empiler les nombreuses feuilles ocre, rouges ou jaune intense qui jonchaient le sol. Il s'amusait à leur donner de grands coups de pied ou les empoignait à pleines mains, les faisant virevolter autour de lui.

Livia était partie depuis quatre mois et Élise se demandait parfois si le petit garçon se souvenait de sa mère. Comme François rentrait souvent trop tard le soir pour lui faire réciter ses prières, il lui avait demandé de ne pas oublier d'inclure Livia dans la litanie des noms qu'elle confiait à la Sainte Vierge. Elle avait été un peu offusquée de ce qu'elle avait pris pour un reproche voilé. Par ailleurs, François mettait un point d'honneur à ce que l'enfant entende toutes les semaines la voix de sa mère au téléphone.

Élise posa le coussin sur ses genoux et surveilla le petit, qui avait disparu derrière un chêne. Seules les feuilles en furie trahissaient sa présence. Elle esquissa un sourire. Elle n'en revenait pas que le Seigneur lui eût accordé cette grâce qu'elle n'avait même pas osé lui demander. L'Italienne était rentrée chez elle et chaque jour qu'elle passait loin de Metz rendait son retour plus improbable.

Depuis qu'elle s'occupait de Carlo, elle avait l'impression de revivre l'enfance de Vincent et de François. Elle retrouvait ses gestes d'autrefois et le rythme serein de journées qui tournaient autour des exigences d'un enfant. Lorsqu'elle se couchait le soir, elle éprouvait la satisfaction d'avoir accompli ses tâches d'une manière irréprochable.

« Tu aurais été une mère exemplaire », lui avait dit un jour François avec l'air un peu attristé de celui qui ne comprenait pas pourquoi elle ne s'était pas mariée. « J'ai été une mère exemplaire », avait-elle affirmé.

Élise n'avait jamais voulu d'un époux. Si on lui avait demandé de définir l'amour, elle aurait répondu qu'on aimait avant tout par crainte du vide et qu'elle ne redoutait pas suffisamment la mort pour avoir besoin d'aimer un homme.

Et puis il y avait quelque chose de désordonné dans le tumulte des sentiments amoureux qui déplaisait à son esprit rigoureux. Aimer un homme, c'était accepter de ne plus rien maîtriser de ses émotions et de son corps, c'était reconnaître et comprendre les exigences, les joies, les plaisirs, les caprices, les fantaisies, les angoisses et les incertitudes de quelqu'un dont on croyait tout savoir alors qu'il demeurait le plus souvent parfaitement étranger. Élise n'aimait pas l'imprévu. Il y avait certains risques que cette femme, qui s'était montrée héroïque face aux nazis, ne voulait pas courir.

Cette maison entourée de son grand jardin était devenue son domaine, son univers. Elle n'en voulait pas d'autre. Elle y avait tracé ses repères et cet espace lui suffisait pour exister.

Lorsque François prenait son air des mauvais jours, le regard vague et les lèvres pincées, Élise savait qu'il pensait à sa femme. Il souffrait, mais il ne voyait pas comment se dépêtrer de la situation. Il ne pouvait pas se permettre de délaisser l'Atelier. Depuis plusieurs semaines, un chantier délicat à Chartres l'obligeait à se rendre souvent sur place. Si Élise était assez intelligente pour savoir qu'elle ne pourrait jamais remplacer une épouse, elle veillait à ce que François ne manque pas d'affection. Il comptait sur elle pour tenir la maison et garder le petit, et ils partageaient des soirées agréables et cordiales.

Elle se demandait ce qui allait se passer si Livia ne revenait pas. D'une manière ou d'une autre, elle réclamerait son enfant, ce qui poserait un problème, car elle voyait mal François se séparer de son fils. Quant au divorce, Élise ne l'envisageait même pas. Cependant, elle ne pouvait s'empêcher de ressentir une joie malsaine à l'idée que Livia faisait passer les Verreries Grandi avant son mari et son enfant. De manière détournée, elle ne manquait pas de le rappeler à son frère. Elle ne s'était pas trompée en jugeant cette femme indigne de lui.

— Mademoiselle ! cria soudain Colette d'une voix paniquée.

Élise se dressa d'un bond et lâcha le coussin qui tomba par terre. Elle porta une main à sa poitrine, où son cœur battait la chamade.

— Petite sotte, tu m'as fait une de ces peurs… Qu'est-ce qui ne va pas ?

La jeune domestique se tordait les mains.

— Un monsieur au téléphone. Il dit que c'est au sujet de Monsieur Vincent. Il paraît qu'il est revenu. Venez vite, mademoiselle…

Pour la première fois de sa vie, Élise sentit le sol vaciller sous ses pieds. Des points noirs lui obscurcirent la vue et elle eut l'impression de glisser vers un abîme. Le cœur au bord des lèvres, elle agrippa le dossier de la chaise, cherchant à se ressaisir, se disant qu'elle n'allait tout de même pas rendre tripes et boyaux devant Colette.

Vincent… Comment était-ce possible qu'on ne l'ait pas prévenue de son arrivée ? Voilà plus de trois ans que la plupart des prisonniers et déportés détenus en Allemagne, ainsi que les incorporés de force qui avaient été arrêtés par les troupes américaines ou anglaises, étaient rentrés.

Quand le centre d'accueil de Chalon-sur-Saône avait fermé ses portes en février 1946, Élise avait été l'une des dernières à s'y rendre pour étudier les listes de noms et demander des nouvelles. Elle avait attendu devant les bureaux, figée sur sa chaise, tandis que des fonctionnaires passaient devant elle, rangeant des dossiers dans des cartons en bavardant comme s'il s'agissait d'un simple déménagement. On voyait bien à leurs mines fuyantes qu'elles encombraient un peu, ces quelques personnes qui s'obstinaient à tenir un siège sans espoir, semblables à des membres de la famille qu'on n'ose pas vraiment mettre à la porte, mais auxquels on ne parvient pas à masquer son impatience.

Elle traquait dans les journaux le moindre article concernant le sort des prisonniers et s'était abonnée à différents bulletins spécialisés. Son action dans la Résistance lui permettait parfois d'avoir accès à des renseignements confidentiels. Elle serrait les poings de rage quand elle entendait les communistes approuver sans réserve les prises de position des Soviétiques qui mentaient effrontément, ayant même déclaré au général Keller deux mois après la fin de la guerre que le camp de Tambov n'existait plus. Quant au ministère des Prisonniers, Déportés et Réfugiés, Élise ne le trouvait guère efficace et elle n'était pas la seule à concevoir amertume et colère.

La vie devait continuer, il y avait des choses plus importantes à régler, entendait-on en filigrane. Certes, mais pour les autres. Elle avait le sentiment odieux qu'on aurait préféré oublier ceux qui étaient encore détenus en Union soviétique et que les gouvernements français et russe passaient sous silence parce que la vie d'un homme pèse peu de chose dans le concert des mésalliances politiques.

— Mademoiselle ? demanda Colette.

Élise s'aperçut que la jeune fille lui secouait le bras et elle émergea de sa torpeur comme d'un mauvais rêve.

Le sang bourdonnant à ses oreilles, elle se précipita à l'intérieur de la maison pour répondre au téléphone.

Carlo s'approcha de la maison au fond du jardin d'un pas déterminé. Il s'était lassé de jouer avec les feuilles mortes et n'arrivait pas à retrouver son ballon. Il ne se souvenait pas d'avoir jamais été aussi loin, mais cette maison avait quelque chose d'irrésistible. Le soleil éclairait les murs en pierre et les feuilles parsemaient le toit de leurs couleurs vives. Elle lui semblait claire et lumineuse et il avait envie de la voir de plus près.

Il s'agrippa au rebord d'une fenêtre et se dressa sur la pointe des pieds, mais il était trop petit pour déceler quelque chose d'intéressant. Obstiné, il longea le mur jusqu'à ce qu'il trouve une porte. La poignée tourna facilement. Il avança d'un pas.

Dès qu'il pénétra dans la vaste pièce, il se sentit bien. De grandes fenêtres ornaient tout un pan de mur et le soleil entrait à flots. Un large sourire éclaira son visage. C'était un endroit magique, rempli de luminosités qui dansaient sur les murs, des rouges, des violets, des verts foncés, des jaunes, des orange, des bleus, qui lui rappelaient le cadeau de sa maman – ce cylindre qu'il portait à son œil, tournait légèrement, et dans lequel se mélangeaient d'innombrables images bariolées.

Fasciné, il continua à avancer, buta contre un tabouret qui se renversa, mais le bruit ne le fit même pas sursauter. Il leva une main, puis l'autre, essayant de saisir ces lumières taquines qui passaient au travers de morceaux de verre dressés sur un chevalet.

Il fit le tour de la pièce. Deux blouses blanches pendaient près de la porte. Il les effleura, mais s'en désintéressa assez vite. Puis il découvrit une armoire dans un coin. La porte lui résista quelques secondes, avant de s'ouvrir dans un grincement désagréable. Un manteau et un long chandail beige y étaient accrochés. Il enfouit son visage dans la laine. Un parfum délicat taquina ses sens et sa mémoire, un parfum qu'il connaissait bien, mais qu'il n'avait pas respiré depuis longtemps.

Il ferma les yeux. Il ne la voyait pas distinctement dans son esprit, ses traits étaient un peu flous, ce qui l'agaçait, mais il se souvenait de la force de ses bras, de la douceur de ses joues, de ses cheveux qui le chatouillaient quand elle se penchait vers lui, de ses baisers qui claquaient sur son corps et qui le faisaient rire.

Il se souvenait de sa voix chantante et voilée qui lui racontait des histoires où il était toujours question d'une ville lointaine qui n'avait pas de rues mais des canaux remplis d'eau, où les gens ne se déplaçaient pas en voiture mais en barque, une ville magique où les adultes et les enfants se promenaient masqués et maquillés, déguisés dans des tenues aux étoffes chatoyantes, pour une fête qui n'en finissait pas.

Le petit garçon tira d'un geste brusque sur le chandail en laine et le fit tomber du cintre. Pour une raison étrange, il ne se sentait plus aussi heureux que lorsqu'il était entré dans la maison. Une impatience le démangeait et lui donnait envie de pleurer.

Serrant le chandail d'une main, il continua sa visite, fasciné désormais par un meuble composé de casiers. Dans les tiroirs, il trouva des chiffons, des clous et différents ciseaux. Il glissa les doigts dans les fentes, mais n'arriva pas à attraper les feuilles de verre rigides, ce qui l'irrita.

Il ramassa le tabouret, parvint à grimper dessus, avant de tendre une nouvelle fois la main vers l'un des casiers.

— Carlo ! Où es-tu ?

La voix était impatiente, visiblement agacée.

Certain qu'on allait le gronder, le petit garçon se tourna brusquement en direction de la porte et perdit l'équilibre. En tombant à la renverse, son corps et l'arrière de sa tête heurtèrent de plein fouet le chevalet où se trouvaient incrustés les dessins lumineux qui l'avaient tant fasciné.

Quand le verre explosa, il eut le réflexe de fermer les yeux et de ramener un bras vers son visage, tandis que les éclats de lumière retombaient autour de lui en une pluie d'étincelles.

Comme l'imperméable était trop grand pour elle, Hanna fit un double nœud avec la ceinture autour de sa taille, puis retroussa les manches. Une éclaircie miraculeuse venait de trouer le ciel désespérément gris depuis des semaines et elle voulait en profiter pour sortir faire quelques courses. Elle empocha avec soin les coupons d'alimentation.

Quand elle tapota l'épaule de sa fille qui jouait par terre avec une poupée de chiffons, l'enfant leva vers elle son visage délicat au teint pâle, encadré de boucles noires. Comme souvent, confrontée à ces yeux sombres et lumineux, Hanna éprouva un léger malaise. Le regard pénétrant était sans âge. Elle savait que sa fille était obligée de prêter une attention particulière aux expressions parce qu'elle comprenait mal les paroles, mais cette demande muette, avide, lui rappelait l'exigence de ces inconnus qui vous fixent dans la rue dans l'attente de quelque chose que vous ne voulez pas leur accorder.

— Viens, Inge, nous allons sortir, dit-elle en parlant un peu fort.

Contrainte d'élever la voix pour que sa fille perçoive certains sons, elle avait souvent l'impression d'aboyer et s'en voulait de paraître autoritaire, alors qu'elle était seulement volontaire.

Obéissante, l'enfant se leva et Hanna s'accroupit pour l'aider à enfiler son manteau, puis noua une écharpe en laine rouge autour de son cou. Quand la petite fille posa une main douce sur sa joue, le temps d'un soupir, le cœur de Hanna tressaillit. De façon absurde, elle eut soudain les larmes aux yeux.

Plus Inge grandissait, plus Hanna se sentait désemparée. Elle n'arrivait plus à faire abstraction de l'enfant, comme si celle-ci n'avait été qu'un paquet encombrant qu'elle aurait été condamnée à porter jour après jour. La petite fille devenait une personne à part entière avec sa personnalité, ses joies étranges, presque violentes, qui la possédaient tout entière, la faisaient courir et s'agiter dans tous les sens – des moments d'exubérance le plus souvent provoqués par Andreas, qui aimait passer du temps avec sa nièce –, ou encore ses chagrins inconsolables, où la peine la déchirait aussi sûrement que le bonheur l'avait transfigurée.

Elle se demandait parfois d'où sa fille tirait cette vitalité, ce tempérament orageux, elle-même ayant toujours été une enfant sage, docile, silencieuse. Ses pensées s'en retournaient alors inévitablement vers l'image sombre du père inconnu dont le souvenir se résumait à un vertige, et l'horreur la submergeait comme au premier jour, une bile acide refluait dans sa bouche et elle s'écartait brusquement d'Inge, à la fois furieuse et humiliée par cette terreur qu'elle n'arrivait pas à dominer.

— Ne traîne pas, Inge, ordonna-t-elle en se relevant si vite que des points noirs lui brouillèrent la vue. Il y aura sûrement la queue et je n'ai pas de temps à perdre.

Dehors, elles marchèrent d'un bon pas. Inge trotti-
nait au côté de sa mère, faisant parfois des sauts de
cabri pour éviter les flaques d'eau et lui tirant sur le
bras. Dans l'air limpide et frais, des gouttelettes scintillaient de partout, sur les feuilles ocre et rouge, les
rebords des fenêtres, les clôtures qui entouraient les
potagers.

Il y avait foule, en effet, autour de la petite baraque
en bois de la Sudetenstrasse où l'une des figures
légendaires de Gablonz venait à peine de s'installer.
Le retour d'Anna Hoffmann, avec sa petite silhouette
trapue, ses yeux malicieux et sa langue bien pendue,
apportait du baume au cœur des exilés. Les vicissitu-
des endurées par la commerçante n'avaient en rien
altéré sa personnalité. On racontait que, dans le camp
où elle avait été enfermée, elle avait répondu aux gardes avec un aplomb qui en avait étonné plus d'un.
Les poings sur les hanches, elle plaisantait avec une
cliente. Ses rares cheveux gris en bataille sur le
crâne, elle avisa Inge, cramponnée à la main de sa
mère.

— Tiens, la petiote, dit-elle en se penchant vers
elle. Comme t'as encore poussé ! Bientôt, tu seras
aussi grande que moi !

Elle parlait dans le patois de Gablonz et la petite
fille la dévisageait, les yeux ronds, comme si cette
dame au visage large et plat venait d'une autre pla-
nète.

— Allons, je dois bien avoir quelque chose pour
toi, poursuivit-elle en fouillant dans la poche de son
tablier, d'où elle sortit un bonbon d'un geste triom-
phal.

— Qu'est-ce qu'on dit ? fit Hanna en secouant
légèrement la main de sa fille pour attirer son attention.

— Merci, m'dame, murmura Inge avant de fourrer le bonbon dans sa bouche.

— Bon, et toi, ma belle, qu'est-ce qu'il te faut aujourd'hui ? ajouta la commerçante en retournant derrière la planche de bois qui lui tenait lieu de comptoir.

Hanna regarda sans grand enthousiasme les boîtes de conserve qui s'alignaient sur les étagères et les quelques saucissons pendus à un crochet. Elle se rappela les poissons frais qu'elle achetait avec sa mère au marché de Gablonz, où l'on s'approvisionnait chez la « Fischl-Anna » autant pour la qualité de ses produits que pour s'amuser de son franc-parler.

— Mettez-moi des cornichons au vinaigre et un saucisson, s'il vous plaît, dit-elle en lâchant la main d'Inge afin de compter son argent.

Autour d'elle, on se pressait pour se raconter des anecdotes. Le temps que la patronne lui rende la monnaie, elle était au courant de tous les détails croustillants sur une famille dont elle entendait parler pour la première fois. Lorsqu'elle se retourna pour partir, elle s'étonna de ne pas trouver Inge.

Elle contourna les clientes, chercha derrière les unes et les autres. Ce n'est vraiment pas le moment de jouer à cache-cache, songea-t-elle, un peu irritée. L'endroit était pourtant minuscule ; Inge ne pouvait pas être bien loin.

— Pardonnez-moi, vous n'auriez pas vu ma fille ? Elle était là il y a quelques secondes.

Les femmes s'excusèrent, se poussèrent, pleines de bonne volonté.

— Elle est sûrement dans le coin, dit la patronne, un peu soucieuse. Va vite voir dehors. Ça vous file entre les doigts, à cet âge-là, que c'est à peine

395

croyable. Et reviens me dire quand tu l'as trouvée, lança-t-elle alors que Hanna sortait dans la rue.

Elle regarda à droite, puis à gauche, mais aucun signe de la petite. Un autobus poussif la dépassa.

— Inge ! appela-t-elle, sachant que c'était inutile puisque sa fille avait peu de chances de l'entendre. Excusez-moi, monsieur, fit-elle en interpellant un homme qui tirait une charrette remplie de bois. Vous n'auriez pas vu une petite fille avec des cheveux noirs et une écharpe rouge ?

— Désolé, dit-il en haussant les épaules, elle est peut-être allée jouer de l'autre côté de l'auberge.

Non loin de là, les aubergistes avaient déblayé un terrain où les enfants aimaient venir jouer en été, mais les pluies diluviennes de ces dernières semaines en avaient rendu le sol boueux. Le cœur battant, Hanna s'avança jusqu'aux arbres qui marquaient le début de la forêt. Le bas-côté de la route était mal entretenu. On y trouvait toutes sortes de pièges pour des enfants, des tas de briques ou de planches instables destinés à la construction de maisons, des trous béants, des gravats, du fil de fer, des poteaux d'où émergeaient des clous rouillés.

Aussi vite qu'elle était apparue, l'éclaircie se dissipa. Une pluie fine commença à tomber. Hanna se mit à courir, cherchant de tous côtés, appelant sa fille plusieurs fois. Elle se baissa pour regarder sous un chariot. Comment une enfant pouvait-elle disparaître aussi vite ? On aurait dit qu'elle s'était volatilisée.

Une sueur froide lui glissa dans le dos. Mon Dieu, pourvu qu'il ne lui soit rien arrivé… Elle l'imagina coincée quelque part, en larmes, incapable de se libérer, peut-être blessée. Le panier battait contre sa hanche. Un point de côté douloureux l'obligea à ralentir, puis à avancer en boitillant. Mieux vaut faire demi-tour et rentrer à la maison, se raisonna-t-elle, la gorge sèche. D'une manière ou d'une autre, la petite avait peut-être retrouvé le chemin. Quelqu'un avait pu la reconnaître et la ramener.

Quelques minutes plus tard, à bout de souffle, elle tourna pour prendre l'allée qui menait à son baraquement. L'écharpe rouge d'Inge gisait par terre dans une flaque d'eau. Elle se baissa pour la ramasser. Elle avait la sensation d'être mordue au cœur et au ventre par un animal sauvage.

— Inge ! hurla-t-elle.

Il n'y avait personne autour d'elle. Elle longea rapidement les baraquements aux fenêtres fermées. Quelques feuilles pendaient aux branches d'un arbre esseulé. Déplacé par un coup de vent, un volet claqua contre un mur. Où avaient-ils tous disparu ? Alors que le campement grouillait toujours de gens, elle avait soudain l'impression d'être seule au monde. La pluie plaquait ses cheveux sur son crâne, glissait sur son visage, dégoulinait dans son cou. Elle franchit les derniers mètres qui la séparaient de chez elle, poussa la porte.

Quand elle aperçut la tête d'Inge posée sur l'épaule d'un homme en uniforme dont elle ne voyait que le dos, un soulagement intense la parcourut.

— Lâchez ma fille tout de suite ! cria-t-elle.

De quel droit se permettait-il de la prendre dans ses bras ? De quel droit osait-il la toucher ? Hors d'elle, elle aurait été prête à lui arracher les yeux, à se battre pour lui reprendre Inge. Si jamais ce monstre lui avait fait du mal…

Quand le militaire se retourna, elle eut l'impression d'être confrontée à un géant. Des épaules larges, des cheveux blonds coupés en brosse, une mâchoire de vainqueur.

— Rendez-la-moi ! ordonna-t-elle en tendant les bras.

Aussitôt, il lui obéit. Quelques larmes séchaient sur les joues d'Inge, qui ouvrit les mains en voyant sa mère.

— *She fell,* expliqua-t-il avec un geste pour indiquer les genoux écorchés de la petite fille.

Hanna murmura des paroles douces pour réconforter son enfant, et vérifia qu'elle n'avait rien de grave avant de la déposer sur le lit et de lui tendre sa poupée. Puis elle reprit son souffle et se tourna vers l'inconnu qui restait debout, les épaules en arrière.

Il avait coincé sa casquette à écusson doré sous son bras. Le pli de son pantalon beige était aussi effilé qu'une lame de rasoir. Inge avait marqué son uniforme impeccable d'une trace mouillée de larmes et de sueur, au niveau de l'épaule, mais cela semblait lui être indifférent. Il avait un regard bleu tranquille, empreint de curiosité. Hanna fut frappée par le sentiment étrange que ce militaire américain était terriblement propre.

— Jim Hammerstein, dit-il. *Do you speak English ?*

Hanna parlait mal l'anglais. Elle connaissait quelques mots, mais elle était incapable de soutenir une conversation. Aux barrettes colorées qui ornaient sa poitrine, elle devina que l'homme avait un grade élevé. Nerveuse, elle lui fit signe d'attendre et s'approcha de la porte pour appeler Gert Handler, qui travaillait dans une pièce voisine, priant le Ciel qu'il ne se soit pas volatilisé lui aussi.

Gert accourut aussitôt et se présenta à l'officier américain en bafouillant, son petit corps sec tendu au garde-à-vous. Pendant que Hanna retirait son imperméable et essayait de remettre un peu d'ordre dans ses cheveux trempés, l'homme expliqua que l'un de ses sous-officiers lui avait montré une broche en forme de libellule achetée quelques semaines auparavant. Il avait été conquis d'emblée.

— *I want them. I want them all !* s'exclama-t-il en ouvrant les mains comme s'il pouvait englober le monde entier.

Hanna regardait tour à tour Gert et l'officier, comprenant à demi-mot, mais prêtant attention à la traduction de son ami, étonnée de le voir se balancer d'avant en arrière tel un enfant qui ne tenait plus en place. Elle hésita quelques instants, mais devant l'insistance de Gert qui faisait des grimaces, elle finit par sortir la dizaine de broches rangées dans une boîte. L'officier étudia chaque création avec attention, puis sourit avec satisfaction, dévoilant des dents alignées au cordeau. Elle accepta de lui vendre tout ce qui lui restait, pour la simple et bonne raison qu'elle avait besoin de ses dollars afin de nourrir sa fille.

Jim Hammerstein avait pris le soin d'apporter un carton et du papier de soie, un luxe que la jeune femme n'avait pas vu depuis des années. Elle enveloppa soigneusement les broches, agacée de voir ses doigts trembler. Il continuait à parler d'une voix grave et mélodieuse, la complimentant pour sa créativité et sa fantaisie, expliquant qu'il était propriétaire d'un grand magasin à New York.

Elle avait la tête qui tournait. La présence de cet homme dans cette pièce minuscule où l'on pouvait à peine se retourner lui semblait inconvenante. Elle avait honte des modestes couvertures pliées sur les lits superposés, des quelques ustensiles de cuisine posés sur l'étagère, de la robe de Lilli abandonnée sur une chaise, qu'elle n'avait pas eu le temps de rapiécer avant le déjeuner. Il était trop grand, trop large. Elle avait envie d'ouvrir la porte et la fenêtre, d'écarter les murs pour laisser entrer de l'air frais de peur qu'il n'étouffe. Bien qu'il ne bougeât pas, il déployait une énergie attirante et inquiétante à la fois. Elle lui jetait des regards à la dérobée, fascinée par les traits réguliers de son visage, par le nœud de cravate ajusté au millimètre près. Il avait des mains larges, parsemées de taches de rousseur.

Il lui tendit une carte de visite gravée à son nom avec une adresse et un numéro de téléphone américains. La carte lui sembla très blanche et ses ongles sales. Elle la posa sur la table avant de cacher ses mains dans son dos. Le lieutenant-colonel promit de se mettre en contact avec elle dès que les exportations reprendraient.

— *Next year, I hope, Frau Wolf.*

— *Fräulein,* corrigea-t-elle aussitôt, presque par défi.

Une lueur énigmatique, légèrement voilée, glissa dans son regard et il la dévisagea quelques instants en silence. Elle sentit ses joues s'empourprer, mais elle ne baissa pas les yeux. Son cœur battait à tout rompre. Puis il se pencha vers Inge pour lui caresser la joue.

— *It was a pleasure, Fräulein Wolf,* ajouta-t-il avant d'incliner poliment la tête.

Gert s'empressa de saisir le carton et proposa de le raccompagner à l'entrée du campement, où l'attendaient sa voiture et son chauffeur.

Après leur départ, Hanna resta quelques instants pétrifiée. Peu à peu, la petite pièce reprit son espace naturel, mais elle regarda autour d'elle comme si elle découvrait ces murs pour la première fois. Elle respirait encore l'eau de Cologne épicée, luxueuse, le parfum des hommes confiants et déterminés, celui des hommes libres.

Elle s'assit lentement sur un tabouret, contempla la boîte vide qui reposait sur la table. Elle ne comprenait pas pourquoi elle se sentait démunie, dépossédée.

Inge descendit du lit, s'approcha de sa mère et posa les mains sur ses genoux, la fixant de son air grave. Hanna la souleva, examina une nouvelle fois ses genoux éraflés.

— Mon Dieu, quelle frayeur tu m'as faite, murmura-t-elle.

Quand elle avait vu sa fille dans les bras du géant, elle avait ressenti un élan de protection si violent qu'elle aurait été prête à tout pour l'arracher aux griffes de l'inconnu. Elle déposa un baiser sur les cheveux humides de son enfant, qui se pelotonna contre elle et glissa son pouce dans sa bouche. Épuisée, Hanna ferma les yeux, emplie de gratitude d'avoir retrouvée Inge saine et sauve.

Je n'ai pas eu peur, s'étonna soudain Hanna. Pour la première fois, confrontée à la menace d'un homme en uniforme, elle n'avait pas pensé à se protéger ni à fuir. La réaction instinctive de sauver son enfant avait balayé l'angoisse qui n'avait cessé de l'étreindre depuis le jour où elle avait été violée.

Quelques frémissements parcouraient son corps, mais Inge s'était endormie dans ses bras et pesait de tout son poids tranquille, l'arrimant à la terre. Le souffle régulier de sa petite fille l'apaisa peu à peu et elle se mit à la bercer. Dehors, la pluie crépitait sur le toit et glissait sur les vitres. Aucun bruit ne venait troubler cette quiétude surprenante. Elle avait l'impression de se retrouver dans une nacelle, coupée du monde, seule avec son enfant.

En contemplant les cils qui ombraient les joues pâles, le nez retroussé et le petit menton volontaire, elle n'en revenait pas que sa fille lui eût insufflé cette force inattendue. D'une certaine façon, c'était comme si Inge l'avait rendue à elle-même. À la fois émerveillée et anxieuse, elle découvrait ce qu'elle avait remarqué chez d'autres femmes, mais qu'elle n'avait jamais ressenti auparavant : aucune peur ni aucun tourment ne pouvait résister à la force impérieuse d'une mère se dressant pour défendre son enfant.

Alors, encore tout étourdie, sa fille dans les bras, Hanna sentit quelque chose céder dans son cœur et elle écouta monter en elle, de tous les recoins de son âme, cette puissance primitive, mystérieuse et vibrante, celle qui soulève les montagnes, qui ne reconnaît aucun maître et ne souffre aucun obstacle, cette lumière miraculeuse d'être là et d'être mère.

En fin d'après-midi, la pluie continuait à tomber avec une régularité de métronome et martelait le sol boueux et saturé d'eau. Andreas se tenait debout, les mains dans le dos. Il la regardait tomber, figé dans son ennui, la nuque enserrée dans un étau.

Depuis septembre, la campagne bavaroise semblait noyée sous des vapeurs de brume. Lors d'une éclaircie, on voyait au loin les sommets dentelés des Alpes déjà recouverts de neige. Les vêtements avaient du mal à sécher et le mauvais bois des baraquements gonflait à cause de l'humidité, voilant certaines fenêtres qui laissaient filtrer des courants d'air froids. Le temps lugubre soulignait le sentiment d'angoisse qui avait envahi Kaufbeuren-Hart depuis la réforme monétaire.

La situation économique était désastreuse. Le passage à la nouvelle monnaie avait mis un frein brutal au renouveau. Les caisses étaient vides, l'argent manquait pour acheter des matières premières alors que le marché allemand réclamait désormais des objets de qualité. Même les boutons fabriqués par les ouvriers de Gablonz ne trouvaient plus d'acquéreurs. Sur les six mille travailleurs, environ quatre mille n'avaient plus d'emploi. Pour sauver l'industrie, il aurait fallu construire une nouvelle verrerie, investir dans des machines plus perfectionnées et développer la production. Mais avec quels moyens ? Les délégués et les responsables se rendaient à Munich toutes les semaines pour alerter les instances gouvernementales et essayer d'obtenir des crédits, plaidant que leur industrie avait été l'un des premiers contribuables de la région l'année précédente, mais, en attendant, c'était un combat quotidien pour assurer la subsistance des familles.

Andreas, lui, devait non seulement rembourser l'argent qu'il avait emprunté pour payer l'opération de Hanna, mais aussi subvenir aux besoins des siens. Même Lilli et Wilfried étaient à sa charge, car le jeune homme avait été l'un des premiers à perdre son travail.

Pour les hommes et les femmes de Gablonz qui avaient commencé à se construire une nouvelle vie, la crise avait eu l'effet d'un coup de massue. Désormais, certains erraient la journée, les mains dans les poches, le cou rentré dans les épaules. Dans la plupart des petits ateliers établis dans les baraquements, on n'entendait plus le claquement des machines ni les voix enjouées. Un silence presque mortuaire voilait les maisons. D'autres, au contraire, affrontaient l'adversité avec leur ténacité coutumière, persuadés que ce n'était qu'un mauvais moment à passer. La situation était plus ou moins dramatique selon les familles.

Il avait hésité longtemps avant de prendre sa décision et ce sentiment d'incertitude qui lui était parfaitement étranger l'avait perturbé. Depuis son adolescence, son tempérament le poussait à réfléchir vite et à agir. Il se fiait depuis toujours à son instinct et il n'aimait pas les atermoiements. Ce trait de caractère lui avait valu la réputation d'être un homme autoritaire ; il préférait penser qu'il était un homme de décision. Or, voilà que, pour la première fois de sa vie, il s'était senti vaciller.

De toute façon, c'est trop tard, maintenant, songeat-il, agacé. Il ne te reste plus qu'à assumer ton geste.

Il aperçut Wilfried, sa silhouette de grand échalas trempée jusqu'aux os, un chapeau informe posé sur le crâne, qui essayait de protéger Lilli sous un parapluie déglingué auquel il manquait deux baleines. Enlacés, les jeunes gens évitaient les flaques d'eau avec la grâce de deux équilibristes. Drapée dans un imperméable kaki de l'armée américaine, sa jeune cousine était enceinte de trois mois.

La porte s'ouvrit derrière lui. Sans se retourner, il devina que c'était sa sœur.

— Qu'est-ce que tu fais dans le noir ? demandat-elle sur un ton réprobateur. Il fait déjà assez sinistre comme ça dehors.

Elle alluma leur seule lampe qui distilla une lumière blafarde, avant d'asseoir Inge sur leur lit et de lui tendre sa poupée de chiffons en lui intimant de se tenir tranquille.

— Tu sais ce qu'a déclaré un jour le président tchécoslovaque ? dit Andreas.

— Benes a dit et fait beaucoup de choses, aussi déplaisantes les unes que les autres. Mais si tu insistes pour me parler de ce fâcheux personnage, je veux bien t'écouter.

— « On ne laissera aux Sudètes qu'un mouchoir pour pleurer sur leur destin… »

— Quel poète ! ironisa-t-elle. Il aurait pourtant dû savoir qu'on n'a pas besoin de mouchoir pour pleurer. C'est un luxe inutile.

Andreas se tourna pour la regarder. Hanna s'affairait pour préparer le potage qui leur tiendrait lieu de dîner. Quelques mois auparavant, la direction du campement avait obtenu une livraison de fourneaux qu'on avait distribués en priorité aux familles avec des personnes âgées et des enfants en bas âge. Les Wolf ne boudaient pas leur plaisir de pouvoir manger entre eux, sans avoir à faire la queue dans le baraquement où se tenaient les repas en commun. Elle vérifia qu'il leur restait un morceau de fromage et du pain.

En observant ses gestes précis et son visage serein, encadré par ses cheveux qui lui effleuraient à peine les épaules, dans cet espace si étroit où ils habitaient tous, la petite Inge, Hanna, Lilli, Wilfried et lui, il ne put s'empêcher d'éprouver un serrement de cœur. Quand parviendrait-il à oublier cette peur qui le prenait aux entrailles dès qu'il s'agissait de sa sœur ? Par moments, il ne se comprenait plus. Selon le chirurgien, Hanna était sauvée puisque aucune complication n'était survenue dans les trois mois qui avaient suivi l'intervention. Andreas pensait être un homme que la vie avait rendu dur comme de la pierre. Devant la silhouette délicate de sa sœur, il se découvrait aussi fragile qu'un enfant.

Au milieu de la pièce, l'une des caisses en bois que les exilés avaient rapportées de Gablonz leur tenait lieu de table de travail et de cuisine. Posée sur un morceau de toile de jute, la dernière création de sa sœur attendait d'être terminée.

— Si seulement on pouvait exporter, fit-il avec un soupir.

Hanna souleva avec précaution ce qui ressemblait à un papillon aux ailes cramoisies et le posa sur le lit superposé de Lilli, hors de portée de sa fille qui avait tendance à tout mettre dans sa bouche.

— Tant qu'il n'existe pas un État allemand, tu sais bien que c'est du domaine du rêve, mais avec un peu de chance, l'année prochaine, les choses avanceront. Entre-temps, nous passons notre temps à écrire, n'est-ce pas ?

Il ne put s'empêcher de sourire. Hanna avait un côté pragmatique qui ne cessait de l'étonner, mais elle avait raison. Les exportateurs renouaient contact avec l'étranger dans l'attente de la création de la République fédérale allemande et de l'ouverture des frontières. Les États-Unis étaient leur cible préférée. Des échantillons de bijoux et de boutons étaient expédiés aux foires de Leipzig ou de Hanovre, dans l'espoir de prouver que le talent des gens de Gablonz perdurait.

Elle mit le potage à chauffer dans une casserole cabossée qui, à leur arrivée, lui avait aussi servi pour nettoyer le linge.

— Tu m'inquiètes, dit-elle d'un air grave.

— Pourquoi donc ? Je vais très bien.

— Tu dors mal, tu as une mine épouvantable, tu ne manges presque plus et tu flottes dans tes vêtements.

Il haussa les épaules. Il avait envie d'arpenter la pièce, mais elle était trop petite. Par moments, cette promiscuité le rendait fou et il faisait des cauchemars dans lesquels les murs de la boîte se refermaient sur lui pour l'écraser.

— J'ai les mêmes soucis que tout le monde.

— Je sais qu'il y a autre chose, ajouta-t-elle d'une voix douce. Tu es resté là-bas à cause d'une femme et elle te manque.

Andreas se demanda d'où les femmes tiraient ce pouvoir de vous enfoncer une épée en plein cœur avec l'air de ne pas y toucher.

Hanna ne savait rien. Personne ne savait quoi que ce soit sur ce qu'il avait vécu en Lorraine. Il n'avait pas d'ami à qui se confier et même si Jaroslav s'était dressé d'un seul coup à ses côtés, il ne lui aurait rien dit de Livia. Comme l'un de ces secrets dont on ne parle qu'en chuchotant, le souvenir de la Vénitienne était trop puissant, trop dévastateur pour qu'il l'évoque à voix haute.

Elle n'avait pas répondu à sa lettre. Il attendait le courrier tous les jours et ne pouvait s'empêcher d'éprouver une déception à chaque fois, légère et irritante telle une écharde, alors que, au fond, cela ne l'étonnait pas. Livia Grandi resterait insaisissable. Elle n'était pas du genre à s'embarrasser de phrases et de formules toutes faites.

Elle l'obsédait, jour et nuit. Il ne pensait qu'à elle, à son corps, à ses sourires, à ses élans de tendresse et à ses éclats de colère, à ses humeurs imprévisibles. Ce qui n'avait été pour commencer qu'un élan passionnel, un désir de conquête purement masculine, s'était retourné contre lui et il s'était laissé prendre au piège. Jamais il n'aurait imaginé qu'une femme puisse s'immiscer dans sa vie, et maintenant il avait l'impression d'être possédé. Elle lui manquait avec une telle violence qu'il se demandait parfois comment il arrivait encore à vivre.

— Tu l'aimes, n'est-ce pas ?

Il éprouva un mouvement de colère, se tourna vers la fenêtre. Il ne fallait pas que Hanna se mêle de ce qui ne la regardait pas.

— Je sais que je ne suis que ta sœur, Andreas, poursuivit-elle sur le ton légèrement moqueur qui était devenu le sien. Je ne suis qu'une malheureuse femme et j'ai aussi l'inconvénient d'être plus jeune que toi, mais tu peux quand même me parler. Autrefois, on rangeait les gens dans des petits casiers bien ordonnés et les uns s'interdisaient de parler aux autres, parce que cela ne se faisait pas. Il y avait une hiérarchie dans les confidences. Surtout chez des gens comme nous. Tout ça, c'est terminé désormais. Crois-moi, je suis assez grande pour t'écouter. Et j'ai assez souffert pour te comprendre.

Il enfouit ses mains dans ses poches avec l'envie furieuse de fumer, mais elles étaient vides. Il se rappela qu'il avait donné sa dernière cigarette à Gert Handler, qui n'avait plus de tabac pour sa pipe. Décidément, les dieux s'acharnaient contre lui. Non seulement il devait subir un interrogatoire en règle de sa sœur, mais il n'avait même pas de quoi faire passer son irritation.

Il pivota une nouvelle fois sur lui-même. Ils pouvaient à peine bouger sans toucher le montant d'un lit, la table, les étagères, les patères où pendaient leurs quelques vêtements.

— Tu te trompes. Je m'inquiète parce que je dois veiller à ce que ma famille mange à sa faim, parce qu'il y aura bientôt une autre bouche à nourrir, parce que je me demande quand on me laissera gagner assez d'argent pour nous sortir d'ici et nous installer dans une maison digne de ce nom !

Hanna voyait que son frère souffrait et elle savait bien que son orgueil l'empêcherait de se confier à elle. Andreas partageait les mêmes soucis financiers qu'eux tous, mais il avait la naïveté de croire qu'on ne remarquait pas son désarroi.

Elle songea qu'il y avait quelque chose de touchant chez un homme amoureux. On avait tellement l'habitude d'accorder aux seules femmes cette faiblesse-là, alors que chez eux se révélait une dimension plus exigeante, une ardeur, presque une foi.

Elle détaillait son visage et pouvait y lire l'angoisse de l'absence. Elle aurait voulu le prendre dans ses bras pour le réconforter, lui dire que tout irait bien, qu'il la retrouverait et qu'un amour véritable n'a pas d'autre vocation que de se réaliser, mais elle était devenue trop lucide et cynique pour y croire elle-même. Lorsqu'elle lisait une histoire à sa fille, elle se disait parfois qu'on apprenait aux enfants que le mensonge était un péché, alors qu'on passait son temps à leur réciter des contes de fées.

— Et si c'était moi ?

— Pardon ?

— Et si c'était moi qui gagnais assez d'argent pour nous permettre de construire une maison digne de ce nom ? reprit-elle en imitant ses paroles. J'ai reçu la visite ce matin du lieutenant-colonel Hammerstein. Il quitte l'Europe pour rentrer chez lui, à New York, et il est venu m'acheter mes dix dernières broches.

De la poche de son cardigan, elle tira une liasse de dollars américains qu'elle posa avec révérence sur la caisse en bois. Tous deux les regardèrent un long moment en silence.

— Dans le civil, M. Hammerstein est le propriétaire d'un des plus grands magasins de Manhattan. Il connaissait parfaitement l'existence de Gablonz avant la guerre. Il achetait surtout des colliers de perles et des épingles à chapeau. Dès que nous aurons le droit d'exporter à nouveau, il aimerait que je lui accorde l'exclusivité de mes créations.

Les mains entrelacées sur les genoux, elle baissa les yeux, n'osant pas regarder son frère en face. Elle craignait sa réaction et ne répondait pas de la sienne. Elle était encore troublée par ce qui s'était passé.

— Depuis quand parles-tu l'américain ? demanda Andreas.

— C'est Gert qui a joué à l'interprète. Tu n'as qu'à lui demander ce qu'il en pense. Enfin, je me fais probablement des idées, conclut-elle en haussant les épaules.

Elle se sentait un peu stupide. Cette histoire ne mènerait à rien, mais au moins elle aurait gagné quelques dollars bienvenus dans la cagnotte de la famille.

— Montre-moi la carte, dit Andreas.

Elle fouilla de nouveau dans la poche de son cardigan et la lui tendit. Il la lut attentivement, passa un doigt sur la gravure.

— Alors, qu'est-ce que tu en penses ? demanda-t-elle, anxieuse.

Andreas se rappela les paroles de Gert Handler le jour du mariage de Lilli. Il reconnut que sa sœur se révélait aussi talentueuse qu'elle avait été courageuse, et il en concevait une grande fierté. Mais si cet Américain lui demandait l'exclusivité, c'est qu'elle ne devait surtout pas la lui accorder.

— Je pense que la Cinquième Avenue sera un endroit idéal pour vendre tes premières créations.

Et le sourire radieux qui illumina le visage fin de Hanna lui fit oublier quelques instants un autre sourire, celui de la femme qu'il aimait et dont il allait trahir le secret le plus personnel et le plus précieux.

Quelques jours plus tard, Andreas terminait de dessiner une coupe sur pied, décorée de douze côtes radiales et d'une lèvre évasée à bord replié. Il inclina la tête pour l'examiner d'un œil critique, puis froissa le papier dans un poing rageur et le jeta par terre, où il rejoignit une dizaine d'autres esquisses abandonnées.

Exaspéré, il passa les deux mains dans ses cheveux. Il n'y arriverait jamais ! Il n'était pas fait pour concevoir l'équilibre délicat d'une coupe, d'un verre ou d'un vase. C'était aux hommes de la halle et du travail à chaud d'étudier les proportions, puis de façonner une pièce. Seul dans son atelier, il connaissait les différentes techniques de gravure, celle en intaille où le travail en creux s'effectuait à l'aide de roues et d'abrasifs, celle en camée où le verrier meulait le pourtour du motif pour obtenir un relief, ou encore celle au diamant où l'on dessinait à l'aide d'une pointe de diamant ou de métal. Il découvrait qu'il était incapable de passer d'un univers à un autre.

— Joli gâchis, constata Gert en s'encadrant dans la porte, sa pipe éteinte coincée entre les lèvres. T'as un problème ?

— Dans l'ancienne Rome, ce n'était pas pour rien qu'on avait divisé les verriers en *vitrearii* et *dietretarii*, ironisa Andreas. Mais ce ne sera pas perdu pour tout le monde. Je suis très doué pour les cocottes en papier. Ma nièce sera ravie.

L'échec lui laissait un goût acide dans la bouche. Il se pencha pour ramasser ses brouillons.

— Tu sais bien qu'il y a toujours eu une sacrée différence entre le monde des souffleurs et celui des tailleurs et graveurs. Pourquoi tu t'obstines à faire quelque chose qui n'est pas dans tes cordes ?

— Parce que la verrerie de Bienendorf m'attend en début d'après-midi, que la composition est prête, mais qu'ils ignorent ce que je veux faire souffler. Et comme je l'ignore moi-même, je ne vois pas comment je vais m'en sortir.

— Qu'est-ce qu'elle a de si extraordinaire, ta composition ? Depuis que tu es en tractations avec eux, tu n'es plus le même.

D'un geste nerveux, Andreas saisit son manteau. Il savait que l'étrangeté de son comportement ne pouvait qu'interpeller un homme aussi astucieux que le vieux Handler.

— Viens, je t'invite à prendre une bière. J'étouffe ici.

Gert lui emboîta volontiers le pas et Andreas fit un effort pour ne pas marcher trop vite.

Alors que les deux hommes approchaient de l'auberge, Andreas songea que l'enseigne « À la Vérité » ne manquait pas de piquant. Jamais il ne pourrait raconter la vérité concernant la préparation du verre *chiaroscuro,* qu'il s'était appropriée en tombant par hasard sur le carnet des Grandi. Il voulait s'en servir pour créer une coupe qu'il présenterait à l'exposition prévue à Munich le mois suivant.

Au cours de l'été, il avait trouvé une verrerie au nord de Munich, connue pour sa fabrication de verre de couleur. Dès le XVIIe siècle, les Bavarois s'étaient montrés friands de tons bleu cobalt, violet manganèse ou jaune miel pour leurs flacons à liqueur. Or, le prestige de cette verrerie était surtout lié au verre rubis, dont la magnifique coloration intense était due à d'infimes fragments d'or. Le mérite de la trouvaille revenait au chimiste de Potsdam, Johann Kunckel, en 1679, mais son secret avait été trahi par ses ouvriers. Ainsi, la verrerie de Bienendorf avait réalisé de magnifiques flacons à côtes, gobelets, fioles à médicaments et autres objets de luxe, ornés de nervures, de gravures délicates et de montures d'or souvent ciselées par les orfèvres d'Augsbourg.

Lorsque Andreas avait discuté avec le propriétaire de la composition du verre *chiaroscuro,* une flamme d'excitation s'était allumée dans son regard. « C'est comme le verre à l'urane ! » Et il s'était lancé dans l'éloge d'un verre qui avait connu son apogée en Bohême vers 1840 et qui, selon la couleur qui éclairait l'objet, apparaissait jaune ou vert. « Mais en beaucoup plus subtil et beaucoup plus beau. »

L'homme s'était démené pour rassembler les différents composants et il l'attendait désormais pour faire souffler l'objet désiré, or Andreas avait l'impression d'être le cancre qui se présentait devant l'examinateur avec du coton dans la cervelle.

Il se souvenait vaguement du dessin du calice dans le carnet de Livia, mais il n'avait pas eu le temps de lire les annotations, trop fasciné par la composition chimique. Il se sentait frustré parce qu'il butait contre un obstacle qui risquait de faire échouer son plan, or, il était indispensable pour lui d'impressionner les organisateurs de l'exposition bavaroise, car celle-ci n'était qu'un premier pas. Il avait appris que la première manifestation internationale des arts du verre depuis la fin de la guerre devait se tenir bientôt à Paris, et il voulait absolument être accrédité comme exposant.

Ses succès passés ne suffiraient pas pour convaincre. Même s'il avait été ému quand Hanna lui avait remis la coupelle qu'il avait gravée avant son départ à la guerre, il ne pouvait pas s'empêcher de regretter le vase qui lui avait valu le prix d'excellence en 1937. Désormais, il fallait pourtant penser à l'avenir. Lors de son séjour à Montfaucon, il avait deviné les orientations de la prochaine décennie et se doutait que le verre uni et la pureté des formes allaient revenir au goût du jour. Pour sortir de l'impasse, il n'avait pas d'autre solution que de prouver par un coup d'éclat qu'il était un maître verrier incontournable, et pour cela il avait besoin de la formule des Grandi.

L'auberge était pleine à craquer. Il y régnait cette odeur chaude et réconfortante de bière, de tabac et de sueur d'hommes désœuvrés qui refaisaient le monde. Les voix claquaient et le dialecte aux consonances autrichiennes de la région de Gablonz réchauffa le cœur d'Andreas. Punaisée au mur dans un coin, une affiche réclamait qu'on leur rende leurs terres dans l'Isergebirge.

Ils s'assirent à la table des habitués, où les hommes déjà installés se serrèrent en les saluant d'un hochement de tête. Sans qu'ils eussent à le lui demander, l'aubergiste leur apporta deux bières.

— Les Tchèques peuvent dire ce qu'ils veulent, lança un petit homme malingre en poursuivant une conversation animée. Bientôt, on aura le droit d'accoler enfin le nom de « Neugablonz » à Kaufbeuren. Ça sonne rudement bien, non ? Nouveau Gablonz...

— Les Russes voudront jamais, grommela son voisin sur un ton amer. Ils ont trop besoin de garder le prestige de l'industrie pour eux.

— Détrompe-toi, mon vieux. Depuis que les communistes ont pris le pouvoir à Prague en février, les Américains voient tout ça d'un œil différent. C'est une autre guerre qui commence. Cette fois, y aura les Soviétiques d'un côté et le monde libre de l'autre. Il va bien falloir que les Ricains s'entendent avec nous puisqu'ils ont besoin de notre soutien.

Andreas écoutait la conversation d'une oreille distraite, perdu dans ses pensées. Il envisageait un retour à des lignes classiques et se demandait s'il se compliquait trop la vie. Un nouveau dessin s'esquissa dans son esprit.

— Il n'a pas tort, murmura Gert en hochant la tête. On a de la veine d'être avec les Américains. Quelquefois je pense à ce qui va se passer de l'autre côté de la frontière et ça me donne des frissons. Quand on est arrivés ici, on n'avait qu'une idée en tête, vivre à nouveau comme des êtres humains. Maintenant, faudra serrer les dents pour prouver qu'on est les meilleurs.

— Que ferait-on sans l'ambition ? se moqua Andreas.

— Parce que t'es pas ambitieux, toi ? Tu es comme nous tous. Il faut être un vaincu et un exilé pour comprendre la rage qu'on a dans les tripes.

Surpris par sa virulence, Andreas l'observa du coin de l'œil.

— T'es aussi en colère que moi, non ? lui demanda Gert d'un ton mordant.

Andreas poussa un soupir, en serrant et desserrant les poings pour y faire circuler le sang. Il avait parfois l'impression que, pour chaque obstacle qu'abattaient les Sudètes exilés, deux nouveaux se dressaient aussitôt sur leur route.

— Il y a quand même eu un certain Adolf Hitler qui est passé par là, déclara d'un air exaspéré un homme au visage en lame de couteau. Il ne faudrait tout de même pas croire qu'on va s'en tirer comme ça et qu'on va nous laisser faire ce qu'on veut. À Nuremberg, le crime contre l'humanité, c'est pour nous qu'on l'a inventé, vous croyez qu'on va jamais nous le pardonner ?

— Moi, je n'ai rien demandé à personne, bougonna son voisin. J'étais pas dans les SS ni dans les camps. J'ai fait ma guerre comme j'ai pu. J'ai un frère qui est mort à Stalingrad, l'autre en Normandie.

415

Si j'avais pas descendu le type d'en face, c'est lui qui aurait eu ma peau, c'est tout. J'ai pas de pardon à demander à qui que ce soit.

— Vous voyez, personne n'est coupable de rien ! reprit l'homme livide en se levant d'un bond. C'est formidable, non ? On a mené ces combats de manière parfaitement criminelle, on a violé les lois et les coutumes de la guerre, on a tué des millions de gens, des femmes et des enfants, des innocents qu'on a massacrés comme des bêtes dans des chambres à gaz, mais Monsieur a la conscience tranquille, Monsieur n'a rien fait de mal. Tu as la conscience tranquille, toi ? fit-il d'un air agressif en s'adressant à son voisin. Et toi ? Et toi ? Et toi ? lança-t-il à la cantonade, élevant la voix si fort qu'elle résonna entre les murs.

Un silence pesant tomba sur la salle.

Andreas observa avec attention les visages transformés en masques de pierre, les hommes minéralisés sur leurs chaises. Un tic nerveux agitait la paupière de Gert, qui enserrait sa chope de bière comme s'il pouvait s'y raccrocher.

Décomposé, des rides profondes creusant son visage, l'homme attendit encore quelques minutes, silencieuses et interminables. Puis, un sourire désabusé aux lèvres, il tourna les talons et claqua la porte d'entrée derrière lui. L'un après l'autre, les hommes s'ébrouèrent comme s'ils se réveillaient d'un long sommeil et les conversations reprirent à voix basse.

Andreas songea que la question avait été cruellement concise, aussi simple que terrible, précise et intraitable. Elle dépassait de loin une conversation entre voisins dans une auberge bavaroise. Il avait l'impression d'entendre son écho se répandre au-delà des murs, se glisser entre les arbres des forêts, balayer les collines et les montagnes, les lacs et les plaines, s'insinuer dans les villages et les villes, s'adresser à chaque Allemand, où qu'il se trouve, au coin d'une rue, au fond d'une église, dans le couloir d'un ministère ou celui d'une infirmerie, dans les usines et les cours de fermes, les gares et les cathédrales.

Et toi ?

Le tissu pourpre lui donnait des nuances incarnates. Livia prit le verre et le déposa sur un guéridon qu'elle avait recouvert d'une étoffe en velours émeraude. Peu à peu, la coupe à seize côtes verticales changea de carnation. Elle éteignit la lampe, laissant pénétrer la lumière du vestibule par la porte entrouverte. La forme mince et étirée de la jambe creuse, légèrement convexe, conférait une élégance aérienne à la pièce, qui continuait à distiller sa lumière miraculeuse dans la pénombre.

Elle s'assit dans le canapé, replia ses jambes et posa le menton sur ses genoux. Ce serait une coupe idéale pour des amateurs de champagne, songea-t-elle. Elle s'était montrée ferme avec Tino : il fallait concevoir des modèles qui puissent être utilisés dans la vie courante. Les mains dans les poches, la nuque épaisse, le maître verrier avait affiché une moue renfrognée. Selon lui, la beauté se suffisait à elle-même. Il n'aimait pas cette nouvelle mode qui voulait que tout soit fonctionnel, mais Livia ne s'était pas laissé démonter. Ils n'avaient plus les moyens de respirer l'air raréfié des artistes qui conçoivent pour la seule beauté absolue. « Il faut être réaliste, Tino », avait-elle insisté.

Une chaleur douce l'envahit peu à peu, dénouant les tensions nerveuses qui résonnaient dans son corps. D'une main, elle caressa le velours en soie rouge, rassérénée par la douceur du tissu qui lui rappelait son enfance. Sur un pan de mur se déployaient, telles des ailes de papillons, les éventails de la collection de sa mère. Le salon aux meubles patinés l'enserrait dans un cocon. Après les longues heures de travail, elle se sentait enfin apaisée et ne se lassait pas de contempler les œuvres posées devant elle. C'était à peine croyable, mais ils avaient réussi... Le Loup et elle.

Pour que Tino comprenne parfaitement ce qu'elle voulait, elle avait dessiné des croquis précis et ils en avaient longuement discuté avant de se lancer dans l'exécution. Il y avait eu plusieurs tentatives infructueuses, des erreurs de jugement dans l'équilibre de la pièce, des défauts parfois infimes, mais qu'ils ne pouvaient pas tolérer dans leur quête de la perfection et qui les avaient obligés à détruire les premières coupes, la peur au ventre, car ils ne possédaient qu'une quantité limitée de la composition et redoutaient d'en manquer. Le feu avait sa vie propre et ne manquait jamais de surprendre le verrier, l'obligeant sans cesse à s'adapter à ses humeurs capricieuses.

Elle avait corrigé les gestes de Tino en lançant des ordres d'une voix rauque, alors que la chaleur des fours chauffés à huit cents degrés lui brûlait le front et les joues. La sueur avait coulé le long de leurs visages, imprégné leurs vêtements et, dans leurs yeux, avait brillé l'éclat fiévreux des illuminés. Les épaules nouées, ils étaient restés concentrés, leur univers désormais ramené à cette halle ardente où ronflaient les fours. Parmi le feu, la lumière et l'alchimie des matières, ils étaient seuls au monde et ils étaient des dieux.

Ils avaient persévéré jusque tard dans la nuit, buvant de l'eau à grandes goulées, travaillant leur verre ductile qu'ils réchauffaient plusieurs fois en le transformant à leur gré, et ce ne fut que vers quatre heures du matin, en ces instants où la nuit retient son souffle, aussi profonde et silencieuse que les grands fonds marins, que ces maîtres verriers de Murano avaient enfin atteint la grâce.

Désormais, la jeune femme regardait avec émotion, presque gourmandise, deux calices sur pied et six verres à jambe oniriques.

— Tu serais fier de nous, *nonno*, murmura-t-elle.

Pendant le travail de l'équipe, elle avait pensé à son grand-père. Alvise Grandi resterait à jamais imprégné dans son esprit et dans ses gestes, car le maître lui avait tout appris, et pourtant, pour la première fois, elle avait osé s'affranchir de sa mémoire et obéir à son instinct et à son désir créateur.

Sans un murmure, les hommes de la *piazza* avaient gravité autour de Tino, maniant les cannes de soufflage, les ciseaux et les pinces avec des mouvements qui n'avaient pas varié depuis le Moyen Âge, œuvrant « à main volante », sans aucune intervention mécanique, et comme toujours à Murano, le moindre de leurs gestes avait rendu hommage à leurs ancêtres, ce qui lui conférait une dignité solennelle et quasi religieuse. Chacun avait eu conscience de la gravité du moment. Non seulement les hommes de chez Grandi tentaient de reproduire un mythe, mais de cette réussite dépendaient leur avenir et celui de leurs familles.

Une fois la création achevée, il avait fallu patienter douze heures, le temps que refroidissent les modèles déposés sur les plateaux de fer dans le four à recuire, étape indispensable pour épargner au verre fragile des écarts thermiques excessifs. Mais les uns et les autres avaient été si anxieux de découvrir le résultat définitif qu'ils n'étaient pas allés se coucher. Assis à la table dans la cuisine, le *garzone* s'était endormi, la tête posée sur ses bras croisés.

Au petit matin, le visage tiré, Tino avait arpenté la cour en fumant des cigarettes, aboyant des ordres à son fils pour qu'il lui apporte du café, tandis que Livia était sortie marcher le long des quais, le nez enfoncé dans une écharpe pour se protéger des vents d'automne qui montaient de la mer. Alors que seules les barques des pêcheurs fendaient la lagune immobile, elle avait regardé se distiller dans le ciel les clartés délicates de l'aube qui dévoilait des couleurs grises et bleutées, nacrées et éphémères.

Sa lettre destinée au comité d'organisation de l'exposition « Les Chevaliers du Verre », qui devait se tenir dans six mois à Paris, était prête. Elle n'avait plus qu'à la signer. Elle demandait une accréditation pour les Verreries Grandi de Murano afin qu'elles puissent exposer des objets fabriqués en verre *chiaroscuro*. En la rédigeant, assise au bureau de son grand-père, elle n'avait pu s'empêcher de sourire, savourant un sentiment de fierté.

Elle était certaine qu'on les accueillerait à bras ouverts. Sitôt l'exposition terminée, les commandes ne manqueraient pas d'affluer. La banque leur accorderait volontiers les crédits pour acheter les composants nécessaires. Elle s'imaginait déjà foulant la moquette épaisse des couloirs, les hommes en gris la saluant avec des mines respectueuses et non plus ces grimaces hautaines qui hantaient ses cauchemars. Tous les fours de la Maison du Phénix recommenceraient à crépiter, les verriers à gonfler leurs joues et à faire jouer leurs muscles parmi les gerbes d'étincelles.

Un bruit dans l'entrée la fit sursauter. Elle se dressa d'un bond, le cœur battant.

— Il y a quelqu'un ? appela-t-elle.

Aussitôt, elle dissimula les objets sous le tissu qu'elle avait utilisé pour les transporter de l'atelier jusqu'à la maison. Et si on essayait de les lui dérober ? Mais non, tu es idiote, se gronda-t-elle.

Elle s'approcha de la porte et risqua un coup d'œil dans le vestibule.

— Flavio, mon Dieu ! s'écria-t-elle.

Son frère était affalé sur le côté, près du mur, tel un pantin désarticulé. En tombant, il avait renversé le portemanteau. Elle se précipita vers lui, mais comprit aussitôt qu'il n'était pas blessé. Le visage blafard, il gardait les yeux fermés. Elle respira l'odeur tenace que dégageaient ses vêtements et son haleine. Un frémissement la parcourut de la tête aux pieds, à la fois de colère et de crainte.

Elle referma la porte d'entrée, se planta devant lui, les poings sur les hanches.

— Tu as encore bu ! l'accusa-t-elle.

Flavio ramena péniblement ses mains vers lui et se redressa en grognant. Il appuya sa nuque contre le mur, dévoilant son cou pâle. On aurait dit que son corps lui était devenu étranger. Sa jambe fragile resta étendue devant lui tel un morceau de bois mort.

Livia serra les dents, mais ne se baissa pas pour l'aider. Elle se demanda combien de fois Flavio était revenu dans cet état à la maison sans qu'elle s'en aperçoive. Dans l'île, tout le monde devait être au courant. Il avait l'air pitoyable avec sa chemise à moitié déboutonnée, imprégnée de taches suspectes, ses joues hâves et ses cheveux en bataille. Il lui faisait honte et peur, parce qu'elle était confrontée à quelque chose qui la dépassait et sur quoi elle n'avait aucune prise.

Il ouvrit enfin des yeux vitreux et humecta ses lèvres.

— Pardonne-moi si je t'ai réveillée, petite sœur. Je ne voulais pas faire de bruit, ironisa-t-il d'une voix pâteuse.

Livia ne savait pas que répondre. Elle avait envie de le secouer en hurlant qu'il n'avait pas le droit de se comporter comme un misérable, alors qu'elle se démenait pour sauver les Verreries, leur avenir et celui des gens qui leur faisaient confiance. Elle avait envie de lui faire mal, de le gifler si fort que ses doigts laisseraient une marque sur sa joue, de lui dire qu'il était lâche et égoïste, indigne de porter le nom des Grandi. Elle avait envie de se réfugier dans ses bras et de pleurer toutes les larmes de son corps parce qu'elle avait abandonné son fils, qu'elle se sentait écartelée entre deux mondes incompatibles, les Verreries et son mari, et que le souvenir intraitable d'un homme de Bohême la réveillait au milieu de la nuit.

Il leva une main dans un geste si las qu'il en était presque féminin.

— Laisse-moi… Il est l'heure d'aller se coucher.

Lentement, elle se baissa pour rassembler les capes et les manteaux éparpillés autour d'eux. Puis, envahie par une onde de fatigue, elle les lâcha et s'assit devant son frère, à même le sol.

Il manquait des ampoules au lustre suspendu au-dessus de leurs têtes et ses fleurs en pâte de verre polychromes dessinaient des ombres chinoises sur les murs où s'écaillait la peinture. Des taches d'humidité laissaient des marques sombres le long des plinthes.

Sur la console, les enveloppes s'amoncelaient ; le courrier n'avait pas été ouvert depuis des semaines.

Il poussa un soupir et ferma de nouveau les yeux.

— Je doute que ce soit un moment judicieux pour les grands discours, petite sœur. Je suis un peu fatigué...

Il papillonna avec des doigts fébriles autour de son cou comme s'il manquait d'air. Immobile, elle ne le quittait pas des yeux et son regard fixe semblait le mettre mal à l'aise.

— J'ai cru comprendre que Tino et toi étiez en train de ressusciter le *chiaroscuro*. Tout Murano ne bruit que de cela. Même Marco me regarde désormais de biais comme si je détenais un secret d'État, mais il n'ose pas poser de questions. J'espère que tout avance selon tes désirs.

Les paroles de Flavio transpercèrent le cœur de Livia telles des aiguilles pernicieuses. Elle resta silencieuse. Même si elle l'avait voulu, elle n'aurait pas pu parler. Dans sa tête, les mots lui échappaient, s'embrouillaient, s'enchevêtraient, semblables à des dizaines de billes d'agate qui seraient venues s'entrechoquer contre ses dents sans espoir de s'échapper. Elle avait l'impression que sa langue avait doublé de volume, qu'elle occupait tout l'espace de sa bouche et que si elle ouvrait les lèvres, il en sortirait des flots de bile et de sang.

— Tu ne parles pas ? C'est drôle, ça me rappelle quand tu étais petite. À la mort de papa et maman, tu étais restée silencieuse pendant des mois. Ça m'avait énervé à l'époque. Je ne savais pas si tu le faisais exprès pour nous embêter ou si le choc t'avait vraiment rendue muette. Les autres enfants avaient fini par se moquer de toi, tu t'en souviens ?

Bien sûr qu'elle se souvenait. Il n'y avait rien de plus cruel au monde que des enfants. Ils avaient cherché la moindre occasion pour la tourmenter. Son grand-père avait fini par la retirer de l'école.

— Un de mes copains de l'époque disait que tu étais folle. On s'est bien empoignés tous les deux. Il m'a laissé un coquard mémorable, mais je lui ai cassé deux dents, ajouta-t-il d'un air amusé. Tu ne le savais pas, hein ? Je ne t'ai rien dit, évidemment. Ni au *nonno*, d'ailleurs. Je ne voulais pas nuire à mon image de mauvais garçon insensible qui n'en a rien à secouer de sa pauvre petite sœur.

Il essuya ses lèvres avec l'arrière de la main. Il parlait d'une voix éraillée sans chercher ses mots, mais en s'accordant des pauses comme pour reprendre sa respiration.

— Je m'aperçois que tu as raison et que le silence est la meilleure des armes, mais je vois défiler plein de choses derrière ton joli front. Tu n'as jamais été douée pour cacher ce que tu pensais. Tu me prends pour un salaud, n'est-ce pas ? Un lâche aussi, probablement. Et je n'ai pas envie de te détromper... Tu as parfaitement raison, Livia, je suis un salaud et je suis un lâche.

Il éclata d'un rire grinçant qui résonna dans la maison.

— Alors, tu es contente maintenant ? fit-il d'un ton soudain plus agressif. À quoi ça t'avance d'avoir encore une fois raison ? Tu sais ce qu'il y a de plus agaçant chez toi ? Tu as toujours l'air de tout savoir mieux que les autres. Tu ne peux pas t'en empêcher. C'est dans ta nature. Et le pire, c'est que tu n'as peut-être pas tort. Il suffit de voir comme tu te démènes pour les Verreries. Moi, je n'aurais pas su quoi faire de ton fameux carnet rouge. Rien qu'à le regarder, il me donnait mal à la tête.

Une quinte de toux lui déchira les poumons. Il fouilla dans ses poches, dont il sortit un paquet de cigarettes écrasées et un briquet en argent. Livia songea que même dans cet état déplorable, son frère conservait une forme d'élégance.

— Je reconnais que c'est beau, un héritage comme le nôtre, mais il m'a toujours foutu les jetons. Les ateliers, les ancêtres, le talent de la famille, le *cristallo*... Ça me poursuit depuis que je suis gamin. Pour moi, ça a toujours été une prison, tu comprends ? Je n'ai pas ma place aux Verreries, je ne l'ai jamais eue. Il faut croire que ce n'est pas dans ma nature, à moi. C'est comique, non ? Je sais que je suis le fils de mon père, et pourtant, avec quelques verres dans le nez, il m'arrive de le regretter. Je me sentirais peut-être moins coupable si j'étais un bâtard.

Il voulut replier sa jambe blessée, mais n'y parvint pas. La cigarette collée au coin des lèvres, il dut s'aider de ses deux mains pour déplacer son genou. Un bref instant, la douleur aiguisa ses traits.

— Saloperie..., grommela-t-il. Mais je n'ai pas le droit de me plaindre, n'est-ce pas ? Au moins je suis revenu entier. Voilà ce qu'ils ne cessaient de me répéter, à l'hôpital, les crétins. Mais personne ne comprend qu'il n'y a pas que le corps qu'il a fallu ramener entier de cet enfer. Il y a ça aussi, ajouta-t-il en tapotant du doigt contre son crâne. Et ça, c'est une autre paire de manches, crois-moi, petite sœur.

Livia avait froid. Un courant d'air glissait sous la porte d'entrée et lui frôlait les reins. Après les longues heures passées dans la chaleur de la halle, la fatigue et l'inquiétude lui glaçaient le sang. Elle ramena un manteau autour de ses hanches, en drapa un autre autour de ses épaules.

— Il faisait un froid de gueux là-bas, tu n'aurais pas aimé, ironisa Flavio en l'observant se couvrir. À moins quarante degrés, on croit devenir fou. Tu as l'impression d'être enterré vivant dans une tombe. Le froid te paralyse, te mord de partout, comme une bête féroce. On ne peut plus prendre aucune décision, on ne pense plus qu'à ça. Une vraie obsession. On raconte que mourir de froid est l'une des morts les plus agréables, mais ce n'est pas vrai. La fameuse envie de dormir n'arrive qu'après les souffrances physiques. C'est ça qui est agréable, pas les engelures, le corps dévoré peu à peu, les crevasses dans les mains, les doigts de pieds qui pourrissent dans les chaussures. Tu parles qu'il nous a bien équipés, Mussolini ! Comparés aux Allemands, on était comme des gamins. On n'avait pas les chaussures qu'il fallait, ni les manteaux, ni les couvertures, ni les gants…

Il eut une grimace de dégoût.

— Et tu crois qu'ils nous auraient donné quelque chose, ces enfoirés ! Ils nous méprisaient. On se battait avec eux, mais ils ne partageaient rien, ni l'essence, ni la nourriture, ni les abris, ni les traîneaux, alors qu'on n'en finissait pas de reculer… Ils nous traitaient comme des bêtes. J'ai vu un type les supplier de le laisser se reposer sur l'un de leurs traîneaux ; ils lui ont pris tout l'argent qui lui restait avant de le larguer un kilomètre plus loin. Moi, ils ont voulu me prendre mon Beretta. Je leur ai craché à la gueule ! On les haïssait, mais on ne pouvait pas se passer d'eux. Ils étaient malgré tout notre seul espoir pour nous en sortir. Dans mon corps d'armée, on était trente mille soldats. On s'en est tirés à combien ?

Mille, deux mille ? Mais sans eux, on se serait tous fait prendre.

Son regard se perdit dans le vague. Ses yeux étaient immenses, d'un gris translucide, inerte.

— Tu sais ce qu'on bouffait à la fin ? Rien que de la neige, et on buvait l'eau des puits qu'on trouvait sur notre passage. On a eu tellement faim… Tellement faim… Personne ne pourra jamais comprendre… On était pourtant des chrétiens…

Il se mit à claquer des dents et son visage devint encore plus livide. D'un seul coup, il sembla si vulnérable que Livia se pencha en avant et tendit une main vers lui, mais elle eut peur de le toucher.

— J'ai résisté autant que j'ai pu… J'ai prié le Ciel et le Seigneur de m'épargner ça… Je connaissais les tortures que les bolcheviks réservaient aux officiers, alors je m'étais débarrassé de mon ceinturon et de mes galons. Tu sais que c'est passible de la cour martiale, ce genre de geste ? Heureusement, j'avais la capote à fourrure des soldats et pas celle des gradés. Il fallait surtout se fondre dans la masse. On ne pouvait pas se rendre aux Soviétiques. C'était trop risqué. Et puis, il y avait le vent qui coupait comme un rasoir… Ce satané vent…

Agité, Flavio sautait d'une pensée à l'autre sans suivre un fil conducteur. D'un geste rageur, il sortit une flasque de sa poche et la dévissa avant de la porter à ses lèvres. Quand il ouvrit grand la bouche, l'alcool coula dans sa gorge, si bien que Livia eut peur qu'il ne s'étouffe, mais sa main tremblait tellement qu'il en renversa une bonne partie sur son menton et sa chemise.

— J'ai été fait prisonnier. Ils nous ont fait marcher et marcher pendant des kilomètres. On n'avait rien à manger… Rien du tout… Mais il y avait ces cadavres, tous les jours. Un type a osé. On était fous de rage. Y en a même qui en sont venus aux mains. Faut être un monstre pour faire une chose aussi abominable, non ? Mieux vaut mourir… C'est tellement évident. Je le pensais moi aussi, bien sûr, rien que l'idée, ça me soulevait le cœur… Et puis un jour, j'ai pas pu résister… Je me suis dit qu'il était mort et qu'il ne m'en voudrait pas.

Soudain, un sanglot le lacéra et il se plia en deux, les bras autour du ventre.

— Pardonnez-moi, mon Dieu ! Pardonnez-moi !

Horrifiée, Livia porta les deux mains à sa bouche. Le vestibule de la maison se mit à tournoyer autour d'elle. Ce n'était pas possible. Elle avait mal compris. Les yeux écarquillés, saisie de terreur, elle se demanda si elle devenait folle.

Ce que racontait son frère était inconcevable. Inhumain. Bestial. Des images insensées couraient devant ses yeux. Elle n'arrivait pas à l'envisager, elle ne voulait pas l'envisager… Seigneur Dieu, ayez pitié ! Son frère changé en bête sauvage. Son frère réduit à l'état de charognard.

Flavio était ravagé, son regard exorbité. Son corps décharné était parcouru de frémissements et elle voyait sa poitrine palpiter sous sa chemise blanche. Elle eut une pensée fugitive et absurde pour un oiseau blessé qu'elle avait tenu petite fille dans ses mains. Elle avait senti le cœur battre à tout rompre entre ses doigts, comme s'il menaçait d'éclater. Ce jour-là, elle s'était étonnée que la vie puisse se résumer à ce pauvre battement effréné et qu'il suffise d'un simple geste pour le faire taire, de serrer un peu trop fort, par maladresse, par un dangereux goût du pouvoir, ou peut-être encore par un amour trop possessif, et il lui avait semblé que la vie était infiniment fragile.

Désormais, c'était son frère qui palpitait sous ses yeux et elle regardait les nausées lui soulever le torse, mais elle restait muette, le cœur au bord des lèvres, incapable de trouver les mots pour chercher à l'apaiser ou tenter de disperser les cauchemars qui hurlaient autour de lui.

Des bribes de souvenirs anciens affluèrent dans sa mémoire. Elle se revit avec son frère, tous deux enfants, innocents, allongés à plat ventre dans la barque au ras de l'eau, les yeux rivés sur les oiseaux des roselières, le soleil pesant d'une main ferme sur leur nuque. Les bains de mer au Lido et ces fins de journées d'été à la plage, chargées de langueur et de paresse, leurs peaux desséchées par le sel. Son frère debout à San Michele, fine silhouette rigide flottant dans un costume noir trop large prêté par un cousin pour les funérailles, le visage impassible, les lèvres serrées pour ne pas trembler. Et, le jour de son incorporation, la tendresse inattendue de son baiser dont elle croyait encore sentir le souffle sur sa joue.

Il se mit à grelotter, agité par des spasmes incontrôlés. Elle hésita quelques instants, puis, d'un mouvement maladroit, elle s'approcha de lui, l'enveloppa dans un manteau, puis dans un autre, recouvrit ses jambes, ses hanches, ses épaules avec des gestes nerveux. Le ventre noué, elle n'avait plus qu'une idée en tête : le protéger du froid, de la faim et de ces monstres qui rôdaient. Elle se pelotonna contre son corps fiévreux, lui caressa le front et les joues, sentant la sueur moite coller à ses mains.

Brusquement, il détourna le visage et vomit, et elle l'entoura de ses bras tandis que son corps régurgitait sans fin l'alcool et le désespoir, l'angoisse et les remords, l'horreur, le dégoût, la barbarie et toutes ses peurs et toutes ses hantises.

Livia ne le lâchait pas. Elle pleurait en silence, sans un bruit, la bouche ouverte, parce qu'elle portait l'absence de son fils telle une brûlure au fond du cœur, parce qu'elle se sentait indigne et se découvrait impuissante, que le désespoir est parfois si insondable et si terrible qu'il vous submerge et vous broie jusqu'à ce qu'il ne reste rien, rien que l'odeur du sang et de l'alcool et des vomissures, mais elle ne lâchait pas prise, elle retenait son frère au bord de l'abîme, elle serrait Flavio contre son corps et elle acceptait de descendre avec lui, elle l'accompagnait jusqu'au bout de sa nuit, de sa misère, de sa déchéance, et elle renversa la tête en arrière comme pour l'empêcher de basculer, parce qu'elle refusait de l'abandonner, elle refusait l'enfer et le néant et les ténèbres, elle refusait de renoncer, alors que Flavio pesait de tout son poids et que ses bras se tendaient sous l'effort, elle le tenait et elle ne le lâcherait pas, elle ne le lâcherait jamais, même si elle était condamnée à rester allongée par terre, sur le sol glacé du *terrazzo* de leur enfance, son frère dans les bras, jusqu'à la fin des temps.

François veillait son fils et un poids pesait dans sa poitrine. Assis en bras de chemise sur une chaise près du lit de l'enfant, les coudes sur les genoux, il surveillait le souffle irrégulier du petit garçon qui dormait sur le dos, un poing fermé posé près de son visage.

Carlo était fiévreux. Sous le bandage blanc, les cheveux humides collaient à son front et les longs cils foncés frémissaient sur ses joues. Ses mains étaient couvertes de pansements. Dieu soit loué, l'accident était arrivé en automne et il était alors vêtu d'un pantalon long et d'un chandail. Une grande partie de son corps avait donc été protégée, mais, en éclatant, le vitrail avait lacéré ses mains et une partie de son visage. Par miracle, il avait réussi à protéger ses yeux. Lorsque François se disait que des éclats auraient pu le rendre aveugle, il retenait un haut-le-cœur.

« Les cicatrices s'atténueront avec le temps parce que la peau de son visage va changer », avait déclaré le médecin qui avait cousu les minuscules points de suture sur le front et la joue droite. Carlo avait été endormi pour qu'il puisse travailler sans l'effrayer.

C'était Colette qui avait trouvé le petit dans l'atelier, allongé par terre et couvert de sang. Affolée, presque hystérique de terreur, la jeune fille avait couru chercher Élise sans perdre une seconde. Aussitôt, celle-ci avait pris son neveu dans les bras et elle s'était précipitée à l'hôpital, d'où elle avait appelé l'Atelier pour annoncer à François qu'il y avait eu un accident grave. En écoutant la voix blanche de sa sœur, François avait un instant cru au pire. Il n'oublierait jamais cette terreur qui l'avait transpercé à la pensée que son fils était mort. À l'hôpital, il avait trouvé Élise, sa robe tachée de sang et le visage blême, arpentant le couloir. Deux infirmières avaient passé plus d'une heure à retirer les échardes de verre avec des pinces. Carlo avait été hospitalisé pendant dix jours. C'était son premier soir de retour à la maison.

Dehors, des rafales de vent secouaient les arbres qui gémissaient dans la nuit. Les fenêtres craquaient tels des haubans en haute mer. François se leva pour replier la couverture. Il ne fallait pas que Carlo transpire trop. Il lui effleura le ventre, le torse, jugea le corps un peu chaud, mais pas de manière inquiétante.

Carlo laissa échapper un soupir. Ses lèvres remuèrent comme s'il voulait parler.

— Je suis là, mon chéri, n'aie pas peur, murmura François en reboutonnant le pyjama bleu.

Il avait déplacé la lampe pour qu'elle n'éclaire pas la chambre d'une lumière trop forte. Dans un coin de la pièce, le couvercle du coffre à jouets était resté ouvert. Le petit garçon avait semblé content de retrouver ses locomotives et ses marionnettes.

François s'installa dans le fauteuil qu'il avait apporté du salon et posa ses pieds sur un tabouret. Il appuya la nuque contre le dossier et ferma les yeux. Il était épuisé.

Il était seul dans la maison avec son fils, puisque Élise était partie chercher Vincent, rapatrié de Russie. Depuis l'accident de Carlo et l'annonce inattendue du retour de leur frère, le frère et la sœur n'avaient pratiquement pas fermé l'œil en dix jours. Il s'était inquiété de la pâleur anormale du visage d'Élise, avait insisté sur le fait qu'il n'était pas très sage pour elle de se rendre à Paris, mais elle n'avait rien voulu savoir. Elle avait bouclé sa petite valise en cuir, mis son chapeau et ses gants, et elle était partie prendre le train à la gare.

Et Livia… Pourquoi ne l'avait-il pas encore alertée ? N'était-elle pas la mère de Carlo, celle qui l'avait porté pendant neuf mois et qui l'avait mis au monde ? N'avait-elle pas le droit de savoir que son enfant avait été grièvement blessé ? Quelque chose en lui semblait s'être verrouillé.

Après que le médecin l'eut assuré que Carlo n'était pas en danger de mort et que les coupures pouvaient être soignées, même s'il devait lui rester des cicatrices au visage et sur les mains, François avait éprouvé une bouffée de colère, presque de haine, envers sa femme comme si elle avait été responsable du drame. Après tout, c'était à cause d'elle qu'il avait fait ouvrir l'atelier de son grand-père et qu'il avait commandé ces dangereuses feuilles de verre. Il n'avait pas pu s'empêcher de donner raison à Élise. Si sa femme avait été une mère digne de ce nom, dévouée à son fils et à sa famille, rien de tout cela ne serait arrivé. L'atelier serait resté fermé à double tour, entretenu comme depuis des années par sa sœur attentive, et son fils n'aurait pas failli mourir.

Mais non, la *signorina* Grandi n'avait pas pu se contenter d'être une épouse et une mère. Elle avait été malheureuse, insatisfaite, elle avait eu besoin d'autre chose et François ne pouvait pas s'empêcher de penser qu'elle avait fait preuve d'un égoïsme insupportable.

Que diable faisait Livia à Venise ? Voilà des mois qu'elle était partie. Oh, certes, elle n'était pas avare de cartes, de lettres ou de dessins avec de petits personnages farfelus et colorés pour amuser Carlo. Mais croyait-elle que tout cela pouvait remplacer sa présence auprès de sa famille ? Un enfant pouvait-il grandir alors que sa mère se résumait à une voix lointaine, le plus souvent déformée par des crépitements sur une ligne téléphonique incertaine ? Comment osait-elle rester éloignée aussi longtemps, sous prétexte qu'elle devait sauver les Verreries Grandi ? D'ailleurs, une excuse chassait l'autre. Désormais, elle prétendait que son frère était malade, que ce malheureux Flavio avait besoin d'elle et qu'elle ne pouvait pas le quitter en ce moment. Elle le suppliait de comprendre, promettait de revenir dès que possible, mais il refusait de l'entendre. C'était indigne.

Il appuya deux doigts contre ses tempes. La colère lui donnait mal à la tête, alors que la souffrance de son enfant avait failli le rendre fou. Dans la grande pièce aseptisée, il avait gardé les yeux rivés sur son petit garçon perdu à la dérive derrière les barreaux d'un lit d'hôpital. N'osant même pas lui prendre la main de peur de lui faire mal, il ne s'était jamais senti plus impuissant de sa vie.

Il se leva, s'approcha de la fenêtre et appuya le front contre la vitre fraîche. Il n'y avait pas que cela. Son fils avait besoin de sa mère, c'était une évidence, mais lui, mon Dieu, lui avait besoin de sa femme.

D'elle, tout lui manquait, ses humeurs capricieuses, son visage et ses lèvres, sa nuque dévoilée lorsqu'elle relevait ses cheveux, la sensation de sa peau sous les doigts, son ventre aux mystères sans cesse renouvelés, la plénitude de ses seins. Lorsqu'il pensait à elle, son corps s'éveillait, se tendait, grondait à lui faire mal. Il avait envie de respirer son parfum, de veiller sur ses sommeils pour se rassurer de sa présence, de tressaillir sous ses mains audacieuses, il avait besoin de la pénétrer et de la posséder, de la sentir s'épanouir pour mieux l'accueillir, de la ramener aux rivages de l'essentiel quand elle lui donnait la sensation de s'échapper, de trouver enfin la délivrance au plus profond de son ventre. Il avait besoin d'elle, tout simplement, avec un appétit charnel et viscéral, entier et absolu.

Il frissonna, il avait froid. Depuis le départ de Livia, il avait l'impression d'être enserré dans une chape de glace. Même pendant qu'il travaillait à l'Atelier, il avait parfois des absences. Les voix autour de lui s'atténuaient et il était aspiré dans un tunnel où il n'entendait ni ne voyait plus rien, coupé du monde. Un étau lui comprimait alors les poumons et il craignait de suffoquer. Quand il revenait à lui quelques secondes plus tard, il clignait des yeux, abasourdi, un film de sueur sur le front, et il se détournait pour ne pas affronter les regards étonnés et suspicieux des gens qui l'entouraient.

Il avait été lâchement abandonné. Livia s'était servie de lui, sans aucun scrupule, depuis cette première nuit à Venise, quand elle était venue le trouver dans sa chambre d'hôtel. Il s'était pourtant comporté en homme respectable. Il avait honoré ses engagements et il lui avait tout donné, mais elle ne lui accordait rien, aucune place dans son cœur, aucune émotion, aucun sentiment d'amour. Elle le laissait seul en plein désert.

Il se sentait trahi. À vingt-sept ans, il découvrait qu'on pouvait aimer sans être aimé en retour, et la révélation était douloureuse.

François s'apercevait qu'il n'avait jamais connu autre chose que l'amour dans sa vie. Il avait perdu sa mère très jeune, mais Élise l'avait protégé et choyé, l'entourant d'un cocon de tendresse et d'affection. Son père avait été un homme généreux et attachant. Il avait pensé que cette enfance heureuse lui donnerait la force de transmettre à une femme cet amour qu'il avait reçu en héritage, et il ne voyait pas comment il pouvait en être autrement. Pour lui, l'amour était quelque chose de pur et de simple, sans aspérités ni facettes coupantes ou irrégulières, une harmonie entre personnes de bonne compagnie. L'amour n'était pas sombre, ni complexe ou indélicat. Bien qu'il eût traversé des épreuves dramatiques pendant la guerre, il avait toujours été porté par une forme de paix intérieure, une certitude qu'il agissait pour le bien, et qu'il avait raison.

Livia Grandi avait fait voler sa vie en éclats et il avait l'impression d'être puni pour un crime dont il n'était pas coupable. L'injustice le révoltait, car il ne la comprenait pas. Il avait pensé avoir droit à cet amour pour l'avoir simplement désiré, et pour s'en être montré digne, et il découvrait seulement maintenant, au chevet de son fils souffrant qui était aussi le fils de la Vénitienne, qu'il allait devoir se battre pour quelque chose qu'il avait considéré jusqu'ici comme une évidence.

Lorsque Élise s'était présentée à la grille d'entrée du ministère, on avait vérifié ses papiers avant de la laisser monter dans les étages. Désormais, elle attendait, assise toute droite sur la chaise inconfortable, les genoux et les pieds serrés.

Elle songea que, à vrai dire, son attente durait depuis ce jour d'août 1942 où, dans l'Hôtel des Mines de Metz, le Gauleiter de la Marche occidentale, Josef Bürckel, avait proclamé le service militaire obligatoire et l'incorporation des jeunes Lorrains dans l'armée allemande. Depuis ce jour, elle portait cette attente chevillée au corps, compagne fidèle et attentive qui l'assaillait dès le réveil et ne la quittait à contrecœur que lorsqu'elle s'abandonnait au sommeil. Mais, en dépit des semaines, des mois et des années qui s'étaient écoulés, elle ne s'était jamais résignée au pire.

À la fin de la guerre, elle avait patienté à la mairie afin de remplir le questionnaire établi par le ministère des Prisonniers, Déportés et Réfugiés. « Nom, prénoms : Nagel, Vincent Auguste Marie, degré de parenté : frère. » Elle avait patienté au service du journal pour faire passer son annonce dans la rubrique « Recherches : qui peut donner des renseignements ? » avant d'inscrire de son écriture appliquée : « Vincent Nagel, né en 1918, se trouvait en Russie à Tambov, aurait été transporté à Kirsanov (hôpital). » Elle avait patienté dans les chambrées d'hôpital et les centres d'accueil, sur les quais de gare à Chalon-sur-Saône, à Valenciennes ou à Strasbourg, où les trains sanitaires s'arrêtaient en sifflant telles des bêtes éreintées.

Elle avait écouté les récits terrifiants des rescapés de Tambov, le camp des Français, son regard intraitable transperçant les bureaucrates qui cherchaient à éluder ses questions, de manière de plus en plus flagrante au fur et à mesure que l'euphorie de la

Libération s'effilochait pour céder la place à un quotidien difficile d'après-guerre, où l'on trouvait injuste d'avoir encore faim, de subir encore des restrictions, comme si la fin des hostilités aurait dû entraîner dans son sillon les récompenses matérielles d'une victoire méritée.

Ainsi, elle restait assise sur cette chaise, immobile. On pensait que le soldat rapatrié était Vincent, mais on n'en était pas encore certain. Il y avait eu des erreurs administratives lors du convoi, des papiers égarés à Kehl, où il avait été hospitalisé quelques semaines, et le numéro 67543 ne parlait pas, ce qui compliquait la tâche.

Un tressaillement parcourut Élise, comme ceux qui vous traversent alors que le corps s'est assoupi mais que l'esprit continue à tourbillonner. Elle avait toujours refusé de croire à la disparition de Vincent. Elle savait bien que son opiniâtreté était irréaliste, mais tant qu'on ne l'aurait pas assurée que son frère était bel et bien mort, elle continuerait à garder espoir. Il lui arrivait d'en vouloir à François lorsqu'il la regardait avec un air presque apitoyé. Croyait-il qu'il y avait des règles à suivre pour affronter une douleur ? Chacun devait trouver en lui-même les mécanismes pour la surmonter et elle ne supportait pas que les uns ou les autres veuillent lui faire admettre des volontés qui n'étaient pas les siennes.

Elle s'était parfois demandé pourquoi elle refusait d'envisager cette mort si probable et elle s'était aperçue que c'était tout simplement parce qu'elle avait peur. L'une de ces terreurs viscérales de l'enfance, semblable à un abysse, sans mesures ni repères, profonde et sombre, infinie. Elle n'aurait pas pu l'expliquer, de même que l'enfant n'explique pas le monstre tapi sous son lit ou derrière le rideau de la fenêtre. Il est là, et par toutes les fibres de son être, l'enfant le sait.

Désormais, dans le couloir sans âme de ces bureaux parisiens, elle sentait le poids des regards méfiants, lourds de reproches non formulés, comme si elle était indésirable. Décidément, on n'arrivait pas à leur faire confiance à ces « têtes carrées », ces Mosellans aux intonations trop rigoureuses pour être honnêtes, ces étranges soldats qui avaient servi sous l'uniforme *feldgrau*, ce qui était tout de même un comble, non ? Et comment savoir s'ils ne l'avaient pas voulu, après tout, s'ils ne s'étaient pas engagés dans la Légion des volontaires français, comme d'autres misérables traîtres à la patrie ? Et pourquoi se donnerait-on la peine de comprendre et de faire la différence ? On disait bien que, au début de la guerre, ils n'avaient pas été si mécontents que cela de revenir dans le giron de la Grande Allemagne. À moins qu'il ne s'agît des Alsaciens, parce que, après tout, c'était la même chose, non ?

On disait beaucoup de choses vagues et approximatives, aussi bien à l'Assemblée nationale que dans les colonnes des journaux, car nombreuse était la population de la France de l'intérieur qui méconnaissait l'histoire et parfois même la géographie de ces provinces singulières.

Sa broche en forme de croix de Lorraine épinglée au revers de sa veste noire ne la protégeait pas. Élise avait l'impression d'entendre bruire autour d'elle les reproches et les rancœurs. Elle se rappela les crachats et les huées qui avaient accueilli les premiers rapatriés en juin 1945 dans les rues de Chalon. Lorsqu'ils s'étaient avancés par rangées de quatre, elle avait scruté en vain les visages hâves de ces squelettes ambulants à la recherche des traits de son frère.

Désormais, elle continuait à les entendre, ces suspicions et ces interrogations muettes, mais elle restait parfaitement indifférente, la tête droite, le regard fixe. Elle était venue chercher son frère et elle ne quitterait pas cette capitale ingrate et prétentieuse sans l'emmener avec elle.

— Madame Nagel ?

Elle se leva.

— Oui, monsieur.

L'homme avait un physique massif, le cou ceinturé par un col de chemise qui lui taillaidait la peau. Sa cravate était de travers et il manquait deux boutons à son veston.

— Veuillez me suivre, s'il vous plaît.

Elle pénétra dans un bureau dominé par une table couverte de dossiers. Il y en avait partout, empilés contre le mur, derrière la porte, sur les étagères. Elle respira une odeur de tabac froid, remarqua la pipe dans le cendrier. Il lui fit signe de s'asseoir en face de lui et laissa tomber sa lourde carcasse sur une chaise fatiguée.

D'une main lasse, il saisit quelques feuilles posées devant lui.

— Je vous écoute, madame. Vous venez chercher votre frère, je crois. Nagel, Vincent, c'est cela ? Vous avez les formulaires nécessaires avec vous, je suppose ?

Elle ne répondit pas, contemplant en silence la carte de Russie accrochée sur un pan de mur. Des noms étaient cerclés de rouge : Reval, Krasnogorsk, Kiev, Pevoluki, Odessa… Des camps de prisonniers où étaient encore retenus des Français.

— Nous approchons de la fin de l'année, fit-il avec un soupir. Et je ne comptabilise que dix-neuf rapatriés avec votre frère, si vous l'identifiez. Je vous avoue que c'est parfois désespérant. L'année dernière, je n'en ai eu que soixante-quinze.

— Il paraît que les Soviétiques envoient certains prisonniers dans des camps de travail, dit Élise, tandis que son regard dérivait vers l'est de la carte et la Sibérie.

— Hélas, nous faisons ce que nous pouvons, mais c'est le combat du pot de terre contre le pot de fer. À l'heure où je vous parle, j'ai encore dans mes tablettes dix-huit mille hommes qui ne sont pas rentrés, mais il ne faut pas perdre espoir, n'est-ce pas ?

Il haussa les épaules. Élise songea qu'il parlait de ces soldats comme s'ils lui appartenaient. Elle se demanda ce qu'il avait fait pendant la guerre, s'il avait été prisonnier, déporté, collaborateur, citoyen passif, résistant… C'était une question que l'on ne pouvait pas s'empêcher de se poser dans cette conjoncture d'après-guerre. Sous ses airs de brute épaisse, elle décelait une forme de compassion qui l'intriguait.

— Les histoires qu'ils rapportent sont atroces, vous savez, dit-il en l'observant d'un air sombre. J'ignore dans quel état de santé se trouve votre frère, si c'est bien lui d'ailleurs, car je ne crois pas qu'il avait son livret militaire français sur lui. C'est à peine croyable, mais certains avaient réussi à le conserver, ce qui est bien pratique, je dois dire.

Il fouilla parmi ses papiers et Élise fixa la raie qui domestiquait ses cheveux tant bien que mal.

— Non, il ne l'avait pas, en effet. D'après cette note du médecin en chef, il ne parle pas. C'est l'un de ses camarades qui l'aurait identifié. Un petit miracle qu'il soit parvenu jusqu'à nous, conclut-il, une lueur dans le regard.

Elle serrait ses mains l'une dans l'autre. Les jointures de ses doigts avaient blanchi. Elle sentait son cœur battre si fort dans ses oreilles qu'elle craignait qu'il ne l'entende, lui aussi.

— J'ai toujours cru aux miracles, monsieur.

— Vous avez de la chance, madame. Pour ma part, cela fait longtemps que je n'y crois plus. J'espère que vous êtes préparée à ce que vous allez devoir affronter. La moyenne du poids des prisonniers est de quarante-deux kilos à leur retour. Ils souffrent de dystrophie alimentaire, de dysenterie, parfois de tuberculose. Chez les survivants, les médecins relèvent des troubles neurovégétatifs dans quatre-vingts pour cent des cas...

Élise leva la main pour le faire taire, agacée par son ton monocorde de statisticien.

— Merci, monsieur. Je n'ai pas besoin d'un catalogue des souffrances physiques qu'a dû endurer mon frère. Je sais que les prisonniers à Tambov ont été affamés et entassés dans des baraques humides à moitié enterrées sous terre. Ils ont vécu en haillons alors que certains étaient condamnés à des travaux forcés. J'ai vu les loques humaines qui sont arrivées à Chalon. Je les ai même soignées en tant qu'infirmière volontaire. Mais je peux vous dire, monsieur, que leur plus grande souffrance, celle que personne dans ce pays ne veut admettre ni reconnaître, c'est d'avoir été condamnés à se battre sous un drapeau qui n'était pas le leur pour éviter à leurs parents la déportation dans un camp de concentration. Il n'y a rien de plus abominable que d'être forcé à porter un uniforme qui n'est pas celui de votre patrie, de votre cœur et de vos tripes.

Élise s'était penchée en avant, emportée par une virulence qui la faisait tressaillir de la tête aux pieds.

Les sourcils en bataille, le fonctionnaire la contemplait d'un air surpris.

Que pouvait-il comprendre, le malheureux ? Il essayait sûrement de faire de son mieux, mais d'un seul coup, elle en avait assez de tous ces bureaucrates tatillons, de ces hommes politiques, de ces gens qui parlaient pour ne rien dire, campés sur leurs certitudes. Elle ne voulait plus de formulaires à remplir ni de paperasseries, d'excuses ou de faux-fuyants. Elle voulait son frère, celui qu'elle avait tenu dans ses bras alors que la fièvre menaçait de l'emporter, le petit garçon rieur, l'adolescent timide et rêveur, le jeune homme intègre qu'il était devenu juste à temps pour partir au front, comme si la guerre n'avait attendu que ce moment-là pour l'arracher à la vie et le jeter dans les steppes d'une Russie mise à feu et à sang.

Elle redressa les épaules.

— Il est temps pour moi d'aller vérifier l'identité de ce soldat, monsieur, alors vous allez examiner les papiers que je vous ai apportés, vous allez signer et tamponner autant que vous voudrez, puis vous allez me libérer. S'il s'agit bien de mon frère Vincent, je le ramènerai à la maison. Pour nous, il est l'heure désormais. Il me semble que lui et moi, nous avons suffisamment patienté, vous ne trouvez pas ?

L'infirmière la précédait dans un couloir interminable et Élise ne sentait plus ses jambes. Ses yeux la brûlaient. Elle avait l'impression que des grains de sable s'étaient incrustés sous ses paupières et elle respirait cette odeur de désinfectant, un peu acide, qui collait telle une seconde peau aux murs des hôpitaux.

Les portes des chambres étaient ouvertes. Elle apercevait une partie des lits, des tableaux à graphiques accrochés à leurs barreaux, et toute cette souffrance, presque palpable, la prenait à la gorge. Elle jeta un coup d'œil par la fenêtre vers les arbres aux branches dénudées pour s'assurer que le monde continuait à tourner à l'extérieur.

Elle était persuadée que c'était bien Vincent vers qui elle marchait, et pourtant, au lieu d'éprouver de la joie, elle ne ressentait qu'une crainte pernicieuse. La reconnaîtrait-il ? Serait-il heureux de la revoir ? Elle essayait de prier, mais, pour la première fois de sa vie, ses prières ne trouvaient plus de point d'ancrage. Les chapelets de mots égrenés ne ressemblaient plus qu'à des coquilles vides. Jusqu'à aujourd'hui, sa foi avait été l'armature de sa vie, or, d'un seul coup, au moment où elle en avait le plus besoin, ce pilier se dérobait sous elle, ne laissant que des poussières.

Que restait-il de Vincent après des années d'emprisonnement dans un camp soviétique et un retour douloureux en chemin de fer qui l'avait conduit à Orel, Briansk, Varsovie, Francfort-sur-l'Oder ? Un retour difficile qu'évoquaient à mi-voix certains des survivants lors des réunions de l'association des « malgré-nous ». Ses camarades n'aimaient pas en parler. Puisqu'ils n'avaient droit qu'à des injures, ils préféraient se murer dans le silence. Après tout, n'avaient-ils pas combattu avec les Boches ? leur lançait-on avec mépris. La plupart d'entre eux n'avaient ni la force ni le désir de se justifier. On ne leur avait accordé leur carte de combattant que depuis quelques mois. Comme leurs pères avant eux, mobilisés dans l'armée allemande lors de la Grande Guerre, ils avaient le sentiment que leur souffrance n'avait pas la même valeur que celle des autres, et Élise redoutait pour son frère ce désarroi féroce et cette cruelle solitude.

Ainsi, elle marchait derrière l'infirmière, son corps maigre et rigide enserré dans le manteau noir, les lèvres blêmes, portée par la détermination farouche de soustraire son jeune frère aux regards haineux de ces vautours qui ne comprendraient jamais, et de le ramener à l'abri des murs protecteurs de leur maison natale, où il pourrait reprendre des forces et apprendre à guérir.

Et pourtant... Un léger vertige la fit vaciller et elle esquissa un pas de côté. Pour la première fois de sa vie, Élise découvrait le doute, et le doute la rendait fragile. Hantée par les regards vides des rescapés de Tambov, par une mort que beaucoup finissaient par choisir à défaut d'alternative, elle se demandait si, en dépit de tout son amour et de tous ses efforts, Vincent aurait encore envie de revenir à la vie et si elle aurait le droit de le lui imposer.

Paris, avril 1949

Hanna sortit de l'hôtel particulier avenue Montaigne et s'arrêta un instant. Il faisait un temps radieux et un ciel bleu tendre moucheté de nuages blancs dansait au-dessus des toits. Quelque chose de magique se déga-geait de cette ville parcourue par une brise printanière, avec les pousses vertes qui éclairaient les marronniers, les Klaxon joyeux des voitures, la foule qui se pressait sur les trottoirs avant le déjeuner. Un frisson d'excita-tion la parcourut de la tête aux pieds. Elle avait envie de tendre les bras pour embrasser le ciel. Je suis vivante ! se retenait-elle de crier.

Elle avait quitté une Allemagne en ruine, où il lui semblait que les gravats exhalaient encore des relents de cendres et de misère, et découvrait cette capitale vibrante et capiteuse, riche de tous les possibles. La veille, Andreas l'avait emmenée écouter de la musi-que dans des caves enfumées où se trémoussaient des jeunes gens insouciants. Perchée sur un tabouret de bar, un peu fébrile, elle avait été impressionnée par l'arrogance des voix qui parlaient haut et fort, elle qui venait d'un pays où l'on ne faisait plus que chuchoter.

Elle sentait battre le pouls des larges artères de cette ville préservée des bombardements et elle ne se lassait pas de parcourir les allées des grands magasins, de caresser les étoffes des robes et de respirer les parfums dans leurs flacons de cristal. La moindre vitrine la fascinait. Elle dévorait les femmes des yeux, détaillant les petits feutres garnis de rubans posés sur leurs cheveux permanentés, les lèvres rouges, les épaules droites et les corsages cintrés. Perchées sur leurs escarpins en cuir qui claquaient sur les trottoirs, affichant un maintien irréprochable, les élégantes des beaux quartiers dominaient le monde.

Andreas avait choisi un hôtel modeste non loin de la gare de l'Est. La petite rue tranquille débouchait sur un square planté de marronniers qui résonnait de cris d'enfants venus s'amuser dans un bac à sable. Dans le magasin de jouets au coin de la rue, elle avait acheté une belle poupée pour Inge. Le matin, le frère et la sœur descendaient prendre leur petit déjeuner sur le zinc, amusés de se donner l'air de vrais Parisiens en commandant une tartine de pain croustillant et un café noir infiniment meilleur que celui qu'ils obtenaient en Bavière. Elle y avait trouvé un côté provincial qui ne l'avait pas trop dépaysée.

Mais, lorsqu'elle s'était aventurée la première fois parmi les avenues cossues qui bordaient les Champs-Élysées, elle s'était sentie honteuse. Ses grossières chaussures à brides ressemblaient à des sabots de paysans et sa robe bleu marine aux manches de revers en piqué blanc, qu'elle avait soigneusement cousue avec l'aide de Lilli pour le voyage, était affreusement démodée. Elle avait eu l'impression que les passantes la jugeaient, se moquant du tissu de mauvaise qualité, de la coupe ajustée et de l'ourlet qui lui arrivait au genou.

Christian Dior avait lancé la mode des jupes amples, mais les Allemandes ne pouvaient pas se permettre une débauche de tissu. « Dix-sept mètres de tissu pour une seule robe, tu te rends compte ! » s'était exclamée Lilli en décryptant les chroniques consacrées à la mode dans le journal.

À son arrivée à l'angle de l'avenue Montaigne et de la rue François-Ier, Hanna avait dû se faire violence pour affronter le portier en gants blancs qui montait la garde devant les double portes et oser pénétrer dans l'univers gris perle de la boutique.

Elle était venue admirer les faux bijoux, les rangées de perles, les broches et les colliers, en quête de nouvelles idées pour ses propres ouvrages. Depuis quelques mois, elle s'étonnait de son engouement. Les idées se bousculaient dans sa tête, si bien qu'elle avait du mal à les trier. Maintenant que la petite Inge passait ses journées au jardin d'enfants, elle se consacrait corps et âme à son travail et ne s'arrêtait que pour retrouver sa fille.

Le célèbre Christian Dior accordait une grande importance aux accessoires et elle savait que la prestigieuse Maison Dior s'intéressait à la production de Kaufbeuren-Hart. Elle se demandait si la femme allemande apprendrait un jour à apprécier les faux bijoux comme une création à part entière, alors qu'elle avait plutôt tendance à leur préférer les imitations de pierres précieuses qu'elle n'avait pas les moyens de s'offrir.

Elle jeta un coup d'œil à sa montre. Mon Dieu, Andreas devait déjà l'attendre depuis un quart d'heure ! Elle s'élança d'un pas léger en direction du bistrot où il lui avait donné rendez-vous.

Quelques tables avaient été installées en terrasse, mais la clientèle était encore frileuse. Un peu intimidée, elle pénétra dans le restaurant et le reconnut aussitôt, assis de dos. Absorbé dans ses pensées, il ne l'entendit pas approcher et continua à griffonner sur un catalogue. Intriguée, elle regarda par-dessus son épaule.

Comme tous les graveurs et tailleurs, Andreas avait toujours eu un œil précis pour le dessin. Ainsi, le visage de l'inconnue était croqué dans les moindres détails. Elle ne s'étonna pas de la trouver belle. Il avait coché un nom qu'elle n'eut pas le temps de déchiffrer.

— Ah, te voilà ! s'exclama-t-il en se levant pour qu'elle puisse se faufiler entre les petites tables et s'asseoir sur la banquette en face de lui.

Elle fut soulagée de voir qu'ils n'avaient pas de voisins. Elle redoutait les regards furtifs et souvent peu conciliants qu'on leur lançait en les entendant parler allemand.

— Alors, bonne journée ?

— Excellente ! Plus je découvre cette ville, plus j'ai des idées. C'est tellement plus inspirant que chez nous ! Autant que je te prévienne, tu vas avoir du mal à me faire rentrer à la maison.

— Deux plats du jour, s'il vous plaît, commanda-t-il au garçon en long tablier blanc qui s'était approché d'eux.

Elle se pencha légèrement en avant.

— Tu es sûr que ce n'est pas trop cher pour nous, ici ? demanda-t-elle à mi-voix.

Il secoua la tête avec un sourire énigmatique et continua à la détailler en silence.

— Qu'est-ce qu'il y a encore, Andreas ? fit-elle, un peu inquiète.

— Rien. Je ne me lasse pas de te voir avec les joues roses et cette étincelle dans le regard. Tu as rajeuni de dix ans, petite sœur.

Elle éclata de rire en dépliant la serviette blanche qu'elle posa sur ses genoux.

— Si c'était le cas, il ne me resterait plus qu'à porter des nattes et un uniforme de collégienne, mais je te remercie tout de même pour le compliment. Et toi, comment s'est passée la matinée à l'exposition ? Est-ce que tout est en place pour ce soir ?

D'un seul coup, son visage se crispa et une ombre voila son regard. Il haussa les épaules.

— J'ai apporté la coupe. Ça a l'air pas mal. Il y a des palmiers et des plantes vertes partout. Les emplacements seront probablement assez beaux. C'est facile pour eux, ils ne manquent pas de grand-chose.

Avec une moue dédaigneuse, il détourna le regard.

La bonne humeur de Hanna s'évanouit et son estomac se noua. Depuis leur arrivée à Paris, Andreas lui semblait nerveux, alors qu'il aurait dû être enchanté. N'allait-il pas participer à l'une des plus importantes manifestations internationales de l'après-guerre consacrées au verre ? Après examen, le comité d'organisation des « Chevaliers du Verre » avait accepté qu'il présente la coupe façonnée quelques mois auparavant et les Cristalleries de Montfaucon lui avaient écrit pour lui annoncer que les vases gravés lors de son passage chez eux constituaient le clou de leur présentation. Il serait présent sous deux étiquettes. On ne pouvait rêver meilleure renaissance, mais son frère ne semblait en tirer aucune fierté. Était-ce de la timidité, une crainte de décevoir le public ?

Elle connaissait l'importance de l'enjeu. Ces expositions étaient indispensables pour les hommes du métier qui y présentaient leurs créations, développaient leurs réseaux de relations et obtenaient ainsi de nouveaux clients. On attendait des exposants venus d'Amérique, de Suède, d'Italie et de Belgique. Au pavillon de Marsan, dans l'enceinte prestigieuse du palais du Louvre, la France occuperait une place de choix avec des cristalleries aussi renommées que Baccarat, Daum ou Saint-Louis.

La Bavière avait obtenu le droit exceptionnel d'être représentée, alors que l'Allemagne attendait la loi fondamentale qui allait entériner le mois prochain la création d'un nouvel État allemand composé des trois zones occidentales. À Kaufbeuren-Hart, on avait même reçu la première licence d'exportation. Les uns et les autres reprenaient espoir. Dans les ateliers, on entendait à nouveau le claquement des machines, le crissement des meules, l'effervescence d'hommes et de femmes qui voulaient croire en leur avenir. La détermination des exilés de Gablonz, un temps assombrie par les conséquences de la réforme moné-taire, renaissait comme le printemps.

Les sourcils froncés, Hanna trouvait que son frère avait tout pour se réjouir. Non seulement il représen-tait Neugablonz, cette petite ville qu'ils sortaient de terre, alors qu'ils étaient arrivés les mains vides dans ce qui devenait peu à peu leur nouvelle patrie, mais l'on exposait aussi ses propres œuvres, dont elle ne doutait pas de la qualité, même s'il refusait de lui en parler du fait d'une pudeur qu'elle jugeait excessive. Sa mauvaise humeur ressemblait un peu trop à celle d'un enfant gâté.

— Je trouve que la vie est plutôt belle en ce moment, avoua-t-elle, surprise par l'intensité de l'émo-tion qui lui faisait monter des larmes aux yeux. Et je ne comprends pas pourquoi tu fais la tête.

— Je suis sincèrement content pour toi, Hanna, mais on n'est pas heureux sur commande, répliqua-t-il d'un ton cassant. Je suis ravi que tu aies pu m'accompagner pour ce voyage et j'avoue que ton Hammerstein est rudement efficace, mais pardonne-moi si je n'ai pas envie de jouer au joyeux drille en ce moment.

Hanna sursauta comme s'il l'avait giflée. D'où venait cette attaque en règle ? Jim Hammerstein, en effet, lui avait écrit une lettre de New York sur un épais papier gravé à l'en-tête de son magasin, dans laquelle il lui passait une commande de trente broches.

Quand elle avait ouvert l'enveloppe bardée de timbres et de tampons, elle n'avait pas pu empêcher ses doigts de trembler. Lorsque le souvenir du militaire américain lui traversait l'esprit, elle hochait la tête en se moquant d'elle-même. Comment accorder le moindre crédit aux paroles d'un homme qui devait s'enthousiasmer chaque jour pour toutes sortes de babioles, avec cette faculté désarmante des Américains qui ressemblaient parfois à de grands enfants ? Et pourtant, il y avait quelque chose chez lui qui l'amenait de temps à autre à interrompre ce qu'elle était en train de faire et à rester immobile, les yeux dans le vague.

Dans sa lettre que lui avait traduite le vieux Gert, il disait attendre la régularisation de différents formulaires nécessaires à l'exportation tout en lui demandant de commencer déjà à travailler. Pour l'aider, il avançait des fonds dans le cadre des plans d'aide à la reconstruction de l'Allemagne. C'était grâce à cela qu'elle avait pu payer son billet de train pour accompagner son frère. Il évoquait aussi la possibilité qu'elle apporte elle-même ses créations à New York au cours de l'année suivante. Les frais de déplacement seraient pris en charge par son département financier. Lorsque Gert l'avait regardée d'un air taquin, son cœur s'était mis à battre un peu plus vite. Elle avait soigneusement replié la lettre et l'avait rangée dans la boîte glissée sous son lit. New York… Elle n'osait y croire. Qui aurait jamais rêvé d'une chose pareille ?

Un peu troublée, elle se demanda si Andreas n'était pas tout simplement jaloux.

Quand le garçon posa devant elle une assiette avec une tranche de viande et des pommes de terre sautées, elle se dit qu'elle serait incapable d'en avaler une bouchée.

Andreas, lui, n'avait pas ce genre de scrupules. Il mangea, l'air renfrogné, enfournant les bouchées comme un automate. D'un seul coup, les murs de ce bistrot où il s'était fait une fête d'inviter sa sœur à déjeuner, calculant au plus près le prix du repas, se refermaient autour de lui et il avait l'impression d'être pris au piège. Il s'en voulait d'avoir été aussi tranchant avec Hanna, mais elle ne pouvait pas comprendre et il était incapable de lui expliquer.

Dès son arrivée à Paris, il s'était rendu au bureau d'organisation pour consulter la liste des exposants. D'un regard fiévreux, il avait parcouru les feuilles tapées à la machine, à la recherche d'un nom qu'il n'avait pas manqué de trouver. Italie, Murano : Verreries Grandi. Bien sûr, comment avait-il pu en douter une seconde ? Elle serait présente, c'était une évidence, il le sentait dans ses tripes. Elle serait là, devant lui, ce soir.

Il secoua la tête pour chasser l'angoisse ridicule qui le prenait à la gorge. Il n'avait pas l'habitude de cette nervosité au goût acide. Comment réagirait-il devant Livia ? Que lui dirait-elle ? Mais surtout, que penserait-elle en voyant la coupe en *chiaroscuro* ?

— C'est elle, n'est-ce pas ?

— De quoi veux-tu parler ?

Du menton, Hanna indiqua le catalogue qu'il avait posé sur la chaise à côté de lui.

— Tu dessinais une femme quand je suis arrivée. C'est toujours facile de parler des choses sans importance. Les seules qui comptent, on les garde pour soi, et tu ne parles jamais d'elle.

Il lui jeta un regard sombre. Il n'aimait pas quand elle prenait cet air grave, presque sentencieux et par trop perspicace. D'une lampée, il vida son verre de vin.

— Tu es une femme dangereuse, dit-il d'une voix blanche.

— Comme elle ?

Le sourire de Hanna se voulait léger, mais il n'était que fragile.

— Bien davantage, parce que, toi, tu veux sauver le monde.

— Tu te trompes, je me fiche du monde. C'est toi qui m'importes, je voudrais seulement t'aider, Andreas, parce que je t'aime.

Troublé, il détourna la tête. Qu'est-ce que sa sœur faisait de la pudeur ? On ne pouvait pas lancer de manière aussi abrupte des réflexions aussi personnelles. Comment répondre à une déclaration aussi désespérément intime ? aussi délicate ? Il lui en voulut d'une sollicitude qui lui donnait le sentiment d'être lâche.

— Je n'ai pas besoin de ton aide, je ne suis pas un enfant de cinq ans.

Il remarqua qu'il lui avait fait de la peine et il se sentit odieux.

— Pardonne-moi, dit-il en lâchant son couvert, mais je ne suis pas d'une compagnie très agréable aujourd'hui. Ne t'inquiète pas. Ce n'est rien de grave. Probablement les nerfs à cause de ce soir. Tiens, voilà l'argent pour payer l'addition, ajouta-t-il en tirant quelques billets de sa poche. Je te retrouverai plus tard à l'hôtel, d'accord ? Tu sauras te débrouiller, n'est-ce pas ? Tu te débrouilles toujours très bien…

Il repoussa la chaise qui racla le sol, manqua renverser le garçon qui passait derrière lui avec des assiettes et s'enfuit du bistrot.

Par la vitre, Hanna le regarda s'élancer sur la chaussée en courant. Une voiture qui remontait la rue pila net en klaxonnant ; il l'esquiva avec un mouvement d'équilibriste. Le cœur battant, elle se demanda si son frère avait brusquement perdu la tête ; elle ne l'avait jamais vu dans un état pareil.

Gênée par les drôles de regards que lui lançaient les autres clients, elle baissa les yeux pour prendre le catalogue qu'il avait oublié sur la chaise. Les paumes de ses mains étaient moites. Qu'allait-elle faire, toute seule dans ce bistrot parisien ? Elle n'était pas à sa place, elle s'y sentait comme une intruse. On allait sûrement la chasser, lui faire des réflexions désagréables.

La nuque raide, la peur au ventre, elle en voulut à Andreas de la mettre dans une situation impossible.

Le garçon s'approcha d'elle, la serviette blanche sur le bras.

— Tout va bien, mademoiselle ?

Il l'observait d'un air attentionné, le buste incliné vers elle.

New York, pensa-t-elle pour se donner du courage. On veut de moi à New York... Alors, comme si une rafale de vent balayait soudain son cœur et sa vie, Hanna Wolf redressa les épaules, leva son visage vers le jeune homme soucieux et lui sourit.

— Oui, merci, tout va très bien, répondit-elle dans ce français précis qu'elle avait appris autrefois dans l'Isergebirge, il y avait si longtemps, il y avait un siècle, sur les bancs de l'école du village de Wahrstein, sous le ciel limpide de son enfance, parmi les collines et les forêts de Bohême.

Livia se regarda d'un œil critique dans le miroir et se pinça les joues pour leur donner un peu de couleur. Ses yeux clairs lui dévoraient le visage, des cernes bleutés soulignaient son teint pâle. Avec des doigts fébriles, elle s'attaqua à ses cheveux indomptables. Il va penser que j'ai l'air d'une folle ! songea-t-elle.

Elle eut un geste maladroit et renversa le poudrier, qui explosa sur le carrelage de la salle de bains, lâchant un nuage de poudre.

— Et merde ! s'exclama-t-elle.

Si le sort s'acharnait contre elle, jamais elle ne serait à l'heure. Elle essaya en vain de nettoyer le sol, se releva et appliqua sur ses lèvres un rouge qu'elle voulait séduisant et qui avait tout d'une arme.

Dans la chambre, elle s'assit sur le bord du lit et arqua le pied pour dérouler ses bas en nylon. Un rire nerveux s'étrangla dans sa gorge. Elle qui avait passé des mois à Murano à endosser la première chose qui lui tombait sous la main pour se rendre à l'atelier avait l'impression de revêtir une armure du Moyen Âge.

Elle enfila la robe en rayonne gris clair. Le corsage cintré soulignait sa poitrine et sa taille ; sur une première jupe étroite qui lui arrivait à mi-mollet s'enroulait une

457

jupe portefeuille à drapé. Elle l'avait choisie avec soin, voulant être aussi chic qu'une Parisienne, mais éviter toute prétention. La couturière du Dorsoduro avait levé les yeux au ciel quand sa cliente avait fait des manières. Les femmes de la Sérénissime n'aimaient rien de mieux que les couleurs vibrantes, les soies et les brocarts, et considéraient toute austérité comme une insulte à la féminité.

Les boucles d'oreilles s'étaient cachées au fond d'un tiroir de la table de chevet et ses doigts glissèrent sur le fermoir du collier de perles. Elle dut fermer les yeux pour y arriver. Enfin, elle sortit du placard les escarpins à talons hauts qui l'obligèrent à cambrer les reins.

Quand elle se contempla une dernière fois dans le miroir, elle eut l'impression de voir une petite fille qui jouait à la grande dame. Elle avait les jambes tremblantes et la gorge sèche, mais il n'y avait pas de recette miracle pour une épouse sur le point de retrouver un mari qu'elle n'avait pas vu depuis dix mois.

Livia baissa les yeux et inspira profondément. J'ai peur, pensa-t-elle, puis elle releva la tête, fit une grimace au miroir et empoigna son sac avant de claquer la porte de la chambre d'hôtel derrière elle.

François vérifia une dernière fois qu'il ne manquait rien sur l'emplacement de l'Atelier Nagel. Il était heureux de l'accueil que l'exposition réservait au monde du vitrail, qui connaissait un renouveau depuis que des artistes aussi renommés que Fernand Léger ou Georges Braque s'intéressaient à l'art sacré. Non loin de là, Max Ingrand présentait un remarquable détail de vitrail très coloré au style figuratif vigoureux.

Il avait eu des sueurs froides, car le vitrail de l'Atelier avait été terminé à Metz avec du retard et les ouvriers l'avaient monté en un temps record dans la journée. Il recula de quelques mètres afin de vérifier la position délicate de l'éclairage, qui se rapprochait autant que possible de la lumière naturelle, puis fit un signe de satisfaction à son chef d'atelier.

Sur sa droite, une verrerie présentait un vitrail en dalle de verre. Bien qu'on utilisât aussi cette technique dans son atelier, François ne pouvait s'empêcher de trouver le dessin approximatif et les joints épais. C'est de la mosaïque, pensa-t-il en s'éloignant.

D'un œil distrait, il admira la grande table en cristal qu'exposait la Maison Lalique avec des services de verres et des flacons à parfum. Une tension nerveuse parcourait les différentes salles. Un homme balayait soigneusement le tapis rouge. Les exposants nettoyaient une dernière fois avec des chiffons doux les candé-labres, objets pour la table, vases gravés à la roue ou coupes de cristal doublé et taillé. On déplaçait des ser-vices de quelques millimètres pour saisir la lumière, des étincelles jaillissaient de partout, mais il n'appré-ciait pas la beauté des présentations à leur juste valeur parce qu'il pensait à Livia.

Soudain, des éclats de voix en italien retentirent autour de lui et il eut le sentiment étrange de retrouver les quais des Fondamente Nuove où le vent cinglait son corps et les bateaux dansaient sur les eaux insou-mises de la lagune.

Sanglé dans un costume droit au pantalon fuselé, les cheveux noirs plaqués en arrière, l'homme passa près de lui, parlant fort et agitant les mains d'un air agacé. Son voisin le dominait d'une tête mais courbait les épaules en essayant en vain de protester. François reconnut Marco Zanier, le rival des Grandi, qui l'avait toisé avec arrogance à Murano.

Le passé revenait le frapper au visage sans crier gare. Qu'était-il advenu du jeune homme désemparé qui avait erré dans les ruelles traîtresses de cette Venise sombre et envoûtante d'après-guerre ? Et de la jeune femme qui sculptait la lumière dans une halle parmi le rougeoiement des brasiers ? Le temps d'une nuit, de quelques heures, leurs corps s'étaient aimés et un enfant était né.

Lorsqu'il avait épousé Livia dans une église parfumée à l'encens, en présence d'Élise, d'une cousine taciturne et d'un prêtre qui marmonnait des prières en latin, il avait eu la faiblesse de penser que leur histoire d'amour était unique, digne des épopées les plus glorieuses. Il s'était tenu très droit, tel l'enfant sage désireux de bien faire. Les cierges avaient dessiné des ombres sur les piliers de pierre. Quand il avait glissé l'alliance au doigt de son épouse, il ne s'était jamais senti aussi fier de sa vie.

Ce jour-là, il ignorait encore que leur histoire n'en était pas une, qu'il n'y avait entre eux que la peur de la solitude, les contraintes des conventions, que rien d'autre ne les liait, excepté cet enfant. Confusément, il avait pensé que, sans lui, Livia disparaîtrait comme elle était venue. Carlo avait été son garde-fou, son bouclier. Or, elle était partie, malgré tout. Quel naïf j'ai été ! pensa-t-il en esquissant un sourire froid tandis que Zanier disparaissait au bout de la pièce.

Il émergea dans la rue de Rivoli, patienta quelques instants avant de traverser. La brise de printemps lui souffla au visage des odeurs de sève et d'asphalte. Dans certaines des niches qui ornaient la façade, des silhouettes de guerriers veillaient d'un sommeil de pierre. Livia et lui étaient convenus de se retrouver une heure avant l'inauguration dans un hôtel, sous les arcades. Il se sentait étrangement serein.

Il lui avait fallu du temps après l'accident de Carlo pour retrouver l'équilibre. Des semaines durant, il avait erré dans les pièces de sa maison natale en quête de repères. Même les sons étaient devenus insolites. Le parquet qui grinçait le faisait sursauter, un battant de volet claquant au vent l'empêchait de trouver le sommeil. Il avait l'impression que la maison l'irritait tel un vêtement de chanvre sur une peau trop fragile.

Il n'avait rien dit à Livia concernant l'accident de leur fils. Il n'avait pas trouvé les mots et il n'en avait pas ressenti la nécessité. Il avait eu besoin de ce silence pour partager avec son petit garçon des moments qui n'appartenaient qu'à eux. Carlo était devenu l'armature de sa vie, d'autant plus qu'Élise n'avait plus le temps de s'occuper de lui car Vincent était alité et réclamait toute son attention.

Avec vigilance et gravité, il avait regardé les plaies de son enfant se refermer les unes après les autres et il avait commencé à grandir.

Au fond du jardin, la petite maison avait été fermée à double tour, les feuilles de verre rapportées à l'Atelier avec les acides et les couteaux à plomb aux lames dangereuses. Il ne pouvait pas regarder ce lieu sans ressentir un serrement de cœur. À jamais le sang de son fils en imbiberait le sol. À son retour de l'hôpital, il avait tenu à le nettoyer seul. Il avait passé deux heures à genoux à racler et à récurer, cherchant, en essuyant le sang sur chaque morceau de vitrail brisé, à expier sa faute de ne pas avoir su protéger son enfant.

Je ne peux plus habiter cette maison, avait-il dit un soir à Élise alors qu'ils se trouvaient au salon. La lumière des lampes avait souligné les cheveux blancs qui striaient la chevelure de sa sœur et les fines rides d'inquiétude autour de ses yeux et de sa bouche. Elle n'avait pas protesté, lui demandant seulement ce qu'il envisageait. Il avait trouvé un appartement dans un hôtel particulier du XVIIᵉ siècle, dans l'une des petites rues sur la colline de Sainte-Croix. Il n'y a pas de jardin, mais beaucoup de lumière, avait-il précisé, et elle avait eu un sourire étonné et soulagé. Il avait compris qu'elle avait craint qu'il ne lui annonce son départ ; il avait aussi deviné qu'elle aurait été prête à le laisser partir. Ainsi, comme lui, comme Carlo, Élise apprenait à grandir.

Il traversa la rue sans se presser. Livia l'attendait non loin de là. Il marchait vers son épouse, dont il n'attendait plus rien. Il n'était pas impatient de la voir. De toute façon, ne la portait-il pas en lui depuis le premier jour ? Elle était imprimée dans sa mémoire, dans sa peau, dans ses souvenirs et ses cauchemars. Il l'avait aimée avec une force si absolue qu'elle ressemblait à une terreur, mais elle n'avait pas su l'entendre.

À travers cette épreuve et la longue réflexion qui avait ressemblé à une marche solitaire, François avait compris que l'amour n'était pas un dû, qu'on ne pouvait enchaîner l'autre et en exiger une ferveur identique, que les nuances des cœurs se déclinaient à l'infini.

Ainsi, il avançait vers sa femme d'un pas tranquille, la tête haute, parce qu'il n'était plus le jeune homme prisonnier d'un amour possessif et torturé, parce qu'il était enfin libre.

Un valet fit tourner les portes battantes en le voyant arriver. Le vestibule feutré ouvrait sur un large couloir qui traversait l'immeuble jusqu'à la rue Saint-Honoré. Des tapisseries et des boiseries ornaient les murs, se reflétant dans les miroirs.

Il la découvrit dans un coin tranquille du grand salon, sous le tableau peu inspiré d'un paysage pastoral.

Un immense bouquet de fleurs trônait sur le manteau de la cheminée en marbre. Elle était seule. C'était cette heure creuse en toute fin d'après-midi où les clients d'un hôtel se retirent dans leurs chambres avant de sortir le soir. Sur une table basse se trouvait un verre d'eau non touché. Assise dans un fauteuil capitonné de velours, elle se tenait le dos droit, les épaules en arrière, mais elle avait l'air perdu. En la voyant, un léger trouble le saisit.

Elle se leva avec un mouvement gracieux et esquissa un sourire. À ses doigts agrippés à un sac à main perlé, il remarqua combien elle était anxieuse. Il voyait bien qu'elle avait peur et il s'en voulut d'être la cause de son tourment.

— Bonsoir, Livia.

Comme elle ne bougeait pas, il se pencha et l'embrassa sur la joue, respirant son parfum, retrouvant la douceur de sa peau. Une boucle de cheveux indocile lui effleura le visage.

— Je suis heureux de te voir.

Il lui sourit avec une tendresse qui n'était pas feinte. Il avait trop rêvé à cette femme pour ne pas être ému en sa présence.

— Pardonne-moi d'être en retard. Comme tu le sais, notre vitrail n'a pu être monté qu'à la dernière minute. J'ai même eu peur qu'on ne soit pas prêts pour ce soir, mais heureusement, tout est rentré dans l'ordre. Il y a des jours où tout va de travers...

Il s'aperçut qu'il brassait des paroles inutiles et préféra se taire. Quand il s'assit en face d'elle, il fut frappé par son élégance. Dans son souvenir, Livia boudait telle une enfant capricieuse, s'abandonnait à des colères qui ressemblaient à des tempêtes et ses silences étaient autant de mystères. Les cheveux en désordre, les habits dépareillés, elle ne tenait pas en place. Espiègle et secrète à la fois, elle n'avait eu de cesse de le dérouter.

Désormais, il découvrait une femme amincie au maintien irréprochable. Elle jouait avec son alliance en or qui semblait trop lâche pour son annulaire, et dans son regard brillait une inquiétude retenue.

— Moi aussi, je suis heureuse de te voir, murmura-t-elle, et l'intonation de sa voix grave lui fit l'effet d'une caresse. J'avais espéré que nous aurions la journée d'hier pour nous retrouver.

— Je suis désolé. Ces imprévus m'ont causé bien du souci… Mais tu connais les impératifs du travail, n'est-ce pas ?

Le reproche n'était pas voilé et d'un seul coup, son regard se durcit. Elle tressaillit et redressa le menton en un mouvement familier.

— Hélas, je le sais. Je ne t'ai pas menti, François. Ce n'est pas par choix que je suis restée loin aussi longtemps. Les choses ont été… difficiles, conclut-elle à défaut de trouver un mot plus approprié. J'espère que tu viendras voir les coupes et les calices des Verreries Grandi. Ils sont magnifiques, lança-t-elle, les yeux brillants. Nous en sommes très fiers. Nous avons retrouvé la composition d'un *cristallo* oublié depuis des siècles…

— Le *chiaroscuro* bien sûr, comment l'ignorer ? Tout le monde ne parle que de ça, fit-il, incapable de retenir une pointe de jalousie. Il paraît que pour l'instant votre stand est recouvert d'une étoffe noire et que tout sera dévoilé ce soir. Une mise en scène plutôt théâtrale, tu ne trouves pas ?

— Comment reprocher à des Vénitiens d'être des gens de théâtre ? rétorqua-t-elle. On dit que nous avons cela dans le sang.

— Et entre nous, Livia, c'était aussi du théâtre ?

Un frémissement la parcourut et les traits de son visage se crispèrent. Il éprouva une satisfaction mauvaise. D'où lui venait cette soudaine envie de la voir souffrir ?

— Sois sincère pour une fois. Depuis ton départ, j'ai eu le temps de beaucoup réfléchir. Je ne crois pas être quelqu'un d'orgueilleux, mais j'avoue que tu m'as donné une belle leçon d'humilité. J'aimerais savoir si j'ai jamais compté pour toi. J'en doute, tu sais. Tu m'as été reconnaissante de te donner un toit et un nom pour ton enfant, pourtant je me demande si tu ne m'as pas trouvé lâche de t'accorder tout cela, mais aussi de t'aimer.

Des pas résonnèrent sur le parquet du couloir. Il y eut des voix étouffées, un bref éclat de rire qui semblait appartenir à un autre monde.

— La pitié a quelque chose de terrible en amour, Livia. Elle amoindrit et celui qui la donne et celui qui la reçoit. Il m'a fallu ton absence pour comprendre que c'est probablement la seule émotion que tu aies jamais éprouvée pour moi.

Elle l'observait, les doigts entrelacés sur ses genoux, le corps tendu, lointaine et inaccessible. Il ignorait ce qu'elle pensait. Un poing de colère lui serra le cœur.

— À défaut de ton amour, j'avais espéré ton respect et ton affection. Je te laisse ta pitié, elle ne nous honore ni l'un ni l'autre.

Livia n'arrivait pas à détacher ses yeux de celui qui était assis en face d'elle, penché en avant, les coudes sur les genoux. Elle le scrutait comme elle aurait étudié un inconnu. Il portait une cravate neuve, une chemise blanche, un costume sobre aux larges revers. Ses cheveux blonds étaient coupés très courts. Elle cherchait où avait disparu celui qu'elle avait épousé.

Elle ne reconnaissait pas cet homme au visage grave et au regard acéré. Sa silhouette semblait plus dense, il occupait l'espace comme il ne l'avait jamais fait. Pourtant, il avait perdu quelque chose de cet éclat solaire qui l'avait fascinée lors de leur rencontre.

— Je ne peux pas te laisser dire ça, dit-elle, et les mots lui brûlèrent la gorge.

Elle devait se faire violence pour s'expliquer, elle la muette qui préférait aux paroles dangereuses les silences qui avaient été si souvent le refuge de ses détresses.

— Je t'accorde que je ne t'aimais pas quand je t'ai connu. Je t'accorde aussi que je suis venue te retrouver parce que j'étais enceinte de toi. À l'époque, je ne te l'ai pas caché. Je n'avais pas le courage de mettre cet enfant au monde toute seule et je ne voulais pas le priver d'un père. Je ne m'en sentais pas le droit. Quoi que tu me reproches, je ne regretterai jamais d'avoir donné à Carlo le père que tu es.

— Venons-en à lui justement ! s'écria-t-il soudain, le visage enflammé. Voilà un quart d'heure que nous sommes assis ici à déballer nos petites histoires et c'est seulement maintenant que tu me parles de Carlo. Tu n'as pas honte, Livia ?

Il serrait les poings.

— Non, je n'ai pas honte. J'ai laissé mon fils chez son père, où je savais qu'on veillerait sur lui avec toute la tendresse et l'attention nécessaires. Carlo ne cesse pas d'être mon fils parce que le devoir m'appelle ailleurs pendant quelque temps. Il n'existe pas seulement à travers moi. Il n'est pas ma propriété, de même que je ne suis pas la sienne. Nous existons l'un et l'autre, même s'il n'est encore qu'un tout petit enfant. Je l'ai laissé à des gens de confiance, à sa famille, parce que je devais essayer de sauver ce qui sera un jour son héritage. Si j'avais laissé mon frère vendre les Verreries Grandi sans rien tenter, j'aurais trahi non seulement mes ancêtres, mais aussi et surtout mon fils.

Il lui opposait la barrière d'un visage verrouillé et elle ouvrit les mains pour essayer de lui faire comprendre.

— La vie n'est pas une ligne droite balisée par des sentiments bien ordonnés, François. C'est un écheveau d'émotions confuses, de sentiments embrouillés, parfois beaux et grandioses, souvent sales et violents. Elle grouille, elle vibre, elle brûle, elle fait mal... Je n'ai pas abandonné mon enfant. Je l'ai confié à son père.

— Comment as-tu pu croire que je serais digne de cette confiance ? Comment pouvais-tu courir ce risque ?

C'est alors que Livia comprit qu'il lui cachait quelque chose de grave. Un frisson d'appréhension lui glaça l'échine.

— Il a failli mourir ! Il est entré dans l'atelier et il a fait tomber le vitrail sur lequel tu travaillais... Il y avait du sang partout... Il a passé dix jours à l'hôpital, tu m'entends, et tu n'étais pas là !

François ne tenait plus en place. Il se leva et s'approcha de la fenêtre d'où il apercevait la statue d'une femme en armure chevauchant un destrier. Il avait l'impression d'étouffer dans cette pièce d'apparat parmi les meubles clinquants, l'un de ces salons de grand hôtel où le transitoire devient presque palpable parce que tout y est éphémère, aussi bien les gens que les émotions.

— Quand est-ce arrivé ? demanda Livia d'une voix blanche.

— Il y a six mois, en octobre.

— Comment va-t-il maintenant ?

— Bien. Mais on a dû lui faire des points de suture sur le visage et les mains. Il aura des cicatrices. Si tu avais été là, il ne se serait pas blessé.

Il secoua la tête d'un air accablé, appuya les mains contre la vitre comme s'il avait voulu s'enfuir. Il s'en voulait de ne pas mieux maîtriser son émotion. Il avait pourtant pensé que sa femme n'aurait plus ce pouvoir sur lui.

Il sentit Livia lui agripper le bras et s'étonna de sa force. Elle l'obligea à se tourner vers elle. Le chagrin la marquait au fer rouge. Tout son visage en était transformé et il percevait la tension nerveuse qui la parcourait.

— Je suppose que tu ne m'as rien dit parce que tu cherchais à me punir, et je ne t'en veux pas, mais je refuse d'entrer dans ce jeu-là, François. Si je comprends bien, c'était un accident. Nous ne sommes coupables ni l'un ni l'autre. Nous ne pourrons pas protéger Carlo au-delà du raisonnable. Il y aura toujours un risque qu'il lui arrive quelque chose. On ne peut pas vivre autrement. On ne peut pas vivre la peur au ventre.

— Il n'est qu'un enfant. Il ne comprend rien, ne maîtrise rien. Notre rôle est de le protéger. Tu es impitoyable, Livia.

Comment lui faire comprendre ? se demanda-t-elle, effrayée. Elle n'était pas douée pour trouver les mots, elle n'était douée que pour saisir le feu et la lumière. Elle pensa au cimetière de San Michele où, si jeune, elle avait enterré ses parents, aux hommes revenus tels des fantômes d'une guerre qui leur avait volé leur âme, et elle se dit que, parmi toutes ces ruines, devrait bien poindre un jour une renaissance.

— J'aime Carlo autant que toi, François. Il faudra dorénavant que je vive en sachant qu'il a souffert alors que je n'étais pas là pour le soigner ni le consoler, mais je n'aurais pas pu lui donner plus que toi. S'il avait eu un accident en ton absence, crois-tu que je t'en aurais voulu ?

— Mais une mère, tout de même...

— Être une mère, n'est-ce pas justement ce que tu me reprochais à l'instant ? De ne pas t'avoir aimé en tant qu'homme, mais seulement parce que je voulais un père pour mon enfant ? Et pourtant, j'ai quitté tout ce que j'avais de plus cher au monde pour mon fils, et si c'était à refaire, je n'hésiterais pas.

Elle marqua une pause et sa voix se fit plus rauque.

— Je comprends ton désarroi, parce que tu as vécu trop longtemps étouffé par l'amour d'une sœur qui a voulu te protéger du monde. Élise a été à la fois merveilleuse et terrible. Moi, j'ai l'impression d'avoir passé ma vie à me tenir debout en plein vent...

Son regard se perdit quelques instants dans les profondeurs de la pièce.

Elle lâcha le bras de son mari et vacilla sur ses jambes. Mon Dieu, et si Carlo était mort... Une flèche brûlante la traversa de part en part.

Au même instant, elle réalisa qu'elle ne pouvait pas nier cette force qui la portait depuis toujours. L'heure était venue de l'affirmer haut et fort, quitte à ne pas être comprise, quitte à être rejetée, mais elle n'aurait pas pensé que ce soit aussi douloureux.

Elle secoua la tête.

— Sans le cristal, je n'existe pas. Carlo n'a pas besoin d'une mère qui ne serait qu'une coquille vide et sans âme. Pour aimer en tant que mère ou en tant que femme, il faut savoir qui l'on est, et je suis de celles qui ne savent pas marcher au pas. Pardonne-moi, François, mais il faut m'accepter telle que je suis et non pas telle que tu m'imagines.

Il se tourna pour la regarder. Elle lui semblait lasse et vulnérable, mais elle avait le courage de ne pas baisser les yeux. Elle était si complexe, si entière, si infiniment gracieuse et différente de tout ce qu'il avait toujours connu. Il comprit que, jusqu'à maintenant, il avait surtout aimé l'image que lui renvoyait leur couple. À travers leur mariage, il avait cherché la quiétude, le réconfort, la paix des certitudes, et il avait eu la prétention de penser que Livia trouverait sa place aux côtés d'Élise. Il s'apercevait soudain qu'il avait attendu de sa femme la même protection que celle qu'il avait reçue de sa sœur.

Il repensa aux longues heures de veille passées au chevet de Carlo, écoutant son souffle régulier et regardant tressaillir ses paupières. Le fils de la Vénitienne ressemblait à sa mère, il deviendrait lui aussi un enfant du tourbillon et du vertige. S'il voulait les garder auprès de lui, il devait accepter de les laisser libres et souverains, mais en aurait-il la force ?

Elle se dressait devant lui, si proche qu'il percevait la chaleur de son corps, cette femme qui était la mère de son enfant, mais pas seulement.

— Je crois que j'aimerais apprendre à vous connaître, Livia Grandi, murmura-t-il.

Elle scruta son visage, à la fois méfiante et intriguée, surprise de sa réaction. Puis elle leva une main et lui effleura la joue.

— Moi aussi.

— Tu crois qu'il n'est pas trop tard ? hésita-t-il.

Alors, elle lui sourit avec cet élan ravageur et lumineux qui éclairait son visage et faisait briller ses yeux.

— J'ai appris qu'il n'est jamais trop tard.

Élise défit le bracelet de la montre et son poignet lui sembla soudain bien fragile. D'un doigt, elle caressa le cadran légèrement bombé. Sept ans qu'elle la portait, sept longues années, l'âge de raison… Une partie du cuir s'était déchirée depuis le jour où elle l'avait glissée à son bras. Elle espérait que Vincent ne lui en voudrait pas.

Elle la déposa sur la table de chevet. Sans bouger la tête, son frère ouvrit les yeux. Son regard trouble ressemblait à celui des nouveau-nés qui semblent voir se dessiner un autre monde au-delà de la réalité.

— Je te rends ta montre, Vincent. Tu m'avais demandé de la garder pour ton retour. J'espère que tu ne m'en veux pas, mais j'ai préféré la porter plutôt que de la laisser dans un tiroir. Je crois que c'est meilleur pour le mécanisme. Elle est ici, à côté de toi.

Il ne répondit pas.

Elle effleura son front pour vérifier s'il n'avait pas chaud. Alors qu'elle prenait soin de garder la chambre à une température constante, le corps décharné réagissait de manière étrange, comme si une horloge intérieure s'était déréglée. Parcouru d'accès inattendus de fièvre, l'instant d'après il se mettait à grelotter. Elle ne savait jamais ce qui déclenchait ces crises et elle s'adaptait à chaque nouvelle situation. Elle appuya deux doigts sur le poignet où les veines bleutées hérissaient la peau diaphane. Le pouls était régulier.

Avec un sourire satisfait, elle se leva et ouvrit la fenêtre. En cette fin de journée, les oiseaux pépiaient parmi les feuillages vert tendre qui commençaient à poindre sur les arbres. Dans un coin du jardin, les fleurs pourpre et blanc des cyclamens se dressaient au-dessus de leurs larges feuilles tachetées d'argent. Le printemps s'annonçait, mais elle savait qu'ils n'étaient pas à l'abri de gelées tardives.

— La journée n'était pas fameuse ce matin, mais le mauvais temps s'est levé, dit-elle d'une voix enjouée. Regarde, il n'y a pas un nuage. Lorsqu'il fera meilleur, nous pourrons nous asseoir dans le jardin. Il y a eu quelques changements qui t'amuseront. J'ai dû planter un potager à la place des rosiers. Au début, je pensais que ce serait provisoire, mais je me demande si on ne pourrait pas le garder. Qu'est-ce que tu en penses ? J'ai réfléchi à un potager ornemental avec des plates-bandes et des bordures de buis. J'ai esquissé quelques croquis. Je te les montrerai demain.

Les cloches de l'église se mirent à carillonner, si bien qu'elle n'entendit pas tout de suite Colette frapper à la porte.

— Entre, dit-elle en refermant la fenêtre.

La jeune fille se faufila dans la chambre avec un plateau qu'elle déposa sur la table. On devinait à ses épaules rétrécies et à son regard fuyant qu'elle avait un peu peur du malade.

— Voilà, mademoiselle, est-ce que ce sera tout ? murmura-t-elle, tête basse, en essuyant d'un geste nerveux ses mains sur son tablier de dentelle.

Élise souleva le couvercle de la soupière, vérifia la consistance du potage aux légumes avec ses quelques morceaux de lard. Le pain était frais, sa croûte dorée et croustillante. Une serviette blanche était posée à côté de l'assiette, ainsi qu'un verre de vin rouge.

— C'est parfait, Colette.

La jeune fille entreprit de ranger la chambre, qui était pourtant impeccable. Soudain, en raison d'un faux mouvement, elle fit tomber un livre sur le parquet. Aussitôt, elle blêmit et porta la main à sa bouche d'un air épouvanté.

— Cesse de sursauter comme cela, Colette, la réprimanda Élise en fronçant les sourcils. Tu peux faire du bruit, voyons. Monsieur Vincent est convalescent, il n'est pas mort.

La jeune fille jeta un regard furtif en direction du lit, où l'homme au teint cireux s'était adossé à d'épais oreillers en fil.

— Pardon, mademoiselle, chuchota-t-elle.

Elle s'empressa de prendre le bassinet d'eau parfumée et le linge dont Élise s'était servie dans l'après-midi pour apaiser le malade. Puis elle s'éclipsa sur la pointe des pieds.

Élise déplia la serviette et la drapa autour du cou de Vincent. Elle versa un peu de potage dans le bol et s'assit sur la chaise à côté de lui.

— Aujourd'hui, tu as bien déjeuné, ce qui m'a fait très plaisir. Tu reprends des forces et tu vas bientôt te sentir mieux. J'espère que tu as encore un peu faim.

Elle souffla sur la cuillère pour refroidir le potage, l'approcha des lèvres de Vincent, mais buta contre sa bouche fermée. Son cœur se serra. Elle n'insista pas, détailla son visage, à l'écoute de son silence. Quelque part dans ce corps immobile marqué de plaies, sous les auréoles laissées par les furoncles, vagabondait l'âme de son frère comme entre les murs d'une prison. Il fallait seulement attendre qu'elle revienne de l'endroit lointain où elle s'était réfugiée.

Le regard de Vincent papillonna dans la pièce, glissa du bénitier surmonté d'une branche de buis à la bibliothèque disposée dans un coin, des estampes sur les murs à la grande armoire marquetée. Élise reposa la cuillère et patienta. Les yeux bleus continuèrent à errer, instables et fugaces, tel un papillon pris au piège.

Elle savait qu'il revenait d'un monde où l'espace avait eu d'autres dimensions. Heure après heure, jour après jour, il fallait lui donner le temps de retrouver des repères, de revenir d'abord à lui-même avant de pouvoir accepter la présence des autres.

Si Vincent ne parlait pas, certains des rescapés qu'elle croisait dans les réunions de l'association se confiaient à voix basse, et dans le regard égaré de son jeune frère elle devinait les rangées de barbelés, les baraques où l'eau stagnait lors des pluies ou de la fonte des neiges. Elle imaginait les corvées de bois en guenilles en plein hiver, celles de la tourbe au printemps, quand il fallait extraire et faire sécher de lourdes mottes difficiles à transporter. Elle savait que le sang et l'eau suintaient des bras des soldats atteints par la gale, elle voyait courir les rats tandis que les poux et les punaises harcelaient les prisonniers.

Au cours de la guerre, la France libre avait appelé à la désertion des incorporés de force. Dès leur arrestation par l'Armée rouge, les soldats alsaciens et mosellans enrôlés dans la Wehrmacht précisaient leur nationalité française et présentaient leur livret militaire s'ils avaient pu le conserver. Après de nombreuses tractations avec les représentants de De Gaulle, les Soviétiques avaient accepté de traiter ces prisonniers d'un genre particulier en alliés et de s'efforcer de les rapatrier. Sur le portail du camp s'étalait l'inscription : « Bienvenue aux Français, amis de la grande Russie ».

Et pourtant, ils étaient morts à Tambov, les uns après les autres, de faim et d'épuisement, une trentaine chaque jour, et leurs squelettes marqués à la cuisse par un numéro d'identification s'étaient entassés dans les baraques 22 et 112, celles de la morgue, avant d'être jetés au printemps dans une fosse commune.

Élise patienta encore quelques instants, puis elle recommença à parler, de tout et de rien, de leurs souvenirs d'enfance, des émissions qu'elle avait écoutées à la radio, de la situation politique, des anecdotes de certains de leurs voisins, de la couleur du ciel, de François qui était parti à Paris pour présenter le vitrail des Nagel à l'exposition au palais du Louvre.

Elle parlait d'une voix mesurée, légère et cadencée, comme autrefois, lorsque Vincent, petit garçon, avait failli mourir et qu'elle lui lisait des contes, mais désormais c'était à un adulte qu'elle s'adressait, parce que son frère était revenu de l'enfer et que c'était sa manière à elle de lui rendre sa dignité d'homme.

Elle leva une nouvelle fois la cuillère et sa main ne trembla pas. Elle avait la certitude qu'elle le ramènerait peu à peu de ces rivages insolites où s'égarait son esprit. S'il le fallait, elle descendrait à la cuisine réchauffer son dîner jusqu'à ce qu'il en eût avalé quelques bouchées. Élise n'était pas pressée, elle avait tout son temps.

Elle appuya la cuillère contre sa bouche, patiente et sereine, et le regard de Vincent se posa sur son visage, s'en échappa avant d'y revenir, comme attiré par un aimant, et de s'y accrocher, et le jeune homme sans âge laissa ses lèvres transparentes s'entrouvrir.

Le vernissage battait son plein. Une foule élégante déambulait parmi les hautes salles du pavillon de Marsan, le long des allées spacieuses agrémentées de plantes vertes. Des serveurs en gants blancs présentaient des plateaux avec du champagne.

L'exposition célébrait les grands cristalliers français, Baccarat, Daum, Lalique, Montfaucon et Saint-Louis. Le verre uni revenait à la mode ; les services de table révélaient une quête de la pureté, des tailles simples et profondes. Avec sa teneur en plomb égale ou supérieure à trente pour cent, le cristal français dévoilait toute sa tendresse et en imposait par son raffinement. Baccarat exhibait une rétrospective de ses plus belles créations du siècle et les œuvres signées Georges Chevalier, sculptures animalières, surtouts de table et autres flacons de parfum, prouvaient le génie inspiré du créateur.

Dans la partie réservée à l'Italie, l'on admirait les lustres en verre gris clair irisé et saupoudré d'or, ainsi que les vases filigranés à bord de couleur de la Maison Seguso. Non loin de là, les visiteurs se pressaient autour de la collection de gobelets qui associaient baguettes et filets présentés par la Manufacture Barovier et Toso. Ercole Barovier s'intéressait désormais aux possibilités infinies du verre murrhin et les Parisiens n'en revenaient pas de l'explosion de couleurs qu'offraient les Vénitiens. Poudres de verre, pulvérisations de feuille d'or, iridescence de la matière... Sous la fantaisie débridée des maîtres verriers muranais, virtuoses de la technique, on devinait un regard frondeur et ironique porté sur le monde.

Mais c'était sans aucun doute devant l'emplacement réservé aux Verreries Grandi que l'excitation montait d'un cran. Les visiteurs faisaient la queue pour admirer les nouvelles créations en verre *chiaroscuro* dont on avait même parlé dans les journaux. Les critiques avaient rappelé non sans fierté que les seuls calices existants se trouvaient au château de Versailles.

Livia eut du mal à se frayer un chemin. Elle se retourna pour s'assurer que François la suivait, mais il avait été happé par le président de la Fédération des chambres syndicales du verre, qui lui parlait d'un air intense, un dossier sous le bras. Elle hésita quelque peu, se mordillant la lèvre, puis décida de ne pas l'attendre. Il ne manquerait pas de la rejoindre dès qu'il le pourrait et elle était impatiente de découvrir son stand.

À cause de sa conversation avec François, elle avait manqué les premières minutes du vernissage. Elle avait demandé qu'on retire l'étoffe noire qui voilait les piliers de velours où reposaient les calices et les coupes quelques secondes avant l'ouverture. Une fièvre dansait le long de ses nerfs. Deux hommes corpulents l'empêchaient de voir. Agacée, elle se dressa sur la pointe des pieds.

C'est alors que, avec l'un de ces mouvements mystérieux qui animent les foules, un espace se libéra devant elle et ses créations s'offrirent enfin à son regard. La jeune femme retint son souffle, plus émue qu'elle n'aurait voulu l'avouer.

Autour d'elle, les voix s'évanouirent et elle se retrouva seule devant les deux calices sur pied et les six verres à jambe d'une beauté éthérée, qu'elle avait conçus et dessinés, auxquels elle avait donné vie au cœur de ses verreries. Ils étaient le fruit de son obstination et de sa volonté, celui de sa sueur et de ses doutes. Ils étaient l'héritage des Grandi, cette espérance exigeante comme le désir et entière comme la passion, pour laquelle on ne craint pas de verser son sang, transmise de génération en génération, de père en fils, de grand-père à petite-fille, le plus respectueux des hommages. Alvise Grandi lui avait confié le carnet rouge sur son lit de mort et un jour elle le léguerait à son fils.

Lentement, elle revint au monde et à la salle. Avec un pincement au cœur, elle se mit à écouter les commentaires des visiteurs. Elle découvrait pour la première fois combien il était difficile de soumettre une œuvre aux regards des autres. Après des heures de travail et une connivence aussi intime entre l'esprit et la matière, la séparation ne pouvait qu'être douloureuse, mais tout artiste devait apprendre à déposer les armes, car sa création ne lui appartenait pas. Pour qu'elle vive, il fallait lui donner sa liberté.

Frôlée par les épaules des visiteurs, poussée de côté par des curieux qui voulaient voir son travail de plus près, elle se laissa ballotter par les inconnus.

— Il a raison, Paul Claudel, lança un homme qui étudiait la préface du catalogue. Le verre, c'est du souffle solidifié.

— Magnifique, concéda une voix féminine. Je n'avais jamais vu quelque chose de comparable. Comment s'appellent ces verreries ?

Ainsi, troublée et fière, repoussée à l'extérieur du cercle qui se reformait devant elle, Livia Grandi regarda le *chiaroscuro* exercer autour de lui sa magie mystérieuse et intemporelle.

— Est-ce que tu as vu ? lui siffla une voix irritée à l'oreille.

Elle sursauta et pivota sur ses talons.

— Marco ! Tu m'as fait une de ces peurs. Qu'est-ce qu'il y a encore ? Tu devrais te pavaner sur le stand des Zanier plutôt que de traîner chez les modestes Grandi, ironisa-t-elle, une lueur de triomphe dans les yeux.

Il lui empoigna le bras et fit mine de l'entraîner, mais elle résista.

— Trêve de plaisanteries, poursuivit-il d'un air si grave que la jeune femme éprouva une pointe d'inquiétude. Visiblement, tu n'as encore rien remarqué. Prépare-toi à une surprise de taille, ma chère.

— Mais de quoi parles-tu ? On dirait que tu as perdu la tête.

Elle avait rarement vu Marco aussi sérieux. Pour une fois, elle devinait qu'il ne s'agissait pas de l'un de ses petits jeux de séduction irritants, comme celui qu'il avait encore joué alors qu'ils dînaient ensemble dans le wagon-restaurant du train de nuit pour Paris. Elle l'avait une fois de plus remis à sa place, lui rappelant qu'il ferait mieux de se méfier de son épouse. Elle connaissait Marella depuis toujours et elle savait que, sous ses airs insouciants, son amie n'était pas le genre de femme à laisser marivauder son mari. Or, en cet instant, les sourcils froncés et le regard noir tourmenté, Marco semblait sincèrement préoccupé.

— Ça fait une heure que je te cherche partout. Dieu sait où tu avais encore disparu ! fit-il en levant les yeux au ciel. Je vaquais tranquillement à mes occupations en faisant un petit tour des différents exposants quand je suis passé devant les Bavarois. Il y a là une coupe à douze côtes et lèvre évasée qui présente de manière assez singulière tous les attributs de ton précieux *chiaroscuro.*

Livia fut tellement abasourdie qu'elle se laissa emmener sans protester. Un bourdonnement lui emplit les oreilles. Comment était-ce possible ? Elle avait dû mal comprendre. Personne ne pouvait connaître de près ni de loin la composition. Elle seule possédait le carnet rouge, qui ne l'avait jamais quittée, et seul Tino avait étudié la formule avec elle.

— *Mi scusi,* s'excusa-t-elle en bousculant une dame au regard charbonneux. Ralentis, Marco, siffla-t-elle, les dents serrées. Ça ne sert à rien de se comporter comme des malotrus. Tu n'es pas à Murano, ici.

— Et je le regrette, crois-moi ! Sinon, je ne t'aurais même pas attendue. J'aurais été trouver le type qui a fait ça et je lui aurais cassé la figure. Ses explications, il me les aurait données ensuite.

Livia ne s'étonnait pas de cette réaction agressive. Marco n'avait aucun scrupule à exercer son droit de Vénitien et de verrier. Son courroux s'expliquait d'autant mieux que son ami Flavio n'était pas venu à Paris.

Son frère commençait à reprendre peu à peu goût à la vie et il s'était inscrit en droit à l'université. Quand Livia lui avait proposé de l'accompagner à l'exposition, il avait levé les mains en un geste de protestation : « Je commence seulement à m'habituer à retrouver des salles de cours, alors tu penses bien que je suis parfaitement incapable d'affronter une ville comme Paris. » Ainsi, bien qu'elle ne lui eût rien demandé, Marco Zanier endossait le rôle de protecteur. Livia savait, hélas ! que cela ne se résumait pas seulement à un soutien amical. À fleur de peau, ce sanguin resterait toujours secrètement amoureux d'elle, et la jeune femme eut une vision d'horreur en imaginant Marco Zanier confronté à Andreas Wolf.

Il ne peut s'agir que d'Andreas, songea-t-elle avec un pressentiment odieux. À son arrivée à Paris, elle n'avait pas pensé une seconde qu'il serait présent. Les Allemands ne participaient pas encore aux biennales ni aux expositions internationales. Il avait certainement obtenu une forme de dérogation, ce qui ne l'étonnait pas de sa part. Andreas était un homme ambitieux, certes, mais avant tout un graveur de grand talent. Il redeviendrait sans aucun doute l'un des membres les plus respectés du monde international des verriers. Cependant, quand elle avait aperçu l'emplacement réservé aux Cristalleries de Montfaucon, elle l'avait évité d'instinct.

— Tu dois sûrement te tromper, Marco, insista-t-elle alors qu'ils se frayaient tant bien que mal un chemin.

Ils durent patienter au passage plus étroit qui séparait les deux salles. Autour d'elle crépitait l'intonation parisienne vive et saccadée. L'air était saturé de parfums. La taille étranglée dans leurs robes de cocktail noires, certaines femmes arboraient des voilettes accrochées à leurs cheveux ondulés, toutes portaient des gants brodés ou pailletés.

Marco était si impatient qu'il semblait danser sur place.

— Cesse de me prendre pour un imbécile, je te prie. J'ai vérifié dans le catalogue. Au moins, ils n'ont pas eu l'audace de le présenter sous l'étiquette *chiaroscuro,* mais cela ne change rien.

Une fois l'étonnement passé, Livia commençait à reprendre ses esprits. Elle réalisa que, si elle laissait faire Marco, elle risquait de se retrouver devant Andreas sans y être préparée. Un frémissement la parcourut de la tête aux pieds. Elle tourna la tête de tous côtés, cherchant une échappatoire pour gagner un peu de temps.

Dès qu'ils pénétrèrent dans l'autre salle, elle aperçut sur sa droite le grand vitrail d'intérieur destiné à une montée d'escalier de l'Atelier Nagel. Sur un fond dépouillé, des fleurs stylisées s'élançaient en guirlandes vers le ciel. Pour illustrer leur travail, François avait fait disposer quelques outils autour de carrés de verre. Les visiteurs pouvaient ainsi examiner les inégalités de coloration, de texture et d'épaisseur dont les verriers se servaient pour découper les éléments nécessaires à leur œuvre.

Marco continuait à parler mais elle ne l'écoutait plus. Soudain, sorti de nulle part, François se dressa devant eux et Marco manqua le renverser.

— Livia ? s'enquit François d'un air interrogateur, avant de fixer avec insistance la main du Vénitien qui tenait le bras de sa femme.

— Ah, il ne manquait plus que vous ! s'irrita Marco. Bonsoir, monsieur. Pardonnez-nous, mais nous sommes pressés.

Il fit mine de le contourner, mais François se déplaça d'un pas pour lui barrer le passage. Les deux hommes se défièrent du regard. Avec l'impression de se retrouver dans un mauvais rêve, Livia sentit ses pommettes s'enflammer.

— Toute cette histoire va finir par sombrer dans le ridicule, lança-t-elle d'un air agacé. Lâche-moi, Marco.

Tu te souviens de mon mari, bien sûr ? Vous vous êtes croisés autrefois à Murano.

Ces présentations étaient absurdes, mais elle essayait tant bien que mal de reprendre le contrôle de la situation et les convenances avaient cela de bon qu'elles exigeaient des uns et des autres une certaine civilité. Elle décocha un regard noir à Marco, qui lui lâcha le bras à contrecœur et tendit la main à François.

— *Certo... Buonasera, signore.* Bon, tu viens maintenant ? ajouta-t-il.

— Il y a un problème que je dois régler, expliqua Livia à son mari. Je n'en ai pas pour longtemps. Tu veux bien m'attendre ?

François hésita, les dévisagea à tour de rôle, avant de s'effacer sans un mot pour les laisser passer. Livia eut un soupir soulagé et s'éloigna avec Marco, qui la précédait désormais de plusieurs pas.

Elle était beaucoup plus inquiète qu'elle ne le laissait paraître. Comme dans un film en accéléré, tous les moments partagés avec Andreas défilaient devant ses yeux : les heures volées, la chambre d'hôtel misérable, leurs corps nus, la violence de leur attirance qui avait ressemblé à une déchirure.

Pendant quelques semaines, le temps d'un éblouissement, ils avaient été des funambules sur le fil d'un désir qui seul les rattachait à la vie. Rien ni personne n'avait existé autour d'eux. Tout avait été simple parce qu'ils étaient tous deux des déracinés, qu'ils n'avaient pas le temps de se connaître ni de se découvrir. D'ailleurs, auraient-ils appris à s'estimer s'il en avait été autrement ? N'étaient-ils pas trop semblables ? Avec cette colère qui sourdait en eux, ardente chez Andreas, plus secrète chez elle, ils participaient de la même ferveur, du même orgueil.

Ils s'étaient quittés sans aucune explication, emportés l'une vers Venise, l'autre probablement vers la Bavière, se séparant comme ils s'étaient connus, soumis à des forces qu'ils ne maîtrisaient pas. Il avait disparu sans donner de nouvelles, mais elle ne l'avait pas oublié. Elle savait qu'elle ne l'oublierait jamais, mais au fil des jours, son souvenir s'était estompé, comme brûlé à l'exigence des fours qui avaient réclamé toute son attention. Or, voilà qu'il surgissait une nouvelle fois dans sa vie et Livia se sentait désemparée. Connaîtrait-elle le même vertige ? Serait-elle condamnée à subir à nouveau cette force irrésistible ? Désormais, elle devait se préparer à le revoir non seulement en tant qu'homme, mais surtout en tant que rival.

Fébrile, elle n'arrivait pas à comprendre comment Andreas avait pu mettre la main sur le carnet rouge. Elle avait été si prudente, changeant souvent de cachette et vérifiant, à chacun de ses retours à la maison, que personne ne l'avait trouvé. Comment avait-elle pu commettre une erreur aussi dramatique ? Si jamais Marco disait vrai et qu'Andreas eût réussi à lui dérober le secret de la composition, tous ses efforts seraient réduits à néant et l'avenir des Verreries compromis, car le *chiaroscuro* constituait le socle de leur renaissance. Mais, pis que tout, elle se serait montrée indigne de la confiance de son grand-père.

— Voilà ! s'écria Marco en écartant les bras d'un geste théâtral.

Les yeux rivés sur la coupe posée sur un présentoir modeste, Livia contourna le Vénitien sans ménagements. Un cordon empêchait les visiteurs d'approcher à moins de un mètre des objets. Sans l'ombre d'une hésitation, elle le dénoua et avança vers la coupe en cristal.

— Passe-moi ta pochette, ordonna-t-elle à Marco.

Elle approcha le carré de soie rouge de la coupe, qui changea légèrement de couleur, puis elle le retira brusquement et l'objet retrouva sa couleur naturelle. Avec son ongle, elle fit tinter le cristal qui résonna avec la limpidité d'une voix de soprano.

Merci, mon Dieu ! songea-t-elle, soudain légère et soulagée. Andreas avait essayé de les copier, mais il avait échoué. Elle avait su d'emblée que le cristal bavarois n'aurait pas la même consistance que son verre cristallin, ce qui entraînerait des modifications notoires de la composition, or celles-ci dépassaient ses espérances. Et surtout, il n'avait pas réussi à concevoir un modèle qui permette de garder la lumière prisonnière et d'obtenir les variations de couleurs qui constituaient le mystère du *chiaroscuro*.

Maintenant qu'elle était rassérénée, elle laissa libre cours à sa colère. Comment avait-il osé ? L'avait-il manipulée depuis le début ? Impossible. Il ne connaissait même pas l'existence du secret de fabrication. Elle ne lui en avait jamais parlé, car elle n'en parlait à personne. Le carnet rouge, c'était l'âme des Verreries Grandi, et l'on ne parle pas d'une âme au détour d'une phrase. Il avait dû le découvrir par l'un de ces hasards qui bouleversent une vie. Destin ou fatalité, Andreas Wolf avait volé le secret des Grandi, mais il avait risqué la malédiction en vain. La taille était belle et Livia reconnaissait la qualité de la délicate gravure de un centimètre de haut qui ornait l'une des facettes, mais le verrier était passé à côté de l'essentiel et sa coupe était dépourvue de cette essence mystique qui transforme un simple objet en œuvre d'art.

Quand elle leva les yeux et croisa le regard d'Andreas, de l'autre côté du présentoir, elle ressentit une secousse dans le cœur aussi forte qu'un coup de poing.

Il n'avait pas changé. Dans son costume sombre, il possédait cette même superbe qui ne l'avait pas quitté alors qu'il n'était rien qu'un soldat allemand qui avait perdu une guerre honteuse. Immobile, le visage blême, il la regardait d'un air grave, mais elle le connaissait assez bien pour savoir qu'il n'était pas indifférent. Il se savait coupable, il se savait vaincu, mais il ne baissait pas la tête. Il attendait qu'elle prononce sa sentence et elle ne put s'empêcher d'éprouver de l'admiration pour cette fierté insolente.

Marco se dressa à son côté, les poings serrés, son corps nerveux tendu vers l'avant.

— C'est lui, la crapule, n'est-ce pas ? grogna-t-il. Je vais le faire jeter hors de l'exposition, mais pas avant de l'étriper. On va lui faire la peau…

— Silence, Marco ! ordonna-t-elle à mi-voix en écartant le bras pour l'empêcher d'avancer.

— Mais, enfin, tu ne vas pas te laisser faire ! Cette ordure nous a volé le *chiaroscuro*.

Furieuse, Livia profita de ses quelques centimètres supplémentaires pour le toiser. Elle ne voulait surtout pas élever la voix et elle dut faire un effort pour se maîtriser.

— Il n'y a pas de « nous » qui tienne, Marco. Combien de fois dois-je te le rappeler ? Nous sommes tous les deux de Murano, mais je suis une Grandi et tu restes un Zanier. Je n'ai pas besoin de toi pour régler mes comptes. Compris ?

Elle le foudroya du regard et sa détermination était telle que Marco Zanier resta interdit. Lorsqu'elle fut certaine qu'il ne broncherait pas, elle se tourna de nouveau vers Andreas. Il n'avait pas bougé, les bras le long du corps, les mains inertes.

Elle se rappela les fulgurances qui la parcouraient lorsque ces mains volontaires dessinaient sur son corps d'improbables caresses. Pendant des mois, alors qu'il lui enseignait le sombre éclat du désir, cet homme solitaire et farouche avait envahi son être.

Quelques minutes auparavant, elle avait craint de le revoir et pourtant, maintenant qu'elle le découvrait, elle se sentait curieusement sereine. En l'observant, elle comprenait qu'il y aurait toujours dans sa vie les méandres troubles et dangereux du cœur, que rien n'était jamais conquis en amour, qu'il fallait sans cesse se remettre en question. Ses certitudes appartenaient au seul *cristallo*, qui l'avait sauvée alors qu'elle n'était qu'une enfant en peine et qui la porterait à travers les épreuves et les joies à venir.

Elle ne considérait pas qu'Andreas l'avait trahie en s'emparant du secret des Grandi, car seul un homme de Murano peut trahir un autre maître verrier de Venise, mais il lui avait volé une partie de son âme, et cela elle ne pourrait jamais le lui pardonner.

La foule grouillait autour d'eux, mais elle n'entendait ni les voix ni les murmures. Elle avait l'impression d'être seule en face de lui. Quand elle souleva la coupe à deux mains, le poids la surprit, mais le véritable cristal avait toujours été plus lourd que leur cristallin.

Elle la tourna entre ses doigts, caressa la pureté des facettes, effleura avec le pouce la gravure d'une femme nue dessinée à la perfection par Andreas Wolf, l'un des maîtres verriers les plus talentueux de sa génération. Sans avoir besoin de le lui demander, elle savait qu'il avait pensé à elle dans la solitude de son atelier. Elle n'en retirait aucune fierté particulière, car elle avait grandi parmi des artistes et elle connaissait les mirages de la création, ce jeu de miroirs entre la réalité et l'imaginaire où tout est à la fois vrai et faux, essentiel et éphémère. Avec l'impression curieuse que la densité de ce cristal reflétait toute l'exigence qu'elle avait éprouvée pour le graveur de Bohême, elle accepta le fait que cet homme ferait toujours partie de sa vie, mais qu'il appartenait désormais à son passé.

Sa colère s'était dissipée, laissant dans son sillage une tristesse douce-amère. Elle n'éprouvait pas de rancœur parce que Andreas possédait cette intelligence de la souffrance qui façonnait les hommes malgré eux. Elle lui était surtout reconnaissante de l'avoir ramenée à la vie à une époque où elle pensait être morte. Si elle était devenue la femme qu'elle était désormais, celle qui tenait sans trembler cette coupe entre ses mains, c'était grâce à lui.

Alors, elle croisa de nouveau son regard, leva les mains avec un geste mesuré et ouvrit les doigts. La coupe se fracassa en mille morceaux sur les dalles de pierre, libérant des échardes de lumière.

Aussitôt, des cris retentirent de toutes parts. On commença à se bousculer. Un gardien en uniforme galonné de boutons dorés se précipita vers Livia et lui empoigna le bras, mais il semblait presque apeuré et regarda de lui autour comme pour supplier qu'on lui vienne en aide.

— Que se passe-t-il ? s'écria un petit homme chauve en écartant sans ménagements les gens pour s'approcher. Quelqu'un a-t-il été blessé ?

C'était visiblement l'un des organisateurs de l'exposition. Il contempla d'un air effaré le cristal en miettes qui crissait sous les chaussures, avisa le cordon défait qui traînait sur le sol. Son regard perçant épingla Livia et son visage se durcit.

— Je crois que vous allez devoir me suivre, madame.

— C'est inutile, monsieur Guinot, dit Andreas d'une voix calme. C'était un accident. La *signorina*

Grandi voulait seulement examiner ma coupe de plus près.

Il avança d'un pas sans quitter des yeux la jeune femme.

— Comme vous le savez, Livia Grandi est une fine connaisseuse de notre métier et j'étais tout à fait d'accord pour qu'elle étudie mon travail. Comment ne pas être désireux de connaître l'opinion d'une femme qui a le verre dans les doigts, n'est-ce pas ? La coupe lui a échappé. Ce sont des choses qui arrivent.

— Certes, mais tout de même ! hésita Guinot en tirant de sa poche un mouchoir pour s'éponger le front. Il faudrait peut-être appeler un expert, non ? Il s'agissait d'un exemplaire unique. Si jamais vous voulez porter plainte, monsieur Wolf…

— Je vous assure que je ne porterai pas plainte, cher monsieur. La coupe n'existe plus et elle n'existera plus jamais. La formule a été perdue quand je l'ai eu terminée, mais ce genre de mésaventures fait la saveur et le mystère de notre art. Nous autres verriers devons sans cesse apprendre à nous réinventer, n'est-ce pas, mademoiselle Grandi ?

Une lueur d'admiration se dessinait dans les yeux d'Andreas. Ils se comprenaient sans avoir à se parler et, même si le destin devait les conduire dans des chemins opposés, personne ne pourrait jamais leur retirer cette fulgurance de vie qui n'appartenait qu'à eux.

Un sourire effleura les lèvres de la jeune femme.

— Je dirais même que c'est notre raison de vivre, monsieur Wolf.

Le ventre bombé sous son costume croisé, le teint rouge brique, Guinot sembla soulagé que l'incident n'entraîne pas de conséquences ennuyeuses pour l'exposition.

Il fit signe au gardien de s'écarter.

— Bien, si vous le dites… Un accident certes très regrettable, mais ce qui est fait est fait, vous avez raison. Heureusement que nous pouvons admirer vos gravures aux Cristalleries de Montfaucon, monsieur Wolf.

Il se racla la gorge.

— Mesdames et messieurs, si vous voulez bien continuer votre visite, ajouta-t-il en agitant les mains pour disperser la petite assemblée. Pardonnez-nous pour ce désagrément, mais nous allons nettoyer tout ceci et il n'y paraîtra plus. Allons, mesdames, messieurs, je vous en prie…

Andreas avait regardé Livia détruire son travail et il l'avait aimée à cet instant-là avec une violence qui l'avait foudroyé. Il l'avait dévorée des yeux, le corps fébrile, se demandant comment l'on pouvait souffrir au point de perdre quelqu'un qu'on n'avait jamais possédé.

La dernière fois qu'il l'avait vue, elle quittait ses bras, échevelée et incertaine. Il se rappelait encore l'expression égarée de son visage alors qu'elle lui faisait face dans le couloir de cet hôtel misérable où il avait eu honte de l'entraîner. Il avait cherché à la rassurer, alors que lui-même n'avait aucune certitude. Au cours de ces trop rares instants où ils s'étaient aimés, il avait parfois eu peur de la détruire, car aucun des deux ne maîtrisait ce tourbillon. Il avait pensé qu'elle était trop jeune, trop fragile, pour supporter ce qui finissait par ressembler à une punition, mais elle était revenue vers lui, encore et toujours, et il en avait conçu une fierté purement masculine.

Dans des moments d'égarement, il s'était pris à rêver de la garder auprès de lui pour toujours. Au creux des nuits, il avait échafaudé des chimères aux allures de conquête, mais lorsque la lumière grise du petit matin révélait sans fard la réalité, il avait senti le froid remonter le long de son corps et lui enserrer le cœur, parce qu'il n'avait rien à lui offrir, rien que sa colère, rien qu'une existence où tout était à reconstruire et où elle n'avait pas sa place.

En la découvrant ce soir, silhouette délicate dans une robe élégante dont l'encolure dévoilait ses clavicules, perchée sur ses talons hauts, furieuse et magnifique, si parfaitement maîtresse d'elle-même dans ce monde du cristal qui courait dans ses veines, il avait compris qu'il s'était trompé et qu'il était inutile d'avoir peur pour Livia Grandi. Il y avait chez elle quelque chose d'invincible qui lui rappelait sa sœur.

Lorsqu'ils étaient partis pour le front, lui et les autres soldats avaient quitté des jeunes filles sages et paisibles, parfois capricieuses et insouciantes, qui les admiraient et leur obéissaient, tout simplement parce qu'ils étaient des hommes et qu'on leur avait fait croire qu'ils détenaient toutes les réponses. D'elles, ils avaient conservé, dans les poches de leurs vestes militaires, de petites photos en noir et blanc, bientôt écornées et salies par leurs doigts noircis de crasse, qui se révélaient pourtant en les manipulant d'une étrange délicatesse. À leur retour, les rescapés avaient découvert des femmes.

— Pourquoi, Andreas ?

Le murmure de sa voix était si faible qu'il crut d'abord avoir rêvé. Il se retourna et la découvrit à son côté. Il fut surpris car il était persuadé qu'elle s'était éclipsée dans la foule. Une nouvelle fois, elle le prenait au dépourvu.

Il la dévisagea longuement, s'en voulant d'être assoiffé de sa présence. Il songea que Livia était la seule personne qui eût jamais percé l'armure de ses certitudes. Devant elle, que restait-il de lui ?

— J'ai redouté cet instant. Je me suis demandé ce que tu dirais, comment tu réagirais.

Pis que la colère, pis que le ressentiment ou le dédain, il décelait dans ses yeux translucides une forme de sollicitude. Elle semblait vraiment curieuse de comprendre. Mais qu'est-ce que cela pouvait bien lui faire ? Elle avait gagné, non ? Il n'avait pas pu se mesurer à elle. Il lui en voulut d'avoir la force de s'intéresser encore à lui alors qu'elle aurait dû le haïr. À défaut de l'amour, il me restera peut-être l'amitié, songea-t-il non sans amertume, et, curieusement, c'est ce qui lui fit le plus mal.

— Pourquoi, Andreas ?

— J'ai échoué, comme tu l'as remarqué, lança-t-il d'un ton ironique. Elles ne savent que graver, tu vois, fit-il en étendant ses mains devant elle.

— Tu as échoué, en effet, et j'en suis ravie. Cela m'évite de devoir te dénoncer et me battre avec toi. Marco Zanier ne demandait pas mieux que de te donner une raclée, mais c'était inutile puisque ton travail n'était qu'une pâle imitation. J'espère que tu as compris qu'il n'était pas tolérable de laisser cette coupe exister. Mais je veux savoir pourquoi, Andreas.

Il se pencha vers elle, approcha son visage du sien, mais elle ne broncha pas. Il ne s'en étonna pas, car elle n'avait jamais reculé d'un pouce.

— Qu'est-ce que tu veux entendre, Livia ? Qu'est-ce qui te ferait plaisir ? Il n'y a pas d'explication toute faite. Peut-être était-ce tout simplement la tentation ? Celle que nous évoquons dans nos prières afin qu'on nous en délivre, cette fameuse tentation dont il faut se méfier comme de la peste. Tu connais ça, toi aussi, n'est-ce pas ?

Il la toisait d'un air impertinent parce qu'il ne voulait pas lui révéler l'étendue de son désarroi. Elle eut une moue sceptique et secoua la tête pour lui prouver qu'elle n'était pas dupe. Quelques mèches s'échappèrent de son chignon hasardeux. Rien ne la retiendrait jamais, se dit-il. Aucune résille, aucun filet.

— Dans ce cas, j'espère que tu as pris du plaisir en travaillant le *chiaroscuro,* au moins autant de plaisir que j'en ai pris avec toi.

Il la regarda un instant, interloqué, puis éclata de rire.

— Tu auras toujours le dernier mot, n'est-ce pas ?

Mais, d'un seul coup, sans crier gare, le visage de Livia se transforma et prit une expression volontaire et dure qui aiguisa ses pommettes.

— Je ne plaisante pas, Andreas. Tu devines sûrement que je suis très en colère. J'ignore comment tu as mis la main sur le carnet, probablement en fouillant dans mon sac quand j'avais le dos tourné, mais, après tout, je ne veux pas le savoir.

Elle eut un mouvement du poignet négligent. Il songea qu'il n'y avait pas un geste de cette femme qui ne fût pas sensuel. Il songea que l'amour pouvait rendre fou.

— De toute façon, c'était indigne de toi, mais je me console en me disant qu'entre verriers, le vol a été une arme utilisée depuis des siècles. Dans un sens, c'est de bonne guerre. Et puis, je t'avoue que je me sens coupable moi aussi puisque je n'ai pas su préserver le carnet rouge.

Il haussa les épaules. Il lui devait au moins une explication.

— À l'automne dernier, j'ai dû présenter un travail à une exposition à Munich. Il me fallait créer quelque chose d'assez surprenant pour convaincre les dirigeants afin d'accéder jusqu'ici, alors j'ai pris le risque. En Bavière, nous n'avons pas encore à disposition un cristal d'une qualité suffisante pour les gravures qui m'intéressent. Mais j'ai dit la vérité, tout à l'heure. J'ai brûlé la formule et j'ai pris soin que personne d'autre dans la verrerie ne connaisse la composition exacte. N'aie crainte, le secret des Grandi t'appartient à nouveau.

Il sentit le corps de la jeune femme se détendre et comprit qu'elle avait habilement dissimulé sa nervosité. Il lui saisit le bras, comme pour l'empêcher de chanceler.

— À mon tour de te demander pourquoi, Livia. Je t'en ai voulu de ne pas avoir répondu à ma lettre, souffla-t-il, agacé de s'abaisser à trahir cette faiblesse, mais trop désireux de savoir. J'ai dû partir parce que ma sœur était mourante et j'espérais au moins que tu m'écrirais.

Elle s'écarta, frotta d'une main absente l'endroit où il l'avait touchée. Les sourcils froncés, elle semblait troublée.

— Je ne l'ai jamais reçue. Élise l'a probablement interceptée. Elle m'épiait tout le temps… Quand je suis retournée à l'hôtel, tu étais parti. Sur le moment, je t'en ai voulu moi aussi de ne pas avoir laissé d'explications, puis j'ai pensé que c'était mieux ainsi et que tu devais avoir tes raisons. Ensuite, j'ai dû partir pour Venise. Il a fallu sauver les Verreries, rien d'autre ne comptait plus à mes yeux.

Son regard se perdit dans le vague et il se demanda si toutes les Vénitiennes possédaient ce même détachement. On disait des hommes de la Sérénissime qu'ils n'étaient pas des sentimentaux, qu'ils étaient avant tout efficaces. En amour, leurs femmes n'avaient rien à leur envier. Cependant, il éprouva une satisfaction mesquine à la pensée qu'aucun homme n'occuperait jamais la première place dans le cœur de Livia Grandi. Jusqu'à son dernier souffle, elle resterait dévouée à ses Verreries. Il la comprenait parce que, à une époque, il lui avait ressemblé. Une nouvelle fois, la perte de son atelier en Bohême lui griffa le cœur.

— C'est peut-être mieux ainsi, en effet, dit-il à voix basse.

D'un seul coup, il se sentait épuisé. Autour de lui, les voix criardes, les lumières, les masques grimaçants de cette foule agitée l'emprisonnaient comme une camisole. Des gouttes de sueur lui perlèrent sur le front.

Il se demanda où se trouvait Hanna. Était-elle perdue parmi tous ces gens qui se pressaient autour d'eux ? Il songea qu'il devait la retrouver, s'assurer qu'elle ne manquait de rien, et en même temps il ne pouvait pas s'empêcher de penser que ni Livia ni sa sœur n'avaient besoin de lui.

Il se sentit brusquement si seul qu'il en eut le souffle coupé.

— J'ai admiré ton travail. Vous recevrez sûrement une médaille d'excellence. Les Verreries Grandi vont renaître de leurs cendres, c'est une certitude. Je te félicite, Livia, car je sais l'importance que cela a pour toi. Je sais aussi le travail que ça représente. C'est ce qui nous sauvera peut-être, n'est-ce pas ? Pardonne-moi, mais je dois partir maintenant. Tu comprends, bien sûr...

Elle le regarda sans répondre. Il la scruta comme pour imprimer ses traits une dernière fois dans sa mémoire, puis il inclina la tête pour la saluer. Elle suivit des yeux la haute silhouette jusqu'à ce qu'elle disparaisse dans la salle voisine.

Elle comprenait, bien sûr, et elle s'en voulait de ne pas être aussi indifférente qu'elle l'aurait souhaité. Le sang battait lentement dans son corps. Andreas l'ignorait, mais elle lui avait donné une part d'elle-même qui n'était pas de l'amour, mais quelque chose de plus insaisissable : son essence même.

Adossé à un pilier, à l'abri de l'une de ces plantes aux feuilles trop vertes qui servaient de décor éphémère, François observait Livia regardant s'éloigner Andreas Wolf. Il se demanda ce qu'aurait dit l'amant de sa femme s'il avait su que son camarade de guerre avait survécu aux camps de prisonniers soviétiques.

Livia lui avait demandé d'attendre, mais il n'avait pas hésité à lui désobéir. Il avait gardé ses distances, mais il avait tout observé de loin, prêt à intervenir si sa femme avait eu besoin de lui.

À quoi avait-il compris que Wolf avait été son amant ? À cette complicité qui n'appartient qu'aux corps de ceux qui se sont donnés l'un à l'autre ? À la tension nerveuse qui les avait parcourus alors qu'ils se parlaient à voix basse ? À moins que ce ne fût tout simplement parce qu'on n'ignore rien de celle qu'on aime, qu'on devient intuitif, à fleur de peau et de cœur.

À l'époque, à Metz, il avait deviné que Livia lui cachait quelque chose. Il y avait eu des changements perceptibles, sa façon de se mouvoir, l'éclat retrouvé de son regard, une rondeur dans ses gestes, mais aussi d'infimes variations dans son comportement envers lui qui avaient ressemblé au crissement d'un ongle sur un tableau noir. Il avait choisi de ne rien dire. Par lâcheté ? Peut-être. Mais surtout parce qu'il avait redouté sa réponse. Il ne pensait pas que Livia lui aurait donné ce qu'il espérait, c'est-à-dire un mensonge franc, délivré les yeux dans les yeux. Non, elle était trop audacieuse pour réagir comme tout le monde. Elle lui aurait probablement dit la vérité et il ne l'aurait pas supportée. Il y a des secrets qu'il faut savoir garder par-devers soi, des vérités qui ne soulagent que ceux qui les proclament.

Il n'eut qu'à se tourner pour observer l'emplacement des Cristalleries de Montfaucon, qui présentaient des candélabres d'un mètre cinquante de haut, riches de pampilles et de guirlandes de perles, mais surtout trois vases placés en exergue au beau milieu de leur stand sur de minces piliers en armatures métalliques.

Autour de lui, la foule bruissait tel un prédateur à l'affût. François regarda s'approcher M. Guinot. Il savait que le comité avait choisi de décerner certains prix d'excellence le soir de l'inauguration, afin d'attirer des visiteurs plus nombreux et d'appâter les journalistes.

Le petit homme chauve s'agitait, brandissant des feuilles et donnant des ordres à ses collaborateurs qui essayaient de placer certaines personnes, visiblement des personnalités. Quelques reporters, leurs appareils photos en bandoulière, furent conviés à se regrouper dans un endroit favorable à l'exercice de leur métier.

Lorsqu'il s'estima satisfait, M. Guinot monta sur une petite estrade qu'on avait installée devant le stand.

— Mesdames et messieurs, puis-je vous demander quelques minutes d'attention ? appela-t-il en levant les bras comme un chef d'orchestre.

Les visiteurs se montrèrent dociles et un silence se posa sur l'assemblée, à peine troublé par le brouhaha des autres salles.

— Je suppose que vous avez eu le temps d'admirer l'extraordinaire qualité des œuvres qui ont été réunies ici pour notre plus grand plaisir. Cette exposition se veut un hommage aux plus grands cristalliers français et à nos hôtes étrangers qui nous ont fait l'honneur de répondre à notre invitation, ce dont nous les remercions chaleureusement.

Il y eut quelques applaudissements de bon ton. Guinot bombait le torse ; il avait l'air si content que les boutons de son complet menaçaient d'éclater. Amusé, François croisa les bras. En province ou dans la capitale, on éprouvait le même bonheur à tenir une foule en haleine.

— Comme vous avez pu le lire dans la présentation de notre catalogue, le comité d'organisation a décerné plusieurs prix d'excellence ce soir, poursuivit-il, les lunettes remontées sur le front. Mais je ne tiens pas à vous faire languir davantage.

Il se racla la gorge, consulta ses notes, alors que François était persuadé qu'il savait tout par cœur.

— Mesdames, mesdemoiselles, messieurs, annonça-t-il d'une voix de stentor. Un premier prix d'excellence est décerné au triptyque de vases présentés par les Cristalleries de Montfaucon et gravés par le maître verrier M. Andreas Wolf.

Au premier rang des personnalités, un jeune homme élancé, très mince, avec des cheveux blonds coiffés à la diable, poussa un cri de joie en donnant un coup de poing en l'air. Les flashs des appareils photos éblouirent des hommes en costume sombre qui se serraient la main en arborant de larges sourires. François reconnut le directeur des Cristalleries qu'on félicitait.

— Monsieur Simonet, monsieur Wolf, si vous voulez bien approcher, appela Guinot lorsque la vague d'excitation se fut un peu calmée.

Henri Simonet regarda autour de lui, comme s'il cherchait quelqu'un. François se demanda si Wolf était resté dans les parages après sa petite conversation avec Livia. Il en doutait : on ne pouvait pas résister à une discussion avec sa femme.

Simonet semblait contrarié et discuta quelques secondes avec le jeune homme blond qui haussa les épaules d'un air désolé.

Il y eut un flottement dans l'assistance, des murmures, des corps empressés. La foule était impatiente de voir les vainqueurs. Mais les minutes s'étiraient. Guinot remit ses lunettes sur son nez pour regarder autour de lui. Quelques personnes un peu plus éloignées se détournèrent. Ainsi, Andreas Wolf s'est défilé, songea François, non sans une certaine satisfaction. Il n'est donc pas aussi fort que ça, l'Allemand.

Il n'eut pas besoin de vérifier que c'était elle. Il perçut sa présence derrière son épaule, respira son parfum.

— Il ne viendra pas, dit-il.

Quand elle ne répondit pas, il se tourna pour l'observer. Livia le contemplait d'un air impassible. Il ne pouvait pas déchiffrer son regard, ce qui l'amusa. Elle avait grandi, la petite Vénitienne qu'il avait connue transparente dans sa douleur d'orpheline, elle avait appris à dissimuler son trouble.

— J'ai regardé ses vases tout à l'heure, poursuivit-il. Je dois reconnaître que son travail est remarquable : une technique sans faille, une maîtrise absolue. C'est un homme ambitieux. Le thème est un hymne à la féminité. On reconnaît d'ailleurs une même figure féminine sur chacun des vases. Selon l'un des critiques, personne n'avait réussi depuis longtemps à saisir dans le cristal une émotion aussi profonde et délicate.

Un tressaillement parcourut le corps de sa femme. Elle avait compris qu'il savait. Il lui prit la main, caressa avec son pouce la peau douce de son poignet.

— Je ne suis pas un grand adepte des graveurs d'Europe centrale. Je trouve que leur travail est un peu chargé. On se croirait toujours en plein baroque avec des facettes, des palmettes, des guirlandes et Dieu sait quoi encore. Ils ne laissent pas beaucoup d'espace pour respirer, tu ne trouves pas ?

Des cernes marquaient son visage, ses traits étaient tirés. Avec un élan de tendresse, François lui glissa un bras autour de la taille. Elle ne résista pas, laissa son corps se fondre dans le sien.

— C'est aussi un hymne à l'amour, avoua-t-il d'une voix rauque. Celui d'un homme qui a dû beaucoup aimer et beaucoup souffrir.

Henri Simonet monta à son tour sur la petite estrade.

— Mesdames et messieurs, les Cristalleries de Montfaucon reçoivent ce prix avec une grande émotion et nous en remercions de tout cœur les organisateurs. À travers les siècles, nous avons porté haut l'étendard du cristal français dans sa plus pure tradition. Le maître verrier allemand qui a gravé ces trois vases avait reçu avec nous un prix d'excellence à l'Exposition universelle de 1937. C'est un homme de grand talent. Il nous a semblé normal de le convier à travailler avec nous à nouveau. Au-delà des terribles souffrances que nos deux pays ont endurées ces dernières années, je veux y voir un lien symbolique, une promesse d'avenir pour la créativité de notre métier.

Il y eut quelques remous dans la foule, des murmures étouffés, le grondement sourd d'une vague de mécontentement. La bête n'était pas heureuse et elle le faisait savoir.

Simonet ne se laissa pas démonter.

— Malheureusement, nous n'arrivons pas à le retrouver, alors je me suis permis de demander à sa sœur, qui est présente ce soir, de bien vouloir recevoir cette médaille à sa place. Mademoiselle, si vous voulez bien approcher ?

Aussitôt, Livia se raidit et se dressa sur la pointe des pieds. Cela ne pouvait être que Hanna... Elle était curieuse de la découvrir enfin. Bien qu'Andreas lui eût peu parlé de sa sœur, le destin cruel de cette jeune femme à peine plus âgée qu'elle l'avait touchée. Comment avait-elle survécu ? Au viol, à l'exil ? Et son enfant ?

Une jeune femme s'approcha. Elle était blonde, ses cheveux courts soigneusement peignés en arrière sur son crâne à la manière des années vingt dégageaient un front haut et des pommettes aiguisées. D'une minceur presque éthérée, elle se tenait droite, la tête haute, mais, à ses traits crispés, on percevait sa timidité. Elle portait une robe noire dont la simplicité austère détonnait parmi les tenues luxueuses des Parisiennes. Aucun bijou ni à ses oreilles ni à ses mains. C'est fou ce qu'elle est moderne ! s'étonna Livia qui s'attendait à une femme lourde et disgracieuse, marquée par les épreuves de la vie.

La jeune femme se plaça à côté de Henri Simonet et accepta avec un sourire la médaille qu'on lui tendit. Puis elle se tourna vers la foule et s'apprêta à dire quelques mots. La lumière accrocha à son épaule une étonnante broche arachnéenne, composée de perles et de plumes, qui captiva Livia. Elle serra inconsciemment la main de François en se disant que, à la place de Hanna Wolf, elle aurait eu une peur bleue, car l'accueil de la foule ne lui était guère favorable.

— Mesdames et messieurs, commença-t-elle d'une voix étonnamment ferme. Lorsque mon frère Andreas a gravé ces vases, il sortait de la guerre, comme nous tous.

Le silence était profond, méfiant et attentif. Il se voulait néanmoins courtois, parce que c'était une femme qui parlait et que son français était clair et précis. Elle détailla les visages levés vers elle comme pour se les approprier, mais lorsqu'elle croisa le regard de Livia, elle s'y arrêta et sembla retenir son souffle.

Parcourue d'un frisson, Livia eut l'impression curieuse que l'inconnue la reconnaissait. Il fallut quelques secondes à la jeune femme pour se ressaisir et reprendre le fil de son discours.

— Nous sommes une ancienne famille de graveurs allemands de Bohême et le destin a voulu que nous habitions désormais la Bavière. Ce soir, à Paris, les membres français du comité d'organisation de cette magnifique exposition ont su effacer les frontières et dépasser les rancœurs. Ils ont su regarder le talent de l'homme, l'imagination de l'artiste, le travail du maître verrier. Au nom de mon frère, je les en remercie du fond du cœur. Mesdames et messieurs, croyez bien que, pour nous, ce n'est pas seulement un honneur de recevoir cette récompense, c'est aussi et surtout une grâce.

Elle releva fièrement le menton, tenant la médaille entre ses mains comme si elle ne voulait plus la lâcher, et Livia vit qu'elle avait les larmes aux yeux.

Il y eut un trouble dans l'assistance, parce que les mots sont parfois redoutables et que la souffrance était encore trop vive, mais la jeune Allemande eut le courage de ne pas fuir ce silence assourdissant qui s'éternisait, et elle resta là, toute droite dans sa robe noire, seule et digne.

Alors, la Vénitienne s'avança d'un pas, puis d'un autre, forçant les gens devant elle à s'écarter pour lui faire de la place, elle leva haut les mains et se mit à applaudir, lentement, puis de plus en plus fort, et les regards des deux jeunes femmes se croisèrent. C'était comme si elles se comprenaient, tout simplement parce qu'elles étaient mères et qu'elles étaient femmes, envers et contre tout, parce qu'elles connaissaient la solitude, le chagrin, l'amour et la colère, qu'elles avaient survécu à cette guerre qui avait été celle des âmes avant même d'être celle des corps. Puis, derrière la jeune femme aux cheveux de lumière, un homme au regard pâle s'avança lui aussi et se mit à applaudir à son tour, bientôt imité et par l'un et par l'autre, et le son enfla, crépita, se répondit en écho parmi les fulgurances du cristal, jusqu'à s'élever telle une vague puissante et inéluctable pour résonner entre les colonnes de marbre, sous les hautes salles voûtées de l'ancien palais royal.

Remerciements

Un grand merci pour leur aide et leur temps précieux à Venise, Jacopo Barovier et Marie Brandolini, à Neugablonz, Martin Posselt et Eva Haupt, à Metz, Jean-Paul Lacroix et Marie-Laure Schuck, à Baccarat, Marie-Claire Precheur, à Paris, Antoine Benoit, Colette de Margerie, Marco Mencacci, René Agogué, Robert Leguèbe et Brunella Gillet.

Merci aux historiens et écrivains dont les lectures ont nourri ce roman et, entre autres, merci à Giuseppe Cappa, P.M. Pasinetti, Eugenio Corti, Liliana Magrini, Gianfranco Toso, Attilia Dorigato, Rosa Barovier Mentasti, Antonín Langhamer, Olga Drahotová, Peter Glotz, Guido Knopp, K. Erik Franzen, Susanne Rössler, Georges Starcky, Bernard et Gérard Le Marec, Eugène Riedweg, Pierre Rigoulot. J'espère avoir fait bon usage de leurs précieuses informations.

Merci à toi.
Et enfin, merci à mon père. Pour tout.

Voyage initiatique

(Pocket n° 12926)

En 1976, la communauté installée dans la somptueuse demeure de Grays Orchard vit son dernier été : le meurtre de l'un de ses membres vient interrompre cette vie idyllique. Une vingtaine d'années plus tard, Gus, un ancien hippie, vit toujours sur les lieux du drame avec sa femme, Carol. L'arrivée de Jenny, la fille de la victime, perturbe beaucoup Gus. Devenu déprimée et agressif, il pousse la jeune femme à partir. Carol, étonné du comportement de son époux, cherche à en savoir plus…

Il y a toujours un Pocket à découvrir

Portrait de femme

(Pocket n° 12956)

Avery James, vingt-cinq ans, mène une vie agréable à Santa Fe. Mais cette jeune fille apparemment sans histoires cache un douloureux passé. Abandonnée à sa naissance, élevée dans un orphelinat, elle ne sait rien de ses parents. Sa vie bascule le jour où elle tombe en arrêt devant le portrait d'une femme aux étranges yeux vairons. Avery n'a pas de doute, cette femme est bien sa mère…

Il y a toujours un Pocket à découvrir

Composé par Nord Compo
à Villeneuve-d'Ascq

Imprimé en mai 2007 en Espagne par LIBERDÚPLEX
St. Llorenç d'Hortons (Barcelone)
Dépôt légal : juin 2007

 12, avenue d'Italie - 75627 PARIS Cedex 13